GOD'S † KNIGHT

INNOCENT

가즈 나이트 3
INNOCENT

이경영 지음

네오픽션

차례

등장인물

등장인물

휀 라디언트

그랜드 크로스 나이트, 광황이라 불리며 신계 최강의 자리를 굳건히 지키던 전사. 어떤 사건 이후 수십 년간 행방불명되었다가 다시 세상에 모습을 드러낸다. 크리스를 만나며 자신이 갖춰야 할 강함에 대해 다시금 알게 되는데…….

크리스 라디언트

로하가스 제국에 의해 인간 병기로 개조된 이후 지금까지 살아온 여성. 남자 이상으로 호탕하고 개방적인 성격이지만 그보다 더욱 따뜻한 마음씨를 가지고 있다. 원래 이름은 크리스 프라이드였지만 휀과 결혼한 후 라디언트 부인으로 불린다.

슈웰 브렌든

부모를 잃고 혼자 버려져 있다가, 알 수 없는 투지를 발휘하여 휀을 따라나선 것이 계기가 되어 그의 제자 아닌 제자가 된 소녀. 클라리스를 만난 이후, 그녀를 위해 검을 쓸 것을 맹세한다. 붙임성이 있으며 활발한 성격.

클라리스 에스토드

에스토드 왕국의 공주. 유전자병에 의해 몸의 색소가 없다. 신체에 대한 콤플렉스와 주위 상황으로 인해 어두워졌던 성격이 휀과 크리스 그리고 슈웰 등을 만나면서 점차 밝아진다. 머리가 상당히 영특하며, 의외로 침착한 면을 보이기도 한다. 그러나 알 수 없는 이유로 인해 악마들의 표적이 되어 있다.

다르칸

최후의 악마대공. 아네라족의 지르콘 나이트인 프레데릭과 전투 후 수천 년간 행방불명되었다가 최근 다시 활동하고 있다. 갈색 피부와 검은 머리가 매력 포인트. 정장을 즐겨 입으며 색안경을 좋아한다. 숙적이었던 프레데릭과는 묘한 관계를 유지하고 있다.

프레데릭

아네라족의 지르콘 나이트. 그의 전투력은 악마대공 다르칸을 어떤 면에서는 압도할 정도로 강하다. 외부와의 접촉과 외부 문명의 유입을 싫어하는 동포와는 달리 생각이 상당히 자유롭고 지식 역시 광범위하다. 아직 인간 세계에는 적응하지 못해 무뚝뚝한 면이 많이 보인다.

리오 스나이퍼

휀에 이어 현재 세계의 임무를 수행하기 위해 온 가즈 나이트. 2백 년 전 일어났던 고신전쟁의 주역이기도 하다. 풍부한 경험과 유들유들한 성격 그리고 가공할 전투력으로 동료들을 이끌어 나간다. 브라디라는 이름의 가디언을 데리고 다니지만 자신의 의지와는 상관없다.

지크 스나이퍼

리오와 함께 온 가즈 나이트. 그 역시 고신전쟁에 참여했지만 싫은 일은 잊어버리는 성격 탓에 티를 내진 않는다. 지는 것을 죽는 것보다 싫어하며, 가끔 괴팍한 행동으로 주위의 눈총을 사곤 한다. 이상한 성격의 사람을 다루는 데는 가히 천재적이다.

사바신 커텔

휀을 돕기 위해 왔다가 현재는 리오 일행에 편입된 가즈 나이트. 힘이 아주 세고 성격 역시 거칠지만 상당히 순진한 면을 가지고 있다. 직선적인 성격 탓에 그와 비슷한 지크와 호흡이 잘 맞는다. 심각한 남자 콤플렉스 환자.

바이칼 레비턴스

서룡족 제왕이지만 아직 자각을 못하고 있다. 상당한 우연을 가장해 리오를 따라다닌다. 냉정하고 남을 위하지 않으며 콧대가 높지만 너무도 순진한 나머지 가끔 엽기적인 행동을 하곤 한다. 자신의 약점을 너무도 잘 알고 역이용하는 지크를 상당히 꺼린다. 군것질과 리오라는 단어에 매우 약하다.

프루레디

제2결사단 듀라한 나이트의 단장. 사탄에 대한 충성심이 강하지만 하인켈과는 달리 맹목적인 면을 가진다. 지능적인 전투를 즐기며 정평도 나 있지만 역으로 휘말려 낭패를 보는 경우도 있다. 개인적인 능력은 최상급.

하인켈

제1결사단 조커 나이트의 단장. 사탄의 무악마이자 오른팔이며, 사탄의 말을 가장 잘 이해하는 신하이기도 하다. 무력이나 인성 면에서 악마들에게 상당한 존경을 받고 있으며 그 역시 자신을 바라보는 모든 이들에게 부끄럽지 않은 모습을 보이기 위해 노력한다.

사탄

루시펠, 루시퍼, 사탄이라는 복잡한 개명을 거친 최고급 천사. 현재는 악마왕 사탄으로 알려져 있다. 개인적으로는 호전적이지 않지만 악마군단을 이끌 때의 모습은 악마왕이란 이름이 아깝지 않을 만큼 사악하고 흉폭한 존재로서 알려져 있다.

16장
떨칠 수 없는 인연

1

광폭(狂暴)의 시작

"어째서 그 명령을 거부하겠다는 것인지 설명해 보도록. 혹시 데스 발키리의 위치가 명왕(冥王)의 명령을 거부할 정도로 높아졌다고 착각하는 것은 아니겠지."

"아닙니다."

아란이 대답과 함께 살짝 고개를 들자 누군가의 스타일처럼 한 번 묶어 내린 그녀의 진홍색 머리가 어깨 아래로 흘러내렸다.

흑색의 옥좌, 흑색의 벽시계, 흑색의 벽지, 그리고 흑색의 보석 등 주인의 피부색을 제외한 모든 것이 흑색으로 뒤덮인 하데스의 알현실에서 그녀의 머리카락은 유난히 붉게 보였다.

흑철색의 가면을 쓴 명왕 하데스는 그의 수하 중 하나인 악마왕 디아블로와는 정반대의 한기 어린 숨을 길게 내쉬었다.

"네가 알다시피 알테미스, 레베카, 츄우 등은 현재 각자의 임무를 가지고 활동 중이다. 고로 유로를 지원할 수 있는 데스 발키리는 너 말고 없다. 게다가 넌 무단으로 그 차원에 들어가 한 인간과 접촉한 경력까지 있고, 특히 그곳에 리오 스나이퍼도 활동하고 있지 않나. 너로서는 거부할 이유가 전혀 없을 텐데?"

누군가의 이름이 하데스의 입에서 나오자 아란은 아랫입술을 살짝 깨물었다.

가즈 나이트에 대항하는 악신계의 전사 데스 발키리 계획에 관여한 상위 악신이나 악마왕들은 그녀와 리오 스나이퍼의 관계에 대해 당사자들보다 더 잘 알고 있었다. 그로 인해 가즈 나이트를 눈엣가시처럼 느끼는 대부분의 악신들은 그녀를 이용해 리오를 잡고 싶어 했다.

그 사실을 아는 아란은 리오와 만나게 될지도 모르는 임무가 떨어지면 동료들에게 종종 미루곤 했다. 리오가 예전처럼 자기 때문에 아픔을 당하는 것은 보고 싶지 않았기 때문이다.

하지만 이번 임무는 피할 수 없었다. 떠넘길 동료도 없고, 또한 하데스의 명령이기에 더욱 그러했다.

고민하는 그녀의 모습을 한참 바라보던 하데스는 이윽고 옅은 미소를 띠며 말했다.

"절망의 검 디스파이어가 깨진 이상 너와 리오 스나이퍼 간에 문제될 것은 아무것도 없다. 6개월이 아니라 6천 년을 한 세계에 같이 있다 하더라도 말이다."

그러자 아란의 어깨가 크게 꿈틀댔다.

"그, 그런 문제 때문이 아닙니다, 하데스 전하!"

"그렇다면 왜 내 명령을 거역하겠다는 것인가. 이것도 아니고 저것도 아니라면 나를 바보로 안다는 뜻 아닌가. 더 이상 네 말은 듣지 않겠다. 즉시 그 차원으로 올라가도록."

도망칠 방법이 없다는 것을 완전히 확인한 아란은 결국 잠시간 틈을 둔 후 고개를 숙였다.

"명을 따르겠습니다."

솔직한 심정으로는 가고 싶었다. 리오를 다시 한 번 보고 싶었던 것이다. 하지만 그럴 수 없었다. 다시금 자기 앞에 나타나면 그가 내색을 하든 안 하든 고통스러워할 것이 뻔하기 때문이다.

고민에 휩싸인 아란이 알현실을 나서려는 순간, 하데스의 목소리가 다시금 들려왔다.

"아롤 님께서 왜 나에게 악신계를 맡기셨는지 궁금하지 않나?"

그녀가 돌아보자 하데스는 천천히 입을 열었다.

"난 태곳적부터 지금까지 배우지 못한 게 한 가지 있다. 남을 지배하는 방법은 알아도 남을 이용하는 방법은 모르지. 아롤 님께서 자신의 자리를 나에게 맡기신 것도 그것을 잘 아시기 때문이다."

잠시 침묵이 흘렀다.

아란을 주시하던 하데스는 곧 자신과 주신만이 사용할 권한을 가진 책, 명부(冥府)를 펼쳐 들며 가 보라는 손짓을 했다.

"수고하도록."

"알겠습니다."

하데스의 말뜻을 어렴풋이 이해한 아란은 웃으며 알현실의 거대한 문을 닫았다.

차원이동문으로 향하는 그녀의 발걸음은 빠르고 가벼웠다. 검은색 두건을 음침하게 뒤집어쓴 죽음의 운반자, 저승사자들이 옆을 지나가고 있는데도 그녀의 얼굴에는 밝은 미소가 흘렀다.

차원이동문을 기다리는 동안 그녀는 자수정 벽에 자신의 모습을 비춰보았다.

자신이 기억하는 전생의 그 어떤 모습보다 날카로운 눈빛과 고혹적인 목선, 그에 반비례한 넓은 어깨, 그리고 쭉 뻗은 몸매 등은 순수함보다는 관능미를 더욱 짙게 풍겼다.

그녀는 안다. 리오가 이런 여성을 그리 좋아하지 않는다는 것을. 하지만 그녀는 개의치 않고 입술에 립스틱을 더욱 짙게 발랐다.

리오가 사랑한 것이 자신의 외모가 아니라 영혼이라는 사실을 더 잘 알고 있는 그녀였다.

"아란 슈발츠 님. 당신 차례입니다."

명계의 차원이동문을 관장하는 저승사자의 흐릿한 음성을 들은 그녀는 입술 화장이 마무리되자마자 차원의 물결이 넘실거리는 문의 안쪽으로 빠른 발걸음을 옮겼다.

바이칼의 도움으로 밤을 날아 엘프의 숲에 도착한 리오는 예전보다 훨씬 깨끗하고 상큼한 숲의 바람을 맞으며 미소 지었다.

마물들의 몸에서 뿜어진 악취와 배설물 등으로 더럽혀졌던 숲이었지만 시간이 지난 지금은 예전처럼 깨끗한 바람과 공기가 사방에 가득했다.

폴카 역시 자연적으로 정화된 숲을 보며 흐뭇해했지만 그 미소는 잠깐이었다. 숲에 사는 엘프들의 이주가 모두 끝나면 이 숲의 일생도 끝이라는 것을 알기 때문이었다.

레디 역시 리오와 마찬가지로 기분 좋은 표정을 지었다. 이 숲에 대해서는 실버 문밖에 모르는 그가 그런 표정을 짓는 것은 다름 아니라 일생 경험하기 힘든 두 가지 사건을 한꺼번에 겪은 탓이었다.

"뭐가 그렇게 기뻐요, 레디 님? 머리카락 색하고 비슷한 친구들이 너무 많아서 그런가요?"

악동 브라디가 던진 질문에 레디는 자신의 녹색 머리를 긁적이며 대답했다.

"아냐, 브라디."

"그럼 뭔데요?"

기분이 나쁠 법한 말투였지만 레디는 진심으로 그런 것에 신경 쓰지 않고 대답해 주었다.

"생각해 봐. 어지간한 사람은 경험하기 힘든 행운이잖아. 리오 선배와 같이 활동하는 것은 물론이고 고귀하신 서룡족 제왕님의 등까지 잠시나마 빌렸으니 이 얼마나 기분 좋은 일이야?"

"음, 그렇군요. 축하드려요."

말은 그렇게 하면서도 브라디는 슬쩍 고개를 저었다.

그때 예기치 못한 기습이 마치 보복처럼 레디의 입에서 튀어나왔다.

"아 참, 너에 대해 이상한 소문이 들리더라, 브라디?"

"예? 무, 무슨 소문요?"

뭔가 찔리는 구석이 있는지 브라디의 표정이 단숨에 굳어졌다.

리오의 뒤에 서서 주위를 두리번거리다 그 모습을 목격한 바이칼은 귀를 쫑긋하며 둘의 이야기에 청각을 집중했다. 그 상황을 모르는 레디는 슬슬 얘기를 시작했다.

"응, 네가 말하기로는 세이아 님께서 너를 리오 선배에게 붙였다고 하잖아. 근데 저번에 뵀을 때, 세이아 님께서는 그런 적 없다고 말씀…… 헙."

"그, 그럴 리가 있겠어요? 세이아 님의 가디언일 뿐인 제가 무슨 자격으로 그런 만행을 저지르겠어요. 오호호홋."

엄청난 속도로 레디의 입을 막은 브라디는 억지 미소를 지으며 부정했지만 그녀의 이마와 등으로 흐르는 땀은 감출 수 없었다.

한편 그것을 지켜본 바이칼은 회심의 미소를 지으며 주머니 속에 넣은 손을 굳게 움켜쥐었다.

속사정을 모르는 리오는 볼 기회가 거의 없는 그의 미소에 걱정스러운 표정을 지으며 어깨를 두드렸다.

"뭐가 그리 좋아서 웃고 있어? 어서 가자니까."

그러자 바이칼은 당당히 어깨를 펴며 손가락을 저었다.

"후후, 넌 이 몸이 알아낸 사실에 경악을 금치 못할 것이다. 하지만 이 몸은 쉽게 말해 주지 않을 테니 그리 알도록. 후후후후."

"응? 응…… 그럼 때 되면 얘기해 줘."

그렇게 넘기긴 했지만 리오는 바이칼이 예전에 납치 사건을 겪은 이후 뭔가 이상해졌다고 생각하며 불안한 한숨을 내쉬었다.

폴카의 저택까지 가는 길은 예전에 마물이 판을 칠 때와는 정반대였다. 산림욕을 하는 수준이었기에 일행은 즐겁게 얘기를 나누며 이동했다.

그러던 중 실버 문 내부에 봉인되어 있다는 부르크레서의 사념체를 떠올린 리오는 앞서가던 폴카 옆에 서며 물었다.

"실버 문 안에 있다는 사념체에 대해 아시는 대로 말씀해 주시겠습니까?"

그러자 폴카는 앙 다문 치아가 반짝 드러나게 미소를 지었다. 그녀의 이상한 반응에 당황한 리오는 고개를 갸웃거렸고, 다시 표정을 바꾼 그녀는 자기보다 높은 리오의 어깨를 두드리며 말했다.

"표정이 너무 무섭잖아요, 리오. 어제는 심각하다고 말씀드리긴 했지만 그렇게 어려운 문제는 아니에요. 육체를 가지지 않은 사념체는 마법 공격이나 정신력을 응용한 공격에 상당히 약하니까요."

"예? 그럼 전 그렇다 쳐도 레디와 바이칼은 왜 동행하는 겁니까?"

예상했던 질문이지만 대답하기 부담스러웠는지 폴카는 한숨을 폭 쉬며 대답했다.

"그 사념체는 부르크레서의 것이죠. 그래서 어지간한 정신 방어력을 가진 존재라 해도 육체를 잃을 수 있어요. 가즈 나이트 급의 존재라면 몰라도 저는 육체를 다시금 빼앗길 수 있죠. 실버 문 안에 도사리고 있는 사념체는 피와 살, 즉 육체에 대한 갈망을 하고 있어요. 제가 육체를 빼앗길 가능성이 높다는 말과 같아요. 그래서 여러분을 모시고 온 거예요. 제가 사념체에게 육체를 빼앗겼을 때 저를 없애 달라는 뜻이죠."

리오의 표정이 굳어졌다. 목소리나 표정은 가벼웠지만 폴카는 이번 일에 확실히 목숨을 걸고 있었다. 그는 그녀의 말을 받아들이고 싶지 않았지만 폴카는 이미 각오한 듯 웃음을 잃지 않고 말을 이었다.

"제가 다시 타르자가 된다면 리오 혼자서는 상대하기 힘들 거예요. 레디 씨나 용제 전하가 같이 계시다면 저를 훨씬 더 쉽게 처치할 수 있겠죠. 안 그래요? 후후, 그러니 너무 부담 가지지 마세요."

"부담이라……."

리오는 허탈한 웃음을 지었다. 그러다 순간 손뼉을 쳐 폴카와 뒤따라오던 일행의 발을 멈추게 한 그는 빙긋 미소 지으며 말했다.

"삶을 너무 쉽게 포기하지 마십시오."

"예?"

"혼자 사는 인생이라고 하지만 그 속에는 주위 사람들의 인생도 뚜렷이 포함되어 있습니다. 자기 자신은 죽으면 시체가 될 뿐이지만 주위 사람들에게는 그렇지 않죠. 후훗, 부담보다는 웃음을 주시길. 제 앞에서 계속 그러셨던 것처럼 말입니다. 그 모습이 훨씬 더 아름다우시니까요."

잠시 리오를 바라보던 폴카는 멋쩍은 듯 시선을 다른 곳으로 돌렸다.

설득이 끝났다. 리오는 편하게 발걸음을 옮겼지만 뒤따라오는 브라디는 그렇지 않았다. 폴카의 얼굴이 홍조를 띤 것을 두 눈으로 똑똑히 목격한 탓이었다. 그녀는 이를 부드득 갈며 사납게 중얼댔다.

"세이아 님께 이를 거야……!"

하지만 레디의 생각은 좀 달랐다.

"에이, 그렇다고 해서 네가 화낼 필요는 없잖아, 브라디. 질투는 세이아 님이 아니라 네가 하는 것처럼 보여."

"레, 레디 님! 무슨 말씀을!"

정곡을 또 한 번 찔린 브라디는 당황한 듯 레디의 머리카락을 이유 없이 괴롭혔지만 레디는 그래도 싱글벙글할 뿐이었다.

한편 브라디의 그런 모습을 이전과는 다른 시각으로 주시하던 바이칼은 의미심장한 미소를 지었다.

오래 지나지 않아 폴카의 저택에 도착한 리오 일행은 이상할 정도의 환대를 받았다. 폴카와 리오가 다시 돌아온 것에 대한 기쁨도 있었지만, 지크와 사바신이 오지 않았기 때문이라는 사실을 그 누구도 알지 못했다.

폴카가 엘프들에게 상황을 설명하는 동안 일행은 간단한 식사를 대접받았다. 물론 예전과 달라진 점은 없었다. 채소로 시작해 채소로 끝나는 엘프의 식단은 일행들, 특히 육식을 즐기는 브라디와 바이칼을 괴롭히기에 충분했다.

"야채 아이스크림은 없는 건가. 아니면 단것이라도."

마치 스테이크를 자르듯 토마토를 자르던 바이칼은 따분한 얼굴로 앞에 널린 녹색 음식들을 바라봤다. 별다른 불만 없이 샐러드를 씹던 리오는 그의 불만을 듣자마자 식탁 한쪽을 가리켰다.

"저건 어때? 사탕수수야."

리오는 식탁 위에 슬며시 이마를 대는 친구의 기분을 쉽게 이해할 수 없었다.

폴카의 얘기를 들은 엘프들은 밝혀진 숲의 비밀과 그 비밀 덕분에 자신들이 이곳을 떠나야 한다는 점에 상당한 아쉬움을 나타냈다. 마물들의 사건이 있긴 했지만 정이 들 대로 든 장소였고, 또 이런 숲을 다시 발견하기도 쉽지 않으리라는 것을 알기 때문이었다.

그러나 자신들이 이주하지 않으면 이 숲뿐만 아니라 전 세계가 위험에 빠진다는 것을 인식한 그들은 하루빨리 이번 전쟁을 끝내달라고 부탁하며 쾌히 폴카의 제의를 받아들였다.

엘프들이 이주 준비를 서두르는 동안 리오 일행은 폴카에게 실버 문에 있는 사념체에 대한 정보와 그 대처 방법을 얻었다.

모두 모인 가운데 폴카는 실버 문의 입체마법지도를 보여주며 설명을 시작했다.

"사념체는 하나가 아닙니다. 모두 두 개인데 그중 하나가 주조종실의 중앙제어장치에 있습니다. 하지만 다른 하나는 어디 있는지 모르죠."

"그렇다면 사념체가 실버 문을 작동시킬 수 있지 않을까요? 사념체 역시 마력으로 구성된 것 아닙니까?"

레디의 질문에 폴카는 안심하라는 듯 고개를 저었다.

"괜찮아요. 일단 실버 문의 마력구동장치는 어지간한 수준의 마력으로는 가동할 수 없도록 봉인해 놨습니다. 막대한 마력을 이용해 억지로 가동한다 해도 마력 역시 그만큼 소비되도록 했으니 예기치 못한 사태로 실버 문이 폭주한다 해도 잠시에 불과할 것입니다. 결론적으로 지금 우리가 걱정해야 할 것은 이 사념체를 어떻게 제거하느냐입니다."

"음……."

리오는 턱을 괴고 고민스러운 한숨을 내쉬었다. 제거하는 것은 간단하지만 그것들을 어떻게 실버 문 밖으로 끌어내느냐가 문제였다. 그 문제의 해답은 폴카가 제시되었다.

"실버 문은 저의 봉인 코드가 들어가면 스스로 땅을 뚫고 공중에 떠오릅니다. 그렇게 되면 실버 문의 사념체 역시 움직일 것입니다. 그들은 굶주린 야수와도 같기에 그들을 실버 문 밖으로 끌어내려면 미끼가 필요합니다."

"미끼?"

"아, 걱정 마세요. 그 미끼 역할을 제가 할 겁니다."

그 방법을 머릿속에서 시도해 본 리오는 가능성이 있다고 생각하면서도 걱정을 지우지 못했다.

"미끼를 물기 위해 튀어나오면 잡는다……, 굶주린 야수의 사냥처럼 확실하고 간단하긴 하지만 위험하지 않겠습니까?"

"위험해도 할 수 없죠. 말씀하신 대로 확실하면서 간단한 방법이니까요."

결국 더 이상의 이의 없이 그 방법을 실행하기로 했다. 하지만 모두의 마음을 무겁게 만든 것은 바이칼의 뼈 있는 한마디였다.

"흥, 야수가 미끼만 물라는 법이 없지 않나. 사냥꾼도 야수에게는 미끼로 보일 텐데."

하지만 일행은 그 말을 최대한 잊으려고 노력하며 엘프들의 이주를 도왔다.

엘프들의 짐과 가구, 그리고 엘프들이 숲 밖으로 완전히 옮겨 가는데 걸린 시간은 리오 일행이 도착한 날을 포함해 이틀이었다. 더 오래 걸릴 거라고 예상한 일행에게는 더없이 좋은 타이밍이었지만 문제는 이제부터 시작이었기에 기뻐하는 사람은 레디 말고 아무도 없었다.

엘프들이 위험 지역에서 모두 벗어난 후, 폴카를 제외한 리오 일행 모두는 숲의 상공에서 실버 문이 떠오르기를 기다렸다.

폴카가 저택에서 약간 늦게 나오자 리오는 팔짱을 끼며 초조함을 드러냈지만 그것도 잠시, 파란빛과 함께 저택에서 폴카의 모습이 떠올랐다.

"아, 아니……."

리오는 폴카가 입고 나온 파격적인 의상과 머리 형태, 그리고 화장에 입을 벌리고 말았다. 그것은 바이칼 역시 마찬가지였는데 레디와 브라디는 그들이 왜 이렇게 놀라는지 얼른 이해하지 못했다.

흑색 모피로 장식된 타이트한 적색 드레스, 그리고 요염하게 틀어 올린 머리와 화장 등은 나쁜 기억을 떠올리기에 충분했다.

오랜만에 선보인 그녀의 복장을 좋지 않은 장난이라 생각한 리오는 쓴웃음과 함께 고개를 저으며 말했다.

"후후, 너무하신 것 아닙니까, 폴카 님? 장난이 지나치시군요."

폴카도 미안하다는 듯 팔을 저으며 말했다.

"죄송하지만 어쩔 수 없었어요. 사념체들에게 기억된 존재가 이런 모습이잖아요? 괴로우시겠지만 이번 일이 끝날 때까지만 참아 주세요."

물론 리오도 더 이상 그녀의 복장에 대해 뭐라고 하고 싶지는 않왔다. 타르자의 복장을 다시 입은 그녀야말로 가장 괴로울 것이란 사실을 알기 때문이었다.

"아, 한 가지 말씀드리지 못한 게 있어요."

"예? 또 뭡니까?"

리오는 불안한 표정을 지었다.

"실버 문은 100퍼센트 마력으로 움직입니다. 그 때문에 사용자가 없을 때는 비상동력원을 이용하죠. 그런데 그 비상동력원이란 것이 바로 '둠(Doom)'입니다."

"예? 둠이라면……."

"부르크레서와 같은 고신인 우라노브가 애용하던 츠바이헨더죠. 우라노브가 죽기 직전, 자신의 모든 것을 그곳으로 집중했기에 상당한 에너지를 가지고 있죠. 정신파동을 어느 정도 제어할 수 있는 존재가 아니면 사용이 불가능한 검입니다. 원래 타르자와 함께 활동하던 요우시크에게 부르크레서가 하사한 검인데, 요우시크가 사용할 수 없어서 결국 실버 문의 비상동력원으로 사용하게 됐죠. 사념체가 깨어나자마자 그것만은 손대지 말아야 할 텐데, 걱정이군요."

폴카는 곧 양팔을 벌리고 주문을 외우기 시작했다. 마력이 점차 높아질수록 그녀의 온몸에 흑색의 어지러운 문양이 떠올랐고, 그 모습조차 예전의 타르자와 똑같다 느낀 리오는 또다시 쓴웃음을 지으며 디바이너에 손을 가져갔다.

이윽고 그녀의 앞쪽에 작은 마법진들이 전개됐다.

마치 분리된 케이크처럼 일렬로 위치한 마법진들은 점점 크기를 더해 갔고, 저택을 덮고도 남을 만큼의 커진 마법진들은 곧 하나로 합쳐지며 거대한 다중 마법진을 이루었다.

봉인해제 주문이 완성되자마자 폴카는 진지한 눈빛으로 외쳤다.

"자, 모두 준비하세요! 이제 실버 문이 떠오를 겁니다!"

폴카의 신호에 리오와 레디는 각자의 무기를 빼들고 마력을 집중했다. 직접적인 타격으로는 사념체를 없애지 못하기 때문에 리오는 마법검이 사용된 디바이너를, 레디는 원래 물의 마력이 깃든 세레인으로 사념체를 상대하려 했다.

왼쪽 손등에 1급 플레어의 마법진을 축소해 띄운 리오는 손에 진홍빛이 흐르자 그 상태로 디바이너의 거친 표면을 쓸어내렸다. 그에 따라 디바이너 역시 플레어의 빛을 머금었고 준비를 끝낸 리오는 지상으로 떨어지는 폴카의 마법진을 신중히 바라봤다.

그때 리오가 마법검을 전개하는 모습을 처음부터 끝까지 지켜본 레디가 리오 앞에 바짝 붙으며 감탄을 연발했다.

"우아, 말로만 듣던 리오 선배님의 마법검을 이렇게 가까이 보다니 정말 감동입니다! 플레어 정도의 마법은 민감하기 때문에 검에 옮기기 전에 폭발할 수도 있다고 들었는데, 역시 리오 선배님은 마법검 전문가이시라 다르군요!"

"응? 아, 아냐. 자주 써서 숙달된 것뿐이지, 뭐."

생각지 못한 레디의 칭찬에 리오는 황당함이 섞인 미소를 짓고 말았다. 지금처럼 위험한 상황에서 이렇게 감동하는 사람은 지크 이후 오랜만이었기에 그의 황당함은 수준을 더했다.

그와 레디에게 사념체 처리를 맡긴 듯, 별다른 준비 없이 팔짱을 끼고 떠 있던 바이칼은 눈앞에 펼쳐지는 상황이 맘에 안 들었는지 옆에 있는 브라디에게 나지막이 중얼댔다.

"역시, 슈렌과 리오 말고 정상적인 성격의 가즈 나이트는 없었군. 난 레디 녀석도 정상적인 사고방식을 가지고 있는줄 알았는데."

브라디는 맞장구치듯 이마를 짚고 고개를 저었다.

"자신이 이상한 사람이라고 생각하는 분이 아무도 없다는 게 더 문제죠."

그사이 폴카의 마법진은 지상의 저택 위에 완전히 떨어졌다. 마법진을 흡수한 저택은 사방으로 빛을 뿜으며 땅속으로 스며들었고, 잠시 후 엘프의 숲 지하에 숨겨져 있던 무언가가 거대한 진동과 함께 지상 위로 떠오르기 시작했다.

폴카는 떠오르는 실버 문을 쓸쓸히 지켜봤다. 200년 전, 타르자라는 자신의 모습과 이름을 감추듯 땅속 깊숙이 묻어 놨던 로하가스 제국의 유물이 마치 거역할 수 없는 운명처럼 다시 떠오르고 있었다. 감회가 새로운 것은 두말할 나위 없었다.

'운명은 피할 수 없구나. 너도 그렇고, 나도 그렇고.'

흙과 나무 사이를 서서히 밀고 올라오는 은색 표면에 리오와 레디는 시선을 집중했다.

실버 문이 떠오르기 시작한 이상 사념체가 튀어나오는 것은 시간문제였다. 하지만 다행히 실버 문이 완전히 떠오를 때까지 사념체는 나타나지 않았다. 물론 그 시간이 길어질수록 둘의 긴장감은 더욱 높아질 뿐이었다.

실버 문이 상승을 멈추자 폴카는 양손을 모으고 자신의 마력을 한껏 높이기 시작했다.

200년 전, 타르자일 때보다는 못하지만 그래도 상당한 수준의 마력이었기에 리오는 역시 대단한 여자라고 생각하며 시선을 다시 실버 문으로 돌렸다.

그러나 예상치 못한 문제가 발생하고 말았다. 아무리 시간이 지나도 사념체가 나타나지 않는 것이었다.

마력을 높인 상태로 계속 있을 수 없었던 폴카는 결국 마력을 접을 수밖에 없었고, 긴장하고 있던 리오와 레디는 이상하다는 생각에 검을 내렸다.

"어째서 나오지 않는 거지? 이미 오래전에 다른 곳으로 도망친 건가?"

리오가 굳은 표정으로 고개를 갸웃대자, 폴카는 아니라는 듯 즉시 그를 바라보며 소리쳤다.

"아, 아닙니다, 그럴 리 없어요! 다중 마법진까지 이용해서 실버 문의 외부를 마법 장벽으로 철저히 틀어막아 놓았는데 그 틈을 사념체가 뚫고 나왔을 리 만무합니다! 혹시 빠져나왔다면 무슨 일이 터졌을 텐데, 그런 일도 없지 않습니까!"

하지만 그 말을 무색케 할 정도로 사념체는 오랫동안 나타나지 않았다.

지루한 표정으로 시간을 계속 보내던 바이칼은 결국 흥미를 잃은 듯, 뒤로 훌쩍 돌아서서 투덜거렸다.

"안에서 굶어 죽었나 보지. 흥, 괜한 일에 힘과 시간만 낭비했군. 너의 짜증스러운 행동은 200년 전에도 충분히 봤으니 이제 그만하시지."

그렇지 않아도 면목이 없는 상태에서 그 말을 들은 폴카는 깊숙이 고개를 숙이고 말았다. 그러나 리오의 생각은 바이칼과 약간 달랐다. 다른 존재도 아니고 고신 부르크레서의 사념체라면 자신에게 새로운 육체를 제공할 존재가 빈틈을 만들 때까지 오랫동안 기다릴 수 있지 않겠냐는 것이었다. 사실 지금 여기 있는 모두는 사념체가 튀어나온다는 생각에 휩싸여 한 치의 빈틈도 보이지 않고 있는 상황이 아닌가.

리오는 곧 바이칼을 돌아봤다.

"이봐 바이칼, 그러지 말고 좀 더 기다려 보자. 사념체도 의식을 가지고 있기 때문에 우리의 계획대로 일이 진행되리라는 보장이 없어."

말을 끝맺음과 동시에, 리오는 눈을 부릅뜬 채 전력으로 바이칼에게 몸을 날렸다. 뭔가 시커먼 물체가 자신과 레디 사이를 스치고 바이칼에게 날아가는 것을 본 것이다.

마치 포탄처럼 실버 문에서 튀어나온 그 물체는 일순간 몸을 확장하더니 리오에게 시선을 돌리려 하던 바이칼의 몸을 순식간에 집어삼키고 말았다.

"커억!"

정신적으로 무방비 상태에서 당해 버린 바이칼은 마치 끈적끈적한 타르를 온몸에 뒤집어쓴 듯 자신의 몸에 붙은 검은 물체를 떼어내기 위해 안간힘을 다했다. 그러나 그 물체, 부르크레서의 사념체 역시 필사적으로 먹이를 놓치지 않으려 했기에 상황은 점점 최악으로 치달았다.

"하앗!"

그때 낯익은 기합과 함께 상당한 물리적 충격이 바이칼과 사념체를 덮쳤다. 그로 인해 바이칼과 사념체는 다시 떨어졌고, 어깨로 둘을 받은 리오는 이를 악물며 눈앞에 두둥실 뜬 사념체를 검으로 내리쳤다.

"꺼져라!"

"아, 안 돼요! 지금 검으로 사념체를 치면……!"

하지만 폴카의 외침은 이미 늦은 후였다. 리오의 공격 범위 안쪽으로 빠르게 파고든 사념체는 그대로 리오의 가슴에 충돌했고, 사넘체의 영적(靈的) 공격에 심장을 맞은 리오는 결국 검은 연기에 휩싸이며 긴 비명을 지르기 시작했다.

"으, 으윽! 크아아아악!"

바이칼을 비롯한 모두의 얼굴은 허탈감과 공포감으로 하얗게 질렸다. 하지만 어느 누구도 고통스러워하는 리오에게 도움의 손길을 주진 못했다.

지금 사념체에게 육체를 빼앗기려 하고 있는 존재는 다른 누구도 아닌 리오였다. 전 가즈 나이트 중 최고의 무기공격력을 자랑하고 지하드와 데이브레이크 등 궁극의 기술을 보유한 최강 클래스의 남자 리오 스나이퍼였기에 그가 만약 이대로 사념체의 손에 떨어진다면 문제는 걷잡을 수 없이 커질 게 뻔했다.

"이, 이런……!"

아직 의식이 남아 있는지 리오는 디바이너 끝을 자신의 가슴 쪽으로 서서히 돌렸다. 그 역시 자신이 의식을 빼앗겼을 때 벌어질 상황을 알고 있었기 때문이다.

"크아앗!"

그러나 그 노력도 잠시, 리오의 팔은 곧장 펴지고 말았다. 그가 잡은 디바이너 역시 원래의 보라색을 잃고 점차 검은색으로 물들기 시작했다.

"나, 나 때문이야."

바이칼은 힘없이 중얼댔다. 죄책감에 사로잡힌 그의 눈에 어느덧 살기를 품은 리오가 점차 가까이 다가오는 모습이 비쳤다.

"아, 이름을 부르는 것이 예의상 좋겠군. 크리스토퍼 베르토."

마치 소개와도 같은 다르칸의 말에 크리스토퍼 베르토라는 이름을 알고 있는 크리스의 표정이 단숨에 굳어졌다. 뭔가 이상한 느낌이 들었던 것이다.

"크, 크리스토퍼 베르토라고요? 설마 말스 왕국 베르토 집안의 크리스토퍼 베르토를 말씀하시는 건가요?"

다르칸은 여유롭게 고개를 움직였다.

"흠, 아마 그럴 겁니다. 계약할 당시 그렇게 들었습니다."

그 말을 들은 순간 크리스는 의자에서 벌떡 일어났다. 얼굴까지 상기된 그녀는 마치 따지듯이 다르칸을 향해 목소리를 높였다.

"그건 말도 안 돼요! 그 사람은 130년 전에 사망한 것으로 아는데 어떻게 그럴 수가 있죠? 200년이 넘는 수명이 보통 인간에게 주어질 수 없잖아요?"

"130년 전에 죽었든 말든, 일단 저와 계약한 사람은 200년 전부터 존재했던 크리스토퍼 베르토입니다. 그가 지금까지 살 수 있었던 이유는 천천히 설명해 드릴 테니 진정하시죠."

다르칸의 말에 크리스는 놀라움을 금치 못했다.

크리스가 200년 전부터 소문으로 접한 크리스토퍼 베르토는 고신전쟁 때 소년의 몸으로 가즈 나이트와 함께 싸웠던 영웅이었다. 천부적인 마법사로서의 소질과 현명함을 바탕으로 젊은 나이에 최고위 왕실마법사가 되었던 인물이다. 그의 후손들 역시 출세가도를 달려, 그가 죽은 뒤에도 베르토 집안은 지금까지 말스 왕국 최고의 귀족 집안으로 단단히 자리 잡고 있다는 것을 크리스는 알고 있었다.

그러나 그의 후손들이 어찌 됐건, 크리스토퍼 베르토가 죽었다는 것은 명백한 사실이었다. 옆에서 크리스의 얘기를 들은 슈웰은 놀란 나머지 말도 제대로 하지 못했다.

크리스토퍼와 차를 들던 다르칸은 이윽고 웃으며 말했다.

"이 노인은 10년 전, 수천 년간 그 누구도 찾아오지 않고 발견하지 못했던 엘살바도르를 거의 죽어 가기 직전의 모습으로 찾아왔습니다. 당시 엘살바도르는 거대한 산맥의 최저 지점에 용암 대신 위치하고 있었죠. 한마디로 발견한다는 것 자체가 불가능한 상황이었습니다. 어쨌든 저와 프레데릭, 그리고 라이세네프 경은 수면에 빠진 상태였기에 그가 온 줄도 몰랐습니다. 하지만 정신파장은 희미하게나마 흐르고 있었는지, 크리스토퍼는 거의 마지막 힘으로 저에게 정신감응을 해 왔습니다. 당시 크리스토퍼는 마법을 이용해 생명을 늘릴 대로 늘리고, 또 지하 암반을 뚫기 위해 마력을 있는 대로 소진한 상태여서 거의 시체나 다름없었죠. 후후, 하여간 크리스토퍼 덕분에 저는 깨어났습니다. 저를 깨운 크리스토퍼에게 물었죠. 무엇을 원하기에 이토록 진을 짜내어 저를 깨웠는지 말입니다."

다르칸은 거기까지 말한 후 차를 한 모금 마셨다. 그가 다시 말하기까지는 아주 짧은 시간이 걸렸지만 크리스와 슈웰에겐 마치 한 시간처럼 느껴졌다. 궁금증에 찬 그녀들의 눈빛을 보고 다르칸은 실소를 머금으며 말을이었다.

"크리스토퍼는 우선 계약을 하자고 했습니다. 저는 이 노인이 단순히 죽기 싫어서 이러는 거라고 생각하고는 간단히 승낙했죠. 크리스토퍼가 제시한 조건은 바로 영원한 생명력과 강대한 마력이었습니다. 그야 저에겐 간단했죠. 물론 그만큼의 대가가 있다면 말입니다. 후후, 우습게도 그 대가는 이미 치러진 후였습니다. 크리스토퍼는 저와 엘살바도르를 외부에서밖에 풀지 못하는 영원한 잠에서 깨웠거든요. 계약을 치른 후 다시 건강해진 크리스토퍼에게 물었습니다. 어째서 영원한 생명력과 마력을 함께 원했는가. 그랬더니 아주 간단히 대답하더군요. 자신의 영웅에게 사과하고 싶어서라고 말입니다."

"자, 자신의 영웅? 그게 누구죠?"

크리스의 질문에, 말할 기회가 없을 것만 같던 크리스토퍼가 직접 대답했다.

"가즈 나이트, 리오 스나이퍼 님이십니다. 저는 그분께 씻을 수 없는 상처를 남겼지요."

"리, 리오 스나이퍼라고요?"

그때 크리스는 아주 오래전 휀에게 들은 이야기를 떠올렸다.

200년 전, 고신 부르크레서와 가즈 나이트들이 승부를 겨루던 날 역사에는 남지 않은 아주 작은 사건이 일어났다. 당시 리오를 따라다녔던 소녀가 부르크레서의 부하인 타르자의 유품에 정신이 홀려 다른 차원으로 날아가 버린 것이다. 그 일을 자신의 책임으로 돌린 리오는 그 소녀를 찾겠다며 수년간 행방불명됐지만, 결국 그 사건은 이후 지금은 유폐된 여신, 이오스의 사건과 지크의 세계에서 용족전쟁이 일어나는 엄청난 사건으로 불거져 200년 전 이 세계의 일과는 전혀 상관없는 많은 사람들에게 아픈 기억을 남기게 되었다.

웃음을 띤 채 찻잔을 양손으로 잡고 있던 크리스토퍼가 다시 입을 열었다.

"리오 님은 200년 전, 타르자의 펜던트에 의해 다른 차원으로 날아간 리카를 반드시 찾아오겠다며 자신 있게 말씀하셨습니다. 저는 믿고 그분을 기다렸지요. 그 아이를 좋아했던 만큼 리오 님을 믿었답니다. 그러나 해가 아무리 지나도 리카는 저에게 돌아오지 않았고 리오 님 역시 나타나지 않았습니다. 결국 저는 결혼했고, 아이들까지 가지게 되었는데 그때서야 리오 님께서 나타나신 겁니다. 물론 그분 옆에 리카는 없었죠."

카펫 위에 물방울들이 떨어졌다. 크리스토퍼는 어느새 눈물을 흘리고 있었다. 그는 자신의 주름진 눈가를 손으로 감싼 채 울먹이며 말했다.

"그분께 화를 냈습니다. 리카 하나도 제대로 찾아오지 못하면서 무슨 주신의 전사냐고, 적을 죽이기만 하는 것으로 임무를 처리하는 존재가 가즈 나이트였냐고 말입니다. 그분은 말없이 떠나셨고, 저는 그날 이후 그분을 증오하며 하루하루를 살아갔습니다. 그러던 어느 날, 아란이라고 자신을 밝힌 한 여성이 저를 찾아왔습니다. 그녀는 저에게 고신전쟁 이후 리오 님께서 겪으신 일들을 모두 말해 줬지요."

처음 듣는 이름이 나오자 크리스의 눈동자가 반짝였다.

"아란요?"

"예. 아란 슈발츠라고 하더군요. 그녀에게 리카와 리오 님의 얘기를 들은 저는 땅을 치며 후회했습니다. 리카는 돌아오지 않는 편이 더 나았던 상황이었죠. 그러나 리오 님은 그런 상황에 대해 저에게 단 한마디도 하지 않으셨습니다. 그저 미안하다고만 말씀하셨는데, 저는 그것도 모르고 그분을 증오했으니⋯⋯!"

크리스토퍼는 더 이상 말을 잊지 못했다.

크리스와 슈웰은 뭐라고 할 말을 잃었다. 하지만 두 사람의 감정은 각각 달랐다. 슈웰은 앞에 앉은 노인과 리오에 대한 연민을 느꼈지만, 크리스는 그 이상이었다. 그녀 역시 고신전쟁 이후, 그때의 기억을 지닌 채 200년 이상 살아왔기에 일종의 공감을 느끼는 듯했다.

"그래서 리오에게 사과하려고 영원한 생명과 마력을 얻으려 했던 건가요?"

크리스토퍼가 고개를 끄덕였다.

"그렇습니다. 원래는 제 스스로의 힘으로 생명을 늘려 보려 했지만 한계가 있더군요. 그래서 그 한계를 극복하기 위해 옛 문헌을 찾았는데, 신의 전차 속에 거대한 악마가 있다는 구절을 발견했습니다. 하지만 에스파라스 고원에 있다는 신의 전차가 어디에 있는지, 그리고 실제로 존재하는지는 확실치 않았습니다. 그러나 저는 목숨을 걸고 신의 전차를 찾아 헤매기 시작했습니다. 이대로 무너진다면 더욱 더 큰 죄를 짓는 것이라는 생각이 들었답니다. 결국 제 마력이 한계에 다다랐을 때 신의 전차 엘살바도르를 발견했고 그 안에 잠들어 계시던 다르칸 님과 계약을 하게 되었습니다."

빈 찻잔을 매만지며 귀를 기울이고 있던 다르칸은 곧바로 얘기를 이어 나갔다.

"크리스토퍼와 계약을 마친 저는 오랫동안 잠들어 있던 탓에 힘이 상당히 약해진 상태였습니다. 그래서 현재 바깥 상황이 어떻게 돌아가는지 알지 못했지요. 저와 함께 있는 존재는 반파된 엘살바도르와 여전히 잠들어 있는 프레데릭, 그리고 라이세네프 경뿐이었습니다."

그러자 슈웰이 의문을 제기했다.

"잠깐만요, 다르칸 아저씨랑 프레데릭 아저씨는 숙적 관계 아니었나요? 그런 상황이라면 프레데릭 아저씨를 영원히 잠들게 할 수 있었을 텐데 왜 가만히 두신 거예요?"

"후후, 나와 프레데릭의 일은 수천 년 전에 끝났지. 그때의 일을 보복하기 위해 저항하지 못하는 상대를 죽인다는 것은 우습지 않나? 물론 나도 고민은 했지. 하지만 시간이 많지 않았어. 나와 크리스토퍼의 계약이 발동된 순간, 우연치 않게도 이 세계를 염탐하고 있던 리리스가 내 존재를 깨달아 버린 것이지. 당시 리리스는 순수의 결정체라는 토끼를 얻기 위해 혈안이 되어 있었는데, 어느 정도 안면이 있는 나를 보기 위해 와 보니 악마를 비롯한 모든 존재를 복제할 수 있는 엘살바도르라는 토끼가 또 한 마리 있었던 거야. 그녀는 아롤 님과 그분의 상태를 이용해 나를 유혹했어. 그녀는 가즈 나이트에 대항하기 위한 존재, 데스 발키리를 탄생시킨 후 에너지 소모로 인한 긴 잠에 빠지신 그분을 다시 깨우려면 순수의 결정체라는 엄청난 에너지 덩어리가 필요하다고 했지. 난 당연히 그녀의 협조 제의를 받아들였고, 외부와의 모든 연락을 끊은 채 힘의 재충전에 몰두했어. 물론 잠에 빠진 프레데릭과 라이세네프 경은 숨겼다. 그들이 피해를 봐야 일이 해결되는 것은 아니었거든."

그리고 6년의 세월이 흘렀다. 리리스는 10년 전부터 생산되어 시험을 거치던 야만족들의 최종 테스트를 위해 엘살바도르가 위치한 가이라스 왕국에 복제된 야만족들을 무더기로 풀었다. 그들을 돕기 위해 다르칸은 가이라스의 수도를 초토화시키는 데 투입되었지만, 그 전에 누군가 프레데릭과 라이세네프를 깨운 것이 뒤늦게 밝혀졌다. 프레데릭에 의해 길트 왕자와 공주들을 제거하는 데 실패한 것이다.

"프레데릭이 제 앞에 나타났을 때 솔직히 놀랐습니다. 그리고 후회스럽기도 했죠. 괜히 저 녀석을 살려 둔 게 아닌가 싶었습니다. 후후, 그 후에 휀 라디언트 경을 처음 만나게 되었습니다. 메레벤토스 전투였을 겁니다. 당시 꼬마 아가씨도 같이 만났지, 아마? 그리고 4년이 흘렀죠. 엘살바도르 내로 잠입한 유로 공주님을 뵐 수 있었습니다. 현재 사탄 전하와 대립 중인 악마왕 아스타로트 전하의 따님이시죠. 그분은 제가 사탄과 리리스에게 속고 있다는 말씀과 여러 가지 정보를 전해 주셨습니다. 추가로 당신 역시 이 세계의 인간과 계약을 하셨다 했습니다. 알고 보니 공주님께서도 크리스토퍼와 계약을 하셨더군요. 사실 이건 있을 수 없는 일이지만 유로 공주님께서 인간과의 계약을 처음 하시는 것이라 가능했습니다. 저는 도대체 계약 조건이 무엇이기에 공주님께서 선뜻 받아들이셨나 했더니 상당히 웃기더군요."

"우, 웃기다뇨?"

크리스와 슈웰의 시선이 크리스토퍼에게 향했다. 조용히 얘기를 듣고 있던 크리스토퍼는 살짝 미소 지으며 답했다.

"저도 사실 유로 공주님과의 계약이 성사될 줄은 몰랐습니다. 하지만 어떡해서든 계약을 성사시켜야만 했죠. 저 혼자서는 이번 일에 휘말린 제 후손을 구할 수 없었답니다."

"손녀요?"

"예. 4년 전, 리리스의 최종 테스트 계획이 발동됨과 동시에, 운이 없게도 가이라스 왕국에 갇히고 만 제 후손이 있습니다. 처음에 물귀신이 될 뻔한 것부터, 4년여 동안 계속해서 그 아이를 도왔지만 저 혼자서는 한계가 있더군요. 그러던 중 강력하신 유로 공주님을 뵙게 된 것입니다. 그분은 두 가지 일로 이 세계를 떠돌고 계셨죠. 하나는 지금 말씀드릴 수 없고, 다른 하나는 리오 님의 암살이었습니다. 저는 이 세계가 이 정도까지 됐다면 분명 리오 님이 투입될 것이라 생각하고 유로 공주님과의 계약을 성사시켰습니다. 계약 조건은 제 후손의 보호, 그리고 그에 대한 대가는 리오 님의 살해를 위한 기회를 제공한다는 것이었습니다."

크리스와 슈웰은 순간 할 말을 잃고 말았다. 리오를 볼모로 악마와 계약했다는 뜻이었기 때문이다.

"리오에게 사과하려고 지금까지 살아오신 것 아닌가요? 그런데 어째서……."

크리스의 물음에 크리스토퍼는 웃을 뿐이었다.

"허허헛, 아닙니다. 계약은 그렇게 했지만 저는 유로 공주님께 기회를 드린다고 했지 리오 님의 살해를 돕는다고 하지는 않았습니다. 그리고 유로 공주님도 리오 님을 진짜 살해하실 것 같지는 않았습니다. 공주님의 본심은 다른 데 있어 보였지요."

"그, 그렇군요."

크리스는 유로라는 아가씨가 누구인지는 몰라도 상당히 어리거나 순수할 것 같다고 생각했다. 그렇지 않고서야 이런 부당한 계약을 할 리 없었다. 어쨌든 잠시 후, 다시 생각을 가다듬은 크리스는 진지한 얼굴로 크리스토퍼에게 물었다.

"이제 이곳에 오신 이유를 들을 수 있을까요? 괜히 이곳에 오신 것은 아니라 생각됩니다만."

"예. 다르칸 님을 뵈러 왔습니다."

크리스토퍼는 한숨과 함께 만족스러운 미소를 지었다. 더 이상 여한이 없다는 듯, 그는 다르칸의 문장이 새겨진 왼쪽 팔뚝을 다르칸에게 내보였다.

"다르칸 님, 당신과의 계약을 이제 끝냈으면 합니다."

그러자 다르칸은 그리 달갑지 않은 표정을 지었다. 정당한 대가가 서로에게 지불되었다면 계약 해제가 악마에게 불이익을 주진 않는다. 그런데도 다르칸이 그런 표정을 지은 이유는 따로 있었다.

"자네가 바라는 일이 끝나지 않았을 텐데? 그리고 계약 해제와 동시에 자네는 죽게 되어 있어."

"알고 있습니다. 하지만 제 후손이 무사한 것만으로 만족합니다."

다르칸은 한데 모은 손 위에 턱을 괴었다. 그가 그렇게 진지하게 생각하는 모습을 본 적 없는 크리스와 슈웰은 그의 침묵이 왠지 어색하게 느껴진 듯, 서로 흘끔흘끔 바라보기만 했다. 이윽고 다르칸은 굳은 얼굴로 크리스토퍼를 주시했다.

"여기까지 왔는데 도망치겠다는 말인가?"

그 말에 크리스토퍼의 눈동자가 흔들렸다.

"예?"

"다를 바 없지 않나. 후손이 무사하니 나의 일은 끝났다. 세상도 혼란스럽고 하니 난 편하게 죽겠다. 이번 일은 원래 수년 전에 끝났을 수도 있었지만, 자네가 짧은 생각으로 움직이는 바람에 엘살바도르가 깨어나고 일이 여기까지 오게 됐다. 자네 후손의 불행도 사실 자네가 초래한 것이지. 부정할 수는 없을 거야. 자네는 그 책임을 져야 한다."

다르칸의 말에 크리스토퍼의 주름진 목젖이 움직였다. 생각해 보니 다르칸의 말이 옳았다. 마르티네즈가 무사히 집으로 돌아갔다는 사실에 감동받은 나머지, 자신이 저지른 일에 대해 전혀 생각지 않고 여기까지 온 것이 아닌가. 그는 이런 자신이 부끄러운 듯 얼굴을 감싸며 물었다.

"그럼 어떻게 하면 좋겠습니까, 다르칸 님? 길을 가르쳐 주십시오. 실행하겠습니다."

다르칸은 웃으며 고개를 끄덕였다.

"언제가 될지 확실히는 모르지만 모든 것을 건 대전투가 얼마 후 시작될 것은 확실하네. 자네의 마력은 리리스와 같은 최고위급 악마에게는 전혀 통하지 않겠지만 일단 그 수준만큼은 상당히 높으니 그녀의 부하들과 싸우는 데 큰 도움이 될 걸세. 그런 상황에서 리오 스나이퍼를 만나야 자네도 떳떳할 것 아닌가."

다르칸의 그 말에 크리스토퍼의 머릿속에 떠오르는 누군가가 있었다. 바로 리오와 함께 있던 마녀 폴카였다. 그녀 덕분에 일이 여기까지 오지 않았나. 그러나 그는 이내 고개를 저었다. 자신 때문에 일이 여기까지 온 것도 사실이기 때문이었다. 게다가 다른 사람도 아니고 리오가 그녀와 함께 있었다. 타르자에 의해 자신 이상의 상처를 받은 인물이 리오 아닌가. 지금에 와서 그녀 핑계를 대고 일에서 빠지겠다고 한다면 자신이 옛일에만 몰두해 일을 그르치고 있는 망령이라 인정하는 것과 같다는 생각에, 크리스토퍼는 두 손을 꼭 움켜쥐었다.

"알겠습니다. 제가 할 수 있는 모든 것을 하겠습니다."

다르칸은 쾌히 고개를 끄덕였다. 크리스와 슈웰은 이제야 뭔가 정리될 것 같다는 생각에 안도의 한숨을 지었다.

그때 현관문이 벌컥 열리며 프레데릭이 안으로 뛰어들었다. 그렇게 황급한 프레데릭을 본 적 없는 모두는 이유를 물으려 했으나, 프레데릭은 그 말이 나오기도 전에 두건을 벗어 던지며 모두에게 외쳤다.

"큰일이오! 정체불명의 거대 비행체와 리오 스나이퍼가 수도 인근에 갑자기 나타났소!"

그의 목소리에 담긴 심각함과는 달리, 다르칸은 그게 뭐가 잘못됐냐는 듯 웃으며 고개를 저었다.

"리오 스나이퍼가 나타난 것이 뭐가 큰일인가? 그에게 큰돈을

꾼 것도 아닐 텐데?"

"닥쳐라!"

순간 프레데릭의 손이 번개같이 다르칸의 턱시도를 움켜쥐었다. 그를 간단히 들어 올린 프레데릭은 그 어느 때보다 강렬한 안광을 뿜으며 외쳤다.

"바깥 상황을 네 눈으로 똑똑히 보고 말해라, 다르칸! 그 누구도 예상하지 못한 일이 벌어지고 있으니 말이다!"

"뭐?"

그렇게 흥분한 프레데릭의 모습을 단 몇 번밖에 본 적 없는 다르칸은 의아한 표정을 지었다. 크리스토퍼와 크리스, 슈웰은 불안한 마음에 곧장 일어나 현관을 나섰다.

맨 처음 문을 열고 나간 크리스토퍼는 프레데릭의 말대로 수도 외곽에 떠 있는 거대한 비행물체를 보았다. 회은색 거대한 물체는 마치 200년 전 보았던 공중요새를 연상시켰지만 그것들보다는 크기도 작았고 디자인도 매끈하게 세련됐기에 그는 고개를 갸웃거렸다. 그러나 크리스는 그 비행물체의 정체를 아주 잘 알고 있었다.

"저건 실버 문! 아냐, 이럴 리가 없어!"

크리스의 얼굴은 마치 악몽을 꾸고 일어난 사람처럼 새파랗게 질려 있었다. 그 표정에 두려움마저 느낀 슈웰은 떨리는 목소리로 물었다.

"시, 실버 문이 뭐기에 그러세요, 크리스?"

대 공중요새 지원용 특수 공중요새 실버 문. 대인용 보조마법이나 공격마법을 요새 단위로 사용할 수 있게끔 만들어진 그 공중요새는 폴카도 설명했듯이 어떻게 사용하느냐에 따라 마법주포를 가진 최강의 공중요새가 될 수도, 마법 장벽으로 다른 요새도 방어하는 최고의 방어요새가 될 수도 있는 무시무시한 물건이었다.

물론 그런 설명을 들어도 슈웰은 잘 이해하지 못했다. 크리스토 퍼나 크리스처럼 200년 전의 세계를 살지 못한 그녀에게 공중요새 라는 단어는 상당히 생소한 것이었다.

실버 문은 어딘가를 향해 오색의 맹렬한 포격을 하고 있었다. 그 장엄하고도 위협적인 모습을 잠시 지켜보던 다르칸은 이윽고 프 레데릭을 바라봤다.

"리오 스나이퍼는 어디 있지? 저걸 막기 위해 따라왔을 텐데?"

하지만 프레데릭에게서 나온 대답은 모두를 놀라게 할 만큼 의 외의 것이었다.

"아니다. 저 요새가 리오 스나이퍼를 막고 있는 것이다."

"뭐, 뭐라고?"

모두 경악에 휩싸였다. 특히 크리스토퍼는 아네라족이 거짓말하 는 것이라 믿고 싶었다.

그러나 그 말은 수도 외곽을 나선 모두에게 잔인한 현실로 닥쳤다.

"리, 리오 님!"

크리스토퍼는 리오의 이름을 부르짖으며 땅바닥에 무릎을 꿇었 다. 리오는 흑색의 불길한 기운에 휩싸인 채 실버 문과 앞에 있는 군청색 머리의 미청년을 향해 포효하고 있었다. 실버 문에서 나오 는 엄청난 포격도 그에게 무용지물이었다. 그것을 증명하듯, 리오 는 그 모든 포격을 무형의 힘으로 받아내며 서서히 수도를 향해 걸 어오고 있었다. 실버 문에서 뿜어지던 포격은 어느덧 침묵 속에 빠 져들었고 자신을 약간이나마 방해하던 존재가 멈추자 리오는 웃 음을 띠며 수도 쪽으로 시선을 돌렸다.

그 모든 상황을 지켜보던 다르칸은 전투 시 외에는 거의 끼지 않는 동그란 색안경을 쓰며 프레데릭을 바라봤다.

"아니, 리오 스나이퍼가 왜 저 모양이지? 게다가 이 경이적인 힘은 또 뭔가!"

프레데릭은 고개를 저었다.

"정확한 것은 알 수 없다. 리오 스나이퍼가 뿜어내고 있는 힘은 그의 순수한 힘 같지만, 그 힘을 지배하고 있는 의식은 리오 스나이퍼가 아니다."

"말도 안 돼! 도대체 어떤 존재가 가즈 나이트의 정신방어력을 무시하고 조종할 수 있지? 웬만한 신이 아니고는 불가능해!"

그때 크리스토퍼의 어깨가 꿈틀댔다. 다르칸의 말에서 생각하기 싫은 힌트를 얻은 것이다.

"부르크레서……."

"엉?"

크리스토퍼의 그 한 마디에 모두의 시선이 그에게로 향했다.

주신을 비롯한 현재의 신들에게 패하거나 항복해 신의 자리를 빼앗긴 옛 신들을 통틀어 고신(古神)이라 부른다. 크리스토퍼가 말한 부르크레서는 가장 부활을 꾀하고 그것을 위해 수단과 방법을 가리지 않는 상급 고신으로 유명했다. 특히 그는 300년 전, 그리고 200년 전 이 세계에 있었던 고신전쟁의 주역이기도 하다.

고신전쟁에 대해 잘 몰라도 부르크레서에 대해 아는 다르칸과 프레데릭은 즉시 고개를 저었다. 지금과 같은 때에 고신의 부활은 상상하기 싫은 것이었다.

다르칸은 송곳니를 드러내며 소리쳤다.

"웃기지 마라! 특별한 매개체가 없는 상황에서 고신이 부활한다는 건 있을 수 없는 일이야!"

그러나 프레데릭은 더 이상 고민하지 않고 대신 검을 빼들었다. 그보다 더욱 고민해야 할 존재가 지금 코앞까지 닥친 것이다. 시뻘건 안광을 뿜으며 숨을 몰아쉬고 있는 리오를 향해, 프레데릭은 한 걸음 전진하며 동료들에게 말했다.

"일단 내가 막아 보겠다. 다른 사람들은 지금 상황을 어떻게 해결할지 고민해 보시오."

말을 마치자마자 프레데릭은 리오를 향해 빠른 속도로 돌진해 들어갔다. 한편 그가 오는 것을 본 리오는 야릇한 미소를 지으며 검게 변한 디바이너를 굳게 움켜쥐었다.

"아네라족인가. 쿠쿡, 좋아. 상쾌하게 상대해 주지. 움직이지 않는 용제보다는 더욱 재미있는 상대가 될 것 같으니까! 하하하핫!"

리오는 그의 평소 공격 패턴에 비해 과할 정도의 힘과 속도로 프레데릭에게 달려들었다. 피에 굶주린 야수처럼 공기를 가르며 달려가는 모습은 모두가 아는 리오 스나이퍼의 모습이 절대 아니었다.

이윽고 프레데릭의 검과 리오의 디바이너가 정면충돌했다. 프레데릭의 직접 공격이 상당한 파워를 가지고 있다는 것을 잘 아는 다르칸은 리오가 약간이나마 밀릴 것이라 생각했으나 결과는 정반대였다. 육중한 프레데릭의 몸이 마치 장난감처럼 뒤로 죽 밀려 나간 것이다.

"크윽!"

겨우 중심을 잡은 프레데릭은 지금 일어난 일에 불가능이란 단어를 붙이고 싶었다. 단순한 베기에 불과했지만 자신의 몸 전체로 흐른 파워는 절대적인 것이었다.

'가공할 만한 파워와 스피드. 휀이라도 이 정도는……!'

리오는 잔뜩 긴장한 프레데릭에게 도발적으로 손을 움직이며 말했다.

"자, 이제 시작일 뿐이다 아네라. 나를 지금보다 더욱 즐겁게 해 줘야 조금이라도 편히 죽음을 맞을 수 있을 것이다. 움직여라, 그리고 괴로워해라. 후후, 하하하핫!"

리오가 터트리는 사악한 웃음은 결코 평상시 그의 것이 아니었다. 일단 프레데릭은 이전의 충돌에서 얻은 느낌을 토대로 가설을 세워 봤다.

'리오는 지금 조종을 당하고 있다. 하지만 부르크레서의 직접적인 힘으로 조종당하는 것 같지는 않다. 매우 강력하긴 하지만 신의 힘은 결코 아니다. 그렇다면 사념체……! 부르크레서가 만든 사념체! 그러나 어쩌지? 물리적 힘으로 사념체를 정화할 수는 없는데?'

그때 리오의 공격이 재차 뿜어졌다. 지르콘 결계를 통해 상대의 사나운 공격을 막은 프레데릭은 일단 자신의 무력으로 리오를 제압하기 힘들다는 판단에 마음속으로 다르칸을 불렀다.

'다르칸, 사념체를 정화하는 방법을 알고 있나? 통상적인 것 말고 특별한 것으로.'

정신감응으로 들려온 그 질문에 다르칸은 즉시 답신을 보냈다.

'사념체? 리오 스나이퍼가 사념체에 지배당하고 있다는 말인가?'

'그렇다. 지금의 나로서는 버티는 것이 고작이니 어서 방법을 말해 봐라.'

'후, 웃기는 소리하지 마라, 프레데릭. 신이었던 존재의 사념체는 웬만한 방법으로는 정화가 불가능하다. 상당한 마력을 이용해 사념체를 제압하는 수밖에 없다. 그러기 위해서는 일단 리오를 제압해야겠지.'

'그래? 그렇다면 도와주겠나?'

수천 년 전의 일을 생각했을 때 프레데릭의 제의는 충격 그 자체였다. 그러나 다르칸은 그 제의를 부담스럽게도, 고맙게도 생각하지 않았다. 그냥 자연스럽게 듣고 대답할 수 있는 말로 느낄 뿐이었다.

　'일단 급한 대로 움직여 주지. 응? 이런!'

　갑자기 들린 다르칸의 강한 정신감응에 프레데릭은 뒤를 돌아봤다. 그의 시선과 옆을 일순간 지나친 크리스토퍼는 프레데릭의 앞을 몸으로 가로막으며 리오에게 소리쳤다.

　"리오 님, 접니다! 클루토입니다! 제발 멈추십시오!"

　"시끄럽다, 늙은 인간! ……컥!"

　순간 리오가 얼굴을 감싸 쥐며 한쪽 무릎을 꿇었다. 그의 이상 반응에 놀란 프레데릭은 눈두덩을 꿈틀대며 앞에 선 크리스토퍼를 내려다봤다.

　'이 노인이 누구지? 리오와 아는 사이인가?'

　그의 예상이 맞는 듯, 리오는 어느 정도 정상으로 돌아온 눈빛으로 크리스토퍼를 바라봤다.

　"클루토……? 당신이 클루토라고?"

　"예, 그렇습니다 리오 님! 어서 부르크레서의 힘을 밀어내고 정상으로 돌아와 주십시오! 그런 존재에게 쓰러지실 리오 님이 아니시지 않습니까!"

　"하, 하지만……! 크아아악!"

　그러나 리오는 오래가지 못해 비명을 지르고는 다시금 사념의 지배를 당하기 시작했다. 붉은 안광을 폭사하며 디바이너를 치켜든 리오는 마치 광전사처럼 포효하며 검을 아래로 휘둘렀다.

　"나를 방해하지 마라. 늙은 인간! 크오오오!"

"비키시오!"

순간 프레데릭의 검이 크리스토퍼의 머리 위로 떨어지는 검을 급히 막아 냈다. 그와 동시에 금속에 금이 가는 소리가 들렸다.

'이런!'

프레데릭은 자신의 검에 간 균열을 보고 눈을 부릅떴다. 수명이 다한 이 검으로 리오의 공격을 막아 내기는 불가능했다. 하지만 검을 버릴 수는 없기에 일단 그는 검에 지르콘 결계를 불어넣는 것으로 대처하기로 했다.

한편 목숨을 잃을 뻔했지만 크리스토퍼는 물러서지 않았다. 그는 슬픈 얼굴로 리오를 바라보며 외쳤다.

"리오 님! 제발 자신을 되찾아 주십시오!"

그러나 그의 목소리는 리오의 몸에서 뿜어진 힘에 묻혀 사라졌다. 프레데릭과 크리스토퍼를 한꺼번에 밀어낸 리오는 굶주림이 가득한 눈으로 에스토드 왕궁을 쏘아보며 중얼댔다.

"에너지……! 내가 그토록 원했던 에너지가 저기 있다! 하하핫, 이 얼마나 좋은 기회인가! 이렇게 강한 리오 스나이퍼의 육체를 손에 넣은 것도 부족해, 날 다시금 신으로 만들어줄 무한의 에너지가 저기서 기다리고 있지 않은가! 하하하핫!"

리오, 아니 부르크레서의 포효 속에서 프레데릭은 힘겹게 몸을 일으켰다. 전혀 예상치 못한 최악의 상황을 눈앞에 둔 프레데릭은 기절해 쓰러진 크리스토퍼를 부축하며 마음속으로 외쳤다.

'강하다! 휀이 말했던 가즈 나이트의 진짜 힘이 이 정도였나? 최고의 힘을 발휘해 싸우지 않으면 상대 자체가 불가능하다! 어째서 이런 기습적인 상황이 벌어지게 된 것인가……!'

"유언은 다 생각했나!"

부르크레서는 더 이상 프레데릭에게 시간을 주지 않으려는 듯했다. 하지만 크리스토퍼를 부축한 상황에서, 그리고 검에 균열이 간 상황에서 정면 대결을 한다는 것은 무모했기에 그는 지르콘 결계를 이용해 쏟아지는 상대의 공격을 막으며 리오와 대치 중이었던 바이칼을 향해 소리쳤다.

"용제여, 공격하시오! 당신의 힘이라면 지금의 적을 충분히 막을 수 있소!"

그러나 바이칼은 멍하니 프레데릭을 바라볼 뿐, 움직일 생각을 전혀 하지 않았다. 바이칼은 프레데릭을 끊임없이 추격하며 공격을 날리는 리오를 보며 슬픈 목소리로 중얼댔다.

"나, 나 때문이야. 나 때문에……."

그가 꿈쩍도 하지 않는 모습에 프레데릭으로선 답답함을 금할 수 없었다. 부르크레서에게 조종당하는 리오를 압도할 수 있는 존재는 바이칼뿐이기 때문이었다. 그는 다른 방법을 찾아보려 했으나 그것도 어려웠다. 리오가 자신들을 무시하고 에스토드 왕궁으로 날아간다면 그야말로 끝장이었다.

"엉?"

순간 닥쳐온 엄청난 기운에 프레데릭은 다시 리오를 바라봤다. 그가 공격을 멈추고 힘을 모으기 시작하자 이윽고 몸 주위에 살기를 머금은 녹색 빛이 흘렀다.

"후후, 과연 지하드를 받아 낼 수 있을까? 네가 사용하는 결계는 칭찬할 가치가 있다. 그러나 지하드를 받아 내기에는 역부족이지. 자, 신을 죽일 순 없지만, 신의 육체를 갈가리 찢어 버리는 이 궁극의 기술을 몸으로 느껴 봐라!"

'지하드? 리리스의 트리플 플레어를 무력화했던 그 기술 말인가?'

초고속으로 돌진해 오는 리오의 모습에 프레데릭은 절망감마저 느꼈다. 자신의 지르콘 결계로 막을 수 있는 것이 아니란 느낌 때문이었다. 다르칸이 급히 마법진을 전개했지만 검기(劍技)인 지하드의 발동 시간은 그 어떠한 마법도 따라잡을 수 없었다.

그때 뇌력을 머금은 백색의 물체가 프레데릭의 지르콘 결계 위를 스쳐 지나갔다. 지하드 발동 직전에 예기지 못한 공격을 받은 부르크레서는 결국 지하드를 취소하고 날아온 공격을 급히 받아냈다.

"크윽! 누구냐!"

부르크레서와 프레데릭을 비롯한 모두는 회전을 하며 공중에 떠오른 그 물체를 바라봤다. 그것은 다름 아닌 창이었다. 고대의 신계 문자와 번개 모양을 한 구조물로 멋들어지게 장식된 그 창을 프레데릭은 매우 잘 알고 있었다.

'지노그? 천공의 신 제우스의 창 지노그 아닌가!'

뇌력을 머금은 채 허공을 빙빙 돌던 지노그는 이윽고 회전을 멈추더니 자신의 주인이 있는 곳으로 빠르게 떨어져 내렸다. 그곳에는 백색 코트 차림의 한 여성이 심각한 얼굴로 서서 상황을 지켜보고 있었다.

"충격이군요. 가즈 나이트의 정신방어력이 돌파된 경우는 이번이 처음인 것 같습니다."

지노그를 다시 잡은 여성, 캠벨은 자신에게 돌아온 지노그를 가볍게 잡으며 안경을 매만졌다.

왕궁에 들어간 이후 지금까지 단 한 번도 왕궁을 나선 적 없는 그녀의 모습에 가장 놀란 사람은 크리스였다. 골격이나 얼굴의 전체적 생김새, 체형을 제외하고는 자신의 남편과 너무나 똑같았던

46

것이다. 슈웰과 다르칸, 프레데릭도 놀라긴 마찬가지였지만 그들을 놀래 주러 나온 것이 아닌 캠벨은 곧장 부르크레서를 향해 달려가며 외쳤다.

"리오 님은 제가 막겠습니다! 다른 분들, 특히 프레데릭 님은 저 공중요새로 빨리 진입해 주십시오!"

그녀의 말에 다르칸은 의아한 표정을 지었다. 프레데릭도 제대로 상대하지 못한 지금의 리오를 그녀가 어떻게 막는단 말인가.

"아, 잠깐! 허튼 짓 그만하고 멈추시오! 우리도 돕겠……."

그러나 다르칸은 더 이상 말을 잊지 못했다. 지노그의 힘이 강력해서인지, 아니면 그녀의 창 기술이 강력해서인지는 몰라도 캠벨이 리오를 무지막지하게 밀어붙이기 시작한 것이다. 모든 각도를 커버하는 엄청난 찌르기 공격은 마치 스파크를 머금은 소나기가 떨어지는 것처럼 현란했다. 그렇다고 해서 마구 찌르는 것도 아니었다. 상대가 움직일 것으로 보이는 모든 코스를 미리 틀어막는 것이기에 리오의 몸은 뒤쪽으로 갈 수밖에 없었다.

전혀 예상치 못한 막강한 공격에 리오의 몸을 지배하는 부르크레서도 당황한 듯, 급히 거리를 두며 전세를 가다듬었다.

"넌 누구냐! 리오 스나이퍼의 기억 속에는 너 같은 강자가 존재하지 않는다!"

캠벨은 처음 개시했을 때와는 다른 자세를 잡으며 대답했다.

"저는 리오 스나이퍼 님과 직접적으로 대결한 적이 단 한 번도 없습니다. 그러니 그분의 기억에만 의존해 싸우신다면 원하시는 결과를 얻을 수 없을 것입니다."

"무엄하다!"

자존심이 상한 부르크레서는 세찬 공격과 함께 캠벨에게 접근했다. 그 파워 넘치는 공격에도 캠벨은 당황하지 않고 차근차근 공격과 방어를 적절히 섞어 가며 상대의 움직임을 제압해 나갔다.

그녀의 빠르고 유연한 움직임을 유심히 지켜보던 다르칸은 씁쓸히 웃으며 옆에 선 프레데릭의 갑옷을 손등으로 툭 건드렸다.

"이거 놀랍군. 가즈 나이트 급의 존재가 또 하나 있다니 말이야. 차림새와 생김새만 훼과 비슷하다 생각했더니 무력도 훼과 맞먹는군. 저런 실력을 가진 여자가 왜 지금까지 그 어떤 소문에도 섞이지 않았을까?"

비슷한 생각을 하고 있던 프레데릭은 잠시 침묵 후 대답했다.

"이유가 있겠지. 아무래도 훼과 관련이 있을 듯하다. 그럼 난 저 실버 문이라는 공중요새로 가 볼 테니 이곳을 부탁한다."

"흠, 좋아. 그럼 난 저 금발의 아가씨를 계속 응원하지. 돌아오면 저 아가씨의 예상 신체 사이즈도 말해 주겠다."

"……."

"농담일세."

"흠, 못 말리겠군."

프레데릭은 재빨리 실버 문 근처로 공간이동을 했다. 하지만 그는 또 하나의 문제와 싸워야만 했다. 요새로 진입 해야하는데 실버 문의 매끈한 외부 장갑 어디에도 출입구가 보이지 않았다.

"힘으로 뚫고 들어가라는 말인가? 하지만 그건 아닌 것 같은데?"

방법을 궁리하던 프레데릭은 이윽고 검을 거둔 후 양손을 실버 문에게 뻗었다. 그가 가진 공간 제어력을 이용한 공간 투시였다. 표면 장갑이 특수 경화된 은이어서 그의 능력은 절반으로 떨어졌지만 그래도 입구를 찾을 수는 있었다.

공간 투시 능력을 사용하자마자 그의 눈에 보인 것은 정면에 위치한 작은 구멍이었다. 작다고 해도 실버 문의 덩치에 비해 작은 것일 뿐, 실제로는 웬만한 집 한 채가 들어갈 정도였기에 프레데릭은 즉시 그곳으로 향했다.

'공간왜곡을 이용한 문이군. 상당한 기술력이다.'

실버 문의 메인 게이트를 막은 공간왜곡은 배타적인 것이 아니었기에 프레데릭이 그곳에 진입하기는 매우 수월했다.

그가 실버 문 내부에 들어오자마자 느낀 것은 점점 희미해져 가는 세 개의 기운이었다. 프레데릭은 마치 도움을 청하는 듯한 그 기운들을 따라 실버 문의 복도를 뛰기 시작했다.

프레데릭은 얼마 지나지 않아 현재 에스토드에서 쓰는 것과 모양만 약간 다른 글자로 '주조종실'이라 쓰인 방에 도착했다.

그러나 그 이상 전진할 수 없었다. 리오의 몸 주위에 흐르던 흑색 안개와 비슷한 몸을 가진 거대한 야수가 주조종실 입구를 가로막고 있었기 때문이다.

프레데릭과 시선을 마주친 야수는 벌떡 몸을 일으키며 살기를 띠웠다. 그리고 놀랍게도 아네라의 언어 소통 체계와 같은 정신 파장을 이용해 프레데릭에게 말을 걸었다.

"오호, 밖에서도 만나더니 이젠 안에서도 만나는군. 그래도 기쁘도다. 너와 같이 정신과 육체가 최고 수준으로 발달한 아네라는 섭취하기 쉽지 않으니 말이다. 여기까지 찾아와 나에게 육체를 제공하려 하다니, 기특하도다."

상대의 갑작스러운 기습에 대비해 지르콘 결계의 농도를 높인 프레데릭은 눈을 더욱 번뜩이며 물었다.

"너도 부르크레서의 사념체인가."

그러자, 야수는 앞발로 갑판을 강하게 때리며 포효했다.

"무례하다! 감히 신의 일부분을 사념체 따위와 비교하다니! 후후, 비록 불노불사의 자격과 신의 육체를 잃어버리긴 했지만 신은 수천의 눈과 수만의 발을 가질 수 있다. 밖에서 리오 스나이퍼의 육체를 얻은 존재도 부르크레서. 이제 너와 이 조종실 안에 있는 존재들을 가질 나도 부르크레서다. 자, 순순히 육체를 내놓아라, 아네라족이여."

야수의 모습을 한 부르크레서의 사념체를 잠시 쏘아보던 프레데릭은 등에 찬 대검을 뽑아 들었다. 금이 가긴 했지만 마지막 일격을 가할 것이 아니기에 충분했다. 그는 검 끝을 사념체에게 향하며 낮게 중얼댔다.

"너의 헛소리는 나의 엔돌핀을 증가시키지 못했다."

"큭, 무엄하다!"

사념체의 공격은 빠르고 거셌다. 그러나 프레데릭은 리오와 상대할 때만큼 밀리지 않고 여유 있게 그 공격을 피하거나 되받아쳤다. 그에게 부담을 주는 것은 단 하나, 싸우는 장소의 협소함뿐이었다.

"자신이 처한 상황을 한 번 더 생각해 보는 것이 어떤가. 신의 사념체여."

목소리는 무겁게 깔렸지만 공격만큼은 강렬했다. 상대의 공격을 미처 피하지 못한 사념체는 그 공격에 둘로 깨끗이 나뉘었다. 그러나 곧장 하나로 합해지며 상대에게 반격을 감행했다.

마치 거대한 말뚝과 같은 모습으로 변한 사념체는 프레데릭을 향해 맹렬히 돌진하며 외쳤다.

"웃기지 마라! 넌 밖에서 나에게 완전히 밀리지 않았는가!"

그 공격을 팔에 집중한 지르콘 결계를 이용해 다시금 퉁겨 낸 프레데릭은 그 말뚝을 다시금 가볍게 둘로 갈랐다.

"그건 밖에서의 문제였지."

"커억!"

두어 번에 걸친 프레데릭의 공격을 맞은 사념체는 비틀대며 뒤로
물러섰다. 리오의 몸으로 상대한 프레데릭과 육체가 없는 상태에서
상대한 프레데릭의 차이가 이렇게 클 줄은 전혀 몰랐던 그는 믿을
수 없다는 듯 점점 붕괴되기 시작하는 육체를 비틀대며 외쳤다.

"이, 이럴 리가 없다! 어째서 내가 이렇게……! 신인 내가 어째서
이렇게 당해야만 하는 것인가!"

검을 거두고 양팔을 편하게 늘어뜨린 프레데릭은 몸의 기운을
높이는 듯, 안광을 더욱 강력하게 뿜으며 이유를 설명해 주었다.

"밖에서 보여 준 너의 강함은 리오 스나이퍼의 강함이지 너의 강
함이 아니다. 바꿔 말하면 강한 육체를 지니지 못한 사념체는 아무
리 신의 것이라 해도 위협적인 정신 물체를 벗어날 수 없다는 말이
다. 자, 소거해 주마, 사념체."

기괴한 진동음과 함께 프레데릭의 양팔 보호대에서는 마치 긴
후추병처럼 생긴 물체들이 보호대의 내부 구조를 의심케 할 정도
로 무수히 튀어나왔다. 그 물체들은 프레데릭이 뿜는 안광과 비슷
한 선홍빛을 내며 공명하기 시작했고, 거기에서 느껴지는 거대한
에너지량에 사념체는 흠칫 놀라며 주춤거렸다.

"이, 이 정신 에너지량은 데스 메이커의 것! 아네라의 능력이 티
아마트의 데스 메이커를 사용할 정도로 진화했단 말인가! 하지만
지금 날 소멸시키기 위해 데스 메이커를 썼다가는 이 공중요새가
증발해 버릴 텐데?"

자신의 양손을 굳게 모아 움켜쥔 프레데릭은 양팔의 정신제어봉

과 손 사이에 흐르는 아크(Arc)를 적절히 제어하며 대답했다.

"신들의 교체기 이후, 오랜 시간 동안 육체와 정신을 갈고닦은 아네라는 고신 티아마트의 기술인 데스 메이커를 완전한 아네라의 것으로 만드는 데 성공했다. 특히 지르콘 나이트 정도의 아네라는 유리 위에 앉은 먼지도 유리를 깨지 않고 소멸시킬 수 있을 정도로 데스 메이커의 파괴력을 제어할 수 있다. 그러니 안심하도록."

"이, 이 녀석!"

사념체 자신도 마지막이라 생각했는지 상당한 기세로 프레데릭을 향해 몸을 날렸다. 그러나 이미 승부가 갈린 상황이었기에 프레데릭은 여유 있게 모은 양손을 사념체의 머리를 향해 찔러 넣었다.

마치 늪에 빨려 들어가듯 프레데릭의 손이 사념체의 두상을 기형적으로 바꾸며 깊숙이 파고 들어갔다. 사념체는 즉시 사라지지 않고 프레데릭의 팔을 타며 그의 몸을 집어삼키려 했지만 그것도 잠시, 사념체의 몸은 풍선처럼 크게 부풀더니 이내 펑 소리와 함께 흩어져 복도 벽에 늘어붙었다.

사념체 조각들이 소멸하며 내는 연기는 지독했다. 그것을 뚫고 주조종실의 문을 연 프레데릭은 안의 상황을 보고 놀라움을 금치 못했다.

"이것은!"

비상을 알리는 듯 온통 적색 불이 들어온 조종실 바닥에는 오랜만에 보는 폴카와 녹색 머리 청년, 그리고 요정의 모습을 한 가디언이 쓰러져 있었는데, 셋은 무엇 때문인지 몰라도 정신력을 상당히 소진한 상태였다.

특히 가디언을 제외한 둘은 머리에 케이블이 연결된 이상한 장치를 쓰고 있었다.

"리오 스나이퍼의 동료들인가? 폴카의 모습이 보이는 것으로 보아 맞는 것 같군. 하지만 왜 이렇게 정신력을 소모한 거지? 게다가 이 장치들은 또 무엇인가?"

그때 프레데릭의 머리 위로 기계음이 섞인 목소리가 들려왔다.

"운전자들은 마력구동 시스템이 요구하는 수준의 마력을 유지해 주십시오. 반복합니다. 운전자들은 마력구동 시스템이 요구하는 수준의 마력을 유지해 주십시오. 경고합니다. 실버 문의 고도가 떨어지고 있습니다. 마력구동 시스템 이상을 알립니다. 다시 한 번 경고합니다. 실버 문의 고도가 떨어지고 있습니다. 마력구동 시스템 이상을……."

반복되는 경고음에 프레데릭은 주조종실에 쓰러진 셋의 상황을 어느 정도 추론할 수 있었다. 에스토드 왕국으로 돌진해온 리오를 따라잡기 위해 무리하게 이 기계 덩어리를 움직인 것이 분명했다.

조종기판으로 보이는 곳에 다가간 프레데릭은 급히 기계들을 점검하며 중얼댔다.

"이 기계덩이도 휀이 말했던 공중요새 중 하나였군. 그러니 이들이 무리를 해서까지 이곳으로 끌고 왔겠지. 어쨌거나 이 요새의 마력구동 시스템은 상당히 위험하게 조정되어 있군. 무엇 때문인지 몰라도 대부분의 동작 루트가 봉인되어 있다. 운전자의 마력을 위험할 정도로 소진시키고 있어. 사념체에게 요새가 조종당하는 것을 막기 위해서 이렇게 했나? 좋아, 일단 봉인부터 풀어 보지."

프레데릭은 오른팔 보호대 뒤쪽에 준비된 버튼을 눌렀다. 그에 맞춰 보호대에서 상당한 길이의 강철 침이 솟아났고, 프레데릭은 즉시 그 침을 기판의 한구석에 꽂아 넣었다. 아네라가 가진 기계와의 교감 능력을 이용하려는 것이었다.

아네라의 기계 교감 능력은 유전자 변형 능력만큼이나 특이한 기술이었다. 자신의 의식을 기계의 부품에 흐르는 모든 에너지 파장과 일치시킴으로서 대상이 된 기계를 파괴하지 않는 상태에서 파헤치고 탐구하는 그 능력은 아네라에게 세상의 그 어떤 종족보다도 빠른 기계 이해력을 선사해 주었다.

에너지를 따라 실버 문을 이루는 부품과 프로그램의 모든 것을 여행한 프레데릭은 곧 침을 뽑고는 계기판을 매만지고 키를 조작하기 시작했다. 동작 루트의 봉인을 푸는 과정에서 암호를 묻는 구간이 몇 차례 나왔지만 문제가 아니었다.

"됐어."

그가 모든 동작 루트의 봉인을 해제하자 위험 수위를 달리던 에너지 소비량은 곧 정상으로 돌아왔다. 그 증거로 주조종실을 새빨갛게 만들던 비상등은 정상적인 백색 등으로 바뀌었다.

고도를 나타내는 숫자의 하강 속도가 떨어진 것을 확인한 프레데릭은 이제 안심한 듯, 기절한 셋에게 다가가 자신의 정신력을 약간씩 주입했다.

"우, 우욱……!"

신음 소리와 함께 맨 먼저 깨어난 사람은 녹색 머리 청년이었다. 머리를 흔들며 일어난 청년은 심한 피로에 시야가 흐릿한지 눈을 계속 비비면서 프레데릭에게 시선을 돌렸다.

"다, 당신은 누구십니까?"

외모 덕분에 겪은 이전의 불미스러운 일을 순간 떠올린 프레데릭은 애써 청년에게 등을 돌리며 대답했다.

"그것은 나중에 논합시다. 미안하지만 리오 스나이퍼가 어째서 저렇게 됐는지 먼저 설명해 주시겠소?"

"예? 그, 그것은……."

그 물음에 레디는 곤란한 표정을 지었다. 등을 돌리고 있어서 그의 표정을 보지 못한 프레데릭은 상대의 대답이 신통치 않자 뒤쪽을 흘끔 바라봤다.

"대답하기 곤란한 문제요?"

"으, 으아아악!"

프레데릭이 갑자기 얼굴을 돌리자 시야가 방금 전 회복된 레디는 기겁을 하며 통겨지듯 뒤로 물러섰다. 이런 상황이 익숙한 프레데릭은 애써 표정을 굳히며 다시 물었다.

"문제는 생각보다 심각하오. 어떻게 해서 리오 스나이퍼가 사념체의 지배를 받게 됐는지 얘기해 주시오."

"하, 하지만 당신이 누구신지 알아야 할 것 아닙니까!"

그가 의심이 많은 젊은이라고 생각한 프레데릭은 미간을 좁히며 대답했다.

"휀 라디언트와 아는 사이요. 그리 친하지는 않지만 폴카 님도 알고 있소. 그리고 난 크리스 부인의 저택을 청소하기도 했소."

"처, 청소요?"

갑자기 튀어나온 '청소'란 단어에 레디는 잠시 당황했지만 더 이상 물었다가는 심한 봉변을 당할 것 같았기에 그는 일단 대답했다.

리오가 바이칼을 구하고 사념체의 공격을 받은 것까지 어느 정도 설명한 그는 계속해서 그 이후의 얘기를 이어 나갔다.

"리오 선배의 공격을 바이칼 전하께서 막고 계시는 동안, 우리는 급히 실버 문에 올라타 그것으로 리오 선배를 지배하는 사념체를 없애려고 했습니다. 하지만 미처 생각을 못 한 것이, 또 하나의 사념체가 실버 문 안에 있었던 것입니다. 실버 문 내부에서 전투를 했다가는 기계가 망가질 우려가 있었기에, 우리는 가까스로 사념체를 피해 주조정실에 들어온 후 문을 막았습니다. 그러나 리오 선배는 이미 사라진 후였죠. 사념체가 원하는 거대한 에너지를 찾아 초고속으로 에스토드 왕국을 향해 가신 것이었습니다. 사념체가 원하는 만큼의 에너지를 확보하면 고신 부르크레서가 세상에 다시 나타난다는 말에, 우리는 무리를 해서라도 실버 문을 에스토드 왕국에 이동시켜 리오 선배를 막기로 했습니다."

"그 이동 방법이 워프 드라이브였던 것이오?"

"그렇습니다. 봉인된 구동장치를 풀지 않고 무리하게 움직인 탓에 저희는 도착하자마자 얼마 버티지 못하고 의식을 잃었습니다. 저는 의식을 잃기 전, 마지막으로 구원 요청을 했죠. 어떤 분이 들으셨을지는 모르지만 말입니다."

그 얘기를 하는 동안 브라디와 폴카가 차례로 의식을 회복했다. 레디에게 얘기를 듣고 있는 프레데릭의 모습에 둘은 움찔했지만 그녀들에게 급한 문제는 프레데릭의 외모가 아니었다.

"레, 레디 님! 리오 님은 어떻게 되셨죠? 바이칼 님은요!"

브라디가 갑자기 자신의 눈앞에 나타나자 프레데릭의 눈두덩이 꿈틀댔다. 그는 몸을 일으키며 레디 대신 대답했다.

"힘든 상황이다, 가디언이여. 캠벨이라는 여성이 리오 스나이퍼를 막고 있지만 얼마나 갈지는 의문이다. 그리고 용제 전하는 움직일 생각을 하지 않으신다."

"예?"

브라디는 슬그머니 프레데릭을 돌아봤다. 흐릿한 모니터 쪽으로 몸을 움직인 프레데릭은 모니터 제어기를 툭툭 건드리며 말했다.

"오랜만이오 폴카. 의식이 제대로 돌아왔다면 리오 스나이퍼를 정상으로 되돌릴 방법을 당장 말해 주시오. 당신들이 알다시피 상황이 급박하니까."

그의 뒷모습을 주시하던 폴카는 곧 침통한 얼굴로 대답했다.

"없습니다. 리오 씨 스스로 사념체를 몰아내는 것 외에는 그분의 목숨을 빼앗는 수밖에 없습니다."

모니터를 고치던 프레데릭의 손이 멈추고 말았다. 현재의 리오가 얼마만큼 강한지 잘 아는 그는 그렇게 굳어질 수밖에 없었다. 그런 상태로 잠시 생각하던 그는 곧 폴카를 바라보며 물었다.

"이 공중요새에 쓸 만한 무기가 있소? 검이라면 더 좋소."

현재 프레데릭이 사용하는 무기는 크리스가 수도의 무기시장에서 사다 준 보통의 양손대검이었다. 특성이라고는 보통의 검이라는 것뿐이기에 라이세네프를 사용할 때에 비해 뭉툭한 쇠망치를 휘두르는 것과 같았다.

그러나 그는 이때까지 더욱 좋은 검에 대한 생각을 가지지 않았다. 다르칸이 아군 아닌 아군이 된 후, 지금까지 그가 상대한 존재들은 보통의 철검으로도 쉽게 요리할 수 있었기에 더욱 그랬다. 하지만 지금은 얘기가 달랐다. 리오 스나이퍼의 강렬한 공격을 수명까지 다한 지금의 검으로는 더 이상 받아 낼 수 없었다.

한마디로 지금 그에겐 더욱 강력한 무기가 필요했다.

프레데릭의 질문에 폴카의 어깨가 움찔했다. 쓸 만하다는 말로는 부족한 엄청난 검, 둠이 실버 문 안에 있긴 했지만 지금 프레데릭의 말은 리오와 싸우겠다는 말과 같은 것이었다.

"잠깐, 설마 리오 씨와 싸우실 생각이신가요? 그건 불가능합니다! 지금 리오 씨는 광황님이 오신다 해도 어려운······."

"무기는 어디 있소."

폴카는 말문을 닫았다.

프레데릭을 처음 만났을 때, 즉 에이쉘과 에이웰 자매를 데려왔을 때도 느꼈던 것이지만 이 아네라 전사는 자신이 해야 할 일이라고 생각하면 절대 물러서지 않는 기질이었다.

당시 그에게서 자초지종을 들은 폴카는 아네라족에 대해 어느 정도 알고 있었기에 그의 행동을 이해할 수 없었다. 왜 아네라가 이번 일에 끼여드는 것인가? 그녀는 에이웰 자매를 자신에게 맡기고 돌아가는 프레데릭에게 반쯤은 장난 삼아 물었다.

"아네라족은 자신들과 관련된 일이 아니면 타 종족의 일에 대해 절대 관여하지 않는 것으로 아는데, 왜 당신은 아네라족이면서도 싸우려 하는 것이죠? 큰 대가가 떨어지는 것도 아니잖아요."

그 질문에 대해 프레데릭은 이렇게 대답했다.

"당신 말처럼, 이번 싸움에 참가한다 해서 큰 대가를 얻는 것이 아니오. 그러나 나는 싸워야 하오. 인간들의 동화에서 흔히 나오는 정의를 위해서가 아니오. 나 자신의 양심이 인도하는 길을 따르는 것일 뿐이오."

그 일을 떠올린 폴카는 더 이상 할 말이 없었다. 그녀는 고개를 숙이며 둠의 위치를 말해 주었다.

"당신께서 사용할 만한 무기가 있어요. 지하 9층의 비상동력실로 가세요."

"고맙소. 그럼 뒷일을 부탁하오."

프레데릭은 재빨리 주조종실을 나섰다. 그가 나간 문을 잠시 동안 바라보던 폴카는 레디에게 실버 문의 운전장치인 헤드셋(Head-set)을 건네주며 말했다.

"프레데릭이 둠을 가지게 되면 실버 문은 보조적으로 사용하는 에너지를 잃어 완전히 추락할 거예요. 다행히 프레데릭이 동작루트의 봉인을 모두 푼 것 같으니, 남은 마력을 조금만 이용해도 실버 문을 착륙시키는 데는 문제없을 거예요. 자, 어서 착륙시켜요."

"예, 맡겨 주십시오."

2

흩어지는 붉은 머릿결

실버 문이 천천히 지상으로 내려오는 한편, 리오를 훌륭히 막고 있는 캠벨에게는 한 가지 고민이 생겼다. 이대로 부르크레서의 사념체를 막는 것은 어렵지 않았지만 클라리스 공주의 옆을 계속 비우는 것은 위험했기에 그녀는 한시라도 빨리 사념체를 제압하고 클라리스에게 돌아가야만 했다.

"다른 생각을 하는 건가!"

"흡!"

고함과 함께 날아든 사념체의 공격을 가까스로 방어한 캠벨은 방어 자세를 유지한 채 멀찌감치 밀려 나갔다. 역시 파워는 사념체가 압도적이었다. 정확히 말해 리오의 육체였지만.

'그래도 손이 저릴 정도는 아냐. 이제 슬슬 제압해 볼까?'

캠벨은 지노그를 두어 차례 돌리며 자세를 바꿨다. 그 자세가 무엇인지 모르는 사념체는 잠시 그녀를 바라보다가 또 하나의 검 파라그레이드를 뽑아 들며 중얼댔다.

"승부를 걸겠다는 말이로군. 후후, 재미있구나. 하지만 더욱 재미있는 것이 리오 스나이퍼의 기억 속에 있군. 녀석은 나와 두 번째 대결을 할 때부터 두 개의 검을 사용하기 시작했지. 검 하나로 너를 상대하기 어렵다면 두 개는 어떨까?"

기가 주입된 파라그레이드에서 반투명 젖빛 날이 생성되었다. 기가 변환된 것인 만큼 그 절삭성은 날카롭기로 유명한 지크의 무명도를 뛰어 넘는 것이었다.

디바이너와 파라그레이드를 함께 든 리오의 몸에서 강한 살의가 흘렀다. 하지만 캠벨은 한치의 망설임도 없었다. 상대가 두 개의 검을 사용한다 해도 자신 있는 모양이었다.

둘의 대치 상황을 바라보던 다르칸의 손 어느새 그의 검 디르티스가 잡혀 있었다. 여차하면 캠벨을 돕기 위해 미리 뽑아 두었던 것인데 현재까지 그 검이 한 일이라고는 주인의 팔을 무겁게 만든 것뿐이었다.

하지만 움직일 기회가 드디어 생겼다. 사념체가 두 개의 검을 사용하면서 상황이 역전되기 시작한 것이다.

처음엔 별 변함없던 캠벨의 표정에 마치 상대의 강공이 힘겹다는 듯 주름이 하나둘 잡히기 시작했다. 마치 빗방울처럼 불규칙적으로 떨어지는 상대의 공격은 날렵하게 움직이던 지노그의 움직임은 물론이고 캠벨의 공격할 기회마저 송두리째 앗아 가는 듯했다.

"대단하군. 마치 두 명하고 싸우는 기분이겠어. 두 개의 검을 사용하는 존재가 저렇게 강할 줄은 미처 생각하지 못했는데?"

말은 그렇게 했지만 다르칸의 시선이 가 있는 곳은 디바이너와 파라그레이드가 아닌 캠벨의 얼굴이었다. 휀과 비슷하게 보이기 위해 변장을 좀 하긴 했지만 그녀의 이지적인 얼굴 형태와 시선 등은 꽤 눈이 높은 다르칸을 만족시키기에 충분했다.

"윽!"

한참 감상하는데 사념체의 빠른 차기가 캠벨의 다리를 노리고 들어왔다. 그 공격만은 미처 피하지 못한 캠벨은 바닥에 넘어졌고, 쓰러진 상대를 확인한 사념체는 승기를 잡았다고 생각했는지 두 검을 높게 치켜들며 미소를 지었다.

정신을 집중한 캠벨은 떨어지는 디바이너와 파라그레이드를 막기 위해 안간힘을 썼다. 그러나 먼저 떨어진 디바이너가 지노그의 움직임을 틀어막는 바람에 파라그레이드를 막는 것은 이제 그녀의 힘으로 불가능한 상황이 되어 버리고 말았다.

디바이너를 이용해 상대를 내리누른 사념체는 파라그레이드의 끝을 흐트러진 캠벨의 안경에 들이밀며 짧게 중얼댔다.

"죽어라."

"세상 일은 쉬운 게 없지!"

순간 흑색의 물체가 마치 뱀처럼 꺾이며 파라그레이드를 퉁겨냈다. 캠벨은 움찔하며 자신의 머리 뒤에 선 남자를 돌아봤고, 가까스로 파라그레이드를 막은 다르칸은 그녀에게 살짝 윙크를 하며 말했다.

"후후, 놀랄 것 없습니다, 아가씨. 큰 고민거리는 나눌수록 줄어드는 것 아닙니까?"

"예? ……아아, 그렇군요."

의미심장한 미소를 띤 캠벨은 이윽고 다르칸과 함께 리오의 몸을 멀찌감치 밀어냈다. 그녀의 반응에 생각보다 일이 잘 풀린다고 생각한 다르칸은 여느 때보다 더욱 멋진 포즈를 취하고 그녀에게 물었다.

"어느 쪽을 맡으시겠습니까? 저는 왼쪽을 맡을 생각입니다만."

그러나 그의 기대와는 달리 지노그를 접은 캠벨은 수도로 뛰어가며 외쳤다.

"저는 공주님께 다시 돌아가겠습니다! 리오 님을 최대한 막아주십시오!"

"아, ……하하. 그렇게 하죠."

자신의 작은 계획이 수포로 돌아가자 다르칸은 쓸쓸한 미소를 지었다. 하지만 그것도 잠시, 곧 사념체의 사나운 공격이 그를 덮쳤다.

"한눈팔면 죽음이로다, 악마여!"

디르티스와 디바이너 사이에서 터진 강렬한 섬광과 함께 뒤로 밀려난 다르칸은 정신을 집중하려는 듯 머리를 살짝 흔들었다.

"아아, 알고 있소, 사념체 양반. 지금 입은 옷은 오늘 아침에 다린 것이니 너무 사납게 공격하지는 마시오."

말은 그렇게 했지만 교묘한 시간 차를 두고 떨어지는 상대의 공격을 막기가 힘들다는 것을 깨달은 그는 예전에 휜이 자신에게 리오에 대해 말했던 것을 떠올려 봤다.

리오 스나이퍼는 자신의 의식 깊숙한 곳에 이빨을 숨긴 야수와 같다. 웬만한 상대가 아닌 한 자신의 힘을 다 발휘하지 않지. 그러나 그 의식의 철창을 깨고 이빨을 드러낸 녀석은 이루 말할 수 없을 정도로 강하다. 같은 편을 두렵게 할 정도로 말이다.

그 말처럼, 지금 자신의 의식을 사념체에게 빼앗겨 폭주하고 있는 리오는 강했다. 이루 말할 수 없이.

"크억!"

몇 차례 공격을 방어하다 결국 멀찌감치 튕겨 나간 다르칸은 디르티스에 실린 강한 진동을 온몸으로 느끼며 이를 갈았다.

'디르티스가 조금이라도 약한 검이었다면 분명 부러졌다. 젠장, 도대체 이 황당한 파워는 뭐지? 팔의 힘은 프레데릭보다 못하지만 검 끝에 실린 힘은 이해할 수 없을 정도다. 몸의 탄력을 이용해 공격력을 증가하는 것인가?'

"쓸데없는 생각은 접거라!"

다시금 사념체의 공격이 밀려오자 다르칸은 급히 뒤쪽으로 몸을 날려 공격을 피했다. 물리적 공격 범위 밖으로 완전히 물러선 그는 이대로 지지 않겠다는 듯 양손에 마력을 집중했다.

"미안하지만 육탄전은 이것으로 끝이오!"

사념체를 향해 펼쳐진 그의 손 앞에 사악한 기운이 실린 흑색의 거대한 마법진이 그려졌다. 고위 악마들이 즐겨 쓴다는 암흑마법, 사령포(邪靈砲)였다.

기괴한 울음소리와 함께 암흑의 냄새를 맡고 사방에서 몰려든 다수의 악령들은 전직 악마대공의 마법진 속으로 벌레들처럼 급속도로 빨려 들어갔다. 그것을 본 사념체가 자신에게 달려오자, 다르칸은 강하게 공명하고 있는 마법진의 중앙을 손바닥으로 치며 외쳤다.

"사령들이여, 앞에 보이는 붉은 머리의 인간이 너희의 먹이다! 깨끗이 먹어 치워라!"

이윽고 귀를 찢는 듯한 비명 소리와 함께 피와 살에 굶주린 악령의 뭉치가 마법진에서 광선처럼 튀어나갔다. 사념체는 즉시 검을 교차하며 그 공격을 막아 냈지만 사령포의 줄기는 방어와는 상관없이 목표물에 달라붙어 반투명한 이빨들을 드러냈다.

"다, 다르칸! 무슨 짓이에요? 리오를 죽일 셈이에요?"

"아저씨, 왜 그러세요!"

귀를 막은 채 그 광경을 지켜보던 크리스와 슈웰은 다르칸의 갑작스러운 행동에 경악을 금치 못했다. 하지만 다르칸의 표정에는 한치의 변화도 없었다. 그녀들보다 놀란 쪽은 오히려 그였다.

"말도 안 돼!"

그가 자신 있게 쏘아 보낸 악령들은 마치 애완용 뱀처럼 리오의 몸을 휘감은 채 꿈틀댈 뿐, 공격적인 행동은 취하지 않았다. 무위로 돌아간 것이다.

사념체는 악령들을 손으로 부드럽게 쓰다듬으며 조소를 보냈다.

"후후, 우습도다. 감히 신을 상대로 이런 저급한 정신체들을 사용하다니. 네가 사용한 사령포는 칭찬할 만했도다. 스스로의 의지를 가지고 움직이는 이 암흑마법은 상대의 정신과 육체를 단숨에 갉아먹는 무서운 공격법. 그러나 하급의 영체를 조종할 수 있는 최상위의 영적 존재에게는 절대 통하지 않도다. 게다가 역으로 공격할 기회를 마련해 주곤 하지. 이렇게 말이다!"

리오가 오른팔을 살짝 뻗자 몸을 휘감고 있던 악령들은 곧장 그곳에 달라붙어 특정한 모양을 만들기 시작했다. 그것은 마치 거대한 대포와도 같았다. 그런 공격법은 어디서도 본 적 없는 다르칸과 크리스, 슈웰 등은 긴장감과 의문이 섞인 얼굴로 사념체의 행동을 유심히 지켜봤다.

"그것이 말로만 듣던 신술(神術), 영파포(靈波砲)인가!"

갑자기 들려온 묵직한 목소리에 사념체는 움찔하며 뒤쪽을 돌아봤다. 그곳엔 상당한 수준의 정신력을 눈을 통해 불태우고 있는 프레데릭이 있었다.

다르칸의 시선이 꿈틀거렸다. 프레데릭은 특별히 달라진 것은 없었지만 그의 모습에는 뭔가 있었다. 바로 그의 등에 보이는 흑색의 거대한 검이었다. 마치 관(棺)을 연상케 하는 금속제의 칼집에 단단히 싸여 있었기에 어떤 검인지 확실히 알 수는 없었지만 프레데릭의 강한 정신파동에 강력히 공명하고 있는 것만은 사실이었다.

"오호, 내 일부분을 없앤 아네라로구나. 후후, 공중요새 안에서 당한 굴욕은 이곳에서 갚아 주겠노라. 그러니 네 동료들을 내가 없애 줄 동안 기다려라."

"그건 거절이다."

단호하게 말을 자른 프레데릭은 등에 찬 검의 자루를 굳게 움켜쥐었다. 다른 보통의 칼집과는 달리 검을 단단히 싸고 있던 칼집은 그에 맞춰 양쪽으로 전개되며 검을 품에서 떠나보냈다. 엄청난 정신파동과 함께 칼집에서 나온 그 대검은 10세 정도 된 어린아이 키의 두 배에 가까운 크기인 데다, 무엇보다 특이한 것은 검 끝이 다른 검들과는 달리 뾰족하지 않고 마치 잘린 것처럼 검의 중심선과 수직을 이루고 있다는 점이었다.

위쪽으로 긴 사다리꼴과 같은 그 검의 위용에 사념체는 크게 놀라며 뒷걸음질쳤다.

"그것은 우라노브의 파괴검, 둠! 그, 그렇군! 공중요새의 비상동력원으로 사용된다는 것을 잊고 있었도다!"

"그럼 잊어버리거라. 영원히."

검으로부터 전해지는 엄청난 무게와 정신파동을 잘 소화하며 자세를 취한 프레데릭의 모습은 그 어느 때보다 강하게 느껴졌다. 둠의 파괴력을 잘 알고 있는 사념체는 다급해진 듯, 다르칸에게 쏘려던 영파포의 포구를 즉각 프레데릭에게 돌렸다.

"그 검으로 날 쓰러트리겠다고? 그 꿈은 이 한 방으로 불가능하게 되느니라!"

폭음을 동반하고 불을 뿜은 영파포는 다르칸이 쏜 사령포와는 비교할 수 없을 정도로 매섭게 공기를 가로질렀다. 언제나 황색 내지는 적황색을 띠던 프레데릭의 안광이 시퍼런 색을 띤 것도 그때였다.

"우오오옷!"

그의 팔에 이끌려 거대한 호선을 그린 둠은 새로운 주인의 목숨을 노리고 날아오던 영파포의 빛을 단숨에 둘로 갈랐고, 프레데릭의 양쪽으로 각각 날아간 악령들의 줄기는 고통이 실린 비명과 함께 폭발해 사라졌다.

"상당한 파괴력이군. 저 검, 프레데릭의 정신파동에 완벽히 반응하고 있어."

다르칸은 고개를 슬쩍 저으며 감탄을 흘렸다. 조마조마하던 크리스와 슈웰은 마치 희망처럼 다가온 프레데릭의 강한 모습에 기쁨을 감추지 못했다.

"프레데릭, 최고예요!"

"아저씨, 멋져요!"

둠을 어깨에 걸친 프레데릭은 뒤에서 불어오는 후폭풍을 무시한 채 사념체를 향해 발걸음을 옮겼다. 자신의 공격을 가볍게 무위로 돌린 그 아네라 전사의 모습에 두려움을 느낀 사념체는 즉시 상대를 향해 몸을 날리며 외쳤다.

"네가 아무리 둠을 가지고 있다 해도, 이 리오 스나이퍼의 육체는 너 이상으로 강하다는 사실을 망각하지 말아라! 이 육체는 최강이며, 나 부르크레서의 오랜 소망을 이뤄 줄 최고의 촉매로다!"

"강함의 진정한 의미를 망각한 것은 너다!"

사념체의 일격을 막아 낸 프레데릭은 뒤로 약간 밀린 중심을 곧장 회복하더니 상대방을 멀찌감치 밀어내며 말을 이었다.

"리오 스나이퍼의 진정한 강함은 그 육체에 있는 것이 아니다. 바로 정신이다!"

검을 양손으로 잡은 프레데릭의 팔 보호대에서 다시금 정신제어 봉들이 튀어나왔다. 그것이 무엇을 의미하는지 잘 아는 다르칸은 눈을 부릅뜨며 소리쳤다.

"데스 메이커? 미쳤나, 프레데릭!"

그 외침은 프레데릭에게 들리지 않았다. 요란하게 흐르기 시작한 데스 메이커의 아크는 둠의 검신 전체를 휘감았다. 그로서 자신이 낼 수 있는 정신파동을 극한까지 끌어올린 프레데릭은 미간을 잔뜩 찌푸리며 검을 휘둘렀다.

"그의 고귀한 정신을 자유롭게 놔주어라, 고신의 사념체여!"

둠과 함께 땅에 충돌한 데스 메이커의 아크는 굉음을 일으키며 지면을 가로질렀다. 마치 굵은 번개가 하늘을 향해 거꾸로 치솟듯, 천공을 향해 높이 뿜어져 올라간 아크의 거대한 파도는 방어 태세를 취한 사념체와 그대로 충돌했고, 둠과 프레데릭이 함께 뿜어내는 경이적인 정신파동 앞에 힘을 잃은 사념체는 손에 잡은 검을 놓치며 폭발 속에 파묻혔다.

"크, 크오오오옷!"

주인의 손을 떠난 디바이너와 파라그레이드는 폭발에 밀린 듯 멀찌감치 날아가 땅에 박혔고, 리오의 육체 역시 하늘 높이 밀려

올라갔다.

그의 육체가 무사한 것을 위험하게나마 확인한 크리스와 슈웰, 그리고 멀리 떨어진 곳에서 리오와 다른 이들이 싸우는 모습을 바라보던 바이칼은 안도의 표정을 지었다.

둠을 다시 칼집에 넣은 프레데릭은 다르칸을 슬쩍 바라봤다. 프레데릭을 바라보고 있던 다르칸이었기에 둘은 쉽게 시선을 마주할 수 있었다. 잠시 어색한 미소를 짓고만 있던 다르칸은 곧 엄지손가락을 들며 윙크를 해 보였다.

"멋졌다, 너로서는."

"흠."

프레데릭은 슬그머니 고개를 저었다. 하지만 이상하게도 기분이 나쁘거나 하지는 않는 듯했다.

바닥에 추락한 리오의 몸은 육체 자체의 강건함 탓인지 특별한 이상은 없었다. 오직 의식을 잃은 것뿐이었으나 안타깝게도 문제는 아직 끝난 게 아니었다.

급히 실버 문에서 나와 그를 진찰한 폴카는 길게 한숨을 쉬며 주위를 둘러싼 모두에게 말했다.

"리오 씨는 아직 사념체의 지배에서 벗어나지 못했습니다. 사념체가 리오 씨의 힘을 상당히 빨아들인 덕분에 프레데릭 님의 데스 메이커를 정면으로 맞고도 살아남을 수 있었던 모양입니다."

"그, 그럼 지금은 왜 움직이지 않는 거죠?"

슈웰이 묻자 폴카는 안심하라는 듯 웃으며 대답했다.

"생명체가 의식을 잃는 것처럼 사념체도 의식을 잃을 수 있죠. 언제 깨어날지 모르지만 일단 방법이 생길 때까지 리오 씨의 몸을 봉쇄하는 수밖에 없겠어요. 일단 자리를 옮기죠. 그런 다음 더 자세히 얘기하도록 해요."

그녀의 그 말에 크리스토퍼조차 반대하지 않았다. 일행은 하는 수 없이 기절한 리오와 그의 무기들을 챙겨 라디언트 저택으로 향했다.

수도는 일대 격전으로 상당히 혼란스러웠다. 수도 절반이 뒤흔들릴 정도의 굉음과 진동에 주민들이 피난을 간답시고 짐을 싸지는 않았지만 정작 정부는 경계 태세를 삼엄하게 하고 주민들을 안심시킬 뿐 특별한 움직임은 보이지 않았다. 수도 밖에 작지 않은 공중요새가 안착되어 있는데도 정부가 그렇게 움직이지 않은 배경에 캠벨이 있다는 사실은 극히 일부만 알고 있었다.

일행은 리오를 지극히 은밀하게 저택으로 옮겼다. 괜히 시선을 집중시켜 주민들을 더 혼란스럽게 할 필요는 없다는 판단에서였다.

그러나 일행 중 그 누구도 자신들을 주시하는 존재가 있다는 사실을 알지 못했다.

징징대며 일행을 따르는 브라디와 여전히 멍한 얼굴로 발걸음을 옮기는 바이칼의 모습을 바라보던 진홍색 머리의 여성은 믿을 수 없다는 듯 손으로 입가를 막으며 나지막이 중얼댔다.

"리오……!"

목욕탕 안에 들어가 캠벨이 들어오길 기다리던 클라리스는 보통 때보다 캠벨이 늦게 들어오자 고개를 갸웃거렸다. 아무리 사소한 것이라도 칼처럼 정확히 지키는 그녀였기에 클라리스가 이상하게 생각하는 것도 당연했다.

하지만 조금 후, 수건으로 몸을 감싼 캠벨이 욕실 안에 들어왔고 클라리스는 안도의 한숨을 쉬며 미소 지었다.

"오늘 벌어진 일이 크긴 컸던 모양이군요. 캠벨이 이렇게 늦게 들어오는 건 처음인 것 같아요."

"아, 예. 죄송합니다, 공주님."

캠벨은 어딘가 불편한 사람처럼 수건을 조심스레 풀고 욕탕 안으로 들어가려 했다. 클라리스는 역시 뭐가 이상하다는 생각에 그녀를 유심히 살폈고 어렵지 않게 이유를 알 수 있었다.

"아, 캠벨! 그 상처는 뭐예요!"

캠벨의 등을 가로지른 긴 멍에 클라리스의 하얀 얼굴이 더욱 하얗게 변했다.

물론 캠벨은 그 상처가 왜 생겨났는지 알고 있었다. 등에 창을 댄 채 사념체의 강공을 받아 내면서 생긴 것이었다.

검은색을 띨 정도로 멍이 심하긴 했지만 다음 날이면 말끔히 회복될 것을 아는 캠벨은 애써 웃으며 클라리스를 안심시켰다.

"괜찮습니다, 공주님. 무리하게 움직이지 않으면 내일 아침 정상적으로 회복될 테니 걱정하지 마십시오."

"그렇습니까? 하지만 상당히 아프실 것 같은데, 제가 치유마법이라도 쓸까요?"

"후후, 말씀만 들어도 망극합니다. 자, 나가시죠, 공주님. 제가 씻겨 드리겠습니다."

그녀의 말대로 욕탕을 나서긴 했지만 클라리스는 캠벨의 상처에서 눈을 떼지 않았다. 캠벨이 자신의 몸에 거품을 내 주는 동안, 그녀는 이것저것 묻기 시작했다.

"슈웰과 다른 사람들은 건강한가요? 프레데릭 님도 보고 싶고, 재상 부인도 보고 싶어요. 벌써 2주일 넘게 그분들을 뵙지 못했잖아요. 아, 오늘 일도 그분들과 관련되었다면서요?"

캠벨이 온 이후로 클라리스는 왕궁 밖에 나간 적이 없다. 그녀가 최근 들어 상당히 답답해한다는 것을 아는 캠벨은 성의껏 대답해 주었다.

"모두 건강하죠. 오늘은 좀 위험했지만 제가 확인한 바로는 모두 무사하답니다."

"다행이네요. 아, 그런데 말이죠, 캠벨, 이런 질문을 드려도 실례 되지 않을까요?"

"예?"

캠벨이 움찔하며 그녀를 바라보자 클라리스는 웃으며 입을 열 었다.

"아무래도 휀 재상과 캠벨은 친남매가 아닌 것 같아서요. 솔직히 말씀해 주세요, 맞죠?"

캠벨은 말없이 미소 지었다. 그녀의 반응에 좋은 느낌을 받은 클 라리스는 신이 난 듯 재차 질문을 던졌다.

"그럼 두 분은 무슨 관계였죠? 재상께서 믿고 이번 일을 맡기신 것으로 보아 보통 사이는 아니신 것 같은데요."

피하기 쉽지 않을 거라는 생각에 캠벨은 결국 한숨을 쉬며 긴 대 답을 시작했다.

"휀 님께서는 사실 상냥하다 못해 심약하신 분이셨습니다. 하지 만 인간이 겪을 수 있는 최악의 상황부터 최고의 상황까지, 그분은 홀로 다양한 경험을 하시며 점점 강해지셨죠. 육체적으로나, 정신 적으로 말이죠. 저는 그런 그분의 모습을 지켜보는 존재에 불과했 답니다. 그러나 덕분에 그분의 모든 것을 볼 수 있었죠. 그분의 눈 물부터 그분의 미소까지 모두 봤다는 것 하나만으로 저는 만족한 답니다."

아주 오래전 휀은 자신의 누나와 미카엘 사건 등으로 인해 상처 받고 오랫동안 눈물을 흘린 적 있다. 당시 너무나 여렸던 그에겐 평생 경험해 보지 못한 아픔이었던 듯 그의 눈가는 마를 날이 없었다. 그런 일을 딛고 다시 일어선 그였지만 나약함 탓에 그는 연속으로 임무를 실패해야만 했다.

그러던 중 가즈 나이트가 된 이후 처음으로 임무에 성공하고 돌아왔다. 당시 그는 어린아이처럼 기쁨을 참지 못해 몸을 부르르 떨 정도로 즐거워했지만, 다른 임무가 주어질수록 그의 얼굴에서 점차 미소가 사라졌다.

어느 날 평정심을 잃고 나라 하나를 박살 낸 그는 임무 실패의 도장을 가볍게 찍고는 그녀에게 등을 돌렸다. 캠벨, 아니 주신의 직속 비서 피엘은 성큼성큼 걸어가는 휀을 잡고 왜 그런 행동을 했냐고 물었다.

"휀 님! 어째서 봉인을 지키지 못하고 파괴해 버린 것입니까! 그 때문에 죄 없는 생명이 얼마나 많이 희생됐는지 아시긴 하시는 겁니까! 이런 결과를 만들라고 주신께서 당신을 내려보내신 것이 아닙니다!"

휀은 대답했다. 차갑고 간단하게.

"당신이 상관할 바도 아니지."

그 이후 피엘은 휀의 미소를 본 기억이 없다.

그 모든 것을 떠올렸던 피엘—지금은 캠벨—은 어느새 목욕을 끝내고 있었다. 클라리스와 함께 욕실을 나선 캠벨은 머리를 말리며 클라리스에게 말했다.

"오늘은 여러 가지 일이 있었으니 저녁 공부를 쉬도록 하겠습니다. 오늘은 일찍 주무십시오, 공주님. ……공주님?"

클라리스가 아무 대답도 하지 않자 일순간 불안감을 느낀 캠벨은 급히 안경을 찾아 썼다. 다행히 아무 문제 없었지만 상황은 그리 반갑지만은 않았다. 바로 침입자가 방 안에 있었기 때문이다.

창가에 놓인 의자에 앉아 안절부절못하던 진홍색 머리의 침입자는 다급한 표정으로 캠벨에게 다가왔다.

"역시 피엘 님이셨군요. 이렇게 함부로 뵙게 되어서 죄송합니다."

그가 누군지 잘 알고 있는 캠벨은 의아한 얼굴로 그녀의 이름을 읊조렸다.

"아란 슈발츠? 어째서 당신이 여기 있는 것이죠?"

"급한 일입니다. 제발 제 말을 들어주십시오."

캠벨은 생각했다. 갑작스레 들이닥치긴 했지만 아란에게서 어떤 사악한 기운도 느껴지지 않았다. 하지만 클라리스에 대한 경계를 늦춰서도 안 됐다. 아무리 아란이 리오와 깊이 연관된 사람이라 해도 이번 일의 빌미를 제공한 존재이자 악신계의 전사인 데스 발키리이기 때문이었다.

그녀는 일단 클라리스를 자신의 뒤에 세우고 아란의 얘기를 들어보기로 했다. 하지만 아란이 맨 처음 꺼낸 얘기는 황당했다. 바로 클라리스가 필요하다는 것이었다.

"예? 어째서 지금 공주님이 필요하다는 것이죠? 아직은 필요할 때가 아닐 텐데 말이죠."

자신과 관련된 일에 대해 거의 모르고 있는 클라리스는 아란과 캠벨을 번갈아 바라볼 뿐이었다. 일단 아란은 캠벨이 생각하고 있는 것과 다른 문제가 있는 듯, 간곡한 표정으로 말했다.

"아시다시피 지금 리오는 부르크레서의 사념체에게 의식을 빼

앗긴 상태입니다. 움직이지 못하는 상황인 지금도 그렇죠. 리오에
게 부상을 입히지 않고 사념체를 없애기 위해서는 강력한 정신적
정화력이 필요합니다."

"그, 그걸 제가 가지고 있다는 말씀이신가요?"

클라리스의 물음에 아란이 고개를 끄덕였다.

캠벨의 고민은 이만저만이 아니었다. 리오가 다시금 사념체의
의지에 따라 폭주하면 그 피해는 오늘 정도로 그치지 않을 것이 뻔
했다. 또 한 번 당할 만큼 사념체는 호락호락한 존재가 아니었다.
분명 다른 곳으로 도망쳐 힘을 기를 것이고, 그 이후의 피해는 클
라리스의 힘이 악마들에게 떨어졌을 때 이상으로 막대할 가능성
이 컸다. 부르크레서의 사념체라면 리오에게 걸려 있는 안전주문
을 언젠가는 완전히 개방할 수 있기 때문이었다. 물론 아란이 클라
리스를 납치할 가능성도 배제할 수는 없었다.

하지만 나쁜 쪽으로만 생각하면 거절하든 하지 않든 최악의 상
황은 똑같았기에 결국 캠벨은 아란이 가진 리오에 대한 마음을 믿
어 보자고 생각하며 고개를 끄덕였다.

리오가 누워 있는 침대는 폴카와 크리스토퍼가 겹겹이 둘러친
보호막에 의해 굳건히 다져져 있었다. 옆에 앉아 그를 바라보는 모
두의 시선은 침울했다.

"으아앙, 저 때문이에요! 제가 거짓말을 하고 리오 님 곁에 붙어
있어서 이렇게 된 거라고요! 어쩌면 좋아요, 폴카 님!"

이번 일과는 하등 상관없는 얘기였지만 폴카는 자신의 품에 붙
어 울고 있는 브라디를 천천히 다독거려 주었다. 그녀의 옆에 앉은
크리스토퍼는 길게 한숨을 쉬며 물었다.

"만약 리오 님께서 다시 사념체의 지배를 받게 된다면 저 보호막이 얼마나 버틸 수 있을 것 같습니까?"

"글쎄요. 저와 당신의 힘으로는 고작 10분 정도겠죠."

누구 못지않게 혼란스러운 폴카를 어느 정도 안심시켜 주는 것은 저택에 들어올 때 크리스토퍼가 해 준 말이었다.

"리오 님께서 당신을 믿었는데 제가 어찌 당신을 믿지 않겠습니까. 걱정 마십시오."

이후 폴카와 크리스토퍼는 함께 리오의 일을 고민할 수 있게 되었다. 하지만 리오의 상태가 좋아진 것은 아니었기에 둘의 근심은 여전히 극에 달했다.

마치 기도하듯 두 손을 모으고 앉아 있는 크리스토퍼의 시선이 향한 것은 리오의 곁에 제일 가까이 있는 바이칼이었다. 리오가 바이칼에게 달라붙은 사념체를 떨구고 이렇게 됐다는 것을 레디에게 들은 크리스토퍼는 아직도 멍한 얼굴의 그에게 다가가 조용히 말했다.

"바이칼 님, 이곳은 저희가 맡을 테니 좀 쉬십시오. 이러다가는 바이칼 님께서 먼저 쓰러지시겠습니다."

하지만 바이칼은 미동도 하지 않았다. 크리스토퍼는 고개를 흔들었다.

'어지간히 연줄이 좋은 남자군, 리오 스나이퍼. 이런 좋은 사람들의 걱정을 한 몸에 받고 있다니. 상당히 부럽기도 하군.'

구석진 곳에 앉아 만약의 사태에 대비하고 있는 다르칸은 찻잔에 차를 다시 부었다.

한편 거실에서는 크리스와 슈웰, 레디 그리고 프레데릭이 나름대로 대책을 논의 중이었다. 그러나 사념체가 워낙 강하게 리오의 몸을 붙잡고 있었기에 그들은 완전히 해가 진 지금도 적당한 방법을 찾지 못했다.

"결국 방법은 두 가지 뿐이란 말이군. 리오 스스로 사념체를 몰아내거나, 아니면 그를 없애고 3개월 후 깨끗하게 부활하길 기다리거나."

그렇게 말은 했지만 프레데릭은 두 방법 모두 마음에 들지 않았다. 특히 리오를 살해하는 방법만은 절대 쓰고 싶지 않았다. 리오를 위해 그를 죽이는 것인지, 아니면 자신들을 위해 그를 죽이는 것인지 판단이 서지 않았다.

"결과를 생각했을 때 가장 확실한 방법은 후자이지만, 과정을 생각했을 때의 최선책은 전자입니다. 하지만 두 방법 모두 위험하니 다른 방법을 모색하는 것이 어떨까요?"

레디의 말에 크리스는 얼굴을 찌푸렸다.

"한 시간 전에도, 그리고 두 시간 전에도 같은 말을 했잖아요, 레디. 그런 말만 하지 말고 좋은 방법을 좀 얘기해 봐요."

"죄, 죄송합니다."

레디는 머리를 긁적이며 뒤로 물러섰다.

그들의 얘기를 한참 듣고 있던 슈웰은 이상한 기분이 들었다. 자신이 지금 뭘 하고 있는 것일까 새삼스레 떠오른 것이다.

지금 이곳에 있는 사람들 중 보통 사람은 자신뿐이었다. 리오, 레디, 다르칸, 프레데릭 등등, 모두 이 세계의 운명을 바꿀 정도로 강한 힘을 가진 존재다. 그나마 정상인에 가까운 크리스 역시 200년 이상을 살아온 특이한 존재였다. 그들 틈에서 자신이 할 수 있는 것은 아무것도 없었다.

하지만 슈웰은 허무감에 빠지지 않았다. 이제 전설이 될 사람들의 모든 모습은 물론이고 숨소리까지 기억할 자신이 자랑스럽기 그지없었다.

그때 현관문을 두드리는 소리가 들렸다. 모두에게 줄 차를 내오던 하녀 중 한 명이 곧 문을 열었고, 급히 허리를 굽힌 하녀는 반가운 목소리로 인사를 올렸다.

"어, 어서 오십시오, 공주마마!"

그 목소리에 거실에 있던 모두의 시선이 그쪽으로 향했다. 거실을 향해 오는 클라리스 공주와 캠벨, 그리고 그녀들을 따라 들어오는 아란의 모습에 슈웰을 제외한 모두는 잠시 굳어졌다.

"우아, 공주님! 정말 오랜만에 뵈어요!"

"아아, 건강했군요, 슈웰!"

2주일 만에 만난 둘은 활짝 웃으며 서로를 껴안았다. 결코 긴 시간이 아니었는데도 둘의 반가움은 이만저만이 아니었다. 약 10년 전부터 매일같이 만나던 그녀들에겐 2주일이 마치 2년처럼 느껴지는 듯했다.

그런 한편, 서로를 잠시 바라보던 크리스와 캠벨은 별다른 말 없이 서로에게 꾸벅 인사했다. 하지만 분위기는 마치 그렇게 함으로서 서로에게 표정을 감추는 것 같았다.

'저 여자, 누군지 모르지만 휀을 좋아하고 있어.'

어떻게 알았는지는 모르지만 크리스는 캠벨의 눈을 보자마자 그런 생각이 들었다. 그녀와 휀이 결혼했다는 사실을 아는 캠벨 역시 표정은 과히 좋지 않았다.

일단 이런 상황에 대해 중립적인 프레데릭은 캠벨 앞에 서서 정중히 인사했다.

"아네라의 지르콘 나이트, 프레데릭이라 합니다. 무슨 일로 클라리스 공주님을 모시고 오셨습니까?"

역시 정중한 인사로 답한 캠벨은 뒤에 있는 아란에게 손짓하며 말했다.

"저에 대한 자세한 소개는 나중에 하겠습니다. 일단 이 사람과 말씀을 나눠 주십시오."

프레데릭은 묵묵히 아란에게 시선을 돌렸다.

'음? 이것은 악마의 힘! 그것도 강력한 절망의 힘이다! 악마는 아니지만 이토록 강력한 악마의 힘을 가지고 있다니, 이 여성은 도 대체 누구인가!'

프레데릭의 눈두덩이 일그러지자, 아란은 씁쓸히 웃으며 자신을 소개했다.

"저는 아란 슈발츠. 임시 최고위 악신을 맡고 계신 하데스 님의 휘하 데스 발키리입니다."

"데스 발키리? 아니, 도대체 무슨 일로 여기를 찾아온 것이오?"

프레데릭은 캠벨과 아란을 번갈아 쳐다봤다. 그에 대한 대답은 아란이 해 주었다.

"안심하세요, 프레데릭 님. 저는 데스 발키리기 전에 리오와 인 연이 있으니까요. 이곳에 온 이유도 리오 때문입니다."

프레데릭은 고개를 갸웃거렸다. 하지만 캠벨이 고개를 끄덕였기 에 그는 일단 믿어 보자는 판단이 들었다.

"그럼 리오에게 안내하겠소. 따라오시오."

프레데릭은 경계하고 있음을 표시하듯 거실 의자에 기대 놓은 둠을 등에 차고 아란을 리오가 있는 방으로 안내했다.

둘이 떠난 후, 거실에 이상한 긴장감이 감돌았다. 이유는 크리스 와 캠벨 사이에 흐르는 기운 때문이었다. 하녀들과 슈웰, 그리고 클라리스는 상당히 위협적인 둘의 분위기에 숨을 죽였으나, 당사자들이 주위 사람들의 반응을 깨닫고 화제를 바꾼 덕분에 일이 커지지 않았다.

"아란이라는 아가씨는 누구죠?"

소파에 앉은 캠벨은 하녀가 가져다준 차를 받아 향을 한 번 맡은 후 질문에 대답했다.

"200년 전 일어난 고신전쟁에 대해 얼마나 알고 계시죠?"

"예?"

대답이라고는 했지만 질문에 가까운 것이기에 크리스는 표정을 구겼다. 게다가 아란의 정체를 물었는데 고신전쟁이 왜 튀어나오는가. 캠벨은 진지하게 계속 말했다.

"고신전쟁 마지막 전투 당시, 말스 왕국 수도는 부르크레서의 일격에 초토화됐습니다. 하지만 수도의 모든 사람들은 멀쩡하게 살아남았죠. 이유는 당시 가이라스의 마스터 템플러, 조나단 블레이크의 딸인 키세레 블레이크가 자신의 목숨을 버리고 일으킨 기적 덕분이었습니다."

"아아, 리오의 옛 연인이 다시 살아난 존재라는 아가씨 말이죠? 저도 그이에게 어느 정도 들었죠."

캠벨은 차를 반쯤 마신 후 말을 맺었다.

"아시니 설명이 쉽겠군요. 아란 역시 키세레 블레이크와 마찬가지인 전생체(轉生體)입니다. 특이한 것은 자신의 옛 생애에 대한 기억을 모두 가지고 있다는 점이죠. 왜 그렇게 됐는지는 알려진 바가 없지만 말입니다."

크리스는 무언가 말하고 싶었지만 떠오르지 않았다. 리오 때문에 이곳에 왔다는 아란의 말이 그녀의 귓가에 맴돌며 말문을 굳게 막고 있었기 때문이다.

한편 레디는 불안한 얼굴로 거실과 아란이 올라간 충계를 번갈아 바라봤다. 지금 같은 상황에 아란이 나타날 줄은 생각지 못하기도 했지만, 아란이 완전히 사라진 줄 알고 있는 모두가, 특히 리오가 그녀를 봤을 때 어떤 반응을 보일지 그는 두려울 정도로 궁금했다.

프레데릭과 함께 아란이 방에 들어오자, 대다수가 놀란 것은 불보듯 뻔한 일이었다. 브라디와 크리스토퍼, 그리고 내내 멍하던 바이칼은 단숨에 똑같은 표정을 지었다. 그러나 그들보다도 더 놀라는 사람이 있었다. 아란의 영혼을 조종한 전적이 있던 폴카였다.

'레, 레나? 아냐, 그럴 리가 없는데? 하지만 이 영혼의 파동과 느낌은 그녀의 것이야!'

그런 생각을 가진 것도 잠깐, 폴카는 아란과 시선을 마주쳤다. 아란은 그녀에게 뭔가를 얘기하려는 듯했지만 지금은 적절치 않다고 생각했는지 얼른 리오에게 눈을 돌렸다.

"리, 리오……"

리오의 이름을 낮게 읊조린 아란은 흔들리는 표정을 애써 감추며 그에게 다가갔다. 리오를 덮은 보호막이 그녀와 그의 사이를 두텁게 막긴 했지만 아란은 이렇게 있는 것만으로도 행복한 듯, 웃으며 보호막 위에 손을 가져갔다.

"흡."

순간 보호막과 그녀의 손 사이에서 강렬한 스파크가 일어났다. 그로 인한 고통에 아란은 일순간 숨을 멈추기까지 했지만 손을 떼진 않았다. 심지어 웃음마저도 잃지 않았다.

"조금만 더 자고 있어요. 일어나면 편해질 테니까요."

브라디와 크리스토퍼는 그 모습을 더 이상 볼 수 없었는지 고개를 돌리고 말았다. 한편 아란이 누구인지 모르는 다르칸은 실소를 지으며 프레데릭에게 물었다.

"뭐지, 저 여자는? 고통을 즐기기 위해 일부러 여기 온 건가?"

하지만 프레데릭은 대답 대신 조용히 방을 나설 뿐이었다. 그것마저 오해한 다르칸은 남은 차를 홀쩍 마시며 중얼댔다.

"하긴, 프레데릭 녀석은 고통을 쾌감으로 여기는 광경을 구경할 정도로 타락하지 않았지. 물론 아직까지는."

그러나 기대와는 달리 프레데릭은 클라리스 공주와 함께 방 안에 들어왔다. 그녀뿐만 아니라 캠벨과 크리스 등등 모두가 방에 따라 들어왔기에 다르칸은 이제야 이유를 알겠다는 듯 천천히 고개를 끄덕였다.

"그렇군. 순수의 결정체가 가진 정화력이라면 사념체 정도는 문제없이 밀어낼 수 있겠지. 왜 그걸 여태껏 생각지 못했을까?"

그러자 프레데릭이 그의 독백에 끼여들었다.

"알면서도 실행하지 않은 것뿐이다. 순수의 결정체의 힘을 제대로 사용할 줄 아는 존재는 아무도 없지. 심지어 보유자 자신도 힘에 대한 각성을 하지 않는 한 사용법을 알지 못한다."

"흠, 잘났군."

다르칸은 아랫입술을 비죽 내밀고는 리오에게 다가가는 클라리스 공주의 모습에 시선을 돌렸다.

보호막에 뒤덮여 있는 리오의 모습을 잠시 바라보던 클라리스는 긴장된 얼굴로 모두를 돌아봤다. 하지만 그녀에게 어떤 방법을 지시하는 사람은 아무도 없었다. 모두 그녀만을 바라볼 뿐이었다.

"저, 제가 어떻게 하면 되는 거죠?"

그녀의 질문에 아란이 방법을 얘기해 주었다.

"이곳으로 오는 도중 설명드린 것처럼, 리오는 현재 사념체라는 사악한 존재에게 오염되어 있습니다. 마치 병에 걸린 것처럼 말이죠. 그 병을 쉽게 치료하실 수 있는 분은 공주님 단 한 분뿐입니다."

"아, 알아요. 하지만 저는 기본적인 치유마법밖에 배우지 못했는데, 어떻게⋯⋯."

"괜찮습니다, 공주님."

아란은 불안에 떠는 공주의 하얀 손을 잡고 웃으며 말했다.

"공주님은 그저 리오를 치료하고 싶다는 생각만 하시면 됩니다. 방법도 공주님께서 생각나는 대로 해 주십시오. 편하게 하시면 됩니다."

클라리스는 다시 리오를 바라봤다. 마치 잠든 듯 편한 표정이었지만 그의 내부에서 느껴지는 감정은 너무도 두려운 것이었다. 오로지 복수와 힘의 증가, 그리고 눈앞에 보이는 모든 것의 제거 외에 느껴지는 것이 없었다. 그러나 그런 감정의 저편에서 숨쉬고 있는 다른 감정도 느껴졌다. 아주 미세하게 느껴졌지만 그것은 모두를 걱정하는 마음이었다.

클라리스는 그 감정을 향해 손을 뻗었다. 방 안에 있는 다른 사람들이 보기에는 리오의 몸에 손을 가져가는 것처럼 보였지만 그렇지 않았다. 게다가 그녀의 손은 아란의 손과는 달리 보호막의 영향을 받지 않고 부드럽게 움직였다.

그녀의 손이 아무런 저항도 받지 않고 리오의 몸에 닿는 것을 본 사람들은 모두 놀라움을 금치 못했다. 보호막을 친 당사자인 폴카와 크리스토퍼는 특히 그랬다.

'마력을 완전히 무력화하고 있다. 내가 둠으로도 일격에 부술 수 없는 마법 보호막을 마치 물에 손을 담그듯 뚫고 있다. 이것이 순

수의 결정체가 지닌 힘의 일부인가?'

클라리스에게서 어떠한 힘의 압력도 느껴지지 않았기에 프레데릭의 놀라움은 더했다. 저런 힘이 사악한 자의 손에 들어갔다면 어찌 됐을까 하는 생각에 그는 저도 모르게 고개를 저었다.

리오의 가슴 위에 올려진 클라리스의 손은 희미하게 빛을 발하기 시작했다. 이런 모습이 갑자기 펼쳐지자 그녀는 눈을 휘둥그레 떴지만 손을 떼진 않았다. 이윽고 정색을 한 그녀는 마치 누군가를 부르듯 말하기 시작했다.

"자, 제 손을 잡으세요. 어서 깨어나셔서 사악한 힘을 스스로 물리치시는 거예요. 저는 할 수 없지만 당신은 하실 수 있잖아요."

모두가 또 한 번 놀라는 한편, 다르칸은 진지한 미소를 지은 채 클라리스의 행동을 계속 주시했다.

'재미있군. 사념체에 의해 의식 밖으로 밀려난 리오 스나이퍼의 영혼과 교감하고 있다. 누가 가르쳐주지도 않았는데 저런 행동을 서슴없이 하다니, 역시 사탄이 노릴 만하군. 값어치가 있어.'

클라리스의 말이 끝나자 리오의 몸 위에 있던 보호막이 말끔히 사라졌다. 아니, 힘에 의해 밀려났다고 보는 것이 옳았다. 그에 맞춰 클라리스는 손을 치웠고, 리오는 천천히 상체를 일으켰다.

"오오, 역시!"

방 안에 있던 사람들 대다수는 리오가 회복되었다는 생각에 환호성을 질렀다. 바이칼마저 브라디와 함께 울고 웃을 정도였다. 그러나 그 기쁨은 리오의 몸에서 흑색의 기운이 뿜어짐과 동시에 얼어붙고 말았다.

"후후, 무엇이 그리도 즐거운가, 인간들이여. 내가 깨어난 것을 축복해 주는 것인가?"

"이, 이런!"

프레데릭과 다르칸은 급히 무기를 뽑아 들었지만 사념체는 클라리스를 뒤에서 끌어안은 후였기에 그들이 움직일 수 있는 시간은 매우 짧았다. 클라리스를 인질로 잡은 사념체는 사악한 미소를 지은 채 프레데릭에게 손을 내밀었다.

"나를 잠시나마 기절시킨 것은 칭찬해 주겠다. 자, 살고 싶으면 그 둠을 내놓아라, 아네라여. 얼마나 공손한가에 따라 너에 대한 처벌을 생각해 보겠노라."

프레데릭은 잔뜩 인상을 찌푸린 채 둠을 거두었다. 그때 불현듯 이상하다는 생각이 그의 머리를 스쳤다. 짧은 시간이긴 하지만 클라리스가 반항 한 번 하지 않고 있다는 것을 느낀 그는 슬그머니 클라리스에게 시선을 돌렸다.

'저것은!'

프레데릭은 리오의 팔에 닿은 클라리스의 손으로 사념체의 흑색 기운이 흡수되고 있는 것을 똑똑히 보았다. 그것이 무엇을 의미하는지를 단번에 알아낸 그는 둠에서 손을 떼며 당당히 말했다.

"너의 요구는 거절이다. 자신의 상황부터 이해하는 것이 어떤가?"

"뭐라고? 으, 으윽!"

순간 고통에 찬 비명과 함께 사념체가 무릎을 꿇었다. 자신의 힘이, 자신의 존재 자체가 오늘 처음 보는 하얀 머리 여성에게 빨려들어 사라지는 것을 뒤늦게 느낀 사념체는 클라리스의 손에서 벗어나기 위해 애썼다. 그러나 사념체에게는 몸부림칠 힘조차 남아 있지 않았다.

"그, 그렇군! 리오 스나이퍼의 기억 속에 있는 무한 에너지의 주인공이 순수의 결정체였군! 신의 사념체라 해도 깨끗이 정화시킬 수 있는 존재…… 그래서 순수의 결정체라는 단어만큼은 최후의 무기로서 필사적으로 지킨 것이냐, 리오 스나이퍼! 크, 크으으윽! 아아아아아악!"

사념체의 길고 커다란 비명이 흐른 후, 사념체의 기운이 사라진 리오의 몸은 클라리스의 팔에서 벗어나 바닥에 쓰러졌다. 클라리스 역시 비틀대며 뒤로 물러섰지만 캠벨과 슈웰의 빠른 부축 덕분에 넘어지지는 않았다.

온몸이 땀에 젖은 클라리스는 숨을 몰아쉬며 슈웰과 캠벨을 바라봤다. 걱정 어린 그들의 표정에 답하듯, 그녀는 애써 웃으며 말했다.

"하, 너무 힘들어요. 좀 쉬었으면 좋겠어요."

그녀의 말에 둘은 활짝 미소 지었다. 하지만 미소는 그들만이 짓고 있는 게 아니었다.

"아아, 이거 몸이 뻐근한데. 폴카 님의 기분을 어느 정도 이해할 수 있겠군."

특유의 부드러운 음성과 함께 리오가 몸을 일으키자 아란과 폴카를 제외한 모두는 함성을 지르며 리오에게 달라붙었다. 리오는 머리에 달라붙은 브라디와 자신의 양쪽을 붙잡은 크리스토퍼, 바이칼에게 밀려 침대에 주저앉았지만 미소는 잃지 않았다.

"으아아앙! 세이아 님께 이를 거예요, 리오 님! 저를 이렇게 놀라게 하시다니, 너무해요!"

"후훗, 이젠 별걸 다 이르는구나. 어쨌든 수고했다, 브라디. 그리고 클루토도."

리오의 목소리를 통해 자신의 어릴 적 별명을 들은 크리스토퍼는 아무 말도 하지 못하고 눈물만 흘렸다. 아직 자신의 이름이 불리지는 않았지만 바이칼 역시 울긴 마찬가지였다. 리오는 그런 친구의 머리를 만지며 한숨을 쉬었다.

"걱정 많이 했지? 후후, 울지 마라."

친구가 아무 말 없자 리오는 다시금 미소 지었다.

그러면서 그는 누군가를 찾기 위해 주위를 돌아봤다. 정신을 차림과 동시에 오랜만에 접하는 기적 하나를 느꼈기 때문이다.

하지만 그가 찾는 사람은 방을 떠난 지 오래였다.

복도에 기댄 채 방 안에서 들리는 즐거운 소리들을 감상하던 아란은 벽에서 등을 떼며 나지막이 중얼댔다.

"아직은 만나지 않겠어요, 리오. 당신은 다른 사람이 자신 앞에서 우는 모습을 제일 싫어하잖아요."

고개를 한 번 흔든 아란은 혼자 쓸쓸히 층계로 향했다. 그녀가 현관을 나서 눈 내리는 거리에 들어설 때까지 그녀를 찾는 사람은 아무도 없었다. 다만 수도의 야경 속으로 그녀의 모습이 완전히 사라졌을 때 붉은 장발의 남자가 저택의 정문 앞에 뒤늦게 나타났을 뿐이었다.

사건이 끝난 후, 프레데릭은 기계에 일가견 있는 레디와 함께 비행선 개조 작업에 다시 합류했다. 프레데릭과 이반이 원하는 장소에 실버 문을 옮긴 폴카와 크리스토퍼 역시 프레데릭의 작업을 충실히 도와주었다.

이번 사건으로 가장 큰 덕을 본 사람은 슈웰이었다. 사건을 겪으면서 체력이 심하게 소모된 탓에 쉴 수밖에 없는 리오에게 검술 훈련을 받게 된 탓이었다. 클라리스 역시 마찬가지였다. 캠벨의 모습이 일단 동료들에게 공개된 후 그녀는 캠벨과 함께 예전처럼 슈웰의 집으로 놀러 다닐 수 있게 되었다. 게다가 그녀들에게 새로운 친구까지 생겼다. 바로 바이칼이었다.

"흥, 감히 이 몸과 놀이를 하려 하다니 건방지군."

"아니에요, 아이스크림 먹으러 갈 건데요?"

그녀들은 바이칼을 다루는 법을 알고 있었다.

반면 크게 손해를 본 사람도 있었다. 다름 아닌 다르칸이었다.

"자, 장군! 호호홋, 다르칸도 우리 그이와 다를 바 없군요? 체스 공부를 좀 하는 게 어때요?"

크리스와의 체스 게임에서 30연패의 수렁에 빠진 다르칸이었지만, 그는 연패의 숫자를 무시하듯 웃으며 자신의 긴 곱슬머리를 쓸어 올렸다.

"후후, 부인? 휀과 제가 못하는 것이 아니라 부인께서 너무 잘하시는 것입니다."

프레데릭이 개조 작업에 몰두하고 있는 덕분에 슈웰이 카드를 대신하라며 사 준 체스의 상대가 크리스와 브라디 외에 없게 된 다르칸은 둘 모두에게 연패하는 수모를 겪었다. 패배를 당하면서도 그는 느끼한 모습을 유지했지만 내심 자신과 실력이 비슷한 프레데릭이 빨리 작업을 끝내고 돌아오길 바랄 따름이었다.

'네가 이렇게 소중한 존재인 줄은 몰랐다, 프레데릭.'

"자, 다음은 저예요, 다르칸 님. 30연패까지 가면 안 되니 집중해 주세요."

"후후후, 전직 악마대공을 너무 무시하는구나, 거짓말 요정."

"우욱, 너무해요!"

다르칸은 가디언을 상대로 심리전까지 쓰는 자신이 너무도 비참하게 느껴졌다.

17장
왕으로서, 제자로서

1

영광의 세리머니

　시간은 리오와 마르티네즈 일행이 떠난 직후.

　지크, 사바신과 함께 숙소로 돌아온 길트는 축 늘어진 어깨를 추스르며 방으로 들어갔다. 그러나 얼마 되지 않아 그는 걱정 어린 얼굴로 다시 방을 나왔다. 옆에 있어야 할 누군가가 사라진 것이다.

　'리체가 어디로 간 거지?'

　랜시, 동생들, 지크, 심지어 마신들한테도 가봤지만 리체의 행방을 도저히 알 수 없었다. 결국 그는 랜시와 함께 리체를 찾아 퍼니오드의 거리로 나섰다.

　"정말 리체를 보지 못한 거예요 자기?"

　얼굴에 걱정이 가득한 랜시의 물음에 길트는 안타까운 표정으로 고개를 끄덕였다.

　"예. 생각해 보니 아침에 마르티네즈 대장들과 작별할 때도 리체가 없었어요. 그 전에도 보이지 않았던 것 같고요. 아아, 왜 내가 리체를 챙기지 못했을까요. 반드시 지켜주겠다고 그 아이에게 약속을 했는데! 마르티네즈 대장에게 너무 정신이 팔려 있었어요."

그의 입에서 마르티네즈의 이름이 나오자 랜시의 표정이 약간 흐려졌다. 하지만 그것도 잠시, 둘은 더욱 정신을 집중하여 퍼니오드 거리를 여기저기 살펴보았다. 그러나 리체는 그 어디에도 보이지 않았다. 누구도 길트가 말한 검은 머리에 덤덤한 표정의 그 아이를 본 적 없다고 말할 뿐이었다.

거리의 불빛이 거의 다 꺼지고 달마저 중천에 떴을 무렵, 둘은 결국 허탈한 표정으로 숙소에 돌아왔다. 숙소 앞에 널린 폐허에 주저앉은 길트는 양손으로 얼굴을 감싸며 긴 한숨을 쉬었다.

"자기, 너무 실망하지 말아요. 리체는 꼭 어딘가 있을 거예요. 그러니 기운 내고 다시 찾아봐요, 우리. 예?"

길트는 대답 대신 더욱 긴 한숨을 내쉬었다. 그때 숙소를 나선 누군가가 천천히 그들에게 다가왔다. 다름 아닌 하인켈이었다.

"뭘 잊어버리셨습니까, 어린 왕자님."

"음? 하, 하인켈……."

길트와 랜시는 긴장된 얼굴로 하인켈을 바라봤다. 경외로울 정도의 강함과 완숙미로 자신들의 사부를 간단히 농락하던 고위악마, 하인켈을 이토록 가까이 대면하기는 처음인 그들이었기에 지금의 긴장감은 당연한 것이었다. 그러나 가면을 쓰지 않은 하인켈의 모습은 부드러운 중년의 모습 그 자체였다.

하인켈은 긴장을 풀라는 듯 둘을 향해 웃으며 손을 저었다.

"마음을 여십시오, 왕자님. 저는 당신과 당신의 연인에게 안식의 시간을 주기 위해 나온 것이 아닙니다."

연인이라는 말에 길트와 랜시는 서로를 보며 얼굴을 살짝 붉혔다. 물론 하인켈이 둘의 긴장감을 달래기 위해 농담한 것이었다. 어쨌거나 효과가 있었는지, 어느 정도 마음을 푼 길트는 멋쩍은 얼굴로 하인켈에게 물었다.

"모, 몸은 좀 어떠십니까?"

"젊은 혈기에 당해서 그런지 무리한 움직임은 아직 금물일 듯싶습니다. 걱정해 주셔서 감사합니다, 왕자님. 그건 그렇고, 여러분은 리체라는 아가씨를 찾고 계십니까?"

길트는 즉시 고개를 끄덕였다.

"아, 그렇습니다! 혹시 리체를 보셨습니까?"

"음……, 물론입니다. 일단 상황이 여기까지 됐으니 리체 아가씨에 대한 얘기해 드리겠습니다. 그분께서도 꼭 말씀드려 달라고 저에게 신신당부하셨으니 말입니다."

하인켈은 길트의 건너편 앉아 얘기를 계속했다.

"오늘 이후, 리체 아가씨…… 아니 공주님을 보시기는 힘드실 겁니다. 그분은 자신의 일을 위해 오늘 말스 왕국으로 떠나셨기 때문입니다."

"예?"

그 말에 길트와 랜시의 표정이 어둡게 변했다. 리체에 대한 하인켈의 호칭과 행방을 이해할 수 없었다. 그 작은 아이가 어째서 공주이며, 또 왜 말스 왕국으로 간단 말인가. 하인켈은 계속 말했다.

"유로라는 분을 만나신 적 있습니까?"

"예? 예, 몇 번 만난 적 있습니다. 제대로 얘기를 나눠 본 적은 없지만 그분께 도움을 받은 적도 있죠. 하지만 감사의 인사를 하기도 전에 사라지셔서……."

하인켈은 옅은 미소를 지었다.

"유로 공주님은 악마왕 아스타로트 전하와 벚꽃 요정족의 여왕 '베아트리체' 님 사이에서 태어난 분이십니다. 아스타로트 전하의 힘과 베아트리체 님의 미모, 기품 등을 모두 갖추신 훌륭한 재목이시죠. 그러나 성장이 너무 더디셔서 태어난 지 400년이 흐른 지금에야 겨우 어린아이 티를 벗으셨죠."

하인켈의 말에 길트는 고개를 갸웃했다. 그가 기억하는 유로의 모습은 아무리 생각해 봐도 어린아이와 거리가 멀었기 때문이다. 그러던 중 이상한 추리를 해본 길트는 혹시나 하는 얼굴로 하인켈에게 물었다.

"저, 그렇다면 설마 리체가……?"

"그렇습니다. 리체라는 이름은 베아트리체 님께서 어릴 적 유로 공주님을 부르던 애칭입니다."

그 이후 이어진 하인켈의 설명은 황당하면서도 놀라웠다. 악마계에서는 정상적인 성인의 모습을 갖추는 유로였지만 이상하게도 지상계만 나가면 단 5분간만 제대로 활동할 수 있었다. 5분이 흐르면 급격한 체력 저하로 인해 지쳐 쓰러지고 마는데, 아스타로트는 딸의 그런 문제점을 해결하기 위해 유로에게 한 가지 능력을 가르쳐 주었다. 바로 몸의 부피를 줄여 체력과 기의 소모를 정상 수준으로 만드는 것이었다. 그러나 열 살 남짓한 어린아이 정도로 모습을 바꾸는 것이어서 유로는 지상계에서 활동할 때는 아이의 모습을 유지할 수밖에 없었다.

하인켈은 벌린 입을 다물지 못하는 길트와 랜시를 보며 계속 말했다.

"물론 아이의 모습이라 해도 유로 공주님의 능력에는 변함이 없습니다. 단지 직접적인 전투를 할 때 불편할 뿐이지요. 일단 공주님께서 이번 일에 참여하신 이유를 말씀드리겠습니다."

처음에 유로는 현재 명왕(冥王) 하데스의 관리하에 있는 데스 발키리 중 한 명으로서 두 가지 일을 처리하기 위해 이 세계에 왔다. 하나는 정식 임무인 순수의 결정체에 대한 관찰 후 암살이었고, 다른 하나는 어머니 베아트리체를 죽인 리오에 대한 개인적 복수였다. 하지만 그러던 도중 누군가와 계약을 맺으면서 또 한 가지 일을 맡게 됐다.

그것은 바로 마르티네즈의 보호였다.

"아, 아니 어째서 리체…… 아니 유로 씨가 마르티네즈 대장을 보호한다는 말입니까? 이번 일과 마르티네즈 대장은 아무런 상관도 없지 않습니까?"

어느새 하인켈의 코앞에 다가온 길트는 상기된 얼굴로 물었다. 하인켈은 가볍게 대답했다.

"일단 알아두실 것은 악마들에게 철칙이 있다는 사실입니다. 계약에 의해 일을 맡은 악마는 무슨 일이 있더라도 자신이 맡은 일은 반드시 실행해야 합니다. 마르티네즈 아가씨의 보호를 원한 사람은 유로 공주님과의 계약 후 그만큼의 대가를 지불했을 것입니다. 어쨌든 공주님은 마르티네즈 아가씨와 관련된 일이 오늘 부로 끝나자마자 원래의 일을 위해 리오 스나이퍼 님을 따라가셨습니다. 말없는 이별이지요."

길트는 허탈한 듯 비틀대며 원래 앉아 있던 자리로 돌아갔다. 고개를 푹 숙인 채 한참 동안 생각하던 그는 슬쩍 고개를 들며 물었다.

"어째서 유로 씨가 저에게 그런 말을 전하라고 하신 겁니까?"

그러자 하인켈은 빙긋 미소를 지었다.

"작별 인사에도 여러 가지 종류가 있는 법입니다. 비록 정확한 이유가 아니고 제가 느낀 바일 뿐이지만, 공주님은 당신을 비롯한 모두와 함께했던 시간이 상당히 즐거우셨던 모양입니다. 그래서 마치 고해성사를 하시듯 저에게 모든 것을 말씀하시고, 그것을 당신께 반드시 전해 달라고 하신 듯합니다. 유로 공주님은 부끄러움을 너무 잘 타시는 나머지 하고 싶은 말을 제대로 못하시는 것으로 유명하시죠."

길트는 별말 없이 다른 곳으로 고개를 돌렸다.

그는 솔직히 기분이 나빴다. 모르는 사이에 철저히 이용당했다는 생각이 들어서였다. 자신들과 함께한 일은 유로에게나 좋았지 자신이 특별히 만세를 부를 일은 아니었다. 유로가 자신을 몇 번 도와준 적 있는 것은 사실이지만 그것 역시 지금으로서는 좋게 받아들이기 힘들었다.

그의 마음을 어느 정도 읽은 하인켈은 자리에서 일어나며 나지막이 말했다.

"공주님께서 이런 말씀도 하셨습니다. 길트 왕자님은 정말로 소중한 사람이 누구인지 잘 모르고 있는 것 같다고 말입니다. 당신을 오랫동안 뵙지는 못했지만 저도 그렇게 생각합니다. 진실로 소중한 사람은 멀리 있는 것이 아니라 가까이 있지요."

그러자 길트의 표정이 단숨에 일그러졌다.

"곁에 있는 사람이 소중한 것은 당연하지 않습니까! 그리고 저는 제 옆에 있는 그 누구도 소중하지 않다 생각한 적이 없습니다!"

그의 언성이 높아지자, 표정이 굳어진 하인켈은 살짝 턱을 매만지며 길트를 바라봤다.

"정말입니까, 왕자님?"

"……."

"당신은 아직 모르고 계십니다. 당신 스스로 기억의 저편에 버린 존재가 있다는 것을 말입니다. 옆에 있다고 해서 반드시 소중하게 생각하고 있다고 자신을 판단하지 마십시오. 산소의 고마움을 언제나 느끼고 칭송하는 생물은 없듯이 말입니다. 그럼 저는 들어가 보겠습니다."

말을 마친 하인켈은 어둠 속으로 스르륵 사라져갔다. 그가 보이지 않자 길트는 옆에 보이는 잔해들을 발로 걷어차며 분노를 터트렸다.

"이런, 도대체 뭐가 불만이야! 지금까지 속고 이용당한 것도 억울한데 소중한 사람 타령이라니! 나도 내 문제로 피곤한 사람이란 말이야!"

"그, 그만해요, 자기. 그만하고 좀 쉬어요."

랜시는 걱정스런 얼굴로 길트에게 다가갔지만 길트는 그녀를 본 척도 하지 않고 숙소에 들어가 버렸다.

닫힌 숙소 문을 멍하니 바라보던 랜시는 곧 고개를 살짝 떨구고는 힘없이 발걸음을 옮겼다.

그리고 한 주가 지났다.

도시의 복구 공사에 열심히 참여해 준 덕분에 일행과 길트에 대한 주민들의 평판은 일주일 전과 비교할 수 없을 만큼 좋아졌다. 게다가 퍼니오드 탈환 소식을 듣고 달려온 가이라스 해방전선의 상급자들은 소문만 무성했던 길트와 공주들의 실제 모습을 접하자 크게 기뻐하며 전국에 그 사실을 전파했다. 공주들의 목숨을 노리던 프레그론 일파가 움직이지 않는 게 마음에 걸리긴 했지만 길트와 그가 이끄는 무적의 군대(……)에 대한 소문은 일행이 예상했던 것 이상으로 빨리, 그리고 좋게 전파되었기에 일행은 큰 만족감을 표시했다.

특히 퍼니오드를 탈환한 지 일주일째에 들려온 소식에 길트 일행은 환호성을 질렀다. 다른 이도 아닌 막스 블레이크가 길트를 만나기 위해 퍼니오드로 직접 오고 있다는 이야기가 뜬소문이 아니라 사실로 밝혀진 것이었다. 3일 후 도착 예정이라는 것까지 확인한 일행은 오랜만에 축제 분위기에 사로잡혀 하루를 맞이했다.

"그런데 그 아저씨 온다는 일에 왜 우리가 기뻐해야 하는 거죠?"

숙소 밖에서 하인켈과 얘기하던 지크는 문득 그 사항에 대한 의문이 떠올랐는지 즉시 질문을 던졌고, 하인켈은 친절하게 그 이유를 설명해 주었다.

"현재 이 나라에서 가장 높은 위치에 있는 사람이 누구겠습니까?"

"길트요."

"아닙니다. 명목상의 위치로는 당연히 정통 왕위 계승자인 길트 왕자가 높지만, 이런 난세에는 사람들을 확실히, 그리고 멋지게 이끄는 영웅이 가장 추대받는 법입니다."

그러자 지크는 엄지손가락으로 자신의 가슴을 쿡 찌르며 씩 웃었다.

"헤헷, 그럼 나란 말씀이군요?"

"……."

"하, 하인켈 아저씬가요? 아니면 슈렌인가?"

지크가 금방 안색을 바꾸자 하인켈은 웃으며 고개를 저었다.

"당신이나 저는 역사에 기록될 수 없는 인물이고, 또 사람들의 눈에도 띄지 않아야 하는 인물들입니다. 아시지 않습니까. 현재 가이라스 왕국에서 가장 추대받는 인물은 막스 블레이크입니다. 그리고 길트 왕자님은 막스라는 영웅조차 탈환하지 못한 이 퍼니오드를 단 하루 만에 탈환한 신성(新星)이자 정통 왕위 계승자입니다. 만약 막스 블레이크가 길트 왕자님을 모시겠다고 선언한다면 이 나라의 모든 국민들은 길트 왕자님을 왕으로서 확실히 인정할 것입니다. 왕위가 어디로 가느냐를 생각한다면 길트 왕자님이 즐거워하실 만한 일이 아니겠습니까?"

"음."

어느 정도 알아들은 지크는 팔짱을 끼더니 고개를 삐딱하게 돌렸다. 뭔가 불만이 있다는 행동이었기에 하인켈이 이유를 물었다.

"왜 그렇게 불만이십니까?"

"젠장, 아저씨도 생각해 봐요. 지금 이 나라에서 가장 중요한 게 뭔지 말이에요. 누가 왕이 될 것이냐가 중요한 거요, 아니면 나라의 평화가 중요한 거요? 누가 왕인가는 나중에 가려도 되잖수."

그 말에 하인켈은 웃을 뿐이었다.

"후후, 그렇게 원시적으로 내려간다면 죽느냐 사느냐가 더 중요할 것입니다."

할 말을 잃은 지크는 머리를 긁적일 뿐이었다. 하인켈은 그의 어깨를 두드렸다.

"하지만 걱정 마십시오. 길트 왕자님께서 즐거워하시는 이유는 따로 있으니까요. 막스 블레이크와 왕자님이 각별한 사이라는 얘기를 들은 적이 있습니다."

"오, 그래요? 그렇군요!"

그 말을 단순하고 좋게 받아넘긴 지크는 다시금 싱글벙글 웃었다. 그러다가 그는 웃음을 멈추고 하인켈을 돌아봤다.

"그런데 말이요, 아저씨는 왜 계속 여기 붙어 있소? 이젠 사탄에게 돌아가도 되지 않아요?"

"아닙니다. 저는 지금 표면상으로 당신에게 목숨을 잃은 존재입니다. 후후, 게다가 전하에게 돌아가는 날부터 저와 당신은 다시 적이 되지 않습니까."

"엉? 에이, 하지만 그런 것만으로 아저씨 같은 사람이 여기 있다는 건 설명이 안 되잖아요."

하인켈은 말없이 고개를 끄덕였다. 하지만 성격이 급한 지크로서는 그의 신비로운 반응 대신 확실한 대답이 더 필요했기에 그의 대답을 촉구하듯 신발 뒤축으로 자신이 기대고 있는 건물의 벽을 툭툭 쳤다.

이윽고 하인켈이 말했다.

"세대 교체가 거의 없는 지옥의 상류층은 저보다 나이 많은 분들이 가득하기 때문에 발전할 수 없어 지루하곤 합니다. 노인이라고 하기에는 그렇지만 저 역시 상당히 나이를 먹은 존재지요. 덕분에 젊은이들을 만나면 상당히 즐겁습니다. 언제나 일의 끝부터 생각하는 저와 달리 진행하는 것 자체를 즐기는 그들의 모습을 보는 것만큼 제 자신을 되돌아보게 하는 것은 없죠. 그래서 이곳에 있는 것입니다. 당신을 포함해 모든 젊은이들의 모습을 최대한 지켜보고 싶기 때문입니다."

"음⋯⋯."

의미심장한 표정을 지은 지크는 턱에 힘을 잔뜩 주며 고개를 끄덕였다. 그러고는 오른쪽 눈만 뜨며 씩 미소 지었다.

"헤헷, 그럼 다시 붙어 볼까요, 아저씨?"

"음? 무슨 말씀이십니까?"

하인켈이 의아한 표정을 짓자, 지크는 버릇대로 장갑을 죄기 시작했다.

"우리를 보고 대리 만족을 하지 마시고 불태우고 싶은 것은 신나게 태워요. 썩히면 병나니까요. 아저씨가 늙었다고 생각하는 사람은 아마 아저씨뿐일걸요?"

"후후, 그럴지도 모르겠군요. 어쨌든 지금은 당신을 다시 상대하고 싶지 않습니다. 누가 상처를 입고 쓰러지든, 쌍방이 입는 피해보다는 겨우 복구되어 가는 이 도시의 피해가 더 클 테니 말입니다."

"헤헷, 그렇겠네요. 들어갑시다, 아저씨."

지크는 킥킥 웃으며 하인켈과 함께 숙소로 향했다.

예상치 못한 일은 그때부터였다.

"그런 말씀은 집어치우십시오! 저는 그런 짓을 하기 위해 랜시를 여기까지 데려온 게 아닙니다!"

둘이 숙소로 들어가자마자 들린 것은 길트의 큰 고함이었다. 식당 쪽에서 나는 사람들의 웅얼거림을 들은 지크는 곧장 그곳으로 향하더니 벽 뒤에 몸을 숨기고 귀를 기울였다.

길트와 얘기를 나누고 있는 사람은 도버 시장과 그의 측근들이었다. 그들이 도대체 무슨 얘기를 나누었기에 랜시의 이름까지 나왔는지는 알 수 없었으나 거실에 있던 하인켈은 어느 정도 알고 있는 듯 슬그머니 자신의 방으로 갔다.

길트가 상당히 흥분해 있자, 도버는 안타까운 표정으로 그를 설득하기 위해 애썼다.

"제발 소인의 말씀을 들어주십시오, 마마. 마마께서는 위대한 가이라스 왕국의 정통 계승자이십니다. 그런 분께서 출신도 이상하고, 또 인간도 아닌 여성과 혼인을 약속했다는 소문이 나돈다고 생각해 보십시오. 안 됩니다. 제발 그 랜시라는 아가씨와의 약속은 없었던 것으로 해 주십시오. 마마께서는 에스토드 왕국의 클라리스 공주님과 혼인 하셔야…….”

순간 길트는 옆에 놓인 탁자를 강하게 걸어차며 자신의 의지를
드러냈다.

“시끄럽습니다! 당신들이 말하는 그 위대한 가이라스 왕국의 정
통 계승자를 수년간 먹여 살린 존재가 랜시입니다! 그녀가 없었다
면 지금의 저도 없었습니다! 게다가 생전 만나보지도 못한 에스토
드의 공주와 결혼하라고요? 웃기지 마십시오! 한 나라의 왕이 소
문 따위에 휩쓸릴 힘없는 존재란 말입니까!”

그러자 측근 중 한 명이 감히 목소리를 높였다.

“마마, 그러시지 않으면 가이라스 왕국은 재건할 여력이 없게 됩
니다!”

“웃기지 마시오! 개척 민족의 나라인 가이라스의 왕으로서 결혼
을 빌미로 남의 나라 자원을 빌린다는 것이 더 형편없는 소문을 만
들 뿐이오! 200년 전 고신전쟁 때도 수도는 완파되었지만 가이라
스 민족은 다시 일어섰소! 당신들이 말하는 여력 따윈 당시에 존
재하지 않았소! 오직 민족의 피와 땀만이 있었을 뿐이오! 앞으로
도 그럴 것이오!”

도버와 그의 측근들은 말문을 닫았다. 흥분한 지크는 주먹을 불
끈 쥐며 내심 길트를 응원했다.

‘그래, 잘한다, 제자. 그래야 남자지, 암!’

그때, 뜻밖의 목소리가 들려왔다. 바로 사바신이었다.

“결혼시키려면 결혼시켜요. 클라리스 공주님은 꽤 좋은 신붓감
이니까요. 생각해 보니 둘이 같이 서 있으면 그림도 좋을 것 같소
이다.”

‘엉, 사바신? 어째서 저놈이 저런 말을 하는 거야!’

사바신이 길트와 함께 있었다는 것도 몰랐던 지크는 왠지 배신감이 들었지만 잠시였다.

"단, 클라리스 공주님은 후궁이 되는 겁니다. 정실은 랜시예요."

"무, 무슨 소리요! 당신, 정말로 가이라스 왕국의 앞날을 위해 하는 말이오!"

그러자 말을 멈추고 잠시 도버와 측근들을 바라보던 사바신은 바닥에 침을 떨구고는 그것을 신발로 문지르며 나지막이 말했다.

"그딴 건 몰라. 난 지금 길트라는 남자를 도와주는 것이지, 휘황찬란하다 못해 눈이 아플지도 모르는 가이라스의 미래를 위해 싸우는 것이 아냐. 하여튼 당신들 잘 알아 둬. 길트와 랜시 사이를 방해하면 어째서 이 도시가 하루 만에 탈환됐는지 몸으로 느끼게 해줄 거야."

사바신의 기세에 질린 측근들은 단숨에 말문을 닫았다.

하지만 도버는 굽힘 없이 길트와 시선을 마주했다. 그러나 결국 그는 힘겹게 한숨을 내쉬며 고개를 끄덕였다.

"알겠습니다, 마마. 저희가 잘못 생각하고 있었는지 모르겠군요. 그러나 저희는 가이라스의 미래를 위해 말씀드린 겁니다. 랜시라는 아가씨가 왕비의 자격이 있는지 저희에게 알려 주십시오. 랜시아가씨가 훌륭한 분이란 사실을 알면 저희는 목숨을 걸고 마마의 뜻에 따르겠습니다."

길트는 고민스럽게 눈을 감으며 생각했다. 그리고 그가 수만 가지 생각을 하고 있는 것과는 달리, 지크와 사바신은 놀랍게도 마음속으로 똑같은 말을 되뇌고 있었다.

'무시해 버려. 그런 꼰대들의 말은 시원하게 무시하라고.'

그러나 길트는 아직 그들의 사상까지 따를 마음은 없는 듯했다.

그는 곧 자신감 있는 미소를 지었다.

"좋습니다. 그럼 랜시에 대한 판단은 맡기겠습니다."

"웃기지 마!"

순간 그의 옆에 있던 사바신과 숨어 있던 지크가 동시에 몸을 날렸다. 둘의 몸에 휘감긴 채 바닥에 쓰러진 길트는 영문도 모른 채 둘에게 폭행을 당하기 시작했고, 너무 흥분한 나머지 비이성적인 행동을 하고 만 둘은 손을 멈추지 않고 각자 외쳐 댔다.

"차라리 쥐를 고양이 앞에 갖다 놔라, 이 녀석아! 랜시를 싫어하는 녀석들에게 랜시의 평가를 맡기면 어쩌자는 거야! 랜시가 싫으면 싫다고 말을 해!"

"우리가 협조해 줄 테니 지금 당장 결혼식을 올려! 사바신 녀석이 마침 꺼먼 옷을 입고 있으니 목사 걱정은 하지 마! 하객들도 잡아오고 비둘기도 날려 줄 테니 랜시랑 결혼해!"

"사, 사부들! 제발 제 말을 좀…… 아악!"

그렇게 소동이 벌어지긴 했지만 길트가 폭행을 당하기 전 허락한 대로 도버와 측근들이 랜시를 평가하기로 결정되었다. 기한은 막스 블레이크가 오는 3일 후까지. 물론 추가 사항도 있었다.

"공정한 평가를 위해 우리 일행 일부도 평가단에 참여하겠다. 불만 없지?"

"네."

마치 수호신상처럼 팔짱을 끼고 선, 지크와 사바신 앞에 길트를 비롯한 모두는 무릎을 꿇을 수밖에 없었다.

키는 사바신보다 큰 랜시는 보통 침대에서는 편하게 잘 수 없었다. 어지간히 춥지 않으면 바닥에 이불을 깔고 자는 것이 보통이었기에 그녀와 한방을 쓰는 에이웰과 에이쉘은 언제나 편하게 침대를 사용할 수 있었다.

그날 아침도 랜시는 바닥에서 잠을 자고 있었다. 일주일 전부터 시달리기 시작한 알 수 없는 고민 때문에 자주 늦잠을 자게 된 그녀는 운명이 시작된 날 아침도 늦잠으로 때우는 듯했다.

"어이, 일어나라, 랜시."

"어서 일어나."

그러나 두 명의 악한에 의해 그녀의 작은 목적은 이뤄지지 못했다. 그들을 무시하고 계속 잠을 자려 했지만 그들이 몸을 쿡쿡 찌르는 통에 그녀는 결국 자신을 내리누르는 잠의 고통을 억지로 이겨 내며 눈을 떠야 했다.

"왜 그러세요, 사부들. 오늘은 오후에 일하잖아요."

그러나 랜시의 눈에 비친 지크와 사바신의 표정에 장난기란 없었다. 의아한 표정을 짓는 그녀에게 지크가 엄숙한 목소리로 말했다.

"막노동은 이제 중요하지 않다. 너에겐 그보다 더 중요한 일이 생겼지."

"중요한 일요?"

"그렇다. 설명해 주기 전에 한 가지 묻지. 너 길트에게 시집가고 싶지 않아?"

"예?"

길트 얘기가 나오자 랜시는 잠이 번쩍 깨는 듯했다. 그녀가 일주일 동안 고민한 것도 바로 그것이었다. 그러나 그녀의 표정이 곧 흐려졌다.

"좋은 말이지만…… 우리 자기는 저를 좋아하지 않아요. 아빠가 그러셨어요. 결혼은 남자와 여자가 서로 좋아하지 않으면 행복하지 않다고 말이에요. 우리 자기는 마르티네즈 대장을 더 좋아해요. 저 같은 건…… 아얏!"

갑자기 날아든 지크의 팔꿈치에 머리를 눌린 랜시는 말을 멈추고 둘을 바라봤다. 랜시의 거구를 번쩍 들어 의자에 앉힌 사바신은 거의 보여 주지 않던 진지한 얼굴로 입을 열었다.

"조용히 하고 들어라."

둘은 곧 어젯밤에 있었던 자초지종을 그녀에게 말해 줬다. 사람들이 자신과 길트 사이를 반대한다는 얘기가 나오자 그녀의 표정이 더욱 흐려졌지만 길트가 그런 사람들의 의견을 물리치고 자신을 선택했다는 얘기에 그녀는 그 어느 때보다 밝아졌다.

그러나 그녀는 평가단 이야기에 고개를 저었다.

"싫어요. 사부들 의견에 찬성할 수 없어요."

"뭐라고? 너 시집가기 싫으냐?"

"그건 아니에요. 하지만 그 사람들은 제가 싫어서가 아니라 우리 자기를 위해 저를 평가하겠다는 거잖아요. 그런 사람들의 눈을 속일 수는 없어요. 저는 있는 그대로의 제 모습을 보여 주고 싶어요."

그 말에 어느 틈에 일어나 그들의 얘기를 듣고 있던 에이웰과 에이쉘이 박수를 터트렸다.

그녀들의 응원에도 랜시는 사실 불안했다. 자신의 눈이나 의견에 거슬리는 것이 있으면 일방적으로 밀어 버리는 사부들의 성격을 잘 알기 때문이었다.

하지만 지크와 사바신은 진지한 시선으로 랜시를 바라볼 뿐, 아무런 말도 하지 않았다. 그들을 설득했다고 생각한 랜시는 기쁜 마음으로 다시 잠자리에 누웠다.

"그러니까 신부 수업 같은 건 하기 싫어요. 저는 오늘 일이나 열심히 할게요."

눕는 그녀의 모습을 보고 지크와 사바신은 곧 한숨을 내쉬었다. 그러고는 비웃는 듯한 말투로 중얼댔다.

"네 본모습을 누구보다도 잘 아는 사람이 누구라 생각하십니까, 털보 공주님?"

"너무나 잘 알기 때문에 우리가 도와주러 온 거잖아. 넌 정상인과 살아가기엔 너무 힘든 생활 패턴을 가지고 있단 말이야."

그 말에 랜시가 덮은 이불이 꿈틀댔다. 그걸 보고도 두 악한의 얘기는 잔인하게 계속됐다.

"생고기를 마구 먹고도 체하지 않는 사람은 너밖에 없을걸? 동물하고 얘기하는 것뿐만 아니라 동물처럼 행동하기도 하지. 스스로 자기 청소나 빨래를 제대로 한 적 있었니? 일상적인 일보다 칼날 세우는 것을 더 잘하잖아."

사바신의 얘기를 곧장 지크가 이어받았다.

"마음씨 착한 것만으로 그 아저씨들이 너를 좋게 봐 줄 리 없어. 그 아저씨들은 지극히 현실적인 사람의 눈으로 널 볼 거야. 지금 상황은 동화나라 왕자님과 거지 아가씨의 뻔한 연애가 아니라고. 한마디로 사바신 녀석이 여자를 꼬시는 것만큼 어렵다, 이거야."

"……."

"울지 말고 이 사부들이 시키는 대로 해. 너를 위해 예절 강사를 초빙해 올 거니까."

조금 후, 지크의 손에 붙들려 방에 들어온 사람은 다름 아닌 하인켈이었다. 자초지종을 들은 하인켈은 징징 울고 있는 랜시를 보며 길게 한숨을 쉬었다.

"전투 기술은 얼마든지 가르쳐 줄 수 있지만…… 어렵군요. 차라

107

리 평가단 전원을 협박하거나 최면을 거는 것이 더 빠르겠습니다."

그 말에 결정적 타격을 입은 랜시는 울음의 강도를 높였고, 당황한 얼굴로 하인켈을 보던 지크는 멍하니 한마디를 남겼다.

"아저씨, 싸울 때만 잔인한 줄 알았더니……."

"흠, 일단 본인의 의사가 중요하니 기다려 봅시다. 아가씨께서 확실히 마음먹으면 가능할지도 모르니."

하지만 마음을 진정시킨 랜시의 반응은 변함없었다.

"아무리 그렇다 해도 싫어요. 그리고 결혼에 대한 결정권은 저와 자기에게 있지, 사부들에게 있는 게 아니잖아요."

"뭐, 뭐라고!"

크게 소리치긴 했지만 그들의 거친 반응은 거기까지였다. 하인켈이 말솜씨를 발휘해 둘을 말린 것이다.

"차라리 잘된 것 같군요. 일단 저로서는 랜시 아가씨에게 합격점을 주고 싶습니다."

"예? 왜요, 아저씨?"

"갖은 협박과 제의, 그리고 망설임에도 자신의 신념을 굽히지 않는 모습 하나만으로 랜시 아가씨가 한 나라의 왕비로서 충분히 자격 있다 생각합니다. 사람들이 일반적으로 알고 있는 나약한 왕비의 모습이 아니지만, 그렇다고 넘지 말아야 할 선을 넘어 자신이 권력을 쥐고 흔드는 이상한 왕비의 모습도 아니지요."

"……."

"랜시 아가씨의 모습은 지금과 같은 국난(國難)의 시기에 가장 필요한 왕비의 모습이라 생각합니다. 국민들이 자신의 응원에 따라 열심히 일해 주길 바라는 왕비보다 국민들과 함께 열심히 일하는 왕비가 왕권 확립을 위해 더욱 필요할 것입니다. 당신의 뜻대로 자신의 솔직한 모습을 모두에게 보여주십시오, 아가씨. 그럴수록 길트 왕자님께서도 당신을 더욱 아껴 주실 겁니다."

"예, 감사합니다, 하인켈 아저씨!"

하인켈의 응원에 힘입어 랜시는 마치 천군만마를 얻은 것 같은 자신감에 힘차게 고개를 끄덕였다. 또 그의 말에 어느 정도 공감한 지크와 사바신은 하인켈의 양어깨에 각자의 팔을 올리며 엄숙히 제안했다.

"아저씨, 우리를 위해 일하지 않겠어?"

"보수는 아쉽지 않게 줄 수 있는데 말이오."

그들과 살기를 뿜으며 대적하던 기억이 아직도 생생한 하인켈은 옛일을 잊는 속도만큼이나 빨리 친밀도를 올리는 젊은이들이라고 생각하며 미소 지었다.

"그렇다면 제 말을 잠깐 따라 주십시오."

그의 갑작스러운 말에 둘은 약간 의아했지만 이런 쪽으로는 자신들 둘을 합친 것보다 하인켈의 머리가 더 좋다는 것을 아는 그들은 쾌히 응했다.

이런 사정이 있었다는 것을 모르는 도버와 그의 측근들은 그날 오후부터 랜시를 평가하기 위해 그녀의 주위를 돌아다니기 시작했다. 그녀의 외모와 습관부터 모든 것들을 검토하기로 결정한 그들의 날카로운 눈은 랜시의 사생활을 최대한 침해하지 않는 선에서 주도면밀하게 그녀를 따라다녔다.

그들의 예상대로 랜시의 행동은 거칠고 순수하기 짝이 없었다. 게다가 왕비로서 예절은 눈을 씻고 찾아봐도 볼 수 없었기에 평가단 중에서 실소를 터트리는 사람이 점점 더 많아졌다. 초반 평가는 한마디로 '힘만 잘 쓰는 아가씨일 뿐' 더 이상은 기대할 수 없었다.

그러나 그들의 예상을 넘어서는 것이 하나 있었다. 바로 그녀에 대한 퍼니오드 사람들의 반응이었다.

"얼마나 성실하게 잘하시는데요. 자기가 해야 하는 일은 스스로 찾아서 하신답니다. 저런 아가씨가 국모가 된다면 믿고 따를 수 있어요."

"믿음직스럽지 않아요? 자나 깨나 일 걱정, 같이 일하는 우리 걱정, 그리고 길트 왕자님 걱정뿐, 아가씨는 항상 즐거워 보이지만 고민도 많으시죠. 우리를 진실로 생각해 주시는 왕비님이야말로 최고가 아닐까요?"

"개척의 민족, 가이라스의 왕비로서는 최고죠. 호쾌한 성격에 화끈한 패기, 그리고 부지런함 등은 우리 민족의 정신에 딱 걸맞은 아가씨라고 생각해요. 목걸이를 잔뜩 낀 왕비보다는 망치를 들고 일을 하시는 왕비가 더 아름답죠. 외모요? 귀엽지 않나요?"

이렇듯 퍼니오드 사람들 사이에서 랜시의 인기는 상당했다. 시민들의 평가만으로는 자신들이 평가한 모든 것들이 무마될 수 있을 정도였기에 평가단의 고민은 점점 더해갔다.

시민들의 평가가 이렇게 좋을 수 있었던 것은 하인켈의 지령을 받은 지크와 사바신의 활약 덕분이었다. 사람들이 모인 곳이면 의레 찾아가 랜시의 좋은 점을 일깨우고 장점을 부각시키는 것은 기본이었고 '개척자 정신' 하면 일단 엄지손가락부터 올리는 가이라스 사람들의 심리를 그들이 철저히 자극했기에 원래부터 좋았던 시민들의 평가가 훨씬 더 좋아지게 되었다.

지크와 사바신은 하인켈의 수준 높은 전략에 당해 쩔쩔매는 평가단을 보며 미소 지었다.

"헤헷, 역시 하인켈 아저씨는 대단해. 선거운동을 이런 데 써먹을 줄은 몰랐어."

"선거운동이 뭔진 모르지만 하여튼 대단하다는 것은 동의해. 하하핫."

둘은 주먹을 마주치고 다음 구역으로 이동했다.

슈렌은 시간 날 때마다 하인켈에게 기술을 전승받는다. 더 이상 가르침 받을 것이 없긴 했지만 하인켈이 그를 붙잡고 있는 이유는 바로 자신의 마지막 기술이자 최대 기술인 '조디악'을 가르치기 위함이었다.

그가 사용하는 그룬가르드보다 하인켈의 할로윈은 세 배 이상 무거웠다. 그것도 날이 제거된 상태의 무게였기에 훈련 때 할로윈을 사용하는 슈렌은 하인켈에 대해 다시금 놀라워했다.

평가단의 첫 평가가 이뤄진 날도 슈렌은 기술 전승을 위해 땀을 흘리고 있었다. 수련 시작 전 하인켈에게 뭔가 이상함을 느낀 그는 수련 후 잠시 쉬는 시간을 이용해 하인켈에게 물었다.

"뭔가 기분이 좋으신 것 같습니다, 선생."

그러자 하인켈은 빙긋 웃으며 고개를 끄덕였다.

"요즘 저는 지크와 사바신이 마련해 준 아르바이트를 하고 있습니다. 그들의 활기찬 모습을 보는 것만큼이나 즐거운 일이죠."

"아르바이트?"

하인켈의 이미지와 아르바이트라는 단어가 어울리지 않아서인지 슈렌은 잠시 당황한 기색을 보였다. 그러나 하인켈은 미소를 잃지 않았다.

"그렇습니다. 후후, 그것보다는 오랜만에 전투와 관련되지 않은 일을 해서 이렇게 즐거운 것 같습니다. 피를 부르지 않고도 즐겁고 보람찬 일임에 틀림없지요. 마지막이 될지 모르지만 최선을 다할 생각입니다."

마지막 말이 걸리긴 했지만 그에게서 왠지 모를 따뜻함을 느낀 슈렌은 덩달아 미소 지었다.

"그렇군요. 아, 한 가지 더 묻고 싶은 것이 있습니다, 선생. 부인께서는 어떻게 지내십니까?"

"아아, '호우 란' 말입니까. 제가 이곳으로 오기 전, 그녀는 딸아이 걱정을 하느라 정신이 없었습니다. 어미를 닮은 탓인지 딸아이가 지나치게 쾌활하고 호전적이어서 조금 고민이긴 합니다."

순간 슈렌의 얼굴이 굳어졌다.

"따, 따님이 있으셨습니까?"

"그렇습니다. 당신께서 제 문하를 떠나신 이후 소리 소문 없이 태어났지요. 후후, 딸아이는 당신과 지크, 사바신과 함께 있었다고 저에게 자랑했는데, 모르셨던 모양이군요."

슈렌은 창백한 표정을 감추며 기억을 더듬어봤다. 그러나 아무리 더듬어도 하인켈의 딸과 같은 여성을 만난 기억이 없었다.

그때 그의 시선에 할로윈이 문득 들어왔다. 그는 상당히 불안한 목소리로 하인켈에게 물었다.

"설마, 데스 발키리 '츄우 란'이 바로……."

"예. 저의 여식입니다. 저는 이름만 있고 성이 없기 때문에 아이는 어미의 성을 따랐지요."

생각해 보니 그랬다. 츄우가 가지고 있는 무기는 명계의 창인 바로크였고, 그녀가 사용하는 창술 역시 하인켈이 사용했던 옛 창술과 비슷한 점이 상당히 많았다. 그러나 그의 옛 창술은 악마계에서 창을 좀 쓸 줄 안다는 악마들에겐 일반적으로 사용되는 것이기에 슈렌은 그녀가 하인켈의 딸인 것은 전혀 예상하지 못했다. 특히 그녀의 어딘가 풀린 듯한 이상한 행동 패턴이 그의 생각을 철저히 막았기에 슈렌은 지금 닥쳐 온 사실에 대한 충격을 말로 표현할 수 없었다.

"수련을 계속하는 것이 좋겠습니다, 선생."

"음? 음, 좋습니다."

그러나 수련은 오래가지 못했다. 심란함이 극에 달한 상태에서 수련을 계속할 수가 없었다.

하인켈은 웬만한 일에도 심경의 변화가 없는 슈렌이 갑자기 이상해졌다고 생각하며 그날의 수련을 마무리했다.

다음 날 저녁, 길트는 반가운 소식들을 많이 접할 수 있었다. 랜시에 대한 평가가 여론의 힘을 받아 좋은 쪽으로 흘러가고 있다는 것부터 시작해 예정대로 막스 블레이크가 내일 오후 쯤 도착한다는 소식 등등.

그러나 길트의 표정은 왠지 좋지 않았다. 지크가 이유를 물어보려고 했지만 사바신이 그를 말렸다. 더 이상 자신들의 도움이 필요한 길트가 아니라면서.

식사를 마친 후 숙소를 나온 길트는 라이세네프를 앞에 놓으며 고민스레 눈을 감았다. 그러자 라이세네프에서 어김없이 붉은빛과 함께 목소리가 흘러나왔다.

"좋은 일만 계속 흐르고 있는데 무엇이 그리 고민이지? 너무 좋은 일만 흘러서 불안한가?"

길트가 고개를 저었다.

"아닙니다. 누가 봐도 좋은 쪽으로 일이 흐르고 있는데 불안할 이유가 어디 있겠습니까. 기분이 좋습니다, 라이세네프 경."

"오호, 그래? 기분이 좋으면 웃어야지, 왜 인상을 잔뜩 찌푸리고 있나. 내가 네 마음을 읽기 전에 어서 말을 해봐. 랜시 때문이지?"

"마음을 읽지 않으신다 했잖습니까."

"험, 난 네 표정에 쓰여 있는 것을 그대로 읽은 것뿐이야. 기분 나빠할 것은 없어."

길트는 한숨과 함께 실소를 머금었다. 그는 고개를 끄덕이며 라이세네프를 바라봤다.

"당신 말씀이 맞습니다. 랜시 때문입니다."

그때 길트의 뒤쪽에 거대한 그림자가 소리 없이 나타났다. 길트가 나오는 것을 보고 슬쩍 따라 나온 랜시였다.

라이세네프는 길트를 말리기 위해 몸에 흐르는 빛을 여러 번 깜박였지만 워낙 눈치가 없는 길트는 빨리 대답하라는 신호인 줄 알고 술술 말을 털어놓았다.

"처음에 랜시와 랜시의 부모님을 만나고 신에게 버림받은 호족의 운명에 대한 것을 들었을 때, 전 랜시를 어떡해서든 그 운명에서 탈출시키고 싶었습니다. 제 운명조차 감당하지 못하는 상황에서 말입니다. 절 구해준 은인에게 그 정도의 보답은 해줘야겠다는 생각에서였죠. 그 후로 랜시는 저에게 많은 것을 가르쳐 줬고, 또 저를 위해 많은 일을 해줬습니다. 하지만 제 마음속에서 랜시는 점점 잊혀졌죠. 언제 어디서나 저를 보고 있는 그녀의 모습이 귀찮아졌다고 할까요?"

랜시의 얼굴이 창백하게 변했다. 그것을 아는지 모르는지, 길트의 얘기가 계속 이어졌다.

"그러던 중 랜시와 헤어져 여러 가지 일을 겪다가, 큰 부상을 입

114

고 의식을 잃었습니다. 눈을 떠 보니 보이는 사람은 마르티네즈 대장이더군요. 첫눈에 반했다고 할까요? 저는 마르티네즈 대장이 이상하게 마음에 들었습니다. 그녀의 모든 것이 말이죠."

"마르티네즈는 너에게 관심 없잖아."

"그렇죠. 그저 불쌍한 왕자님이란 생각밖에 없을 겁니다. 하지만 저는 언제 어디서나 그녀를 지켜봤죠. 마치 랜시가 저를 보듯이 볼……. 그리고 마르티네즈 대장은 떠났습니다. 저는 울었죠. 아바마마께서 돌아가셨을 때도 울지 않던 제가 말입니다. 그녀가 떠난 날 하인켈 님에게 많은 얘기를 들었죠. 그분께서 말씀하시길, 저는 가장 소중한 것이 무엇인지 모르고 있다고 하셨습니다. 저는 화가 났죠. 동생들, 지크 사부와 사바신 사부, 라이세네프 경, 그리고 랜시 등등, 소중하지 않은 사람은 없다 생각하고 있었으니까요. 그러나 그분의 말씀은 사실이었습니다."

길트는 말을 끊고 고개를 숙였다. 상당한 시간과 침묵이 흐른 후, 랜시는 길트를 위로해 주기 위해 팔을 뻗었으나 라이세네프가 빛으로 그녀를 저지했다. 그에 맞춰 길트의 얘기도 다시 이어졌다.

"저는 착각을 하고 있었죠. 제가 동료들을 소중하게 생각한 것이 아니라, 동료들이 저를 소중하게 생각해 준 것이었습니다. 랜시 역시 마찬가지였습니다. 제가 랜시를 책임진 것이 아니라 랜시가 저를 책임지고 있었죠. 그것을 깨달은 후 저는 랜시의 얼굴을 똑바로 쳐다볼 수 없었습니다. 너무 미안해서요."

"……."

"요즘 도버 시장님과 그 측근들이 랜시가 저에게 어울릴지 평가하겠다고 야단이시죠. 제 생각은 좀 다릅니다. 그녀가 저에게 어울리는지 알아보는 것보다 제가 그녀에게 어울리는지 알아보는 게 더 빠를 것 같더군요. 저에게 랜시와 같은 여자는 너무나 과분한…… 윽!"

순간 길트의 어깨 위로 랜시의 거구가 밀려왔다. 길트는 몸 전체를 내리누르는 랜시의 무게 때문이기도 했지만 그녀가 별다른 말 대신 눈물만 펑펑 흘려댔기에 상당히 곤란한 얼굴로 그녀를 위로하려고 애썼다.

그러나 무슨 말을 해도 랜시는 떨어지지 않았다. 길트는 결국 자기 목을 감싼 그녀의 팔을 쓰다듬으며 미소를 지을 수밖에 없었다.

다음 날, 길트는 평가단에게 좋지도, 나쁘지도 않은 평가 결과를 들었다. 도버는 특유의 축 처진 표정으로 길트에게 종합적인 보고를 했다.

"죄송하지만 저희 힘으로는 랜시 아가씨를 감히 평가할 수 없었습니다. 국정 운영에 아무 문제 없는 평화로운 상황이었다면 랜시 아가씨에 대해 확실히 평가할 수 있겠지만, 국토가 전쟁 중이고 회복 중이라는 특별한 상황에서는 저희의 잣대로 감히 평가를 내릴 수 없다는 생각이 들어 이번 평가는 없었던 일로 하기로 했습니다. 물론 무자비하게 만점을 주신 두 분이 계시긴 합니다만……."

그 말과 함께 도버의 시선이 지크와 사바신에게로 향했지만 둘은 애써 딴청을 피울 뿐이었다. 도버는 헛기침을 하고 얘기를 계속했다.

"저희는 모든 판단을 왕자님께 맡기기로 했습니다. 원래 그 원칙이지만 걱정이 앞서 무례를 저지른 저희를 용서해 주십시오."

결과적으로 좋게 끝나자 길트는 오랜만에 웃으며 지크와 사바신을 바라봤다. 둘은 미소와 함께 엄지손가락을 굳게 펴 보였다.

그때 한 남자가 급히 방으로 들어왔다. 그는 밝은 목소리와 얼굴로 말했다.

"지금 막스 블레이크 경께서 오셨습니다!"

"오, 정말인가!"

마스터 템플러, 막스 블레이크가 왔다는 말에 도버의 표정도 환하게 변했다. 막스와 상당한 친분이 있는 길트 역시 반가운 얼굴로 자리에서 일어나며 외쳤다.

"어서 나가서 그분을 맞이합시다! 아아, 얼마나 이 시간을 기다렸는지 모릅니다!"

"예, 왕자님!"

그러나 막 뛰어나가려던 그와 도버 일행 앞을 하인켈이 막았다. 하인켈은 의아한 표정의 길트를 향해 고개를 저었다.

"안 될 말입니다, 길트 왕자님. 왕자님께서는 이곳에 계십시오."

그의 제지에 놀란 길트는 언성을 높였다.

"무, 무슨 말씀이십니까, 저에게 막스 블레이크 경은 특별한 분이십니다! 나가서 맞이하는 것이 왜 안 된다는 말입니까!"

하인켈은 엄숙한 얼굴로 대답했다.

"막스 블레이크가 아무리 위대하고 존경할 만한 자라 해도 당신의 신하입니다. 당신과 막스 블레이크의 사이는 이해하지만 모든 사람들이 보는 앞에서 당신이 막스 블레이크를 직접 맞이한다면 사람들은 일단은 좋게 받아들이지만 나중에는 불안해합니다. 머릿속에 정립되어야 할 당신과 막스 블레이크의 상하관계가 혼란스럽게 되는 탓입니다."

"그, 그렇습니까. 알겠습니다."

그의 말에 어느 정도 수긍한 길트는 흥분을 가라앉히기 위해 한숨을 내쉬었다. 하인켈은 그의 어깨를 굳게 잡으며 미소 지었다.

"조금만 더 참으십시오. 그리고 이제 곧 도착할 당신의 신하를 기다리십시오. 이제 당신은 가이라스의 진정한 왕이 되시는 것입니다."

길트는 자신의 자리로 돌아가 앉았다. 그러자 이상하게도 여러 가지 생각이 그의 머릿속에 떠올랐다.

모친이 손을 굳게 잡은 채 숨을 거두는 모습부터 목을 잃고 쓰러지는 부친의 모습, 3년이란 시간 동안 의식을 잃고 있다가 깨어나 그 누구도 생각지 못한 모험의 세계로 들어섰을 때 처음 본 에르파라스 고원의 모습, 그때부터 지금까지 자신과 함께 있었고 또 지금도 옆에 있는 모든 사람들의 모습, 그리고 자신의 모습 등등.

지그시 눈을 감고 있던 그는 팔걸이에 팔을 올리며 눈을 떴다. 그의 양옆에는 어느새 그의 동생들이 서 있었다. 둘은 그의 양쪽 볼에 각각 입을 맞추며 힘을 실어 주었다.

"오라버니는 잘하실 수 있을 거예요. 힘내세요."

"지금까지도 잘해 왔잖아요."

길트는 옅은 미소를 띠웠다.

약간 소란스러운 소리가 밖에서 들려왔다. 이윽고 흑철색의 템플러 갑옷과 붉은 망토로 굳게 몸을 감싼 남자가 문을 열고 안으로 들어왔다. 투구를 쓴 그는 투구 중앙에 크게 뚫린 십자가 모양의 창을 통해 길트와 시선을 마주쳤다. 길트는 웃으며 그를 향해 손을 뻗었다.

"어서 오시오, 막스 블레이크 경. 오시느라 고생하지 않았소?"

그 말에 투구 속의 눈동자가 굳게 감겼다. 조심스레 벗겨진 투구 속의 중후한 얼굴은 왼쪽 눈가에 난 흉터 때문에 더욱 돋보였다.

그러나 사람들의 눈길을 끈 것은 그 흉터가 아니었다. 그의 각진 볼을 타고 아래로 흘러내리는 뜨거운 눈물이었다.

"아닙니다. 늦어서 죄송합니다, 가이라스의 왕이시여."

쿵 소리와 함께 막스 블레이크는 지나치다 싶을 정도로 강하게 양 무릎을 꿇었다. 머리마저 깊이 숙인 그는 큰 목소리로 울음을 터트리며 외쳤다.

"이제야, 이제야 당신을 찾아 뵙는 이 소인의 무례를 용서하여 주소서, 가이라스의 왕이시여! 고귀한 가이라스 왕국의 이름을 걸고 당신께 충성을 다시금 맹세하옵니다! 위대한 가이라스의 왕이시여!"

막스를 따라온 수많은 템플러들은 숙소 밖인데도 그를 따라 무릎을 꿇었다. 거리에 나와 있던 모든 사람들 역시 그 모습을 보자 하나둘씩 길트가 있는 쪽을 향해 무릎을 꿇고 절을 올렸다.

낡은 나무 의자와 폐가 수준을 겨우 벗어난 숙소, 허름한 모습의 시민들, 그리고 모래가 날리는 퍼니오드에서 이후 가이라스의 법왕(法王)이라 불릴 길트 디모트 알렉세이의 즉위식은 나름대로 엄숙하게, 그리고 간단하게 거행되었다.

길트와 막스가 그간 쌓인 얘기를 털어놓는 동안 지크와 사바신, 슈렌, 그리고 하인켈은 숙소의 옥상에 모여 있었다.

지크는 막스 블레이크와 함께 온 수많은 수행원들의 모습을 보며 혀를 내둘렀다.

"이야, 많이도 왔구나. 이렇게 보니 누가 왕인지 모르겠네."

"농담하지 마, 지크. 길트가 엄연히 왕인 마당에 무슨 망언이야."

말은 그렇게 했지만 사바신은 미소를 지우지 않았다. 둘의 기분은 그야말로 최고였다.

그들과 마찬가지로 막스의 수행원들을 보던 하인켈은 빙긋 웃으며 지크와 사바신을 돌아봤다.

"일등 공신은 여러분들입니다. 왕을 만들다시피 하시지 않았습니까. 비록 역사에 기록되지는 않겠지만 여러분들은 이번 일에 관련된 모든 이들에게 최고의 은인들로 기억될 것입니다. 그들의 영혼이 살아 숨 쉬는 만큼이나 오래 말입니다."

그러자 지크가 눈을 반짝 뜨며 물었다.

"헤헷, 정말요?"

"그렇습니다. 여러분은 최고의 결과를 창출해 내셨습니다. 아주 멋지게 말입니다."

그 말에 더욱 신이 난 지크와 사바신은 서로의 손을 마주치며 즐거워했다.

"거봐, 녀석아! 이 지크 님의 앞길에 실패는 없을 거라고 했잖아!"

"웃기지 마! 이 사바신 님이 있었기에 길트가 여기까지 올 수 있었던 거라고! 하하핫!"

"어찌 됐건 기분 좋다! 이얏호!"

둘은 두 팔을 번쩍 치켜들며 사방을 향해 괴성을 질러댔다. 둘의 가슴속에서 폭발하는 뿌듯함이란 이루 헤아릴 수 없는 것이었다.

어린아이같이 즐거워하는 둘의 모습을 보며 역시 미소를 짓고 있던 슈렌은 슬며시 미소를 지우며 하인켈에게 물었다.

"이제, 마지막 싸움만 남았군요."

하인켈은 고개를 끄덕였다.

"그렇습니다. 엘살바도르가 가이라스 왕국을 떠난 이상 이제 가이라스 사람들의 힘만으로 충분히 야만족들을 밀어낼 수 있을 것입니다. 물론 그 전에 배신자들을 쳐야겠지요. 그들이 있는 한 길 트 왕자, 아니 가이라스 왕의 신변이 계속 위험합니다. 흠, 이제 우 리에게 남은 일은 두 가지로 압축됐으니, 이제 그것에 대해 논의해 봅시다."

그의 시선은 이제 발광의 수준으로 세리머니를 하는 둘에게 슬 그머니 돌려졌다.

"저 두 사람이 진정된 후에 하는 것이 좋겠습니다."

"좋습니다, 선생."

슈렌은 어느새 붉게 물든 서쪽 하늘을 보며 길게 심호흡을 했다.

2

넘을 수 없는 벽

이 대륙에서의 마지막 싸움을 위해, 지크 일행은 막스 블레이크와 함께 프레그론에 대한 논의를 했다. 막스는 처음에 프레그론의 배신을 믿지 않으려 했지만 지금까지 일어났던 모든 일들, 특히 공주와 퍼니오드에 대한 얘기를 듣고 나서 프레그론에 대해 이상한 점이 생각났는지 진지하게 얘기를 꺼냈다.

"생각해 보니 프레그론과 야만족이 접촉한다는 첩보를 들었던 기억이 납니다. 하지만 프레그론을 시기하는 자들이 꺼낸 망발이라 여기고 신경 쓰지 않았습니다. 아시다시피 프레그론은 전장에서 저보다 훨씬 더 많은 승리를 거둔 가이라스 해방전선 최고의 공신이기 때문입니다."

"음."

슈렌은 잠깐 소리를 낸 지크와 사바신에게 혹시나 하는 마음으로 시선을 돌렸다. 그러나 머리 쓰는 일을 좋아하지 않는 둘은 더 이상 의견이나 질문을 내놓지 않고 팔짱만 끼고 있었다. 하인켈이 자리에 없는 이상 자신이 모든 것을 처리해야 했기에 슈렌은 이마를 감싸며 막스에게 물었다.

"그렇다면 프레그론은 현재 어디 있습니까?"

막스는 옆의 부관에게 시선을 돌렸다. 부관은 앞에 놓인 서류를 뒤적였고, 곧 프레그론에 대한 기록을 슈렌에게 얘기해 주었다.

"프레그론 장군은 퍼니오드 탈환 소식이 도착하기 전에 부대들을 이끌고 최전선으로 향하셨습니다. 그 외에 특별히 주목할 만한 행동은 하시지 않았습니다."

"부대 규모는 어느 정도입니까?"

"300명 정도입니다. 휘하 부대만 이끌고 가셨습니다."

슈렌은 생각했다. 300이라는 수치는 혼자 상대한다 해도 그리 위협적인 것이 아니며, 또한 그 정도라면 도시에 와 있는 막스의 수행원들—템플러를 비롯한 기타 병사들만으로도 충분히 상대할 수 있다.

'분명 프레그론도 그것을 알고 있을 텐데, 왜 병사들을 이끌고 사라진 거지? 정말로 최전방에서 싸우려는 것은 아닐 텐데. 다른 나라로 도망쳤나?'

그와 막스가 한참 고민하고 있을 때, 빈둥대던 지크가 버릇처럼 빈말을 던졌다.

"젠장, 자기 힘으로 여기 와서 싸울 수 없는 걸 알면 친구들을 더 불러올 거 아냐. 최전방이라면 브롤이나 투르바가 잔뜩 있지 않겠어? 예전에도 그 애들이랑 같이 놀았던 친구가 뭘 못할까?"

슈렌과 막스의 표정이 순식간에 굳어졌다. 그 모습을 보고 놀란 지크는 엉겁결에 손을 휘저으며 그들의 시선을 피했다.

"왜, 왜 그래? 난 농담으로 말했다고! 내가 원래 잘 이러는 거 알잖아!"

"아냐, 네 말이 맞아. 목표는 이곳이야."

"엉?"

지크의 움직임이 굳어진 가운데, 슈렌은 막스의 부관이 가지고 있는 가이라스 왕국의 지도를 펼쳐 보였다. 퍼니오드와 가이라스 북부의 항구도시를 손으로 짚은 그는 모두에게 차근차근 설명을 시작했다.

"해로를 생각지 못했다. 우리가 퍼니오드를 쳤을 때, 도시 안에 남아 있던 야만족 병사들이 모두 배를 타고 도망친 것, 기억나지?"

"응. 보지는 못했지만 알긴 하지."

"대군이 도망칠 때 사용한 길은 다시 쳐들어올 때도 사용할 수 있는 법. 프레그론은 북쪽에 있는 항구에서 병사들을 모아 이쪽으로 오고 있는 게 분명해. 해로를 통해서."

막스는 의견에 동의한다는 듯 고개를 끄덕이며 설명을 덧붙였다.

"일단 정찰을 먼저 해 봐야 알겠지만 슈렌 님의 의견이 맞을 가능성이 상당히 높습니다. 바다야말로 군대가 가장 빨리, 그리고 많이 이동할 수 있는 길입니다. 퍼니오드에 여러분들과 템플러들이 있다는 것을 아는 프레그론은 그만큼의 대군이 필요할 테니 그가 바다로 오는 것은 거의 확실합니다. 제 예상으로는 이틀이나 사흘 후에 프레그론이 도착할 듯싶습니다. 이제 그가 얼마나 많은 대군을 이끌고 오는지, 그리고 정확히 언제 오는지가 문제입니다."

막스가 원하는 것은 정찰이었다. 그 분야 전문가인 지크는 벌떡 일어나며 자신 있게 말했다.

"그건 제가 맡죠. 정찰하기 좋은 지역만 자세히 알려 줘요, 아저씨. 하루 내에 알아올 테니까요.”

지크가 요구한 '정찰하기 좋은 지역'이 어디인지 대강 알고 있는 막스의 부관은 어리둥절한 표정을 지었다. 말을 타고 가도 하루 이상 걸리는 곳을 하루 만에 정찰하고 오겠다는 것은 보통 사람의 상식을 넘어선 궤변이었다.

하지만 막스는 쾌히 응했다.

“좋습니다. 부관, 지도에 정찰 위치를 정확히 표시해서 지크 님께 넘겨드리게.”

“예? 하지만 블레이크 님. 그곳까지는⋯⋯.”

“알고 있으니 지도나 드리게.”

막스가 그렇게 말하자 자신의 상관이 뭔가 알고 있다고 판단한 부관은 더 이상 말하지 않고 그의 명을 따랐다.

잠시 후, 부관이 전해 준 지도를 받아 든 지크는 마치 여행이라도 가는 사람처럼 가벼운 몸짓으로 일어났다.

“짐 챙기고 바로 출발하겠습니다. 그럼 내일 봐요, 모두들!”

“그럼 부탁드리겠습니다.”

짧은 말로 그를 배웅한 막스는 웃으며 말했다.

“역시, 지크 님은 책에 적힌 그대로군요. 밝고 쾌활하신 것은 예나 지금이나 변함없으신 것 같습니다. 상당히 오랜 시간이 흘렀는데⋯⋯ 후후, 부럽습니다.”

책이란 말에 슈렌과 사바신은 각자의 방식으로 의아함을 나타냈다. 꽤 비밀스러운 뒷얘기인지 막스는 부관을 내보내고 나서 설명해 주었다.

“블레이크 가문은 상당히 오랫동안 대를 이어 마스터 템플러를 지냈습니다. 그동안 선조께서는 가문의 전통대로 자서전을 남기셨죠. 200년 전, 고신전쟁 당시 마스터 템플러를 맡으셨던 조나단 님과 이후에 마스터 템플러를 맡으신 티퍼 님 역시 자서전을 남기셨습니다."

그 이름을 들은 슈렌의 표정에 미소가 흘렀다. 물론 조나단과 티퍼라는 이름을 모르는 사바신은 여전히 뚱한 표정을 지은 채 막스의 설명을 기다렸다.

"그 두 분의 자서전에 지크 스나이퍼라는 이름과 슈리메이어 반 스나이퍼라는 이름이 나옵니다. 인간의 힘과 의지만으로는 도저히 해결할 수 없는 어려운 일이 닥칠 때, 그분들이 반드시 나타난다는 글도 같이 적혀 있지요. 역시, 그 말은 사실이었습니다. 당신들께서 다시 와 주신 덕분에 왕께서 더욱 강해진 모습으로 돌아오시지 않았습니까. 정말 기쁩니다."

"아닙니다. 저희는 해야 할 일을 하고 있을 뿐입니다."

슈렌은 막스의 감사에 겸손을 보였다. 그러나 일의 전모를 알아버린 사바신은 왼손을 휘저으며 부러움 섞인 목소리로 투덜댔다.

"가즈 나이트란 이름은 역사에 남지 않는 게 아니라 '역사에만' 남지 않는 거였군. 아는 사람은 다 알잖아, 젠장. 아저씨, 내 이름은 사바신 커텔이에요. 자서전에 잘 적어 주세요."

막스와 슈렌은 어색한 미소를 지을 뿐이었다.

지크, 사바신과 한방을 쓰는 하인켈은 공중에서 정좌를 한 채 명상에 잠겨 있었다. 그의 뒤에 있는 세 마신들 역시 같은 모습으로 정좌를 하고 있었지만 아스가르드를 제외한 둘은 마음이 불안한지 상하좌우로 약간씩 움직이곤 했다. 하인켈은 그들을 타이르듯 조용히 말했다.

"상당한 수준으로 집중된 정신은 때에 따라 승패를 바꾸기도 합니다. 집중을 통해 공중에 떠오르는 것은 여러분들과 같은 존재들에겐 매우 쉬운 일. 더욱더 정신을 집중하여 자신의 존재 자체도 잊을 정도의 수준까지 오르십시오."

그러나 그 말이 부담이 된 듯, 헬리온의 몸은 오히려 아래로 떨어졌다.

정신을 집중하기 위해 애쓰는 헬리온을 완전히 떨어트린 것은 벌컥 방 안에 난입한 지크였다.

"이야, 수고들 하는구먼!"

"우욱, 이런! 이게 무슨 짓이냐, 지크 스나이퍼!"

하인켈을 제외한 모두가 비틀거린 가운데, 혼자 바닥에 떨어진 헬리온은 무서운 눈으로 지크를 쏘아봤다. 무문도와 무명도를 각각 챙긴 지크는 씩 웃으며 손을 저어댔다.

"헤헷, 미안 친구. 어쨌거나 저 지금 정찰하러 갑니다, 아저씨. 프레그론인가 하는 녀석이 아무래도 바다로 쳐들어올 것 같거든요. 같이 가지 않겠어요?"

하인켈은 자세를 유지한 채 살짝 고개를 저었다.

"아닙니다. 제의는 고맙지만 저는 이번 일에 절대 참여할 수 없습니다."

"예? 왜요?"

눈을 뜬 하인켈은 지크의 찡그린 표정을 보며 대답했다.

"저는 죽은 자의 입장으로 여러분을 지켜보겠다고 했을 뿐, 여러분을 무력으로 돕겠다고 하지는 않았습니다. 프레그론의 일은 제 주군께서 하신 일의 한 갈래입니다. 제가 무력으로 여러분을 도와 프레그론과 싸우면 제 주군의 뜻을 정면으로 거스르는 것과 같습니다. 반역까지는 할 수 없는 제 입장을 헤아려 주십시오."

그가 사탄에게 가지고 있는 충성심은 역시 쉽게 흔들리지 않았다. 물론 지크가 하인켈의 충성도를 시험하기 위해 같이 가자는 말을 꺼냈을 리는 없다. 별 생각 없이 같이 가자고 했던 그는 아쉬움이 섞인 미소를 지은 채 머리를 긁적였다.

"뭐, 아저씨가 그렇게 말씀하신다면야 할 말 없죠. 그럼 갔다 올게요. 친구들도 열심히 해."

마신들은 밖으로 나가는 지크에게 아무런 답례도 하지 않았다. 대신 그들은 걱정스러운 얼굴로 하인켈에게 물었다.

"하인켈 님, 이렇게 여쭙긴 죄송하지만 사탄 전하와 리리스라면 당신의 생존 사실을 이미 알고 있지 않겠습니까?"

게일러의 물음에 하인켈은 고개를 끄덕였다.

"물론입니다. 그러나 리리스라면 모르겠지만 사탄 전하께서는 제가 움직이지 않을 것이란 사실도 알고 계실 것입니다. 너무 걱정 마십시오."

게일러는 입을 다물었지만 걱정이 서린 눈빛은 여전히 사라지지 않았다. 하인켈의 말대로 사탄이라면 그가 움직이지 않는 한 더 이상 추궁하지 않을 수도 있다. 그러나 리리스는 다르다. 어떻게 해서든 이 상황을 이용하려 들 게 뻔했다.

그는 후일에 대한 두려움을 어렴풋이 느끼며 다시금 명상에 잠겼다.

다음 날 이른 새벽, 지크는 막스의 부관이 지정해 준 제1정찰구역에 들어섰다. 새벽이기는 했지만 깜깜해서 공중에 뜬 달 외에 주위를 밝혀 줄 것이 전혀 없었다.

하지만 적외선 시야를 가진 지크는 그런 어둠 따위 문제가 되지 않았다.

"자, 도착했으니 정찰을 한번 해 보실까?"

밤을 새서 달려오긴 했지만 그의 체력은 문제없었다. 숨을 가볍게 몰아쉬던 그는 호흡이 진정되자마자 적외선 시야를 발동해 바다를 둘러보았다.

얼마나 기다렸을까. 그의 시야에 남쪽을 향해 빠른 속도로 내려오는 선단의 모습이 들어왔다.

"오호라, 저기 오시는군. 어, 근데 이상하네? 무슨 엔진을 단 것도 아닌데 배가 왜 저렇게 빠르지?"

지크는 몸 전체에 느껴지는 바람의 속도와 배의 속도를 비교해 봤다. 역시 배의 속도는 비교할 수 없이 빨랐다. 소형 함선은 그렇다 쳐도 중형 이상의 함선까지 범선이라고는 믿어지지 않을 정도의 엄청난 속도였다.

"이게 뭐야. 완전 비정상이잖아. 해류가 빠른 것 같지도 않은데 왜 저래?"

그때 시뻘건 빛이 선단의 중앙에 위치한 대형 함선에서 솟아올랐다. 거대한 포물선을 그린 그 빛은 곧 지축을 울리는 소리와 함께 지크의 먼 앞쪽에 떨어졌고, 그것이 적이란 것을 안 지크는 곧장 무문도를 뽑아 들며 전의를 불태웠다.

"이런, 걸리기까지 했잖아? 생각보다 느낌이 좋은데, 친구?"

지크의 앞에 선 존재, 마치 타오르는 화염처럼 붉은 피부와 그 이상으로 무서운 형상을 지닌 거대한 악마는 마치 건방진 어린아이를 보는 어른처럼 씩 웃으며 지크를 향해 한 걸음 내디뎠다.

"후후, 상당히 강한 파리가 여기서 정찰을 하고 있다 생각했더니 꽤나 거물이 걸렸군. 네가 바로 지크 스나이퍼구나. 피엘이나 그 밖의 주신계 중책들에게 너에 대한 얘기는 많이 들었노라. 듣던 대로 좋은 눈과 몸을 가졌군. 상당한 발전 가능성도 보인다."

지크는 뭔가 분위기가 이상함을 느꼈다. 멋있다고 생각될 정도로 위협적이고 강한 인상을 지닌 악마였기에 상당한 고위층이겠거니 생각했지만, 악마의 몸에서 흘러나와 자신의 몸을 엄습하는 이상한 느낌은 단순히 고위층 정도가 아니었다.

어디선가 딱딱거리는 소리가 들려왔다. 지크가 정신을 차리고 그 소리의 진원지를 알아차렸을 때 그는 경악을 금치 못했다.

'이가 떨리고 있잖아? 몸도 마찬가지야. 내가 왜 이러지? 앞에 있는 녀석이 그렇게 대단한 존재인 거야?'

"더, 덤벼라! 이상한 술수는 쓰지 말고 어서 덤비란 말이야!"

용감하게 외치긴 했지만 지크의 표정은 예전 같지 않았다. 그의 모든 것을 지켜보던 악마는 실소와 함께 강력한 마가 실린 중저음의 목소리를 냈다.

"이상한 술수라…… 이거 실망이로다. 난 근육과 기, 그리고 정신력에서 뿜어지는 직접 타격이 아니면 공격으로 인정하지 않는 존재다. 마법은 솔직히 재미없지. 화려하고 강한 맛은 있지만 멀리서 평평 쏘아대는 그 간사스러움은 비겁자의 얼굴을 보는 것만큼이나 짜증스럽다. 저주 역시 마찬가지지. 어쨌든 난 네 앞에서 그저 숨을 쉬고 있을 뿐이다. 넌 그 모습을 본 것뿐인데도 겁에 질린 것이다. 몸은 정직한 법이로다, 어린 전사여."

"크윽!"

지크는 그 악마의 말을 부정하려는 듯 무문도를 움직이려 했지만 팔에 힘이 들어가지 않았다. 무문도가 이렇게 무겁게 느껴진 적은 처음이었다.

어느새 그의 코앞까지 다가온 악마는 화염이 실린 숨결을 길게 뿜어냈다. 완전한 빈틈 상태였지만 이미 승패가 갈렸다는 것을 알기에 나오는 행동이었다. 그 악마는 떨리는 지크의 어깨를 손으로 지그시 누르며 말했다.

"어서 네 동료들이 있는 도시로 돌아가는 것이 좋을 거다. 하인켈 같은 자의 최후는 직접 봐야 영광 아니겠느냐? 후후후후. 그럼 나중에 다시 보자, 바람의 가즈 나이트, 지크 스나이퍼여."

지크에게서 등을 돌린 악마는 다시금 폭염으로 변해 자신이 있던 배로 돌아갔다. 그가 지나간 바다의 표면은 수증기를 뿜으며 증발하는 등, 그 악마가 뿜어내는 열기가 어느 정도인지를 고통스럽게 말해 주었다.

지크는 점차 시야에서 멀어지는 선단을 보며 힘없이 무릎을 꿇었다. 치욕이란 말조차 쓸 수 없는 이런 상황은 이만저만한 충격이 아닌 듯했다.

'이, 이게 공포인가? 압도적으로 강한 자를 앞에 두었을 때 느끼는 공포? 말도 안 돼! 메타트론이 앞에 있을 때도 이런 감정은 느껴보지 못했는데! 다른 강력한 적들도 마찬가지였어! 젠장, 이렇게 싸워 보지도 못하고 패배한 것은 처음이야!'

"이런 빌어먹을! 도대체 뭐 하는 녀석이야!"

지크는 주먹으로 모래를 두들겼지만 모래만 사방으로 튈 뿐이었다. 그렇게 혼자 분을 풀던 그는 문득 뭔가 타는 냄새를 맡고 손을 멈췄다. 그 악마가 짚은 자신의 왼쪽 어깨가 타고 있는 것이었다.

"윽, 이건 또 뭐야!"

지크는 급히 재킷을 벗어 바닥에 내던졌다. 다행히 재킷 어깨 부분만 탔지만 타들어 가는 부분을 보고 다시금 놀랐다. 그냥 후루룩 타는 것이 아니라 이상한 형상을 갖추는 것이었다.

"어라, 문양처럼 타네? 가만있자, 피엘 누님이 주신 언어 해석기가 있었지? 문양도 해석할 수 있다고 했는데."

지크는 재킷 호주머니 속에 있는 작은 돋보기 모양의 물건을 꺼냈다. 그것으로 문양을 본 지크는 해석기의 렌즈 위에 떠오르는 글씨를 천천히 읽어 나갔다.

"폭염과 공포, 그리고 힘의 절대 권력자. 지옥의 7대 악마대왕 중 한 명…… 디, 디아블로! 녀석이 바로 그 디아블로였단 말이야? 이런 젠장!"

재킷과 무문도를 챙겨 든 지크는 있는 힘을 다해 뛰기 시작했다. 그 악마가 사기를 친 것이 아니라면 지금 퍼니오드에게 닥친 사태는 자신들의 힘으로 수습하기에 너무나 막강한 것이었다.

그가 알고 있는 디아블로의 이야기는 아주 오래 전 휀에게 전해 들은 것과 하인켈에게서 전해 들은 것이 전부였다. 지크가 하인켈에게 본인보다 더 강한 존재가 누구냐 물어보면 그는 대표적으로 디아블로와 사탄, 그리고 아스타로트라고 했고, 디아블로에 대한 설명은 이러했다.

"우선 디아블로 전하는 강하십니다. 그분이 태곳적부터 가지고 계신 공포와 폭염은 그분의 강대한 전투력과 맞물려 그분을 상대하는 거의 모든 존재를 위압합니다. 같은 최고위급 악마들도 그분과 오랫동안 같이 있지 못할 정도입니다. 디아블로 전하는 육박전을 선호하시기로 유명합니다. 물론 최고위급 마법 역시 제가 모르는 것까지 알고 계시지만 전투 시에는 거의 쓰지 않습니다. 다른 악마왕 전하들께서는 그 점을 디아블로 전하의 장점이자 단점으로 치부하십니다. 그분은 거칠지만 고귀한 성격을 가지고 계십니다. 불굴의 정신력을 가진 존재에겐 계급이나 종족을 불문하고 우대해 주시죠. 다만, 일단 한 번 싸운 후에 그런다는 것이 문제이긴 합니다."

"오, 그래요? 화끈하겠네요, 그 아저씨? 나랑 잘 맞을 것 같아요."

지크의 철없는 말에 하인켈은 웃을 뿐이었다.

"그건 그분을 직접 대면하시고 나서 다시 생각해 주십시오. 혹시 모르겠군요. 제가 디아블로 전하라면 당신을 처음 만났을 때 전투를 벌이지 않으실 수도 있겠습니다."

"예? 왜요?"

"디아블로 전하께서는 자신의 정체를 모른 채 덤벼드는 존재와는 싸움을 하시지 않습니다. 당신은 상대가 누구인지도 모르는 상황에서 다짜고짜 싸우려 하는 기질이 있죠. 그분이라면 일단 한 번 정도 자신이 누구인지 알려 주신 후에 전투를 하실 것 같습니다."

하인켈의 예상은 그대로 맞아떨어졌다. 지크의 재킷에 자신의 문양을 새겨 넣음으로서 일단 자신의 정체를 먼저 알린 것이다.

"나를 칠 수 있었으면서도 치지 않았어. 젠장, 내가 그렇게 우습게 보였단 말이야! 두고 보자, 그 빨간 녀석! 반드시 엉덩이를 한 대 갈겨 주겠어!"

한편으로 그는 이상하다는 생각을 지우지 못했다. 어째서 디아블로나 되는 거물이 그 명성에 비해 작디작은 도시 하나를 정복하기 위해 온단 말인가.

'잠깐, 아까 하인켈이라고 했잖아. 설마 디아블로 녀석, 하인켈 아저씨만 노리고 저 선단에 참여한 건 아니겠지?'

그러나 그럴 가능성은 충분히 있었다. 지금 하인켈은 죽었다는 핑계로 사탄의 수하에서 일단은 떠난 몸. 같은 악마계에서 사탄의 무력을 대행하는 자로 유명한 그와 싸울 절호의 기회를 호전적인 디아블로가 놓칠 리 없었다.

지크는 어찌 됐건 최대한 빨리 퍼니오드로 돌아가기 위해 발걸음을 더욱 재촉했다.

"뭐야, 벌써 쳐들어오고 있단 말이야? 정찰 나갔다는 지크 녀석은 어떻게 된 거야?"

사바신은 급히 복장과 무기를 챙기며 소식을 전해 온 길트에게 물었다. 길트는 걱정스러운 얼굴로 고개를 저었다.

"잘 모르겠습니다. 도중에 당하셨을 리는 없지만 그래도 아무 소식이 없으니 걱정입니다."

"후, 알았어. 난 그럼 최전방인 항구로 먼저 가 볼 테니 마신 녀석들이나 나에게 붙여 줘."

"예? 그냥 같이 나가시면 되죠."

사바신은 피식 웃으며 자신의 뒤에 앉아 있는 마신들을 흘끔 바라봤다.

"알잖아. 저 녀석들 내 말에는 꿈쩍도 안 하는 거. 네 명령은 따른다고 했으니 네가 말하는 게 낫겠지."

"예, 그럼 마신 여러분들은 사바신 사부와 함께 항구를 맡아 주십시오."

"알았어, 전하."

길트의 말에 마신들은 곧장 장비를 갖추기 시작했다. 그들이 준비하자마자 사바신은 함께 항구로 향했다.

"슈렌, 상황이 어때?"

먼저 와 있던 슈렌과 합류한 사바신은 항구에서 떨어진 해상에 수없이 정박해 있는 선단을 보며 물었다. 선단이 나타났을 때부터 죽 지켜봤던 슈렌은 고개를 슬며시 저었다.

"모르겠어. 배 안에서 움직이는 수많은 존재는 느껴지지만 아직 표면적인 움직임은 안 보여. 쳐들어오려면 한 번에 쳐들어오는 것이 좋을 텐데 말이야."

"본대가 후방으로 돌아 들어오려는 것 아냐?"

"그건 아닌 것 같아. 어쨌든 이쪽에서도 기다려 보는 수밖에…… 음?"

그때 슈렌의 시야에 선단 중앙에서 솟아오르는 붉은빛이 들어왔다. 지크의 앞에 등장할 때와 마찬가지로 포물선을 그리며 하늘로 치솟은 그 빛은 이내 슈렌 일행의 앞에 떨어졌다.

한참을 이글거리던 그 폭염 덩어리는 천천히 형상을 갖췄고, 슈렌과 사바신, 그리고 마신들은 밀려오는 엄청난 기운에 하나같이 얼굴을 일그러트렸다.

"이런……!"

슈렌은 눈앞에 일어난 상황이 적의 마법이 만들어 낸 환상이나 거짓이길 바랐다. 그러나 그 붉은 피부의 존재가 일으키는 거대한 발소리는 땅을 타고 슈렌의 정신을 공포로 뒤흔들었다. 그것은 다른 모두도 마찬가지였다.

'디아블로!'

이것은 그 누구도 예상치 못한 대사건이었다. 사탄이 직접 쳐들어온 것이나 마찬가지였기에 슈렌은 함부로 움직이지 않았다. 디아블로 정도의 존재라면 이 자리에 있는 멤버와 이 도시를 짧은 시간 안에 송두리째 날리고도 여유 있게 웃을 수 있기 때문이었다.

'괴, 괴물이다! 이런 힘은 경험해 본 적 없어! 설마 지크 녀석, 이 괴물에게 당해 죽어 버린 건 아니겠지?'

사바신은 지크와 마찬가지로 몸을 부들부들 떨기만 했다.

디아블로는 슈렌과 사바신을 차례로 돌아봤다. 촛불의 속불꽃처럼 황색 빛을 내는 디아블로의 세 개의 눈은 상대의 눈을 더욱 압박하는 듯했다.

"행운이라고 해야 하나? 오늘 하루에 가즈 나이트들을 셋이나 만나는구나. 상대해 보고 싶은 마음은 굴뚝같지만 오늘은 너희보다 더 재미있는 녀석을 상대해야 하니 이번엔 그냥 넘어가겠다. 영광으로 알지어다."

슈렌과 사바신을 지나친 악마는 이어서 마신들에게 시선을 돌렸다.

"후후, 요즘 마신들은 간이 배 밖으로 나온 모양이로다. 악마의 힘을 받아 마신이 된 존재라면 당연히 내 앞에서 무릎을 꿇어야 하는 것이 아닌가? 난 다르칸의 부하라고 해서 봐주지 않는다. 내가 귀여워하는 존재는 다르칸이지 너희가 아니거든."

마신들은 아무 말 없이 디아블로 앞에 무릎을 꿇었다.

그 모습을 보고 즐거워하는 사람이 한 명 있었다. 자신의 기함에서 망원경을 통해 상황을 지켜보던 프레그론은 텁수룩한 수염을 매만지며 만족스러운 표정을 지었다.

"후후, 가즈 나이트인가 하는 녀석들도 역시 저 괴물 앞에서는 별것 아니구나. 리리스 님에게 부탁드리길 잘했어."

망원경을 접은 프레그론은 편안한 얼굴로 의자에 앉으며 말을 이었다.

"이제 저 괴물이 목적을 이룰 때까지 기다리면 되겠군. 가즈 나이트들만 없으면 도시에 있는 템플러와 막스, 그리고 길트는 발톱 빠진 고양이니까. 그런데 디아블로인가 하는 저 괴물은 도대체 뭘 하고 있는 거지? 어서 녀석들을 없애지 않고? 목적을 빨리 이루고 싶다면서 배들까지 빨리 가게 한 녀석이 왜 꾸물거려? 멍청한 녀석.”

프레그론은 디아블로의 행동이 마음에 들지 않는 듯, 감히 그를 향해 욕설을 퍼부어 댔다. 그 말이 들리는지 들리지 않는지는 나중에 알 일이었다.

마신들을 일으킨 디아블로는 자신이 이번에 나타난 목적을 위해 그들에게 명을 내렸다. 바로 하인켈을 대령하라는 것이었다.

“녀석이 사탄의 수하에 들어갔을 때부터 난 녀석과의 대결을 손꼽아 기다렸다. 녀석은 강하거든. 하지만 사탄은 녀석을 자신의 손 밖으로 내놓지 않았지. 녀석 역시 사탄의 손에서 감히 떠나지 않았다. 그 어떤 상황에서도 사탄의 보호를 받았기에 녀석에 대한 나의 투쟁심은 태곳적부터 지금까지 계속 키워졌다. 너희가 알다시피 지금이 바로 절호의 기회 아닌가! 녀석은 표면상 죽은 존재이고, 그로 인해 사탄의 보호는 더 이상 효력이 없다. 난 녀석과 승부를 가를 것이고 또 그 승부를 즐길 것이다. 환상이라 불리는 녀석의 최고 기술, 조디악을 내 강인한 몸으로 직접 받아 보고 싶은 것이다! 자, 어서 녀석을 내 앞에 대령하라!”

디아블로는 자신의 투쟁심에 미친 듯, 환희에 찬 얼굴로 주먹을 불끈 쥐었다. 그렇게 했을 뿐인데 항구 전체의 대기가 마치 폭탄에 휘말린 것처럼 크게 뒤흔들렸다.

그 모습을 지켜보던 슈렌의 이마에 어느새 식은땀이 맺혔다. 디아블로의 행동 하나하나에서 느껴지는 힘은 그만큼 절대적이었다.

‘역시, 이길 수 있는 상대가 아니다. 안전주문이 4단계까지 전부

개방되지 않으면 일격도 버틸 수 없을 게 분명하다. 이전에 메타트론이 무슨 재주로 태곳적에 디아블로와 싸웠는지 궁금할 정도다. 휀이 디아블로와 싸우지 않은 것은 기회가 없어서가 아니라 일부러 피한 게 아닐까?'

그러나 그때 돌발 사태가 발생하고 말았다. 사바신이 갑자기 영룡을 거머쥐고 디아블로에게 달려든 것이었다.

"함부로 지껄이지 마라! 우리를 더 이상 호구로 보지 말라고!"

사바신은 전력을 다해 디아블로의 두상을 내리쳤다.

가즈 나이트 중 최고의 물리력이 실린 공격이었기에 그 박력은 대단했지만 그의 행동에 감격하거나 움직이는 사람은 아무도 없었다. 심지어 공격을 받은 디아블로마저도.

"오호, 꽤 용감하도다, 주신의 어린 전사여."

사바신은 알고 있었다. 자신의 지금 공격이라면 분명 항구와 맞닿은 바다까지 흔들려야 한다는 것을. 그러나 디아블로는 영룡이 머리에 닿은 상태에서 슬쩍 미소를 지었다.

"상당한 파괴력이로다. 내려치는 타이밍도 좋았고, 힘의 폭발점 역시 완벽했다. 그러나 상대가 틀렸노라."

디아블로는 주먹으로 사바신의 뺨을 후려쳤다. 그러자 뼈가 부러지고 뒤틀리는 소리와 함께 사바신의 몸은 하늘 높이 솟아올라 마치 대포알처럼 공중을 여행한 후 낡은 창고의 지붕을 뚫고 그 속으로 사라졌다.

"사바신!"

"후후, 용기를 가상하게 여겨 죽이지는 않았다. 목뼈가 부러진 정도일 테니 염려 말도록. 오오, 마침내 나타났구나, 하인켈."

사바신에게 가 보려던 슈렌은 움찔하며 디아블로의 시선이 향한 곳을 돌아봤다. 그곳에는 지크와 대결할 당시 썼던 가면과 할로윈을 든 하인켈이 착잡한 모습으로 서 있었다. 하인켈은 슈렌에게 가보라는 듯 고갯짓을 하고 디아블로 앞에 천천히 무릎을 꿇었다.

"폭염과 공포, 그리고 힘의 절대 권력자 디아블로 전하께 하인켈 인사 올립니다. 뒤늦게 전하를 뵙는 소인을 용서해 주십시오."

"그래, 건강한 모습을 보니 기쁘구나, 하인켈. 자, 나와 싸울 준비는 되었겠지?"

디아블로의 미소는 더더욱 짙어졌다. 하지만 하인켈은 고개를 더욱 숙였다.

"송구스러운 말씀이오나 전하, 전 전하와 감히 무기를 맞댈 수 있는 존재가 아닙니다. 귀부인 리리스 님께 어떤 말씀을 들으셨는지는 알 수 없지만 제발 진정하시고 원래의 위치로 돌아가 주십시오. 간청드리옵니다, 전하."

그러자 디아블로의 얼굴에서 미소가 사라졌다. 하인켈의 말이 화를 돋운 듯 그의 몸에서 뿜어지는 기운은 점점 더 강해졌고, 슈렌과 세 마신들은 마치 폭풍에 떠밀리듯이 뒤로 슬금슬금 밀려 나갔다.

"네 말대로, 넌 나와 싸울 위치가 아니지만 나에게 간청할 위치 또한 아니다! 자, 어서 무기를 들고 나에게 덤비거라! 그러지 않으면 네 부하들의 목숨은 한 줌의 재가 되노라!"

디아블로의 거성과 함께 그의 뒤쪽으로 커다란 지옥문이 입을 열었다. 던져지듯 그곳에서 밀려 나온 존재들은 다름 아닌 포박 당한 조커 나이트들이었다.

바닥에 쓰러진 수십의 조커 나이트들은 미동도 하지 않았다. 강력한 주문에 결박당했거나 어딘가 문제가 있는 게 분명했다. 물론 정상적인 상태라 해도 그들이 디아블로에게 반항할 수 없는 것은 당연했다. 결론은 선택의 여지가 없다는 쪽으로 흐르고 있었다.

하늘을 잠시 바라본 하인켈은 결국 그 상태로 가면을 쓰며 말했다.

"슈렌, 제 아내와 딸에게 잘 말해 주십시오."

"서, 선생! 안 됩니다!"

그러나 하인켈의 가면에서 뿜어진 흑색 빛은 이미 그의 몸을 뒤덮은 후였다. 그 빛은 거친 감촉의 헝겊으로 변했고, 원래 자신의 복장을 말끔히 갖춰 입은 그는 자세를 갖추며 살기를 흘렸다.

"전하의 뜻에 따르겠습니다."

"후후, 그래 그거다. 그 모습이다, 하인켈! 매우 즐겁구나!"

디아블로는 전투에 들어가기 직전, 손가락을 퉁겨 조커 나이트들을 묶은 마법의 결박을 풀었다. 목적을 이루기 직전이니 인질은 필요 없다는 뜻이었다.

그의 결박에서 풀려난 조커 나이트들은 마치 정신이 나간듯 힘없이 뒤로 물러났다. 흐리멍덩한 그들의 눈빛과 허리춤에서 빛나는 단검 등이 그들을 더욱 이상하게 만들었지만 아쉽게도 그런 그들의 모습에 집중하는 사람은 아무도 없었다.

"시작이로다, 무인 하인켈이여!"

디아블로가 발을 구르자 그의 앞쪽 지면은 마치 화산이 터지듯 갈라지며 뜨거운 용암을 토해 냈다. 그 지옥의 틈새에서 머리를 내미는 것이 있었다. 검인지, 아니면 검의 모양을 한 거대 괴물인지 분간하기 힘든 그 물체는 이윽고 주인인 디아블로의 손에 잡혀 자신이 검이라는 사실을 모두에게 알렸다.

디아블로와 마찬가지로 불과 친한 헬리온은 주인의 덩치에 걸맞은 그 초대형 검, 디아볼릭을 보며 침을 삼켰다.

'저것이 악마왕 디아블로의 무기, 디아볼릭! 주인과 마찬가지로 괴물 단지로군, 젠장!'

디아볼릭을 든 디아블로의 모습은 가히 압권이었다. 하인켈은 온몸을 엄습하는 공포와 폭염의 힘에 눈살을 찌푸렸다.

'얼마나 버틸 수 있을 것인가. 1분? 아니 그 미만?'

"이 공격을 받아 보거라!"

디아블로는 덩치에 걸맞지 않는 엄청난 속도로 하인켈에게 돌진했다. 그 공격을 막는 즉시 끝장이란 것을 아는 하인켈은 있는 힘을 다해 옆으로 몸을 돌렸다.

디아볼릭의 끝이 할로윈 대신 지면을 강타한 순간, 마치 퍼니오드를 둘로 나누려는 듯한 지면의 균열이 항구에서 도시 쪽으로 뻗어 나갔다.

"큭!"

지면만이 충격을 받은 건 아니었다. 그 일격으로 인해 멍청히 서 있던 조커 나이트들은 사방으로 날아갔고 슈렌과 세 마신들 역시 중심을 잃고 몸을 숙였다. 오직 하인켈만이 겨우 중심을 잃지 않고 서 있었다.

갈라진 지면에서는 굉음과 함께 용암이 마치 세상의 끝을 알리는 벽을 이루듯 엄청난 높이로 솟아올랐다. 주민들이 미리 대피한 덕분에 그 용암으로 인한 희생자는 없었지만 겨우 복구가 시작된 도시의 피해는 이만저만이 아니었다.

문제는 거기서 끝나지 않았다. 그런 정도의 공격을 보였는데도 디아블로는 경직 시간 없이 곧장 자세를 회복했다.

"피하다니, 매우 재미가 없군. 이 정도 공격은 막아 줘야 예의 아닌가?"

웃는 디아블로와는 달리 하인켈의 얼굴엔 아무런 변화가 없었다. 그러나 그것은 가면일 뿐, 가면 안쪽의 표정은 그 어느 때보다 강한 긴장에 휩싸여 있었다. 물론 슈렌이나 마신들이 느끼는 기분보다는 덜했다. 무슨 수를 쓰더라도 일대일로는 절대 이길 수 없는 상대라는 사실을 당연하게 받아들이는 덕분이었다.

하인켈은 자세를 가다듬으며 디아블로에게 잡혀 온 부하들을 바라봤다. 얼마 후면 그들을 영원히 못 보게 될지도 모르니까. 하지만 그것은 행운이었다.

하인켈의 시선이 멈춘 곳은 조커 나이트들의 허리에 장비된 단검이었다. 그 작고 나약한 무기를 유심히 바라보던 그는 마지막 희망을 잡는 심정으로 디아블로에게 물었다.

"디아블로 전하, 저들은 전하께서 직접 연행하셨습니까?"

자신을 기쁘게 할 전투와는 전혀 상관없는 질문이었기에 마치 벽돌의 단면처럼 날카롭고 둔탁한 디아블로의 눈두덩이 의아함으로 꿈틀댔다.

"네가 나와의 전투를 피할 때 쓰라고 리리스가 준 것이다. 왜, 너무 슬픈가?"

"아닙니다. 부하들일 뿐인데 제가 슬퍼할 이유는 없습니다. 그저 궁금했을 뿐입니다."

하인켈의 그 말에 슈렌의 표정이 꿈틀댔다. 평소의 하인켈에게서 나올 수 없는 말이란 사실을 잘 알기 때문이었다. 그러나 그가 진짜로 놀란 것은 그다음이었다.

하인켈은 강한 살기와 함께 자세를 바꿨다. 할로윈을 완전히 뒤로 돌린 채 한껏 낮춘 그 자세. 바로 어제까지 그 자세에서 나오는 기술을 익히느라 고생한 슈렌은 그다음에 무엇이 나올지 알고 있었다.

"조디악?"

마치 갑옷과도 같은 디아블로의 두꺼운 피부와 근육이 부르르 떨렸다. 그를 대면하는 다른 존재들처럼 공포에 질려서가 아니었다. 그 진동은 순수한 기쁨에서 비롯된 것이었다.

오랜 시간 봐 왔던 하인켈의 절정기 조디악. 사탄에게 반항하는 그 모든 이들을 어김없이 처단했던 그 기술을 몸으로 받아 보고픈 욕구는 디아블로 자신의 인내심을 상당히 오랜 기간 동안 시험했다. 결국 견디다 못한 나머지 사탄과 하인켈에게 협박까지 했지만 그들은 자신의 욕구를 받아 주지 않았다. 그 욕구가 얼마나 컸는지는 그가 리리스의 부탁을 별다른 조건 없이 받아들였다는 것만으로도 충분히 알 수 있었다.

이제 그토록 기다리던 때가 왔다. 디아블로는 화염의 숨결을 그 어느 때보다 길게 뿜으며 미소 지었다.

"확실히 마음을 먹었구나, 하인켈. 어서 오너라. 너의 조디악을 이 디아블로에게 보여 주는 것이다!"

디아블로는 양팔을 크게 벌렸다. 방어와는 전혀 상관없는 위험한 자세였지만 하인켈은 지체없이 조디악을 전개시켰다. 그는 자신의 주위에 그려지기 시작한 거대한 마법진의 힘을 느끼며 말했다.

"이제 움직여도 되겠습니까, 디아블로 전하?"

디아블로는 고개를 끄덕였다. 그리고 몸 전체에 흐르는 떨림을 멈췄다.

명도 12궁은 황도 12궁과 같은 힘을 가졌으나 그들의 찬란한 빛에 가려 보이지 않게 되어버린 가련한 별자리들을 말한다. 하인켈의 기술 조디악은 그 이름조차 알려지지 않은 열두 별자리들의 슬픔, 분노, 질투, 고통, 그리고 절규를 시간을 초월한 파괴 에너지로 바꿔 적을 공격하는 기술로서, 이 기술을 사용하는 자 외에는 누구도 기술의 실체를 알지 못하는 악마계 '7대 페인(pain)' 중 하나였다.

여기서 말하는 7대 페인은 7인의 악마왕이 하나씩 가지고 있다 전해지는 기술로서, 하인켈의 조디악은 원래 악마왕 중 한 명이었다가 아마겟돈 도중 유폐된 '바알'의 것이었다. 그 기술이 어찌해서 하인켈에게 옮겨진 것인지는 사탄과 하인켈 외에는 모르는 미스터리로서 남아 있다.

어쨌든, 지금 하인켈은 조디악을 사용하려 하고 있고, 디아블로는 그것을 정면으로 받아 내려 하고 있었다.

"이봐! 멈추지 못해, 빨간 녀석!"

그때 그 둘을 제외한 모두의 시선이 항구의 입구 쪽으로 향했다. 그곳에는 두 주먹을 불끈 쥔 채 숨을 헐떡이고 있는 지크가 있었다. 가까스로 도착한 지크는 대치하고 있는 둘을 향해 성큼성큼 다가오며 외쳤다.

"하인켈 아저씨랑 대결하는 건 말리지 않아! 하지만 이 지크 스나이퍼 님을 엿먹인 것은 용서하지 않는다! 넌 나랑 먼저 붙어야 해!"

디아블로에게 당한 치욕 때문에 정신이 거의 나간 상태인 지크는 곧장 무명도에 손을 가져갔다. 슈렌은 지크를 말리려고 했으나, 마치 중간에 한 페이지가 떨어져나간 소설처럼 갑자기 둘의 시야에 전혀 다른 광경이 펼쳐졌다.

"어라?"

지크의 눈에는 땅이, 슈렌의 눈에는 하늘이 들어왔다. 공통점은 둘 다 쓰러져 있다는 것이다. 마신들 역시 마찬가지였기에 모두는 놀라움을 금치 못했다.

"뭐, 뭐야! 이게 어찌 된 일이야!"

지크와 헬리온은 동시에 외치며 자리에서 일어났다. 아스가르드와 게일러 역시 이해할 수 없다는 얼굴로 고개를 들었다.

"어떻게 된 일이지? 왜 우리가 쓰러져 있는 거야?"

하인켈의 조디악을 생전 처음 접하는 그들과는 달리 조디악을 직접 배운 슈렌은 일어나며 머리를 매만졌다. 쓰러졌을 땐 몰랐던 충격이 시간이 지날수록 온몸에 퍼지고 있는 것이었다.

'이것이…… 이것이 조디악이 불러오는 시공간 파괴의 영향인가?'

슈렌은 통증을 최대한 참고 하인켈 쪽을 바라봤다.

디아블로의 앞에 있어야 할 하인켈은 어느새 그의 뒤쪽에 가 있었다. 그뿐만 아니라 그 어떤 공격에도 쓰러지지 않을 것 같던 디아블로는 몸을 숙이고 있었다.

"크, 크으윽……!"

그의 몸에 그어진 열두 개의 상처에서 용암처럼 오렌지 빛 피가 흘러나와 땅을 적셨고, 그의 피가 뿌려진 땅은 피의 열기를 견디지 못해 연기를 내며 타들어 갔다. 그러나 그것도 잠시, 번쩍 몸을 일으킨 디아블로는 상처 난 자신의 가슴과 복부를 만지며 웃음을 터트렸다.

"크하하핫! 역시 7대 페인의 조디악! 역시 사탄의 무력을 대행하는 자 하인켈이었다! 오늘 내가 입은 상처는 영원히 기록되어 이 몸을 더욱 강하게 만들 것이로다!"

대공과 대지를 호령하는 듯한 디아블로의 웃음과 함께 그의 몸에 난 조디악의 상처는 급속도로 아물었다. 그리고 하인켈은 멍한 상태로 서 있는 조커 나이트들을 등진 채 묵묵히 그 모습을 바라볼 뿐이었다.

어느 정도 충격에서 벗어난 헬리온은 땅에 긁힌 볼에서 피가 나는데도 멍한 표정을 지은 채 슈렌에게 물었다.

"시공간 파괴의 기술…… 그것이 조디악인가?"

슈렌은 대답 대신 고개를 끄덕였다. 헬리온은 조금 뒤 볼의 상처를 손등으로 훑으며 고개를 갸웃댔다.

"놀랍기는 하지만 위력이 생각보다 약한데? 그 정도의 파괴력을 가졌으면서 왜 디아블로 전하에게 저런 상처밖에 주지 못한 거지?"

"위력이 약한 게 아니라 디아블로가 조디악의 열두 번의 일격 모두를 피한 것이다. 아무리 조디악이 극상의 기술이라 해도 사용자의 수준 차이가 극명한 상황에서는 어쩔 수 없겠지. 하지만 선생이 왜 지금 조디악을……?"

아무리 생각해 봐도 지금은 조디악이 나올 타이밍이 아니었다. 무슨 수를 써서라도 조디악이 확실히 들어갈 정도로 디아블로를 약화시킨 후 썼어야 했다. 그렇지 않고서 하인켈이 디아블로를 쓰러트리는 것은 절대 불가능했다. 하인켈 같은 남자가 그런 것을 모를 리도 없지 않은가.

어찌 됐건 상황은 이미 벌어진 후였기에 슈렌은 다음 상황을 생각했다.

상처를 완전히 회복한 디아블로는 만족스러운 미소를 띠고 하인켈을 돌아봤다.

"자, 끝난 것은 아니다, 하인켈. 조디악이 나왔다 해서 승패가 갈릴 수는 없는 법. 계속 전력을 다해 싸워 주기 바란다."

"알겠습니다, 디아블로 전하."

하인켈은 평소의 자세를 취했다. 겉으로 보기에는 장기전을 생각하는 것 같았다. 디아블로와 디아볼릭은 다시 타올랐고, 둘은 서로를 향해 다시금 발을 옮겼다.

"커헉!"

순간, 그 누구도 예상치 못한 일이 발생했다. 마치 좀비처럼 멍하니 있던 조커 나이트들이 갑자기 하인켈의 등을 향해 달려든 것이었다. 그들의 단검을 등에 맞은 하인켈은 상처와 가면 밑으로 피를 뿜으며 쓰러졌다.

"설마…… 리리스의……!"

하인켈은 여전히 흐릿한 조커 나이트들의 시선을 보며 의식을 잃었다. 그것으로 임무를 마친 조커 나이트들은 인형처럼 바닥에 차례차례 쓰러졌다.

"하, 하인켈 아저씨!"

"선생!"

지크와 슈렌 등은 쓰러진 하인켈을 향해 달려갔다.

하인켈의 등에 꽂힌 10여 개의 단검을 빼낸 그들은 단검 모두에 독이 물어 있다는 것을 알고는 분노를 터트렸다.

"이게 뭐야, 이 빨간 녀석아! 싸울 거면 일대일로 정당하게 싸우지, 어째서 아저씨의 부하 녀석들에게 칼을 쥐어 준 거야! 게다가 이 독은 뭐야! 악마왕이란 녀석들은 모두 다 이렇게 비겁한 녀석들이었어? 그런 거냐고! 말해 봐, 이 녀석아!"

분노에 겨운 나머지 지크는 무문도를 거머쥔 채 디아블로에게 달려들었다. 그러나 지크는 힘 한 번 제대로 써보지 못한 채 쓰러졌고, 바닥에 쓰러진 그의 가슴을 지그시 밟은 디아블로는 아무 말 없이 바다를 바라봤다.

항구에서 멀리 떨어져 있던 프레그론과 야만족들의 함대는 빠른 속도로 항구를 향해 다가오고 있었다. 그 모습을 묵묵히 지켜본 디아블로는 쓴웃음과 함께 고개를 저었다.

"하긴, 사탄의 부하들 중에서 유일하게 자신을 반대하는 자가 하인켈이었으니 녀석이 그럴 만도 하지. 제거하고는 싶지만 자신이 직접 건드렸다가는 사탄과의 관계가 끝날 수 있는 데다 가즈 나이트들이 셋이나 있는 상황에 모험을 할 수는 없는 일. 그런데 나란 존재를 이용할 수 있는 절호의 기회를 잡았다 이건가? 후후후, 리리스 녀석. 가소롭구나."

디아블로는 곧이어 지크를 잡아 올려 눈을 맞추었다. 그는 자신이 만든 용암보다 더 이글거리는 시선으로 자신을 쏘아보는 지크를 보며 물었다.

"네가 나라면 지금 같은 상황에 어떻게 하겠느냐, 어린 전사여."

지크는 곧장 대답했다.

"속아서 남을 이렇게 만들어 놨으면 책임을 져야 할 거 아냐! 네 녀석이 이대로 도망친다면 지옥 끝까지라도 찾아가 없애 버리겠어! 언제가 되든지 말이야!"

"그래? 하하하핫, 좋아! 명쾌한 대답이로다, 어린 전사여!"

발버둥 치는 지크를 가볍게 던진 디아블로는 디아볼릭을 거머쥔 손에 힘을 가했다. 그에 따라 검은 마치 살아 있는 생물처럼 꿈틀대며 전신에 화염을 머금었고, 준비를 마친 디아블로는 디아볼릭을 마치 투창하듯 하늘 높이 던졌다.

디아블로의 막강한 힘이 실린 검은 엄청난 속도로 하늘의 끝을 향해 날아올랐다. 중간에 길을 막고 있던 구름은 디아볼릭에 실린 열기에 밀려 사라질 뿐이었다. 유성이 거꾸로 치솟는 듯한 그 모습을 멍하니 보는 지크에게 디아블로가 물었다.

"넌 너의 힘이 어느 정도라 생각하느냐, 어린 전사여."

"아저씨에게 자랑할 만큼은 아니라고 생각되는데?"

"자랑할 만큼은 아니라…… 후후, 과연 그럴까?"

"뭐?"

지크는 움찔하며 디아블로를 바라봤다. 디아블로는 프레그론 함대의 머리 위로 떨어지는 디아볼릭의 모습을 감상하며 말했다.

"지금은 그렇겠지. 그러나 넌 고작 1천 년도 살지 못한 존재다. 7인의 악마왕과 가즈 나이트 7인의 차이는 단 하나, 살아온 세월뿐이다. 내가 네 나이 때는 지금 너만큼 강하지 않았지."

"……."

"지금 나를 포함한 악마왕 전원은 악마왕이란 이름 아래 현역에서 물러난 가련한 존재들이다. 직접 전투를 할 기회는 없지. 다른 녀석들은 편해서 좋다고 생각할지 몰라도 난 싸우고 싶다. 검에 전해지는 상대의 살가죽, 뼈의 감촉을 느끼고 싶단 말이다. 수만 년 가까이 싸움에 중독되어 있다가 갑자기 싸움을 하지 않게 되면 어찌 될까? 굶주리게 된다. 바로 나처럼 말이다. 결국 리리스 같은 형편없는 악마에게도 이성을 잃게 되지. 휀 라디언트도 마찬가지일 것이다. 1천 년 가까이 인간성을 거부하고 싸우다가 겨우 눈을 떴으니 정신이 없었겠지. 후후후, 조심해라 어린 전사여. 이제 네 눈앞에 나타날 강자들의 모습은 미래의 네 모습일 수도 있으니까."

이윽고 디아볼릭이 프레그론의 기함 위로 정확히 떨어졌다.

모든 것이 분해되기 시작한 것은 그때부터였다. 배를 이루는 나무도, 생물체를 이루는 뼈와 살도, 심지어는 그들을 띄우고 있는 바다도 디아볼릭이 내뿜는 지옥의 열기에 의해 남김없이 사라져 갔다. 마치 보이지 않는 거대한 유리그릇이 바다를 내리누르는 듯 디아볼릭을 중심으로 한 바다의 주위는 바닥을 드러낸 채 증발했다.

그 모든 것을 지켜본 디아블로는 씩 웃으며 지옥의 문을 소환했다. 그는 뼈를 녹이는 듯한 비명과 울음소리가 퍼져 나오는 그 시뻘건 문을 향해 가며 마지막으로 말했다.

"한 가지 예언을 하지. 이번 일의 끝에 다다른다 해도 사탄은 만날 수 없을 것이다. 그렇다 해서 너희가 리리스를 죽일 수 있는 것도 아니다. 하지만 기뻐하지 마라. 그 두 녀석들보다 더 피곤한 상대와 싸울 테니까. 후후, 다른 것은 몰라도 사탄을 만나지 못한다는 것은 확실하니 안심해라. 자, 그럼 난 가 보겠노라. 힘을 더욱 키워 두거라, 가즈 나이트들이여. 그래야 나중에라도 나를 즐겁게 할 것이 아니냐. 하하하핫!"

디아블로의 큰 몸집을 머금은 지옥문은 단말마의 비명을 지르며 땅속으로 스며들었다. 그의 존재가 세상에서 완전히 사라짐과 동시에 한없이 바닷물을 증발시키던 디아볼릭 역시 빗물을 맞은 촛불처럼 피식 소리와 함께 사라졌다.

"젠장."

지크는 짧게 내뱉으며 바닥에 주저앉았다. 지치기도 했지만 디아블로가 남긴 말 때문에 머리가 복잡해졌기 때문이다.

짜증스러운 얼굴로 미지근한 바다에 드러누운 그는 하인켈이 있는 쪽으로 고개를 돌렸다. 슈렌과 마신들이 하인켈을 치료하기 위해 노심초사하는 모습을 본 그는 하인켈에게 아직 목숨이 붙어 있는 것을 느끼며 눈을 감았다.

"그렇군. 리리스가 디아블로에게 사주를 한 것이었군. 그래도 잘 버텼네. 하인켈이 리리스의 생각을 빨리 알아챈 것이 주효하긴 했지만 자네들이 조심스럽게 움직여 디아블로를 흥분시키지 않은 것도 크네. 디아블로가 프레그론의 함대를 전멸시켜 준 것도 행운이고. 디아블로가 광기를 부렸다면 우리는 이렇게 얘기하지도 못했을 거야. 그건 그렇고 하인켈의 상태는 어떤가?"

"아직 의식은 되찾지 못하셨지만 생명에는 지장이 없습니다. 독을 빼는 것이 조금이라도 늦었다면 장담하지 못했을 것입니다."

"음, 다행이군. 사바신은?"

"지금은 괜찮습니다. 워낙 몸이 좋은 친구라 목뼈가 부러졌어도 금방 낫더군요."

"그런데 지크는 왜 아직도 누워 있는 거지?"

"그건 잘 모르겠습니다. 디아블로와 대면하고 워낙 피곤해서 그런 듯한데……."

"일어났어."

둘의 대화를 듣고 있던 지크는 다소 씁쓸한 얼굴로 일어났다. 의식을 되찾은 직후 들린 얘기가 그리 마음에 들진 않은 모양이었다. 어지간해서는 볼 수 없는 그의 무거운 분위기에 눌린 슈렌과 라이세네프는 별다른 말을 하지 않았다. 그 침묵도 마음에 들지 않은 듯, 지크는 푸석푸석한 얼굴을 매만지며 라이세네프에게 물었다.

"라이세네프 아저씨, 악마왕이란 녀석들, 전부 그렇게 강해요?"

"무슨 말이지?"

"전부 그 빨간 녀석만큼 강하냐고요. 아저씨는 알 거 아니에요."

라이세네프는 그것을 왜 묻는지 알 것 같았다. 그가 아는 지크라면 디아블로가 뿜어내는 공포의 힘에 눌려 제대로 공격할 수 없었을 것이고, 공격한다 해도 공포에 미친 나머지 마구잡이로 발버둥치는 것과 마찬가지일 것이다.

라이세네프는 차분한 목소리로 물었다.

"디아블로가 그렇게 두려웠나?"

"……!"

얼굴을 만지는 지크의 양손이 꿈틀댔다. 슈렌 앞에서 지크 앞으로 자리를 옮긴 라이세네프는 빛을 반짝이며 말을 이었다.

"이걸 알아 둬. 넌 디아블로의 기세에 진 것이 아니라 네 자신에게 진 거야."

"예?"

"지금까지 네가 만난 상대는 네 강함을 알기 때문에 무의식 중에라도 긴장했을 것이다. 하지만 디아블로는 그런 것을 몰라. 상대의 강함은 그에게 있어서 즐거운 게임에 지나지 않지. 승패를 떠나 싸우는 것 자체를 즐긴다는 말이야. 너도 싸우는 것을 즐기는 타입이지만 거기엔 반드시 승리라는 전제 조건이 있어. 넌 디아블로를 처음 만났을 때 압도적인 강함에 패배를 먼저 떠올렸고, 그 생각에 눌려 겁먹었다. 너에게 겁을 준 것은 디아블로가 아니라 바로 네 자신이야."

지크는 고개를 떨궜다. 라이세네프는 어깨를 두드려 주듯 칼자루 끝으로 지크의 어깨를 툭툭 찍었다.

"사람들은 일을 진행할 때 결과를 먼저 생각한단다. 성공했을 때의 장밋빛 미래나 실패했을 때의 암울한 미래 정도지. 전투도 마찬가지다. 이기는 것과 지는 것에 대한 생각이 사람을 좌우하지. 이기는 것에 대한 생각이 많으면 사람은 자신감에 차고, 지는 것에 대한 생각이 많으면 사람은 공포에 질린다. 무슨 일이건 과정을 생각하는 사람은 많지 않아. 디아블로의 최대 강점은 그것이야. 순수하게 과정만을 즐기지. 그렇게 강해진 탓에 디아블로의 몸에는 흉터가 많지만 대신 그를 상대하는 존재들은 대부분 공포에 질린다."

라이세네프는 지크의 어깨에서 떠나 공중에서 빙그르 몸을 돌렸다. 침대 위에 안착한 그는 다시금 빛을 반짝이며 말했다.

"뭐, 너에게 누군가의 인생관을 강요할 수는 없겠지. 어느 쪽이든 최상은 아니니까. 어쨌든 디아블로를 만난 것은 너에게 최고의 경험이 될 것이다."

이어서 슈렌이 지크의 등을 쳐 주었다.

"자, 어쨌든 가이라스 왕국의 일은 끝났다. 남은 것은 이제 하나니까 더 이상 고민할 필요는 없어. 지금 리오나 휀의 일이 어떻게 돌아가는지 상당 기간 모르고 있었으니 최대한 빨리 떠나자."

지크는 평소처럼 인상을 구기며 물었다.

"떠나? 어디로?"

"당연히 에스토드 왕국이지. 휀이 어디 있는지는 알려진 것이 없으니 가장 확실한 쪽으로 가는 것이 정상 아닐까?"

"그, 그렇긴 하지만 인원이 너무 많아지는 게 아닐까? 너, 나, 사바신까지만 가도 꽤 북적댈 텐데?"

그때 문이 벌컥 열리며 목에 붕대를 단단히 감은 사바신이 들어왔다. 밖에서 얘기를 들었는지 그는 만면에 미소를 지은 채 손가락을 저었다.

"하핫, 걱정하지 마시라. 대장의 집은 저택이야. 꽤 넓다고. 그리고 그곳에 있는 사람은 리오와 용제 전하, 레디, 브라디, 형수님, 슈웰, 폴카 아줌마 정도잖아. 우리가 간다 해도 미어터지지는 않아. 사람 많으면 재미있고 좋지, 뭐."

"오호, 그래?"

그러자 지크의 얼굴에 서서히 미소가 떠올랐다. 갑자기 예전 모습으로 돌아온 그를 보고 라이세네프는 자신이 방금 전에 했던 말을 기억이나 할까 생각하며 침울한 빛을 흘렸다.

"그럼 내가 모르는 사람에 대해 설명해 봐. 형수님이란 사람하고 슈웰은 몰라."

"가서 보는 게 더 빠를 거야. 신경 쓸 사항은 아니지만 네가 나랑 비슷한 녀석이라고 하니까 둘의 안색이 좀 안 좋아지긴 했어. 너무 기대돼서 그런가 봐. 하하핫."

"그, 그렇군. 하하하."

뭔가 이상하게 들리긴 했는지 지크는 웃으면서도 고개를 갸웃댔다. 물론 이유를 아는 슈렌은 슬그머니 시선을 돌릴 뿐이었다.

"아 참, 하인켈 아저씨가 깨어났어. 모두 불러오라고 하던데?"

그들은 하인켈과 마신들이 있는 방으로 갔다. 등에 상처를 입은 탓에 엎드려 있던 하인켈은 모두를 보며 힘겹게 미소 지었다.

"어서 오십시오. 걱정을 끼쳐 드려 죄송합니다."

예전과 같이 활기를 되찾은 지크는 씩 웃으며 그의 앞에 앉았다.

"헤헷, 뭘요. 아저씨가 아니었으면 우리는 지금쯤 통닭이 돼서 디아블로 앞을 굴러다니고 있을 텐데요. 그런데 그냥 쉬시지 우리는 왜 부르셨어요?"

뭔가를 말하려던 하인켈은 입을 다물고 다시 미소 지었다. 뭔가 말하기 곤란한 것이라고 생각한 지크와 모두는 그가 말하길 기다렸고, 그사이 마음을 추스른 하인켈은 어렵사리 얘기를 꺼냈다.

"저를 데려가 주십시오."

"네?"

지크는 눈을 깜박였지만 슈렌의 표정은 굳어졌다. 이번 일에 절대 끼어들지 않겠다는 예전의 말을 뒤집는 것이었기 때문이다.

"제가 예전처럼 움직이지 않는다 해도 리리스는 이번에 벌어진 일처럼 제 부하들을 이용할 것이 분명합니다. 제 부인이나 딸도 분명 이용하겠지요. 그런 상황에서 주위 사람들이 당하는 모습을 계속 보느니 여러분을 도와 이번 일을 빨리 마무리하고 싶습니다."

"하, 하지만 그렇게 하면 사탄한테 혼나지 않을까요?"

지크의 말에 하인켈은 고개를 저었다.

"아닙니다. 가급적 빠른 시일 내에 리리스를 막는 것이 전하를 위해서라도 좋습니다. 부탁드립니다. 리리스와 싸우게 해 주십시오. 이번처럼 여러분을 불편하게 하는 일은 일어나지 않게 하겠습니다."

지크는 어쩌면 좋겠냐는 눈빛으로 슈렌을 바라봤다. 슈렌은 좋을 대로 하라는 듯 고개를 끄덕였고, 사바신은 찬성을 표시하듯 지크의 어깨를 두드렸다.

"괜찮지 뭐. 내가 말했잖아. 대장의 집은 넓다고 말이야. 사람이 많아 봤자 얼마나 많겠어."

현재 에스토드 왕국의 상황을 모르는 사바신은 마냥 즐거울 뿐이었다. 결국 지크는 결심한 듯 벌떡 일어나며 고개를 끄덕였다.

"좋아요. 단, 우리 발목을 잡으면 절대 안 돼요. 알았죠?"

"감사합니다."

하인켈의 웃음에는 기쁨과 슬픔이 함께 섞여 있었다.

이 젊은이들과 함께 싸운다면 지크의 말대로 영영 사탄에게 미움을 받고 쫓겨다닐지도 모른다. 게다가 이번 일을 막지 못하고 사탄이 리리스의 목적대로 변한다면 그야말로 끝장인 데다 가족들의 신변까지 보장할 수 없다. 최악의 경우, 데스 발키리인 딸이 자신에게 무기를 겨누는 상황까지 올 수 있었다.

하지만 하인켈은 리리스를 용서할 수 없었다. 위에 나열된 사항들을 모두 뒤로 물릴 정도로 리리스를 처단하고 싶은 마음이 불타오르고 있었다. 게다가 그는 리리스를 반드시 처단할 수 있다는 확신이 있었다. 바로 지크, 슈렌, 사바신 등등의 젊은이들이 있기 때문이었다.

하인켈이 움직일 수 있을 정도로 회복된 이틀 후, 지크 일행은 오랜 시간 동안 추억을 쌓은 가이라스 왕국을 떠났다.

그들을 환송하는 인파는 없었다. 그들이 떠난 사실을 아는 사람들도, 그 사실에 주목하는 사람들도 없었다. 하지만 떠나는 그들의 마음은 몇 명이 만든 울음바다로 인해 상당히 무거워진 상태였다.

제일 슬퍼한 사람은 길트였다. 자신이 성장하는 데 가장 큰 도움을 준 두 사람과 라이세네프가 모두 떠나게 됐으니 당연했다.

라이세네프가 떠난다는 말에 길트는 잠시 할 말을 잃고 말았다. 지크와 사바신은 언젠가 떠난다는 것을 알고 있었기에 충격이 덜했지만 라이세네프가 떠날 줄은 상상도 못했다.

"어째서 떠난다는 말씀이십니까! 저와 당신은 그리 오래 같이 있지도 못했지 않습니까! 떠나지 마십시오. 이건 주인으로서의 명령입니다!"

라이세네프는 침울한 빛만 흘릴 뿐, 잠시 아무런 말도 하지 않았다. 이윽고 그는 길트의 주위를 서서히 돌며 말했다.

"너에게 고백할 것이 있다, 길트. 난 사실 너와 주종 계약을 맺은 일이 없어. 그저 말만 떠벌렸을 뿐이지. 솔직히 말하는 것이지만 난 너를 이용해서 가즈 나이트들을 만나려 했단다."

"예?"

길트의 눈이 크게 벌어졌다. 허탈한 모습에 랜시와 모두의 얼굴이 흐려졌다.

라이세네프가 조심스럽게 말을 이었다.

"처음엔 일부러 널 도와주지 않은 점도 있지. 난 리오와 처음 만났던 날 이후 널 진심으로 도우려 했다. 아픔을 겪을수록 점점 더 강해지는 네 모습이 그렇게 대견할 수 없었어. 게다가 넌 나와 다른 이들 때문에 강해지는 것이라 철석같이 믿고 모두에게 고마워했거든. 그러나 이것을 알아 두거라. 어느 수준만큼 강해지는 것은 그만한 기초가 있기 때문에 가능한 것이야. 나와 지크, 사바신은 네가 강해질 수 있는 기회를 줬을 뿐, 진실로 널 강하게 만든 사람은 너 자신이다."

"시끄러워요."

길트의 말에 모두는 긴장했다. 길트는 즉시 일어나 분노에 찬 목소리로 소리쳤다.

"시끄러워요, 시끄럽습니다! 마음 편히 떠나기 위해 저를 위로하려고 하는 것 다 압니다! 모두 똑같아요! 자신들의 목적이 다 이뤄졌으니 떠나려고 하는 것뿐입니다! 제 이용 가치가 떨어졌죠? 그런 거죠? 뭐가 사부고 뭐가 절대의 검입니까! 당신들을 지금까지 믿어 온 제가 바보일 뿐이겠지요!"

"닥쳐 인마!"

순간, 지크의 주먹이 길트의 볼에 꽂혔다. 멀찌감치 날아가 쓰러진 길트는 그리 세게 맞진 않았는지 다시 벌떡 일어나며 지크 앞에 섰다.

"더 때려 보십시오! 자신들이 한 거짓말이 다 들통났으니 화내는 것도 당연할 테니 말입니다!"

"웃기지 말고 잘 들어, 멍청이 같은 녀석아!"

그의 멱살을 잡아 올린 지크는 자신의 이마와 길트의 이마를 마주 대고 말을 이었다.

"너 혼내는 것도 이젠 지겨워. 솔직히 너 상대하면서 짜증 난 적이 한두 번이 아니었지. 하지만 우리는 널 진심으로 도와주고 싶었어. 정말로 일을 간단하게 처리하려 했으면 너같이 빌어먹을 녀석을 도와주지 않고 엘살바도르인가 하는 엿 같은 고철덩이를 부수러 일찌감치 떠났겠지! 우리가 그런 방법을 알면서 왜 널 도와주려고 했을까? 다 네가 좋아서 그랬던 것뿐이야! 가슴에 손을 얹고 생각해 봐. 너 우리 싫어했어? 네가 지금 화내는 이유는 우리가 없으면 일이 안 될 것 같은 불안감 때문이잖아!"

지크는 아무 말도 하지 않는 길트를 랜시에게 밀어젖히고는 나가려는 듯 문으로 향했다. 하인켈도, 사바신도, 라이세네프도 그를 말리지 않았다.

지크는 문을 열며 마지막으로 말했다.

"돌아온다. 처음 만났을 때처럼 네 힘으로 도저히 어쩔 수 없는 상황이 오는 날 돌아올 거다. 너의 그 바보 같은 면상을 땅바닥에 처박기 위해서라도 반드시 돌아올 거다! 기억해 둬!"

그리고 지크는 문밖으로 사라졌다. 그것이 길트가 퍼니오드에서 본 지크의 마지막 모습이었다.

길트는 랜시에게 받쳐진 채 묵묵히 땅만을 바라봤다. 사바신은 그런 그에게 다가가 어깨를 쳐 주며 미소를 지었다.

"지금의 넌 우리가 없어도 충분히 싸울 수 있을 만큼 강해져 있어. 우리는 그런 네 자신에게 널 맡기고 떠나는 거야. 화내도 상관없다. 지금 말이 귀에 들리지 않아도 상관없어. 우리에게 신경 쓸 시간이 없잖아. 이제 이 나라를 책임져야 하는데 말이야. 어이, 마신 삼인조. 우리 없는 동안 마마를 잘 모셔야 한다, 알았지?"

"명령조로 얘기하지 마라, 바보 가즈 나이트."

팔짱을 낀 채 눈앞에 벌어진 모습을 지켜보던 헬리온은 퉁명스레 내뱉었다. 하지만 조금 후 그의 얼굴에 드리운 미소와 치켜든 엄지손가락은 다른 마신들을 포함한 모두를 경건하게 만들었다.

"대가는 술 한잔이다, 가즈 나이트."

"흥, 눈에서 눈물 대신 술을 흘리게 해 주지."

헬리온과 주먹을 살짝 맞댄 사바신은 곧장 방을 나섰다.

하인켈과 슈렌은 어떤 인사말을 해야 할지 내심 고심했다. 하지만 라이세네프는 그에게 고민할 시간을 주지 않았다. 슈렌의 옆에 뜬 그는 마지막 인사를 하려는 듯, 은은한 빛을 내며 길트와 랜시에게 말했다.

"우리가 떠난다고 생각지 말거라. 사람이 사는 세상에 사람이 남은 것뿐이다. 지금 떠나는 사람들 중 단 한 사람이라도 이곳에 남게 되면 슬퍼지는 것은 너희뿐이다. 낙엽도 이유가 있기에 바람에 몸을 맡겨 떨어지는 법이란다. 헤어질 때의 슬픔은 한순간이지만 그 이후 닥치는 고통은 오래간단다. 내가 마지막으로 가르쳐 줄 것은 그것뿐이다. 길트, 그리고 랜시, 이제 아무 부담 가지지 말고 너희의 세상을 펼쳐 가거라."

랜시는 힘차게 고개를 끄덕였지만 길트는 별다른 반응을 보이지 않았다. 이어서 슈렌의 도움을 받아 일어난 하인켈은 길트와 랜시에게 작별 인사를 했다.

"랜시 아가씨, 그리고 길트 전하. 건강하십시오. 더 이상의 고뇌와 슬픔이 당신들께 닥치지 않길 기원하겠습니다."

그리고 모두는 떠났다. 아무런 기약 없이, 미안하다는 길트의 작은 목소리도 듣지 못한 채.

18장
언제나 그랬듯이

1

꿈을 꾸는 사람들

슈웰의 연습을 지켜본 지 일주일째. 리오는 이제 기초에 대해서는 뭐라고 할 수 없을 정도로 실력을 갖춘 그녀의 모습을 볼 때마다 속으로 매번 되뇌는 말이 있었다.

'역시 길트는 소질이 없었던 거야.'

그렇다 해도 슈웰의 소질은 100년에 하나 날까 말까 한 천부적인 그것과는 거리가 멀었다. 하지만 검술에 대한 애착과 강한 정신력은 리오가 인정하는 수준이었다. 한마디로 슈웰은 육체보다 마음이 강한 아이였다.

"우아, 슈웰의 동작이 상당히 멋있어졌어요. 역시 선생님이 바뀌니 뭐가 달라도 다르군요."

리오를 약간이나마 짜증 나게 하는 것은 슈웰이 기초적인 동작을 해도 박수를 치며 좋아하는 클라리스였다.

처음 며칠은 그녀의 모든 모습이 그저 귀엽게 보였다. 그러나 지금은 정신적 스트레스의 요인 중 하나였다.

리오는 애써 웃으며 클라리스를 바라봤다.

"저, 공주님. 오늘은 너무 이른 시간에 오셨다고 생각됩니다만."

그러자 클라리스는 명랑하게 고개를 끄덕였다.

"예. 다르칸 경께서 해 주시는 아침 요리에 반해서 그렇답니다. 그분의 요리에는 어딘지 모를 신비로움이 담겨 있죠. 정말 맛있어요. 왕궁에서도 그런 음식을 먹어 본 적이 없죠. 리오 님도 그렇게 생각지 않으세요?"

리오는 입을 가린 채 고개를 돌렸다. 왠지 모를 구토 증세가 일어났던 것이다.

'너무 신비로운 나머지 속이 뒤집힐 것 같아. 다르칸이 만든 요리의 재료가 뭔지 알긴 하는 거야?'

"왜 그러세요, 리오 님?"

"아, 아닙니다. 실례를 용서하십시오, 공주님."

리오는 다시금 슈웰의 연무(演武)에 시선을 돌렸다. 클라리스와 자신의 대화에도 계속 이어진 슈웰의 연무는 상당히 깔끔하고 부드러웠다.

리오에게 배우기 시작한 첫날, 그녀는 예전에 봤던 리오의 동작을 따라 하려다 연거푸 실수를 저지르고 말았다. 인간의 한계를 벗어난 리오의 힘과 탄력이 갖춰진 동작을 그녀가 따라하는 것은 역시나 무리였다. 이후, 리오의 설명과 자세 교정에 도움을 받은 그녀는 자신만의 독특한 자세와 동작을 익히기 위해 노력했고 지금은 자연스러운 동작들이 하나둘씩 보이기 시작했다.

그녀의 모습에 리오는 만족한 듯 미소를 지었다.

"어때, 잘하는 것 같나? 표정을 보니 좋은 것 같은데?"

수건을 머리에 칭칭 두른 크리스가 그의 뒤로 다가왔다. 그녀가 전해 준 찻잔을 건네받은 리오는 마치 독감에 걸린 사람처럼 양손으로 찻잔을 꼭 쥐며 대답했다.

　"보는 대로지. 매우 잘하고 있어. 좋은 무기와 장비만 주어진다면 최고 클래스의 전사가 될 수 있을 거야."

　반가운 말에도 불구하고 크리스는 슈웰을 쳐다보지 않았다. 지금 그녀가 보고 있는 것은 리오가 들고 있는 찻잔이었다.

　"아직 회복이 덜 된 거야?"

　"생각보다 오래 걸리는군. 하지만 회복 속도로 보아 5일 이상은 가지 않을 것 같아."

　리오는 자신의 의지와는 상관없이 떨리고 있는 팔과 찻잔을 최대한 진정시키며 쓴웃음을 지었다. 부르크레서의 사념체에게 몸을 빼앗긴 후 힘이나 지구력 등이 수준 이하로 감소해 버린 그였다.

　"바이칼은 일어났어? 일주일 동안 잠자리다운 잠자리에서 잔 덕분에 얼굴이 뽀얗게 변했던데 말이야."

　화제를 돌리려는 듯, 리오는 바이칼의 상황ㅇ을 물었고 옆에 앉은 클라리스도 귀를 기울였다. 하지만 크리스의 얼굴은 구겨지고 말았다.

　"그 불평 많은 용제마마는 다행히 아직 주무시지. 그런데 도대체 둘이 무슨 관계야? 남자들끼리 너무 가까운 거 아냐? 식사할 때와 산책할 때 옆에 붙어 있는 건 그렇다 쳐도 잠을 잘 때도 한 침대를 쓰는 건 좀 심하잖아."

　그러자 클라리스의 하얀 얼굴이 발갛게 물들었다. 크리스와 비슷한 생각을 어렴풋이 한 게 분명했다. 하지만 리오는 여유롭게 받아넘겼다.

"크리스 말대로 나와 바이칼은 목욕할 때를 제외하고는 붙어 있는 시간이 많아. 하지만 특별한 건 없어. 보통 남자들끼리도 있을 수 있는 일에 불과해."

"하, 하지만……."

"하지만이라는 말이 붙을 필요도 없다고 봐. 크리스의 신경을 건드리는 부분은 바이칼의 외모잖아? 그래, 녀석은 남자인지 여자인지 분간할 수 없지. 남장한 여자처럼 보일 수도 있어. 그러나 그런 외모가 아니라면 어땠을까? 후훗, 오해받을 일은 없었을 거야."

"음, 그렇군."

크리스는 인정한다는 듯 고개를 끄덕였다. 그러나 영특한 클라리스의 생각은 좀 달랐다.

"저, 실례되는 말일지도 모릅니다만, 리오 님께서 확실하게 설명하시는 모습을 보니 그런 오해를 많이 받으셨던 것 같다는 생각이 들거든요? 그럼 좀 위험한 것 아닐까요?"

리오와 크리스의 표정이 굳어졌다. 특히 핵심을 찔린 리오는 심각한 얼굴로 이마를 감쌌다.

"저, 리오 님, 너무 심각하게 생각지 마세요. 전 그냥 그럴 수도 있다는 말씀을 드린 것뿐이에요."

클라리스는 자신이 무슨 짓을 저질렀는지 아직 모르고 있었다.

"우아, 사바신 아저씨다!"

그때 슈웰의 활기찬 목소리가 정원에 울려 퍼졌다. 리오와 크리스, 그리고 클라리스는 슈웰이 달려가는 쪽으로 시선을 돌렸고, 리오는 정문을 통과하는 사람들을 보며 활짝 미소 지었다.

"아, 왔구나, 너희! ……하인켈 님까지?"

리오는 지크의 뒤를 따라 들어오는 하인켈의 모습을 보고 의아한 표정을 지었다. 자신들의 일에 참여하지 않겠다던 하인켈이 여기까지 따라온 것은 그야말로 사건이었다.

"하인켈? 그게 누구야?"

크리스의 물음에 리오는 고개를 살짝 저었다.

"차차 알게 될 거야. 지금 소개하기엔 너무 대단한 사람이거든."

한편 사바신의 팔에 매달려 기뻐하던 슈웰은 사바신 옆에 있는 지크와 슈렌에게 시선을 돌렸다. 슈렌과는 안면이 있었기에 얼굴을 살짝 붉히며 허리 굽혀 인사했다.

"오, 오랜만에 뵙습니다 슈렌님."

인사하는 그녀의 모습에 잠시 기억을 더듬어 본 슈렌은 이윽고 그녀에 대한 기억을 떠올렸는지 옅은 미소를 띠었다. 신계의 스나이퍼 형제의 집 근처에 사는 여성 천사들이라면 사진이나 그림 한 장씩 가지고 있게 마련인 그 예술적인 미소에 슈웰의 가슴이 더욱 두근거렸다.

"아, 슈웰 아가씨, 다시 보니 정말 반갑군."

슈웰은 그가 자신을 기억하고 있는 사실에 기쁜 듯 더욱 허리를 굽혀 댔다.

"예! 앞으로 좋은 가르침 부탁드립니다!"

한편 여기까지 오는데 쌓인 피로 등으로 좋지 않은 표정을 짓고 있던 지크는 약지로 귀를 파며 퉁명스레 물었다.

"어이 사바신, 이 때늦은 사춘기 꼬마는 누구야?"

그러자 허리를 굽히고 있는 슈웰의 몸이 순간 꿈틀댄 것을 본 사바신은 뭔가 후일이 두려운 듯 곤란한 표정으로 대답했다.

"마, 말했잖아. 휀이 데리고 있는 아이라고 말이야. 슈웰, 이 녀석이 내가 자주 말했던 지크 스나이퍼야. 좋은…… 녀석이지."

그러나 그가 소개하는 동안 마주친 둘의 시선에 알 수 없는 긴장감이 흘렀다.

"이 아저씨에겐 별로 배울 것이 없어 보이는데요?"

"버릇없는 아이를 길들이는 방법 정도는 실컷 가르쳐 줄 수 있으니 안심하거라, 꼬마."

일촉즉발의 상황은 사바신과 슈렌이 둘을 각각 말리며 진정됐지만, 그 짧은 사건은 앞으로 펼쳐질 피곤한 미래를 지크와 슈웰에게 각각 암시해 주었다.

"프레데릭은 어디 있지, 아가씨? 늦잠을 잘 친구는 아닌데."

"아, 프레데릭 아저씨는 지금 비행선과 공중요새의 개조 작업 때문에 며칠째 들어오지 못하고 계세요."

대답은 했지만 슈웰은 뭔가 이상하다는 생각이 들었다. 자신에게 들려온 목소리가 지크나 사바신, 그리고 슈렌의 목소리와 전혀 달랐기 때문이다. 슈렌 옆에 있는 중년의 남자일까 생각하기도 했지만 그는 목소리가 들렸을 때 입도 벌리지 않았기에 해당 사항은 없었다. 게다가 그들 중에 프레데릭을 아는 사람은 아무도 없었다.

"어딜 보나, 아가씨. 난 여기 있어."

그때 슈웰의 눈앞에 붉은빛을 머금은 검 한 자루가 두둥실 떠올랐다. 너무나 갑작스러운 등장이라 슈웰이 경악한 것은 당연했다.

"으, 으아악!"

그녀가 엉덩방아를 찧는 모습을 본 크리스는 덤덤한 얼굴로 리오에게 물었다.

"저 칼은 뭐야?"

"신계 최강의 검이라 불리는 라이세네프 경이시죠. 이번 일에 여러 가지로 도움을 많이 주신 분이십니다."

하지만 크리스는 그리 탐탁지 않은 듯 인상을 찌푸렸다.

"귀신 들린 칼로밖에 보이지 않는데?"

특별히 대꾸할 말을 찾지 못한 리오의 입에서는 더 이상의 별다른 말이 나오지 않았다.

한편 클라리스는 뭔가에 감격한 듯 양손을 모은 채 눈을 반짝이며 대사를 읊어 나갔다.

"모두 좋으신 분들 같아요. 우리 정원이 오늘처럼 좋은 사람들로만 가득했으면 얼마나 좋을까요? 저분들과 함께할 나날들이 너무 기대돼요, 크리스. 아아, 행복해요."

"그, 그렇군요, 공주님."

크리스는 거의 억지로 대답했지만 리오는 최대한 반응하지 않기 위해 혼신의 힘을 기울였다. 클라리스의 대사에 실린 힘은 듣지 못했음에도 본능적으로 반응하는 이를 만들게 할 정도였다.

"우욱! 몸에 갑자기 닭살이!"

리오는 갑자기 몸을 긁어대는 지크를 보며 참으로 무서운 녀석이란 생각을 해 봤다.

"예? 가이라스 왕국에 있던 모든 분들이 오셨다고요?"

바이칼과 함께 늦잠을 즐기고 있던 브라디는 반가움을 감추지 못했다. 에스토드 왕국에서는 얘기할 상대는 많았지만 특별히 싸울 상대가 없었기에 상당히 심심하던 차였다.

리오 역시 기분이 좋은 듯 고개를 크게 끄덕였다.

"물론이지. 그런데 바이칼은 아직 일어나지 않은 거야?"

"저는 바이칼 님 건드리기 싫어요."

브라디의 단호한 말에 리오는 쓸쓸히 웃으며 자고 있는 바이칼에게 다가갔다.

그는 평상시와 다름없이 세상에 둘도 없는 편한 표정으로 늦잠을 즐기는 중이었다. 그 상태의 바이칼을 깨운다는 것이 얼마나 위험한 일인지 아는 리오는 아쉬운 듯 머리를 긁적였다.

"음, 지크가 이 녀석을 상당히 보고 싶어 하던데…… 어? 녀석이 왜 갑자기 식은땀을 흘리는 거지? 이봐, 바이칼! 정신차려!"

리오는 지크라는 단어를 듣자마자 마치 가위에 눌린 듯 괴로워하는 친구의 모습에 당황한 기색을 감추지 못했다.

크리스는 식탁에 마주 앉은 지크를 그리 좋지 않은 얼굴로 바라보는 중이었다. 지크는 자신의 옷이나 얼굴에 뭐가 묻었나 싶어 연신 몸과 얼굴을 털고 닦았지만 이상한 물질은 묻어나지 않았다.

그런 상황을 오래 견디지 못하는 지크는 어색한 미소로 그녀에게 이유를 물었다.

"저, 왜 그러세요, 형수님? 제가 실례되는 행동이라도 했나요?"

그러자 크리스는 더욱 표정을 구기며 중얼댔다.

"지크 스나이퍼…… 당신과 난 풀어야 할 일이 있는 것 같군요?"

"예?"

지크는 도대체 무슨 소리냐는 시선으로 사바신을 바라봤다. 하지만 200년 전의 일을 모르는 사바신은 눈만 껌벅일 뿐이었다. 한참을 골똘히 생각하던 그는 그녀가 기분 나빠 할 이유가 떠올랐는지 고개를 깊이 숙이며 사죄하듯 말했다.

"형수님. 결혼기념일 챙겨 드리지 못한 건 본심이 아니었답니다. 나중에 배로 해 드릴 테니 용서를……."

"아니에요. 결혼기념일은 그이가 매번 잘 챙겨 주니 괜찮아요."

크리스는 허탈한 웃음과 함께 고개를 저었다. 하지만 그녀가 별생각 없이 던진 그 말은 지크와 사바신, 그리고 슈렌에게 크나큰 충격을 안겨 줬다.

'훼이?'

'결혼기념일을?'

'챙겨 준다고? 그것도 매번, 잘?'

그들이 마음속으로 어렴풋이 존경하던 한 남자의 이미지가 약간이나마 금이 가는 순간이었다. 그들의 좋지 않은 얼굴을 본 크리스는 결국 지크와 자신의 문제는 나중에 풀어야겠다고 생각한 듯 하인에게 식사를 가져오라는 손짓을 했다.

"그런데 하인켈이란 분은 왜 아직 안 들어오시죠?"

"선생께서는 거실에 계십니다. 다르칸 님과 하실 말씀이 있는 것 같습니다."

"아, 그렇군요."

슈렌이 하인켈을 선생이라 칭하는 것을 보고 크리스는 오래 산만큼 상당히 복잡한 인간관계를 가지고 있구나 생각하며 고개를 가로저었다. 훼과 그녀의 관계도 정상적으로는 있을 수 없는 복잡한 관계가 아닌가.

거실에서 하인켈과 다르칸이 얘기를 나누고 있었다. 말도 적고 조용한 대화였지만 둘에게 차를 가져다준 하녀는 평상시와는 다른 다르칸의 표정에 약간이나마 두려움을 느꼈다. 지금 다르칸은 마치 적을 앞에 둔 사람처럼 싸늘한 표정으로 하인켈을 바라보고 있었다.

"오호, 그래서 이곳으로 왔다 이건가? 하지만 자네가 이쪽에 힘을 더해 줘서 일을 빨리 끝낸다 해도 좋은 상황만 일어나리라는 보장은 없을 텐데? 사탄 전하는 모르겠지만 리리스는 자네의 부인과 딸, 그리고 부하들을 백 번이고 천 번이고 무기로 앞세워 나타날 악마야. 자네가 이곳에 있다면 말이지. 자네 정도의 남자가 그걸 모를 거라는 생각은 안 드는데?"

"알고 있습니다, 다르칸 대공이시여."

하인켈은 차를 한 모금 들고 말을 계속했다.

"대공께서 하신 말씀은 맞습니다. 하지만 제가 어딘가에 숨어 있다 해도 리리스는 같은 행동을 할 것입니다. 싸우지도 못하고 적에게 당한다는 것은 무인으로서 있을 수 없는 일이지요. 저는 그래서 싸우려는 것입니다. 저의 작은 마음을 헤아려 주십시오, 대공."

다르칸은 깍지 낀 손 위로 자신의 매끈한 턱을 내려놓았다. 잠시 하인켈을 바라보며 생각하던 그는 피식 웃고는 차를 단숨에 들이켰다.

"후후, 사탄 전하도 말리지 못하는 자네를 은퇴한 악마대공인 내가 어찌 말리겠나. 뜻대로 하게. 하지만 방해는 되지 말게나."

"예, 최대한 노력하겠습니다."

하인켈 역시 웃음으로 답례했다.

그때 다르칸에게 문득 떠오르는 것이 있었다. 주위를 슬쩍 둘러본 그는 하인켈에게 조심스레 물었다.

"자네, 체스 할 줄 아나?"

"예? 예, 체스는 사탄 전하와 자주 즐기는 편입니다만."

"오호, 그렇군. 사탄 전하의 체스 실력은 악마계에서도 알아주는 편이지. 전하와 같이 즐길 실력이라면 자네 실력도 만만치 않겠군. 후후후, 이제 나의 번뇌는 끝났네."

하인켈은 이상한 웃음을 띠고 있는 다르칸의 모습에 잠시 할 말을 잃었다.

7대 악마왕, 그리고 귀부인 리리스 이후의 최상위 계급은 악마대공이다. 현재 다르칸을 제외한 모든 악마대공이 소멸되거나 행방불명된 상태이기에 악마대공 직위를 가지고 있는 악마는 다르칸이 유일했다. 그러나 다르칸은 현재 자신의 직위에 미련을 가지고 있지 않았다.

하인켈은 행방불명되기 전의 다르칸을 떠올려 봤다. 악마계의 최고 전성기라 불리는 아마겟돈 직전과 직후, 다르칸은 악마대공들 중 가장 교활하고 비겁한 존재로 널리 알려져 있었다. 윗사람이나 동료 악마대공을 대할 때는 예절과 멋을 중시했지만 아랫사람이나 적은 수단과 방법을 가리지 않고 속이거나 이용했기에 그의 악명은 상당한 수준이었다.

아마겟돈 이후 오랜 세월 동안 조용했기에 악마대공이란 직위는 점점 유명무실해졌다. 그것을 못마땅히 여긴 다르칸은 악마대공이란 자리를 무시하지 못하게 만들겠다며 어디론가 사라졌고, 그가 아네라의 연구선인 엘살바도르를 건드렸다는 소문이 들린 이후 다르칸의 모습은 오랫동안 악마계에 나타나지 않았다.

천사나 악마와 같은 고등정신계 존재에게는 시간이란 개념이 무의미했지만 수천 년 만에 다시 나타난 다르칸은 하인켈을 놀라게 했다. 조급함과 교활함은 상당 부분 사라지고 대신 여유와 웃음이 가득했다. 특히 취미 생활에 대해 묻는 그의 모습은 새로움 그 자체였다.

"좋은 벗을 만드신 것처럼 보입니다, 대공."

하인켈의 말에 다르칸의 이맛살이 꿈틀댔다. 그는 매끈한 사기 주전자를 찻잔 위로 기울이며 머쓱한 미소를 지었다.

"녀석과 친구인지 아닌지는 아직 모르겠군. 엘살바도르라는 애물단지를 놓고 녀석과 사투를 벌이던 때가 어제 같아서 말이야. 하지만 당시엔 서로 싸우지 않으면 안 됐던 상황이지. 누구 한쪽이 악해서, 또는 누구 한쪽이 선해서 벌어진 싸움은 절대 아냐. 그건 녀석이나 나나 잘 알지. 그렇기에 서로 약간씩 가까워지는 것일지도 몰라. 자, 이 얘기는 됐으니 그만하고, 나에게 체스나 가르쳐 주게. 요즘 크리스 부인과 슈웰에게 계속 연패를 당하고 있어서 악몽까지 꾼다니까."

"그, 그렇습니까? 알겠습니다."

하인켈은 즐거운 얼굴로 체스 판과 말을 가져오는 다르칸을 보며 잠시 생각했다.

'변해도 많이 변하셨군. 좋은 일인가?'

다르칸의 변화가 낯설게만 느껴지는 하인켈은 우려 속에 다르칸과의 체스를 시작했다.

30분쯤 흐른 후 다르칸의 체스 실력을 알게 된 하인켈은 애써 표정을 관리하며 조용히 물었다.

"대공께선 카드를 잘하시는 줄 압니다만, 어째서 체스에 손을 대실 생각을 하셨습니까?"

질문의 요지를 모르는 다르칸은 편히 답했다.

"카드는 그림이 닳아 없어지도록 했네. 그리고 이기기만 하는 게임은 지겹잖아."

"지기만 하는 게임 역시 지겹긴 마찬가지라 생각합니다만……
아, 심각하게 받아들이진 말아 주십시오. 우선 체스의 기본적인 전술부터 다시 말씀드리겠습니다."

그 순간 다르칸의 표정은 구겨지고 말았다. 그의 얼굴을 보지 못한 하인켈은 열심히 말들을 움직일 뿐이었다.

이후 체스에 열중한 둘은 누군가 거실을 지나 정원으로 나간 것조차 알지 못했다. 바람도 쐴 겸, 마음도 가라앉힐 겸 밖으로 나온 바이칼이었다.

"바이칼 님, 너무 무리하지 마시고 더 주무시는 게 어때요?"

그의 상태가 걱정된 듯 재빨리 따라나선 브라디의 물음에 바이칼은 힘없이 대답했다.

"지크 녀석이 나온 꿈나라는 더 이상 들어가고 싶지 않아."

유치하다 못해 엽기적이기까지 한 그의 말에 브라디의 표정이 이상하게 바뀌었다.

갑자기 꾼 악몽의 때문인지 안색이 좋지 않은 그는 비틀대며 늘 앉는 벤치로 다가갔다. 하지만 그곳은 일주일간 자신을 괴롭힌 두 명의 악마 후보생에게 이미 빼앗겨 버렸다.

"아, 바이칼 님이다! 어서 오세요, 바이칼 님!"

"안색이 안 좋으신 것 같네요?"

슈웰과 클라리스는 그를 반갑게 맞아 주었지만 바이칼은 대답할 기운도 없는 듯 그녀들 옆에 힘없이 앉았다.

브라디가 이유를 간단히 설명해 주었다.

"바이칼 님께서 가장 싫어하는 사람이 나타나서 그러세요. 아, 슈웰, 너도 지크 님 봤지?"

또다시 들려온 지크라는 이름에 바이칼의 몸이 움찔했다. 그 모습을 본 슈웰은 자신의 어깨에 내려앉은 브라디에게 심각한 얼굴로 물었다.

"지크라는 사람이 그렇게 나쁜 사람이었어?"

에스토드의 쌀쌀한 날씨에 아직 적응하지 못한 브라디는 자신의 맨 다리를 만지며 떫은 표정을 지었다.

"악당까지는 아니지만, 표적이 된 인물이 괴로워하는 모습을 즐기곤 하시지. 그분을 뵈었다면 너도 어느 정도는 느꼈을 텐데?"

"그래요? 하지만 재밌는 분이라는 느낌이 더 강하게 들던데요?"

브라디는 클라리스의 순진한 표정을 비웃듯 미소 지었다.

"후후, 물론 재미있죠, 공주님. 하지만 재미를 주는 소질보다 남의 약점을 캐는 소질이 더 다분하신 분이랍니다. 그 재미있는 지크 스나이퍼 님이 말이죠."

클라리스의 입은 곧 동그랗게 모아졌다.

"그렇군요. 그럼 바이칼 님은 지크 님께 무슨 약점을 잡히셨나요?"

슈웰과 브라디는 클라리스를 멍하니 바라봤다. 다행히 바이칼은 그새 잠이 들었다. 큰일은 벌어지지 않았지만 바이칼의 약점이 대강 무엇인지 알고 있는 브라디는 리오가 부르크레서의 사념체에게 잡혔을 때 이상의 공포감을 느꼈다.

그러나 거기서 끝이 아니었다. 지크가 사바신과 함께 정원으로 나온 것이었다.

"오, 그래? 레디랑 폴카 아줌마랑 모두 거기서 일한단 말이지? 레디 녀석이 그렇게 기계를 잘 다뤘어?"

"그렇다니까. 내가 천연약재를 잘 다루는 것처럼 녀석은 기계에 대해 상당한 지식을 가지고 있지. 어쨌든 지금은 소화도 시킬 겸, 아까 부탁한 대로 슈웰 실력 좀 테스트해 봐. 어이, 슈웰!"

"예?"

브라디와 함께 일어난 슈웰은 의외의 제의를 받았다. 바로 지크와의 대련이었다. 대련이라면 물불을 가리지 않는 데다 겉으로 보기에 좀 마른 편인 지크를 약하게 평가한 그녀는 그 제의를 흔쾌히 받아들였다.

"좋아요, 사바신 아저씨! 지크 아저씨 정도야 가볍게 상대해 드릴 수 있죠! 도전을 받아들이겠어요!"

"응? 도, 도전?"

슈웰이 자신 있게 던진 말을 이해하지 못한 지크와 사바신, 그리고 브라디는 서로를 잠시 바라봤다.

"저 꼬마, 리오나 휀이 싸우는 모습을 너무 많이 본 거 아냐? 사람을 좀 무시하는데?"

"우리에 대해 자세히 모르니 어쩔 수 없지. 너도 디아블로인 줄 모르고 녀석에게 덤벼들었다 깨졌잖아."

"호홍, 알고 덤빈 넌 목이 부러졌지 아마? 하여튼 저 꼬마, 소원대로 화끈하게 상대해 주겠어."

지크는 오른팔을 빙빙 돌리며 넓게 다듬어진 정원 한가운데로 향했다. 언제나 검을 챙기고 다니는 슈웰 역시 간단히 몸을 풀기 시작했다.

지크가 몸을 푸는 모습을 떫은 얼굴로 지켜보던 브라디의 얼굴이 문득 굳어졌다. 지크의 재킷 어깨에 낙인처럼 새겨진 문양을 본 것이다.

"어라, 저 문장은……."

"폭염과 공포, 그리고 힘의 절대 권력자…… 악마왕 디아블로의 문장이잖아. 저 너구리 녀석이 왜 저런 걸 옷에 그리고 다니는 거지? 저런 녀석을 상대할 만큼 한가한 디아블로가 아닌데?"

시끄러운 소리에 잠이 깬 바이칼은 흐릿한 눈을 비비며 중얼댔다. 고개를 끄덕인 브라디는 설명을 추가했다.

"그건 그렇지만, 저 문장은 그냥 멋으로 새겨진 것이 아니에요.

디아블로가 직접 새긴 것은 물론이고 문양을 가진 자가 디아블로 자신의 다음 목표물이란 것을 나타낸 것이에요. 저 문장이 있으면 웬만한 악마는 지크 님을 건들지도 못해요. 디아블로가 정한 승부를 도중에 방해하는 악마는 디아블로의 측근들이 처리하는 게 관례거든요."

"그래? 그럼 디아블로가 저 녀석을 치는 게 언젠데? 지크 녀석의 최후를 내 눈으로 봐야겠어."

상당히 악에 받친 말투였다. 브라디는 특기를 살려 최대한 말을 돌렸다.

"아, 아쉽지만 디아블로는 목표가 자신을 상대할 수 있을 때까지 승부를 미루거든요? 지금 지크 님 상태로 봐서는 무기한이 될지도……."

"흥, 맘에 안 드는군."

바이칼은 아쉬운 듯 굳게 팔짱을 꼈다.

"자, 시작할까, 사춘기 소녀?"

무문도를 뽑아 든 지크는 마치 창처럼 긴 무문도의 등을 어깨에 걸치며 턱을 움직였다. 스트레칭으로 몸을 가볍게 푼 슈웰은 씩 미소를 지었다.

"좋아요, 아저씨. 자, 시작해요!"

슈웰이 했던 말에 자극을 받았는지 지크는 하인켈을 상대할 때처럼 낮은 자세를 취했다. 그런 형태의 자세는 지금까지 본 적 없는 슈웰은 앞으로 개시될 지크와의 대결이 기대되는 듯 더없이 진지한 미소를 지었다.

"역시, 아주 못하는 분은 아니셨군요."

"쳇, 알았으니 이거나 먼저 받아 보시지!"

기합과 함께 지크는 망치로 벽을 후려치는 듯한 자세로 몸을 돌리며 슈웰을 공격했다. 진검으로 그런 동작을 한다는 것이 위험하다는 것을 아는 사바신은 깜짝 놀라며 소리쳤다.

"이봐! 진짜로 치면 어떡해!"

그러나 공격은 멈추지 않았다. 지크의 공격에 힘이 잔뜩 실린 것을 느낀 슈웰은 자세를 잔뜩 낮춘 상태로 공격을 막았고, 덕분에 그녀는 중심을 잃지 않고 밀려 나가기만 했다.

'우왓, 대단한 힘! 하지만!'

중심을 잃지 않은 이상 충분히 반격을 날릴 수 있다고 생각한 슈웰은 곧바로 공격 자세를 취했다. 그러나 지크는 자신이 공격할 수 있는 범위 내에 있지 않았다. 그는 어느새 멀리 떨어져 다음 자세를 갖추고 있었다.

'뭐야, 그런 공격을 하고도 경직이 없단 말이야?'

"헤헷, 놀랄 시간 없다, 꼬마! 어서 관중들을 즐겁게 해 줘야지!"

무문도를 양손에 잡은 지크는 다음 한 방으로 결판을 내려는 듯 기를 끌어올렸다. 전류를 동반한 폭풍이 그의 손에서 춤추는 모습에 슈웰은 긴장했지만 물러서진 않았다.

'리오 아저씨께 배운 걸 써볼까?'

왼손으로 허리에 매달린 칼집을 푼 그녀는 마치 검을 잡듯 칼집을 움켜쥐었다. 강철로 만들어진 칼집이기에 무기라 해도 과언은 아니었다. 두 개의 무기를 든 슈웰은 자세를 바꿨고, 그 모습에 지크를 포함한 모두는 내심 놀랐다.

'오호…… 저 꼬마 녀석, 리오에게 단단히 배웠군. 하지만 기량 차이는 넘어서지 못해! 버릇을 단단히 고쳐 주마, 꼬마!'

"간다!"

공중에 떠오른 지크는 몸을 강렬히 회전시켰다. 그러자 하인켈과 싸울 때도 그랬듯이 정원에 있던 눈과 낙엽, 그리고 구경에 열중인 클라리스의 치마저 지크라는 폭풍을 향해 붕 떠올랐다.

"아라챠!"

원심력이 잔뜩 실린 지크의 무문도는 사정없이 슈웰에게 떨어졌다. 기세는 좋았지만 살의는 물론이고 슈웰이 단숨에 두 동강 날 정도의 공격은 아니었기에 사바신과 브라디는 안심했다. 그러나 놀라운 일이 발생한 것은 그다음이었다.

강한 쇳소리와 함께 슈웰의 왼손에 있던 칼집이 허공으로 날아올랐다. 모두 빙빙 돌며 하늘을 날아다니는 칼집에 시선을 집중했고, 칼집이 바닥에 떨어짐과 동시에 사바신과 브라디, 그리고 바이칼의 얼굴이 하얗게 질렸다.

"자, 제가 이겼어요, 지크 아저씨. 하하핫!"

웬일인지 바닥에 엎어진 지크의 목에 슈웰의 검이 들어와 있었다. 패배한 지크는 눈만 움직일 뿐, 아무 말도 하지 못했다.

"우아, 강해졌군요 슈웰! 역시 지금까지 고생한 보람이 있어요!"

"공주님!"

이상하게 결정되긴 했어도 승부가 난 것을 안 클라리스는 슈웰의 손을 잡고 승리의 기쁨을 함께 나눴다. 그리고 지크는 자신의 머리맡에서 세리머니가 이어지고 있는데도 여전히 움직이지 않았다.

"어서 크리스랑 리오 아저씨에게 자랑해야겠어요! 뒷일을 부탁해요, 사바신 아저씨!"

"으, 응."

슈웰과 클라리스가 저택 안으로 들어가는 모습을 계속 바라보던 사바신은 즉시 지크에게 다가가 그를 일으켰다. 그의 머리로는 지금의 패배가 설명되지 않았기 때문이다.

"어이 지크! 뭐 하다가 슈웰한테 깨진 거야? 너무 방심한 거 아냐? 정신차리고 설명을 좀 해봐!"

지크는 눈만 뜨고 있을 뿐 의식이 없었다. 패배에 의한 충격이 너무나도 컸던 모양이었다. 사바신이 한참 동안 몸을 흔들자 정신을 차린 그는 곧, 고성과 함께 땅바닥을 내려치며 울부짖었다.

"으아아앙! 리오 녀석, 반드시 복수하고 말 거야! 꼬마에게 도대체 뭘 가르쳤길래 내가 중심을 잃어버린 거야! 아아악! 그 바람둥이 녀석 없애 버리겠어!"

저택 안의 사람들과 저택 밖을 지나가던 사람들 모두 시선을 집중할 정도로 지크의 광란은 오랫동안 계속됐다.

사실 그의 공격은 슈웰이 정면으로 막는다 해도 칼이 부러지거나 칼과 함께 몸이 하늘 높이 날아갈 정도는 아니었다. 만에 하나 그가 실제로 슈웰을 상대했다면 승부는 일합에서 갈리고 끝났을 것이다. 게다가 지크가 땅에 누운 것은 모조리 지크 자신의 실수였다. 슈웰의 칼집에 충돌점이 생기는 바람에 다음 타격을 가할 타이밍을 잃은 것은 물론이고 속도마저 떨어졌다. 눈에 보일 정도로 회전 속도가 떨어진 지크의 몸은 자연히 중심마저 잃었고 그런 그의 몸을 슈웰이 쳐 내린 것은 당연했다.

결국 이번 승부는 방심으로 인한 것이었지만 예상치 못한 상대에게 당한 패배였기에 지크는 가만히 있을 수 없었다. 그의 감정을 대변하듯 정원에 마련된 훈련장 전체를 몸으로 문지르는 그의 모습은 처절함 그 자체였다.

저택의 정원이 조그맣게 보이는 고층 건물의 옥상. 아주 멀리 떨어진 그곳에서도 지크의 광란을 지켜보는 사람은 있었다. 쌀쌀한 에스토드의 날씨와 어울리지 않는 복장의 검은 머리 여성은 특유의 덤덤한 표정으로 중얼댔다.

"시끄러운 인간들이군. 여전히."

"후훗, 그래도 재미있지 않나요, 유로 공주님? 공주님께서도 저 사람들과 같이 지내시는 동안 독특한 재미를 느끼셨을 거라고 생각하는데요?"

아란의 말에 유로의 눈썹이 살짝 꿈틀댔다. 그러나 그녀는 더 이상 논하지 않았다. 지금 그녀의 생각을 지배하는 것은 저택에 가득한 옛 추억이 아니라 자신의 아버지, 악마왕 아스타로트가 내린 임무였다.

"언제라고 했지? 에스토드의 공중함대가 출발하는 시기가?"

유로의 덤덤하면서도 차가운 목소리에 아란은 표정을 굳히며 지금까지 모아 온 정보를 얘기해 주었다.

"대략 2주에서 3주 후라고 들었습니다. 규모만큼이나 상당히 요란하게 움직일 것이 분명하니 그들의 출발 시기에 대해 공주님께서 걱정하실 필요가 없을 겁니다. 하지만 문제가 있습니다."

"뭐지?"

"그들이 엘살바도르로 출발했다 하더라도 클라리스 공주의 옆에는 보호자가 반드시 붙을 것입니다. 운이 없으면 전투에 직접 데려갈 수도 있죠. 데려갈 확률은 적지만 데려가지 않는다 하더라도 클라리스 공주를 우리 손에 넣기는 어려울 것입니다. 현재 그녀를 보호하고 있는 캠벨…… 주신계 비서장 피엘 플레포스의 경우는 고신의 사념체에 의해 힘의 제어가 풀린 리오를 정면으로 상대할 정도로 강합니다. 게다가 그녀의 힘의 한계가 어느 정도인지는 어지간한 상급 악마에게도 알려진 바가 없지만 그녀는 공주님이나 저의 힘에 대한 모든 것을 알고 있습니다. 정보력은 전 신계에서 최고니까요. 모르긴 해도 아스타로트 전하의 계획을 눈치챘기에 그녀가 직접 클라리스 공주를 보호하는 것일지도 모릅니다."

유로는 보라색 립스틱으로 물든 자신의 아랫입술을 깨물었다.

"만약 저들이 클라리스의 보호를 목적으로 그녀를 데려간다면 문제는 더욱 커집니다. 가즈 나이트만 해도 일곱 명 전원이고 아스타로트 전하의 진영이면서도 이번 계획에 대해 전혀 모르는 다르칸, 신계 최강검 라이세네프, 그리고 폭주 상태의 리오를 단 일격에 쓰러트린 아네라의 지르콘 나이트 프레데릭 등등, 용제 바이칼 님은 워낙 참여를 안 하시니 제외한다 해도 그 정도의 멤버 구성은 신계에서도 유래를 찾아볼 수 없을 정도로 막강한 것입니다."

애기를 한참 들은 유로는 무슨 생각인지 자신의 옆을 돌아봤다. 그러나 희미한 눈보라와 함께 자기 옆에 있는 동료는 아란 단 한 사람뿐이었다.

현재 닥친 상황을 심각하게 생각하던 그녀는 뭔가를 깨달은 듯 자신의 몸을 팔로 감쌌다. 그녀의 육체는 벚꽃의 회오리와 함께 작게 변해 갔고, 리체라 불리는 아이의 모습으로 몸을 바꾼 그녀는 아란의 손을 잡으며 작게 말했다.

"새로운 계획이 생각날 것 같아. 아이스크림을 먹으면."

"예, 공주님."

빙긋 미소를 지은 아란은 그녀를 데리고 건물을 내려갔다.

빛이 희미하게 들어오는 계단을 내려가며, 아란은 그동안 궁금했던 것을 유로에게 물어봤다.

"공주님, 공주님께서는 왜 리오를 죽이려 하시죠?"

"엄마의 복수를 하고 싶어서."

아이의 목소리로 들어서일까. 아란은 그 말이 귀엽게 느껴지면서도 왠지 모를 걱정이 들었다.

"예? 하지만 베아트리체 님의 일은 아스타로트 전하께서 주신께 부탁드린 것으로 아는데, 어째서 리오에게 복수를⋯⋯."

"아빠에겐 복수를 못하잖아. 주신께도 그렇고. 리오한테 죄가 없다는 것도 알아. 하지만 누군가에게 풀지 못하면 엄마에 대한 기억이 잊혀지지 않을 것 같았어. 그래서 죽이려는 거야. 그래서 화상을 통해 그를 쭉 지켜봤어. 어릴 때부터 지금까지."

아란은 마땅히 할 말을 찾지 못했다.

계단을 벗어나 거리로 나온 유로는 아이답지 않은 담담한 표정으로 아란을 올려다봤다.

"리오가 나에게 죽어 줄 리 없잖아. 걱정 마."

유로는 당황한 아란의 손을 꼭 잡고는 아이스크림 가게로 가는 길을 재촉했다.

아란은 이런 생각이 들었다.

어릴 때부터 리오를 지켜봤다는 유로의 말은 자신이 알고 있는 유로의 과거와 연관되는 부분이 있었다.

어머니 베아트리체를 잃은 후 대화할 사람을 잃은 유로는 방에 혼자 있는 시간이 많았고, 그녀는 그때부터 화상을 통해 리오의 모습을 지켜보기 시작했다. 어찌 보면 그 시간은 유로에게 있어서 단순히 원수의 모습을 지켜보는 것으로 끝나는 게 아니라 리오라는 남자와 같이 있는 시간으로 인식되었을지 모른다.

'리오에게 의지하고 싶었을까.'

아란은 아이스크림을 맛있게 먹고 있는 유로를 보며 씁쓸히 웃었다. 그녀가 말한 '복수'의 이유를 명확히 알 것 같았다.

'하긴, 남에게 자신을 각인시키는 방법은 여러 가지지. 일부러 괴롭히는 것도 좋은 방법이고.'

수수께끼를 풀었다는 생각에 기분이 좋아진 아란은 아이스크림 대신 사과 파이를 맛있게 깨물었다.

그날 저녁, 프레데릭은 폴카, 레디와 함께 피곤한 몸을 이끌고 저택으로 돌아왔다. 체력적으로 가장 나은 편인 그가 힘들어 할 정도라면 폴카와 레디는 어땠을까. 둘은 프레데릭의 염동 능력에 도움을 받아 공중에 둥둥 뜬 상태로 끌려오다시피 하는 처지였다.

'눈이 가물가물거리는군. 이 정도의 피로는 지금껏 느껴 본 적 없는데…… 어쨌든 빨리 돌아가서 휴식을 취하는 것이 좋겠군. 저택은 조용하니 쉬는 데 무리가 없을 거야.'

그는 최대한의 정신력을 발휘해 저택의 정문을 열고 현관문도 열었다. 조용하기를 바란 그의 기대는 무너지고 말았다.

그는 거실을 가득 메운 수많은 사람들의 모습을 환상이라 생각하고 싶었다. 자신이 저택을 비운 며칠 사이 갑자기 불어난 일행들의 목소리는 공장의 기계 소리만큼이나 다양하게 그의 청각을 괴롭혔다.

'인사를 하는 듯한데…… 아아, 쓰러지면 안 돼. 예의는 갖춰야 한다. 난 지르콘 나이트야.'

프레데릭은 자신에게 다가오는 모든 이들에게 손을 건들건들 흔들며 방으로 올라갔다. 그에게 인사하려고 일어났던 모두는 축 처진 프레데릭의 모습을 보며 걱정스러운 표정을 지었다.

"저 아저씨가 리오를 한 방에 날린 사람이라고? 안 믿어지는데?"

지크의 물음에 손을 휘휘 저은 브라디는 현관 앞에 쓰러진 폴카와 레디에게 날아가며 말했다.

"지크 님이 일주일 동안 잠 없이 중노동을 해 보세요. 현재 제일 고생하는 사람들이 이 세 분이란 것도 알아주시고요."

"흠흠, 알았어. 아, 그런데 리오, 대장에겐 소식 없는 거야? 대장 본 지도 오래됐는데 말이야."

리오는 고개를 슬쩍 저었다.

"전혀 없어. 2주일 뒤 말스 왕국에서 보자는 게 최근 소식이야."

"오, 그래? 하긴, 바람을 피우려면 확실히 소식을 끊어야겠지. 크크큭."

"녀석, 농담은."

휀을 알고 있는 모두는 지크의 농담에 미소를 지었다.

휀이 그런 쪽에 취미가 없다는 것을 알기 때문에 그들은 웃을 수 있었지만 민감하게 반응하는 사람이 없진 않았다.

"진짜예요, 지크 씨?"

'헉!'

크리스의 표정을 슬그머니 돌아본 지크는 앞으로 펼쳐질 2주일 이 매우 힘들 것 같다는 생각이 또다시 들었다.

다음 날, 이른 아침.

정신적, 육체적 에너지 소모를 최대한 빨리 회복하는 방법인 수면을 충분히 즐긴 프레데릭은 맑은 정신과 육체로 잠자리에서 일어났다. 하지만 그는 일어나자마자 풀이 죽고 말았다. 저녁 동안 신세를 진 손님방의 침대가 그의 체중을 견디지 못한 듯 중간받침대가 굽어져 있는 것이었다. 물론 그의 몸은 여전히 침대 위에 있었다.

"다시 사야겠군."

평상복이나 마찬가지인 지르콘 나이트의 갑옷을 정신없이 걸친 그는 계속되는 일을 위해 방을 나섰다. 레디와 폴카는 오늘 내내 쉬기로 되어 있었기에 그는 홀로, 그리고 조용히 거실로 내려갔다.

층계로 다가간 그는 거실에서 풍겨 오는 낯선 냄새와 사람들의 웅성거림에 눈두덩을 움직였다. 에스토드 왕국에서 처음 맡는 음식 냄새였고 웅성거림 역시 처음 듣는 목소리가 몇몇 섞여 있었다. 슈웰과 클라리스, 용제 바이칼, 그리고 브라디의 목소리는 알 것 같았지만 그 외의 목소리는 구분하기 매우 힘들었다.

게다가 지금 시간에 깨어 있을 사람은 자신과 다르칸뿐이기에 프레데릭의 불안감은 더했다.

그는 슬그머니 거실을 내려다봤다. 그곳에는 처음 보는 젊은이 두 명과 슈웰 일행들이 생전 처음 보는 요리를 가운데 놓고 환담을 나누고 있었다.

"헤헷, 맛있지? 이 지크 스나이퍼 님의 슈퍼 울트라 그레이트 콤비네이션 피자는 날이면 날마다 먹을 수 있는 게 아냐. 피자의 본국에서 직접 배워 온 솜씨는 누구도 따라올 수 없지. 크크큭."

"정말이네요, 지크 아저씨. 남은 음식 재료를 모아 만든 것치고는 걸작인데요?"

"맛이 너무 환상적이에요."

슈웰과 클라리스는 부채꼴 모양으로 잘린 그 음식을 먹으며 감탄을 아끼지 않았다. 바이칼과 브라디는 감탄할 겨를조차 없이 먹는 데 열중했다.

물론 그리 즐겁지 않아 보이는 사람도 있었다. 바로 사바신이었다.

"저, 내 약초 피자도 맛있는데……."

그러나 눈을 돌리는 사람은 아무도 없었다.

'상당한 괴짜들이 들어왔군.'

그들의 시간을 방해하고 싶지 않았는지 프레데릭은 뒷문을 향해 조용히 발길을 돌렸다. 어제 그들과 아주 간단히 인사한 기억이 있는 그는 지크라는 이름을 떠올리며 생각해봤다.

"그러고 보니 지크라는 악마가 저택에 들어오면 반드시 없애달라는 부탁을 받았던 기억이 나는군. 음, 용제께서 왜 그런 말씀을 하셨을까? 좋은 청년 같은데…… 악마족도 아니고."

아직 지크에 대한 경험이 적은 그는 그렇게 생각했다.

작업장에 도착한 프레데릭은 편히 누울 수 있는 공간이라면 가리지 않고 모조리 누워 있는 이반과 비행선 개조팀을 보았다. 철야 작업과 비행인의 혼을 부르짖으며 작업에 열중한 어제의 모습과는 극명한 대비를 보여 주는 현장이었다.

나이를 잊고 일주일간 풀타임으로 뛴 이반은 그들 중에 가장 편한 자리를 차지하고 있었다. 바로 두껍게 접힌 돛 위였다. 모두의 모습을 쓸쓸히 바라보던 프레데릭은 고개를 저은 후 발걸음을 옮겼다. 싸늘한 에스토드의 바람을 느낀 직후였다.

취침실에서 모포를 가져다 전원에게 덮어 준 프레데릭은 마지막으로 이반에게 모포를 덮어 주고는 그의 옆에 앉았다. 지난 일주일간 그 누구보다 가까워진 사람이 바로 이반이었다.

프레데릭은 개조가 끝나 대기하고 있는 소수의 비행선들을 보며 이반에게 내내 들었던 얘기를 떠올렸다. 바로 그의 꿈에 대한 것이었다.

'이반 사령관은 비행선으로 바다를 건너는 것이 꿈이라고 했지?

이 나이가 되도록 하늘에 대한 열정을 잊지 않고 있다니, 정말 존경할 만하군.'

이반은 그에게 언제나 말했었다. 자신과 자신의 친구들이 가진 꿈을.

이반 자신은 비행선으로 바다를 건너 세계를 일주하는 것이 꿈이고, 볼보스는 말을 타고 세계 일주를 하는 것이 꿈이며, 란슬롯은 배를 타고 세계 일주를 하는 것이 꿈이다. 그들은 휀이 온 이후 다시 뭉친 자리에서 예전의 그 꿈들에 대한 확신을 가졌다고 한다.

자신들의 힘으로 세상이 평화로워지면 그 꿈을 반드시 이룰 수 있을 거라고.

그 말들을 떠올린 프레데릭은 생각했다. 그리고 자신에게 물었다.

자신의 꿈은 무엇일까?

프레데릭은 엘살바도르 사건 이후 만나지 못한 그녀를 떠올렸다. 아직까지 지키지 못한 그녀와의 약속이 새롭게 다가오는 듯했다. 과연 그녀는 지금까지 자신을 잊지 않고 있을까. 아니면 다른 동포들과 마찬가지로 악몽 같은 엘살바도르의 기억과 자신에 대한 기억을 잊은 채 평범하게 살아가고 있을까.

프레데릭은 소박한 꿈을 가져보기로 했다. 이번 일이 끝난 후, 그녀를 반드시 만나겠다는 꿈이었다.

그때, 이반의 작은 목소리가 들려왔다.

"아아, 각하…… 이 이반 크레믈린이 지금 가고 있습니다. 재상 각하……."

이반은 잠꼬대를 하고 있었다. 하지만 노인의 눈물이 섞인 그 잠꼬대는 프레데릭으로 하여금 다시 일어날 힘을 주었다. 프레데릭은 홀로 덜 개조된 비행선을 향해 가며 나지막이 중얼거렸다.

"당신의 첫 번째 소원은 걱정하지 마시오. 반드시 이뤄질 테니까."

도구를 든 그는 몸을 띄워 비행선 안으로 들어갔다.

엔진실에선 미처 생각지 못한 사람이 자신보다 먼저 개조 작업을 진행 중이었다. 땀을 뻘뻘 흘리며 너트를 조이고 있는 노인은 다름 아닌 크리스토퍼였다.

"아니, 언제부터 여기 있었소, 크리스토퍼?"

프레데릭의 목소리를 들은 크리스토퍼는 땀을 닦으며 빙긋 미소를 지어 보였다.

"허헛, 눈을 떠 보니 이곳이더군요. 저도 모르게 이곳에서 잠이 든 모양입니다. 푹 쉬셨습니까, 프레데릭 님?"

프레데릭은 어제저녁 한사코 남아서 작업을 계속하겠다던 그의 모습을 떠올리며 고개를 끄덕였다.

"덕분에 잘 쉬었소. 그런데 혼자서 힘들지 않았소? 보통 일도 아닌데……."

다시 도구를 거머쥔 크리스토퍼는 그저 웃을 뿐이었다.

"열심히 해야죠. 열심히 하지 않으면 리오 님을 뵐 면목이 없습니다. 모든 일이 저 때문에 벌어진 것 아닙니까. 그 생각만 하면 없던 힘도 다시 생겨난답니다. 걱정 마십시오."

프레데릭은 크리스토퍼가 자기 자신을 위해 일하는 것인지, 세계를 위해 일하는 것인지, 리오를 위해 일하는 것인지 구별하기 힘들었다. 그러나 그가 혼신의 힘을 다하고 있다는 것만은 사실이었다.

"아, 지크라는 청년을 비롯해 처음 보는 사람들이 어제 이곳에 도착한 것 같소. 혹시 알고 있소?"

"예? 지크 스나이퍼 님 말씀이십니까?"

"그런 것 같소."

그러자 크리스토퍼의 눈에서 갑자기 눈물이 흘러내렸다. 프레데릭은 순간 당황했지만 그것은 기쁨의 눈물이었다. 크리스토퍼는 꼼꼼히 눈물을 훔치며 기쁨 어린 목소리로 말했다.

"그렇군요, 역시 오셨군요. 이제 그분들마저 뵈었으니 이 늙은이는 더 이상 여한이 없습니다. 허허허헛."

"젠장, 왔다는 얘기만 들었을 뿐인데, 뭐 그리 울고 그래?"

갑자기 들려온 의외의 목소리에 둘은 엔진실 밖을 돌아보았다. 문틀에 기댄 채 둘을 바라보고 있는 두 청년, 지크와 사바신은 엄지손가락을 죽 내밀며 미소 지었다.

"헤헷, 오랜만이야, 클루토. 못 본 사이에 폭삭 늙었구먼? 하핫!"

"지, 지크 님!"

"뉘신지 모르지만 우리도 같이합시다. 어떻게 하는 건지 가르쳐 줘요. 저택에만 있으면 심심해서 못 견딜 것 같으니까요."

두 청년에서 뒤를 밟힌 것을 깨달은 프레데릭은 허탈감과 기쁨에 눈두덩을 움직였다. 그는 고개를 저으며 둘에게 말했다.

"같이 일하고 싶으면 같이 가자고 말할 것이지, 어째서 남의 뒤를 밟은 건가. 예의 없는 친구들이군."

그러자 지크는 피식 웃음을 터트렸다.

"오호, 우리에게 인사도 없이 나간 사람이 누군데 그래요? 우리는 아저씨가 애인 만나러 가는 줄 알고 따라온 것뿐이라고요. 헤헷, 어쨌거나 인사나 합시다, 안면몰수 아저씨. 지크 스나이퍼라고 해요."

"전 사바신 커텔이에요 안면몰수 아저씨."

'아, 안면몰수?'

자신의 얼굴에 코와 입 등이 없다는 것을 두고 나온 말이란 것을 모르는 프레데릭은 이상하다 생각하면서도 자신을 소개하는 것은 잊지 않았다.

"난 지르콘 나이트 프레데릭이라 하네. 만나서 반갑네. 그럼 내가 자네들의 일감을 찾아보는 동안 크리스토퍼와 얘기를 나누고 있게나."

프레데릭은 안면몰수의 뜻을 계속 생각하며 엔진실을 나섰다. 그사이 크리스토퍼에게 달려온 지크는 노인이 되어 버린 기억 속의 아이를 끌어안으며 재회의 기쁨을 나눴다.

"헤헷, 리오에게 네가 고생했다는 말은 밤새 들었지. 어쨌든 미안하다, 클루토. 리카를 데려오지 못해서 말이야. 나도 너에게 거짓말을 한 것이나 마찬가지니 정말 면목이 없구나."

"아닙니다, 지크 님. 저는 이제 괜찮으니 너무 심려치 마십시오."

크리스토퍼는 리오보다 더욱 변한 게 없는 지크의 모습에 가슴이 또다시 뭉클했다. 역시나 200년간 겉과 속 모두 변한 사람은 자신뿐이었다. 그런 생각을 할수록 크리스토퍼의 마음속 죄책감은 더욱 커질 뿐이었다.

하지만 편했다. 뭐가 어떻든 그리운 인물들을 하나둘씩 만날수록 그의 마음은 점점 편해졌다.

'난 저 할아버지를 어떻게 불러야 하지? 존댓말을 써야 하나, 반말을 써야 하나?'

사바신은 둘의 재회 장면을 보면서 그런 생각을 했다.

이제 남은 시간은 2주, 휀이 계획한 최후의 전투도 2주가 남았다.

2

7인의 그림자

바위에 앉아 묵묵히 주위를 돌아보는 바이론의 시선 속에는 악마들의 시체와 폐허만 있을 뿐, 다른 어떤 것도 있지 않았다. 바이론의 표정에서도 특별한 것은 발견하기 힘들었다. 심지어 그의 상징이라 할 수 있는 광기마저 찾아볼 수 없었다.

그와 그의 동료를 막으려다 시체가 됐던 존재들은 그의 광기조차 받을 가치가 없을 정도로 허약한 존재들이었다.

말스 왕국에 있는 우라늄 광산을 찾아 없앤 지 일주일하고도 4일. 오늘 처리한 광산과 마찬가지로 다른 광산에도 그와 그의 동행을 방해하는 존재는 없었다. 사탄이나 리리스에게 딸릴 법한 고위악마는커녕 자신들을 자극할 만한 힘을 가진 악마도 없었다. 그저 일만 열심히 할 뿐인 하급 악마들과 조금 강한 힘을 가진 야만종족만 있을 뿐이었다.

이상했다. 엘살바도르의 에너지원인 우라늄 광산을 이렇게 허술

하게 방비한다는 것은 납득할 수 없는 일이었다. 네 군데를 돌아다녔는데 우라늄을 약간 캔 흔적만 있을 뿐, 중요 시설이라는 느낌은 들지 않았기에 바이론의 표정은 더욱 좋지 않았다.

남은 우라늄 광산은 한 곳. 하지만 바이론은 그곳마저 파괴하고 싶은 생각은 없었다. 지금까지 파괴한 곳과 같은 상황이라면 파괴할 가치가 없다는 판단이었다.

"말스의 수도로 돌아간다."

검은 코트의 남자가 그에게 다가오며 말했다. 바이론은 특유의 미소를 흘리며 그를 바라봤다.

"크큭, 헛고생했다는 사실을 이제야 안 건가?"

말스 왕국의 수도를 떠날 때와는 달리 두건을 벗은 휀은 고개를 끄덕였다.

"추가로 인원 이동의 흔적을 발견했다. 지금까지 없앤 우라늄 광산은 진짜이면서도 가짜다."

하인켈이 전해 준 우라늄 광산의 정보는 정확한 것이었다. 그러나 그 정보가 넘어갈 것이란 예상은 리리스도 충분히 할 수 있는 것, 다른 광산의 생산은 줄인다 해도 정보에 없는 새로운 우라늄 광산에 전력을 투입한다. 물론 들키긴 하겠지만 리리스로선 11일이라는 막대한 시간을 벌 수 있기 때문에 상당한 이익이었다. 지금까지의 광산이 진짜이면서도 가짜라는 말은 바로 이것을 뜻한 것이다.

"오호, 그렇겠군. 하지만 아무리 리리스가 날고 긴다 해도 전력을 투입할 가치를 지닌 광산을 그 짧은 시간에 찾기 어려운 법. 그 정도의 정보를 줄 수 있는 인물은 수도에 있을 테니 그곳으로 가서 리리스의 부하를 찾겠단 말인가?"

"운이 좋으면 말스 왕국을 멸망시킬 수도 있겠지. 부하가 왕족이라면 더더욱."

"크크큭, 꼭 바라고서 하는 말 같군. 에스토드의 전직 재상이라서 그런가?"

"그럴지도."

작은 통에 담긴 술을 한 모금 넘긴 휀은 통을 바이론에게 던져주고 수도로 가는 길을 재촉했다.

날아서 갈 수도 있지만 그들은 그런 방식을 택하지 않았다. 어차피 지금 수도에 쳐들어간다 해도 상대방이 10일 이상 시간을 두고 모은 우라늄의 양은 그들이 지금 당장 어쩌진 못한다. 이번 일의 성패를 결정짓는 시간까지 남은 시간은 이제 10일 남짓, 휀은 적들에게 충분한 우라늄이 넘어간 이상 그 시간을 충분히 소비하며 최후의 작전을 완벽히 짜려는 것이었다.

말스 왕국은 조용했다. 왕국을 둘러싼 독립국가들에게 언제나 위협을 받고 있다고는 하지만 국민들이 공포에 떨 정도로 압도적인 군사력을 가진 국가는 없기에 국경수비대나 국경 근처에 사는 사람들 외엔 불안한 정서를 가진 국민은 별로 찾아볼 수 없었다. 독립국가들이 연합해서 말스 왕국을 쳐들어오지 않는 한 문제없다 봐도 과언이 아니었다.

하지만 말스 왕국 수도에 흐르는 공기는 예전 같지 않았다. 수도 외곽의 경비가 삼엄해진 것은 물론 거리 곳곳에는 처음 보는 적색 갑옷 차림의 병사들이 무리를 지어 순찰을 돌기까지 했다.

사람들은 무섭다는 느낌 외엔 그 어떤 것도 알 수 없는 그 적색 갑옷 병사들의 정체를 궁금해했다. 그것은 수도 주둔군 역시 마찬가지였다. 토벤토 왕자의 문양을 갑옷에 새긴 채 묵묵히 거리를 순찰하는 그들의 정체는 그들을 데리고 나타난 토벤토 왕자 외엔 아무도 알지 못했다.

그 적색 갑옷 병사들이 순찰만 도는 것은 아니었다. 20명 내외의 병사들이 베르토 가문의 저택을 교대도 하지 않고 계속 감시하고 있었다. 그들이 무언가를 먹는 것도, 또 힘들어하는 것도 보지 못한 저택의 사람들은 리오라는 남자가 떠난 이후로 벌어진 지금의 상황에 상당한 불안감을 느끼고 있었다.

창문을 통해 마치 인형처럼 꼿꼿이 서 있는 그 중장갑의 병사들을 지켜보던 마르티네즈는 화가 난 듯 커튼을 거칠게 내리며 말했다.

"아니, 어째서 우리 집이 이렇게 감시를 받아야 하는 거예요, 아버지! 아무 죄도 없는데요!"

책을 읽으며 시간을 보내던 반그라드는 오랜만에 듣는 딸의 고함에 긴 한숨을 지었다.

"죄가 없진 않지."

"예?"

"너도 알 것 아니냐. 너와 함께 가이라스 왕국에서 건너온 동포들이 모조리 반역자로 몰려 감옥에 갇힌 것을 말이다. 너에 대한 처분도 원래 구속이지만 국왕께서 그간 우리 집안이 쌓아 놓은 공적을 인정하시고, 집안에서 널 2년간 감시하는 것으로 형을 감해 주셨단다. 토벤토 왕자께서 강렬히 반대하셨지만 전하의 명을 어쩔 수는 없었지. 밖에 있는 자들은 우리 집안을 감시하기 위해 붙인 것이 확실해 보이지만 녀석들은 토벤토 왕자님의 친위대니 맘에 안 들더라도 집 안에 가만히 있거라."

그러자 마르티네즈는 펄쩍 뛰며 목소리를 더욱 높였다.

"가만히 있으라고요? 차라리 그 사람들과 함께 감옥에 갇히는 것이 나아요, 아버지! 그 죄 없는 사람들은 집안이 좋지 않은 덕분에 감옥에서 썩고, 전 집안이 좋은 죄로 편히 이곳에 있어요! 아버지께서 저와 오라버니들에게 말씀하셨던 평등한 세상이 바로 이런 건가요? 말도 안 돼요!"

"어디서 그런 평등을 논하느냐!"

마치 누군가의 뺨을 치듯 강하게 책을 덮은 반그라드는 자리에서 일어나 소리쳤다.

"진정한 불평등은 열심히 일한 사람과 빈둥빈둥 논 사람이 똑같은 대가를 받는 것이야! 그리고 착각하지 말거라, 마르티네즈! 네가 그 사람들과 함께 감옥에 있다면 우리는 너만 걱정하면 돼! 지금처럼 집안 전체가 감시당하는 것은 그보다 더한 상황이란 말이다! 야밤에 불만 켜도 우리는 너와 함께 반역을 논하는 것이 되어버린다는 사실을 알고서 하는 말이냐? 게다가 지금 우리를 노리고 있는 사람은 일개 신하가 아니라 토벤토 왕자님이시다!"

"제 말은 죄를 짓지 않았는데 왜 사람들이 그렇게 갇혀 있느냐 말이에요! 우리도 그렇고! 아무리 토벤토 왕자님께서 높으신 분이라 해도 죄를 마음대로 만들 자격은 없잖아요!"

"그 사람들에게 죄가 없는 것은 너와 나, 모든 동포, 그리고 하늘이 안다! 하지만 가둔 이유는 토벤토 왕자님만이 아신다! 이 문제에 대해 논하려면 네가 직접 토벤토 왕자님을 찾아뵙거라!"

"좋아요, 아버지, 말리지 마세요!"

아버지와의 말싸움에서 승패를 가르지 못한 마르티네즈는 상당히 거친 몸짓으로 방문을 나섰다. 반그라드는 딸의 행동을 이해하지 못하겠다는 듯 이마를 감싼 채 의자에 주저앉았다.

"이런, 도대체 가이라스 왕국에서 무엇을 배워 왔기에 애가 저런 것이오! 4년 전보다 훨씬 더 거칠어지지 않았소!"

남편과 딸의 말싸움을 묵묵히 지켜보던 티그리드 부인은 한숨과 함께 미소를 지었다.

"좀 참으세요, 여보. 4년 전보다 거칠어진 사람은 마르티네즈뿐만이 아닌 것 같습니다. 왕자님을 직접 찾아뵈라는 말씀은 도대체 왜 하셨나요. 그러다 아이가 진짜로 집을 뛰쳐나가면 어쩌려고 그러십니까."

답답함에 얼굴을 양손으로 감싼 반그라드는 후회 섞인 긴 한숨을 내쉬었다. 잠시 그렇게 마음을 가라앉힌 그는 부인에게 조용히 물었다.

"당신도 결혼하기 전엔 저렇게 거칠었소?"

"결혼하기 전의 당신만큼은 아니었죠."

반그라드는 결국 웃으며 자리에서 일어났다.

"알았소. 내가 너무 거칠게 아이를 대했던 것 같구려. 지옥으로 변한 가이라스에서 돌아온 지 한 달도 안 된 아이니 거친 것은 당연한 일이 아니겠소. 내가 아이에게 미안하다고 하는 것이 좋을 것 같소."

"예, 좋은 생각이세요, 여보."

부인의 말에 힘을 얻은 듯, 반그라드는 어깨를 펴고 발걸음을 옮겼다. 하지만 그의 행동은 이미 늦은 것이었다.

"어르신, 마님! 큰일 났습니다!"

그가 나가려던 찰나, 얼굴이 하얗게 질린 노인이 문을 박차고 들어왔다. 집사였다.

"큰일이라니, 무슨 일인가?"

나이에 맞지 않게 기운을 소진한 탓인지 숨을 한참 몰아쉰 집사
는 당황한 얼굴로 자신을 바라보는 반그라드와 티그리드에게 황
급히 비보를 전해 주었다.

"마르티네즈 아가씨께서 집을 나가셨습니다! 담을 넘어 나가셨
기 때문에 집 밖에 대기하고 있던 왕자님의 친위대에게 지금 쫓기
고 계십니다!"

"뭐, 뭐라고! 이런 바보를 봤나!"

반그라드는 황급히 방을 나섰다. 집사 역시 그를 따라나서려고
했지만 그의 몸은 반그라드와 정반대의 방향으로 향해야 했다. 티
그리드가 마르티네즈의 소식을 듣자마자 앉은 채 혼절해 버린 것
이었다.

저택에서 멀리 떨어진 거리에서는 대추격전이 벌어지고 있었다.
저택을 시작으로 꾸준히 자신을 따라오는 병사들을 따돌리기 위
해 마르티네즈는 수단과 방법을 가리지 않았다. 그러나 보기만 해
도 무겁게 느껴지는 중장갑을 걸쳤는데도 병사들은 지치기는커녕
망령처럼 더욱 가까이 따라붙었다.

이렇게 도망치다가는 자신이 먼저 지치겠다고 생각한 마르티네
즈는 급히 시장으로 방향을 돌렸다. 사람들과 물건들로 복잡한 시
장이라면 마르티네즈는 몰라도 덩치 큰 병사들이 통과하기 힘든
구간임이 분명했다. 게다가 시장의 무기 상인을 이용해 최악의 사
태에도 대비할 수 있었다.

이윽고 시장으로 들어온 마르티네즈는 전력을 다해 사람들과 물
건들을 헤집고 다녔다. 그녀의 예상대로 병사들은 쉽게 장애물을 통
과할 수 없었고, 그들과 마르티네즈 사이의 거리는 점점 벌어졌다.

하지만 병사들은 그것으로 끝이 아니었다. 어떻게 알고 왔는지 근처에서 순찰을 돌던 왕자의 친위대들이 시장의 다른 출입구를 미리 막고 있는 것이었다. 길이 완전히 막혔음을 깨달은 마르티네즈는 결국 시장에 진열되어 있던 장검을 들고 그들과 대치하기에 이르렀다.

"길을 비켜! 난 토벤토 왕자님을 만나려 하는 것뿐이다!"

그렇게 말은 했지만 솔직히 후회가 됐다. 집에 그냥 있었다면 이렇게 힘들지 않았을 텐데 왜 여기까지 나온 것일까. 하지만 집의 담을 넘은 순간부터 죽 이어진 후회였기에 그녀는 갈 때까지 가 보자는 생각으로 검과 마음을 고쳐 잡았다.

그녀가 무기를 잡는 것과 동시에 병사들 역시 무기를 빼 들었다. 머리 전체를 뒤덮은 두꺼운 투구 탓에 표정이 보이지 않아 마르티네즈는 그들이 자신을 위협하기 위해 무기를 빼 든 것인지 아니면 싸우기 위해 무기를 든 것인지 쉽게 판단할 수 없었다.

어떤 방향이 됐건 병사들이 다가오는 것은 사실이었기에 마르티네즈는 눈을 부릅뜨고 병사들의 움직임을 주시했다.

거리에는 마르티네즈와 병사들밖에 없었다. 다른 사람들은 모두 건물 안에서 채 밖의 상황을 주시하느라 여념이 없었다.

단 한 사람, 병사들과 똑같은 갑옷을 입고 있는 여성만이 마치 놀이를 즐기는 아이들을 지켜보듯 눈웃음을 지은 채 마르티네즈와 병사들을 바라보았다. 건물에 몸을 반쯤 숨긴 채 서 있던 그녀는 왼손에 들린 자색의 수정 구슬을 굳게 잡으며 나지막이 중얼댔다.

"죽여라. 좀 이르긴 하지만 아무래도 저 아가씨와 아가씨의 가족은 이제 쓸모 없을 것 같으니까. 물고기를 부르지 못하는 미끼는 필요 없겠지?"

"앗!"

순간, 누군가의 비명과 함께 사람들의 눈앞에서 뭔가가 번뜩였다. 누군가의 무기가 움직인 것이다. 먼저 움직인 쪽은 놀랍게도 마르티네즈가 아닌 병사들이었다. 한 병사가 휘두른 대검을 아슬아슬하게 피한 마르티네즈는 살짝 베인 옷깃을 보며 침을 삼켰다.

이것은 실제 상황이었다.

그 병사의 공격을 선두로 모든 병사들이 마르티네즈의 목숨을 노리고 공격하기 시작했다. 힘도 힘이었지만 속도와 정확도가 상당했기에 마르티네즈는 그들의 공격을 최대한 피하며 도주할 방법을 구상했다. 하지만 힘들었다. 길목을 막는 속도 역시 빨라서 그녀는 결국 이러지도 저러지도 못하는 상황에 빠지고 말았다.

"앗!"

그녀의 손에 들렸던 장검이 공중에 튀어오른 것은 순식간이었다. 병사들의 공격을 이기지 못하고 바닥에 쓰러진 마르티네즈의 몸 위로 병사들의 무기가 또다시 떨어져 내렸다.

"아악!"

엄청난 충격이 그녀의 몸을 덮쳤다. 골반과 복부, 그리고 가슴이 짓이기는 듯한 통증에 마르티네즈는 비명을 지르며 이를 악물었다.

한편 문틈과 창문을 통해 그 광경을 지켜보던 시장 사람들은 바닥에 흐르는 붉은 액체를 보며 경악을 터트렸다.

"뭐, 뭐야, 저건!"

마르티네즈의 몸과 바닥을 적신 붉은 액체는 피가 아니었다. 색깔부터 피와 달랐고 따뜻한 것은 물론 지나치게 끈적거렸다. 게다가 냄새까지 피의 그것과는 거리가 멀었다.

그 느낌에 정신을 차린 마르티네즈는 자신의 몸 위에 병사가 넘어져 있는 것을 보고는 의아한 표정을 지었다. 그녀는 병사가 자신의 몸 위에 쓰러질 때 충격을 받은 것일 뿐, 병사의 등을 엉망으로 만든 무기들과는 거리가 멀었다. 그녀는 졸지에 자신의 방패가 되어 준 병사의 가슴을 힘껏 밀어젖혔다.

"으, 으아악!"

순간 마르티네즈는 정신 나간 사람처럼 비명을 질렀다. 병사의 하체는 그녀의 위에 있었지만 병사의 상체는 그녀의 옆으로 굴러떨어졌다. 그녀가 민 병사의 가슴이 척추와는 별도로 움직인 것이다.

"크크크, 말스 왕국은 돈이 궁한 모양이군. 사람을 쓸 돈이 없어 시체를 되살려 쓰고 있으니 말이야."

육중한 발소리와 함께 광기가 섞인 웃음소리가 들렸다. 목소리의 주인공은 생전 처음 보는 거한이었다.

마치 장례식 때 쓰는 것처럼 흑색 로브(Robe)와 테가 넓은 모자로 몸을 최대한 가린 그 남자의 등에는 푸줏간에서 쓰는 것처럼 생긴 거대한 대검이 매달려 있었다. 움직일 때마다 살짝 보이는 그의 회색 피부와 회은색 머리카락, 그의 모든 외모는 희미하게나마 느껴지는 그의 광기를 더욱 돋보이게 하는 듯했다.

그가 앞으로 나서자 병사들은 하나같이 뒤로 물러섰다. 남자는 주위를 쓱 돌아보며 기분 나쁜 목소리로 말했다.

"오호, 날 알아보는 것을 보니 아무래도 그냥 시체가 아니라 '블러드 퍼펫(Blood puppet)' 같군. 크큭, 운이 좋구나. 녀석들의 축축한 몸을 자르는 맛은 일품이거든."

로브 속에서 나온 남자의 우람한 팔이 등에 매달린 검을 가볍게 들어 올렸다. 다른 팔로 자신의 로브와 모자를 벗어 던진 남자는 이윽고 체액으로 범벅이 된 마르티네즈를 내려다봤다.

"저기 보이는 녀석의 등 뒤에 숨어 있는 게 좋아. 크크큭, 시체가 되고 싶다면 그대로 있도록. 난 내가 만든 시체가 높이 쌓일수록 기분이 좋아지니까 말이야. 크하하하핫!"

"으, 으윽!"

마르티네즈는 혼신의 힘을 다해 병사의 시체에서 벗어나 회색의 거한이 말한 사람에게로 향했다. 옅은 윤기가 흐르는 흑색 코트 차림에 검은색 두건으로 얼굴 전체를 감싼, 앞서 본 회색의 남자와 비교해도 전혀 손색없는 괴이한 분위기의 남자였다.

그 남자는 옆에 마르티네즈가 와도 꿈쩍하지 않았다. 오든 말든 상관하지 않겠다는 분위기였다. 그의 얼음같이 차가운 시선 역시 이제 막 움직이려고 하는 회색의 거한에게 꽂혀 있을 뿐, 전혀 움직이지 않았다. 이들과의 문제는 나중에 생각하기로 결정한 마르티네즈는 자신을 위협에서 구해 준 회색 남자에게 시선을 돌렸다.

공중으로 번쩍 들린 남자의 대검은 곧장 병사 한 명의 정수리에 처박혔다. 리오의 경우를 생각한 마르티네즈는 그 박력으로 보아 병사가 두 조각이 날 것이라 예측했지만 그녀의 생각과는 달리 병사의 몸은 새총을 맞은 물통처럼 뒤쪽으로 터져 나갔다. 병사가 걸친 중장갑을 완전히 무시한 그 남자의 파괴력은 실로 경이로웠다.

"우웁!"

마르티네즈는 구토감에도 불구하고 남자의 움직임을 주시했다. 그 회색 피부의 남자가 보여 주는 모습은 그만큼 가치가 있었다.

첫 번째 공격으로 시작된 남자의 광기와 파괴력은 실로 놀라웠다. 제대로 된 상태로 쓰러지는 병사가 없을 정도로 남자의 일격 하나하나에 실린 힘은 압권이었다. 몸이 터지는 것은 물론이고 터지지 않고 날아가더라도 벽에 처박혀 떡이 되기는 마찬가지였다.

그러면서도 그의 검술은 진짜 광인이 휘두르는 것처럼 막 나가는 것이 아니었다. 상대가 그의 칼부림에 맞아 날아가는 것을 봐도 그랬다.

주위에 여관이나 다세대 주택이 많았는데도 시체가 창문을 뚫고 난입하는 경우는 한 번도 없었다. 모두 창문과 창문 사이 내지는 층과 층 사이에 정확히 날아가고 있었다. 그는 또 하나의 무기로서 건물의 벽을 이용하는, 작은 공이 아니라 사람이라는 육중한 물체를 자신이 원하는 곳에 날릴 수 있는 정교한 검술을 가진 남자였다.

하지만 검술에 대해서 모르는 보통 사람이 보기에 바이론은 그저 미친 듯이 검을 휘두르는 광인에 불과했다. 온몸에 블러드 퍼펫의 체액을 뒤집어쓴 채 광소을 흘리고 안광을 번뜩이는 그의 모습을 누가 정상이라 보겠는가.

"크하하핫! 더욱더 움직이고 피를 토해라! 죽지 못하는 너희에게 죽음을 안겨 주는 나를 고맙게 여기란 말이다! 그래, 죽는 거다!"

붉은 갑옷의 병사들로 꽉 찼던 시장 길은 어느덧 한산하게 변했다. 폭발적인 광기가 쓸고 지나간 자리에 남은 것은 분해가 된 사람의 시체가 이리저리 뒤섞인 듯한 이상한 물질들과 그 중앙에 버티고 서 있는 회색 남자의 모습이었다. 그가 만든 시체는 갑옷만 남긴 채 분해되기 시작했다. 그리고 미처 분해되지 못한 잔여 물질들이 땅을 더럽히고 있었다.

"대단해. 리오 씨도 이 정도는 아니었는데?"

마르티네즈는 자신도 모르게 감탄을 터트렸다. 그 감탄을 듣고 그녀의 옆에서 동료의 전투 장면을 지켜보던 남자가 말했다.

"리오 스나이퍼를 알고 있나?"

"예?"

옆에서 들려온 싸늘한 목소리에 마르티네즈는 움찔하며 돌아봤다. 복면의 남자는 그녀를 향해 손을 뻗으며 나지막이 말했다.

"하긴, 보통 사람이 블러드 퍼펫들에게 쫓길 이유는 없지. 우리와 잠깐 이야기를 나누는 것이 어떨까."

"자, 잠깐만 기다리십시오! 저에게 무슨 짓을 하려고……."

남자의 손에 안면을 잡힌 마르티네즈는 말을 다 끝맺기도 전에 의식을 잃었다. 그녀를 어깨에 걸친 남자는 동료에게 가자는 손짓을 했고, 둘은 곧장 시장을 떠나 어디론가 사라졌다.

그 직후 집안사람들과 함께 도착한 반그라드는 마르티네즈가 누군가에게 납치됐다는 말을 듣고는 크게 흔들리고 말았다.

하인들에게 부축을 받아 쓰러지는 것만은 면한 그는 당장 마르티네즈를 찾으라고 소리쳤지만 하인들의 능력으로는 마르티네즈를 데려간 사람들을 찾을 수 없었다.

그 사실을 알고 있는 듯, 이전부터 그 모습을 지켜보던 붉은 갑옷의 여성이 힘없이 미소지었다.

"후후, 감히 누가 누굴 찾는다는 건지 모르겠군. 어쨌든 버리려던 미끼가 월척을 낚았구나. 와 봤자 리오 스나이퍼 정도겠지 생각했는데 바이론이라니, 기가 막힌걸? 하여간 오랜만이구나, 바이론 필브라이드. 그사이 이 프루레디를 잊진 않았겠지? 하하하핫."

그녀는 손에 들린 수정 구슬을 빛과 함께 소멸시킨 후 멀리 보이는 왕궁 쪽으로 사라졌다.

마르티네즈를 수도 외곽으로 데리고 나온 휀과 바이론. 둘은 그녀를 맨땅에 그냥 눕혀 둔 채 시장에서 벌어진 일에 대해 얘기를 나누었다. 바이론이 쓰러트린 블러드 퍼펫이 보통의 것은 아니었기 때문이다.

원래 블러드 퍼펫은 좀비나 스켈레톤처럼 단일 개체로 만들어진 인형이 아니라 사람이든 짐승이든 시체라면 뭐든지 갈아서 만들기 때문에 살아 있는 생명에 대한 증오가 앞의 둘보다 강하다. 그래서 종종 주인의 명령을 거부하고 근처에 있는 생명체들을 공격하곤 하는데 바이론이 상대한 블러드 퍼펫은 달랐다. 절도가 있다고 생각될 정도로 주인의 명령에 착실히 움직이는 것은 물론이고 전투가 벌어진 상황에서도 폭주 따위는 하지 않았다.

"'프루레디'겠지. 흥분하지 않는 블러드 퍼펫을 사용하는 악마는 그녀뿐이다."

휀이 말한 프루레디는 사탄의 악마군단에 속한 네 개의 결사단 중 하나인 제2결사단 '듀라한 나이트'의 단장이었다. 제1결사단인 하인켈의 조커 나이트가 최종적으로 투입되기 직전에 전장을 휩쓰는 것으로 잘 알려진 듀라한 나이트는 무술을 주로 하는 조커 나이트와 달리 마법과 무술을 함께 사용하며, 단장인 프루레디의 성격처럼 낙오된 저급 악마군단마저 잔인하게 짓밟는 것으로 유명했다.

"크큭, 사탄의 제2결사단 단장이나 되는 녀석이 뭐하러 여기까지 납셨을까? 고작 우리를 잡으려고?"

"프루레디라면 리오도 정면으로 상대할 수 있는 힘을 지녔으니 가능성은 있다. 누구를 통해 이곳에 들어왔는지는 저 여자가 깨어나면 알겠지."

휀은 마르티네즈를 기절시킬 때처럼 그녀의 안면에 손을 가져갔다. 곧 백색의 스파크가 그녀의 머리를 짧게 휘감았고, 감전된 듯 몸을 움찔한 마르티네즈는 눈을 번쩍 떴다. 바이론과 휀을 잠시 바라본 그녀는 이내 휀을 밀치며 소리쳤다.

"다, 당신들 누굽니까! 그리고 여긴 어딥니까! 무슨 목적으로 저를 납치한 거죠? 이 대륙 전역은 노예 거래가 금지되어 있습니다!"

휀과 바이론한테서 빠르게 물러선 그녀는 저항할 무기를 찾아 사방을 더듬거렸다. 그 모습을 본 바이론은 상관하지 않겠다는 듯 술에 손을 가져갔다. 휀은 돌이라는 원시적 무기를 든 채 자신을 쏘아보는 마르티네즈에게 시선을 떼며 차갑게 말했다.

"여성 노예는 몸과 손이 부드러워야 고가에 팔린다. 너처럼 몸이 딱딱하고 손에 굳은살이 박힌 여성은 헐값을 받지. 난센스는 그만두고 묻는 말에 대답해라."

마르티네즈는 앞에 앉은 남자가 리오 이상으로 사람을 바보로 만드는 재주를 가진 남자라는 생각이 들었다. 그리고 그런 쪽의 사람이 일단 아니라는 판단에 마르티네즈는 손에 든 돌을 내려놓고 물었다.

"노예값어치도 못 하는 여자에게 뭘 묻고 싶으신 거죠?"

보통의 남자 같으면 흔들렸을지도 모르는 말이었지만 휀은 변함없는 얼굴과 말투로 질문을 던졌다.

"너와 리오 스나이퍼의 관계, 그리고 어째서 네가 블러드 퍼펫에게 쫓겼는지에 대해서다."

평소와 같이 요점만 간단히 정리한 질문이었다. 하지만 지크와 사바신 등과 너무 오랫동안 같이 있었던 탓인지, 마르티네즈는 순간 눈을 부릅뜨며 다짜고짜 따지기 시작했다.

"어째서 모두가 저와 리오 씨의 사이를 의심하는 거죠? 여자로서 솔직히 관심이 가는 부분도 없진 않았지만 리오 씨는 같이 전투를 한 동료일 뿐, 그 이상도 그 이하도 아닙니다! 어째서 마음대로 판단하십니까!"

한 차례 폭풍이 휘몰아쳤지만 휀은 표정 변화 없이 그녀를 지켜봤다. 바이론은 큭큭 웃으며 술통을 계속 기울일 뿐이다. 그런 적막 속에 자신이 무슨 얘기를 했는지 깨달은 마르티네즈의 얼굴은 붉게 달아올랐다.

원하는 대답은 아니었지만 일단 그녀가 리오와 함께 행동한 것을 안 휀은 곧바로 다음 대답을 요구했다.

"블러드 퍼펫에게 쫓긴 이유는."

일단 약점을 보였던 탓인지 마르티네즈는 순순히 대답해 주었다.

"가이라스 왕국에서 돌아온 직후, 우리 왕국의 후계자이신 토벤토 왕자님께서 저와 함께 가이라스에 돌아온 모든 사람들을 반역자로 몰아넣으셨죠. 저는 집안 덕분으로 다른 사람들이 감옥에 갇히는 것과 달리 가문 자체에서 감시당하는 형을 받았죠. 하지만 말만 그럴 뿐, 왕자님께선 친위대를 동원해 우리 가문을 감시했어요. 저는 도저히 토벤토 왕자님을 이해할 수 없었어요. 그래서 왕자님께 정확한 이유를 듣기 위해 집을 뛰쳐나왔고, 그것을 본 왕자님의 친위대가 저를 쫓아왔죠. 그 이후는 당신들도 아실 테니 말할 필요는 없겠죠?"

휀은 다음 질문을 던졌다.

"왕자에 대한 이상한 소문은 듣지 못했나?"

"소문 말입니까?"

마르티네즈는 잠시 기억을 더듬어 봤다. 아버지와 하인들을 통해 접한 왕자의 소문을 기억해 낸 그녀는 순순히 대답했다.

"에스토드 왕국에서 돌아오신 후, 밤마다 왕자님의 방에서 이상한 소리가 들릴 때가 있다고 합니다. 마치 의식을 하거나 누군가를 찬양하는 듯한 소리라더군요. 하지만 요즘 워낙 국정 운영을 잘하시기에 왕실에선 그리 신경을 쓰지 않는 듯합니다."

바이론은 술통을 놓은 후 낮게 웃음을 흘렸다.

"크큭, 티를 있는 대로 내는군. 우리는 그 맛없는 미끼에 리오 대신 운 없게 걸려든 것이고. 어떻게 할 생각인가, 광황 나리?"

자리에서 일어난 휀은 두건을 다시 쓰며 멀리 보이는 수도에 시선을 돌렸다.

"낚시꾼을 없앤다. 약속 시간은 내일이니 천천히 즐기면 되겠지."

"크크큭, 좋은 생각이군."

간단히 의견 일치를 본 둘은 마르티네즈를 남겨 둔 채 다시금 수도로 떠났다. 홀로 남겨진 마르티네즈는 아직 상황 파악을 제대로 하지 못했는지 곧장 그들을 향해 달리며 소리쳤다.

"잠깐만 기다리십시오! 토벤토 왕자님을 살해할 생각이십니까! 아무리 왕자님께서 당신들의 일에 장애물이 된다 해도 왕자님은 우리 말스 왕국의 유일한 계승자이십니다! 왕자님을 해한다는 것은 말스 왕국 자체를 해하는 것과 같습니다!"

그러자 휀은 간단히 그녀의 입을 막았다.

"내가 알 바 아니지."

"그, 그런 무책임한 말이 어디 있습니까!"

"여기."

마르티네즈는 자신의 말솜씨로 상대할 사람이 아니란 것을 깨달았지만 상황은 이미 늦었다.

그들을 노리는 인물이 정말 있는지 수도 입구에는 원래의 경비병들 대신 적색 갑옷의 병사들이 진을 치고 있었다. 수적으로도 시장에 모였던 것과 비교할 수 없었기에 마르티네즈는 다른 길을 택하자고 말했지만 둘은 막무가내였다.

그들이 길에 들어서자마자 수십 명의 병사들이 지축을 울리며 그들에게 달려왔다. 그 장대한 모습에 마르티네즈의 얼굴은 하얗게 질렸지만 바이론의 회색 얼굴은 변함이 없었다.

"오호, 아무래도 프루레디가 우리를 본 모양이군. 크큭, 난 아까 싸워서 피곤하니 네가 알아서 해라, 휀 라디언트."

"나쁠 건 없겠지."

휀은 일말의 망설임 없이 앞으로 나섰다.

휀의 이름을 그때 처음으로 들은 마르티네즈는 어디선가 들은 이름이다 생각됐는지 고개를 갸웃거렸다. 하지만 4년 동안 가이라스 왕국에서 싸우기만 했던 그녀가 에스토드의 재상 이름을 떠올리는 데에는 상당한 시간이 필요했다.

하지만 그 생각의 시간을 단축시키는 데 도움을 준 한마디가 있었다. 달려오는 병사들에게 오른손을 뻗은 휀은 여느 때와 마찬가지로 차갑게 읊조렸다.

"광황포."

순간 어마어마한 두께를 지닌 빛의 기둥이 그의 손바닥을 떠나 병사들과 외곽 성문을 덮쳤다. 그 파괴적인 빛의 파동에 휘말린 블러드 퍼펫들은 갑옷조차 남기지 못한 채 깡그리 휩쓸렸고, 최종적으로 부딪힌 외곽 성문 역시 수도가 이전된 뒤로 단 한 번도 파괴되지 않았다는 전설의 종지부를 찍으며 산산조각 났다. 그 여파로 인해 근처의 가옥이 대파된 것은 두말할 나위 없었다.

그 모습을 본 마르티네즈는 흑색 두건의 남자가 누구인지 그제야 알았다. 그녀는 벌어진 입을 다물지 못한 채 휀의 정체를 외쳐댔다.

"에, 에스토드 왕국 백색의 재상, 휀 라디언트? 당신이 어째서 여기에 계시는 겁니까!"

휀은 역시나 싸늘히 대답했다.

"대답할 이유는 없다."

처음 접하는 사람이라면 상당한 거부감을 느낄지도 모르는 말투. 그러나 그를 얼마 보지 못했는데도 마르티네즈는 거부감보다는 분위기와 어울리는 말투를 쓴다는 생각이 들었다.

도시로 들어선 휀은 곧장 왕궁으로 향하지 않았다. 지금 왕궁으로 가 봤자 큰 이익이 없으리라는 판단을 한 것이다. 게다가 그는 프루레디의 심리에 대한 정보를 어느 정도 들은 바 있었다.

"집으로 안내해라."

"예?"

갑작스러운 휀의 말에 마르티네즈는 다시금 당황했다. 집은 또 왜 가겠다는 말인가. 하지만 리오처럼 뭔가 생각이 담긴 발언 같아 그녀는 군말 없이 휀과 바이론을 자신의 집으로 인도했다.

"이럴 수가, 광황이라니!"

수정 구슬을 통해 자신이 만든 블러드 퍼펫들을 관찰하던 프루레디는 의외의 인물을 접하고 매우 당황했다. 휀까지 이곳에 있을 줄은 전혀 예상하지 못한 그녀는 엄지손톱을 깨물며 상황 정리를 시작했다.

'휀 라디언트라고? 바이론 필브라이드와 함께 돌아다니는 미지의 존재가 바로 그 녀석이었구나! 고약한 녀석, 어째서 지금까지 존재를 철저히 숨기고 있다가 지금에야 광황포를 쏘아 대는 거지? 아냐, 과거는 중요치 않다. 녀석과 바이론이라면 분명 왕궁으로 직

행할 것이 뻔한 일. 이 왕국이 멸망하든 말든 신경 쓰지 않는 녀석이니 방비를 철저히 하는 수밖에!'

그녀는 곧 수정 구슬에 손을 대고 왕궁 전체에 퍼져 있는 블러드 퍼펫들에게 명령을 내렸다. 모든 부하들에게 수비 명령을 내린 그녀는 불안한 표정으로 자신을 바라보고 있는 토벤토 왕자에게 시선을 돌렸다.

"너무 두려워 마십시오, 왕자. 아무리 강한 적이라 해도 왕자님의 신변은 저와 제 부하들이 보장해 드릴 것입니다. 이번 고비만 잘 넘겨 주십시오."

그러자 토벤토는 자신 없다는 듯 미소를 지으며 그 말을 확인하려 했다.

"저, 정말이오? 이번 고비만 넘기면 클라리스가 내 손에 들어오는 것이오?"

"물론입니다, 왕자. 증원까지 부를 예정이니 아무 걱정 마십시오."

프루레디의 말에 토벤토는 안도의 한숨을 내쉬었다.

토벤토가 리리스와 접촉한 것은 에스토드 왕국에서 망신을 당하고 돌아온 직후였다.

토벤토가 뿜어내는 사념, 즉 클라리스에 대한 소유욕은 새로운 우라늄 광산을 찾고 있던 리리스를 불러들였고, 리리스는 클라리스를 가질 수 있게 해 주겠다는 명목으로 그를 사탄에게 소개했다. 어차피 리리스가 노리는 것은 클라리스가 순수의 결정체로서 가진 정신적 힘일 뿐, 육체는 아니었기에 그들의 거래는 무리 없이 끝났고, 사탄은 자신과 계약한 토벤토에게 심복 중 하나인 제2결사단의 단장 프루레디를 붙여 주었다. 프루레디는 토벤토가 창설한 친위대 대장으로 말스 왕국에 들어왔고, 그녀가 시체를 이용해 만든 블러드 퍼펫, 즉 붉은 갑옷의 병사들 역시 정식 병사로서 말스 왕국에 채용되었다.

그 이후 토벤토는 사탄과 계약을 하여 얻은 지배의 힘으로 국정 운영 등에 놀라운 실력을 발휘하게 되었다. 하지만 그가 국정에 참여한 진짜 이유는 리리스가 말한 우라늄 광산에 대한 정보를 얻기 위함일 뿐이었다.

토벤토의 도움으로 지금까지 자신들이 발견한 그 어떤 광산과도 비교할 수 없을 만큼 훌륭한 우라늄 광산을 얻은 리리스는 프루레디로 하여금 가즈 나이트를 유인해 그들이 가진 시간을 최대한 빼앗으라는 지시를 내렸다.

리오 정도는 만만하게 여기는 프루레디는 베르토 가문, 특히 마르티네즈가 리오와 밀접한 관계가 있다는 정보를 얻게 되었고, 리오와 마르티네즈가 귀국함과 동시에 가이라스 왕국에서 돌아온 모든 이들을 체포했던 것이다. 그러나 그 일이 벌어지기 직전에 리오와 다른 가즈 나이트들은 어디론가 떠나 버렸기에 그녀는 일단 미끼로서 마르티네즈와 베르토 가문을 놓아두고 그들이 오길 기다리고 있었다.

그런데 그녀가 놔둔 미끼를 문 사람은 리오가 아니라 바이론이었다.

물론 바이론의 등장이 상당히 의외였지만 프루레디가 크게 놀라지 않은 것은 리리스가 비워 둔 가짜 광산에 바이론과 비슷한 자가 출현했다는 정보를 미리 입수한 덕분이었다.

하지만 정말 의외였던 것은 휀의 등장이었다. 그가 설마 바이론과 함께 지금껏 행동했을 줄은 꿈에도 몰랐던 프루레디는 방비를 철저히 하게 되었다. 토벤토는 몰랐지만 그녀는 자신이 악마라는 증거는 물론이고 토벤토가 사탄과 밀약을 했다는 증거가 될지 모르는 악마군단, 즉 듀라한 나이트까지 대기해 놓은 상태였다.

물론 토벤토와 자신의 정체가 들킨다 해도 손해 보는 것은 없었다. 토벤토야 어차피 이번 일이 끝나면 버릴 존재였고 자신 역시 도망치면 그만이었다. 그런데도 역으로 공격을 하지 못하는 이유는 휀과 바이론이란 인물의 이름값 때문이었다. 그들이 도대체 무슨 생각을 가지고 수도에, 그것도 둘이 같이 나타났는지 그녀는 도저히 알 수 없었다.

그녀는 자신이 휀의 심리전에 이미 휘말렸다는 사실을 모르고 있었다.

그녀가 홀로 골머리를 썩이고 있을 무렵, 휀은 베르토 가문의 저택에서 편히 쉬고 있었다. 오랜만에 따뜻한 물에서 목욕을 즐긴 그는 고급 음식과 술, 그리고 낮잠까지 즐기며 시간을 보냈다.

누가 보면 가짜라고 생각할 만하지만 그를 가짜라 여기는 사람은 베르토 가문 어디에도 없었다. 에스토드 왕국의 전직 재상까지는 몰라도 일단 마르티네즈를 다시 데려온 것 하나만으로도 그는 영웅이었다.

늦은 시간, 잠을 자느라 저녁조차 넘겨 버린 그는 마침 응접실에서 홀로 고민 중인 반그라드와 만나 얘기를 나누었다.

"아니, 재상께서는 돌아가셨다고 들었는데 어찌 이토록 멀쩡히 계시는 겁니까? 게다가 에스토드가 아닌 말스에 말입니다."

"작전상 일보 후퇴였소."

반그라드는 휀을 만난 적이 몇 번 있었다. 10년 동안 에스토드 왕국을 여섯 차례 방문한 적 있기에 그는 휀과 어느 정도 안면이 있었다. 에스토드 왕국에 대한 보고서에 말스의 미래를 가장 방해할 인물로서 휀을 점찍은 사람도 그였다.

또한 에스토드의 젊은 재상을 두려울 만큼 존경했던 그는 휀이 죽었다는 소문을 듣고 그날 하루 자신의 방에서 나오지 않았다. 말스 최대의 적이 될 남자가 사라졌다는 기쁨, 그리고 아까운 인재가 사라졌다는 슬픔이 이상하게 교차된 탓이었다.

"작전상? 에스토드에서 당신을 노리는 사람이 있었다는 말씀이십니까?"

"그것은 아니오. 반그라드 공께서 크게 신경 쓰실 이유는 아니니 심려치 마시오."

마르티네즈를 통해 휀이 리오와 같은 사람이라는 것을 들은 반그라드는 전 세계에서 일어나고 있는 불길한 일들 때문이겠지 생각하며 고개를 끄덕였다.

그는 문득 이런 생각이 들었다. 만약 이번 일이 끝나면 휀은 어떻게 되는 것일까. 리오와 마찬가지로 슬그머니 사라질 것인가?

"여쭙기 죄송하지만, 재상께선 이번 일이 끝난 후 무엇을 하실 생각이십니까. 다시 에스토드의 재상으로 복귀하실 생각이십니까?"

질문의 요지는 걱정하는 것이 아니라 다시 에스토드의 재상이 되어서 말스 왕국을 방해할 것이냐, 아니면 착하게 사라질 것이냐였다. 그러나 상당히 곤란한 질문이었는지 휀은 묵묵히 담배를 물었다.

이윽고 그가 짧게 대답했다.

"사라지는 것이 말스 왕국을 위해서라도 좋지 않겠소."

그 대답을 들은 반그라드는 왠지 죄책감이 들었다. 이미 일선에서 물러난 주제에 힘든 일을 처리하고 있는 남자를 고통스럽게 만들지 않았는가. 휀에게 부인이 있다는 기억을 떠올린 그는 더욱 더

심한 죄책감을 느꼈다.

"송구스럽습니다, 재상. 아무래도 제가 실언을 한 모양입니다."

"됐소. 잊고 있던 것을 일깨워 줘서 오히려 고맙소."

표정엔 변화가 없었지만 그 후 창밖을 돌아보는 휀의 모습은 어딘지 모르게 쓸쓸해 보였다. 더욱더 미안함을 느낀 반그라드는 분위기를 전환하기 위해 말을 돌렸다.

"아, 같이 오신 분이 계시다고 들었는데, 그분은 지금 어디 계십니까?"

"저택에서의 생활은 맞지 않는다며 다른 곳에 있겠다 했소. 필요할 때 나타나는 사람이니 걱정 마시오."

"그렇습니까."

한 모금의 차로 목을 축인 반그라드는 휀의 부인에 대한 기억을 떠올렸다. 원래 귀족 출신이 아니어서 그런지 보통의 귀족 부인들과는 다른 그녀의 생활 모습과 언어 습관 등은 그때까지 수많은 귀족 부인들을 만난 반그라드에게 충격을 안겨 주었다.

귀족의 부인이라면 반드시 해야 한다는 귀고리마저 그녀는 착용하지 않았다. 가지고 있는 액세서리는 오직 결혼 반지뿐이었다. 입고 다니는 드레스 역시 다른 사람 눈에 거슬리지 않을 정도일 뿐, 웬만한 집 한 채와 맞먹는 가격의 고급 드레스와는 비교할 수 없는 저급품이었다.

그러나 무도회 등 부부 동반의 행사가 열릴 때면 그녀는 그 어떤 귀부인보다도 빛이 났다. 젊어서 그런 것뿐이라는 비아냥거림도 있었지만 그것과는 다른 특이한 분위기가 그녀에게 있었다. 그녀의 활발함과 뛰어난 말솜씨, 그리고 순수함 등은 뭔가를 잊고 사는 것 같은 대다수의 귀족 부인들과 큰 차이를 보였다.

특히 휀과 같이 있을 때 그녀는 햇빛을 받은 은쟁반처럼 더욱 빛을 발했다. 그야말로 운명적인 커플이었다.

"오랫동안 집을 비우셨으니 부인이 많이 보고 싶으시겠습니다. 언제 돌아가실 생각이십니까?"

"일이 완전히 끝나는 날 돌아갈 생각이오."

"그렇군요. 허헛, 부인께서도 애가 타시겠습니다. 말씀을 들어 보니 이제 얼마 후면 일이 끝날 거라던데……."

"나의 일은 영원히 끝나지 않소."

할 말을 잃은 반그라드는 고개를 저었다. 더 이상 휀에게 개인적인 질문을 던졌다가는 중죄인이 되어 버릴 것만 같았다. 그는 잡담만 대충 나누다가 침실로 향했다.

반그라드가 들어간 후, 휀은 창밖으로 달을 올려다봤다. 달무리가 가득 낀 밤하늘의 모습은 답답하고 처량했지만 그의 눈에는 그렇게 보이지 않는 듯했다.

"구름이 많이 끼겠군."

차를 비운 휀은 반그라드가 마련해 준 방으로 올라갔다.

다음 날 아침이 되었다.

편하게 잠을 잔 듯, 자리에서 일어난 휀의 얼굴에서 붓기나 짜증을 찾아볼 수 없었다. 평상시에 비해 약간 풀어진 얼굴을 한 그는 슬그머니 창밖을 바라봤다. 그는 비가 오지 않는 게 이상할 정도로 구름이 검게 낀 하늘을 보고는 고개를 살짝 끄덕였다.

"좋은 날씨야."

같은 시각, 토벤토 왕자의 방.

편하게 하루를 보낸 휀과 달리 뜬눈으로 밤을 지새운 프루레디의 안색은 거의 시체와 다를 바 없었다. 휀과 바이론이 쳐들어올 것이라고 생각한 나머지 잔뜩 긴장한 상태로 밤을 보냈던 것이다. 밤새도록 들은 시계 초침 소리와 교대해 가며 복도를 지나다닌 불침번의 발소리는 그녀의 피로와 정신적 피해를 더욱 증가시키기까지 했다.

"일부러, 일부러 자신을 드러냈구나, 휀 라디언트! 영악한 녀석!"

일어섬과 동시에 책상을 부순 프루레디의 눈앞에 더 이상 보이는 것이 없었다. 인내의 한계를 넘어선 것이다.

그때 그녀가 밤 동안 뚫어지게 지켜본 수정구슬이 그제야 반응하며 소리를 냈다. 도시 곳곳에 뿌려둔 블러드 퍼펫 중 하나라도 휀이나 바이론의 기운을 느끼면 자동으로 반응하게 되어 있는 것이었다.

평정심을 잃은 프루레디는 악마의 미소를 지으며 수정 구슬을 움켜쥐었다.

"어디냐, 휀 라디언트! 오호, 그래! 항구로구나! 기다리고 있거라, 악마군단 제2결사단 프루레디와 듀라한 나이트의 공포를 뼛속까지 느끼게 해 주겠다!"

프루레디의 등에서는 곧장 두 장의 커다란 날개가 솟아났다. 벽을 사납게 뚫고 잿빛 하늘로 날아오른 그녀는 그대로 항구를 향해 날았다. 도시 곳곳에 있던 붉은 갑옷의 병사들, 블러드 퍼펫들도 그녀를 따라 항구로 달려가기 시작했다.

프루레디의 수정 구슬은 정확했다. 바이론과 함께 항구에 있던 휀은 뭔가를 기다리듯 하늘과 바다를 번갈아 바라보았다.

그의 옆에는 바이론만 있는 것이 아니었다. 마르티네즈와 반그라드, 그리고 왕궁 근위대장의 복장을 걸친 남자까지 함께 있었다.

"아니, 반그라드 님. 도대체 저 남자들은 누구고 또 왜 저를 여기에 데려오신 겁니까. 그렇지 않아도 왕자님께서 특별한 명령을 하달할 것이 있다 하셨는데 말입니다."

두꺼운 담배를 문 채 휀과 바이론을 지켜보던 반그라드는 연기를 후 뿜으며 미소 지었다.

"토벤토 왕자님과 관계된 것이라 하더군. 하여튼 책임은 내가 질 테니 우리는 바다 구경이나 하세. 허허헛."

근위대장은 구경을 해도 왜 하필 오늘같이 우중충한 날 하나 생각하며 바다에 시선을 돌렸다.

"기분 나쁠 정도로 구름이 많이 낀 날씨네요. 아무래도 오늘 무슨 일이 벌어질 것만 같습니다, 반그라드 님."

"나도 그렇게 생각하네. 하지만 날씨라는 것은 사람의 힘으로 어쩔 수 없이 좋은 쪽으로 일이 벌어지길 바라는 수밖에."

"흠, 예."

근위대장은 씁쓸히 고개를 끄덕였다.

나무 상자에 앉아 먼 하늘을 바라보던 마르티네즈는 수평선과 마주한 구름에서 뭔가 번뜩이는 것을 목격했다. 꽤 규칙적으로 번뜩였기 때문에 이상하다고 생각하긴 했지만 그런 고도에서 빛을 낼 수 있는 것은 번개밖에 없다고 생각하며 아버지에게 시선을 돌렸다.

"아버지, 한 가지 여쭤 봐도 될까요?"

자식의 질문이란 것은 거의 그렇듯이 부모의 마음을 뿌듯하게 만드는 법. 그렇지 않아도 딸과의 화해를 모색하고 있던 반그라드가 그 질문을 거절할 이유가 없었다.

"그래, 뭐든지 물어보거라."

"아버지께서는 에스토드 왕국에 가실 때마다 휀 재상을 뵈었다고 들었습니다. 휀 재상께선 도대체 어떤 분이시죠? 저는 그분에 대해 전혀 파악할 수 없습니다만."

"음? 음……."

매우 긴 얘기란 것을 예고하듯, 반그라드는 새로운 담배에 불을 붙이고 얘기를 시작했다.

"내가 저분을 처음 만난 것은 10여 년 전, 그러니까 네가 사관학교에 들어간다 어쩐다 하면서 나와 한참 싸울 무렵이었지. 새로운 에스토드의 재상에 대해 파악해 보라는 전하의 명을 받고 에스토드로 간 나는 저분을 처음 뵙자마자 아연실색했단다. 젊어도 너무 젊었던 것이지. 아무리 많이 봐도 30대 초반 이상으로 볼 수 없었단다. 하지만 그것은 겉으로 드러난 모습일 뿐, 저분에게서 뿜어지는 알 수 없는 카리스마는 내가 지금까지 만난 그 어떤 정치가나 장군들도 가지지 못한 위험한 것이었단다."

"예? 위험하다면……."

"신하들이 저분을 따르는 건지, 아니면 브링헬드 전하를 따르는 건지 알 수 없었다면 믿겠느냐? 최면을 거는 게 아닌가 싶을 정도로 밑의 사람들을 강력하게 휘어잡는 능력은 어질지 못한 왕이 보았을 때 반역을 꾀하려고 한다는 오해를 살 수 있을 정도였지. 하지만 그건 또 아니었어. 저분 밑에 있는 신하들이 저분에게 보인 충성은 나라에 대한 충성심이 일단 뒷받침된 것이었단다. 브링헬드 전하께서도 그걸 아시기 때문에 저분에게 모든 것을 맡기셨지. 그 이후, 10년 동안 에스토드 왕국은 우리 나라가 적대감을 가질 정도로 강력해졌다. 얘기를 들었으니 알겠지만, 저 휀 라디언트라는 남자는 사람을 지배하는 방법을 누구보다도 잘 알고 또 자신이 아는 방법을 철저히 실천하는 사내다."

바다 위로 담뱃재를 날린 반그라드는 빙긋 웃으며 말을 마무리지었다.

"알고 보니 저분도 리오 님과 같은 사람이더구나. 우리가 상상하지 못한 무시무시한 지금의 사건, 그것이 해결되면 리오 님과 함께 떠나시겠지. 후후, 아버지는 그래서 기분이 좋단다."

"예? 왜죠, 아버지?"

마르티네즈는 아버지의 말을 이해하기 힘들었다. 나라의 미래를 방해할 존재가 사라져서 기분이 좋다는 건지, 아니면 다른 이유가 있는 건지 알 수 없었다.

하지만 반그라드는 그녀가 생각하는 것보다 훨씬 더 순수한 남자였다.

"손자들에게 해 줄 얘깃거리가 생기지 않았느냐. 스쳐 간 것뿐이지만 바로 내 앞에서 살아 숨 쉬었던 영웅들의 얘기를 보고 느낀 그대로 얘기해 줄 생각이란다. 그것이 전설이 아니고 무엇이겠느냐? 하하핫."

"그렇군요, 아버지."

마르티네즈는 가슴이 뿌듯했다. 반그라드의 말을 듣고 보니 리오 일행과 가이라스를 거닐었던 기억이 새로웠다. 자신도 모르게 미소 지을 정도로 가슴을 따뜻하게 만드는 기억이었다.

그녀는 추억을 가장 소중한 것이라고 말한 리오의 마음을 이제야 조금 알 것 같았다.

"저, 저게 뭐야!"

"악마다! 악마가 이쪽으로 오고 있다!"

그때 항구에 있던 어부들과 선원들이 비명을 지르며 어디론가 도망치기 시작했다. 악마라는 말에 정신을 바짝 차리고 검을 뽑아

든 근위대장은 사람들의 비명대로 악마의 날개를 가진 존재가 이쪽을 향해 날아오고 있는 모습을 보았다.

"악마? 이 성스러운 말스 왕국의 수도에 악마가 있단 말인가!"

하지만 잠시 후, 그는 망연자실한 표정을 지었다. 그 날개를 단 악마가 다름 아닌 토벤토 왕자의 친위대장이었던 것이다.

"아, 아니! 저 사람은 새로 온 친위대장 프루레디 아닌가!"

이어서 지축을 울리는 발소리가 항구의 입구에서 들려왔다. 무서운 속도로 달려오는 그들은 프루레디가 데려온 병사들이었다. 멍한 표정을 지은 채 상황을 머릿속으로 정리하던 근위대장은 곧 경악을 금치 못했다.

"바, 반그라드 님! 친위대장 프루레디가 설마 악마였다는……?"

"그런 것 같네. 하하핫."

반그라드는 껄껄 웃으며 고개를 끄덕였다.

토벤토와 프루레디가 지금까지 함께 행동하고 귀환자들을 반역자로 본 것을 상층부의 모두가 아는 이상, 마르티네즈를 포함한 가이라스의 귀환자들에게 씌워진 반역죄는 다시금 생각해 봐야 할 문제였다.

"적당히 맞춰서 왔군."

휀은 얼굴 전체를 가린 자신의 두건을 매만지며 프루레디 쪽으로 향했다. 술통에 남은 술을 모두 들이켠 바이론은 이어서 몸을 일으켰다.

"크큭, 블러드 퍼펫은 총알받이겠지? 진짜는 듀라한 나이트일 것이고. 크크큭, 오랜만에 녀석들과 싸울 생각을 하니 힘이 빠지는 군. 녀석들은 머리를 자르는 기쁨을 선사해 주지 못하거든. 크하하하핫!"

앞으로 벌어질 전투를 상당히 기대하고 있는 듯, 갑옷과 같은 바이론의 근육질이 미세한 진동을 보였다.

이윽고 반쯤 정신이 나간 프루레디가 휀의 앞에 섰다. 한껏 살기를 뿜어내는 그녀의 모습은 점잖은 하인켈과는 다른 악마 그 자체였다. 그녀는 자신에게 다가오는 휀을 향해 땅을 짓밟듯이 앞으로 나아갔다.

사탄 휘하의 악마군단이 가동될 때 프루레디는 정보 수집과 요인 암살을 주로 맡았다. 그러나 그것은 아마겟돈 이전의 얘기일 뿐, 오랜 전쟁을 치르는 도중 그녀는 조커 나이트와 더불어 악마계 최상급 전사 중 하나인 목 없는 기사, 즉 듀라한 나이트의 대장을 맡게 되었다. 정보 수집만을 해 오던 예전과는 비교할 수 없는 명성을 얻게 된 것도 그 이후였다.

그녀의 작전은 놀라웠다. 자신의 뛰어난 정보력을 앞세워 상대방을 철저히 분석한 후 상대의 행동을 미리 예측해 공격하는 행동 패턴에 대부분의 적들은 단시간에 기록적인 타격을 받거나 전멸되곤 했다.

상당한 시간 동안 프루레디의 작전은 잘 들어맞았다. 듀라한 나이트의 강력함과 프루레디의 정보 수집 능력은 그만큼 강력했다. 그러나 그 콤비네이션을 철저히 깨트리다 못해 제2결사단 전체를 괴멸 직전까지 몰아간 남자가 있었다.

바로 바이론이었다.

악마들 사이에서 바이론이란 이름이 생소하던 시절, 임무 도중 프루레디와 대결하게 된 그는 프루레디에게 생각할 시간도 주지 않고 듀라한 나이트들의 방어진을 단번에 돌파해 프루레디와 일대일 대결을 벌인 적 있다. 그때 그녀는 바이론의 막강한 파괴력에 중상을 입었고, 지금까지 그녀의 명령에만 철저히 움직이던 듀라한 나이트들은 곧장 실 끊어진 꼭두각시 인형처럼 되고 말았다.

그 이후 바이론이 벌린 피의 향연에 듀라한 나이트의 대부분은 전멸하고 말았다. 그 소문은 퍼질 대로 퍼져 바이론이란 신인의 이름은 악마들 사이에서 상당히 유명해졌고, 그 역사는 지금까지 이어지고 있는 것이다.

당시의 얘기와 자신이 접한 정보를 통해 프루레디를 분석한 휀은 그녀 스스로 최대한 생각하게 만들었다. 자신이 만든 함정에 자신이 빠지게 한 것이다. 그 작전은 어느 정도 성공했고, 지금 프루레디는 평정심을 잃은 채 자신의 정체를 모두에게 드러내고 말았다.

"휀 라디언트, 영악한 녀석! 감히 이 프루레디를 바보로 만들다니 용서하지 않겠다! 오늘 네 녀석의 목을 반드시 잘라 사탄 전하에게 바칠 것이니 각오하거라!"

하지만 휀은 그녀의 경고를 듣고 있지 않았다.

"표정이 좋지 않군. 밤을 새워서 그런가."

"닥쳐라!"

그것은 도발 그 자체였다. 극도로 흥분한 프루레디는 마기가 가득 담긴 주먹을 휀에게 날렸다. 그것을 옆으로 슬쩍 피한 휀은 프루레디의 주먹에 실려 있던 마기가 바다를 한없이 가르는 모습을 감상하며 중얼댔다.

"예전보다 많이 강해졌군. 이것 역시 밤을 새워서 그런가."

"닥치라고 하지 않았나!"

이어지는 프루레디의 연속 공격을 휀은 최소한의 움직임으로 피해 나갔다. 프루레디의 공격에 의한 무시무시한 여파가 모두 바다로 날아갔지만 그런 상태가 지속되지는 않을 거라는 사실을 아는 반그라드와 마르티네즈, 그리고 근위대장은 불안한 얼굴로 둘을 지켜봤다. 그리고 초조하게 뭔가를 기다렸다.

한참을 피하며 프루레디를 도발하던 휀은 이윽고 자신이 원하는 질문을 던졌다.

"토벤토 왕자는 어디 있나?"

"흥, 그런 머저리 따위는 모른다! 녀석이 우리와 내통했다는 것쯤은 알 것 아니냐! 이번 일이 실패하면 바람 빠진 풍선이 되어 버리겠지!"

원하는 대답을 얻은 휀은 반그라드 등을 돌아봤다. 그녀의 목소리가 어찌나 컸는지 반그라드 일행 말고도 많은 사람들이 프루레디의 자백을 들었다.

"와, 왕자님이 악마들과 내통을 하셨다고?"

"그런 것 같긴 해. 이유도 없이 가이라스에서 온 사람들을 잡아가두신 것도 이상했잖아."

"성격만 좀 안 좋으신 분이라고 생각했는데, 설마 악마들과 내통까지 하실 줄은……."

사람들의 말이 프루레디의 귀에 똑똑히 들렸다. 넋이 나간 얼굴로 그들의 얘기와 지금 자신에게 닥친 상황을 생각해 본 그녀는 멍한 눈으로 휀을 바라보며 물었다.

"나를 이용했나?"

바다 쪽에서 심한 바람이 불어왔다. 사람들이 주체하지 못할 정도로 강해지는 바람 속에 휀은 머리 전체에 쓰고 있던 두건을 벗어 던졌다. 뒤에서 불어오는 바람에 휘날리는 그의 금발은 마치 황금의 사자 갈기처럼 보였다.

휀은 천천히 도발적으로 박수를 치며 나직이 대답했다.

"넌 기대 이상이었다."

그 말에 힘이 빠진 듯, 프루레디는 그 자리에 무릎을 꿇고 말았다.

휀은 자신의 뒤를 돌아봤다.

마치 소나기가 내린 후 빛이 떨어지듯, 수많은 비행선들이 먹구름을 뚫고 아래로 서서히 내려왔다. 금갑으로 화려하게 장식된 대형 비행선을 앞세운 그 비행선단의 등장은 프루레디에게 집중되어 있던 사람들의 시선을 모조리 빼앗기 충분했다.

그 배들의 돛에 에스토드의 문양이 그려져 있는 것을 본 반그라드는 믿을 수 없다는 듯 눈을 부릅떴다.

"에스토드의 공군? 에스토드의 비행선이 대륙 간을 이동할 수 있었단 말인가!"

그 이유를 설명하듯 비행선들의 양옆과 뒤쪽에는 예전에 없던 거대한 추진기가 달려 있었다. 마력이 느껴지는 파란색 불꽃을 머금은 채 비행선의 거대한 몸체를 지탱하고 있는 그 모습은 반그라드를 비롯해 에스토드의 비행선에 대해 알고 있는 사람들에게 전율을 가져다주었다.

그때 프루레디의 몸에서 뿜어지는 기운이 갑자기 상승했다. 휀에게 받은 치욕이 흔들릴 대로 흔들린 그녀의 마음을 어느 정도 진정시켜 주는 계기가 된 것이다. 휀으로부터 멀찌감치 물러선 그녀는 쓴웃음과 함께 고개를 저었다.

"그랬군. 엘살바도르를 직접 공격하기 위해 시간을 끌면서 군대를 모았구나. 가이라스 왕국에서 에스토드까지 거대한 뭔가가 이동했다는 정보를 들은 기억이 있어. 그것 역시 네 계획 중 하나겠지? 후후, 좋아. 하지만 뜻대로 되진 않을 것이다! 이 프루레디가 네 녀석의 작전을 막아 줄 테니까!"

프루레디는 마치 비명과도 같은 대성을 지르기 시작했다. 그 괴성에 이끌려 땅위로 용솟음친 검은빛에 잠시 그녀의 몸이 휩싸였고, 잠시 후 다시 나타난 그녀는 붉고 화려한 갑옷을 걸친 진짜 모습을 갖추고 있었다. 그리 두껍지 않은 그녀의 몸매와는 달리 크고 거친 할버드(도끼창)를 손에 거머쥔 그녀는 무기를 휘두르며 뒤에 포진한 블러드 퍼펫들을 향해 소리쳤다.

"자, 너희를 정리할 때가 온 것 같구나, 쓰레기들아! 가거라, 그리고 나의 듀라한 나이트들이 올 시간을 벌거라!"

그녀가 지상에 할버드를 꽂음과 동시에 그녀 바로 위 상공에서 적색 구름이 생겨났다. 구름은 점점 커졌고, 블러드 퍼펫들은 듀라한 나이트들이 나오는 길이나 마찬가지인 그 구름을 지키려는 듯 무서운 기세로 휀과 바이론, 그리고 주위에 위치한 다른 사람들을 향해 달려가기 시작했다.

"아버지!"

마르티네즈는 혹시나 해서 가져온 검 중 하나를 반그라드에게 던져 주었다. 검을 받아 든 반그라드는 사납게 달려오는 중장갑의 블러디 퍼펫들을 쏘아보며 긴장된 표정을 지었다.

하지만 휀과 바이론은 움직이지 않았다. 대신 선두의 비행선, 라인하이트로부터 강습하는 하나의 그림자를 지켜볼 뿐이었다.

"이 동네, 예전에 왔을 때보다 좀 시끄러운데! 마음에 안 들어!"

마르티네즈는 고래고래 소리치며 블러드 퍼펫들 사이를 헤집고 다니는 음속의 잔상에 검 끝을 내렸다. 이윽고 발을 멈춘 그는 오랜만에 사용한 무명도를 빙글빙글 돌리며 특유의 자신감 넘치는 미소를 지었다.

"오랜만, 마리 대장. 얼굴 살이 붙은 걸 보니 집이 좋긴 한가 봐요?"

그의 말이 끝남과 동시에 블러드 퍼펫들의 몸은 수십 조각으로 나뉘며 체액의 분수를 뿜었다. 반그라드와 근위대장은 압도당한 듯 표정을 잃었지만 그와 달리 마르티네즈는 반가움이 가득한 얼굴로 발걸음을 내디뎠다.

"지크 씨!"

무명도를 어깨에 걸친 채, 지크는 그녀를 향해 살짝 윙크를 했다.

"헤헷, 저만 온 건 아니니 기대하세요. 올 녀석들은 다 왔다고요."

지크는 뒤를 보라는 듯 고개를 돌렸다. 그와 멀찌감치 떨어진 곳에는 사바신과 슈렌, 레디, 그리고 리오가 어느새 자리 잡고 서 있었다.

"치마 입은 모습을 기대했는데, 이거 영 아니오, 마리 대장! 나중에 보여 줄 거요?"

지크 이상으로 소리를 질러 대는 사바신과 달리 리오는 그저 미소를 지을 뿐이었다. 하지만 반응의 차이가 어떻든 간에 마르티네즈는 손을 흔들며 모두를 반겼다. 4년 동안 떨어져 있던 가족과 만났을 때보다 한 달 못 미치는 시간 동안 떨어져 있던 그들이 왜 이렇게 반가운지 그녀는 알 수 없었다.

"자, 전원 등장이다! 까만 코트도 생각보다 잘 어울리는데, 대장? 회색분자하고의 데이트는 어땠어? 하하핫!"

지크는 휀과 바이론을 향해 발걸음을 돌렸다. 하지만 재회의 기쁨을 나눌 시간이 없는 듯, 비행선단에 눈을 돌린 휀은 몸을 붕 띄우며 바이론에게 말했다.

"잠시 맡기겠다."

"크큭, 맘대로 해라."

그가 라인하이트 쪽으로 올라간 사이 바이론은 다크 팔시온을 거머쥐며 남은 블러드 퍼펫과 프루레디에게 시선을 돌렸다.

"지금 프루레디를 치겠나, 아니면 듀라한 나이트들이 나온 후에 치겠나."

리오는 바이론이 자신을 지나치며 던진 질문을 가볍게 받아넘겼다.

"후, 재미를 위해서라도 듀라한 나이트가 나온 후에 치는 것이 좋겠지. 듀라한 나이트는 상대해 볼 기회가 없었거든."

"크크큭, 재미를 아는 녀석이군."

둘의 얘기를 가만히 듣고 있던 사바신은 곧 눈을 동그랗게 뜨고 슈렌을 바라봤다.

"듀라한 나이트가 뭐야, 슈렌?"

레디와 지크도 궁금했는지 그들 역시 슈렌을 쳐다보았다. 팔을 주무르며 전투를 준비하던 슈렌은 가볍게 한숨을 지었다.

"목 없는 기사라고 할까. 듀라한 나이트의 외적인 모습을 간단히 설명하면 그렇게 말할 수 있어. 그들은 항상 자신의 머리를 옆에 들고 다니지."

셋은 곧 그 모습을 상상해 봤고 이내 표정이 일그러졌다. 레디는 얼굴이 퍼렇게 질린 채 그 이유를 물었다.

"왜 머리랑 몸이랑 따로 두는 것이죠, 선배님?"

"머리를 자르는 것은 듀라한 나이트의 상징이지. 그들은 듀라한 나이트가 되면서 목을 잘려도 죽지 않는 권한을 가지게 돼. 잘린 그들의 머리는 보통의 생명체가 가진 머리의 역할 말고도 무기로서의 역할을 하게 되는데, 그것은 동룡족이 들고 다니는 여의주와 같아. 그들의 머리는 훌륭한 마력을 지니고 있지. 검과 머리의 이중 공격 패턴은 듀라한 나이트만의 자랑이야."

"그, 그렇군요."

한편 지크와 사바신은 다른 이유로 듀라한 나이트의 목에 대한 고민을 하고 있었다.

"머리를 들고 다닌다고? 그럼 피도 같이 흘리며 다니는 건가? 빈혈의 위험이 있을 것 같군. 아, 음식은 어떻게 먹는 걸까? 고기같이 씹어야 하는 것들을 먹을 때는 머리를 잠시 붙이나?"

사바신의 의문에 지크는 진지한 얼굴로 고개를 끄덕였다.

"모르지. 그래도 시야 확보는 좋을 것 같아. 거울 두 개를 놓지 않고도 등 뒤의 사각지대에 정확히 붙은 쪽지를 뗄 수 있을 거 아냐. 머리만 뒤로 휙 돌리면 되니까. 난 학교 다닐 때 그런 거 많이 당했다고. 얼마나 치욕적인데."

"그렇군."

그들의 대화를 잠시 엿듣던 레디는 최대한 못 들은 것으로 하자 생각하며 점점 커져 가는 적색 구름에 시선을 돌렸다.

리오는 주먹을 쥐었다 폈다 하며 자신의 힘을 확인해 봤다. 2주일 동안 충분히 쉰 덕분에 그의 몸은 상당히 좋아졌다. 100퍼센트 컨디션이라 하긴 그랬지만 어느 정도의 강도를 가진 전투를 하면 완전한 컨디션을 찾을 수 있을 것 같았다. 그가 듀라한 나이트들과의 전투를 자청한 것도 그런 이유였다.

그러면서도 리오의 표정은 약간 굳어 있었다. 뭔가 꺼림칙했던 것이다.

'이상해. 그냥 전투만 한다 해서 끝날 일이 아냐. 대형 전투로 끝날 일이었다면 저쪽에서 먼저 시작했다. 마치 우리가 쳐들어가기를 기다리는 것 같잖아? 호랑이를 잡으려면 호랑이 굴에 들어가야 한다지만 호랑이가 몇 마리인지는 알아야 하는 것 아닌가?'

그때 바이론의 웃음소리가 들려왔다.

"크큭, 불안한가?"

"약간…… 아니, 아주 많이. 왠지 함정에 빠지는 기분이야. 왠지 엘살바도르와의 전투가 끝이 아니라는 느낌이 들어. 넌 어떻게 생각해?"

"크큭, 크하하하핫!"

바이론은 대소를 터트렸다. 그 소리에 지크를 비롯한 다른 사람들도 그에게 시선을 집중했다. 잠시 후 바이론은 웃음을 멈추고 말했다.

"너에게 죽을 악마들의 가족 걱정이나 하시지. 그리고 이것만 알아 둬라."

"음?"

"공중요새가 없어도 사탄의 전력 정도는 우리 일곱으로도 충분히 초토화할 수 있다. 크큭, 일단 가 보면 안다. 사탄과 직접 싸울 수 있을지는 의문이지만."

그 말에 모두 침을 삼켰다.

지금까지 만난 모두가 그랬다. 리리스와는 싸워도 사탄과는 싸울 일이 없을 것이라고. 특히 지크 등은 디아블로에게 직접 들었기에 바이론의 말에 더 큰 의문을 가졌다.

기함으로 지정된 라인하이트로 올라간 휀은 오랜만에 보는 인물들을 많이 만날 수 있었다. 이반과 발렌시아, 다르칸, 프레데릭, 그리고 슈웰까지.

휀이 갑판에 올라서는 모습을 감개무량한 눈으로 바라보던 이반, 발렌시아는 그가 내려서자마자 체면을 잊고 그에게 달려갔다.

휀이 살아 있다는 소식을 에스토드 왕국에서 출발하기 직전에 들은 발렌시아는 부하들을 놔두고 이반을 따라나섰을 정도로 기대감에 부풀어 있었다. 이반 역시 브링헬드 5세에게 군대 운용의 허가와 재상의 재임 허가를 받고 한없이 울었다. 그리고 지금도 울려하고 있었다.

"가, 각하! 재상 각하!"

"무사하셨군요, 각하!"

그들이 휀 앞에 무릎 꿇는 모습에 갑판에 있던 모든 병사들 역시 눈시울을 붉혔다. 휀이 죽은 척한 이후 자신들 역시 공허함에 하루하루를 보냈다는 사실을 잘 알기 때문이었다.

휀은 변함없는 무표정으로 둘을 내려다봤다. 발렌시아와 이반은 흑색 코트를 입은 것 외엔 변한 것이 하나도 없는 그의 모습을 보며 안타까워했다. 그를 만났을 때 하고 싶었던 얘기가 상당히 많건만 지금은 하나도 떠오르지 않았다.

"거, 건강한 모습을 뵈니 기쁘기 그지없습니다, 각하. 그동안 안녕하셨습니까."

발렌시아는 눈물을 훔치며 겨우 말을 꺼냈다. 아쉽게도 그 물음에 대한 휀의 대답은 간단했다.

"그럭저럭."

"그, 그렇군요. 돌아오신 것을 진심으로 축하드립니다, 각하."

역시나 변함없이 쌀쌀맞은 대답이었지만 발렌시아에겐 그 말이 그토록 슬프게 들릴 수 없었다. 그래도 이반보다는 나은 편이었다. 이반은 그야말로 하염없이 울고 있었다.

둘은 곧 일어났다. 이반은 그에게 재상 임명장과 군대 운용 허가장을 꺼내 보였다.

"전하께서 이것을 보내 주셨습니다. 반드시 승리하여 이 세계를 평화롭게 해 달라는 말씀도 같이 하셨습니다."

"알았네."

그것을 받아 든 휀은 둘의 사이를 조용히 지나갔다. 하지만 예전과 다른 것이 있었다. 그냥 지나친 것이 아니라 둘의 어깨를 두드려 준 것이다. 덕분에 둘의 눈에서 쏟아지는 눈물의 양은 더욱 많아졌지만 그들의 행동에 거부감을 가지는 사람은 아무도 없었다.

둘과의 인사가 끝난 것을 본 슈웰은 곧장 휀을 향해 달려갔다. 하지만 휀이 시선을 돌린 곳은 그녀가 아니라 다르칸과 프레데릭 쪽이었다. 걸음을 멈춘 그녀는 그들의 얘기가 끝날 때까지 기다리기로 했다.

"기한을 잘 맞췄군, 프레데릭."

프레데릭은 고개를 끄덕였다.

"모두 열심히 도와준 덕분에 힘들진 않았네. 지크와 사바신이란 친구들, 생각보다 일을 잘하더군. 특히 엔진 본체를 들어 올리는 등의 힘쓰는 일은 사바신이 도맡아서 아주 잘해 줬네. 특별히 부탁하거나 변경할 사항은 없나?"

"충분하네."

이어서 다르칸이 현재 상황에 대한 특이점을 말해 주었다.

"지난번 내가 말했던 크리스토퍼 베르토와 제1결사단장인 하인켈이 우리 진영에 합류했네. 좋은 소식이지?"

그러자 휀의 한쪽 눈썹이 꿈틀댔다. 크리스토퍼는 어느 정도 예견했지만 하인켈의 일은 의외였기 때문이다.

"하인켈?"

"크리스토퍼는 실버 문에 있으니 당장 만나긴 어렵겠지만 하인켈은 곧 만날 수 있어. 지금 객실에서 자네 부인과 체스 승부를 벌이고 있을 거야. 둘은 용호상박이라 보는 것만으로도 재미있지."

부인이라는 말에 휀의 눈은 한층 더 가늘어졌다. 갑자기 그에게서 뿜어진 이상한 느낌에 내심 움찔한 다르칸은 어서 들어가 보라는 듯 객실 쪽으로 손짓을 했다.

"부인이 자네를 기다리고 있네. 어서 가 봐."

휀은 묵묵히 객실로 발길을 돌렸다. 그의 분위기가 한층 무거워진 것을 깨달은 프레데릭과 다르칸은 서로를 바라보며 마음속으로 얘길 나눴다.

'크리스 부인을 괜히 데려온 것 아닌가. 어찌 될지 모르는 위험한 상황인데.'

'음, 나도 실수한 것 같다는 생각이 드는군. 저 친구가 저렇게 분위기 잡는 것은 처음이야.'

그들이 그렇게 고민하는 동안, 슈웰은 자신을 등진 채 터벅터벅 걸어가는 휀의 모습을 가만히 바라보았다.

'내가 왜 이러지?'

괜히 가슴이 설렜다. 휀을 보고 이런 마음이 드는 것은 처음이었기에 그녀 자신도 놀랐다. 슈렌을 처음 봤을 때 느낀 잠깐의 두근거림과는 차원이 달랐다. 상기된 얼굴로 휀의 뒷모습을 바라보던 그녀는 곧 정신없이 발을 움직였다. 그녀가 정신을 차렸을 때 이미 그녀의 손에는 휀의 손이 붙들려 있었다.

휀은 뒤에서 자신의 손을 잡은 슈웰을 슬쩍 돌아봤다. 그의 표정에 서린 차가움이 한 치도 변하지 않은 것을 본 슈웰은 눈을 질끈 감으며 그의 손을 놓으려 했다.

"아."

하지만 그녀는 벗어날 수 없었다. 역으로 휀이 그녀의 손을 꼭 붙잡고 있는 것이었다.

"그때도 넌 날 붙잡았지."

그 말에 슈웰은 자신과 휀이 처음 만났을 때를 떠올렸다. 그때도 지금처럼 정신없이 그를 따라가다가 코트를 붙잡았다. 역시 마찬 가지로 휀은 자신을 똑바로 보지 않고 흘끔 바라보고 있다.

다른 것이 있다면 그가 자신을 붙잡고 있다는 점이다.

"수고했다."

엄지손가락으로 그녀의 손등을 살짝 만져 준 그는 말없이 객실 로 내려갔다. 슈웰은 그를 따르며 휀의 손이 닿은 자신의 손등을 매 만졌다.

그녀는 크리스가 지금처럼 부럽고 얄밉게 생각된 적이 없었다. 어릴 때부터 지금까지 자신의 마음속에 당연히 자리 잡고 있던 무 언가를 그녀가 갑자기 빼앗아 가 버린 것만 같았다. 이상했다. 지 금까지 이런 생각이 든 적이 없기에 특히 그랬다.

하지만 그녀는 웃었다. 아주 잠깐 그런 생각이 스쳤을 뿐이다.

객실로 들어선 휀은 가면을 벗은 하인켈과 크리스가 체스에 열 중인 모습을 보았다. 상당히 박진감 넘치는 승부였는지 둘은 그가 내려왔는데도 시선을 움직이지 않았다.

휀은 크리스를 찬찬히 바라봤다. 마지막으로 봤을 때보다 약간 마른 듯한 그녀의 목과 어깨, 그리고 등의 선은 휀의 눈에서 차가 움을 잠시 빼앗았다. 그녀의 손에 굳게 끼워진 결혼 반지는 변함없 었다. 오히려 더 깨끗했다.

그녀의 무릎 위에 놓인 하얀색 코트를 본 그는 묵묵히 그녀에게 다가갔다. 그때 크리스가 왼손을 번쩍 들며 말했다.

"아직 오지 말아요. 승부가 안 끝났으니까요."

휀은 발길을 멈췄고, 하인켈은 씩 웃음을 지었다.

이후 창밖에서 전투 소리가 들려올 때까지 크리스와 하인켈의 승부는 끝나지 않았다. 그 자리에 우뚝 선 채 그녀를 계속 바라보던 휀은 시계를 보며 나직이 말했다.

"일부러 시간을 끌 필요는 없을 텐데."

기사의 말을 막 옮기던 크리스의 손이 멈췄다. 잠시 그 상태를 유지하던 그녀의 말 위로 맑은 물방울이 떨어졌다. 비가 오거나 새는 것은 아니다. 크리스는 코트 위에까지 떨어진 자신의 물방울을 손가락으로 꼼꼼히 닦으며 말했다.

"코트를 주면 다시 나갈 거잖아요. 언제나 그랬듯이."

객실은 일순간 조용해졌다. 네 명밖에 없어서 그럴까. 들리는 소리는 가죽도 헝겊도 아닌 코트의 표면 위로 무언가 힘겹게 떨어지는 소리뿐이었다.

잠시 그녀를 바라보던 휀은 원래 코트 대신 입고 있던 흑색 코트를 벗으며 말했다.

"돌아오지. 언제나 그랬듯이."

순간 슈웰의 눈에서 눈물이 왈칵 쏟아졌다. 크리스 역시 더 이상 참을 수 없는 듯 손등과 코트 위로 하염없이 눈물을 흘렸다.

하얀 장갑, 하얀 코트, 그리고 태양의 코로나처럼 화려하게 휘날리는 금발. 빛을 뿌리며 허공을 가르는 광인(光刃) 플렉시온.

다시 백색 코트를 입은 광황, 휀을 보며 하인켈은 생각했다. 역시 그에겐 하얀색이 어울린다고.

갑판으로 나온 휀은 이클립스의 선수상이 매달린 라인하이트의 선두에 서서 아래를 내려다봤다. 프루레디의 듀라한 나이트들은 이미 나와 있었다. 여섯 명의 동료들 역시 준비가 끝나 있다. 이제 자신이 내려가기만 하면 된다.

뒤에 서 있던 크리스가 그의 허리를 감싸 안았다. 그녀는 자신의 볼로 휀의 등을 쓰다듬으며 나직이 말했다.

"당신과 나, 둘 중에 상대방을 사랑하지 않은 사람은 저인 것 같아요. 언제나 당신을 의심했거든요. 나가면 돌아오지 않을 것이라고, 일이 끝나면 영영 떠나 버릴 것이라고 말이죠. 후후, 이제 당신을 믿어요. 저는 당신을 진짜 사랑하기로 했어요."

이윽고 그녀의 품에서 떠난 휀은 빛의 아지랑이를 눈부시게 흘리기 시작했다. 공중에 몸을 띄운 그는 크리스를 향해 차갑게 말했다.

"좋을 대로."

크리스는 전장을 향해 내려가는 휀에게 손을 흔들어 주었다. 아주 잠깐, 떠나기 전 스치듯 보였던 그의 미소를 되새기면서.

19장
친구 아닌 친구

1

광황의 진실

휀과 함께 나갔던 크리스는 하인켈이 남아 있는 객실에 홀로 돌아왔다.

혼자라고 해서 쓸쓸하지는 않았다.

오랜만에 안아 본 휀의 감각이 아직 자신의 몸에 따뜻하게 남아 그녀의 표정은 매우 밝았다.

맞은편에 앉는 그녀의 모습을 묵묵히 바라보던 하인켈은 그녀의 얼굴이 갑자기 밝아진 것을 느끼고 물었다.

"부군과 다시 이별하셨는데도 얼굴이 더 좋아지셨습니다. 좋은 말씀이라도 들으셨습니까?"

"아니요."

크리스는 이제 스물을 갓 넘긴 여성처럼 순진한 미소를 지었다.

그 상태로 고개를 살짝 젖는 그녀의 모습은 미소만큼이나 천진난만해 보였다.

"결혼한 지 10년 만에 사랑을 고백했거든요. 생각해 보니 사랑한다는 말을 그이에게 한 적이 별로 없었던 것 같아요. 후후, 꼭 말로 할 필요는 없는 것이 사랑이지만 그래도 말을 하니까 괜히 기분이 좋아지네요. 진작에 할 걸 그랬나 봐요."

"그렇군요."

하인켈은 고개를 끄덕였다.

그러나 표정에 어려 있던 미소는 약간이나마 흐려졌다. 그녀의 말을 들음과 동시에 상급자가 예전에 해 준 말이 떠오른 탓이었다.

아마겟돈이 끝난 후, 선신계와 악신계가 자신들이 입은 피해를 복구하는 동안 사탄은 자신의 젊은 부하들을 데려다 놓고 자주 이야기를 해 주었다.

그 횟수는 상당히 많았지만 그의 모든 말들을 전부 이해하는 사람은 단 한 명도 없었다.

사탄의 오른팔인 하인켈 역시 마찬가지였지만 지금까지 생존해 있는 다른 부하들, 제2결사단장 프루레디나 제3결사단장 독스터, 제1광마단장 아가레스에 비해 상당히 나은 편이었다.

하인켈이 떠올린 사탄의 얘기는 바로 이것이었다.

"모든 존재는 거짓을 말하며 살아간다. 자신에게 가장 소중한 존재에게는 절대 거짓말하지 않는다는 것은 그야말로 거짓이지. 나도 자네들에게 거짓을 말할 때가 있고, 자네들도 나에게 거짓을 말할 때가 있지 않은가. 소중한 존재를 대할 때일수록 더욱더 거짓말을 하는 법이네. 그 존재를 성공적으로 얻고 싶거나 가까이 두고 싶으면 더욱더 자신을 꾸며야 하지 않겠나. 그리고 자신이 한 거짓말에 맞춰 자신을 바꿔 가지. 그 이후엔 거짓말을 하지 않게 된다. 그 갖고 싶은 존재를 완전히 얻은 이상 자신을 꾸밀 필요가 없지 않은가. 그리고 소중한 존재에게 말하지. 자신은 진실만을 말한다고 말이야. 모든 존재는 그래. 특히 인간은 더더욱."

사탄의 그 말만큼은 하인켈이라 해도 당장 이해하기 힘든 추상적인 것이었다. 하지만 그냥 이해하지 않고 넘기기엔 가시가 너무 많았다.

허무주의에 빠져 있다는 비난을 같은 악마왕들로부터 자주 듣고 또 지금까지도 들어온 사탄이었지만 거짓을 논한다는 이유로 그가 따돌림 당한 적은 거의 없었기 때문이다.

그 때문에 하인켈은 오랫동안 사탄의 그 말에 대해 꾸준히 생각하고 거짓말에 대한 경각심을 가지며 지금까지 행동해 왔다.

그러나 하인켈은 최근 들어 그 거짓에 대한 생각을 다시금 하기 시작했다.

자신 역시 지크 일행에게 셀 수 없을 만큼 거짓말을 한 탓이다.

솔직히 그랬다. 디아블로가 오기 전까지 그가 지크 일행과 싸우지 않겠다고 말한 것은 사탄에게서 떨어질 무거운 벌이 두려워서였다.

이유야 어찌 됐건 지크 일행들을 도와 무기를 드는 순간부터 그는 사탄의 일을 방해하는 존재가 되는 것이다.

그렇게 되면 자신과 자신의 부인은 물론이고 이제 겨우 이름값을 가지기 시작한 딸마저 사탄에게 소멸될 것이 뻔했다.

내심 불안감으로 하루를 보내던 하인켈은 자신이 남은 이유를 묻는 지크에게 젊은이들을 지켜보고 싶다는 멋진 거짓말을 했다.

그 말로 인해 지크는 그를 더더욱 믿고 존경하게 되었고, 존경과 친분을 얻은 그는 그 멋지고 순진한 젊은이들과 가까워졌다는 생각에 매료된 나머지 자신이 한 거짓말을 이행하기 시작했다.

이후 디아블로가 자신을 노리고 온 사건이 끝난 다음 그는 진실을 말하며 지크 일행을 진정으로 돕기로 마음먹었다.

 사탄이 한 말이 무섭도록 들어맞는 순간이었다.

 체스 판을 정리하는 크리스를 보며 하인켈은 생각했다.

 '이 부부도 10년 동안 서로에게 거짓을 말했을지도 모르겠군. 그랬기에 지금에야 사랑한다는 말을 했다며 기뻐하는 것이 아닐까.'

 하인켈은 알 수 없는 미소를 짓고는 자신의 체스말을 정리했다.

 "아, 하인켈 님. 한 가지 여쭤 봐도 될까요?"

 "예. 뭐든지 말씀하십시오."

 "당신이 그토록 존경하는 사탄이라는 악마왕, 도대체 어떤 악마인가요?"

 하인켈은 잠시 머뭇거렸다.

 어떻게 대답해야 할까. 그 고민은 길지 않았다.

 그는 편한 얼굴로 대답해 주었다.

 "그분은 악마족이 아니십니다. 그분은 원래 선신계의 최고위 천사 중 한 분이셨답니다."

 "예?"

 기사의 말을 잡은 크리스의 손이 잠시 멈췄다. 하인켈의 대답은 계속됐다.

 "선신계의 천사들은 모두가 중성입니다. 두 개의 성을 모두 가지고 있지요. 그러나 사탄 전하만큼은 그렇지 않았습니다. 유일하게 남자의 성만을 가지고 태어나셨지요. 제가 태어나기 이전의 일이라 확실한 답변은 되지 못하겠지만, 선신계의 모든 천사들과 신들은 남성으로 태어난 그 사탄 전하를 박대했다 합니다. 그분의 신체를 선신계를 위험에 빠트릴 운명의 상징이라 여긴 것입니다. 그 운명이 사실이 될 것을 알리듯, 사탄 전하는 현재 소멸된 메타트론 이후 최강의 천사로 성장하셨습니다. 많은 부분에서 메타트론을 능가하셨고, 또 메타트론이 가지지 못한 상냥함을 가지고 계셨지요. 주위의 모든 이들에게 박대를 받은 것만큼 자신의 주위에 있는 모두를 감싸 주셨습니다."

"그렇군요. 그런데 어째서 그런 사람이 악마왕이 된 거죠?"

그러자 하인켈은 빙긋 미소를 지었다.

"그분에 대해 설명드리기 전에 아마겟돈에 대한 설명을 먼저 들으셔야 이해하기 빠르실 것입니다. 아마겟돈이 무엇인지는 알고 계실 겁니다."

"아, 알고는 있죠."

대답은 했지만 아마겟돈이 선과 악의 대충돌이라는 것 외에 알지 못하는 그녀는 하인켈의 얘기에 집중하겠다는 듯 눈을 반짝였다.

떠올리긴 싫은 일이지만 그래도 한 번쯤은 설명하고 넘어가야 할 얘기였기에 하인켈은 자신이 직접 겪은 아마겟돈에 대한 얘기를 시작했다.

"아마겟돈이 일어나기 전, 그러니까 신들의 교체기가 지난 후에 생겨난 새로운 신계에는 힘의 불균형이 있었습니다. 선신계가 악신계를 거의 지배하다시피 하고 있었지요. 아니, 선신계와 악신계라는 말조차 없었습니다. 신들의 교체기 때 공을 많이 세운 존재들이나 투항한 고신들의 집단과, 공을 세우긴 했지만 매우 미약하거나 전쟁을 피해 숨어 다녔던 존재들의 집단으로 나뉜 것이 선신계와 악신계의 초창기라 보시면 됩니다. 공을 세운 자들의 힘은 날로 커져 갔고, 공을 세우지 못한 자들의 힘은 날로 약해졌습니다. 결국 현재의 고위급을 이루고 있는 분들처럼 원래부터 강력한 힘을 타고난 악마들 외에 약한 힘을 가진 악마들은 마치 종처럼 천사들에게 부림을 받았습니다. 영혼을 가진 생명체로서의 가치조차 인정받지 못했지요. 약하다는 이유만으로, 자신이나 조상들이 공을 세우지 못했다는 이유만으로 말입니다."

하인켈은 잠시 말을 끊었다.

고용된 소설가에게 회고록에 쓸 내용을 불러 주는 사람처럼 담담한 표정을 지은 그는 창가를 보며 가볍게 한숨을 지었다. 아마겟돈을 직접 겪은 세대인 그가 당시의 일을 떠올린다는 것은 상당히 고통스러운 일이었다.

그의 모습에서 크리스는 뭔가 허전함을 느꼈다.

이 정도로 심각한 말을 할 때 휜이나 다르칸은 으레 담배를 물었기 때문이다.

그녀는 둘이 마실 차를 만들기 위해 객실 내부에 마련된 카운터로 향했다. 바로 뒤에 위치했기에 그녀가 하인켈의 얘기를 듣는 데는 어려움이 없었다.

"그런 생활은 하염없이 계속됐고 아롤 님이 보호하는 세력, 즉 공을 이루지 못한 세력이 받는 압력은 점점 더 거세어졌습니다. 반발이 일어나는 것은 당연했지요. 각지에서 악마들이 일으킨 반란엔 인간을 비롯한 지상계 세력 일부가 동참했습니다. 그 사건을 귀찮게 여긴 선신계는 반란 세력의 주체인 악마들을 사냥하기 시작했습니다. 결국 엄청난 수의 악마들이 척살당했고 그들의 피는 온 신계를 물들였지요. 지상에서 자유를 부르짖던 영혼들마저 처절하게 생을 마감했습니다. 살육은 점점 극에 달했지만 반란의 불꽃은 계속 일어났습니다. 심지어 반란군 처리 방법에 가책을 느낀 세력들까지 반란에 동참하기 시작했습니다. 선신계 내부에서도 반란이 일어나기 시작한 것입니다. 그것도 대규모로 말입니다. 그 사건은 신계 전체를 뒤흔들어 놨습니다. 신들은 물론이고 강력한 세력이나 힘을 가진 천사들의 일부까지 반발 세력에 끼어들었지요. 그 안엔 제 주군인 사탄 전하도 계셨습니다.”

하인켈은 크리스가 가져다준 과일 차를 들며 미소 지었다. 따뜻하고 달콤한 액체가 평소보다 고생하는 그의 목을 편하게 해 주는 모양이었다.

“그 선신계의 반발 세력은 반란군을 지휘하는 아롤 님의 악신계로 넘어와 터전을 마련했습니다. 그로 인해 선신계와 악신계는 이른바 힘의 균형이란 것을 가지게 되었고, 서로에 대한 갈등을 심화시키던 양 진영은 결국 힘으로 모든 것을 정리하겠다는 결정을 내리게 됩니다. 선신계와 악신계의 정면대결, 즉 아마겟돈이 일어난 것입니다. 영원히 끝나지 않을 것 같던 그 전쟁은 결국 신계의 일에는 절대 참여하지 않으시던 주신, 하이볼크 님이 개입하면서 마무리되었습니다. 오랫동안 광기에 떨다가 정신을 차린 선신계와 악신계는 자신들이 벌인 그 광란의 잔해를 보며 같이 울부짖었답니다. 오랫동안 후회를 하고 서로에게 용서를 구했지만 자신들이 벌인 전쟁에 이유 없이 휘말려 죽음을 당한 지상의 모든 생명체들은 다시 살아날 수 없었습니다.”

“그랬군요. 하지만 어째서 알려진 얘기는 그것과 다를까요?”

하인켈은 간단히 대답했다.

“수도에 가 본 적 없는 사람이 가 본 사람을 이긴다는 말이 있습니다. 악마를 보지 못한 사람이 악마의 잔악함에 대해 더욱 치를 떨고, 천사를 보지 못한 사람이 천사의 미모를 더욱 찬양하지요. 아쉽게도 선신계와 악신계는 점차 아마겟돈에 대한 기억을 잃어

가고 있습니다. 그리고 끝없이 서로를 비방하고 있지요. 선신계 최고위 신께 신임을 받으셨던 사탄 전하는 타천사 정도가 아니라 선신계 최대의 적으로서 모든 이들에게 알려져 있습니다. 선신계와 악신계의 끊이지 않는 상호 비방 때문이지요."

크리스가 준 차를 깨끗이 비운 하인켈은 기호품으로 마련된 각설탕을 크리스의 눈앞에 들어 보였다.

"사탄 전하께서는 변하신 것이 없습니다. 사탄이라는 존재 자체는 여전히 하얀 사탕과 하얀 옷을 좋아하시죠. 상냥하신 성품 역시 마찬가지지요. 악마왕 사탄이란 존재가 되셨을 때는 좀 다르지만 말입니다."

"하얀 사탕과 옷요?"

크리스의 갑작스러운 물음에 하인켈은 말을 멈췄다.

잠시 그녀를 바라보며 이유를 예상하던 하인켈은 슬그머니 그녀에게 물었다.

"그렇습니다만, 무슨 문제라도 있습니까?"

"아, 아니요. 제가 잠시 착각한 모양이에요. 악마왕일 때의 사탄의 모습은 어떤가요?"

크리스는 어색한 표정으로 말을 돌렸다.

하인켈은 그녀가 사탄을 만난 적이 있을까 생각해 봤지만 그럴 가능성은 적었다.

사탄은 거의 지옥을 떠나지 않는 데다 크리스처럼 중요하지 않은 인물을 만나러 올 이유는 없었다.

또 하얀 사탕과 하얀 옷을 즐기는 사람이 모든 차원에 사탄 한 명밖에 없는 것은 아니었다.

하인켈은 그녀의 말을 마음의 저편으로 가볍게 날리고는 질문에 대답했다.

"디아블로 전하께께서는 폭염과 공포, 그리고 힘의 절대 권력자로 불리십니다. 그처럼 악마왕으로서 사탄 전하께서는 살육과 잔악, 그리고 반역의 대군주로 불리시지요. 그 말 자체가 그분을 대변한 답니다. 많은 이들에게, 그것도 진실처럼 말입니다. 하루는 이런 일이 있었답니다."

잠시 말을 끊은 그는 창가로 다가가 문을 열어젖혔다.

강한 바람이 그의 갈색 머리와 함께 혼돈의 춤을 췄다. 하인켈은 두피에 전해지는 그 느낌을 기분 좋게 즐기며 말을 이었다.

"저는 사탄 전하께 이런 질문을 던졌습니다. 지상계를 포함한 모든 세계에 당신에 대한 나쁜 소문이 퍼지고 있는데, 어째서 당신께서는 아무런 말씀도 하지 않으시는 겁니까? 그러자 전하께선 이렇게 대답하셨습니다. 내가 어두워지면 어두워질수록 빛은 더욱 밝아지는 법 아니겠나. 내가 변하지 않았다는 사실은 자네만 알아줘도 난 만족이네…… 하고 말입니다. 저는 더더욱 전하께 충성을 맹세했고, 이번에 여러분의 편에 서서 리리스를 처단하려는 것도 전하께서 변하시는 것을 원치 않기 때문입니다."

그 말에 크리스는 미소 지었다.

"주종 관계가 아니라 친구 관계로군요."

하인켈은 의아한 표정으로 그녀를 돌아봤다.

"예? 무슨 말씀이십니까?"

"그렇잖아요. 당신이 만약 사탄에게 절대적인 복종을 하는 사람이라면 당신은 사탄의 명령을 절대 거역할 수 없어요. 하지만 제가 알기로 당신은 사탄 스스로가 이상한 명을 내리면 그 명을 사탄 스스로 철회하길 기다리기도 하고, 또한 지금은 명백한 명령 위반을 하고 있어요. 절대적 복종을 해야만 하는 주군을 걱정하는 마음에 말이죠."

"……."

"당신과 사탄의 관계는 주종 관계 이전에 친한 친구 관계 같아요. 그러니까 사탄도 당신에게 많은 얘기를 터놓고 할 수 있었겠죠. 방금 전에 말씀하셨다시피 사탄은 변함없는 자신의 모습을 오직 당신에게만 솔직히 보여 줬잖아요. 과연 그것이 주종 관계일까요? 남자 대 남자의 진정한 친구 관계가 아니면 불가능하다고 생각해요."

몇 번째 듣는 말인가.

하인켈은 생각해 봤다. 자신의 부인과 딸부터 주위에 있는 모두가 사탄과 자신의 관계에 대해 말하곤 했다. 그들 모두 크리스와 같은 말을 했고 친구 관계라는 말까지 서슴지 않고 했지만 그는 그말에 크게 신경 쓰지 않았다.

자신이 충성하고 있다고 생각하면 주종 관계라고 생각했던 것이다.

그러나 사탄의 곁을 떠나 있는 지금, 그는 예전과는 다른 각도에서 지금의 말을 되새겨 보았다.

사탄이 자신에게 맨 처음 했던 말이 떠오른 것이다.

'친구가 아닌 친구…… 그것인가?'

"제, 제가 실례를 범했나요?"

크리스는 그가 심각한 표정으로 생각에 빠져 있자 자신이 넘지 말아야 할 선을 넘은 게 아닌가 하는 느낌을 받았다.

하지만 하인켈의 표정은 곧 밝아졌다.

"아닙니다, 부인. 자, 모두 돌아올 때까지 체스 승부를 겨루는 것이 어떻겠습니까?"

"예, 좋아요."

누구도 예상치 못한 항구의 격전과 에스토드 비행선단의 출현에 수도 주민들은 짐을 싸서 피난을 가는 등 항구에서 되도록 멀리 피하려고 애썼다.

그 인파 때문에 수도 주둔군의 전진이 늦어질 정도로 거리의 혼란은 극심했다.

거리에서 사탕을 팔던 한 소녀는 해일과도 같은 그 인파를 피해 골목으로 들어섰다.

숨을 고르며 사탕 상자를 접은 소녀는 악마가 나타났다는 말을 하며 무작정 항구에서 멀어지는 사람들을 바라봤다. 눈에 익은 사람들도 있었지만 그 누구도 소녀에게 같이 가자는 말도, 집에 돌아가 숨어 있으라는 말도 하지 않았다.

완전히 겁에 질린 그 사람들의 눈엔 항구 바깥으로 가는 길만이 있을 뿐이었다.

"정말로 악마가 나타난 건가? 도대체 상황이 어떻게 된 거야?"

소녀는 자신의 말총머리를 풀며 나지막이 투덜댔다.

항구에서 잠시 날뛴 블러드 퍼펫이나 프루레디를 실제로 보지 못한 그녀는 오늘 장사를 망쳤다는 생각뿐이었다.

"악마가 두려운가?"

"예?"

갑작스레 들려온 남자의 목소리—마치 달콤한 과일의 수액과도 같은—에 소녀는 움찔한 나머지 손에 들고 있던 리본을 떨어트리고 말았다.

어둠 속에서 하얀 손이 나타났다. 실크로 만든 듯한 얇은 장갑이 끼워진 그 손은 남자의 것이 분명했다. 그러나 그 어떤 여성의 손보다도 기품 있고 아름다웠다.

이윽고 손의 주인이 빛을 향해 다가왔다.

단추를 단단히 잠근 흰색의 얇은 모피 코트에 젖빛 목도리로 턱과 입가를 단단히 가린 그 남자의 모습은 소녀가 남녀를 불문하고 이제까지 보아 온 사람들 중에 가장 아름다웠다.

천사처럼 보였다. 아니, 남자 스스로가 천사라고 해도 믿을 수 있었다.

천사 하면 으레 떠올리는 금발은 아니었지만, 윤기가 흐르는 남자의 검은 장발은 그보다 더 아름다웠다.

남자는 부드러운 눈웃음과 함께 손에 든 리본을 주인에게 내밀었다.

"좋은 냄새가 나는구나."

"예? 저, 저는 별로……."

소녀는 얼굴을 붉힌 채 리본을 받았다. 그러나 남자가 말한 냄새의 주인은 생물이 아니었다.

남자는 미안한 듯 사탕 상자를 가리켰다.

"난 향기가 진한 박하사탕을 좋아하지. 파는 것이라면 몇 개 줄 수 있겠나?"

"아, 하하. 잠시만 기다리세요."

소녀는 무안한 듯 미소와 함께 머리를 긁적였다.

그녀는 사탕 상자를 열고 박하사탕 몇 개를 꺼내 남자에게 건네주었다.

"고맙구나."

남자는 입가를 가린 목도리를 살짝 내리고는 사탕 하나를 입에 머금었다.

박하사탕을 정말 좋아하는지 남자는 미소까지 띤 채 사탕을 입 안에서 이리저리 굴렸다. 아이같이 천진난만한 모습이었지만 소녀의 인상은 단숨에 구겨지고 말았다.

"손님, 계산을 하시고 드셔야 해요."

"음? 깜박했군."

남자는 코트 주머니를 뒤적거리더니 브로치 하나를 꺼냈다.

백금으로 만든 듯한 그 브로치는 화려하고 정교한 세공과 중간에 박힌 흑색 보석을 통해 스스로를 고가라고 말하는 듯했다.

"이런 것밖에 없는데 괜찮을까?"

"흠."

소녀는 고개를 갸웃거렸다. 유리와 싸구려 은으로 만든 브로치는 여러 개 보아 온 그녀였기에 남자가 제시한 현물에 대해서 의심이 드는 모양이었다.

"좋아요. 하지만 다음에 또 이러시면 곤란해요."

"명심하지."

남자의 웃음과 함께 브로치를 받은 소녀는 곧 반대편 주머니를 뒤적거렸다. 곧 소녀는 구리 동전 하나를 꺼내 남자에게 내밀었다.

어느새 목도리로 입가를 다시 가린 남자는 의아한 눈으로 물었다.

"이건 뭐지?"

소녀는 씩 웃으며 답했다.

"거스름돈이에요."

남자는 아무 말 없이 동전을 받았다. 그러고는 몸을 숙여 소녀의 머리를 부드럽게 쓰다듬어 주었다.

"고맙구나. 너에게 아버지 신의 축복이 있길 기원하겠노라."

남자의 손은 정신을 잃고 싶을 정도로 따스했다.

소녀가 정신을 차렸을 때 남자는 이미 어디론가 가고 없었다. 대신 어떤 새의 깃털인지 알 수 없는 순백색 깃털이 바닥에 서서히 떨어질 뿐이었다.

소녀는 그 깃털을 주우려 했지만 그럴 수 없었다.

그 깃털들이 바닥에 떨어지자마자 빛으로 화해 사라졌던 것이다.

"진짜…… 천사님?"

소녀는 급히 골목 사이와 하늘을 돌아봤지만 보이는 것은 짙게 드리워진 구름뿐, 그 남자의 모습은 어디에도 없었다.

혹시 소녀가 공중을 날 수 있었다면 그를 찾았을지도 모른다.

공포에 질린 채 항구를 등지는 인파를 거스르며 즐겁게 항구로 향하는 순백색의 모습은 지상이 아니라면 너무도 찾기 쉬운 것이었다.

그리 힘들이지 않고 항구를 찾아온 남자의 눈에 가장 먼저 띈 것은 듀라한 나이트들을 소환하기 위한 게이트, '블러디 클라우드'였다.

그는 빙긋 웃으며 발걸음을 계속 옮겼다.

"머리를 써도 신중히 쓰라고 그렇게 말했건만 결국 머리 싸움에 휘말려 버렸군. 하긴, 그것이 우리 똑똑한 프루레디의 귀여운 점이지. 그건 그렇고 프루레디의 머리를 밟고 올라설 정도의 존재라면…… 휀 라디언트인가. 오랜만에 그 친구를 보겠군."

항구에 들어선 남자는 여기저기 둘러봤다.

비린내를 풍기며 썩어 가는 블러드 퍼펫들의 사체 따위 그 남자의 눈에 들어오지 않았다.

남자가 찾고 있는 것은 편히 앉을 만한 장소였다.

"아, 저곳이 좋겠군."

남자는 나무 상자들이 잔뜩 쌓여 있는 곳으로 향했다.

의자보다 약간 높을 정도로 작은 상자여서 앉기엔 안성맞춤이었다.

그저 걸어가는 것뿐이었지만 남자의 그 모습은 긴장감이 가득한 항구를 일순간 고요하게 만들었다. 듀라한 나이트들이 나오길 기다리던 리오, 바이론 등과 프루레디의 시선이 그 남자에게 집중되었다.

아주 오래 전에 느꼈던 듀라한 나이트의 살가죽 느낌이 되살아나는 듯, 한없이 광기를 불태우던 바이론의 표정에서 광기가 사라졌다. 리오의 얼굴에서도 여유가 사라졌고 듀라한 나이트가 던져줄 전투의 재미를 기대하던 지크 역시 굳은 표정을 지었다. 사바신도, 레디도 마찬가지로 잡담을 멈췄다.

"사탄?"

금세 눈을 뜬 슈렌의 짧은 읊조림은 항구의 고요를 다시금 긴장으로 바꿔 놨다.

리오는 씁쓸한 미소를 지으며 고개를 저었다.

"아무래도 기습을 당한 쪽은 프루레디가 아닌 것 같은데? 이거 운이 없다고 해야 하나?"

지크는 더없이 진지한 얼굴로 재킷 어깨에 새겨진 디아블로의 문장을 쓰다듬었다.

디아블로를 처음 만났던 때의 느낌이 다시 되살아나는 것 같았다. 물론 그때처럼 떨리진 않았지만 몸 전체를 엄습하는 느낌만은 비슷했다.

"하인켈 아저씨가 강하다, 강하다 노래를 부르던 존재가 바로 저 녀석이야? 하지만 악마처럼 생기지는 않았는데?"

"사탄은 원래 천사야. 선신계 최초이자 최후의 남성 천사지. 최고위 선신과 메타트론을 거역한 유일한 천사이기도 해. 지금은 살육과 잔악, 그리고 반역의 대군주라 불리는 악마왕이다. 그 이름 하나만으로 한 차원계의 존망이 흔들리지. 지금처럼."

형제의 의문을 짧게나마 풀어 준 슈렌은 자리를 잡고 앉은 사탄을 보며 그룬가르드를 잡은 손에 힘을 넣었다.

긴장하고 있는 것은 그들만이 아니었다.

그들 이상으로 긴장을 한 프루레디는 잠시 어찌해야 할까 고민했다. 듀라한 나이트의 소환을 멈추고 사탄에게 예를 올려야 할 것인가, 아니면 그대로 소환을 계속할 것인가.

그녀는 계속 소환하는 쪽으로 길을 잡았다.

자신이 듀라한 나이트를 소환하는 것이 무엇을 뜻하는지는 사탄도 알고 있을 것이다. 소환까지 멈추고 인사를 할 바에야 자신을 이 꼴로 만든 존재들을 듀라한 나이트로 쓸어버리는 것이 더 낫지 않겠는가.

백색 목도리의 남자, 사탄은 소환에 열중하고 있는 프루레디를 향해 웃으며 말했다.

"무리하지 말아라, 프루레디. 저 친구들은 우리 우등생 아가씨의 부하들보다 강하니까."

그 우등생 아가씨가 누굴 가리키는지 잘 알고 있는 프루레디의 표정은 더욱 좋지 않았다.

무척 자존심이 상하는 말이었지만 대놓고 반항할 수는 없었다. 다른 사람도 아니고 사탄이지 않나.

"사탄에겐 신경 쓰지 마라."

다크 팔시온을 앞에 꽂은 바이론은 어깨와 목을 풀며 말을 이었다.

"저 녀석은 절대 싸우러 온 것이 아니다. 디아블로처럼 지나치게 호전적인 악마왕이 아닌 것은 물론이고, 싸울 생각이었다면 이미 비행선단의 절반이 날아갔을 것이다. 자신이 전투를 할 것이라는 광고를 화려하게 하는 녀석이니까 말이야. 조금 후 도착할 목 없는 녀석들에게나 신경 써라."

안심시키려고 하는 말 같았지만 지크 일행에게는 그 말이 더욱 부담되었다. 바이론이 웃음을 넣지 않고 말하는 것은 그리 흔한 상황이 아니었다.

"흠, 회견에 앞서 전투를 하는 것도 나쁘진 않겠는데? 그렇지 않나, 친구들?"

여유를 찾은 리오는 디바이너를 뽑아 들며 모두에게 말했다.

듀라한 나이트들이 지옥에서 소환되는 길, 블러디 클라우드의 안에서는 아까부터 들려오던 귀곡성이 점차 커지기 시작했다. 그곳을 통해 뭔가 나오기 직전이란 것을 무섭게 예고하는 것 같았다.

항구 구석에서 그 모습을 지켜보던 마르티네즈와 반그라드, 그리고 근위대장은 사람으로서 목격하기 힘든 그 지옥의 일부에 넋을 잃고 있었다.

블러드 퍼펫들이 떼로 몰려나오는 모습은 비명을 지르는 핏빛 구름에 비할 바가 아니었다.

사용할 기회를 잃어버린 검을 말끔히 거둔 반그라드는 무거운 목소리로 딸에게 말했다.

"어릴 적, 어머님께 들은 이야기가 있단다. 피의 구름에서 탄생한다는 목 없는 기사들의 이야기인데, 구름은 기사들을 낳기 위한 고통에 한없이 비명을 지르고 한없이 괴로워한다 하셨지. 그 고통을 뚫고 탄생한 목 없는 기사들은 자신을 낳은 구름이 고통스러워한 만큼 사람들을 도륙한단다. 그리고 그들은 시체에서 짜낸 피를 구름에게 바친다고 하지."

"그렇군요."

마르티네즈는 담담하게 고개를 끄덕였다.

이미 하인켈이 이끄는 제1 결사단 조커 나이트를 실제로 본적 있는 그녀에게 반그라드의 옛날 얘기는 그리 놀랍지 않았다. 그러나 온 피부를 조이는 듯한 느낌은 조커 나이트들을 처음 봤을 때와 다를 바 없었다.

마르티네즈는 걱정스러운 눈으로 옛 동료들을 바라봤다.

'괜찮을까? 상대도 어지간히 필사적인 것 같은데.'

이윽고 바이론의 두툼한 손이 다크 팔시온을 거머쥐었다.

그것을 신호로 모두 전의를 불태우며 정신을 집중했다.

"오호, 참수당한 얼간이들이 드디어 나오는데?"

장난기 어린 목소리였지만 지크의 얼굴에서는 장난기를 찾아보기 힘들었다.

구름 속에서 말을 몰고 나오기 시작한 수십의 듀라한 나이트들이 한꺼번에 뿜어내는 마기(魔氣)의 압력은 그야말로 폭포와도 같았다.

모든 듀라한 나이트들을 뿜어낸 블러디 클라우드는 연기처럼 순식간에 사라졌다. 물론 모두의 시선을 끄는 것은 핏빛 구름이 사라지는 모습이 아니다. 6열 횡대로 말끔히 정렬하는 듀라한 나이트들의 모습이었다.

고딕 플레이트 메일(Gothic Plate Mail)을 입은 듀라한 나이트들의 목에는 익히 들었던 대로 머리가 없었다.

투구 속에 단단히 감춰진 그들의 머리는 듀라한 나이트 각자의 왼팔에 들려 청록색의 기묘한 안광을 뿜어내고 있었다.

그들의 갑옷 가슴에 새겨진 문양, 잘린 독수리의 머리를 본 바이론은 재미있다는 듯 입꼬리를 추켜올렸다.

"오호, 그리핀 헤드인가. 크큭, 프루레디 녀석 급하긴 급했군."

조커 나이트 중에서도 저승사자 부대라는 정예 집단이 있듯이 듀라한 나이트에도 정예 집단이 있다. 그것이 바로 지금 나타난 그리핀 헤드였다.

저승사자 부대처럼 전설까진 아니지만 강력함만큼은 인정받고 있는 그리핀 헤드. 그들은 대규모 전투가 벌어졌을 때도 프루레디의 근처에 온 적이 아니면 절대 공격하지 않는 것으로 유명하다.

창설 초기엔 프루레디가 안아서 키운다고 해서 '마마 보이스'라는 비아냥거림도 들었지만 마치 그 말을 한 자들에게 복수하듯, 그리핀 헤드는 악마왕 벨리알 휘하의 장군 로퍼가이트의 결사부대 '헬 고트'를 퇴각이 늦었다는 이유로 전멸시켰다.

그 사건으로 인해 사탄 진영과 벨리알 진영은 일촉즉발까지 갔지만 덕분에 그들을 향한 비아냥거림은 사라졌고 대신 악명은 점차 높아졌다.

소환을 마친 프루레디는 당당히 듀라한 나이트들 앞에 서며 바이론을 응시했다.

"듀라한 나이트들과 싸워 본 적은 있어도, 이 그리핀 헤드와는 싸워 본 적이 없겠지? 이 그리핀 헤드는 너를 위해 만들어진 것이다! 나의 제2결사단이 너 하나에게 무릎을 꿇은 후, 난 내 자신을 강하게 만든 것은 물론이고 강력한 힘을 가진 악마들을 찾기 위해 노력했다. 그리고 그 악마들의 결정체가 이 그리핀 헤드인 것이다! 영광으로 알고 얌전히 목을 내밀어라, 바이론 필브라이드!"

리오를 포함한 모두는 바이론을 슬그머니 바라봤다.

혹시나 긴장하진 않을까 했지만 바이론은 킥킥 웃으며 다크 팔시온의 표면 위로 혀로 움직였다.

"크크큭, 준비된 먹거리란 말인가?"

"뭐, 뭐라고!"

발끈한 프루레디는 살기 어린 눈으로 바이론을 쏘아봤다.

그 살기를 삼켜 소화시키듯 바이론은 보통 때보다 더 진한 광기를 사방에 흘렸다.

"나에게 참살당하는 부하들의 모습이 그렇게도 마음에 들었나? 그 모습을 재현하기 위해 지금까지 노력했다니, 박수가 절로 나오는군. 그럼 오너라. 그러나 네 부하들을 죽이는 것은 나 혼자가 아닐 것이다. 난 남의 소망을 깨트리는 재미가 뭔지 잘 알거든. 크하하핫!"

여전히 나무 상자에 앉아 그 광경을 지켜보던 사탄은 바이론의 말에 살짝 눈웃음을 지었다.

"역시 바이론 필브라이드. 물러서기는커녕 갑절로 받아치는군. 광적으로 어둠을 즐기는 면에 있어서는 벨제브브 이상이야. 음, 생각해 보니 벨제브브의 생일이 멀지 않았군. 선물로 뭘 주면 좋을까?"

박하사탕 하나를 다시 입에 문 사탄은 앞에 벌어지는 상황을 즐겁게 주시했다.

더 이상 볼 것 없다는 듯, 프루레디는 오른팔을 뻗으며 듀라한 나이트들에게 지시를 내렸다.

"저 버릇없는 녀석들에게 너희의 기량을 맘껏 펼치거라! 전하의 어전에 공포에 질린 녀석들의 머리를 바치는 것이다!"

명령을 받은 듀라한 나이트들은 각자 질풍노도처럼 리오 일행에게 달려들었다.

대부분 도끼창을 든 듀라한 나이트들은 처음부터 그 커다란 무기를 휘두르지 않았다.

투구 사이로 드러난 그들의 머리가 눈과 입을 통해 마력이 실린 광탄(光彈)을 쏘아 대며 상대의 기선을 사납게 제압하려 했다.

"팀플레이 좋은데? 그러나 1점은 우리가 먼저다!"

쏟아지는 광탄들을 가볍게 피한 지크는 하인켈과 싸울 때처럼 무문도와 함께 공중에서 고속으로 회전하기 시작했다.

"오호."

바이론은 흥미롭게 그 모습을 바라봤다.

지크의 그 기술을 예전에 몇 번 봤던 사바신 역시 자못 놀란 표정을 지었다.

"어라? 저 녀석 결국 완성시켰구나."

예전처럼 지루하게 돌던 모습이 아니었다. 폭풍과 뇌력을 한꺼번에 동반한 회전은 놀랍도록 짧고 강렬했다. 그 회전이 낳은 무문도의 파괴력은 듀라한 나이트의 마법 보호막과 갑옷, 육체, 그리고 말까지 단번에 두 동강 낼 정도로 막강했다.

양단된 사체는 남은 충격을 견디지 못하고 뒤로 밀려 나갔다. 그 바람에 들려 있던 듀라한 나이트의 머리가 바닥으로 떨어지고 말았다.

"컥!"

본체를 당한 듀라한 나이트의 머리는 짧은 비명과 함께 바닥을 때렸다.

그사이 착지하여 자세를 바로한 지크는 크게 웃으며 소리쳤다.

"어쩌냐! 이것이 이 지크 님의 신기술, 진공회류참(眞空回流斬)의 완성품이다! 크하하핫!"

슈렌은 춤을 추기 직전과도 같은 지크의 모습에 고개를 갸웃댔다.

보기만 해도 상당히 위력적이면서 좋은 기술인데, 게으르기로는 둘째가라면 서러워하는 지크가 그걸 익히고 완성시킬 시간이 있었는지 궁금했던 것이다.

그는 지크와 항상 붙어 다니기로 유명한 사바신을 돌아봤고, 그의 시선을 눈치챈 사바신은 의미심장한 미소와 함께 이유를 설명해 주었다.

"저번에 슈웰이랑 대련해서 졌다고 했잖아. 사실 장난 삼아 저거 쓰다가 자기 실수로 넘어진 거야. 그 이후 밤이고 낮이고 저거만 연습하더라고. 비행선 격납고에서도 쇠 파이프를 들고 설쳐 댔다니까? 하핫, 슈웰에게 진 덕분에 좋은 기술 하나 익힌 거지, 뭐."

"그렇군."

고개를 끄덕인 슈렌은 곧바로 정색했다. 듀라한 나이트 세 명이 자신을 노리고 동시에 접근한 것이다.

돌진하는 각도나 속도가 워낙 좋았기에 양쪽으로 피하기는 힘들었다. 그렇다고 뒤로 피했다가는 연속 공격을 당할 것이 뻔했기에 슈렌은 약간 어려운 길을 택하기로 했다.

그가 있던 자리에 듀라한 나이트 3인조의 도끼창이 동시에 떨어졌다.

그러나 그들의 도끼창 끝과 도끼날은 슈렌을 맞히지 못했다. 셋의 무기가 맞닿은 곳에는 기둥처럼 서 있는 그룬가르드가 있을 뿐이었다.

듀라한 나이트들의 시선을 들어 올리자 그룬가르드의 끝에 물구나무를 서 있는 슈렌의 모습이 들어왔다. 그가 몸을 숙이자 그룬가르드도 따라서 공중에 떠올랐고, 창을 한껏 뒤로 젖힌 슈렌은 가운데 위치한 듀라한 나이트의 몸을 창으로 정확히 내리쳤다.

듀라한 나이트의 몸과 그가 타고 있던 말은 뼈와 장이 부르짖는 비명과 함께 바닥에 주저앉았다.

옆에 있던 다른 두 명이 곧바로 반전해 슈렌을 공격하려 했지만 때는 이미 늦었다.

슈렌의 왼팔이 듀라한 나이트 사이에서 호선을 그리자 그들이 위치한 바닥에서 거대한 불기둥이 치솟아 올랐다.

하인켈이 오래전 슈렌에게 가르쳐 주었던 지옥의 기술, 헬 게이저가 바로 그것이었다.

불기둥은 식충식물처럼 살아 있는 듀라한 나이트들을 잡아 묶었고 처음 당했던 상대의 시체는 말끔히 태워 버렸다.

슈렌은 완전히 무방비 상태가 된 그들을 향해 공격을 날리기 시작했다. 불길은 듀라한 나이트들이 입는 상처 속으로 기생충처럼 파고들어 그들의 모든 것을 불살랐다.

듀라한 나이트 셋을 순식간에 재로 만들어 버린 슈렌은 대열을 정비하는 듀라한 나이트들을 돌아봤다. 자신에게 달려든 듀라한 나이트 둘을 어느새 때려눕힌 사바신은 영룡 끝으로 바닥을 살짝 치며 투덜댔다. 듀라한 나이트의 전력이 기대 이하라는 뜻이었다.

"쳇, 이런 얼간이 서른여섯 명 가지고 어쩌겠다는 거야? 이건 우리를 욕되게 하는 것과 다름없어."

"이제부터는 달라."

슈렌의 말에 사바신의 표정은 금세 바뀌었다. 그들 옆에 다가온 레디는 약간 긴장된 얼굴로 프루레디를 가리키며 말했다.

"저쪽 피해는 생각보다 적어. 듀라한 나이트들은 리오 선배나 바이론 선배같이 강한 상대는 교묘히 피해 우리만 공격해 왔어. 그리고 슈렌 선배의 말처럼 지금부터가 시작일 거야. 프루레디를 봐."

사바신의 시선에 들어온 프루레디는 부하들을 여섯이나 잃은 대장치고는 상당히 자신만만한 미소를 짓고 있었다.

간단히 벌어진 전투를 통해 상대의 전력을 어느 정도 분석한 프루레디는 목표가 정해진 듯, 자신의 대형 할버드인 '스파이터'를 굳게 거머쥐며 동료들과 약간 떨어진 위치에 놓인 지크를 가리켰다.

"첫 번째 목표는 저 녀석이다!"

외침과 동시에 프루레디의 몸이 총알처럼 튕겨 지크에게로 꽂혔다.

생각지 못했던 속도였기에 지크는 가까스로 그 공격을 방어해 뒤로 멀찌감치 밀려나고 말았다.

"빌어먹을, 고백은 말로 해야 할 거 아냐!"

지크는 곧장 반격을 날리기 위해 중심을 잡았다.

그때 리오의 급박한 목소리가 그의 귀를 때렸다.

"지크, 뒤를 봐라!"

지크는 흠칫 놀라며 뒤를 바라봤다. 아니, 뒤까지 바라볼 필요도 없었다.

그의 양옆부터 시작해 프루레디가 공격하기 용이한 각도를 제외한 모든 곳이 듀라한 나이트들에게 이미 막혀 있었다.

"뭐, 뭐야, 이거! 큭!"

순간 프루레디의 스파이터가 다시금 무문도를 쳤다.

가공할 만한 스파이터의 중량과 프루레디의 힘에 거의 본능적으로 저항한 지크는 힘을 잃고 바닥에 주저앉는 것을 가까스로 면할 수 있었다.

지크와 얼굴을 맞댄 프루레디는 살기 어린 미소를 지은 채 입을 열었다.

"후후, 계산대로 움직여 줬다, 꼬마."

"크악!"

프루레디의 건틀렛에 복부를 강타당한 지크는 입에서 피를 뿜더니 이내 중심을 완전히 잃고 말았다. 그녀가 하인켈처럼 힘을 빼고 싸울리는 없었기에 지크가 받은 타격은 말로 할 수 없었다.

그는 의식마저 가물거리는 듯 칼까지 놓친 채 힘없이 뒷걸음을 쳤다.

"이런, 지크!"

형제가 당하는 모습을 두고 볼 리오가 아니었다.

그러나 뛰어나가려던 그의 앞길을 바이론의 다크 팔시온이 굳게 막았다.

"무슨 짓이야! 지크가 저대로 당하는 모습을 두고 볼 생각인가!"

"크큭, 당한다고 100퍼센트 보장된 상황은 아니지 않나. 학부모 같은 얼굴은 집어치우고 가만히 있어라. 녀석은 네가 키우는 투견이 아니다."

"뭐?"

리오는 바이론의 말뜻을 쉽게 이해할 수 없었다.

설명 대신 바이론은 지크의 주위를 막고 있는 듀라한 나이트들을 가리켰다.

"그렇게 심심하면 저 녀석들이나 상대하지. 후일을 위해서도 좋

265

을 듯싶은데 말이야. 크크큭."

그 말에 리오는 씩 웃으며 슈렌 쪽을 돌아봤다. 그들은 이미 준비가 끝난 상태였기에 리오 자신만 움직이면 되었다.

그사이, 쓰러지기 일보 직전의 지크를 손으로 낚아챈 프루레디는 희미한 지크의 시선과 자신의 시선을 맞추며 말했다.

"네가 하인켈 단장을 쓰러트린 지크 스나이퍼지? 지옥으로 도망쳐 온 조커 나이트들에게 익히 들었다. 하지만 기대 이하로구나. 그분이 너와 정정당당하게 싸운다며 자신의 힘을 뺐다는 얘기는 도저히 분석할 수 없어. 너에게 그만한 가치가 있을지 의문이 들거든? 주먹 한 방에 의식이 몽롱해지는 허약한 녀석인데 말이야."

"젠장, 닥치시지, 우등생."

도발을 당한 덕분인지 의식을 회복한 지크는 자신의 머리를 잡은 프루레디의 팔을 두 손으로 움켜쥐더니 이내 평소대로 거친 말을 쏟아 냈다.

"아저씨가 나와 싸울 때 힘을 뺀 건 아저씨 스스로 선택한 것이지 너한테 자랑하기 위해서가 아냐. 그리고 네 말대로라면 네 처지가 웃기지 않아? 나같이 허약한 녀석을 데리고 폼을 잡고 있으니 말이야. 네가 저기 있는 회색분자나 리오 녀석의 머리통을 잡고 있었다면 난 조금 놀랄 수도 있어. 하지만 지금의 네 모습은 갓난아기와 팔씨름하고는 이겼다고 좋아하는 꼬마에 지나지 않아. 분석하기 힘든 녀석은 너야."

"오호, 그래? 후후, 하하하핫!"

의외로 프루레디는 지크의 도발성 발언에도 가벼운 웃음을 터트렸다. 그것뿐만이 아니라 반대편 손에 든 스파이터의 끝을 지크의 머리 위에 올리기까지 했다.

"날 흥분시키기 위해 애쓰는구나, 꼬마. 네가 그렇게 나올 것도 계산하고 있었단다. 그리고 미안하지만 내가 다른 녀석들을 죽이는 데 실패한다 해서 네가 걱정할 필요는 없지 않니? 그때는 죽은 몸일 텐데 말이야!"

프루레디는 지크의 목을 향해 거침없이 스파이터를 휘둘렀다.

그러나 지금의 지크는 무방비 상태가 아니었다.

일순간 발을 뻗어 자신에게 다가오는 도끼창을 찬 그는 프루레디의 팔을 올라타더니 역으로 무방비 상태가 된 상대의 머리를 연타했다.

머리에 집중적인 타격을 입은 프루레디는 지크를 떼어 내기 위해 스파이터를 휘둘렀지만, 회전 반경이 큰 스파이터로는 몸에 바짝 붙은 상대를 떼어 내기 힘들었다. 게다가 시각과 청각, 후각 모두 상대의 공격에 방해받고 있지 않은가.

결국 기를 세게 방출해 가까스로 상대를 떨어트린 프루레디는 엉망이 되어 버린 얼굴을 감싼 채 분노를 터트렸다.

"윽, 이 꼬마 녀석! 듀라한 나이트는 뭘 하는 거냐! 어서 저 버르장머리 없는 녀석을 잡아라!"

그러나 주위는 조용했다.

깜짝 놀란 프루레디는 얼굴에서 손을 떼고 주위를 돌아봤고, 그녀는 자신의 명령을 들을 듀라한 나이트가 더 이상 없다는 사실에 경악을 금치 못했다.

"이것들을 찾나? 분실물인 것 같은데 찾아가시지."

이상한 액체가 군데군데 묻어 있는 디바이너로 어깨를 두드리던 리오는 바닥에 떨어진 것들을 프루레디에게 차 주었다.

그와 행동을 같이한 슈렌과 레디는 그것만큼은 하고 싶지 않았는지 시선을 다른 곳으로 돌렸지만 사바신은 신이 난 얼굴로 리오와 함께 그것들을 굴려 댔다.

"이, 이 녀석들……!"

프루레디는 자신에게 굴러오는 듀라한 나이트의 머리들을 보며 치를 떨었다.

하지만 그녀는 분노를 거기서 끝낼 수밖에 없었다. 멀찌감치 앉아 구경만 하던 사탄이 드디어 몸을 일으킨 것이다.

"너에게 부담을 줄 생각은 없었는데…… 역시 나란 존재는 부담덩어리인 모양이로구나. 이번의 패배는 나로 인해 너의 판단력이 흐려져서 비롯된 것이니 문제 삼지 않겠다. 원래 문제 삼을 생각도 없었지만."

"전하!"

사탄은 프루레디를 지나치며 그녀의 머리를 쓰다듬었다.

그의 행동을 오해한 프루레디는 눈을 질끈 감았지만, 사탄의 손에서 떨어진 가루와 같은 빛은 프루레디의 얼굴에 난 상처를 말끔히 치료해 주었다.

"흥분하지 마라."

"사, 사죄드리겠습니다, 전하. 이 미천한 것을 용서해 주십시오."

프루레디는 즉시 무릎을 꿇고 몸을 숙였다.

그런 그녀를 뒤에 두고 선 사탄은 양팔을 살짝 뻗으며 빙긋 미소지었다.

"자, 전투는 끝났네, 제군들. 처음 보는 친구들을 위해 소개부터 하지. 난 사탄이라고 하네. 원래 이름은 다른 친구에게 넘겨줘서 현재는 그 이름으로 불리지. 처음 보게 되어서 반갑네. 지크 스나이퍼, 레디 키드, 그리고 사바신 커텔. 나머지 친구들은 오랜만이라 해야 하나?"

"저와는 한 달 만이라고 하는 것이 옳습니다."

사탄은 리오 일행 뒤에서 나직이 들려온 차디찬 목소리에 반가운 표정을 지었다.

"아, 제일 반가운 친구를 내가 잊고 있었군. 오랜만이네, 휀 라디언트."

리오 일행의 사이를 비집고 앞으로 나선 백색 코트의 휀은 살짝 목례한 후 단도직입적으로 물었다.

"무슨 일로 지금 나타나셨습니까?"

"후후, 난 이번 일과 관계없는 사람이네. 언제 나타나도 상관없지 않은가?"

사탄의 여유 있는 답변에 순간 발끈한 지크는 주먹을 불끈 쥐며 소리쳤다.

"이봐, 무슨 소리야! 지금까지 너 때문에 일이 여기까지 온 거잖아! 책임 회피하러 여기 나타났다면 당장 꺼지거나 목을 내밀어!"

"이 무례한 꼬마가!"

지크의 행동에 프루레디는 다시금 감정이 끓어올랐다.

하지만 사탄은 그녀를 제지하며 고개를 저었다.

"듣던 대로 화를 잘 내는군, 지크 스나이퍼. 그리고 역시나 잘못 알고 있어."

"뭐라고?"

사탄의 그 말에 지크뿐만 아니라 휀과 바이론을 제외한 모두 의아했다.

사탄은 진지한 눈으로 휀을 바라보며 말을 이었다.

"제군들과 이 세계의 모든 생물들이 지금까지 고생한 이유는 모두 저 친구, 휀 라디언트 덕분이네. 저 거짓말쟁이 친구가 자신의 임무를 확실히 처리했다면 리리스도 일을 여기까지 벌이지 않았을 것이고, 나와 아스타로트가 싸우지도 않았을 것이네. 그렇지, 휀 라디언트?"

휀은 묵묵히 사탄을 쳐다보기만 했다.

리오 일행은 현재 상황에 상당한 혼란을 느꼈다.

이번 일이 사탄의 계획하에 일어난 것이 아니고 휀에 의해 일어났다는 사실은 전혀 생각지 못했던 것이다.

하지만 바이론은 이미 알고 있었는지 특유의 웃음을 흘렸다.

"크큭, 사바신. 4년 전 네가 나에게 했던 말을 기억하나?"

"응?"

"휀이 주위에 있는 사람들을 지키려고 하고 있다. 다른 사람들의 감정을 피하지 않고 그 마음을 받아들여 자신을 더욱 강하게 만들고 있다. 이건 내가 휀 녀석을 두들길 때 네가 했던 말이다."

"아……."

사바신은 어렵지 않게 그때의 일을 기억해 냈다.

그 말은 메레벤토스 평원에서 전투가 벌어지기 직전, 휀과 바이론이 다툼 아닌 다툼을 벌였을 때 자신이 바이론에게 했던 말이다.

사바신은 머리를 긁적이며 바이론에게 물었다.

"그게 뭐 어쨌는데?"

바이론은 즉시 답해 주었다.

"네가 말한 대로 당시의 휀은 약하지 않았다. 그러나 내가 말한 약함은 네가 아는 약함과 다른 것이었다. 너희 앞에 있는 광황 휀 라디언트는 10년 전 자신에게 내려진 주신의 명령을 거역했다."

"뭐라고!"

"크큭, 그 명령이 무엇이었는지 본인에게 듣는 것이 좋을 거다."

바이론이 가장 중요한 말을 자신에게 떠넘기자 휀은 지그시 눈을 감으며 입을 열었다.

"바이론이 말한 대로, 난 10년 전 나에게 내려진 명령을 거역하고 다른 사건을 만들었다. 주신께서 나에게 내린 원래의 명은 10년 후 완전한 힘을 갖출 순수의 결정체를 소거하는 것이었다."

"거짓말."

모두 벌어진 입을 다물지 못했다. 특히 오랫동안 이 세계에서 고생한 사바신과 레디는 쉽사리 충격에서 벗어나지 못했다.

"도대체 어떻게 된 일이야! 그럼 이 모든 일이 사탄도, 리리스도 아닌 너 때문에 벌어진 것이란 말인가! 네가 명령을 이행하지 못했기 때문에 수만, 아니 수십 만의 목숨이 10년 동안 핏방울로 변했단 말이냐고! 말을 해 봐!"

극도로 흥분한 리오는 화를 참지 못하고 휀의 옷깃을 움켜쥐었다.

휀은 별다른 표정 변화 없이 리오를 바라보며 말했다.

"그럼 너라면 어쩌겠나. 소거해야 할 상대는 열 살도 안 된 어린아이였다. 게다가 모든 것이 하얗게 탈색된 자신의 모습 때문에 항상 따돌림 당하고 괴로워했지. 그런 상황에서 내가 아는 리오 스나이퍼라면 제아무리 주신의 직속 명령이라 해도 충분히 반항했을 것이다. 그리고 자신이 순수의 결정체를 지키겠다며 멋을 부렸겠지. 당시의 난 너와 다를 바 없었다. 큰 차이가 있다면 난 그 명령을 받았고 넌 받지 않았다는 것이다."

리오의 눈앞에 클라리스 공주의 모습이 불현듯 스쳤다.

그는 힘없이 휀의 옷깃을 놓았다. 클라리스를 오랫동안 지켜보았기에 여기 모인 누구보다 그녀의 고통을 잘 알고 있는 사바신과 레디는 더욱 혼란스러운 듯 몸을 비틀거리기까지 했다.

휀은 옷깃을 정리하며 계속 말했다.

"솔직히 그랬다. 지켜 주고 싶은 마음이 타올랐지. 그래서 난 순수의 결정체를 소거하지 않는 쪽으로 방향을 틀었다. 하지만 한 발 늦고 말았다. 리리스가 순수의 결정체에게 이미 수를 써 놓은 것이었다."

"수?"

"그것은 나중에 말해 주겠다. 어쨌든 일이 더욱 커지게 됐고 리리스는 나름대로 계획을 진행해 나갔다. 원래 리리스의 진짜 목적을 몰랐지만 리리스와의 전투 이후 겨우 알게 됐지. 프레데릭의 능력 덕분에."

"푸홋."

그 말이 나오자 사탄이 실소를 터트렸다.

모두의 시선이 자신에게 향하자 사탄은 겨우 웃음을 참고는 그에 대한 얘기를 해주었다.

"쿡쿡, 아네라의 유전자 변환 기술이 설마 그 정도의 위력을 가지고 있을 줄은 나도 몰랐네. 난 아스타로트와의 일이 어느 정도 풀린 후 조용히 쉬기 위해 엘살바도르에 마련된 내 방으로 갔지. 시끄럽게 방문하면 리리스 덕분에 휴식이고 뭐고 취할 수 없게 되니 조용히 엘살바도르 안에 들어갔네. 그런데 이게 웬일인가! 나와 똑같은 외모를 가진 남자가 내 침대 위에서 리리스와 함께 잠을 자고 있는 것이 아닌가. 후후, 그땐 정말 놀랐지."

모두는 다시금 휀에게 시선을 돌렸다.

크게 혼란스러운 상황에도 지크는 한마디하는 것을 잊지 않았다.

"그럼 진짜로 바람을 피웠다는 얘기잖아."

"일을 위한 단순한 접촉이었다."

그렇게 말하는 휀을 보며 지크는 상당히 뻔뻔한 인간이라고 생각하며 속으로 웃음을 터트렸다.

사탄의 얘기는 계속됐다.

자칭 '사탄의 애인'인 리리스는 지금 세계의 시간으로 10여 년 전에 순수의 결정체가 어떤 세계에서 태어난다는 정보를 어렵사리 입수한다. 하지만 그 엄청난 에너지를 얻는다 해도 리리스 자신은 사용할 수 없기에 그녀는 사탄을 찾아가 이번 기회에 신이 되어 최고위 악신에 등극하라는 제안을 한 것이다.

"하지만 난 최고위 악신 자리에 관심 없었지. 그리고 자리를 얻는다 해도 주신 하이볼크 님의 분노를 피할 수 없기에 철저히 손해만 보는 일이었네."

사탄은 그와 똑같은 말을 리리스에게 했지만 리리스는 다짜고짜 일을 추진하겠다며 난리를 부렸고, 리리스가 이번 일을 추진하면 주신계에서 분명히 개입한다는 사실을 잘 아는 사탄은 10년간 자신의 이름과 군대를 마음껏 사용할 수 있는 권한을 리리스에게 부여한다.

"어차피 주신계에서 개입하면 자네들 가즈 나이트들이 동원될 게 분명하니 리리스가 실패할 확률은 컸어. 게다가 이번 일에 투입된 가즈 나이트는 휀이었으니 단순한 이벤트로 처리될 것이 뻔했네. 하지만 내 예상을 넘어 휀은 순수의 결정체를 소거하지 못했어. 그로 인해 이번 사건은 전혀 예상치 못한 쪽으로 번져 갔고, 리리스가 아네라의 연구선인 엘살바도르를 점령하면서 일은 더욱 확산됐네."

운이 나쁘게도 사탄은 리리스의 계획을 눈치챈 다른 악마왕, 아스타로트와의 일이 터지는 바람에 오랫동안 이번 일에 개입하지 못하게 된 것이다. 특히 리리스가 사탄에게 전권을 위임받은 사실은 하인켈조차 모르는 일이었기에 급기야 하인켈이 리리스와 싸우겠다며 사탄의 진영에서 잠시 빠지는 사태까지 벌어졌다.

"리리스와 죽이 잘 맞았던 다른 단장들과 군단장 리리스를 말리려고 갔는데 그녀는 이미 내 말 한마디에 일을 멈출 단계를 벗어난 상태였지. 뒤늦게 인정하지만 그건 내 실수야. 그래서 난 약간의 심술을 부렸네. 엘살바도르의 구석에 동결된 상태로 숨겨진 아네라의 지르콘 나이트와 라이세네프 경을 우연치 않게 발견한 나는 그들에게 걸린 동결을 풀어 밖으로 내보냈네."

사탄에 의해 깨어난 사실을 알지 못한 채 프레데릭과 라이세네프는 엘살바도르와 다르칸이 자신들보다 훨씬 일찍 깨어났다는 것을 알자마자 그들의 행방을 추적했다.

그 덕분에 프레데릭과 라이세네프는 죽기 일보 직전의 길트와 그의 동생들을 구출하는 데 성공하고, 이후 계속된 정보 수집 속에서 라이세네프는 순수의 결정체에 대한 사건과 그 순수의 결정체를 가진 존재에게 리리스가 손을 썼다는 사실도 알게 된 것이다.

그것을 알아낸 라이세네프는 즉시 휀을 찾아가, 4년 후 휀이 죽음을 당하게 된다는 예언을 한다.

그 부분은 휀이 설명했다.

"라이세네프 경께서는 예언의 능력까지 가지고 계시지 않다. 하지만 나의 죽음을 당당히 예언한 데는 이유가 있다. 리리스가 클라리스 공주에게 써 놓은 수를 아는 사람은 누구나 그 예언을 할 수 있지."

"리리스가 뭘 어쨌기에 그러는 거지?"

리오의 질문은 사탄이 대답해 주었다.

"휀이 개입했다는 사실을 안 리리스는 자신의 일이 실패로 돌아갈 것에 대비해 순수의 결정체에게 손을 쓰지. 순수의 결정체가 10년 후에 자신의 의지를 가지고 폭주하게 만든 것이네. 내가 그녀에게 준 권한의 기한이 10년이었거든. 순수의 결정체는 리리스의 손이 닿은 후 간간이 폭주했네. 인형을 찢고 자르는 등 말이 아니었지."

휀이 이어서 말했다.

"폭주가 일어나지 않도록 손을 쓰긴 했지만 예정된 폭주는 절대 막을 수 없었다. 난 10년이란 기한마저 모르고 있었지만 라이세네프 경께서 찾아와 나에게 그 기한을 자세히 설명해 주셨다. 그 이후 나는 리리스의 본 목적과 순수의 결정체의 폭주를 막을 방법을 알아내기 위해 노력했지만 쉽지 않았다. 그러다 기회를 얻은 난 리리스와의 전투 이후 프레데릭의 도움을 받아 엘살바도르에 잠입했고, 그 틈을 노려 손을 쓴 장본인인 리리스를 제거하려 했지만 실패했다."

"어째서?"

차차 밝혀지기 시작한 사건의 전모에 흥미를 느낀 지크는 상당히 궁금한 표정으로 재촉했다.

사탄은 그런 지크의 모습에 미소를 지으며 대답해 주었다.

"리리스를 제거한다고 해서 일이 해결되진 않네. 리리스가 사용한 술법은 리리스 자신이 풀어야 하지. 엘살바도르에서 휀과 만난 나는 내가 알고 있는 사실과 리리스에 대한 것을 자세히 말해 줬고, 휀 역시 자신이 알아낸 리리스의 실제 목적을 나에게 말해 줬네. 리리스는 상당히 위험한 생각을 하고 있었어. 날 영원히 자신만의 것으로 만들려 했지."

리리스는 순수의 결정체를 사용할 수 있는 존재가 그 에너지를 얻은 순간 어떤 상태에 빠진다는 것까지 알고 있었다.

에너지를 얻은 존재는 일순간 육체적 방어 능력과 정신적 방어 능력이 거의 0에 가까울 정도로 내려간다. 그 틈을 잘 이용한다면 최고위 신의 능력을 가진 자신만의 꼭두각시 인형을 만들 수 있었다.

그녀는 그것을 노리고 사탄에게 순수의 결정체를 얻으라는 제안을 했던 것이다.

이번 사건에 대한 수수께끼를 거의 풀어낸 리오는 한숨과 함께 입을 열었다.

"그랬단 말이군. 하지만 어째서 당신을 자신의 것으로 만들기 위해 그런 위험한 방법을 고집한 거지? 자신이 그 힘을 직접 사용하지 못하기 때문에?"

그러자 사탄은 고개를 저었다.

"음, 아니네. 날 너무 좋아했기 때문이야. 자네들도 알다시피 그녀의 소유욕은 무섭지 않나. 후후."

모두 잠시 말이 없었다.

말로 형용할 수 없는 허탈감과 휀에 대한 생각이 각자의 머릿속에서 무수히 교차하고 있었다.

사바신과 레디는 휀이 자신들에게 보여 줬던 모습을 떠올려 봤다.

크리스, 그리고 슈웰이라는 두 존재를 보이지 않게 아끼고 사랑했던 모습. 부모가 없는 클라리스에게 여느 아버지 이상으로 잘해 주고 지도해 준 모습. 그 외에도 주위를 둘러싼 수많은 사람들에게 존경과 충성을 받아 온 그의 모습이 10년 전 자신의 실수를 덮기 위한 가식에 불과한 것이 아니었을까.

리오와 지크 역시 마찬가지였다.

10년 전 휀이 했던 행동 때문에 가이라스 왕국의 사람들과 그 안에 갇힌 말스 왕국 사람들이 흘린 피와 눈물을 직접 보고 느낀 그들이었다.

모두는 정말 배신이라도 당한 것만 같았다.

하지만 다짜고짜 휀에게 모든 책임을 덮어씌울 수는 없었다. 그들 역시 그런 상황을 만들어 봤고 또 그런 상황이 닥쳤을 때의 기분이 어떻다는 것을 알기 때문이었다. 그리고 그때마다 그들은 자기 자신에게 이런 변명을 하지 않았는가.

일이 이상하게 꼬인 것뿐이라고.

이윽고 리오가 휀에게 물었다.

"주신께서는 뭐라고 말씀하셨지?"

휀은 조용히 답했다.

"내가 한 행동에 후회가 없냐는 질문만을 하셨다. 난 그분께 후회가 없다 말씀드렸고, 그분께서는 나에게 모든 책임을 지라고 말씀하셨다."

얼마간의 침묵이 다시 흐른 후, 지크가 박수를 두어 번 치며 모두에게 말했다.

"자, 각자 어떻게 행동할지 시간을 두고 생각해 보자. 나도 이번 문제는 단순히 넘기고 싶지는 않아. 잠을 자든가 식사를 하든가 하며 깊이 좀 생각해 보자고."

평소보다 어른스러운 지크의 말에 리오는 고개를 끄덕였다.

그러나 여느 때라면 밝게 웃으며 맞장구를 쳐야 할 사바신은 침묵으로 일관했다. 지크는 친구의 그런 모습이 안쓰럽게 느껴졌지만 이번만큼은 아무 말도 하지 않았다.

"좋아! 그럼 자네들이 결정을 내릴 때까지 난 저 하늘에 떠 있는 비행선들을 구경하기로 할까? 자리를 만들어 줄 수 있겠나, 훼인?"

"기꺼이. 그러나 악마왕 사탄으로서의 방문은 허용하지 않겠습니다."

"후후, 나도 그럴 생각은 없네. 자, 같이 올라가자, 프루레디."

사탄의 제안에 프루레디의 안색이 대번에 바뀌었다.

무시할 수 있는 상대라 여긴 지크에게 얼굴을 얻어맞은 것은 둘째치더라도, 그에게 정신이 팔려 듀라한 나이트들 모두 전사한 지금의 상황은 물론, 마치 견학을 가는 학생처럼 즐거워 보이는 주군의 모습에 따른 실망감 등으로 그녀의 얼굴이 더욱 구겨졌다.

"예? 하, 하지만 저는 저자들과 함께 있고 싶은 생각이 추호도 없습니다! 게다가 저자들은 소중한 듀라한 나이트들을 모두 죽이지 않았습니까!"

그러자 사탄의 얼굴에서 미소가 사라졌다.

"듀라한 나이트들은 네가 내린 명령을 받고 전투하는 도중에 죽었다. 전투 상황에서 병사가 죽는 것은 당연한 일이지. 그리고 병사들의 죽음은 지휘관에게 책임이 있지 않나, 프루레디? 솔직히 네가 보여 준 지휘 능력은 그야말로 가관이었다. 오늘 벌어진 전투가 실제 상황이었다면 넌 지금보다 약간 불편한 상황에서 내 말을 들었을 것이다."

그의 말에 실린 가시는 프루레디의 기세를 단숨에 눌렀다.

사탄은 황색을 띠기 시작한 눈동자로 부하를 바라보며 그녀의 뒷머리를 매만졌다.

지금의 상황이 무엇을 뜻하는지 프루레디는 매우 잘 알고 있었다. 임무를 실패하고 돌아온 동료들의 머리가 이런 자세에서 사라지는 것을 그녀는 한두 번 본 것이 아니었다.

사탄의 실크 장갑이 전하는 부드러운 감촉에 그녀의 머리카락한 올 한 올이 쭈뼛쭈뼛 섰다.

"순수하지 못하다. 언제나 사심으로 가득하지. 그래서 넌 하인켈을 뛰어넘지 못하는 것이다. 개인 전투 능력은 하인켈과 맞먹을지 몰라도 지휘 능력이나 상황 판단 능력, 그리고 자신의 부하와 내 마음을 이해하는 능력은 모두 떨어지지. 마음을 좀 더 순수하게 가지거라, 프루레디. 내가 널 아끼는 마음이 완전히 사라지기 전에 말이다."

"아, 알겠습니다, 전하!"

"좋아, 그럼 올라가자꾸나, 프루레디."

사탄은 언제 그랬냐는 듯 웃으며 부하의 등을 두드려 주었다.

양팔을 가볍게 옆으로 늘어트린 사탄의 등에서 이윽고 백색의 빛이 뿜어지기 시작했다. 악마왕이라고는 생각되지 않을 정도로 부드럽고 푸근한 그 빛은 점차 날개의 형상을 띠었다.

책과 얘기로만 접해 왔던 사탄의 모습을 본 레디는 옆에 있는 지크를 꾹꾹 찔렀다.

"이봐, 지크."

프루레디에게 얻어맞은 복부를 아직까지 감싸 쥐고 있던 지크는 짜증스러운 얼굴로 그를 돌아봤다.

"왜?"

"사탄에 대해 아는 것 있어? 네 세계에서는 저 악마왕을 상당히 싫어하는 종교가 있다고 예전에 들어서 그래."

그 질문에 지크는 찡그리고 있던 인상을 살짝 폈다.

"웅? 웅, 어릴 적 고아원에서 수녀님께 들은 적 있어. 열두 장의 찬란한 날개를 가진 명성(明星)의 천사가 있었대. 그런데 그는 하늘의 3분의 1을 이끌고 신에게 대적하다가 미카엘에게 패하고 타천사가 되어 지옥으로 떨어지지. 그 과정에서 천사는 자신의 성스러운 원래 이름과 날개의 빛을 잃고 사탄이라는 악마의 이름을 얻게 된다고 해."

사탄이 신계의 3분의 1을 혼자 이끌고 싸웠다느니, 미카엘에게 패해 타천사가 되어 지옥으로 떨어졌다느니 하는 얘기는 레디가 알고 있는 것과는 상당히 동떨어진 말이었다.

그러나 그 뒤에 이어진 지크의 말은 의문을 가지기에 충분했다.

"하지만 이상하잖아. 내가 들은 얘기대로라면 검은빛을 내야 할 저 녀석의 날개는 여전히 빛나고 있어."

지크의 말대로 사탄의 등에서 솟아난 열두 장의 날개는 구름이 잔뜩 낀 덕분에 잿빛이 된 항구를 밝게 비추고 있었다.

레디와 지크의 의문은 거기에서 시작되었다.

아네라족은 신체가 보통 생물처럼 단백질이나 무기질이 아닌 정신력으로 이뤄진 고위 생명체다. 그것처럼 선신계의 천사 역시 신성력이라 불리는 또 하나의 정신으로 이뤄진 존재로서, 천사가 순수함을 잃고 사악의 길에 빠질 경우 신성력의 간판이라 할 수 있는 백색의 날개는 검은색으로 물들게 된다.

하지만 사탄의 날개는 하얗다 못해 찬란하기까지 했다.

이전에 싸웠던 디바인 크루세이더의 천사들이나 메타트론도 사탄과 같은 수준은 아니었다. 간단히 표현하자면 백합의 꽃잎과 강력한 표백제에 씻긴 하얀 손수건의 차이라고나 할까.

"천사들이나 악마들이 알고 있는 가즈 나이트에 대한 소문도 우리가 아는 바와 다르지."

바이론과 휀을 제외한 모두의 시선이 리오에게 쏠렸다.

사탄의 날개가 아름답게 움직이는 모습을 마치 예술품 감상하듯 바라보던 그는 씩 미소를 지었다.

"우리를 본 적 없는 선신계 천사들이나 악마들은 가즈 나이트에 대해 흔히 이렇게 말하지. 피와 전투에 굶주린 주신의 사자라든가, 방법이 어떻든 임무만을 처리하고 가버리는 무책임한 자들이라든 가, 수천, 수만을 베고도 눈 하나 깜짝하지 않는 철면피라든가 말 이야. 우리나 우리를 알고 있는 사람들이 흔히 쓰는 사탕발림꾼이 나 감전된 얼간이, 회색분자 같은 애칭은 그들의 입에 절대 거론되 지 않아. 후훗, 그 경우와 전혀 다를 바 없을 것 같은데?"

"음."

지크는 뭔가를 알겠다는 듯 진지한 얼굴로 고개를 끄덕였다.

하지만 그 직후 그가 레디에게 한 말은 지금의 분위기를 깨기에 매우 적절했다.

"사탕발림꾼이라 불리는 데 콤플렉스가 있긴 있나 봐, 저 녀석."

레디는 어찌 대응해야 할지 망설여졌다. 한 손으로 이마를 감싼 채 고개를 숙인 리오의 모습 때문이었다.

"흠, 어쨌든 사탄의 날개가 하얀 이유는 나중에 차차 알게 되겠 지. 지금 신경 쓸 일은 그게 아니니 깊게 고민하지 마."

레디와 지크의 의문은 그렇게 대충 넘어가게 되었다.

한편 그들의 얘기에 잠시 귀를 기울이고 있던 사탄은 눈을 감은 채 웃으며 말했다.

"듣거라, 프루레디. 위에서 그 어떤 황당한 경우를 당하더라도 절대 흥분하지 말거라. 이건 명령이 아니라 부탁이다."

"예? 무슨 말씀이십니까, 전하?"

"음, 아주 오래 전 피엘 플레포스에게 들은 얘기 때문이다. 저기 밑에 있는 친구들은 싸움도 잘하지만 그만큼 엉뚱한 구석이 다분하다 들었거든. 자, 올라가자."

사탄이 천천히 떠오르자 프루레디 역시 등에 달린 악마의 날개를 활짝 펴고 날갯짓을 했다. 그에 맞춰 리오 일행 역시 기함인 라인하이트를 향해 몸을 띄웠다.

휀과 바이론은 서로 다른 곳에 시선을 둔 채 꼼짝하지 않았지만 그들에게 말을 거는 일행은 없었다. 그렇다고 그들을 무시하는 사람도 없었다.

밝혀진 진실에 가장 충격을 많이 받은 사바신을 포함해 모두가 그들에 대한 걱정을 지우지 못했다.

모두가 올라간 뒤, 묵묵히 바다를 바라보던 바이론이 휀에게 시선을 돌렸다.

"고해성사를 하니 기분이 어떤가. 크큭, 말도 제대로 못할 만큼 감동적인가?"

묵묵히 담배를 문 휀은 바이론을 흘끔 돌아봤다.

"네가 세상에서 가장 두려워하는 것은 뭐지?"

바이론은 대소를 터트렸다.

"크하핫! 나에게도 고해성사를 추천하는 건가?"

"비슷하다."

휀의 담배 끝에서 흐른 연기가 바이론의 두꺼운 흉근을 스치고 지나갔다.

웃음을 멈춘 바이론은 잠시 침묵 후 다시 입을 열었다.

"리오를 오랜만에 만나고 지크를 처음 만나기 전까지는 두려운 것이 없었다. 그러나 편집증 환자처럼 자신의 옛 애인을 하염없이 쫓는 리오, 자신 앞에 차례로 나타나는 고차원의 강자들의 모습에 두려워하기는커녕 아이처럼 즐거워하는 지크 등, 녀석들의 모습을 볼 때마다 내 눈앞에 옛날의 내 모습이 떠올랐다. 잊혀진 줄 알았던 그 모습은 점차 강렬해졌고, 결국 그것은 두려움으로 변했다."

상당히 애매모호한 말이었다.

앉기 좋게 박힌 나무 말뚝에 걸터앉은 바이론은 설명하듯 말을 이었다.

"크큭, 그렇게 우스울 수 없었다. 모두에게 배신당하고 쓰러진 나 자신의 허약한 모습을 극도의 광기로 감춘 나의 모습이 말이다. 어둠 속에 모든 것을 감추려 한 나와는 달리 리오와 지크 같은 녀석들은 자신들의 모습을 모두에게 보여 주고 그에 대한 해결책을 찾아 나섰다. 녀석들과 내 모습을 비교해 보니 이런 생각이 들더군. 난 자신의 모습을 남에게 밝힐 용기가 없는 겁쟁이일지 모른다고 말이다……, 크크큭."

그의 말을 담배 연기와 함께 음미하던 휀은 10여 년 전, 자신이 주신의 명을 거역할 때의 기억을 떠올려 봤다.

임무는 매우 쉬웠다. 저항하기는커녕 비명도 지르지 못할 꼬마 아이 하나를 처리하고 임무를 완수했다는 보고만 하면 되었다. 그 외에 시끄러운 일은 보고된 바가 없으니 예전보다 흐트러진 자신을 추스를 시간도 충분히 벌 수 있었다.

하지만 휀은 클라리스라는 작은 아이를 벨 수 없었다.

부모와 함께 있는 클라리스의 모습을 보는 순간 갑자기 가슴이 뛰고 피가 역류하는 듯했다.

이상했다. 부모가 보는 앞에서 아이를 벤 경험도 있지 않은가.

클라리스는 부모 앞에서 언제나 환히 웃었다. 그러나 그 아이를 오랫동안 관찰한 휀은 알고 있었다.

그녀를 돌보는 궁인부터 친혈육인 왕도, 왕비도 그녀에게 보이지 않을 정도로 얇지만 두꺼운 벽을 둔 채 생활했다. 눈치가 빠른 만큼 자신에 대한 모두의 생각을 알고 있는 클라리스는 외롭고 슬펐지만 웃음을 잃지 않았다.

자신이 웃는다면 모두가 편하다는 것을 알기 때문이었다.

휀은 그 아이의 모습에서 자신의 모습을 돌아보았다.

어줍잖은 빛으로 자신의 감정을 완전히 포장한 채 일에만 몰두하는 모습. 그리고 남이 자신에게 품는 감정을 알면서도 애써 무시하는 모습이 그 어느 때보다 강렬하게 다가왔다.

자아의 혼란에 빠진 휀은 결국 클라리스를 죽이지 못했고 오랜 시간 동안 에스토드 왕국을 떠돌았다.

피엘로부터 수차례 연락하라는 요청을 받았지만 깨끗이 무시했다.

하염없이 떠돌던 그는 복제된 브롤과 투르바 등의 야만족이 설치는 모습을 보고는 클라리스, 아니 순수의 결정체를 지키기 위해 에스토드의 수도로 발길을 돌렸다.

그것은 누구의 의지를 따른 것이 아니라 자신의 의지에 따라 내린 결정이었다.

이후 우여곡절 끝에 에스토드의 재상이 된 휀은 많은 사람들을 곁에 두게 되었다. 그리고 가즈 나이트가 된 이후 처음으로 10년간 같은 사람들, 그리고 같은 장소에서 생활한 그의 머릿속에는 한 가지 단어가 점차 뚜렷하게 자리 잡는다.

바로 '걱정'이었다.

겉으로 드러내진 않았지만 슈웰이나 크리스가 수련 중에 다치거나 이반 등의 부하들이 일을 당하면 그의 마음속에 심한 동요가 일어났다. 그리고 그 동요가 어째서 일어나는지 알지 못한 채 방황하던 그는 리리스와의 전투 후 죽음을 꾸몄을 때, 자신에게 일어나는 동요의 이유와 자신이 진정으로 가야 할 길을 깨닫게 되었다.

"호오, 깨달았다? 뭔지 들어 보고 싶군. 나에게도 도움이 될지 궁금하거든."

바이론의 물음에 휀은 다 피운 담배를 신발 바닥으로 비벼 끄며 답했다.

"큰 것은 아니다. 내 자신을 잃으면 같이 있는 사람도 잃고 만다는 사실뿐이다."

말을 마친 휀은 기함으로 돌아가기 위해 몸을 슬며시 띄웠다.

그의 말을 곰곰이 생각하던 바이론은 이내 피식 웃으며 고개를 저었다.

그 모습은 간단한 일을 너무 어렵게 생각해 버렸다는 자학과도 같아 보였다.

"그래, 넌 휀 라디언트고 난 바이론 필브라이드다. 남에 대해 열렬히 신경 쓰고 사는 자원봉사 요원이 아니지. 크큭, 크하하핫!"

바이론의 모습마저 비행선단의 기함으로 사라지자 반그라드는 딸에게 시선을 돌렸다.

그는 꽤 깊은 생각에 빠져 있는 딸의 어깨를 툭툭 두드렸고, 마르티네즈는 어깨를 두드리는 아버지의 손이 빨라질 때까지 생각에서 깨어나지 못했다.

"아, 죄송해요, 아버지."

"아니다. 그런데 무슨 생각을 그리 열심히 했느냐? 내 딸 마르티네즈는 머리보다 몸이 먼저 나가는 아이인데?"

마르티네즈는 씁쓸히 웃고는 물었다.

"아버지, 전 누구일까요?"

"음? 무슨 말이냐?"

"아버지께서 말씀하신 것처럼 머리보다 몸이 먼저 나가는 여자일까요, 아니면 4년간의 역경을 극복하고 지옥에서 살아 돌아온 여자일까요? 전 제 자신을 아직도 모르겠어요. 스물넷이면 시집가고도 남았을 나이인데…… 제 자신을 모르겠어요."

그러자 반그라드는 크게 웃음을 터트렸다.

"오오, 그래? 하하핫, 우리 딸이 시집을 가고 싶은 모양이구나. 이거 경사인걸?"

"아, 아버지! 저는 진지하게 여쭙고 있는 겁니다!"

다툴 때 외에는 달아오른 딸의 얼굴을 볼 기회가 없었던 반그라드는 지금 딸의 모습이 그리도 귀여울 수 없었다.

그는 자신감 있게 팔짱을 끼어 보였다.

"며칠 전, 넌 나에게 추억에 대해 얘기해 줬단다. 네가 말한 추억이란 때로는 우습고 때로는 슬펐지. 어찌 됐건 지금에 와서는 웃을 수 있는 추억이었다. 그 추억이란 것이 왜 즐겁고 소중한지 넌 아느냐?"

마르티네즈는 고개를 갸웃했다.

반그라드는 딸이 줬던 검을 돌려주며 말했다.

"추억 속엔 동료나 친지들의 모습만 있는 게 아니다. 절대적인 공통분모가 있지. 바로 자신의 모습이 있단다. 옛 일기를 봤을 때 모든 사람들이 웃거나 부끄러워하는 것도 그 속에 잊고 있던 자신의 모습이 있기 때문이지."

문득 떠오르는 것이 있었다.

그녀 자신이 가이라스에서 말스로 돌아올 때 꼭 껴안고 온 것은 검도 갑옷도 아닌 일기였다. 말스를 떠나기 전 그녀의 조모가 준 그 튼튼한 일기장에는 그녀가 잊으려 노력한 4년간의 모습이 그대로 담겨 있었다.

마르티네즈는 그제야 조모의 뜻을 알 것 같았다.

'그 어떤 어려운 일이 닥치더라도 자기 자신을 잊지 말라는 말씀이셨구나. 하지만……'

아직도 이해되지 않는 부분이 있었다. 바로 그 일기장에 적힌 리카와 클루토에 대한 것이었다.

"아버지. 혹시 리카가 누군지 아세요? 클루토가 조상님이신 크리스토퍼 베르토 님의 별명이란 것은 알지만 리카는 누군지 모르겠어요."

갑작스러운 질문에 반그라드는 잠시 딸을 바라봤다.

"그 이름은 어디서 들었느냐?"

"4년 전, 가이라스 왕국으로 가기 전에 할머니께서 일기장을 주셨어요. 그 일기장의 앞과 뒤에 리카라는 이름과 조상님의 별명이 각각 쓰여 있었죠."

"일기장에? 후후, 하하핫!"

일기장이란 말에 반그라드는 이마를 잡고 크게 웃었다.

딸의 말이나 모친의 행동이 우스워서가 아니다.

그가 젊었을 적, 전쟁으로 인해 집을 떠나야 했을 때 그의 모친이 주었던 일기장에도 그와 같은 것이 쓰여 있었다. 구사일생까지는 아니었지만 힘겹게 전쟁에서 승리해 살아 돌아온 그는 귀가한 당일 날 지금의 마르티네즈와 같은 질문을 그의 어머니에게 했다.

그때의 기억이 나서 웃은 것이었다.

"나도 어머니께 같은 질문을 했단다. 어머니께선 이렇게 대답해주셨지. 아주 오래 전, 어린 나이로는 도저히 견딜 수 없는 힘겨운 모험을 하면서도 누군가를 끊임없이 믿고 존경하며 역경을 해쳐간 용감한 아이들이 있었단다. 그러나 너도 알다시피 책의 표지와 뒷표지는 서로에게 등을 돌린 채 떨어져 있을 수밖에 없지 않느냐. 그 아이들 역시 자신의 의지와는 상관없이 헤어졌고, 결국 만날 수 없게 되어 버렸단다. 홀로 남은 소년은 자신이 좋아했던 그 소녀와 그 소녀를 다시 찾아오겠다던 그 누군가를 믿고 지금까지도 기다리고 있다 하셨지. 진짜인지 가짜인지는 모르겠지만 일기장 앞면과 뒷면에 새겨진 이름은 그 소녀와 소년의 이름이라고 하셨다. 소년이 바로 클루토, 조상님이신 크리스토퍼 베르토 님이시고 그분께서 끝까지 기다리신 소녀가 리카란다. 듣자 하니 반세기 전에 대가 끊긴 아르반 가문의 선조 중 한 분이라고 하던데…… 잘 모르겠구나."

"그렇군요."

마르티네즈는 쓸쓸히 웃으며 리오 일행이 올라간 비행선단을 올려다봤다. 뭔가 느껴져서일까.

딸의 그런 느낌을 아는 듯 반그라드 역시 비행선단을 바라보며 딸의 어깨를 다시금 두드렸다.

"자, 이제 우리가 해야 할 일을 하러 가자꾸나. 저기 위에 있는 사람들만 바쁜 게 아니란다, 마르티네즈."

"예, 아버지."

마르티네즈는 아버지와 함께 항구를 떠났다.

항구에 들어올 때와 달라진 점이 있다면 그녀와 반그라드가 나란히 서서 걷고 있다는 사실이다.

마르티네즈가 10대에 들어서면서 부녀간의 다툼이 시작된 이후 그들은 마차를 이용할 때나 높은 사람의 연설을 들을 때 외에는 나란히 서 본 적이 없었다. 대화를 해도 딱딱하기 그지없었기에 반그라드를 아는 사람이라면 다 알고 있는 사실이었다.

그래서 그들의 뒤를 따르는 근위대장의 눈에 서린 놀라움은 진했다.

'반그라드 님께 좀 배워야 할까? 나도 아이들이랑 사이가 좋지는 않은데.'

고개를 저으며 베르토 부녀를 따르는 근위대장의 모습은 에스토드의 비행선단을 보러 다시 항구로 몰려드는 인파에 묻혀 어느덧 보이지 않게 되었다.

2

빛나는 12장의 날개

"세상에!"

다르칸은 열두 장의 날개를 화려하게 펄럭이며 내려오는 사탄의 모습에 입을 다물지 못했다.

옆에 서 있던 프레데릭은 긴장감이 섞인 목소리로 중얼댔다.

"악마왕 사탄…… 아마겟돈 때 악마군단의 최전선에 서서 동족인 천사들을 가장 많이 도륙한 존재. 그 대전쟁 이후 살육과 잔악, 그리고 반역의 대군주라 불리지. 화면으로 본 적은 많지만 이렇게 직접 보니 느낌이 새롭군."

프레데릭은 갑판을 향해 내려오는 사탄을 주시했다. 사탄 역시 그 시선을 느낀 듯 프레데릭과 눈을 맞추며 빙긋 미소 지었다.

"저 친구 역시나 이곳에 있었군. 따뜻한 마음을 지닌 아네라의 지르콘 나이트, 프레데릭. 기회가 되면 많은 이야기를 나누고 싶었는데 오늘은 정말 운이 좋은 날이군."

"예? 무슨 말씀이신지 여쭐 수 있겠습니까, 전하?"

프루레디의 질문에 사탄은 고개를 끄덕였다.

"알다시피 아네라는 신에 가까운 정신 생명체다. 그들이 가진 지식과 문화는 아네라 스스로를 심각한 지루함에 빠트릴 정도로 수준이 높지. 그래서 대부분의 아네라들은 자신들 외의 존재나 자신들의 세계 밖에서 일어나는 일에 상관하지 않는다. 무슨 일이 생길지 궁금하지 않으니까. 그러나 저 프레데릭이라는 아네라는 달라. 눈앞에 어떤 일이 생기면 자신의 양심이 가리키는 방향으로 움직이고, 문제 해결 방법에 대해 끊임없이 탐구하지. 머리가 나쁜 아네라족이라 할 수도 있겠지만 난 그가 마음에 든다."

이윽고 사탄이 갑판을 딛자 다르칸이 그에 맞춰 예를 올렸다. 그가 아무리 아스타로트를 따르는 악마라지만 눈앞에 있는 사탄을 대놓고 무시할 수 있는 존재는 아니었다.

"어서 오십시오. 살육과 잔악, 그리고 반역의 대군주 사탄이시여. 라인하이트에 오신 것을 환영합니다."

사탄은 깊숙이 고개를 숙인 다르칸을 향해 살짝 고개를 끄덕였다.

"오랜만이네, 악마대공 다르칸. 새로운 친구들과의 생활은 어떠한가?"

다르칸은 고개를 들며 사탄의 말을 가볍게 받아넘겼다.

"그 친구들 덕분에 전하와 싸우게 됐으니 과히 좋지는 않은 것 같습니다."

"후후, 그런가? 아, 하인켈은 어디 있나. 하루라도 그를 보지 않으면 걱정이 드는 체질이라 그를 빨리 만나고 싶군."

"제가 안내하겠습니다. 저를 따라 주십시오."

사탄은 갑판에 프루레디를 남겨 둔 채 다르칸을 따라 객실로 향했다.

갑판 위에 잠시 침묵이 흘렀다.

프레데릭의 뒤에 물러서 있던 이반과 발렌시아는 프레데릭과 다르칸, 그리고 사탄 사이에 흘렀던 대화를 전혀 듣지 못했기에 지금 다르칸의 인사를 받고 객실로 간 천사가 누구인지, 그리고 그 대량의 날개를 지닌 천사와 함께 라인하이트의 갑판에 내려온 악마는 누구인지 몹시 궁금해했다.

"어떤 것 같습니까, 이반 사령관님? 아까 들어간 남자 천사는 그리 호전적이지 않고 기품마저 흐르던데, 저 여자 악마는 인상이 사납군요."

"난 그것보다 천사와 악마가 같이 배에 내려왔다는 사실이 더 이상해."

이반은 탐구심을 발휘해 프레데릭에게 다가갔다.

꽃병을 무기로서 들었던 처음과는 달리 지금은 죽이 잘 맞는 둘이기에 귓속말은 문제도 아니었다.

"프레데릭, 지금 오신 천사분과 저기 있는 악마분은 무슨 관계요?"

프레데릭은 잠시 고민했다. 정직은 친구 사이에 꼭 필요한 것이라고 내내 주장하는 그였지만, 솔직히 말하면 악마왕 중 가장 사악하고 악명 높다고 소문이 자자한 사탄이 이 세계에 강림했다는 뜻이기에 그는 말을 돌리기로 마음먹었다.

"이번 일을 도와주기 위해 잠시 방문한 분들이오. 걱정하실 필요는 없소."

최고위 악마인 만큼 귀도 밝은 프루레디는 그 대답을 듣자마자 피식 웃었다.

"흥, 거짓말을 잘도 하는군, 지르콘 나이트. 잘 들으시오, 거기 있는 늙은 인간. 난 악마왕 사탄 전하의 휘하에 있는 제2결사단 듀라한 나이트의 단장 프루레디요."

상당히 큰 목소리였기에 이반과 발렌시아, 그리고 주위에 있는 모든 에스토드 병사들의 얼굴이 새파랗게 질렸다.

프루레디의 솔직한 자기소개는 자기가 모시고 온 사람이 누구겠냐는 질문과 같은 것이었기에 이반은 떨리는 목소리로 그녀에게 물었다.

"그, 그렇다면 지금 객실로 들어간 천사가 바로……."

"그렇소. 바로 고귀하신 우리의 구세주, 사탄 전하…… 읍!"

순간 프루레디의 말문이 막히고 말았다.

그녀의 입을 뒤에서 급히 막은 지크는 크게 웃으며 소리쳤다.

"하하, 이 누님은 농담을 굉장히 잘하시죠. 너무 크게 신경 쓰실 것 없어요, 할아버지. 설마 진짜 사탄이 차나 한잔하고 사람들이나 보러 이곳에 왔겠어요? 하하핫!"

"읍, 으으읍!"

그녀가 힘으로 지크의 손을 떼려 하자 이번에는 리오가 그녀의 입을 막고 등을 떠밀었다.

"가끔 과대망상증이 발동하는 아가씨죠. 배가 고프면 히스테리를 부리기도 하니 여기 있는 동안 이해해 주시길 바랍니다. 자, 프루레디 양? 인상을 쓰면 예쁜 얼굴이 망가지니 따뜻한 수프라도 먹으며 마음을 가라앉히는 것이 어떨까요?"

"으읍! 으으으읍!"

이런 황당한 대우를 생전 누구에게도 당해 본 적 없는 프루레디는 전신의 피가 머리에 쏠리는 듯한 느낌을 받았다. 그러나 이곳에 오기 직전 사탄이 그녀에게 내린 지시 덕분에 피를 봐야 하는 상황까지 벌어지지 않았다.

결국 프루레디는 리오, 지크, 그리고 사바신 등에 의해 억지로 끌려 내려갔고, 지크와 리오에게 완벽히 속아 넘어간 이반은 안도의 한숨을 내쉬었다.

그래도 억지라는 인상을 지울 수는 없었는지 그는 다시 프레데릭을 바라봤다.

"정말 아무 관계도 없는 손님이오?"

"저 친구들을 믿는 것이 좋을 것 같소."

프레데릭은 자신의 두꺼운 목을 이리저리 풀며 프루레디가 끌려간 선실 쪽으로 향했다.

"이반 사령관님, 각하는 정말 희귀한 친구분들을 많이도 두고 계시는군요."

자신에게 담배를 권하며 다가온 발렌시아의 말은 이반의 깊은 동감을 끌어내기 충분했다.

"그러니 말일세. 10년 전부터 느낀 것이지만 하여튼 대단한 분이셔. 부인부터 최근에 온 동생이란 아가씨에, 친구들인지 부하인지 모를 6인조 등등…… 저렇게 인맥이 넓은 분도 드물 거야."

"그렇죠."

발렌시아는 웃으며 담배 연기를 흠뻑 빨아들였다.

"아, 그런데 공주님은 어디 계신 겁니까? 같이 오셨다는 말만 들었지 한 번도 못 뵈었습니다."

클라리스에 대한 말이 나오자 이반은 고개를 갸웃거렸다.

"음, 나도 확실히 모르겠네. 현재 이곳에 있는 비행선들 어디에도 안 계신 것을 보니 저기 뒤에 있는 공중요새 중 한 곳에 계신 것 같아. 하긴, 장난감 같은 비행선보다는 공중요새가 훨씬 낫겠지."

이윽고 휀과 바이론이 갑판에 내려왔다.

사탄과 프루레디, 그리고 리오 일행 때문에 술렁거리던 갑판 분위기는 일순간 바람 소리와 엔진 소리만이 남는 침묵 속에 빠져들었다. 휀 하나만으로도 분위기가 정리되는 마당에 바이론까지 같이 있어 침묵의 수준은 더했다.

"이반, 손님들은?"

"예, 지금 방금 객실로 내려가셨습니다. 더 지시하실 사항은 없으십니까?"

"자네와 발렌시아는 말스 왕을 찾아가 상황을 대강 설명해 주도록. 이 나라가 침략을 당했느니 어쩌느니 하며 신하들과 함께 입씨름을 하고 있을 테니까."

"알겠습니다. 맡겨 주십시오."

휀은 곧장 뒤도 돌아보지 않고 객실로 향했다.

이반과 발렌시아는 달라지지 않은 상관의 모습에 흐뭇한 미소를 지었다.

크리스와 하인켈의 체스 승부는 언제나 불꽃이 튀었다.

초보 다르칸은 그렇다 치더라도 에스토드의 고수 중 한 명인 예전의 집사 란슬롯과 이반, 그리고 웬만큼 실력을 갖춘 휀 등등, 주위에 있는 모든 고수들을 연파한 무적의 재상 부인 크리스. 그리고 사탄과 함께 지옥 최고의 체스 플레이어 중 한 명으로 꼽히는 하인켈. 그 둘의 대결은 한 판당 걸리는 시간만큼이나 강한 긴장감이 흘렀다.

'이 체스 판도 가혹한 운명을 타고났구나.'

체스 판을 산 장본인인 슈웰은 그 체스 판이 왠지 자신과 비슷하다고 생각됐다.

휀이 아니었다면 꼼짝없이 죽었거나 지금과 같이 초차원적 존재들을 아무렇지도 않게 만날 수 있는 인생과는 전혀 상관없는 삶을 살고 있을 것이다.

체스 판도 그와 마찬가지 아닌가. 자신이 아니었다면 어떤 아이의 생일 선물이 되었거나 그 이상의 평범한 삶을 살고 있을 것이 분명했다.

그런 생각을 하니 지난 10년간의 생활이 주마등처럼 눈앞을 지나갔다.

휀을 처음 만났던 때, 크리스를 처음 만났던 때, 그리고 리오 등의 수많은 사람들을 만났던 모든 시간들이 거짓말처럼 느껴졌다.

'이제 이번 전투가 끝나면 모든 것이 제자리로 돌아가겠지? 휀도, 프레데릭 아저씨도, 다르칸 아저씨도…… 그리고 나도.'

슈웰은 쓸쓸히 웃음을 지었다.

크리스와 하인켈은 자신들 사이에 바짝 붙어 있는 그녀가 그런 고민을 하고 있다는 사실조차 알지 못한 채 승부에만 열중했다. 그런 그들이 조금 후 들어온 손님이 누군지 확인할 리는 만무했다.

"어?"

슈웰은 다르칸과 함께 객실에 들어온 손님의 모습에 탄성을 터트렸다.

코트와 장갑 등으로 자신의 몸 전체를 순백색으로 도배한 것은 물론이거니와 두툼한 머플러로 코 밑까지 덮은, 처음 보는 사람이긴 했지만 휀 이상의 알 수 없는 분위기를 가진 남자였다.

만면에 미소를 지은 그 남자는 슈웰에게 살짝 손을 흔들어 보인 후 하인켈이 있는 쪽을 바라봤다.

뭔가 느낀 슈웰은 하인켈을 부르기 위해 그의 팔에 손을 뻗었지만 그 남자는 고개를 살짝 저었다.

—괜찮다 소녀여. 하인켈이 저렇게 즐거운 모습으로 체스에 열중하는 것은 정말 오랜만에 보는구나. 그냥 놔두거라.

머릿속에 들려온 남자의 목소리에 슈웰은 멍하니 고개를 끄덕였다.

이른바 정신감응이라 하는 그 기술은 슈웰이 여러 차례 휀이나 프레데릭, 리오 등에게 전수받으려 애썼지만 결국 배우지 못한 고난이도 기술이었다.

그것을 사용하는 것 자체가 대단한 기량임을 아는 슈웰은 별다른 말 없이 하인켈과 크리스의 결전장으로 시선을 돌렸다.

조금 후, 시끄러운 소리와 함께 붉은 갑옷을 입은 낯선 여성과 그녀를 끌고 내려오다시피 한 리오 일행이 객실로 들어왔다.

그들이 뭔가를 부술 듯한 기세로 거칠고 빠르게 내려왔기에 크리스와 하인켈의 승부는 중단되고 말았다.

"저, 전하!"

소리를 몰고 온 사람들에게 시선을 돌리던 하인켈은 코트 주머니에 손을 꽂은 채 서 있는 사탄의 모습에 경악을 감추지 못했다.

놀란 것은 하인켈뿐만이 아니었다.

리오 일행에게 끌려 내려온 프루레디는 가면을 쓰지 않은 하인켈의 모습에 상당히 의아한 표정을 지었다.

'하인켈 단장이 가면을 벗는 경우는 전하나 단장 자신의 가족과 같이 있을 때 외에는 거의 없다고 들었는데…… 적이나 다름없는 자들과 함께 있으면서 가면을 벗고 있다니, 도대체 무슨 경우지?'

한편 사탄을 보는 크리스의 시선도 그리 심상치는 않았다.

그를 왠지 어디선가 만난 것 같았지만 명확하게 기억이 나지 않았다. 지금의 사탄과 비슷한 차림에 비슷한 머리를 한 꼬마 마족을 오래전에 만났다는 것 외에는.

하인켈은 즉시 사탄 앞에 무릎 꿇고 엄숙히 예를 올렸다.

"제1결사단장 하인켈, 사탄 전하께 감히 인사를 드리옵니다. 소인의 무례를 용서해 주십시오, 전하."

"아니네. 자네가 무사한 모습을 보니 내가 더 기쁘군. 디아블로가 자네와 붙고 왔다는 얘기를 하기에 얼마나 놀랐는지 아나? 자네도 알다시피 디아블로만큼 무서운 무력을 지닌 악마왕도 없지 않나. 여하튼 무사해서 정말 다행이네."

"저, 전하, 망극하옵니다."

"후후, 일단 앉지. 사람들과 할 얘기가 상당히 많네."

이후 프레데릭과 훼, 바이론을 비롯한 모두가 모인 자리에서 나온 얘기는 조금 전 항구에서 나온 것과 별반 차이가 없었다.

프레데릭과 다르칸은 이번 일이 어떤 연유로 해서 여기까지 왔는지 어느 정도 예상하고 있었기에 평소대로 명상하듯 눈을 감거나 쓴웃음을 짓는 것 외에 특별한 행동은 취하지 않았다.

이야기를 모두 들은 프레데릭은 눈을 뜨고 훼을 바라봤다.

"그렇다면 순수의 결정체, 아니 클라리스 공주가 폭주할 가능성은 얼마나 되나? 지금 들어 본 얘기로 보면 이번 결전이 성공한다 해도 그녀의 폭주를 막을 가능성이 100퍼센트는 아니라는 생각이 드는군."

사무적인 질문이었다. 이후 이어진 훼의 대답에도 개인적인 감정은 실리지 않았다.

"절반…… 아니 4분의 1이다. 전투에서 이긴다 해도 리리스를 성공적으로 잡지 못한다면 확률은 0으로 돌아가게 된다. 100퍼센트로 만들고 싶다면 전투에서 승리하고, 추가로 리리스도 확실히 잡으면 된다."

"확실히 잡는다는 것이 뭔지 설명해 보겠나?"

강한 차의 향내와 함께 밀려온 다르칸의 질문에 모두 집중했다. 휀의 대답이 이번 일의 성패를 좌우하는 것이기 때문이다.

"리리스가 사용한 술수는 리리스를 죽인다 해도 풀 수 없는 것이다. 그러니 일단 잡은 후 그녀 스스로 순수의 결정체에게 건 주술을 풀게 하는 것이다."

객실 내의 공기가 크게 가라앉았다. 휀의 대답이 너무 막연했기 때문이다.

"이봐 대장, 잡는 것은 그렇다 쳐도 스스로 주술을 풀게 만드는 것은 어떻게 할 거야? 살살 구슬려서? 아니면 고문으로? 확실히 하자, 대장. 솜사탕 먹는 것은 좋아해도 뜬구름 잡는 것은 싫어. 특히 이런 상황에선."

지크의 말에 반론을 펼치는 사람은 없었다.

하지만 휀은 자신 있게 그 방법을 얘기해 주었다.

"순수의 결정체를 폭주시킨다 해서 리리스가 얻는 것은 아무것도 없다. 순수의 결정체가 폭주하게 되면 이 세상에 남는 것은 아무것도 없지. 천사든 악마든 인간이든 구별하지 않고 없앨 테니까."

"그, 그 공주님이 그렇게 강해?"

지크의 표정이 단숨에 바뀌었다.

"물론이네. 순수의 결정체는 신계의 시간으로 1억 년에 한 번씩 나타나는 극한의 에너지지. 천사와 악마와 같은 중급 혹은 고위급 정신 에너지 생명체를 최상위급 신으로 만들어 줄 정도로 진하고 강하네. 최상위 신의 힘이 어느 정도인지 잘 안다면 그 에너지가 파괴적 자아를 가지고 폭주할 때의 상황을 어느 정도 예상할 수 있 겠지?"

"호호, 젠장."

사탄의 설명을 들은 지크는 탁자를 이마로 지그시 눌렀다.

모두의 표정도 그리 좋지 않았다. 리리스의 문제, 그리고 폭주하 게 됐을 때의 뒤처리 등 모든 것이 불확실한 지금으로서는 누구도 최선의 해결책을 떠올리지 못했다.

잠시 침묵 후, 묵묵히 팔짱을 끼고만 있던 프레데릭이 고개를 들 었다.

"어찌 됐건 싸움은 피할 수 없는 상황 같군. 리리스와의 싸움이 실패하면 순수의 결정체와 싸울 테니 말이야. 여기 있는 사람들 중 에서 어떤 전투가 벌어지든 싸움을 피해 도망칠 사람이 없는 것은 사실이니 초반부터 걱정할 필요는 없지 않나?"

"헤헷, 좋아. 일단 부딪혀 보자고. 부딪혀 보지도 않고 고민하거 나 포기하는 건 이 지크 님의 성격에도 맞지 않아."

지크는 밝게 웃으며 프레데릭의 갑주를 손등으로 가볍게 쳤다.

리오 역시 미소를 띠었다.

"예견된 싸움을 없애느냐, 아니면 그대로 하느냐인가? 그리 나 쁘진 않군."

모두의 생각은 어느 정도 일치되는 듯했다. 그러나 처음부터 표 정이 좋지 않던 사바신의 얼굴은 여전히 밝지 않았다.

그는 슬그머니 휀을 바라봤다. 운이 없게도 휀과 시선이 마주친 그는 움찔하며 시선을 돌리려 했지만 휀은 그를 놓아주지 않았다.

"마음이 흔들리면 지금 돌아가라. 하나에 집중하지 않은 사람은 이번 일에 필요하지 않다."

"이런, 닥쳐!"

순간 감정이 폭발한 사바신은 주먹으로 탁자의 정중앙을 내리쳤다.

자연석을 간단히 깨는 그의 주먹이기에 나무 탁자가 부서지는 것은 당연했지만 이상하게도 탁자엔 거미줄 같은 금이 갈 뿐, 그이상 파괴되지 않았다.

"최초로 마음이 흔들린 것도, 일을 여기까지 만든 것도 바로 너잖아! 내가 지금 마음이 흔들리든 이후 10년 동안 마음이 흔들리든 상관하지 마! 넌 나에게 그런 말을 할 자격이 없어! 형편없는 비겁자에 위선자일 뿐이야!"

모두의 시선이 휀과 사바신에게 쏠렸다.

"크큭."

그러나 단 한 사람, 낮게 웃음을 터트린 바이론은 미리 들고 온술을 벌컥벌컥 들이켤 뿐이었다.

그의 두꺼운 목이 내는 소리에 맞춰 휀이 입을 열었다.

"살인자에 거짓말쟁이도 포함시키는 것이 어떤가."

"……."

"인정한다. 난 10년 전 실수를 했고 내 실수를 감추기 위해 너희에게 거짓말을 했다. 그 사실에 화가 나나?"

"뭐라고?"

사바신은 기가 막혔다.

눈앞에 앉아 있는 금발의 남자가 무슨 일이 발생해도 눈 하나 깜짝하지 않는 사람이란 것은 잘 알고 있지만 설마 이 정도로 뻔뻔할줄은 몰랐다는 듯, 그의 얼굴에 잡힌 주름이 잠시 펴졌다가 더욱더 일그러졌다.

"화가 나지 않을 사람이 어디 있어! 설마 잘했다고 그렇게 나불대는 것은 아니겠지?"

"그럼 됐다."

사바신의 생각을 확인한 휀은 곧장 담배를 물고 연기를 뿜었다.

"나의 행동에 화가 나고, 그것이 옳지 않은 일이란 것을 잘 안다면 넌 그렇게 하지 마라. 지금 상황에 한없이 집중하고 이번 일의 처리를 위해 몸을 던져라. 나에게 계속 화를 내고 싶다면 말이지."

사바신은 더 이상 아무 말도 하지 못했다.

아니, 할 말을 가슴속에 묻어 두었다고 하는 편이 옳았다.

그렇게 해서 이번 일에 대한 궁금증이나 불만은 거의 사라지게 됐다. 남은 한 가지는 리리스에 대한 것이었다.

"그런데 말이오, 사탄 아저씨. 그 순수의 결정체가 고위 악마를 신으로 만들 수 있을 정도의 힘을 가졌다면 리리스가 최고위 악신이 되어 당신을 누른 다음 자신의 것으로 할 수도 있잖아요?"

지크의 질문을 들은 사탄은 무슨 소리냐는 듯 눈을 크게 뜨고 그를 바라봤다.

"음? 가즈 나이트라면서 리리스에 대해 그렇게 모르나?"

그러자 지크는 퉁명스레 답했다.

"젠장, 가즈 나이트가 무슨 박사 학위인 줄 아쇼? 하여튼 모르는 사항이니 설명이나 해 주십쇼."

"흠, 그러지."

사실 리리스는 원래부터 악마로 태어난 존재가 아니라 인간이었다.

사냥꾼이었던 그녀의 인생은 그리 평범하진 않았지만, 그보다 더 평범하지 않은 일이 일어난 것은 최고의 사냥꾼으로 만들어 주겠다던 한 악마와 만났을 때였다. 중급의 그 악마는 리리스와 계약해 그녀의 영혼을 가지려 했지만 인간이라는 존재를 너무 우습게 본 그는 역으로 리리스에게 당해 버렸고, 악마의 모든 힘이 리리스에게 스며들었다.

그 일을 계기로 리리스는 인간이자 악마로서 생을 살게 되었고, 이후 다른 악마들의 육체와 힘을 아귀처럼 계속 먹어치우며 힘을 점점 키워 갔다.

그리고 아마겟돈이 일어나기 직전, 한참 세력을 모으고 있던 악신계에서 굴지의 힘을 가지게 된 그녀를 자신들 편으로 만들려 했지만, 그녀를 섭외하기 위해 보낸 악마들마다 그녀에게 먹혀 불귀의 객이 되어 버렸기에 결국 그들은 그녀를 없애기로 결정했다.

리리스의 힘이 강하긴 했지만 당시 악신계 측의 명장이었던 벨제브브나 디아블로에 감히 비할 바는 아니었기에 그녀를 없애는 것은 그리 어려운 일이 아니었다.

하지만 그 계획을 막아선 존재가 바로 사탄이었다.

"난 그녀가 왠지 불쌍했지. 악마를 먹는 겁 없는 인간이 아니라 막강한 힘과 소유욕에 의지를 조종당하는 가련한 존재로 보였네. 그래서 내가 직접 나서서 그녀를 악신계로 데려오리라고 모두에게 말했고, 그녀는 별다른 충돌 없이 나를 따라 악신계에 편입되었네. 아마겟돈이 벌어지는 동안 그녀는 천사들마저 먹어 치웠고, 결국 지금처럼 악마왕에 가까운 힘을 지닌 엄청난 존재가 됐지."

지크는 이해할 수 없다는 얼굴로 질문을 던졌다.

"아니, 악마와 천사를 사정없이 먹어 치우는 그 괴물 아줌마가 별다른 저항 없이 당신을 따라나섰다고요? 그런 법이 어디 있수?

보아하니 잘생긴 남자가 꼬셨다고 따라나설 정도의 순정파는 아닌 것 같은데."

사탄은 빙긋 미소 지었다.

"아, 물론 조건이 있었지."

사탄이 리리스에게 제시한 조건은 다름이 아니라 그녀의 외모와 관계된 것이었다.

셀 수 없을 정도의 악마들을 섭취하면서 그녀는 인간의 모습과는 전혀 다른 기형의 몸을 지니게 됐고, 그로 인해 생긴 외모에 대한 비관은 광기로 바뀌어 그녀의 폭식을 가중시켰다.

"그렇다면 휀과 싸울 때 리리스가 보였던 괴수의 모습이 바로 그녀의 진짜 모습이란 말이오?"

"그렇네. 사실 악마에게 있어서 모습을 바꾸는 것은 간단한 일이지. 하지만 그녀는 근본이 인간이었기에 악마에게서 빼앗은 피와 살, 그리고 높은 수준의 마력을 지니고 있었는데도 자신의 모습을 바꾸지 못했어. 마력과 악마의 육체를 사용할 줄 몰랐던 것이지. 난 그녀에게 변신의 방법을 포함한 많은 것들을 가르쳐 주었고, 덕분에 새롭고도 아름다운 모습을 지니게 된 그녀는 군말 없이 날 따라오게 됐네."

사탄이 보여 줬던 친절함과 상냥함. 그것에 고마움을 느끼기보다는 매료되었던 리리스는 아마겟돈 도중 숱한 사경의 길을 거치면서도 끝까지 살아남아 지금까지 오게 되었다.

이 긴 전쟁이 끝나면 자신의 은인이자 유일하게 사모한 존재인 사탄과 함께 오랫동안 행복하게 지낼 수 있으리라는 부푼 희망을 좇아서.

하지만 전쟁은 승자를 허락하지 않고 주신 하이볼크라는 숨은 권력자의 등장 무대가 돼 버린 채 허무하게 끝나고 말았다.

아마겟돈 중 아롤은 자신의 최고 무장들 중에서 신이 아닌 자들에게 악마왕이란 자리를 주었는데, 그것이 끝없이 서로를 견제해야 하는 자리라는 것을 안 리리스는 악마왕의 자리를 마다하고 대신 악마왕에 가까운 귀부인이란 칭호를 얻어 살아가게 된 것이다.

"당신을 차마 견제할 수 없어서 그랬단 말이군? 진짜 순정파인걸?"

지크의 감탄 어린 말에 사탄은 고개를 살며시 흔들었다.

"그렇긴 하지만…… 그 순정파 아가씨 덕분에 자네들이 이 고생을 하는 것 아닌가. 자, 이제 어느 정도 얘기가 끝났으니 마지막으로 선을 긋도록 하지."

"선?"

모두 사탄을 주시했다.

그가 탁자 위에 손을 얹자 사바신의 주먹에 의해 균열이 간 탁자는 마치 시간이 거꾸로 가듯 원상태로 복원됐다. 사탄은 그 위에 자신의 영역을 표시하듯 작은 부채꼴을 그렸다.

"난 이번 일이 끝날 때까지 이곳에 있을 생각이지만 관여하지 않을 것이네. 내가 관여할 시점은 자네들이 리리스를 성공적으로 잡았을 때 내지는 순수의 결정체가 폭주해 자네들이 전부 사망했을 시점이네. 리리스는 내가 설득할 것이니 자네들은 안심하고 싸우기만 하게."

그러자 리오가 쓴웃음을 지었다.

"이거 재주 부리는 곰이 된 느낌이군. 일단 싸워야 하는 사람이 우리라는 사실은 틀림없으니 당신의 청은 감사히 받아들이겠소. 그럼 당신의 오른팔인 하인켈 님의 일은 어찌할 생각이오? 당신이 참여하지 않으면 하인켈 님 역시 참여하지 못하는 게 당연하지 않소?"

"아, 하인켈 말인가."

사탄은 옆에 앉은 하인켈의 등을 두드리며 말했다.

"하인켈은 현재 근신 중이네. 고로 자네들 일에 참여하고 안 하고는 하인켈의 의사에 달렸지. 안 그런가, 하인켈? 자네 생각을 한 번 말해 보게."

"저, 전하."

하인켈은 당황함과 미안함이 섞인 얼굴로 사탄을 바라봤다.

사탄은 변함없이 따뜻한 얼굴로 그를 바라보았다. 처음 만났을 때의 모습과 다른 점이 있다면 얼굴과 목을 덮고 있는 흰색의 머플러뿐이었다.

그가 사탄을 처음 만났을 당시 사탄은 아직 자신의 성스러운 원래 이름인 '루시펠'을 간직하고 있는 상태였다.

생명의 힘을 파괴의 에너지로 바꿔 모든 것을 부수는 목도, 팔봉신 영룡을 들고 천사들의 육체를 사정없이 부수던 젊은 악마 전사 하인켈은 자신과 친구 아닌 친구가 되고 싶다며 어느 날 갑자기 자신 앞에 나타난 신계 제2위의 천사 루시펠의 모습에 강한 경계심을 가졌다.

그냥 천사도 아니고 최고위 천사인 메타트론보다 더 깊은 총애를 받는 그였기에 하인켈이 품었던 경계심은 당시 천사들에게 노예보다 못한 취급을 받던 악마의 입장으로서 당연한 것이었다.

하지만 자신을 꾸밈없이 대하는 루시펠의 모습과 마음에 하인켈의 그 경계심은 녹아내렸고 결국 둘은 오랜 동안 서로의 입장과 신계의 현 상황에 대해 토론을 나누며 더욱 가까운 사이가 되었다.

어느 날 루시펠은 친구라 부를 수 있게 된 하인켈에게 말했다. 언젠가 자신이 불의에 대항해 싸우게 될 날이 오면 자신을 반드시 도와 달라고.

젊은 하인켈은 친구를 위해 기꺼이 자신의 무력을 사용하겠노라 맹세했고, 얼마 후 아마겟돈이 일어나게 되었다.

천사 루시펠이 아닌 타천사 루시퍼로서 자신의 앞에 나타난 친구의 모습을 하인켈은 오랫동안 지켜보았다.

자신을 따라 내려온 천사들과 악마들을 이끌고 옛 동료이자 형제인 천사들을 살육하는 친구의 모습에 하인켈은 이상한 감명을 받게 되었고, 처음 루시펠이 자신에게 말했던 '친구 아닌 친구'란 말의 뜻을 깨닫게 되었다.

이후 그는 루시퍼의 오른팔로서 아마겟돈을 거치고 지금까지 살아오게 되었다.

그가 현재 쓰고 있는 가면을 쓰게 된 시점은 루시퍼가 자신의 이름을 어떤 강력한 악마에게 넘겨주고 스스로를 사탄이라 칭하기 시작할 때와 맞물린다.

이유는 단순했다. 주군이 이름을 버린 마당에 자신의 얼굴이 빛을 받고 산다는 것은 말도 안 된다는 것이었다.

짧은 시간 동안 그 긴 옛일을 떠올렸던 하인켈은 이윽고 자신의 생각을 말했다.

"저는 여기 있는 사람들에게 제 자신을 위해 리리스 님과 싸우겠다고 맹세했습니다. 전하께서 저에게 근신을 내리신 이상 저는 거칠 것이 없습니다."

하인켈의 의지를 확인한 사탄은 기쁜 얼굴로 고개를 끄덕였다.

"좋네. 자, 이제 오늘의 불청객은 할 말을 다 했네. 본론으로 넘어가게나, 휀 라디언트."

휀은 그 말이 나오기가 무섭게 자리에서 일어났다.

"출발은 내일이다. 각자 마지막 준비를 철저히 하도록."

그는 곧장 내실을 향해 성큼성큼 발걸음을 옮겼다.

잠시 멍한 표정을 지은 사탄은 휀이 들어간 내실을 손으로 슬쩍 가리키며 크리스에게 물었다.

"평소에 부인을 대할 때도 저러오?"

휀을 따르기 위해 자리에서 일어났던 크리스는 멋쩍은 미소와 함께 고개를 저었다.

"요즘은 그나마 말이 많아진 편이에요. 그럼 저녁 식사 때 뵙죠."

휀 부부가 사라진 후, 사탄은 자신의 이마를 가볍게 치고는 실소를 터트렸다.

"후후, 저 친구 정말 많이 달라졌군. 아니, 많이 성장했어. 처음 나에게 도전했을 때와는 비교할 수 없을 정도로 성장한 것 같군. 아, 자네들 아나? 어째서 휀 라디언트가 모든 악마왕과 대결해 봤는데도 유독 디아블로란 친구와는 싸우지 않았는지 말일세."

사탄과 디아블로를 제외한 모든 악마왕과 싸워 이긴 휀은 가장 강력한 무력을 지닌 것으로 유명한 악마왕 디아블로에게 도전하기 위해 다짜고짜 지옥으로 향한 적이 있다.

목적은 자신의 수준이 어느 정도인지 알아보는 것과 그것을 토대로 디아블로를 넘어서기 위함이었지만, 그것이 쓸데없는 짓이란 사실을 아는 피엘은 그가 배워야 할 더욱 중요한 요건을 위해 사탄을 찾아가 뭔가를 부탁했다.

"디아블로는 강해. 하지만 개인적으로 강한 것이지 그 친구의 이름 뒤에 군대라는 말이 붙을 때는 최강이라는 말이 붙지 않아. 그의 군대 지휘 능력은 솔직히 엉망이거든. 무조건 정면 돌파야. 물론 디아블로와 그 부하들의 힘이 워낙 막강하기에 상대의 지략이 통하지 않는 경우가 많지만 신계 상위권 수준의 군대와 붙을 때는 그렇지 않네. 아마겟돈 당시 가장 많은 선신계 천사들을 죽인 군대는 디아블로의 군대지만 가장 많은 사상자를 낸 군대도 디아블로의 군대라는 사실이 그 증거지. 난 휀이 디아블로와 싸워서 얻으려 하는 강함 말고 다른 강함도 있다는 사실을 가르쳐 주기 위해 그의 앞에 섰네. 그리고 말했지. 분명 나와 그대가 일대일로 싸운다면 내가 질 확률이 높다. 그러나 백대백으로 싸우면 무조건 나의 승리다, 하고 말이야."

그 말에 리오와 슈렌, 레디 등은 살며시 고개를 끄덕였다.

하지만 지크와 사바신은 그렇지 않았다. 아까보다 기분이 좀 풀린 듯, 사바신은 귓속말로 지크에게 물었다.

"무슨 소리야? 일대일은 지는데 백대백은 어째서 무조건 이긴다는 거지?"

지크는 피식 웃으며 대답했다.

"녀석, 거짓말이지 뭐긴 뭐야. 사람이 무슨 암세포냐? 100명으로 불어나게."

"오오, 그렇군."

잠시 정적이 흐른 후, 묵묵히 사바신과 지크를 번갈아 바라보던 사탄은 애써 웃으며 말을 이었다.

"휀은 내 말에 담긴 뜻을 쉽게 이해하지 못할 정도로 바보는 아니었네. 그는 즉시 돌아가 얼마 동안 내 앞에 나타나지 않았는데, 어느 날 갑자기 타천사로 지목되어 여러 차원계에 뿔뿔이 흩어진 천사들을 모아 내 앞에 다시 나타났네. 당시 모아 온 천사들의 숫자가 딱 100명이었지. 결과? 음, 아쉽게도 나와 내 밑의 악마 100명의 패배였네."

"무, 무슨 말씀이십니까!"

그 일에 대해 전혀 모르고 있던 프루레디는 사탄이 패했다는 말에 흥분해 자리를 박차고 일어났다.

반면 사탄의 오른팔인 만큼 그 일을 잘 알고 있는 하인켈은 쓸쓸히 웃을 뿐이었다.

사탄은 그녀를 진정시키며 그 작은 전투에 대해 설명했다.

"진정하고 듣게. 당시 나와 훽이 전개한 작전과 지휘 능력은 비슷한 수준이었네. 그러나 한 가지 큰 차이가 있었지. 나와 훽이 각자의 병사들에게 내건 조건이 좀 달랐거든."

"조건이라니, 무슨 말씀이십니까?"

"음, 그건 솔직히 내 실수였지. 난 내가 모아 온 병사들에게 이렇게 말했네. 연습이라 생각하고 편히 전투에 임하라 했지. 하지만 훽은 그 천사들에게 이렇게 말했다네. 자신을 도와 이번 전투에서 승리한다면 선신에게 직접 말해 다시 선신계에서 살 수 있도록 해주겠다고 말이야. 추가로 자신의 명령을 따르지 않고 움직인 자는 이긴다 해도 제자리에 돌려보내거나 지옥에 남겨 두겠다고 말했다지? 후후, 목숨을 건 쪽과 걸지 않은 쪽이 붙는다면 누가 이기겠나? 당연히 전자(前者)가 이기지."

하지만 프루레디는 주군의 패배를 인정하지 않으려 했다.

"전하, 그것은 그저 조건일 뿐 작전이 아닙니다! 그런 쓸데없는 전투에 더 이상 패배라는 말을 붙이지 말아 주십시오! 다른 악마왕 측에서 이 얘기를 안다면 어찌 되겠습니까!"

사탄은 가볍게 어깨를 움직였다.

"어찌 되긴, 망신이지, 뭐."

"예?"

"걱정 말게. 악마왕 중에, 이 얘기를 모르는 자는 없으니까. 그리고 천사들에게 조건을 건 것은 자네 말대로 작전이 아니네. 진짜 작전은 그런 조건이 충분히 통할 존재들, 즉 타천사로 지목된 천사들을 데려왔다는 것 자체야. 얼마나 간단하고 훌륭하며 효율적인 작전인가?"

프루레디는 조용히 자리에 앉았다.

사탄은 축 늘어진 부하의 어깨를 치고 얘기를 계속했다.

"그 천사들이 과연 선신계로 돌아갔는지는 모르겠지만, 그 작은 전투에서 나를 이긴 휀은 더 이상 악마왕들과 일부러 싸울 필요 없다고 말하고는 주신계로 돌아갔네. 그 일을 뒤늦게 안 디아블로는 그때의 일을 가지고 내내 나에게 트집을 잡지만 그래도 난 기분이 좋네. 덕분에 원맨쇼가 고작인 가즈 나이트의 한계를 뛰어넘은 자가 탄생하지 않았나?"

사탄이 가즈 나이트에 대해 좋게 말하는 것을 모두 이해할 수 없었다.

악마들에게 있어서 사신과도 같은 존재를 그 악마들의 수장이 칭찬한다는 것은 쥐가 고양이 생각하는 것과 같기 때문이었다.

물론 하인켈은 왜 사탄이 그런 말을 하는지 알고 있었다. 주신이 등장한 이후, 그리고 가즈 나이트가 나타난 이후 주신계의 시간으로 1천 년에 가까운 시간 동안 선신계와 악신계의 전면 충돌이 지금까지 없지 않았나.

사탄은 제2의 아마겟돈이 일어나지 않고 있다는 사실만으로도 상당히 행복했다.

그로부터 30분쯤 흐른 후, 객실에 남은 사람은 사탄과 하인켈, 그리고 프루레디뿐이 되었다. 맨 마지막에 다르칸이 나가자 사탄은 하인켈과 프루레디를 번갈아 보며 말했다.

"일단 하인켈에게 먼저 말하지. 이번 일이 끝날 때까지 자네가 이 팀에서 무슨 행동을 하든 난 상관하지 않겠네. 자네야 워낙 실수가 없는 사람이고, 또한 내 부하들 중 그 누구보다도 자신의 본분을 가장 잘 아는 사람으로 정평이 나 있으니까. 그러나 프루레디, 너에겐 좀 달리 말하겠다."

사탄의 눈은 그 어느 때보다 차가웠다.

뭐라 대꾸할 상황이 아니란 것을 느낀 프루레디는 별말 없이 고개를 숙였다.

"말씀하십시오, 전하."

"네가 내 밑에 들어온 시간은 하인켈과 한 달밖에 차이가 나지 않는다. 너 역시 아마겟돈을 훌륭히 거쳤고 이름값도 높지. 그러나 네가 오늘 보여 준 행동과 일처리 방법은 나와 함께한 그 오랜 시간을 실망이란 말로 채우기에 적합했다. 휀 라디언트의 심리전에 휘말려 스스로 정체를 공개한 것은 물론이고, 네가 책임진다고 했던 이 나라 왕자의 신변 역시 위험하게 만들었다. 아무리 이용하고 버릴 물건이라 해도 마무리는 깔끔하게 하라고 이르지 않았나. 지략으로 성공한 프루레디의 모습이 고작 이것인가?"

"……."

"다른 말은 않겠다, 프루레디. 너도 하인켈과 함께 휀 라디언트의 진영에 참가해라."

"저, 전하!"

프루레디로서는 펄쩍 뛸 일이었다.

농락당한 것도 억울한 마당에 그들과 함께 싸우라는 말은 그녀에게 손가락을 망치로 내리치는 고문보다 더한 고통이었다.

하지만 사탄의 생각은 바뀌지 않았다. 더욱이 프루레디를 괴롭힐 의향은 애초부터 없었다. 이번 기회에 가장 아끼는 부하 중 하나인 프루레디를 더욱더 성장시키고 싶은 마음 뿐이었다.

"난 진영에 참가하라는 말만 했다. 같이 싸우든 이 비행선 안에서 음료수를 마시고 놀든 상관하지 않겠다. 대신 싸워도 듀라한 나이트를 사용하지 말고, 놀아도 내 이름을 먹칠할 정도로 화끈하게 놀지는 말아 주기 바란다."

"전하! ……아, 알겠습니다. 명심하겠습니다."

사탄의 의중을 파악하지 못한 프루레디는 참담한 심정으로 눈을 질끈 감았다. 그러나 주군의 뜻을 이해한 하인켈은 미소를 지은 채 고개를 슬며시 저었다.

다시 편한 표정을 띤 사탄은 프루레디의 어깨를 두드렸다.

"자, 나가 보거라. 난 하인켈과 단둘이 할 얘기가 있다."

"알겠습니다."

무거운 몸짓으로 일어난 프루레디는 터벅터벅 갑판으로 향하는 문을 통해 객실을 나섰다.

그녀가 나가는 모습을 끝까지 지켜본 사탄은 한숨과 함께 하인켈을 바라봤다.

"후후, 프루레디는 나이를 헛먹은 것 같군. 아마겟돈 때나 지금이나 여전히 저렇게 귀여우니 말일세. 자, 이제 말해 보게. 뭔지는 알 것 같지만 자네에게 직접 듣는 것이 나을 것 같군."

"음, 역시 느끼고 계셨습니까, 주군이시여."

하인켈은 양손을 깍지 낀 후 심호흡을 하며 마음을 가라앉혔다.

사탄은 이곳에 오기 전 어떤 소녀에게 받았던 박하사탕 중 마지막 하나를 입에 물고 하인켈의 말을 느긋이 기다렸다.

이윽고 하인켈이 진지한 얼굴로 입을 열었다.

"전하에게 있어서, 이 하인켈은 어떤 존재입니까?"

"후훗, 하하하핫!"

사탄은 대답 대신 크게 웃음을 터트렸다.

하인켈이 그 웃음의 이유를 묻기 전에 사탄이 먼저 웃음 속의 진실을 말했다.

"자네도 역시나 성장했군. 이거 아나? 가즈 나이트라는 젊은이들은 자신뿐만 아니라 자신들에게 다가오는 모두를 성장시키기로 유명하지. 그것이 내가 다른 신들은 몰라도 하이볼크 님만큼은 두려워하는 이유네."

"예?"

사탄이 하이볼크를 두려워하는 이유. 자신의 질문과는 아무 관계 없는 것이지만 하인켈의 관심을 끌기엔 충분했다.

"하이볼크 님이 키운 저 일곱 명의 젊은이들은 무시무시한 공통점을 지니고 있네. 뭘 것 같나?"

"죽음을 두려워하지 않는 점입니까?"

"더 자세히 말해 주지. 재생의 권한으로 인해 죽어도 3개월 후 다시 살아나는 그 젊은이들은 셀 수 없을 만큼 많은 죽음을 겪었네. 열 번만 죽어 보면 삶에 대한 회의감 때문에 깊은 우울증에 빠질 텐데 그들은 그렇지 않아. 수십, 수백 번에 걸쳐 죽으면서도 자신의 운명을 끊임없이 개척하네. 바꿔 말하자면 다른 신들은 자신만의 전사를 만들 때 그들에게 운명이란 족쇄를 채우지만 하이볼크 님은 자신이 만든 전사에게 운명을 개척할 힘과 계기만을 주신다는 말이지. 그 방법은 성공을 거뒀고, 가즈 나이트들을 만난 모든 이들은 선과 악의 싸움에서 눈을 돌려 그 젊은이들에게 배운 운명의 개척 방법을 실행하고 후세들에게 전하게 됐네. 알겠나? 그 안엔 이제 자네도 끼어든 것이네."

그랬다.

뭐로 보나 어린애에 불과한 지크, 사바신 등을 보며 하인켈도 자신의 운명을 자기 힘으로 개척하겠다는 생각을 가지게 됐다. 사탄과 자신의 가족 외에 진심을 가지게 된 것도 그들 덕분이었다.

딱.

손가락 튕기는 소리와 함께 생각에 잠긴 하인켈의 눈에 빛이 돌아왔다.

사탄은 오른손 엄지와 중지를 서로 비비며 미소를 띠었다.

"처음 만날 때 그랬잖나. 자넨 나에게 있어서 친구 아닌 친구라고 말이야. 공적으로는 나를 위해 목숨을 서슴없이 버릴 수 있는 충신이지만, 사적으로는 누구보다 서로를 소중하게 여기는 친구. 즉, 언제 어떤 상황에서도 나에게 편한 존재가 바로 자네란 말일세. 설마 자네, 그 사실을 지금에야 깨달은 것은 아니겠지?"

하인켈은 곧장 쓴웃음을 지었다.

지금 상황은 생각할 시간이 필요하지 않다. 자신의 존재를 확인한 마당에 머리를 굴릴 이유는 없지 않나.

"후후, 대답을 하면 제가 좀 불리해질 것 같습니다."

"그런가? 하하하, 자네 그 친구들에게 이상한 것도 배웠군. 이런 대답은 내가 아는 하인켈에게서 나올 수 없는 유머러스한 대답인데 말이야. 하하하핫."

"하하하핫."

내일 벌어질 전투가 어떤 것인지 하인켈은 잘 알고 있었다. 리리스가 사탄의 군단을 자유롭게 사용할 수 있는 이상 프루레디와 동급의 힘을 가진 독스터와 아가레스 등의 강마와 그들의 부하들이 참전할 것은 당연한 일이었기에 시간이 갈수록 긴장감이 잔혹하게 밀려오는 것은 이상한 일이 아니었다.

그러나 하인켈은 오늘이 어느 때보다 편하고 행복했다.

자기 자신이 어떤 존재인지 명확히 확인한 날이기 때문이다.

20장
끝을 모르는 전투

1

반쪽의 자유

    어느새 노을이 진 가운데, 라인하이트의 외부 전망대에서 담배를 문 사바신이 고뇌와 외로움의 냄새를 무겁게 풍겼다.

    지크와 레디 등이 몇 번이나 그를 찾아왔지만 혼자 있고 싶다는 말로 친구들의 걱정을 물리친 그는 또 하나의 담배꽁초를 바닥에 버리고 마지막 연기를 길게 내뿜었다.

    '나라도 그랬을 거야. 10년 전 내가 휀이었다 해도 공주를 지키겠다며 용기를 부렸을 게 뻔해. 아니, 더했겠지. 사바신 너도 봤잖아. 클라리스의 그 여린 모습을 말이야.'

    마음속에서 자신에게 물은 사바신은 클라리스와 처음 만났던 때를 떠올려 봤다.

    갓 내린 눈처럼 모든 것이 하얀 소녀. 인간보다는 요정에 가까운 자신의 외모를 사람들이 거부하는 것을 알면서도 그들을 위해 웃음을 지어 보였던 소녀. 사바신은 눈앞에 아른거리는 클라리스의 모습을 보며 속으로 몇 번이고 되뇌었다.

자신은 휀에게 화를 낼 자격이 없는 사람이라고.

'하지만 휀은 모두에게 거짓말을 했어. 왜지? 욕먹는 것이 무서워서? 아냐, 그 위인이 그런 것을 무서워할 이유가 없어. 자신 때문에 일이 이렇게 됐다는 것을 자신의 입으로 밝히면서도 표정 하나 바뀌지 않았잖아. 도대체 왜 거짓말을 해서 일을 이 지경으로 만든 거야, 휀. 내가 우리 할아버지 다음으로 존경하는 사람이 당신이란 걸 알기나 하는 거야?'

인상을 잔뜩 찡그린 사바신은 다시금 입에 담배를 물었다.

"뭐가 그리 걱정이지, 꼬마 가즈 나이트? 내일 벌어질 싸움이 무서워서 그런가?"

순간 울컥한 사바신은 담배가 끊어지도록 이를 악물며 뒤를 돌아봤다. 그를 도발한 사람은 다름 아닌 프루레디였다.

"심심하면 지크 녀석이랑 노시지. 지금 나를 건들면 가만두지 않겠어."

그러자 프루레디는 가소롭다는 듯 웃음소리를 높였다.

"오호, 가만두지 않겠다고? 하하핫, 주제를 알고 떠벌리시지, 가즈 나이트. 네가 리오 스나이퍼나 바이론 필브라이드 정도 되는 줄 아나? 이름값도 없는 꼬마 주제에 함부로 나불대지 마라."

잠시 무서운 눈으로 프루레디를 노려본 사바신은 더 이상의 반응 없이 고개를 다른 곳으로 돌렸다.

"어째서 나에게 시비를 거는지는 몰라도 그냥 가시지. 당신 말대로 난 이름값 높은 분께서 상대할 녀석이 아니니까."

"후후."

코웃음을 친 프루레디는 사바신을 더욱 도발하려는 듯 그의 옆에 섰다.

이마에 힘줄이 돋을 지경이었지만 사바신은 최대한 자신을 억제하며 애써 그녀를 모른 척했다. 그러나 프루레디는 끈질겼다.

"휀 라디언트에게 배신당했다고 생각하지?"

"큭!"

사바신은 다시금 그녀를 노려봤다.

프루레디는 조롱하는 듯한 눈으로 그를 내려다보며 말을 이었다.

"그럴 거야. 나라도 이런 상황에 처했다면 배신감 때문에 밤잠을 못 이루겠지. 후후, 죽이고 싶을 정도로 휀 라디언트가 밉지 않나? 덕분에 10년 넘게 헛고생을 했으니 말이야. 그사이 다른 임무를 맡았다면 더 많은 인간들이 분쟁의 고통에서 벗어날 수 있었겠지. 너희 가즈 나이트의 일이 균형을 잡는 것이라면서? 미안하지만 이번 일은 균형을 잡기보다는 균형을 무너뜨리기 직전인 것 같군. 알고 있나? 사탄 전하께서 강림하신 것 자체가 무슨 의미인지 말이야. 그분의 출현은 곧장 선신계의 개입으로 이어지는…… 큭!"

"젠장, 나에게 하고 싶은 말이 뭐야!"

양손으로 프루레디의 어깨를 잡아챈 사바신은 노기 어린 눈으로 고래고래 소리쳤다. 그 기세에 눌린 프루레디는 그의 얘기가 끝날 때까지 눈동자를 키우고 있을 수밖에 없었다.

"네가 휀 라디언트에 대해서 얼마나 알아! 나에 대해서는 얼마나 알고! 아무것도 모르면서 나불대지 말란 말이야! 녀석은, 휀 라디언트는 내가 우리 할아버지 다음으로 존경하는 사람이야! 처음 녀석을 만났을 때도 난 녀석의 행동을 이해할 수 없었어! 두 눈을 시퍼렇게 뜬 채 마족의 씨앗에 오염된 아이들을 베어 죽이다 못해, 살려 달라고 발버둥치는 아이들의 마지막 비명마저도 짓밟는 그

녀석을 난 전혀 이해하지 못했단 말이야! 하지만 지금은 이해해. 어쩔 수 없는 상황이었다는 사실을 알았으니까! 그것처럼 나와 내 동료들에게 거짓말을 한 지금의 행동도 나중엔 이해할 수 있으리라 믿어! 언제나 그랬으니까!"

세찬 사바신의 외침에 잠시 멍해졌던 프루레디는 이윽고 사바신을 튕겨 내고 그의 가슴을 발로 짓밟았다.

"컥!"

힘의 차가 워낙 컸기에 사바신은 아무 행동도 하지 못했지만 그 눈빛만은 꺼지지 않았다.

프루레디는 이해할 수 없는 종족이라고 생각하며 그에게 물었다.

"뭘 믿고 그렇게 장담하지? 휀 라디언트가 언제나 옳다는 법은 없잖나. 실수한 것은 물론이거니와 자신의 잘못을 인정했잖나. 자, 나를 이해시켜 봐. 어째서 네가 장담하는지 말이야. 훌륭하게 설명한다면 목숨만은 살려 주마."

그러자 사바신은 의미심장한 미소를 지었다.

"네가 말한 대로야. 네가 그토록 존경하는 사탄도 분명 실수한 적 있겠지. 안 그래? 이번 일도 궁극적으로 보면 사탄이 리리스에게 자신의 군대를 빌려 줬기 때문에 커진 거잖아! 그리고 사탄도 자신의 잘못을 인정했어. 그런데 넌 실수를 저지른 사탄을 여전히 믿고 따르지. 빌어먹을 정도로 똑같다고! 휀이나 사탄이나 다를 바 없어! 넌 나에게 시비 걸 자격이 없고!"

"이, 이 녀석이!"

프루레디는 있는 힘껏 사바신의 가슴을 짓눌렀다.

하지만 그 행동도 오래가지는 못했다. 프루레디 스스로 힘을 빼고 뒤로 물러선 것이다.

뭔가에 홀린 듯한 얼굴로 잠시 사바신을 내려다보던 그녀는 굵게 침을 삼킨 후 송곳니를 드러냈다.

"좋아, 과연 전하와 휀 라디언트가 같은지 내 눈으로 확인해 보마. 나도 지금 전하께서 나에게 내리신 명을 이해할 수 없으니까. 그러나 이번 일이 끝날 때까지 내가 전하의 뜻을 이해하지 못한다면 난 네 목을 베고 전하의 곁을 떠나겠다. 그때 가서 살려 달라고 빌지 마라, 꼬마."

"쳇, 맘대로 하시지. 하지만 이것만은 명심하는 게 좋아. 술통에 가득 든 술을 컵에 전부 담는 것은 불가능하다는 사실을 말이야. 우리 할아버지께서 나에게 남겨 주신 말 중 하나니까 알아서 새겨들어."

도중에 멈추긴 했지만 프루레디는 더 이상 군소리 없이 전망대에서 내려갔다.

사바신은 그녀에게 밟힌 가슴을 매만지며 자리에서 일어났다.

"우욱, 어쨌거나 힘 한번 좋군. 갈비뼈가 몽땅 내려앉는 줄 알았어."

"네 입에서 나온 말이 더 의외였는데?"

그때 전망대 밑에 숨어 있던 지크가 위로 올라왔다. 설득에 실패한 직후부터 내내 그곳에 숨어 사바신을 지켜본 그였다.

얼굴을 붉힌 사바신은 멋쩍은 듯 머리를 연신 긁적였다.

"아, 악취미잖아. 뭐하러 거기 숨어 있었어?"

"흥, 형님의 깊은 뜻을 네가 어찌 알랴. 헤헷, 어쨌든 말 하나는 멋지게 하던데? 네 머리에서 그런 말이 나올 줄은 정말 꿈에도 몰랐어. 난 네가 무덤을 파는구나 생각하고 구하러 나갈 준비만 하고 있었는데 말이야. 그렇지 레디?"

레디라는 말에 사바신의 얼굴은 더더욱 붉어졌다.

미안함이 가득한 얼굴로 전망대 밑에서 올라온 레디는 배시시 미소를 지었다.

"엿들어서 미안해, 사바신. 하지만 네가 멋있게 말한 건 사실이야. 난 너에게 그런 면이 있는 줄 오늘 처음 알았어. 정말 감동했다니까. 지금까지 너랑 함께 다닌 시간이 부끄러울 정도로 말이야."

"이, 이 녀석들이."

사바신은 부끄러움에 어찌할 바를 몰랐다.

지크는 킥킥 웃으며 친구의 어깨를 주먹으로 살짝 두드렸다.

"뭘 부끄러워해. 넌 잘했고 또 멋졌어. 게다가 우리의 마음을 그대로 대변해 줬고."

"응?"

"맞아, 사바신. 나도 휀 선배에게 그 말을 들었을 때 솔직히 배신감도 느꼈어. 하지만 생각해 보니 나도 그 상황이라면 충분히 그랬을 거라는 생각이 들더라고. 그리고 널 걱정했어. 네가 그렇게 상처 입을 줄은 정말 몰랐거든. 하지만 이젠 걱정하지 않아. 넌 우리 이상으로 용기가 있고, 또 우리 이상으로 휀 선배를 믿고 있다는 사실을 이제 확인했으니까."

사바신보다 머리 하나 이상 작은 레디는 여느 때보다 밝은 미소를 지은 채 친구를 올려다봤다.

레디와 지크의 그 모습에 할 말을 잃은 채 멍하니 서 있던 사바신은 곧 쓸쓸히 웃으며 말했다.

"휀은……, 대장은 분명 믿고 있었을 거야. 자신의 힘으로 클라리스 공주를 지키고 이번 일을 희생자 없이 끝낼 수 있을 거라고 믿었겠지. 하지만 일은 예상을 벗어나 심각하게 틀어졌고, 결국 우리를 부를 수밖에 없는 상황이 됐어. 내가 대장이었다면 우리에게 모든 것을 솔직히 말하지 않았을 거야. 자신의 행동이 부끄러워서 가 아니라 어떻게든 우리를 걱정시키지 않고 일을 처리하고 싶었 을 것이 분명하거든."

지크와 레디의 얼굴엔 숙연함이 드리웠다.

사바신의 말은 계속 이어졌다.

"대장은 언제나 그랬어. 힘을 쓰지 못할 정도의 충격을 입은 상 황에서도 우리 앞에서는 태연했고, 또 그 몸을 이끌고 또 싸움터에 나갔지. 우리는 어떤 상황에도 굴하지 않는 대장의 그 가식적인 모 습에 걱정 없이 편하게 싸울 수 있었고. 하지만 생각해 봐. 대장은 얼마나 아팠겠냐고. 우리를 위해 그 모든 것들을 참고 받아 내느라 얼마나 아팠겠어. 자신은 잘못한 게 없는데…… 그저 운이 없었던 것뿐인데 결국 자신이 죄를 지었다고 스스로에게 고통을 줬다고. 내가 대장 앞에서 화를 낸 것은 다른 이유가 아니야. 남을 위해서 자신에게 끊임없이 고통을 주는 대장의 모습이 너무 안타까워서 였어. 그뿐이야."

"사바신……."

덩치 크고 힘센 친구가 누구보다 눈물이 많다는 사실을 레디는 알고 있었다.

그는 애써 친구의 높은 어깨를 두드리며 그를 따뜻이 위로해 줬 고, 지크 역시 이번만큼은 장난기를 잊고 친구를 감싸 주었다.

그들은 몰랐지만 프루레디는 그들 눈에 보이지 않는 전망대 계 단 밑에 여전히 있었다.

팔짱을 긴 채 묵묵히 그들의 얘기를 듣던 그녀는 곧 씁쓸한 얼굴 로 내려가는 발걸음을 재촉했다.

"조금 깨달았소?"

계단 아래에는 사바신보다 더 큰 존재가 벽에 기대서 있었다. 프레데릭이었다. 하지만 프루레디는 코웃음을 칠 뿐이었다.

"흥, 눈물이나 질질 짜는 꼬마의 얘기에 뭘 깨달을 수 있겠나. 헛소리 집어치우고 은퇴한 악마대공님과 함께 체스나 두시지."

매섭게 쏘아붙인 그녀는 프레데릭을 훌쩍 지나쳐 갔다.

그렇게 무시당했는데도 아네라의 지르콘 나이트는 투지를 뿜는 대신 걱정스레 고개를 저었다.

"체스를 같이 할 친구는 있소?"

그 말에 프루레디의 발걸음이 멈추고 말았다.

뒤에 서긴 했지만 오만상을 쓰고 있는 그녀의 얼굴이 보이는 듯 프레데릭은 안됐다는 듯 고개를 슬며시 저었다.

"없다면 만드시오. 아직 늦지 않았으니까."

"칫!"

정색을 한 프루레디는 다시금 발걸음을 옮겼다.

얼굴에는 나타나지 않았지만 그녀의 심경이 혼란스럽다는 사실은 빨라진 그녀의 발걸음에서 충분히 알 수 있었다.

그녀가 사라진 곳을 주시한 채 뭔가를 생각하던 프레데릭은 수평선에 반쯤 걸쳐 있는 태양을 바라보며 중얼댔다.

"가즈 나이트의 최고 강점은 막강한 힘과 성장력이 아니지. 그것을 이해하지 못한 자는 그들을 이길 수 없어. 이해하는 것은 더더욱."

저녁이 되고 있음을 알리듯 차가운 바람이 프레데릭의 두상과 갑옷을 스치고 지나갔다.

어깨너비만큼이나 크게 몸을 돌린 그는 객실의 문을 향해 슬그머니 움직였다.

"음, 리오가 체스를 잘 못 둔다고 했나?"

처음 휀을 찾아왔을 때와 비교해 무게와 심각함을 상당히 잃은
그였다.

"검의 신 트라이모스시여. 참으로 오랜만에 뵙습니다."

사탄은 자신의 앞에 둥실 떠 있는 검, 라이세네프를 향해 웃으며
가벼운 인사말을 던졌다.

신에게 하는 인사치고는 가벼웠지만 라이세네프가 받는 부담은
이만저만한 것이 아니었다.

"난 주신께 더 이상 그 이름을 사용하지 않고 듣지도 않겠노라고
맹세했네. 자네에겐 어울리지 않는 장난이니 그만두게나. 누가 들
으면 어쩌려고 그러나?"

"하하, 예의상 불러 드린 것뿐입니다. 저 외에 당신의 진실을 아
는 자는 거의 없지 않습니까? 물론 불쾌하셨다면 사과드리지요."

신계에 대한 지식 수준이 높은 편에 속하는 자들은 보통 라이세
네프를 검의 신 트라이모스가 사용하던 검으로 알고 있다. 그러나
사실을 알고 있는 극소수의 상위 신들은 어째서 트라이모스가 갑
자기 사라지고 그가 사용하던 검이 덩그러니 남아 있게 됐는지 그
진실에 대해 자세히 알고 있었다.

주신이 고신들을 몰아내거나 흡수한 후 신들에게 내린 첫 번째
명은 인간과의 관계를 금하라는 것이었다.

신계 혁명이 일어나기 전, 고신들은 인간과의 무분별한 접촉을
통해 반신반인을 무수히 만들어 냈고, 저주받은 신의 아이들은 절
반이 영웅 행세를, 다른 절반은 악당 행세를 하며 모든 차원계를
어지럽혔다.

게다가 그 아이들 간의 다툼이 여차하면 신들의 싸움으로까지 번

지는 결과가 초래되어, 결국 주신은 신과 인간의 관계를 금지했다.

그러나 그 금기를 깨고 만 신이 있었으니, 바로 검의 신 트라이모스였다.

신들의 대다수는 주신이 이번 일을 눈감아 줄 것이란 쪽으로 의견을 모았다. 트라이모스는 주신이 가장 아끼는 신 중 하나인 탓이었다.

그러나 주신은 트라이모스의 육체와 자격을 박탈했고, 주신의 결정에 놀란 신들은 그 이후 음성적으로나마 이뤄지던 인간과의 관계를 모두 정리했다.

모두의 생각과는 달리 주신의 결정은 결코 벌이 아니었다.

주신은 트라이모스가 원하는 대로 인간계에서 인간들과 같이 살 수 있도록 배려했고, 자신의 이름과 육체, 그리고 자격을 스스로 버린 트라이모스는 가장 아끼는 검인 라이세네프 속으로 들어가 수많은 인간계를 떠돌아다닐 수 있게 된 것이다.

그 진실을 아는 자 중 하나, 트라이모스 사건의 당사자인 라이세네프는 옛일을 회상하듯 연한 빛을 뿜으며 방 이곳저곳을 돌아다녔다.

"어쨌거나 오랜만에 내 본명을 들어 보는군. 신의 육체와 자격을 잃은 이후 지금까지 내 본명을 들은 횟수는 열 손가락으로 꼽을 정도지. 뭐, 손가락도 없는 존재이기는 하지만 말이야. 그런데 왜 나를 찾아왔나? 자네가 내 본명을 부르면서까지 나를 찾아올 이유는 없는 듯한데."

그러자 사탄은 금세 정색을 하고 라이세네프를 바라봤다.

"당신께서 알고 계시는 이번 일의 마지막을 듣기 위함입니다."

라이세네프는 마치 심호흡을 하듯 빛을 길게 반짝였다.

"난 예언 따위 할 줄 모르네."

사탄은 가볍게 미소를 흘렸다.

"후후, 너무 그러지 마십시오. 당신께서 이번 일의 마지막을 알고 계시다는 사실은 저뿐만 아니라 휀 라디언트도 알고 있습니다. 당신이 가지고 계신 능력 중 하나가 바로 미래의 예언 아닙니까?"

"그건 신이었을 때 얘기지. 지금의 난 미래의 예언을 할 수 없네. 다만 예상만 할 뿐이지. 하하, 이럴 바에야 차라리 검 대신 점쟁이의 도구에 영혼을 옮길 것을 잘못했군."

라이세네프는 몸을 빙글빙글 돌리며 방을 돌아다녔다. 사탄의 말을 돌리기 위함이었지만 아쉽게도 사탄은 신계에서 알아줄 정도로 집착이 대단한 인물이었다.

"그럼 당신의 예상을 들려주십시오."

라이세네프의 움직임은 결국 멈췄다.

그리고 서서히 소파로 자리를 옮긴 라이세네프는 진지한 목소리로 물었다.

"왜 이번 일의 끝을 그리도 궁금하게 여기지? 자네도 알지 않나. 이번 사건의 끝이 그리 멀지 않았다는 것을 말일세. 시간이 지나면 자연스레 알게 될 내용을 급히 알아서 뭐 하겠나."

하지만 사탄에게는 그 얘기가 들리지 않았다.

그는 단도직입적으로 라이세네프에게 물었다.

"휀 라디언트가 죽습니까, 아니면 그의 부인이 죽습니까?"

라이세네프의 표면에 흐르던 빛이 순간 멈췄다.

사탄은 잔잔한 미소를 띤 채 답을 기다렸고, 라이세네프는 오랫동안 시간을 두고 자신이 해야 할 답을 생각했다.

이윽고 라이세네프가 말했다.

"좋아, 답해 주지. 그러나 완전히 답해 주진 않을 것이네."

사탄은 고개를 끄덕였다.

"좋습니다. 절반의 성공이군요."

"그럼 잘 듣게. 자네의 예상대로 이번 일의 마지막엔 한 존재가 사라질 것이네. 그 존재는 모두에게 있어서 소중한 존재이기도 하며 그렇지 않은 존재이기도 하지. 고로 이번 일의 마지막은 그를 소중하게 여기는 사람들에겐 소중한 사람을 잃는 순간이 될 것이고, 그를 그냥 그렇게 여기는 사람에겐 옆에 있었던 뭔가가 사라지는 순간이 되겠지. 그리고 그 존재가 사라진 것이 확인됐을 때 그 존재를 믿고 사랑했던 사람은 슬피 울 것이며, 그 존재에게 뭔가를 기대했던 사람은 허탈한 웃음을 터트릴 것이야. 자, 됐나?"

그야말로 난해한 답변이었다.

사탄은 허무하다는 듯 멍한 얼굴로 라이세네프를 바라봤지만 그는 더 이상 말을 꺼내지 않았다.

"후후, 알겠습니다. 일단 약속은 약속이니 저도 더 이상 여쭙지 않겠습니다. 아, 이번 일이 끝나면 당신께서는 무엇을 하실 생각이십니까?"

라이세네프는 간단히 답했다.

"좋은 질문이네. 난 이 차원에서 너무 오래 있었어. 이 차원을 위해 존재하는 자가 아닌데도 수천 년이나 있었지. 자네가 내 입장이 되어 보게. 얼마나 지겹겠나? 난 다른 곳으로 떠나 좀 편하게 쉴 생각이야."

"음, 그렇습니까?"

똑똑.

그때 갑자기 노크 소리가 들렸다.

"누군가?"

"하인켈입니다, 전하. 전하를 뵙고자 하는 사람들이 있어 왔습니다만."

"나를?"

사탄은 궁금한 얼굴로 방문을 바라봤다.

하인켈과 함께 방에 들어온 사람은 폴카와 피엘, 그리고 클라리스였다.

사탄과 안면이 있는 피엘은 여유 있게 목례를 하고 들어왔지만, 폴카와 클라리스는 법정에 올라서기 직전의 증인이나 범죄자처럼 긴장된 얼굴로 사탄의 눈치를 보며 슬그머니 안으로 들어왔다.

사탄이 폴카에게서 느낀 것은 인간의 수준을 넘어선 강대한 마력이었다. 그러나 클라리스에게서 느낀 것은 매우 하얗다는 외견상의 느낌뿐, 내면적인 것은 하나도 없었다.

아니, 읽을 수 없었다는 것이 옳았다.

'역시 순수의 결정체답군. 어떤 힘을 가지고 있는지 전혀 알 수 없어. 당연한 것이긴 하지만 놀라운걸.'

내심 감탄하며 자리에서 일어난 사탄은 그들에게 정중히 인사를 올렸다.

"주인공은 마지막에 등장하는 법. 어쩐지 사람을 덜 만났다는 느낌이 들었는데 진짜 중요한 분들은 역시나 마지막에 등장하는군요. 반갑습니다. 사탄이라고 합니다."

사탄이 먼저 인사를 한다는 것은 피엘에게 상당한 영광이었다.

프루레디가 있었다면 고래고래 소리쳤을 상황이었지만 하인켈은 별다른 반응 없이 세 여성들을 소개했다.

"여기 계신 분이 바로 클라리스 에스토드 공주님이십니다. 그리고 옆에 계신 분은 안팎에서 가즈 나이트 일행들을 꾸준히 도와주신 폴카 님이십니다. 피엘 님에 대해서는 소개를 드리지 않아도 되겠지요?"

사탄은 기쁜 얼굴로 고개를 끄덕였다.

"물론이네. 주신계에서 하이볼크 님 다음으로 자주 본 사람이 피엘이니까. 얼굴이 많이 좋아졌군, 피엘."

"과하십니다, 사탄 전하. 자, 앉으시지요."

"그러지. 자, 두 분도 앉으십시오."

자리에 앉은 후 얼마 동안 여담이 흘렀지만 클라리스와 폴카는 여전히 가슴이 두근거렸다.

공중요새 실버 문에 있던 그들은 피엘에게서 사탄이 왔다는 소식을 접하자마자 단숨에 얼어붙고 말았다. 리리스와 싸우기도 전에 더 큰 싸움이 벌어지겠구나 하는 예상 때문이었다. 하지만 정작 소식을 전해 준 피엘의 얼굴이 너무도 밝았기에 둘의 불안감은 곧 궁금증으로 변했고, 결국 그녀들 자신을 사탄의 앞으로 이끌게 되었다.

막상 접한 사탄의 첫인상은 따뜻하고 깨끗한 천사의 그것이었다.

말투나 목소리 역시 그랬기에 둘은 앞에 앉은 사람이 진짜 사탄일까 의심했지만, 그 누구보다 사탄을 깍듯이 대하는 하인켈의 모습과 다른 때와 달리 엄숙한 라이세네프의 말투에 그 의심 역시 얼마 있지 않아 사라졌다.

"이상한 일에 휘말리게 되셨으니 얼마나 마음이 답답하시겠습니까, 클라리스 공주?"

사탄의 갑작스런 질문에 클라리스는 당황한 기색으로 답했다.

"예? 아, 아닙니다. 많은 분들이 주위에 계시니 그런 일은 없습니다. 걱정해 주셔서 감사합니다."

고개를 끄덕인 사탄은 이어서 폴카를 바라봤다. 그의 시선에 움찔한 폴카는 조마조마해하며 사탄의 질문을 기다렸다.

"상당히 오랜 세월을 사신 분 같습니다. 고신의 냄새도 희미하게 나는군요."

"예?"

너무도 놀란 나머지 폴카의 허리는 용수철처럼 단숨에 꼿꼿해졌다.

사탄은 별것 아니라는 듯 천천히 손을 저었다.

"고신, 부르크레서가 두 번에 걸쳐 벌인 사건. 일명 고신전쟁이라 불리는 그 사건은 신계에서도 상당히 유명합니다. 그 사건에 두 번이나 투입된 가즈 나이트 리오 스나이퍼에게 벌어졌던 모든 일들은 주신계뿐만 아니라 악신계, 선신계에서도 꾸준히 조사하고 있었지요. 아시다시피 고신이란 존재는 모든 신계를 긴장시키기에 충분한 존재이기 때문입니다. 덕분에 당신을 알아보는 것은 어렵지 않았습니다. 음, 어쨌거나 지금은 예전과 많이 다르신 듯합니다. 자신의 정신과 몸을 자신의 의지에 따라 움직이고 계시니 말입니다."

"예."

기어 들어가는 목소리로 대답한 폴카는 클라리스를 흘끔 쳐다봤다. 자신의 과거에 대해서 모르는 그녀가 혹시라도 그 사실에 대해 궁금증을 품지 않을까 해서였다.

그러나 클라리스는 질문 대신 미소를 지을 뿐이었다.

이해한다는 뜻일까, 아니면 넘어가자는 뜻일까. 어찌 됐건 안도감이 든 폴카는 다시 사탄에게 시선을 돌렸다. 거기에 맞춰 사탄도 그녀들이 자신을 찾아온 용건에 대해 물었다.

"자, 저를 만나고자 하신 일이 무엇입니까? 현재 저는 이번 일에 끼어들지 않겠다고 선언한 사람이고 여러분께 도움을 줄 수 있는 것 역시 아무것도 없습니다. 하지만 일단 용건을 듣는 것이 예의일 듯싶군요."

본론으로 들어가자는 말이 나오자 이번 방문을 주도한 클라리스는 미간을 살짝 좁힌 채 피엘과 폴카를 바라봤다.

그 모습에서 사탄은 그녀의 용건이 무엇일지 어느 정도 예상할 수 있었다.

이윽고 호흡을 가다듬은 클라리스가 입을 열었다.

"이번 일이 잘못될 경우, 저는 어떻게 되는 것입니까?"

사탄의 미소는 점차 잦아들었다.

어찌 대답해야 할지 잠시 고민한 그는 대답을 회피하려는 듯 그녀에게 물었다.

"그건 저 말고 다른 사람들에게도 충분히 물을 수 있는 것이라 생각됩니다. 굳이 저에게 물으실 필요는……."

"아닙니다."

클라리스는 진지하게 사탄의 말을 끊었다.

"다른 분들은 저를 걱정하는 마음에 정확한 대답을 해 주시지 못합니다. 그러나 전하께서는 앞서 말씀하셨다시피 이번 일에 중립적인 입장이시며 저를 보신 것도 이번이 처음입니다. 그런 이유로 전하께선 저에게 사실을 말씀해 주실 수 있을 거라 생각됐고, 무례하게도 아까와 같은 질문을 드린 것입니다. 부탁드립니다. 말씀해 주십시오, 전하."

"흠."

사탄은 양손으로 자신의 얼굴을 쓸어내렸다.

사탄이라 해도 솔직히 말하기 힘든 것이었다. 하지만 사탄은 대답하기로 마음먹었다. 그녀에게도 마음의 준비가 필요하다고 생각한 것이다.

오랫동안 사탄의 말, 즉 자신이 어떤 괴물로 변할지에 대해 듣는 동안 클라리스의 표정은 담담했다.

모든 것을 예상했기 때문은 아니다. 자신이 아니라 자신이 그렇게 변한 후 슬퍼할 많은 사람들에 대한 걱정 때문이었다.

얘기를 끝낸 사탄은 자신이 입고 있는 옷처럼 흰 클라리스의 손을 잡으며 말했다.

"걱정하지 마십시오, 공주. 공주가 그렇게 변한다 해도 공주 스스로 가진 힘이 그렇게 변하는 것이지 공주 자체가 변하는 것은 아닙니다. 아마 공주는 자신이 원래 가져야 할 것들을 되찾게 되실 겁니다. 그리고 주위 사람들이 공주가 그렇게 변하도록 놔둘 사람들이 아니니 더욱 안심하십시오."

그녀는 웃으며 고개를 끄덕였다.

"알고 있습니다. 하지만 슬프군요. 저 때문에 모든 분들이 고생하시는데, 제가 도와드릴 수 있는 것은 아무것도 없으니까요. 이런 제 자신이 너무 이기적인 것 같아 차마 고개를 들 수 없습니다."

그녀를 위로해 준 사탄은 클라리스와 폴카가 방을 나간 후 길게 한숨을 쉬었다.

잠시 천장을 본 그는 앞에 앉은 피엘을 향해 솔직한 심정을 털어놓았다.

"후후, 하마터면 자네들의 싸움에 끼어들겠다고 내 입으로 말할 뻔했군. 그 공주님은 남의 마음을 약하게 하는 묘한 재주를 지니고 있는 게 분명해. 자네는 어떻게 생각하나?"

피엘이 대답했다.

"전하와 휀 님의 마음을 누그러트릴 정도의 힘을 지닌 분인데 저라고 어찌할 수 있겠습니까? 그건 그렇고 전하께서 이곳을 찾으실 줄은 정말 몰랐습니다. 디아블로 전하께서 사탄 전하가 나타나지 않을 거라고 말씀하셨기에 전하를 뵙는 것은 신계에서나 가능할 거라 생각하고 있었습니다."

"음, 나도 올 생각은 없었네. 하인켈과 프루레디에겐 간접적으로 내 뜻을 비출 생각이었지. 그런데 디아블로가 나에게 직접 말하더군. 날 얼굴도 내보이지 않는 비겁자로서 낙인을 찍어 놨으니 집에서 꼼짝도 하지 말라고 말일세. 그 말을 듣고 화가 나서 직접 나온 것이네. 너무 유치한가? 후후."

"아닙니다. 전하께서 많은 분들께 조언을 해 주셨다는 말을 들으니 저도 더욱 힘이 납니다."

"하하, 고맙군. 아, 그런데 말일세."

"예?"

사탄이 갑자기 짓궂은 표정을 짓자 피엘은 움찔하며 그를 바라봤다.

그녀와 휀에 대한 소문에 관심이 많은 사탄은 더욱 짙은 표정으로 그녀에게 물었다.

"좋아하던 남자를 남에게 빼앗겼으니 어떡하나? 난 휀이 누군가와 같이 산다면 자네랑 살게 될 줄 알았는데 말일세."

"저, 전하."

"하하하, 진담 섞인 농담일세. 너무 신경 쓰지 말게나. 하하하핫."

사탄이 웃는 것은 피엘의 얼굴이 붉어지는 것을 처음 봤기 때문이다.

무슨 일이 벌어지든, 어떤 대단한 존재가 나타나든 얼음 조각같이 냉정을 유지하던 그녀가 지금처럼 인간적인 반응을 보인 것은 사실 사탄에게도 새로운 경험이었다.

"어쨌거나 그 크리스라는 여자, 대단한 사람이긴 한 것 같네. 휀이 그녀를 선택했는지, 아니면 그녀가 휀을 선택했는지는 몰라도 휀이 누군가를 소중하게 생각하도록 만든 것 자체가 신기해."

피엘은 시무룩한 표정을 지었다.

그녀의 그런 얼굴도 처음 보는 사탄은 더 이상 말하지 않고 그녀를 묵묵히 바라봤다.

현재 상황을 지켜보던 하인켈과 라이세네프도 분위기를 깨지 않으려는 듯 침묵을 유지했다.

"휀 님은 언제나 자신의 인연들을 소중하게 생각하십니다. 신기한 일은 아니죠."

사무적인 말투를 즐겨 사용하는 그녀의 말치고는 감정이 상당히 실려 있었다.

피엘은 옛일을 회상하는 듯 시선을 아래로 내리깔고 얘기를 계속했다.

"전하께서 아시다시피 저는 하이볼크 님의 비서이기 이전에 가즈 나이트의 원형으로서 만들어진 존재입니다. 이후 만들어진 가즈 나이트들과 차이가 있다면 저는 태어났을 때부터 가즈 나이트였다는 점이죠. 그래서 저에게는 오랫동안 인간의 감정이 존재하지 않았습니다. 이후 저에게 실시된 테스트를 통해 하이볼크 님은 가즈 나이트 계획에서 가장 필요한 조건을 찾아내셨습니다. 바로 감정이죠. 임무 처리만이 머릿속에 입력된 존재는 오래가지 못한다는 사실을 알아내신 겁니다. 테스트가 마무리된 이후 저는 하이볼크 님께 감정이란 것을 얻었고, 비서로서의 생활을 시작했습니다."

그리고 오랜 시간이 흐른 후, 피엘은 첫 번째 정식 가즈 나이트로서 임명될 휀을 만나게 되었다.

무한에 가까운 세월을 살아가며 임무를 처리할 존재인데도 비겁할 정도로 나약한 그의 모습을 본 피엘은 그 역시 자신처럼 테스트를 거친 후 폐기되거나 재활용될 운명이라고 예상했지만 그 예상은 보기 좋게 틀리고 말았다.

짧은 시간 만에 무서울 정도로 강해졌고, 처음의 나약한 모습 역시 찾아볼 수 없게 된 것이다.

그러나 그녀를 걱정시키는 점이 하나 있었다. 휀이 점차 감정을 잊고 있는 것이 아니라 감정을 숨기고 있다는 사실이었다.

"그분 곁에 있는 시간이 길어질수록 저는 그 사실을 더욱 뚜렷하게 알 수 있었습니다. 남을 소중하게 생각하는 마음이 너무 강하면 결국 자신을 주체하지 못하게 된다는 사실을 말이죠. 결국 휀 님은 미카엘 님과 메타트론 님의 일이 끝남과 동시에 자아 붕괴를 일으켜 방황하게 되셨습니다."

팔짱을 낀 채 얘기를 듣던 사탄은 옅은 미소와 함께 피엘의 말을 자신이 마무리 지었다.

"그 휀 라디언트를 바로잡아 준 존재가 바로 크리스란 말이군?"

"그렇습니다. 제가 오랫동안 할 수 없었던 일을 그분이 해내신 것입니다. 아쉽긴 하지만 만족해야겠죠. 언제나 그랬으니까요."

마무리는 짧았지만 여운은 길었다.

피엘이 나간 후 하인켈은 사탄에게 물었다. 저렇게 힘들면서도 모든 이들은 어떻게 살아갈 수 있는지.

사탄은 대답했다. 잊어버리기 때문이라고.

프레데릭은 비참하게 고개를 숙였다.

도대체 몇 번이나 패한 것인가. 누가 리오의 체스 실력이 하수급이라 말했는지 궁금했다.

프레데릭의 그런 심경을 읽지 못한 리오는 판을 정리하며 자신의 얘기를 계속 해 나갔다.

"결국 그 아가씨는 데스 발키리로서 제 앞에 다시 나타났습니다. 말씀을 들어 보니 저를 구하기 위해 모습까지 드러낸 것 같군요. 어째서 이 세계에 나타났는지는 모르겠지만 예전과 같은 이유로 나타난 것만 아니면 좋겠습니다. 그녀를 위해 죽어 줄 수 있지만, 실제 제 입장은 그렇지 못하니까요. 아, 프레데릭 님은 이번 일이 끝나고 무엇을 하실 생각이십니까?"

"체스를 공부할 생각…… 아, 실언이오. 넘겨들으시오."

"네?"

프레데릭은 당황한 리오의 얼굴을 애써 외면하며 말했다.

"동족에겐 당분간 돌아가지 않을 생각이오. 돌아가 봤자 내가 할일이 없을 게 뻔하니까. 난 당신들처럼 여러 차원을 떠돌며 여행하고 싶소. 우스갯소리지만 주신께서 이 실업자를 거두어 주셨으면 하는 생각도 있소. 후자는 불가능하겠지. 주신과 함께 일할 운명을 타고난 자는 아니니 말이오. 아마 전자 쪽이 되지 않을까 생각하오."

예상외의 말을 들은 리오는 반가운 표정을 지었다.

폭주 상태의 자신을 한 방에 날린 존재가 같이 일하고 싶다는데 마다할 이유가 없었다. 그리 추천하고픈 직업은 아니었지만 리오는 적극적으로 권했다.

"그래도 뜻이 있다면 길도 있다 하지 않습니까? 주신께서도 당신 같은 분이 이 일을 하고 싶다는 말을 들으신다면 쾌히 허락하실 것입니다."

그러나 프레데릭은 고개를 저었다.

"아니오. 그대의 옛이야기를 들으니 그것은 아닌 것 같소. 난 가즈 나이트들이 겪은 것과 같은 아픔을 겪은 기억이 없기 때문이오."

"그건 그렇지만……."

리오는 말끝을 흐렸다.

프레데릭의 이야기도 일리가 있었다.

프레데릭은 체스 판을 옆으로 물리며 계속 얘기했다.

"힘이 있다고 해서 가즈 나이트가 되는 것은 아니라고 생각하오. 불굴의 의지만이 있다고 해서 가즈 나이트가 되는 것 역시 아니라고 생각하오. 물론 당신들이 겪은 고통은 가즈 나이트가 될 자격을 지닌 자만이 겪는 것은 아니오. 일단은 하이볼크 님의 선택이 있었을 것이오. 난 그 선택을 받지 못한 존재요. 그것이 내가 당신들과 같은 존재가 되지 못하는 첫 번째 이유라 할 수 있소."

"그렇습니까?"

리오는 아쉬운 미소를 흘렸다.

잠시 생각하던 프레데릭이 그의 어깨를 두드렸다.

"같은 존재가 되지 못할 뿐, 같이 일하지 못한다는 말은 아니오. 이번 일과 같이 모든 이들의 힘이 필요한 사건이 터진다면 난 아마도 당신들과 같이 일하게 될 것이오. 아니, 반드시 올 것이오."

"프레데릭 경."

자신의 힘을 제대로, 자유롭게 사용할 줄 아는 남자. 리오는 프레데릭에게서 그런 느낌을 받았다.

어떤 면에서는 부럽기도 했다. 자신이 가끔 부르짖고 다니는 프리 나이트 그 자체의 모습을 보여 주는 것 같아서였다.

가즈 나이트의 임무 처리 방식은 대체적으로 자유롭지만 그것은 처리 방식일 뿐, 엄밀히 말하면 휴식 기간 외에 자유가 허락되지 않는다. 휴식 기간을 제외한 그들의 모든 시간은 철저히 기록되며, 그 기록은 피엘이 이끄는 일명 비서 집단에 의해 평가된다.

물론 평가가 나쁘게 나온다 해도 불이익을 받는 경우는 없다. 게다가 가즈 나이트 중에서 그 평가에 신경을 쓰거나 구속되었다고 생각하는 자는 단 한 명도 없기에 그들의 행동은 자유 아닌 자유라고 보는 것이 옳았다.

그래도 리오는 프레데릭이 부러웠다. 자신들에게 주어진 반쪽의 자유가 아닌 진짜 자유를 그는 만끽하고 있기 때문이었다.

"이미 나의 힘은 아네라의 것이 아니오. 아네라 자체도 나를 잊고 다른 자를 지르콘 나이트의 자리에 앉혔을 것이오. 그러나 난 상관하지 않소. 기사단에 들어갈 때부터 그랬지만 나에게 가장 중요한 것은 내 양심이지 직위가 아니오. 당신도 마찬가지요. 당신이 평소처럼 가즈 나이트라는 이름에 연연하지 않는다면 나와 당신은 다를 바가 없소."

"그렇군요. 좋은 말씀 감사합니다."

프레데릭은 고개를 끄덕였다.

"좋게 들어 주니 고맙소. 아, 그런데 휀이 통 안 보이오. 지금 어디 있소?"

리오는 휀과 크리스가 들어간 내실 쪽으로 시선을 돌렸다.

"회의가 끝난 후 지금까지 소식이 없군요. 두 사람이 뭘 하는지 짐작도 못하겠습니다."

"음."

프레데릭의 시선 역시 내실로 향했다.

내실 안에서 휀과 크리스는 탁자를 사이에 두고 마주 앉아 있었다. 하지만 사랑을 속삭이는 것은 아니다. 크리스는 휀에게 시선을 둔 채, 휀은 창밖에 시선을 둔 채 앉아 있을 뿐이었다.

몇 시간 동안 그런 분위기가 계속되었는지 크리스는 계산하기도 싫었다. 결국 지쳐 버린 그녀는 탁자에 팔꿈치를 기대며 투덜댔다.

"무슨 얘기를 하고 싶은 거죠, 도대체? 오랜만에 만난 부인에게 정말 이래도 되는 거예요?"

휀은 그제야 부인에게로 시선을 돌렸다.

"아까 한 얘기를 자세히 들은 것으로 아는데."

"아까? 착각하지 말아요. 이 상태로 저녁까지 못 먹었다는 사실을 알기나 해요? 흠, 어쨌든 뭔가 말할 게 있는 것 같으니 어서 말해 봐요. 배고프단 말이에요."

뭔가 심각한 얘깃거리였는지 휀은 버릇처럼 코트 안주머니에 손을 넣었다. 그러나 그 직후 떨어진 부인의 날카로운 시선 때문에 그의 손은 별 소득 없이 밖으로 나오고야 말았다.

흡연의 기회를 놓친 그는 단도직입적으로 말했다.

"내가 10년 전 저지른 실수 때문에 당신은 여기까지 오게 됐다. 나와 함께 있는 10년 동안 당신이 고통을 받았는지, 아니면 행복했는지는 나도 모른다. 일단 고통 받았다는 전제하에 얘기하는 것이니 잘 듣도록."

크리스는 남편의 다음 말을 진지하게 기다렸다.

하지만 겉으로만 그랬을 뿐, 그녀는 웃음을 참느라 죽을 지경이었다. 그녀는 다음에 휀이 무슨 말을 할지 잘 알고 있었고, 또한 그에 대한 최선의 답변도 생각해 놓은 상태였다.

조금 후 휀이 무겁게 입을 열었다.

"미안하다고 말하고 싶군. 지금까지 이 모든 일을 숨겼던 것, 사과한다."

"그래요?"

크리스의 짧고 차가운 대답에 무거운 공기가 흘렀다.

휀과 크리스는 같은 표정으로 서로를 응시했다. 휀의 차가운 얼굴은 어제오늘 일이 아니었지만 크리스의 차가운 얼굴은 의외였기에 휀의 한쪽 눈썹이 미묘하게 꿈틀댔다.

순간 크리스가 남편의 어깨를 강하게 치더니 이내 대소를 터트렸다.

"하하하핫. 당신 마음이 약한 건 익히 알고 있었지만 이 정도일 줄은 몰랐네요. 후후, 이봐요, 남편 씨. 당신이 지금 신경 써야 할 것은 제 마음이 아니라 내일 벌어질 전투예요. 안 그래요?"

크리스는 결혼 반지가 끼워진 자신의 손을 들어 보였다.

"이 반지, 기억하죠? 당연히 기억하겠죠. 10년 동안 매일같이 봤으니까요. 저는 이 반지를 처음 봤을 때 눈치챘죠. 이 반지에 쓰인 보석이 가짜라는 것 말이에요."

휀은 별말 없이 그녀를 주시했다.

가짜라고 하면서도 크리스는 그 반지를 소중히 어루만졌다.

그녀는 빙긋 웃으며 말했다.

"보석이 가짜라는 것을 알면서 왜 당신과 결혼하겠다고 마음먹었는지 알아요? 대답해 봐요."

휀은 대답 대신 고개를 살짝 가로저었다.

크리스는 한심하다는 듯 한숨을 길게 짓고는 손을 활짝 폈다.

10년 전보다는 못하지만 검을 잡아 군살이 잔뜩 박인 그녀의 손이 휀의 눈에 들어왔다.

"당신도 알다시피 제 손가락은 다른 여자들에 비해 상당히 굵죠. 뼈마디도 그렇고…… 남자 이상이죠. 저번에 레디 씨랑 대 보니 제가 더 크더라고요. 그 정도인데, 당신은 제 손가락에 딱 맞춰 반지를 만들어 왔어요. 당신 성격처럼 한치의 오차도 없이 말이에요. 신기하죠?"

조금씩 기억이 났다.

휀의 얼굴에 깔린 얼음이 조금은 풀리는 듯했다.

지그시 뜬 그의 눈을 보며 크리스는 행복한 목소리로 말했다.

"여자들에게 정말 필요한 것은 반지에 박힌 보석이 진짜냐, 진짜라면 얼마나 비싼가 하는 것이 아니에요. 그 반지를 준 사람의 마음이 정말로 깃들어 있는지, 그리고 반지를 준 사람이 나에 대해 얼마나 알고 있는지죠. 당신은 그것을 딱 맞춰서 저에게 이 반지를 줬어요. 전 알 수 있었죠. 당신이란 남자가 얼마나 날 필요로 하는지를 말이에요. 당신은 재상이 되기 위한 요건으로서 저를 원한 게 아니라 자신의 옆을 오랫동안 지켜줄 사람으로서 저를 원했던 거예요. 10년 동안, 당신의 오랜 임무가 끝날 때까지."

크리스의 손이 천천히 휀의 얼굴로 향했다. 그녀는 남편의 얼굴을 부드럽게 쓰다듬었다.

"10년 전에 말했던 것처럼 당신은 임무가 종결되면 떠날 사람이에요. 그리고 그 임무는 이제 다 끝나 가죠. 하지만 걱정하지 마요. 저는 당신을 기다리지도 않고 또 그리워하지도 않을 테니까요. 그럴 필요는 없죠. 당신은 언제나 저와 함께 있으니까요. 같은 하늘, 같은 세계는 아니지만 저는 어디서나 당신을 느끼고 함께 있을 수 있어요. 간단해요. 눈을 감으면 되니까요."

안타까웠을까.

눈을 지그시 감은 휀은 자신의 볼에 닿은 부인의 손에 자신의 손을 겹쳤다.

크리스는 남편의 지금 모습이 그토록 아름다울 수가 없었다. 너무 아름답고 눈부셨기에 자신의 눈에서 흐르는 눈물을 막지 못했다.

휀은 그녀의 손을 자신의 입가에 가져갔다. 그리고 말했다.

"아침에 한 말과 다르군."

"예?"

평소처럼 차갑지는 않았지만 그 말은 크리스의 정신을 깨우기에 충분했다.

어리둥절해하는 그녀를 휀은 다시금 바라봤다.

"아침에 날 보내기 싫다고 말한 사람이 지금은 반대로 낭만적인 말을 읊어 대는군. 내가 그렇게 어설픈 남자로 보였나. 그런 말에 가볍게 넘어갈 사람으로 보였나."

"무, 무슨 말이에요, 그게!"

크리스는 급히 손을 빼려 했지만 휀은 놓아주지 않았다. 아예 양손으로 그녀의 손을 잡고 나지막이 말했다.

"솔직히 말해."

크리스의 얼굴은 금세 울상으로 바뀌었다.

그럴 수밖에 없었다.

방금 전 자신이 휀에게 한 모든 말들, 언제나 함께 있다는 말들은 모두 진심이 아니었기 때문이다.

놓고 싶지 않았다. 헤어지기는 더욱 싫었다. 생각만 해도 온몸에 힘이 빠지는 듯했다.

그래도 그녀는 편하게 휀을 놔주고 싶었다. 자신에게 얽매일 남자가 아니란 것을 알고 있었다.

　휀은 고개를 숙인 채 우는 크리스를 바라봤다.

　"어디서나 날 느낄 수 있다? 눈을 감으면 보인다? 연애소설에 나올 헛소리는 집어치워라. 네 손에 지금 느껴지는 체온, 네가 보고 있는 실제 모습, 그리고 내 목소리. 그것이 진짜 휀 라디언트다."

　"하지만 당신은……!"

　"아무 말도 하지 마."

　휀은 강하게 그녀를 끌어당겼다.

　순식간에 탁자를 넘어 그에게 안긴 크리스는 멍하니 남편의 얼굴을 바라봤다.

　정신이 나간 게 아닐까 싶을 정도로 휀은 적극적이었다. 맹목적이라고밖엔 할 수 없는 그의 행동에 크리스는 할 말을 잃었다.

　하지만 휀은 제정신이었고, 냉정했다. 그리고 솔직했다.

　휀은 그녀의 턱과 가슴 사이에 얼굴을 묻고 조용히 말했다.

　"저주에 걸린 거라고 생각하도록. 나에게서 영원히 헤어날 수 없는 저주에. 시술자가 죽는다 해도 3개월 후에 다시 걸려 버리고 마는 영원한 저주에."

　"휀……."

　크리스는 휀의 머리를 힘겹게 끌어안았다. 그리고 그의 입술에 자신의 입술을 가져갔다.

　둘은 오랫동안 그렇게 있었다.

　크리스는 더 이상의 어떤 생각도 하고 싶지 않았다. 다만 지금이 시간이 영원토록 이어졌으면 하는 바람뿐이었다.

　휀을 데리고 있는 신이 자신에게 벌을 내린다 해도 받을 자신이 있었다. 오히려 감사하고 싶었다. 지금처럼 한없이 행복한 시간을 준 그 신에게 몇 번이고 감사하고 싶었다.

그녀는 자신이 왠지 모르게 솔직해진 것만 같았다.

라인하이트의 갑판 위에서 리오는 의자에 앉아 정면을 주시하고 있었다.

말스 왕국을 떠난 지 3시간. 선단은 상당히 빠른 속도로 바다 위를 전진했지만 아직까지 엘살바도르나 악마군단의 모습은 보이지 않았다.

아직 때가 되지 않았다는 것을 증명하듯 사탄은 크리스와의 체스에 열중했다. 애주가, 애연가로 유명한 휀과 바이론, 하인켈, 다르칸은 간단한 칵테일과 독한 증류주를 즐기며 시간을 보냈다.

프레데릭은 지크, 사바신을 불러 놓고 그들의 지식 수준에 대해 무의미한 토론을 벌였다. 슈`렌과 브라디는 옆에서 구경하는 입장이었지만 불가능에 도전하는 프레데릭의 모습을 안타깝게 바라보았다.

레디와 폴카는 공중요새 실버 문에서 다른 두 개의 공중요새인 오스토베르덴과 페르난데스를 컨트롤하느라 가장 바쁜 시간을 보내고 있었다.

대부분이 여유 있는 시간을 보냈지만 리오의 표정은 상당히 굳어 있었다.

이보다 더 큰 전투를 셀 수 없을 정도로 경험해 본 그가 평소의 여유를 잃고 있는 이유는 무엇일까.

바로 아란에 대한 정보와 바이칼 때문이었다.

"리오 아저씨."

바구니에 빵을 몇 개 싸서 들고 슈웰이 그의 옆에 다가왔다.

직접 전투에 참여할 일이 없는 그녀는 편한 복장을 하고 있었다. 리오는 그녀가 내민 빵 하나를 집으며 빙긋 미소 지었다.

"얼굴을 보니 꽤 여유 있구나. 잠은 잘 잤어?"

"그럭저럭요."

슈웰은 머리를 긁적였다. 오늘 벌어질 전투 때문에 늦은 새벽이 돼서야 겨우 잠이 든 그녀였다.

"앉아도 돼요?"

"음?"

리오는 의아한 표정을 지었다. 앉을 데가 어디 있단 말인가.

슈웰은 대담하게도 리오의 한쪽 무릎 위에 앉았다. 기습 아닌 기습에 리오는 피식 웃으며 그녀의 머리를 부볐다.

그 상태로 슈웰이 물었다.

"저보다는 리오 아저씨가 걱정이 있으신 것 같은데요? 무슨 생각을 하고 계셨어요?"

리오는 고민스레 답했다.

"바이칼 녀석 때문이야. 드래고니스를 끌고 돌아오겠다는 약속을 하긴 했지만 영 마음에 걸려."

"안 오실까 봐요? 에이, 설마 그러시겠어요."

슈웰은 말도 안 된다는 듯 웃었지만 그녀보다는 리오가 바이칼을 더 잘 알고 있었다.

"드래고니스는 녀석의 말에 따라 움직이지. 전적으로 말이야. 그래서 녀석이 다시 이곳으로 오는 걸 귀찮다고 생각하거나 뭔가 맘에 안 드는 구석이 있으면 드래고니스는 절대 오지 않아. 그 동네에서 녀석을 설득할 수 있는 사람은 아무도 없거든. 아아, 지크 녀석을 딸려 보낼걸 잘못했나 봐."

리오는 길게 한숨을 내쉬었다.

고공이라 온도가 낮은 탓에 그의 한숨은 희뿌연 연기가 되어 뒤로 흘러갔다. 홀쩍 사라지는 그 입김과 리오의 모습을 번갈아 바라보던 슈웰은 곧 배를 잡고 웃었다.

"하핫, 바이칼 님은 정말 이상한 왕 같네요. 그분이 통치하는 모습을 한번 직접 보고 싶어요."

슈웰은 리오의 말이 농담처럼 느껴졌다.

그리고 그의 말은 진짜 농담이었다. 그가 바이칼에 대해 걱정하는 것은 사실 드래고니스의 출현이 절대 아니었다.

'상급 신에 맞먹는 폭주 정신 물체라. 드래고니스나 바이칼이 과연 그 존재의 공격을 받아 낼 수 있을까?'

뭔가 꺼림칙했다.

그는 휀이나 사탄과는 달리 이번 일이 리리스를 잡는 것으로 간단히 끝날 것 같지 않았다. 더 큰 변수가 있을 것이란 생각이 들었다.

그가 그렇게 생각하는 데는 충분한 이유가 있었다. 바로 브라디의 정보 때문이었다.

데스 발키리 유로는 아스타로트의 명을 받아 이곳에 왔다. 그러나 아란은 같은 데스 발키리인데도 현재 임시 최고 악신을 맡고 있는 하데스의 명을 직접 받아 이곳에 왔다.

유로의 임무는 순수의 결정체를 암살하는 것. 아란은 그녀를 돕기 위해 온 존재. 그 둘은 클라리스를 암살하기 어렵다는 판단하에 이번 임무를 포기했지만, 하데스까지 클라리스를 암살하라고 명한 것을 보면 그 임무의 비중이 엄청나게 큰 것인지 리오는 쉽게 알 수 있었다.

게다가 휀에게 내려진 임무 역시 순수의 결정체를 없애라는 것 아니었던가.

'하이볼크 님과 하데스 님 정도라면 분명 순수의 결정체에 대한 것을 누구보다 자세히 알 것이다. 게다가 부르크레서가 남긴 마지막 말…… 순수의 결정체는 신의 사념체라 해도 깨끗이 정화할 수 있는 존재라 했지.'

연필 낙서로 더럽혀진 종이는 지우개로 깨끗히 지울 수 있다. 엄밀히 보면 그것도 정화였다.

정화는 곧 소거와 같았다.

거기까지 추리한 리오는 순간 움찔했다. 두려울 정도의 예상이 그의 머리를 스치고 지나간 것이다.

'그런 엄청난 존재가 리리스의 손에 놀아날 이유가 없잖아?'

브라디가 그에게 준 정보는 하데스가 아란에게 임무를 내렸다는 것뿐이었지만 그로써 내려진 결론은 상당한 무게를 지니게 됐다.

그러나 불행하게도 시간은 리오에게 더 이상 생각할 여유를 주지 않았다.

라인하이트의 메인 마스트에 준비된 스피커에서 긴장감 가득한 레디의 목소리가 터져 나왔다.

"전방에 악마군단으로 보이는 이상 비행 물체 다수 감지! 3분 내로 비행선단과 조우하게 됩니다! 다시 말씀드립니다, 악마군단으로 보이는 이상 비행 물체가 다수 감지되었습니다!"

실버 문에서 곧장 들어온 정보였기에 신뢰도가 높았다.

"선공은 저쪽이 먼저 날리는군. 지크 녀석이 아쉬워하겠는걸?"

리오는 쓸쓸히 웃으며 자리에서 일어났다.

"어이, 나타났다며? 얼마나 많이 나타난 거야!"

프레데릭과의 토론에 지쳐 있던 지크와 사바신은 기다렸다는 듯 갑판 위로 뛰어 올라왔다. 리오는 손을 저으며 대답했다.

"너무 멀어서 아직 모르겠어. 거리가 좀 더 가까워지면 말해 줄 테니 걱정하지 마."

프레데릭과 슈렌, 브라디 역시 갑판으로 올라왔다. 하지만 다른 사람들은 올라올 기색조차 보이지 않았다.

'예상했다는 건가. 뭐, 나도 그랬지만.'

객실로 통하는 문을 잠시 보던 리오는 곧장 슈렌을 돌아봤다.

"어때?"

"탐색을 목적으로 보낸 소규모 기동 부대일 확률이 높아. 이쪽에서도 가볍게 상대해 주면 되겠지."

슈렌은 옆에 있는 지크의 등을 살짝 쳤다.

계산보다 눈치가 빠른 지크는 씩 웃으며 버릇대로 장갑을 조였다.

"좋아, 맡겨 두라고. 안면 몰수 아저씨에게 이상한 말을 듣느라 한참 몸이 근질댔거든."

프레데릭의 눈두덩이 크게 꿈틀댔다.

브라디는 혹시나 하는 심정으로 그를 말릴 준비를 했지만 다행히 프레데릭은 인간보다 약간 더 공허한 자신의 안면을 손으로 덮을 뿐이었다.

'본능으로 움직이는 자들에게 이성을 가르치려 했던 대가인가.'

그의 고뇌를 아는지 모르는지, 어느새 기류에 휩싸인 지크는 앞을 주시한 채 모두에게 외쳤다.

"헤헷, 무적 최강! 인간 요격기 지크 스나이퍼 님의 출동이다! 아무도 발목 잡지 마라! 음하하하핫!"

대사만큼이나 엄청난 속도로 갑판에서 튀어나간 지크의 모습은 순식간에 사라졌다.

슬그머니 리오의 어깨에 내려앉은 브라디는 비웃듯 피식 웃으며 중얼댔다.

"거의 춤을 추다시피 하시네요. 하긴, 싸워야 머리가 풀리는 분이니 어쩌겠어요. 그런데 혼자 보내도 괜찮겠어요, 리오 님?"

"물론이지."

객실로 모이자는 손짓을 모두에게 보낸 리오는 브라디의 턱을 손가락으로 어루만지며 말을 이었다.

"걱정할 필요 없는 녀석이야. 바람이 자신의 밭을 얼마나 망쳐 놓을까 고민하면 했지, 바람이 행여나 다칠까 봐 걱정하는 농부는 없잖아? 걱정하고 싶으면 지크 녀석의 장단에 맞춰 탱고를 출 악마들이나 걱정해. 자, 들어가서 계획이나 짜 보자, 브라디."

"네네네네네."

창공을 가르는 지크의 모습은 그 어느 때보다 상쾌했다.

하인켈, 디아블로 등의 강자들과 겨루며 정신적으로나 육체적으로 훨씬 강해진 그는 이번 만남의 최종 결산이 될 앞으로의 전투를 기대하듯 속도를 더욱더 높였다.

'하인켈 아저씨가 보여 준 기량, 디아블로가 보여 준 공포, 그리고 나 자신의 자만심. 모든 것을 보았고 모든 것을 느꼈다.'

그는 기류와 함께 자신의 몸을 타고 흐르는 힘을 한껏 느끼며 즐거운 표정을 지었다. 그리고 그는 보았다. 자신을 향해 날아오는 수십의 고급 악마들을.

"자, 오너라, 악마 녀석들! 이 지크 스나이퍼 님이 친히 상대하는 걸 영광으로 여겨라!"

슈렌의 예상대로 지크 앞에 선 악마들은 탐색을 목적으로 한 부대였다. 그러나 그들의 기형적인 갑옷에 붙은 문장은 아가레스 친위대의 것이었다.

광마단장 아가레스의 친위부대인 그들은 정찰만을 하기엔 너무나 아까울 정도의 힘과 기량을 갖춘 고급 병사들이었다. 아가레스가 애지중지 하는 병사들을 정찰대로 보냈다는 사실은 리리스 쪽에서도 이번 전투에 상당한 비중을 두고 있다는 뜻이었다.

병사들은 엄청난 속도로 자신들 앞에 나타난 지크를 보며 서로에게 물었다.

"가즈 나이트인가."

"녀석이 바로 메타트론을 쓰러트린 바람의 가즈 나이트, 지크 스나이퍼다."

"소문에 의하면 하인켈 단장도 녀석이 쓰러트렸다더군."

하지만 악마들에게서 긴장감을 찾아볼 수 없었다.

"그런대로 운이 좋은데? 녀석의 목을 접수해 돌아간다면 리리스님과 아가레스 님께서 매우 기뻐하실 것이다."

"기뻐만 하시겠나. 무슨 상을 줘야 할지 고민부터 하시겠지."

악마들은 각자의 무기를 꺼내 들고 전열을 가다듬었다.

'나라면 싸울 만하다는 말인가.'

팔짱을 낀 채 그들의 모습을 바라보던 지크는 자존심이 상한 듯 입술을 비틀었다.

"젠장, 리오나 휀, 바이론의 이름을 들으면 일단 한 수 접고 들어가는 녀석들이 많은데 왜 난 안 그렇지? 이름값이 없어서 그런가?"

"유언은 그것뿐이냐!"

순간 지크의 왼쪽 귓불을 악마의 검이 스치고 지나갔다. 그와 동시에 뭔가 으깨지는 소리가 들렸다.

"오호, 거칠잖아, 친구."

꽤 두꺼운 검이었는데도 지크의 귓불엔 상처가 나지 않았다. 그러나 그의 얼굴에 끈적끈적한 핏방울 몇 개가 튀어 있었다.

"뭐, 이름값이 없어서 그렇다고 말하면 별수 없지. 지금부터라도 이름값을 좀 쌓아 놓는 수밖에. 잘 자, 친구."

그는 자신에게 검을 휘두르려다가 되레 역공을 당한 악마의 얼굴에서 주먹을 뺐다.

악마는 얼굴 살과 뼈를 파고 들어간 투구의 파편을 어쩌지 못한 채 추락했다. 깨어날 기미가 보이지 않는다. 즉사였다.

카운터에 맞아 사망한 동료의 시신을 멍하니 바라보던 다른 악마들은 이내 복수심에 찬 괴성을 지르며 지크에게 달려들었다. 하지만 막무가내가 아닌 체계적 행동들을 보였다. 그들은 꽤 냉정한 악마였다.

3분의 1이 뒤로 물러섰고 나머지가 돌진해 왔다.

뒤로 물러선 자들은 재빨리 고급 마법진을 전개했고, 달려드는 자들은 특정 대형을 유지했다. 기계처럼 일사불란했다. 동료의 죽음은 어느새 잊었는지 흔들림 따윈 없었다.

시간을 계산해 보니 그들의 검과 마법은 거의 동시에 지크를 칠 것 같았다. 지크는 감탄하듯 무명도와 무문도를 동시에 뽑아 주위에 희끄무레한 곡선들을 그렸다.

"대단하군 아저씨들. 하지만 상대가 틀렸다!"

지크의 일갈과 동시에 악마들의 투구에 꽂힌 파란 실털들이 일순간 매몰차게 흔들렸다.

"아니!"

목표물이었던 건방진 가즈 나이트가 갑자기 사라지자 악마들은 움직임을 멈췄다. 모든 이들이 시각과 촉각을 곤두세웠지만 지크를 찾을 수는 없었다. 그러나 지크가 어디로 갔는지 알고 있는 악마가 한 명 있었다.

"컥!"

짧은 비음과 함께 돌격대를 맡은 악마 중 한 명이 셋으로 나뉘었다. 일행의 중앙에 있는 악마였기에 다른 악마들은 놀란 얼굴로 자신들의 안쪽을 돌아봤다.

무명과 무문을 교차한 채 악마들 중앙에 서 있는 지크의 모습은 그야말로 살기등등했다.

악마들은 급히 진영을 재정비하기 위해 물러서려 했지만, 짧고 긴 두 개의 섬광은 그들을 순식간에 집어삼키고 말았다. 두 개의 도검이 만든 진공 효과로 인해 피가 마치 분수처럼 사방으로 튀었다.

"으, 으아악!"

살아남은 악마들은 비명을 지르며 각각의 방향으로 물러섰다.

모든 신경을 곤두세웠지만 동료들을 순식간에 벤 남자의 모습은 보이지 않았다. 대신 들국화 씨가 날리듯 뎅겅뎅겅 허공으로 튀어오르는 동료들의 목과 몸의 일부분만 보일 뿐이었다.

동료가 줄어들수록 남아 있는 자들의 공포는 배로 증가했다. 공포에 못 이겨 도주를 시도한 자도 있었지만 아무것도 없는 허공에서 보이지 않는 바람을 피한다는 것은 말 그대로 불가능했다.

이윽고 단 두 명의 악마만이 허공에 남았다.

어디에도 보이지 않던 지크의 모습이 그들의 눈앞에 나타났다. 온몸을 휘감은 기류 탓에 그의 몸은 희미하게 보였지만, 기류 저편에서 보이는 두 개의 파란 안광이 그의 존재를 확실히 알려 주었다.

"뭐, 뭐야, 이 녀석! 녀석이 이렇게 강하다는 말은 못 들었는데?"

악마들은 지크에게서 서서히 물러났다. 그러나 지크는 그들을 그냥 놔주지 않았다. 전광석화처럼 그들에게 접근한 지크는 양손으로 그들의 목을 각각 움켜쥐었다.

"내가 왜 둘을 남겨 놨는지 아나? 한 명은 진술자고 다른 한 명은 증인이야. 둘이서 확실히 전하는 게 좋겠지? 아저씨들은 정찰대니까 말이야. 자, 들어라!"

"크윽!"

지크의 손에 힘이 들어가자 두 악마의 목에서 얼굴까지 두꺼운 힘줄이 돋아났다.

"리리스인가 하는 순정파 아가씨에게 잘 전해라. 이제부터 파티가 시작된다고. 뼈 빠지게 즐거운 파티가 될 테니 기대하라고 해!"

"으, 으으으윽!"

지크의 손에서 풀려난 악마들은 허겁지겁 저편으로 사라졌다.

악마들이 날아간 바다 저편은 검게 물들어 있었다.

바다가 검은 것은 아니다. 그 위를 덮은 하늘이 검은 것이었다. 지크는 그 검은 하늘에 무수히 떠 있는 작은 점들을 주시하며 중얼댔다.

"뼈 빠지는 건 저쪽이나 이쪽이나 마찬가지겠군. 오늘 피곤하겠는데?"

지크는 씁쓸히 웃으며 뒤를 돌아봤다. 그가 악마들과 잠시 싸우는 사이 공중요새를 비롯한 에스토드의 비행선단은 꽤 전진한 상태였다. 지크는 멀리 보이는 라인하이트를 향해 손을 흔들었다.

라인하이트의 선두에 리오가 서 있었다.

바람 탓인지 그의 장발은 어느 때보다 크게 너울거렸다.

지크의 신호를 받은 리오는 뒤를 돌아보며 말했다.

"역시나 잘 처리했군. 자, 이제 시작할까?"

주머니에 손을 꽂은 채 묵묵히 서 있던 휀은 옆에 있는 이반에게 지시를 내렸다.

"대열 정비. 각 함선 전투 위치로. 공중요새 오스토베르덴과 페르난데스는 앞에 위치한다."

"예, 각하!"

이반은 곧장 브리지로 달려갔다.

프레데릭, 바이론이 휀의 뒤에 다가왔다. 이번 작전에 참여한 사람 중 가장 큰 둘이 한꺼번에 서자 그 뒤에 선 사바신, 슈렌에겐 휀의 모습이 잘 보이지 않았다.

"우리가 나갈 시점은 언제가 될 것 같나?"

두 벽 중 왼쪽에 선 프레데릭이 물었다. 휀은 고개를 살짝 돌렸다.

"그들이 먼저 나오기 전엔 아무도 움직이지 않는다."

프레데릭의 표정이 살짝 구겨졌다.

"그러면 이쪽 병사들의 피해가 클 텐데? 비행선들이 지금 갖추고 있는 무장은 중형 이상의 악마에겐 전혀 쓸모 없다는 것을 잘 알지 않나? 그리고 악마들이 배에 올라탔을 때를 생각해 보게. 보통 인간의 힘으로 악마들을 상대하기 어렵다는 것은 상식이야."

그러자 휀은 가볍게 그 말을 받아쳤다.

"전쟁에서 병사가 죽는 것 역시 상식이다. 얼마만큼 효율적으로 아군 병사들을 죽였느냐는 대단위 전투 시 승패의 최대 요건이 되지. 내 말이 틀렸나?"

결국 프레데릭은 말없이 고개를 저었다.

몇 시간 후, 에스토드 공군과 리리스의 악마군단은 역사에 남을 대대적인 전투를 시작했다.

초반의 기세를 잡은 것은 공중요새 두 척을 앞세운 에스토드 공군이었다.

에스토드의 비행선이 가진 대포들은 구경이 작은 것이든 큰 것이든 중형 이상의 악마들에게 있어선 시시한 폭죽에 지나지 않았다. 그러나 마력이 실린 공중요새의 광선포는 수준이 달랐다. 선체 전체를 두꺼운 마법 방어막으로 감싼 채 사방으로 포화를 날리는 그 두 개의 공중요새는 악마들에게 수백 년 전 이 세계의 인간들이 왜 공중요새를 두려워했는지 확실히 가르쳐 주었다.

공중요새의 강력함은 그것을 끌고 전투를 벌이자고 생각한 휀의 상상을 초월했다. 실버 문의 제어를 받는 반자동 장난감치고는 막강한 악마 살상 능력을 자랑했다. 중형 이상의 악마들이 별의별 마법과 기술을 다 동원했지만 공중요새가 지닌 마법 방어막의 두께를 그리 얇게 만들진 못했다.

그렇다 해서 에스토드 공군이 절대적으로 우세한 것은 아니었다.

공중요새의 대공포화를 어찌어찌 뚫은 악마들이 배에 침입하면 그 배는 비행을 포기해야 할 정도로 망가지거나 치명적 인명 손실을 당했다. 에스토드 공군은 그런 꼴을 당하기 싫어서라도 포격과 포탄 운반에 온 신경을 쏟아 부어야만 했다.

시간이 흐를수록 양측의 긴장감은 더해 갔다.

병사들이 줄어서가 아니다. 그 어느 쪽에서도 이른바 거물이라 불리는 존재들이 나오지 않은 탓이었다.

2

반물질의 섬광

공중요새 파괴 불가.

연속되는 악마군단의 보고에 리리스의 표정은 살짝 흐려졌다. 그러나 크게 신경을 쓰진 않는 듯 그녀의 손에는 무기 대신 따뜻한 찻잔이 들려 있었다.

전투가 시작된 지 어느덧 세 시간. 성질 급하기로 유명한 아가레스가 결국 리리스를 찾아왔다.

"리리스 님. 저 두 장난감에게 병사들의 목숨을 계속 바치실 생각이십니까?"

목소리는 차분했지만 검은 수소와 같은 아가레스의 눈과 몸은 미세하게 진동하고 있었다.

네 개의 눈을 가진 제1광마단장(狂魔團長) 아가레스. 성질이 급하긴 했지만 무턱대고 몸을 먼저 움직이지 않는 그는 사탄이 가진 명장 중 하나로 모두에게 인정받는 거물급 존재였다.

게다가 그는 소문난 덕장이었다. 사탄이 그를 자신의 명장 중 하나라고 일컫는 것은 언제 어디서나 부하들을 소중하게 아끼는 마음 때문이었다.

더 이상 부하들이 죽어 가는 것을 볼 수 없어 리리스를 찾아온 그는 속에서 끓어오르는 무언가를 최대한 참으며 말했다.

"쓸데없는 희생은 더 이상 두고 볼 수 없습니다. 알아주십시오, 리리스 님. 우리 군은 악마왕 사탄 전하의 소중한 군대입니다. 아무리 당신께서 전권을 잡으셨다 하지만 함부로 사용하지 말아 주십시오."

"음? 내가 함부로 사용했나?"

그러자 리리스는 빙긋 웃었다. 해맑은 웃음에 아가레스는 멍한 표정을 지었다.

"그렇게 심한 말을 하면 어떡해, 아가레스. 저 공중요새 때문에 보통 병사들을 후퇴시킨 후 자네나 독스터, 그리고 엘리트 병사들을 보낸다면 전투는 그걸로 끝나."

"예? 무슨 말씀이십니까?"

"생각해 봐. 저 공중요새가 무섭겠어, 아니면 바이론 필브라이드, 리오 스나이퍼가 더 무섭겠어?"

"그, 그건……."

"그렇지? 저 공중요새 하나 잡겠다고 자네들이 나서는 건 개미지옥에 개미가 빠지는 꼴이야. 자네들이 가즈 나이트나 지르콘 나이트 녀석들에게 박살 나는 것은 시간문제지. 그렇게 됐을 때 병사들의 사기가 바닥을 치는 것은 당연하다, 이거야. 안 그래?"

리리스의 말은 사실이었다.

적들에게 가장 강력한 전력은 공중요새도 아니고 시시한 비행선

단도 아니었다. 이런 대형 전투보다는 일대일 개인 전투에 더 어울리는 존재들이 진짜 전력이었다.

적들이 노리고 있는 것도 개인 전투인데, 그런 상황에서 장군급의 전력을 함부로 투입했다가는 괜히 장군들만 잃을 게 불 보듯 뻔했다.

"자, 알아들었지? 이번 전투가 그렇게 걱정되면 '녀석'의 정비나 더 해둬. 그게 이번 전투에 더욱 도움이 될 거야."

"예, 죄송합니다, 리리스 님."

아가레스는 고개를 더욱 숙였다.

그가 나간 후 단숨에 표정을 바꾼 리리스는 이를 악물었다.

"화가 나는군. 저런 무식한 녀석들을 명장이라고 칭하는 사탄 님을 도대체 이해할 수 없어……. 뭐, 그래도 괜찮아. 어차피 이번 일의 결말은 뻔하니까."

알 수 없는 미소를 지은 리리스는 다시금 찻잔을 입에 가져갔다.

그때 상황판을 주시하던 악마 하나가 다급한 목소리로 리리스를 불렀다.

"리리스 님! 적들의 움직임이 이상합니다!"

"뭐라고?"

움찔한 리리스는 급히 상황판으로 자신의 의자를 움직였다.

세 시간이 지나도록 적진은 물론이고 아군 진영에도 아무런 변화가 없자 지크와 사바신은 점점 더 몸이 근질거렸다.

둘은 경기장에 들어가지 못해 안달이 난 투우처럼 숨을 거칠게 몰아쉬었다. 휀과 리오, 프레데릭 등에게 몇 번이고 시선을 보냈지만 둘에게 출전 명령이 떨어질 기색은 전혀 보이지 않았다.

"젠장, 우리가 무슨 전쟁기념관 견학 온 줄 아나? 싸우라고 불렀으면 싸울 거리를 줘야 할 거 아냐."

그러나 지크의 불만에 반응을 보인 사람은 아무도 없었다.

"참아 봐. 아직 세 시간밖에 지나지 않았어."

리오가 웃으며 말했다.

"정 그렇게 심심하면 밖에서 바람이나 쐬어 봐. 그렇다고 몰래 적진에 뛰어들진 말고."

"으으윽!"

편히 있으라는 리오의 말은 지크와 사바신의 귀에 도발로밖에 들리지 않았다.

말은 그렇게 했지만 리오 역시 몸이 근질대긴 마찬가지였다. 휀과 함께 작전을 치른 것이 처음은 아니지만, 전투의 중반이나 종반이 돼서야 알 수 있는 휀의 머릿속은 말 그대로 뜯어 보고 싶을 정도로 궁금했다.

그의 작전은 언제나 그랬다. 초반은 아군과 적군 모두를 애태울 정도로 비밀스러웠지만 중반 이후엔 적 사령관과 병사 모두에게 전세를 절대로 뒤집지 못한다는 느낌, 즉 절망감을 안기며 대세를 결정짓는다. 아군 역시 중반이 돼서야 자신들이 이기고 있다는 사실을 알게 된다. 리오가 움직이지 않는 것은 그것을 알기 때문이었다.

지금도 마찬가지로 휀을 제외한 모두는 그저 지켜볼 뿐이었다. 이후 그가 어떤 작전을 내세울지, 또 전세가 어떻게 바뀔지는 휀의 입과 시간만이 가르쳐 주었다.

"리리스는 숨기고 있다."

담배 연기와 함께 퍼진 휀의 목소리에 모두 숨을 죽였다.

휀은 담배를 비벼 끄며 말을 이었다.

"이쪽의 멤버가 어찌 된다는 것은 저기 앞에 있는 적들 중 리리스가 가장 자세히 알고 있다. 악마군단만으로 전면전을 벌이는 것이 무모하다는 것도 안다. 그런데도 리리스가 여유 있게 전면전을 선택한 것은 이쪽의 카드를 누를 만한 뭔가가 있기 때문이다."

그러자 인상을 구기고 있던 지크가 물었다.

"그 카드가 뭔지 대장은 아는 거야?"

휀의 대답은 간단했다.

"모른다."

지크는 웃음도 나오지 않는 듯 멍한 표정을 지었다. 지크가 뭐라 따지기 직전, 휀이 입을 막듯 말했다.

"정확히는 알지 못한다. 하지만 이 세계에 남은 유적 중 리리스에게 힘이 될 만한 것은 단 두 개뿐이다. 그중 하나는 이미 사용하고 있으니 나머지 하나도 어렵지 않게 재활용할 수 있겠지. 그렇지 않나, 다르칸?"

"음?"

자신의 이름이 갑자기 지명되자 체스 교본을 읽고 있던 다르칸은 움찔하며 주위를 돌아봤다.

지명된 않았지만 프레데릭의 표정은 그리 좋지 않았다. 휀의 말을 통해 생각하기도 싫은 무기 하나가 기억 저편에서 떠오른 것이다.

'녀석이 완전히 파괴되지 않았단 말인가? 만약 그게 사실이라면 엘살바도르가 보유한 안티매터 캐논은 문제도 아닐 텐데……! 하지만 예상을 했다고 휀이 말하는 것을 보면 뭔가 방법이 있겠지. 일단 지켜보자.'

프레데릭은 착잡한 얼굴로 팔짱을 꼈다.

그때 휀의 백색 코트가 위로 펄럭거렸다.

때가 된 것일까. 그는 이반에게 새로운 지시를 내렸다.

"전 부대에 대열을 유지한 채 제1 전투 속도로 전진하라고 이르도록. 실버 문과의 통신을 열어라."

"알겠습니다!"

이반은 프레데릭이 특별히 만들어 준 화상 통신 장치를 켠 후 브리지로 다시 올라갔다.

세 시간 전 사령실로 바뀐 객실엔 곧 반투명의 스크린이 만들어졌다. 그 스크린에 머리에 뭔가를 쓰고 있는 레디와 폴카, 크리스토퍼의 모습이 나타났다.

"아, 무슨 일입니까, 선배?"

신호를 받은 레디가 화면 쪽으로 시선을 돌리자 휀이 말했다.

"공중요새를 전진시킨다."

그의 추상적 명령에 레디는 곤란하다는 듯 말했다.

"저, 선배님, 확실히 말씀해 주셔야 일하기 편할 것 같은데요?"

"얼씨구. 무슨 편의점 아르바이트하러 저기 간 줄 아나?"

이런 상황에서도 빠지지 않는 지크의 비아냥거림에 사바신과 리오는 실소를 터트렸다.

그때까지 일어서 있던 휀은 자리에 앉으며 다시 지시를 내렸다.

"계획대로다. 엘살바도르를 향해 공중요새를 전속력으로 전진시킨다. 방어막 출력과 속도는 최대로. 요새 간의 거리는 엘살바도르의 길이와 동일하게 유지해라. 앞에 뭐가 있든 무시해라. 지시가 있을 때까지 전진이다."

"예, 알겠습니다!"

화면이 꺼지자마자 지크가 옆에 앉은 리오의 팔을 쿡쿡 찔렀다.

"이봐, 벌써 갖다 박겠다는 거야? 난 엘살바도르인가 하는 거 구경도 못 했는데?"

공중요새를 엘살바도르에 자폭시키겠다는 작전은 지크도 이미 들어 본 바였다. 그러나 전투가 중반도 채 안 된 상황에서 엘살바도르를 직접 공격하겠다는 것은 이른 감이 없지 않았다.

"그렇군. 카드를 뒤집겠다는 건가."

프레데릭의 묵직한 목소리에 지크의 시선이 옮겨졌다.

"무슨 소리예요, 안면몰수?"

잠시 뜸을 들인 프레데릭은 마음을 진정하기 위해 얼굴을 손으로 덮으며 말했다.

"자네가 엘살바도르에 타고 있을 때, 공중요새 정도의 초대형 물체가 전속력으로 돌진한다고 생각해 보게. 자네는 어떻게 하겠나?"

간단한 질문이었다.

"에이, 당연하죠. 쏴서 떨어트려야 하지 않나요?"

"그렇지. 엘살바도르가 보유한 안티매터 캐논은 상대가 제아무리 공중요새라 해도 단숨에 분해할 수 있다. 그러나 상당한 거리를 둔 상태로 두 개가 동시에 온다면 곤란하겠지. 격추시킬 수 있는 것은 한 번에 하나뿐. 게다가 안티매터 캐논은 에너지 소모량이 많고 낡았다 할 수 있는 엘살바도르 자체에 무리를 주기 때문에 나머지 하나를 막기 위해선 또 다른 무언가가 필요하다. 엘살바도르까지 가는 도중에 공중요새 두 개 모두 격추되지 않는 한 리리스는 자신이 가진 비밀병기를 꺼낼 수밖에 없겠지. 만약 비밀병기가 어떤 것인지 밝혀지면 이쪽에서는 빠른 대응이 가능할 것이고 리리스에게는 그만큼 부담이 된다. 이건 시도해 볼 만한 작전이다."

"오홍."

입을 동그랗게 모은 지크는 감탄의 시선을 휀에게 던졌다.

"지크, 사바신."

"으, 응?"

휀과 갑자기 시선을 마주치게 된 지크는 움찔하며 어색한 미소를 지었다. 사바신도 눈을 동그랗게 뜬 채 휀의 다음 말을 기다렸다.

"지시가 있을 때까지 갑판에서 대기해라."

"무, 무슨 소리야!"

휀의 말을 오해한 지크는 머리를 부여잡으며 자리에서 일어났다.

"누구처럼 담배를 피는 것도 아니고, 또 시끄럽게 하지도 않았는데 왜 우리를 쫓아내는 거야! 더 이상 우리를 함부로 대한다면 형수한테 이를 거야!"

"맞아, 맞다고!"

휀은 옆에 앉은 크리스에게 시선을 잠깐 돌렸다. 크리스는 멋쩍은 미소와 함께 손을 저었다.

휀은 다시 앞을 바라보며 말했다.

"출전하는 것이 소원 아니었나?"

각자 자신의 무기를 챙겨 든 둘은 유령처럼 조용히 일어나 사령실을 빠져나갔다. 둘의 모습을 끝까지 지켜본 리오는 아무래도 걱정이 됐는지 옆자리의 슈렌에게 넌지시 물었다.

"괜찮을까?"

눈을 감은 채 명상에 잠겨 있던 슈렌이 슬며시 눈을 떴다.

"계획대로 움직이면."

"음."

그 말에 리오의 걱정이 더욱더 커졌다. 선발대로 나갈 두 명 모두 계획과는 상관없는 인생을 사는 인물들이기 때문이었다.

공중요새가 상당한 속도로 접근해 온다는 보고를 들은 리리스의 얼굴에 독기가 가득 퍼졌다. 공중요새를 엘살바도르에 충돌시켜 자폭시킨다는 것은 익히 예상한 일이었지만 설마 이렇게 빨리 돌진할 줄은 미처 생각지 못했다.

"충돌 예상 시간은!"

"7분 정도입니다!"

오퍼레이터 역할을 맡은 악마의 목소리는 리리스보다 훨씬 더 다급했다.

결국 리리스는 하나의 선택을 할 수밖에 없었다. 안티매터 캐논이었다.

"안티매터 캐논을 쏴라! 둘 다 날려 버리는 것이다!"

그러나 일은 쉽지 않았다.

상황판을 보던 악마가 울상을 지은 채 그녀를 바라봤다.

"리, 리리스 님. 두 공중요새의 간격이 너무 넓습니다. 안티매터 캐논으로 격추할 수 있는 것은 한 대뿐입니다."

"뭐라고!"

"게다가 문제가 한 가지 더 있습니다."

리리스의 눈은 더욱 벌어졌다.

"뭔데?"

"아시는 대로 안티매터 캐논의 충전 시간은 10분입니다. 6분 내로 한 번 더 발사한다는 것은 불가능합니다. 그리고 현재 엘살바도르에 장비된 안티매터 캐논은 파워 컨트롤 장치가 부서진 상태이기 때문에 최대 충전 상태가 아니면 발사 자체가 되지 않습니다. 무슨 방법을 써서라도 하나 정도는 안티매터 캐논이 아닌 다른 방법을 동원해 부숴야 합니다."

어쩔 수 없는 상황이란 뜻이었다.

피가 나기 직전까지 입술을 깨문 리리스는 이윽고 악의에 찬 미소를 지으며 중얼댔다.

"역시나 영악하구나, 휀 라디언트. 에르파라스를 그렇게도 보고 싶었단 말이지? 그렇다면 보여 주마. 그리고 남김없이 태워 주마! 아가레스와 독스터를 대기시켜라!"

지시를 내린 리리스는 곧장 사령실을 나섰다.

사령실 안의 악마들은 갑자기 머리에 핏발을 세운 리리스의 모습에 얼굴을 흐렸다. 뇌 속으로 파고 들어오는 불안감이란 단어를 의식적으로 방어하는 악마는 그들 중 아무도 없었다.

두 대의 공중요새는 주례 앞으로 가는 신랑 신부처럼 거침없이 전진을 계속했다. 공중요새의 진로에 있던 악마들은 그 두 기계 덩어리를 막기 위해 안간힘을 썼지만, 방어막에 절반 이상의 에너지를 쏟아붓고 있는 공중요새를 격침한다는 것은 대형 악마에게도 어려운 일이었다.

부대 대장급의 악마가 쏴대는 고급 마법도 두꺼운 공중요새의 방어막을 뚫긴 불가능했다. 아무리 쏘고 또 쏴도 방어막은 손실과 회복을 계속할 뿐, 그 이상의 변화는 없었다.

공중요새의 크기는 엘살바도르의 10분의 1 수준이었다. 그런 것이 전투용 비행선에 맞먹는 속도로, 그것도 두 개나 몸을 던진다면 아무리 아네라의 기술이 집약된 배라 해도 격침을 피할 수 없었다.

하나는 안티매터 캐논으로 막을 수 있었다. 그러나 나머지 하나는 두 요새의 거리상 매우 힘들었다.

그 나머지를 막기 위해 아가레스와 독스터가 엘살바도르에서 급히 튀어나왔다. 고급 마법을 쓸 줄 아는 부하들을 각자 데리고 나온 둘은 악마들의 집중포화를 받으며 다가오고 있는 두 공중요새의 모습에 잠시 할 말을 잃었다.

"저걸 막아야 한단 말이지?"

아가레스와는 달리 호리호리한 몸을 가진 독스터는 긴장감으로 가득한 자신의 녹색 얼굴을 쓰다듬었다.

"막는 게 아니라 아예 떨어트려야 합니다, 선배. 일단 하나만 막으면 되니 다행이지만 말입니다."

그러나 말과는 달리 아가레스의 얼굴에서 안도감 따윈 찾을 수 없었다. 희미하게 보이는 공중요새라는 것이 예상보다 컸고, 이쪽을 향해 달려오는 기세가 심상치 않았던 탓이다.

한쪽 눈에 낀 안경을 턱시도의 앞 주머니에 넣은 독스터는 사탄의 휘하 장수 중 하인켈 다음으로 여유가 있다는 것을 증명하듯 편히 웃으며 아가레스의 등을 두드렸다.

"일단 노력은 해 보세. 자, 전원 월 포메이션(Wall formation)!"

악마들은 아가레스와 독스터를 중심으로 위치를 바꿔 3차원적인 면을 공중에 만들었다.

공중요새를 막으려는 그 얇은 벽의 구성원은 독스터의 명령에 따라 각자 자신이 쓸 줄 아는 한도 내에서 최고의 파괴 마법을 외우기 시작했다.

공중요새를 막기 위해 안간힘을 썼던 전방의 악마군단은 이후 이어질 안티매터 캐논과 마법의 포화에 휘말리지 않기 위해 곧장 양방향으로 흩어졌다.

하지만 거기서 리리스의 의식을 잠시 멈추게 만든 상황이 벌어지고 말았다.

전진하던 두 공중요새 중 한 척이 갑자기 정지해 뒤로 후퇴하기 시작한 것이다.

갑자기 변해 버린 상황에 리리스의 눈가가 꿈틀댔다.

그녀가 아는 휀 라디언트는 공중요새 두 척을 전부 엘살바도르에 충돌시킬 인물이지, 한 척이 아까워 두 개 중에 하나를 뒤로 돌릴 위인이 아니었다. 게다가 두 요새의 동시 전진 작전은 리리스를 심각하게 흥분시켰을 정도로 매우 훌륭한 것이었다.

그런데 그것을 포기하고 한 대만 전진시킨다는 것은 이해할 수 없었다.

대형 격납고로 향하던 리리스는 다시 사령실로 몸을 돌렸다.

꽁꽁 숨겨 놨던 비밀병기를 지금 꺼낼 이유가 없어진 것이다.

"내부 분열이 일어난 건가? 뭐, 좋아. 날 편하게 해 줄 생각이라면 기꺼이 받아 주마, 휀 라디언트. 하지만 잔꾀는 부리지 않는 게 좋아. 너희의 움직임은 내 눈에 모두 보이니 말이다."

리리스는 웃으며 사령실로 발길을 재촉했다.

리리스가 상대와 자신들의 움직임을 상황판에 정확히 포착할 수 있는 것은 수천 년 전, 엘살바도르의 아네라족이 이 세계의 대기권 밖에 띄운 대기 분석 위성 덕분이었다. 사용한 지 오래되어 자세한 목표 포착은 힘들었지만, 생물이나 기계의 대규모 움직임 정도는 알 수 있었기에 리리스의 손에 들어간 그 위성은 현재 효자 노릇을 톡톡히 하고 있었다.

한 대가 뒤로 후퇴한 것은 물론이고, 전진하던 요새 역시 속도를 줄였다.

일부러 줄인 것 같지는 않았다. 요새가 미세하게 상승과 하강을 반복하는 것으로 보아 어딘가 이상이 있는 게 분명했다.

리리스에게는 어서 없애 달라는 신호처럼 보였기에 그녀는 사령실로 돌아오자마자 안티매터 캐논의 발사 준비 명령을 내렸다.

"사정거리 내에 들어오면 대기시간 없이 곧장 발사해라! 녀석들이 뭘 생각하든 일단 저 방해물을 없애고 본다! 녀석들의 움직임은 내 눈에 모두 보이니까!"

안티매터 캐논의 컨트롤을 맡은 악마들은 곧장 캐논의 안전장치를 해제하기 시작했다.

함선 방어를 위해 설치된 것이긴 하지만 안티매터 캐논은 서룡족의 성전이자 기동 요새 도시인 드래고니스의 주포, 듀얼 하이드로 레이저를 능가하는 초절(超絶)의 위력을 지니고 있었다. 그렇게 강력한 무기인 만큼 안전장치도 12중으로 되어 있어 안티매터 캐논을 발사하는 데 필요한 인원은 30명에 가까웠다.

그 인원들이 일사불란하게 움직이는 모습은 피아노의 해머가 프로의 손에 이끌려 움직이는 모습을 방불케 했다.

리리스는 양손을 모은 채 요새 파괴 이후의 일을 예상해 봤다. 다가오는 요새가 파괴될 것이 기정사실인 상황에서 그녀의 행동은 당연한 것이었다.

'자, 어떻게 행동할 거냐, 휀 라디언트. 공중요새를 보냈다가 후퇴시킨 것은 이해가 안 되지만…….'

그녀는 상황판에 시선을 돌렸다. 안티매터 캐논의 범위 밖으로 퍼져 나간 악마군단의 붉은 점들은 마치 사열을 받기 위해 일렬로 정렬한 병사들의 모습과도 같았다. 그 외의 특별한 움직임은 없었다. 움직이는 것은 오로지 느릿느릿 다가오는 공중요새의 크고 파란 점 하나뿐이었다.

'어쨌든 진짜 전투는 저 요새를 파괴한 후가 되겠군. 일단 편히

기다려 주마, 휀 라디언트.'

리리스는 편히 숨을 내쉬었다.

"적 공중요새, 사정거리 도달까지 앞으로 2분!"

오퍼레이터의 목소리에 리리스는 고개를 끄덕였다.

"좋아, 안전장치 개방! 도달 시간 20초가 되었을 때 최종 안전장치도 개방하라!"

최종 안전장치의 개방은 곧 발사를 의미하는 것이었다.

안전장치 전개(全開) 후 캐논은 자동적으로 20초 카운트다운에 들어간다. 기동되는 에너지 양이 워낙 막대한 장치이기에 그런 시스템을 채용하고 있는 것이다. 즉, 적극적으로 움직이는 물체를 겨냥하는 데는 쓸모 없는 무기였지만, 안티매터 캐논의 존재 이유가 고정된 물체나 움직이기 힘든 다수를 노리는 것이기에 상관없었다.

엘살바도르의 전면 중앙에 위치한 안티매터 캐논으로부터 거대한 진동음이 들리기 시작했다. 막대한 에너지 양만큼이나 안전장치 해제 시 들리는 소리도 웅장했다. 묻혀 있던 세월이 길었던 만큼 캐논의 커버와 안전장치의 장갑은 색이 바래지만 기동하는 데 문제는 전혀 없었다.

에너지가 집중되는 소리와 함께, 다가오는 공중요새의 모습도 서서히 뚜렷하게 바뀌었다.

지크와 사바신에게 특별 지시를 내리고 온 휀은 크리스가 주는 와인을 받아 들며 자리에 앉았다.

무슨 지시를 내렸는지는 아무도 모른다. 프레데릭은 자신이 생각하고 있는 병기가 나온다는 예상 때문인지 다른 때보다 약간 급한 반응을 보였다.

"에르파라스를 지금 꺼내게 하는 것은 너무 이르지 않겠나?"

옆에 다가온 프레데릭의 물음에 휀은 그를 슬쩍 바라보며 대꾸했다.

"이르지."

"뭐라고?"

그 한마디에 프레데릭은 물론이고 그와 비슷한 생각을 가진 모두의 의식이 잠시 멀어졌다.

"무슨 소린가? 이르다면서 지금 공중요새를 보낸 이유가 뭔가?"

"공중요새 하나는 후퇴시켰다. 파괴되는 건 하나만으로 족해."

프레데릭은 휀의 말을 도저히 이해할 수 없었다.

할 말을 잃었다고 해야 할까. 프레데릭은 별말 없이 서 있기만 했다. 그를 지켜보는 다른 사람들도 마찬가지였다.

와인으로 목을 가볍게 축인 휀은 빈 잔을 부인에게 건네주며 말했다.

"음식을 먹는 데 파리 떼가 설치면 곤란하지 않나."

"음?"

뭔가를 먹는 것과는 인연이 먼 프레데릭은 눈두덩을 크게 움직였다.

휀은 시선을 앞에 둔 채 계속 얘기했다.

"에르파라스는 만약 있다면 언제고 싸워야 할 상대다. 하지만 지금처럼 악마군단이 진을 치고 있는 상황에서 에르파라스까지 신경 쓴다면 정리가 안 된다."

"그럼 공중요새는 왜 보낸 건가? 지크와 사바신은 왜 보낸 거고?"

그들이 말하는 동안 크리스는 휀이 준 잔에 와인을 다시 채웠다. 담배를 피우는 것보다 와인같이 가벼운 술을 마시는 게 더 낫다는 생각에—어차피 취하지도 않으니까—와인은 별말 없이 주는 것이다.

휀은 그 와인을 다시 받아 들고 아네라의 전사를 바라봤다.

"말했을 텐데. 파리는 귀찮다고."

프레데릭은 혹시나 하는 생각에 화상 통신 장치로 다가갔다.

프레데릭이 이곳으로 오기 전, 공중요새에서 뜯은 부품으로 만든 화상 통신 장치는 겉보기에 조잡함의 극을 달렸지만 어디든 이동하며 화상통신을 할 수 있다는 점에서 상당한 가치가 있었다. 게다가 그 통신 장치는 실버 문의 레이더 데이터를 화면상에 출력할 수도 있었다.

프레데릭은 스위치를 레이더 데이터 출력 모드로 바꿨고, 화면에는 적색과 파란색 점이 무수히 떠올랐다.

"적색이 악마군단이고, 파란색이 아군이오."

프레데릭의 부연 설명 없어도 사람들은 점의 배치 상황 덕분에 어떤 것이 아군이고 또 적군인지 구분할 수 있었다.

좌우로 넓게 퍼진 악마군단은 뭔가를 피하려는 듯 엘살바도르의 정면으로 절대 들어가지 않았다. 그렇게 해서 활짝 열린 엘살바도르의 중앙을 향해 파란색의 큰 점 하나가 느린 속도로 전진하는 모습이 모두의 눈에 들어왔다.

형세를 가만히 지켜보던 슈렌의 눈이 순간 반짝였다. 같은 멤버들 중에서 휀 다음으로 전술 전략이 뛰어난 그는 판을 읽는 눈 역시 빨랐다. 휀의 생각을 약간이나마 읽은 그는 짧게 한숨을 지으며 중얼댔다.

"들소 사냥인가."

그 말에 리오를 비롯한 모두의 시선이 그에게 쏠렸다.

"무슨 말이지?"

"무기를 쓰지 않고, 빠르고 지구력 넘치는 말만을 이용해 들소 떼를 잡는 방법이 있다. 들소 떼는 덩어리를 지어서 가는 게 일반적인 모습이지. 사냥꾼이 나타나도 마찬가지야. 녀석들은 항상 덩어리를 지어 움직인다. 그것을 역이용하는 게 이 방법이야. 말을 탄 세 명의 사냥꾼은 각자의 방법으로 소의 무리를 셋으로 나누지. 사냥꾼은 각자 맡은 소 떼들을 가지고 들판을 휘젓고 다니다가 마지막에 와서 그 무리 셋을 한 지점에서 충돌시킨다. 같은 소끼리라도 전속력으로 달리다 부딪히면 서로 간의 피해가 크지. 다리가 부러지는 건 예사고 같은 무리에게 밟혀 죽는 경우도 허다해. 그렇게 움직이지 못하게 된 소들을 사냥꾼은 거둬들이기만 하면 되지. 이 방법은 사냥꾼의 기량과 호흡이 잘 맞을수록 효율이 극대화된다."

슈렌은 한 템포 쉬고 나서 말을 이었다.

"저 화면상에 보이는 사냥꾼은 한 명이야. 나머지 둘은 알게 모르게 소 떼들을 이끌고 있겠지. 호흡이 잘 맞는 녀석들이라 별 문제 없을 거야."

프레데릭의 어깨가 움찔했다.

"그렇군. 위성 레이다의 특성을 이용한 작전이었군."

그의 말이 끝나자마자 리오와 하인켈, 그리고 다르칸의 입에서 동시에 탄성이 터졌다. 안티매터 캐논의 범위 밖으로 얌전히 물러서 있던 악마군단의 두 무리가 갑자기 캐논의 범위 안으로 밀려 들어가기 시작한 것이다.

하인켈은 기가 막힌 듯 실없이 웃으며 감탄을 흘렸다.

"아까 밖으로 나간 두 사냥꾼만큼 호흡이 잘 맞는 친구들이 없지."

같은 시각, 엘살바도르의 사령실에서는 난리가 벌어졌다.

"도대체 저 녀석들은 뭘 하고 있는 거야!"

남은 시간은 15초. 최종 안전장치가 개방된 지금 안티매터 캐논의 컨트롤러는 자동으로 발사 트리거를 당긴 상태였다.

그러나 범위 밖에서 대기하고 있어야 할 악마군단들이 누구 할 것 없이 모조리 범위 안에 들어가고 있었다. 리리스의 눈은 붉게 충혈됐다. 오퍼레이터들도 전력을 다해 후퇴 지시를 내렸지만, 안타깝게도 엘살바도르 밖으로 나가는 모든 통신은 안전장치 해제 시의 전자기적 영향 때문에 모두 불통이었다.

"이런, 캐논의 작동을 멈춰라! 에너지 흐름을 끊어서라도 막으란 말이다!"

"불가능합니다! 캐논의 카운트다운이 이미 시작됐습니다! 앞으로 10초!"

"제기랄!"

리리스의 몸에서 살기가 후끈거렸다. 오퍼레이터들의 숨을 일순간 멎게 할 정도로 강한 살기였지만, 그것만으로 10초라는 절대적 강자를 멈추게 하기는 부족했다.

10초 후, 거대한 녹황색 빛 덩어리가 인간의 청각을 초월한 굉음을 내며 엘살바도르 전방을 향해 뻗어 나갔다.

비명을 지르며 도망치는 악마와 그들의 무기, 공기 중의 먼지, 심지어 공기 그 자체도 분해해 버리는 그 빛 속에서 악마군단의 절반과 그들을 데려가기 위해 자신을 희생한 공중요새 오스토베르덴은 크기에 비례한 시간 차를 두고 사라져 갔다.

비행선단의 에스토드 병사들은 그 신비롭고도 참혹한 광경에 넋을 잃었다. 원래 환호성을 지르거나 춤을 춰야 했지만 그 어떤 병사도 경솔한 행동을 보이지 않았다. 이반은 두툼한 담배를 입에 문채 그 모습을 지켜봤고, 발렌시아는 경건한 자세로 두 손을 모은채 누군가를 향해 기도를 올렸다.

라인하이트의 갑판에서 그 모습을 보던 사탄은 장갑을 벗은 손으로 자신의 얼굴을 반쯤 덮었다.

"미안하구나, 나의 군대여. 나의 경솔함에서 온 이 결말을 명계에서 저주하거라."

그는 슬픔에 가득 찬 얼굴로 한숨을 내쉬었다.

뒤에서 인기척이 들렸다. 프루레디였다.

그녀는 한쪽 무릎을 꿇은 채 정중한 목소리로 주군에게 말했다.

"전하, 한 가지 여쭤도 되겠습니까?"

"음."

사탄의 목소리도 슬픔에 젖어 있었다. 프루레디는 안타까운 마음을 추스르며 그에게 물었다.

"이런 상황이 오리라는 것을 아셨으면서 왜 리리스 님을 막지 않으셨습니까? 진작에 그분을 막으셨다면 전하께서 슬퍼하실 일도 없지 않겠습니까?"

사탄은 손을 내리고 다시 장갑을 꼈다.

그는 부하를 향해 돌아서며 말했다.

"모두에게 말을 하진 않았지만, 지금의 리리스는 내 말이 통하지 않는다."

"예?"

프루레디는 의아한 표정을 지었다.

"무슨 말씀이십니까, 전하?"

"리리스는…… 하인이다. 내가 막을 수 없는 존재의 하인이 된

지 오래다. 이 세계의 시간으로 10년 정도 되었지. 그녀도 이번 일의 희생자일 뿐이야. 자, 이제 멀지 않았다. 시간이 모든 이들에게 자세한 답을 해 줄 것이다. 그때까지 기다리거라."

"예, 전하."

대답은 했지만 프루레디의 얼굴은 펴지지 않았다. 그녀는 안티매터 캐논의 발사가 끝나 조용해진 전방을 응시하며 사탄의 말을 되새겨 보았다.

악마군단의 잔류 병력은 급히 엘살바도르를 향해 후퇴했다. 누군가의 지시를 받아 후퇴하는 것이 아니라 스스로의 의지와 공포에 의해 도망치는 것이었다.

"헤헷, 시원하게 끝났군. 역시 대장의 작전은 알아줘야 한다니까."

지크는 크게 상처가 난 자신의 어깨를 감싼 채 중얼댔다.

어깨 말고도 그의 몸 전체에는 적지 않은 상처가 나 있었다. 모두 다 자신이 맡은 악마군단을 죽음의 범위 안으로 몰아넣기 위해 난 상처였지만 결과는 통증을 말끔히 삭여 줄 정도로 통쾌했기에 지크의 얼굴에는 웃음이 가득했다.

"어이, 지크!"

"땅강아지!"

멀리서 사바신의 목소리가 들려왔다. 지크는 점차 이쪽으로 다가오는 사바신을 향해 손을 흔들어 주었다.

사바신 역시 군데군데 상처를 입었다. 트레이드마크라고 할 수 있는 머리띠까지 너덜너덜해진 채 주인의 손에 들려 있는 것을 보아 사바신의 고생도 이만저만이 아니었음을 알 수 있었다.

하지만 사바신 역시 상쾌한 얼굴이었다.

"어이, 그쪽은 어땠어?"

지크가 손을 뻗으며 묻자 사바신은 그의 손을 맞잡고 말했다.

"애들이 좀 거칠더라."

둘은 크게 웃으며 서로의 가슴을 쳤다. 상처 때문에 둘은 곧장 가슴을 부여잡았지만 미소만은 지우지 않았다.

한편 사령실에서는 의자에서 꿈쩍도 안 할 것 같던 훼이 자리를 털고 일어났다. 의자 옆에 세워 둔 플렉시온을 허리에 찬 그는 사령실에 있는 모두를 바라보며 나직이 말했다.

"최종전이다. 준비하도록."

그가 나가자 크리스도 급히 그를 따라 사령실 밖으로 나갔다. 그 모습에 다르칸은 피식 웃고는 브로치 상태의 디르티스를 매만졌다.

"누가 결혼 안 했다고 할까 봐 저러나. 하여튼 둘 다 서로에게 미쳐 있는 게 분명해."

"미쳐 있다라…… 좋은 비유다."

관과 같이 거대한 검, 둠을 등에 찬 프레데릭은 화상 통신 장치를 끄고 조용히 밖으로 나섰다.

자리에서 일어난 하인켈은 가면을 얼굴에 뒤집어썼다. 가면의 뒤쪽으로 먹물처럼 뿜어진 장막은 곧 그의 전투복이 되어 주인의 몸을 감쌌다.

하인켈은 그 상태로 잠시 서 있었다.

"크큭, 동료들과 싸우는 기분이 어떤가?"

여태껏 조용히 있던 바이론의 갑작스러운 물음에 하인켈은 주저 없이 대답했다.

"새로운 경험은 아닙니다."

"그런가? 크큭, 이상한 질문을 했군."

바이론은 회은색 머리를 흔들며 육중한 몸을 일으켰다.

이제 사령실에 남은 사람은 리오와 슈렌뿐이었다. 슈렌은 그룬 가르드를 싼 헝겊을 풀며 말했다.

"과연 최종전일까?"

리오가 가볍게 답했다.

"후훗, 설마."

21장
금지된 이름의 신

1

바실리스크

엘살바도르의 사령실 분위기는 예배당과 같았다.

동료들을 절반이나 쓸어 버린 안티매터 캐논의 오퍼레이터들은 계기판에 머리를 대거나 고개를 뒤로 젖힌 채 깊은 상념에 잠겨 있었다. 캐논의 발사와 악마군단의 증발을 처음부터 끝까지 목격한 그들의 머릿속에는 안티매터 캐논이 차라리 자폭이라도 했으면 편했겠다는 생각으로 가득했다.

리리스는 창백한 얼굴로 상황판을 지켜보고 있었다. 캐논의 실제 발사와 그 위력을 악마군단에게 시험하게 될 줄은 꿈에도 생각지 못한 리리스는 태엽 풀린 인형처럼 꼼짝도 하지 않았다.

안티매터 캐논으로 깨끗이 쓸린 지점은 상황판이 고장 난 게 아닌가 싶을 정도로 말끔했다. 화면엔 엘살바도르의 뒤쪽으로 후퇴해 몰려 있는 악마군단과 엘살바도르 쪽으로 다가오고 있는 두 개의 큰 점, 그리고 적 비행선단만 비쳐 있었다.

"전방에 있는 적의 물체를 확인하라."

"……."

"확인하라니까!"

"아, 예!"

넋이 나가 있던 오퍼레이터들은 다시금 뿜어진 리리스의 살기에 퍼득 정신을 차리고서 일을 시작했다. 반투명 자판을 한껏 두드리던 악마는 곧 리리스에게 공중요새라는 대답을 던졌다.

리리스의 입꼬리가 올라갔다.

"끝을 내겠다는 거냐, 휀 라디언트? 좋아, 기쁘게 받아 주지. 나도 지긋지긋하니까."

광기 어린 미소의 그녀는 곧장 사령실을 빠져나갔다. 사령실에 남겨진 악마들은 서로 한숨을 쉬며 중얼댔다.

"가즈 나이트 전원에 다르칸 님, 하인켈 님, 그리고 리오 스나이퍼를 한 방에 날렸다는 괴물 아네라까지…… 이거 상대가 너무 다른 거 아닐까?"

"우리에게 남은 건 이 고철 덩이와 리리스 님, 그리고 두 장군님뿐이야. 도대체 리리스 님은 어쩌실 생각이지? 이 전투는 처음부터 너무 불리했다고."

"지금 와서 우리끼리 따질 필요는 없어. 따진다고 해서 상황이 바뀌는 건 아니니까. 결정적으로 이제 우리가 할 일은 없어."

안티매터 캐논의 컨트롤을 맡았던 악마의 힘없는 말에 사령실은 다시금 조용해졌다.

이제 리리스가 무슨 명령을 내리든 악마군단이 듣지 않을 것이란 사실은 그들도 알고 있었다. 그들부터 리리스의 명령을 듣기 싫었던 것이다.

적의 계략에 휘말려 악마군단의 절반을 날려 먹은 총사령관에게, 그것도 임시란 딱지가 붙은 리리스에게 악마군단이 계속해서 충성을 바칠 이유는 없었다. 총사령관이 그녀가 아니라 사탄이었다면 악마군단은 다시금 역전을 위해 목숨을 바쳤을지도 모른다. 그러나 리리스는 그만큼의 힘을 가지고 있지 못했다.

리리스도 그것을 알기에 별다른 명령 없이 사령실을 나선 것이다. 하지만 그녀에게도 마지막 카드는 남아 있었다.

같은 시각.

실버 문, 페르난데스, 두 기의 공중요새에 비해 앞에 포진한 일곱 남자의 모습은 너무도 작았다. 하지만 그들의 모습에서 풍기는 위세는 공중요새 두 개를 합친 것보다 막강했다.

휀, 바이론, 리오, 슈렌, 프레데릭, 다르칸, 그리고 하인켈까지.

표면에 나온 지 얼마 안 된 프레데릭을 제외한 모두가 이름값만으로 군단 하나를 벌벌 떨게 만들 수 있는 존재들이었다. 누구의 말처럼 그야말로 베스트 멤버였다.

"수천 년하고도 10년이야. 이렇게 오랫동안 인간계에 있어 보기도 처음인 것 같아. 자네도 그렇지?"

다르칸의 물음에 프레데릭은 고개를 슬며시 끄덕였다.

"시간만큼이나 많은 것을 보고 배웠지. 잠들어 있던 시간은 제외하더라도…… 그래도 훌륭한 경험이었다. 후회는 없다."

프레데릭의 말투는 여전히 딱딱했다. 어깨를 으쓱한 다르칸은 잠시 후 호주머니에서 동그란 색안경을 꺼냈다.

"자, 리리스 님의 행차시군."

그의 말대로, 리리스처럼 보이는 존재가 독스터와 아가레스를 데리고 그들이 있는 쪽으로 다가오고 있었다.

"모두들 안녕? 후후, 표정들이 왜 그러지? 이 리리스 님이 그리 반갑지 않은가 봐?"

리리스가 손을 뻗었다. 그와 동시에 하인켈이 쓴 가면의 눈구멍에서 붉은빛이 번쩍였다.

언제 발사됐는지 모를 정도로 빠르게 튀어나간 빛덩이는 리리스가 만든 보이지 않는 장벽에 부딪혀 폭발했다. 그 광경을 본 독스터와 아가레스는 더없이 심각한 표정을 지었다.

'결국, 당신과 대결할 수밖에 없는 것입니까.'

둘에게 있어서 하인켈은 스승과도 같은 존재였다. 아마겟돈이 있기 전부터 하인켈을 따라다닌 둘은 사탄에게 장군의 직위를 얻고 자신들만의 군단을 얻은 이후에도 무슨 일이 있을 때마다 하인켈에게 조언을 구했고, 또 많은 가르침을 받기도 했다.

얼마 전까지만 해도 하인켈과 무기를 겨룰 날이 올 것이란 사실을 전혀 예측하지 못했던 둘은 하인켈을 설득해 볼 생각도 했으나 행동으로 옮기지 못했다.

'그동안 무슨 일이 있었는지는 나중에 듣도록 하겠습니다. 듣지 못하게 된다 해도 상관없습니다. 당신은 언제나 옳은 분이셨으니 말입니다.'

독스터와 아가레스는 눈을 질끈 감았다. 결심을 굳힌 것이다.

하인켈의 공격을 가볍게 받아 낸 리리스는 빙긋 미소를 지었다.

"후후, 생각보다 거친 남자였군, 하인켈. 어쨌든 다행이라 생각해. 원래 네 부인과 딸을 이곳에 초대하려 했지만 실패했거든. 이번 일이 끝나고 저승에 가든 아니면 살아남든 디아블로 님께 감사의 인사를 드리는 것이 좋을 게야."

하인켈은 묵묵히 리리스를 바라보기만 했다.

하지만 리리스의 얼굴엔 왠지 모를 여유가 가득했다. 그 여유는 아가레스와 독스터 때문이 아닌 듯했다. 그녀가 이끌고 나온 이상한 모양의 캡슐, 그것은 프레데릭을 본 두꺼운 눈두덩이 심하게 일그러졌다.

"저것은⋯⋯!"

프레데릭은 그 캡슐의 정체를 잘 알고 있었다. 그것은 다름 아닌 생체배양기 캡슐이었다.

엘살바도르의 원래 목적, 즉 인간을 포함한 모든 차원계의 생체정보를 모으는 것의 이면에는 모은 정보를 바탕으로 새로운 생명체를 만들어 내는 계획이 포함되어 있었다.

그 계획의 일환으로 만들어진 것이 바로 생체복사기와 생체배양기인데, 리리스가 들고 나온 생체배양 캡슐은 프레데릭과 같은 크기, 즉 초대형 인간형 생물을 배양할 때 쓰는 것이었다.

프레데릭이 뭔가 아는 듯한 모습을 보이자, 양손을 허리에 댄 채 서 있던 리리스의 얼굴에 환한 미소가 흘렀다.

"오호, 역시나 이 귀염둥이들에 대해 알고 있군, 아네라의 떠돌이. 그럼 나 대신 설명해 주겠어? 안티매터 캐논의 빛 때문에 쓰린 눈이 아직 다 낫지 않았거든."

일행뿐만 아니라 독스터, 아가레스도 프레데릭에게 시선을 집중했다.

프레데릭은 대답하기 전에 둠을 꺼내 잡았다. 그는 무서운 눈으로 리리스를 노려보며 설명했다.

"생체배양기⋯⋯. 아네라의 기술을 통해 재합성되거나 복제된 생물을 성체(成體)로 급속 성장시키는 기계다. 유전자 구조의 배열

이 맞지 않으면 부정형의 괴물이 나오지만, 완벽하게 들어맞으면
훌륭한 생물이 나온다. 생물적으로 가장 완벽하면서도 천문학적
유전자 구조를 가진 생물, 충분한 유전자 정보만 가지고 있다면 드
래곤도 완벽하게 복제, 재창조가 가능하다. 그렇게 제조된 생물은
영혼이 없기에 본능만을 가진 껍데기에 불과하지만…… 반면 인
형으로 사용하기엔 더없이 좋지."

　프레데릭의 설명에 만족한 듯, 리리스는 명랑하게 고개를 끄덕
였다.

　"역시 아네라답게 말을 잘하는군. 마무리도 좋았어. 그럼 실물이
궁금하겠지?"

　리리스가 손가락을 퉁기자 그녀의 뒤에 떠 있는 10기의 캡슐들
이 하나씩 열렸다.

　캡슐 안에는 재질이 무엇인지 불분명한 은색의 봉과 함께 뭔가
가 웅크리고 있었다. 전신갑옷처럼 보이는 두꺼운 각질에 온몸이
휩싸인 그 존재들은 리리스의 손짓에 맞춰 몸을 펴고 캡슐 밖으로
나왔다.

　"리, 리리스 님. 이것은……?"

　아가레스의 얼굴에 당황한 기색이 역력했다. 처음 보는 것들이
기 때문이었다. 그것은 독스터도 마찬가지였다.

　팔짱을 낀 리리스는 가볍게 한숨을 지으며 말했다.

　"놀라지 마. 오히려 기뻐하는 게 좋을걸?"

　"예? 무슨 말씀이십니까?"

　"전부 다 자네들과 프루레디, 아네라, 그리고 다르칸의 유전자를
받아 태어난 아이들이야. 자식이 열 명이나 탄생했으니 기쁜 게 당
연하지 않아?"

"큭!"

아가레스의 팔에 일순간 힘이 들어갔다. 그러나 그와 동시에 열 명의 생체괴물들이 목으로 손을 뻗어 왔기에 아가레스는 더 이상 움직일 수 없었다.

"어차피 안티매터 캐논으로 이 전투를 끝장낼 생각은 없었어. 위력은 좋지만 너무 느리거든. 내가 우라늄이란 광물을 그토록 모았던 이유는 바로 이 아이들 때문이야. 정신생명체에 가까운 악마의 유전자 복제와 합성이란 것은 변종 야만족이나 드래곤을 몇 마리 만드는 것보다 힘들지. 그래도 그 막대한 에너지를 소비해 만들어진 가치는 있었어. 아름답지 않나?"

아가레스에게서 떨어진 생체괴물들은 마치 수호신상처럼 리리스의 주위에 포진했다. 리리스의 시선은 곧 휀에게 향했다.

"이렇게 되리라는 것은 휀 라디언트, 자네라면 충분히 예상했겠지. 하지만 이 아이들의 위력은 자네가 예상한 것 이상이야. 10년 동안 테스트용으로 만들어진 변종 야만족과는 차원이 틀려. 얼마나 강한지는 나중에 직접 느껴 보면 알 테니 너무 조급하게 굴지는 마."

휀은 말없이 담배 연기만을 빨아들였다.

"구역질이 날 뿐이군."

다르칸은 입가에 손수건을 댄 채 나직이 투덜댔다.

리리스의 말은 계속 이어졌다.

"이제 앞으로의 상황은 이 아이들과 내가 이기는 것, 또는 패하는 것이 되겠지. 하지만 결론은 같아. 난 무슨 일이 있어도 순수의 결정체에게 건 내 저주를 풀지 않을 테니까. 이건 사탄 님께서 오신다 해도 마찬가지다."

"그래 봤자 당신에게 득 될 건 없을 텐데?"

리오의 말에 리리스는 고개를 끄덕였다.

"그렇지. 하지만 손해를 보는 건 나만이 아니야. 너희 역시 나 이상으로 손해를 보게 되지. 순수의 결정체가 폭주하면 이 차원계는 끝난다. 너희는 도망칠 수도 없어. 이 세계의 모든 것이 봉쇄될 테니 말이야. 물론 너희는 3개월 후에 부활하니 죽음만큼은 피할 수 있겠지. 그러나 너희가 이 세계에서 맺었던 모든 인연들은 그 막대한 손해를 피할 수 없어."

리리스는 이미 제정신이 아니었다. 그녀의 눈에는 초점 대신 광기만이 도사리고 있었다.

"너희를 가장 괴롭힌 것이 무언지 난 알고 있지. 휀 라디언트가 됐든 바이론 필브라이드가 됐든 너희는 자신들과 인연을 쌓은 존재들을 쉽게 죽도록 놔두지 않아. 그 인정이라는 것은 너희의 강점이면서도 가장 큰 약점이기도 하지. 후후, 상상만 해도 몸이 짜릿하지 않나? 순수의 결정체가 그 모든 인연을 남김없이 파멸로 이끌 생각을 해 보란 말이다!"

리리스는 한껏 웃음을 터트렸다. 그녀의 양 볼 위로 흘러내리는 검은색 피눈물은 그녀가 뿜어내는 광기를 한껏 드높였다.

"난 내 일생 최대의 은인이자 유일한 사랑인 사탄 님께 내 모든 것을 드렸다. 그리고 그분을 가지려 했어. 모든 것은 제대로 성사됐고 때만 기다리면 됐지. 하지만 마지막 순간 그분은 나를 거절했다. 이 구질구질한 인간계에서 10년 동안 썩어 간 내 모든 열정과 정성을 그분은 한순간에 무로 되돌리셨다! 나의 이 아름다운 마음을 거절하셨다!"

그녀의 외침과 함께 생체괴물에서 강렬한 기가 뿜어지기 시작했다. 느낌만으로도 엄청났기에 휀과 바이론을 제외한 모두의 표정이 일그러졌다.

리리스의 얼굴엔 환희와 절망이 불규칙하게 어우러졌다. 지크가 자주 쓰는 표현대로 '맛이 갔다'고 할 정도였다.

"우습군."

평소대로 짧게 쏘아붙인 휀이 담배를 검지와 중지 사이에 끼운 채 나직이 말했다.

"짝사랑에 실패한 것이 억울하면 베개에 얼굴을 묻고 울어라. 화려하게 광고까지 해 가며 신세 한탄을 할 필요는 없지. 굳이 하고 싶다면 네가 만든 인형들에게나 해라. 열 명이나 되니 하루 종일 할 수 있겠군."

순간 리리스의 눈에서 노기가 불끈댔다.

"휀 라디언트, 넌 사탄 님에 대한 내 감정을 모른다!"

휀은 밑으로 보이는 바다를 향해 담배를 버리며 짧게 받아쳤다.

"알고 싶지도 않고, 또 알아야 할 이유도 없다."

그러자 리오와 다르칸, 그리고 바이론의 입가에 쏩쓸한 미소가 흘렀다.

"이 녀석……!"

리리스는 입술을 깨물고 휀을 노려봤다. 그러나 휀의 표정에는 일말의 변화도 없었다.

"후후, 좋아. 그렇게 나오는 것도 잠시다. 네가 부인을 잃고 울부짖는 모습도 멀지 않았으니까!"

결국 그녀는 양팔을 한껏 펴며 외쳤다.

"자, 파괴의 시간이다. 종말의 전야제를 이 아이들, 바실리스크와 함께 즐겨라!"

"즐겨 주지."

훼의 코트 앞으로 백색 섬광이 산뜻하게 지나갔다.

플렉시온이 남긴 잔광과 함께 훼 일행과 리리스의 처절한 싸움은 종장의 막을 열었다.

"젠장, 언제까지 여기서 이러고 있어야 해! 이제 됐으니 빨리 꺼내 줘, 녹색 머리 꼬마!"

신체 재생 용액이 든 캡슐 밖으로 지크의 목소리가 터져 나왔다. 입에 호흡용 마스크를 끼고 있었지만 마이크 때문에 그의 소리는 실버 문의 내부를 흔들었다.

훼이 지시한 '몰이작전'으로 인해 큰 상처를 입은 지크와 사바신은 실버 문 안에 마련된 회복 캡슐 안에 들어가 몸을 회복시키고 있었다.

레디는 그들에게 외부 전경을 괜히 보여 줬다는 생각에 씁쓸한 미소를 지었다. 그렇지 않아도 성격이 급한데 클라이맥스라 할 수 있는 전투 장면을 보여 준 것은 그의 실수였다.

"우리는 멀쩡하단 말이야! 이런 좆내 나는 액체하고는 친하지도 않다고! 어서 우리를 꺼내 줘!"

사바신은 캡슐을 부술 듯한 기세로 주먹을 쥐어 보였지만 레디는 꿈쩍도 하지 않았다.

둘의 말대로 신체조직은 거의 다 재생됐지만 소모된 기와 신체 에너지는 아직 채워지지 않은 상태였다. 이대로 둘을 내보냈다간 몇 분 버티지 못하고 탈진할 게 뻔했기에 레디는 온갖 욕을 먹으면서도 캡슐을 열어 주지 않았다.

"미안하지만 둘 다 조금만 더 참아. 이제 3분이면 돼. 신나는 영화를 본다 생각하고 화면에 집중하는 게……."

"그렇지, 잘한다! 한 방 더 먹여, 바람둥이! 아냐, 그게 아니란 말이야, 멍청아!"

"프레데릭 아저씨는 뭘 하는 거야! 똑바로 해야 할 거 아냐! 칼 좀 큰 거 들었다고 다야!"

둘은 이미 몰입된 상태였다.

레디는 한숨을 쉬더니 나갈 준비를 서둘렀다. 악마군단과 엘살바도르의 움직임이 정지한 지금 그가 실버 문에서 굳이 대기할 필요는 없었다.

"잘 부탁드립니다, 두 분."

레디는 조종석에 앉은 폴카와 크리스토퍼에게 손을 흔들었다. 둘은 고개를 끄덕이며 그를 응원했다.

"힘내요, 레디. 한시라도 빨리 모두를 편하게 해 주어야 하지 않나요?"

폴카에 이어 크리스토퍼도 응원의 소리를 높였다.

"실버 문은 걱정 마시오. 여기 있는 사람만으로도 충분하니까."

"예, 감사합니다."

그는 마지막으로 세레인을 허리에 찼다. 언제나 웃음이 가득한 그의 얼굴엔 다른 때와 달리 비장함이 서려 있었다.

그는 클라리스가 앉아 있는 예비 조종석에 시선을 돌렸다. 방금 전까지 일어나 있던 그 하얀 공주님은 자리가 좋지 않아 피로한지 어느새 잠들어 있었다.

'공주님도 이제 편해지시겠지. 더 이상 자신이 원래 가야 할 길과 동떨어진 길로 가실 일은 없을 거야. 더 이상은.'

문을 개폐하는 유압 실린더의 소리가 들려왔다. 동력로를 정비하고 온 피엘이었다.

"비서장님."

"준비 다 됐나요, 레디?"

레디와 눈을 마주친 그녀는 단도직입적으로 물었다. 레디는 멋쩍은 얼굴로 고개를 끄덕였다.

"예, 거의 다 된 것 같습니다, 비서장님. 걱정 마세요."

"지금 같은 상황에서 '거의'라는 말은 필요 없어요, 레디."

그녀의 말에 레디는 미소를 지웠다.

윗옷을 벗어 잠든 클라리스의 몸을 덮어 준 피엘은 모니터 안에서 한참 싸우고 있는 일행의 모습에 시선을 돌렸다.

"객관적인 전력으로 봤을 때 당신과 지크, 사바신 등은 현재 싸우고 있는 다른 사람들에 비해 약하죠. 그런 상황에서 준비를 확실히 하지 않으면 다치기 쉬워요. 여러분들이 전투 불능이 됐을 때 결과적으로 모든 사람들이 힘들어지죠. 불확실한 모습은 지우세요."

어려운 싸움이 될 것이란 사실은 예상한 바였다. 모니터를 통해 보이는 리리스의 바실리스크들과의 싸움은 어느 한쪽이 우세하다고 할 수 없을 정도로 호각이었다.

이제 5분, 아니 4분 정도면 그도 저 처절한 전장에 들어가야만 한다. 두렵기는 어느 때나 마찬가지지만 지금은 더했다.

레디는 생각했다. 선배들과 같이 강한 사람들도 고전을 면치 못하고 있는데, 자신과 같이 경험 없는 남자가 과연 도움을 줄 수 있을까. 혹시 방해가 되는 것은 아닐까.

약간의 무력감이 들어서인지 레디의 얼굴에 쓰디쓴 미소가 흘렀다.

'아냐, 집중하자. 이상한 생각을 할 겨를이 없어. 이대로 자신감을 잃으면 사바신의 할아버지께 드릴 말씀이 없어.'

마치 벌을 주듯 주먹으로 옆머리를 살짝 친 그는 회복 캡슐의 타이머를 바라봤다. 이제 남은 시간은 1분이었다.

그는 진지한 얼굴로 피엘을 보고는 말했다.

"반드시 해낼 겁니다, 비서장님. 우리 힘은 우리가 더 잘 알고 있습니다."

"그런가요?"

눈을 감고 뭔가를 생각하던 피엘은 잠시 후 미소를 지으며 고개를 끄덕였다.

"그럼 저도 믿고 있죠. 최선을 다해 주세요."

"예, 감사합니다, 비서장님."

허리를 굽혀 인사를 한 레디는 캡슐 쪽으로 발길을 돌렸다.

피엘은 기계가 아닌 생물에게 객관적 전력이란 말이 통하지 않을 때가 있다는 사실을 잘 알고 있었다. 희로애락(喜怒哀樂)이라는 것이 몇 배의 힘을 주기도 하고 흔들리게 하기도 할 수 있다는 것은 지금까지 그녀가 겪은 모든 전투에서 명백히 드러난 사실이었다.

피엘은 그들이 절망하지 않길 내심 바라며 클라리스의 옆자리에 앉았다.

시간이 다 됐음을 알리는 소리와 함께 캡슐 안에 가득했던 용액이 빠져나갔다. 캡슐의 문은 건조장치까지 가동된 후에야 비로소 열렸고, 기력까지 완전히 회복된 지크와 사바신은 팔과 어깨 등을 주무르며 슬금슬금 캡슐 밖으로 나왔다.

"오, 이거 괜찮은데? 생각보다 쓸 만해."

"10분 만에 상처는 물론이고 소진된 기력까지 채워 주다니, 어지간한 약보다 훨씬 낫군."

"헤헷, 좋아. 한판 크게 놀아 볼까? 생방송을 보기보다는 경기 현장에 직접 가는 것이 백배 좋지!"

한껏 기지개를 켠 지크는 캡슐 근처에 세워 둔 무명도와 무문도를 허리와 등에 각각 찼다.

팔봉신 영룡을 어깨에 진 사바신은 클라리스에게 시선을 고정시키고 있는 레디를 불렀다.

"어이, 이제 가 보자! 모두 넋 빠지게 기다리고 있을 거야!"

"아아, 미안. 그런데 기분은 괜찮아?"

레디의 걱정에 사바신은 어지간한 남자의 허벅지만 한 팔뚝을 들고 힘을 넣었다. 그러자 팔 위로 불거져 나온 힘줄이 마치 수도관을 방불케 할 정도로 우람하게 불끈댔다.

"최고야! 자, 시간 없으니 어서 나가자!"

"좋아!"

날렵한 몸짓으로 실버 문의 주조종실을 빠져나간 셋은 실버 문의 외부를 나서자마자 곧장 전투가 벌어지고 있는 곳으로 향했다.

처절한 공방전이 펼쳐지고 있는 전장은 시체만 없었을 뿐 아수라장과 다를 바가 없었다. 리오, 휀 할 것 없이 모든 이들이 사방으로 몸을 날리며 바실리스크와의 전투에 열을 올렸다.

그 전장에서 처음의 자리를 지키고 있는 존재는 셋이었다.

리리스와 독스터, 아가레스는 묵묵히 전장을 지켜보고 있었다.

리리스의 얼굴에는 여전히 광기가 서려 있었지만 독스터와 아가레스의 얼굴은 흙빛이었다. 바실리스크가 자신들의 유전자를 이용해 만들어진 괴물이란 사실이 밝혀진 순간부터 그들은 전투의 이유를 잃어버린 것이다.

리리스를 위해 싸워 봤자 그들이 얻는 것은 아무것도 없었다. 그렇다고 해서 훼 일행을 도와야 할 이유도 없었다.

그들은 기다리고 있었다.

아마겟돈 때와 마찬가지로, 사탄이 자신들에게 길을 열어 줄 것이라는 막연한 기대를 가지고.

상황을 살펴본 지크 일행은 어디서부터 어떻게 끼어들어야 할지 막막했기에 방금 전의 기세를 잊고 서로를 바라봤다.

"누굴 도와줘야 잘 도와줬다고 소문이 날까?"

지크의 물음에 레디는 고개를 저었다.

"내가 보기에 저 괴물들은 리리스의 조종을 받는 것이 분명해. 그러니 누구를 지원하기보다 리리스를 직접 치는 게 낫지 않을까? 강하긴 하지만 우리 셋이 힘을 합치면 가능할지도 몰라."

그러자 지크가 입을 동그랗게 모았다.

"오호, 너 머리 색만 좋은 줄 알았더니 내용물도 괜찮구나?"

"하하……."

레디는 힘없이 웃음을 터트렸다. 하지만 그 웃음은 칭찬에 대한 기쁨보다는 동료를 향한 한탄에 더 가까웠다.

그때였다.

"피해!"

레디의 목소리와 함께 셋은 사방으로 흩어졌다. 그러자 그들이 있던 자리를 굵은 적색의 광선이 훑고 지나갔다.

실버 문의 방어막을 때린 광선은 방어막의 표면을 잠시 일그러트리고 사라졌다. 전장으로 다시 눈길을 돌린 지크는 자신들을 향해 다가오는 세 명의 바실리스크를 보았다.

"쳇, 저 녀석들 상당히 심심했던 모양인데? 이렇게 반갑게 맞이할 줄은 몰랐어."

"그럼 우리도 반갑게 맞이해야 예의겠지?"

우두둑 소리와 함께 손과 목을 각각 푼 사바신은 팔봉신 영룡을 잡고 큰 부채꼴을 그렸다. 그러나 분위기와는 달리 가장 먼저 튀어나간 사람은 지크였다.

"첫 타는 내가 먼저다!"

지크는 이미지답게 엄청난 속도로 괴물을 향해 날아들었다. 선수를 뺏긴 사바신은 이를 갈며 뒤늦게 몸을 움직였다.

바실리스크들이 손에 든 무기는 은색의 긴 철봉 하나였다. 그것이 가소롭기 그지없어 보였는지 지크는 지나칠 정도로 자신감 있게 무문도를 휘둘렀다.

"뭐 하는 녀석들인지는 모르겠지만 한 방에 끝내 주마!"

맑은 쇳소리와 함께 음속을 넘어선 무문도의 끝이 바실리스크의 철봉에 적중했다. 괴물은 충격을 받자마자 뒤로 물러섰고, 지크는 괴물로부터 전해진 반발력이 꽤나 센 것에 내심 놀라며 자세를 바로 했다.

그러나 지크를 놀라게 한 것은 그다음이었다. 철봉이 흐물댄다 싶더니 엿처럼 길게, 그것도 엄청난 속도로 뻗어 나온 것이었다.

"이런!"

지크가 손바닥을 뻗자 기의 방패가 그의 앞을 가로막았다. 늘어난 철봉은 그 방벽에 막혀 뒤로 밀려 나갔지만 부러지거나 사라지진 않았다. 이내 다시 뭉쳐 철봉의 모습을 갖추는 것이었다.

"꽤나 귀찮은 무기잖아. 하지만 상관없어! 디아블로 아저씨보다는 약하겠지!"

지크의 붉은 재킷이 파도처럼 넘실대기 시작했다. 몸을 돌던 기는 폭풍으로 변해 그의 주먹과 무문도를 감쌌다.

"간다!"

처음 공격을 할 때보다 몇 배나 빠른 속도로 지크의 무문도가 움직였다. 적이 든 철봉을 힘으로 끊어 버리려는 듯한 기세였다.

무문도가 움직일 때마다 작은 폭음이 들렸다. 칼이 음속의 벽을 찢는 소리였다. 그러나 괴물은 지크의 공격을 모조리 피하거나 흘려 버렸다.

무문도만으로는 부족함을 느꼈는지 지크는 발과 주먹까지 동원해 화려한 연타를 날렸다. 그야말로 피할 구석이 없는 철저한 공격이었지만 괴물은 그것마저도 막아 냈다.

"훔!"

짧은 기합과 함께 괴물의 오른손이 지크의 머리를 노렸다. 빠른 공격이었기에 지크는 왼팔로 그 공격을 막으려 했다.

순간 지크의 팔이 괴물의 손에 잡히고 말았다. 처음부터 타격을 노린 행동이 아니었다.

지크의 팔을 봉쇄한 괴물은 곧장 머리로 지크의 이마를 들이받았다. 지크의 머리는 공처럼 뒤로 젖혀졌고, 이어서 괴물의 철봉이 그의 가슴을 향해 날아왔다. 끝은 뾰족하게 변한 상태였다.

퍽 소리와 함께 이번엔 괴물의 머리가 젖혀졌다. 지크가 필사적으로 몸을 돌리며 괴물의 턱을 발로 가격한 것이다.

상대와 거리를 벌린 지크는 띵한 머리를 잡고 인상을 구겼다.

적은 생각보다 빠르고 힘도 강했다. 제조된 생물 치고는 전투 경험도 상당했다. 아니, 하인켈과 같이 베테랑에 가까웠다.

지크는 무명도를 뽑아 들고는 자세를 바꿨다. 힘들어질 것 같다는 생각이 들어서였다.

"끝까지 피곤하군, 빌어먹을!"

지크만 힘든 것은 아니었다.

뺨에 혈흔이 생긴 사바신은 상처를 손등으로 닦으며 생각했다.

'빠르다. 게다가 저 이상한 엿가락도 고철이 아냐.'

사바신은 상대가 영룡의 일격을 정면으로 받아 내는 것을 본 이후부터 한없이 긴장했다. 자신의 일격이 먹히지 않는다면 다른 이들의 웬만한 공격도 먹히지 않는다는 말과 같았기 때문이다.

'맞히지 못하면 힘도 필요 없는데……'

몇 번의 공격을 감행했지만 상대는 그것을 가볍게 피하거나 흘렸다. 실버 문에 있을 때 그가 화면 속의 프레데릭에게 했던 말은 이미 취소된 지 오래였다.

'이런 빠르기와 유연성이라면 아무리 지크라 해도 맞히기 힘들 거야. 리오가 한 대라도 친 게 신기할 정도지. 이걸 도대체 어쩌지?'

사바신은 심각하게 고민했지만 아쉽게도 해답은 나오지 않았다.

바람이 갈라지는 소리가 들렸다. 가만히 사바신의 행동을 살피던 바실리스크가 드디어 움직인 것이다.

엄청난 속도의 발차기가 사바신의 두상을 노리고 들어왔다.

사바신은 영룡을 머리 위로 눕혔다. 상대의 공격을 영룡의 표면 위로 매끄러이 미끄러뜨린 사바신은 상대의 뒤를 공격하기 위해 몸을 돌렸다.

둔탁한 소리와 함께 공중에 떠 있던 두 그림자 중 하나가 바다의 표면 가까이까지 떨어졌다.

"크읔!"

격추당한 사람은 오히려 사바신이었다. 총알처럼 떨어지던 그는 온 힘을 다해 몸을 멈췄지만 상대는 그에게 쉬는 시간을 허락하지 않았다.

어느새 사바신이 있는 위치까지 내려온 바실리스크는 무방비 상태에 가까운 상대를 향해 공격을 퍼붓기 시작했다.

사바신이 육탄 격투를 즐긴다는 사실을 아는 바실리스크였는지 사바신에게 떨어지는 모든 공격은 손과 발, 무릎과 팔꿈치만을 쓴 육탄 공격이었다. 사바신의 입에서 피가 뿜어졌고 손에 들려 있던 영룡 역시 그에게서 벗어나 바닷속으로 빠졌다.

맞으면서 일직선으로 밀려나던 사바신은 힘껏 팔을 뻗어 바실리스크의 양어깨를 잡았다. 그사이에도 공격은 계속 들어왔지만 사바신은 개의치 않고 머리를 뻗어 상대의 머리를 그대로 들이받았다.

"흑!"

처음 적중한 그 한 방이 통했는지 바실리스크의 움직임이 한동안 멈췄다. 기회를 잡은 사바신은 밴드로 단단히 맨 자신의 우람한 주먹을 사정없이 날렸다.

"받은 건 돌려줘야 하지 않겠나? 어서 대답해 봐! 10초 내로 대답하지 못하면 혀로 엉덩이를 핥게 만들어 주겠다!"

이젠 거꾸로 바실리스크가 공격을 받으며 뒤로 밀려 나갔다. 바실리스크의 몸을 덮은 생체장갑은 금이 가거나 깨졌다.

그러나 바실리스크의 눈빛은 점점 살아나고 있었다.

사바신과 지크에 비해 레디는 좀 더 쉬운 전투를 치르고 있었다. 풍부한 마력을 바탕으로 한 그의 원거리 공격에 바실리스크는 피하느라 정신이 없었다.

레디는 자신의 몸보다 물을 더 자유자재로 다룰 수 있다. 게다가 지금 그가 사용하고 있는 전장 바로 아래는 그 어떤 지역보다 물이 풍부한 바다였다.

사방에서 뿜어 올라오는 초고압의 물기둥은 바실리스크의 혼을 빼놓는 듯했다. 그 모든 공격들을 용케도 피하고 있었지만 물기둥 공격을 한 대라도 맞으면 바실리스크의 몸이 어찌 될지는 장담할 수 없었다.

바실리스크는 레디를 공격하기 위해 광선을 써 보기도 하고 재빨리 몸을 움직이기도 했지만 방어와 공격 모두를 철저히 해내는 레디의 물들은 쉽게 무너지지 않았다.

레디는 수인(手印)을 굳게 짠 채 진지한 모습으로 물을 조정하고 있었다. 한참을 그렇게 있던 그는 이윽고 세레인을 뽑아 왼손에 거꾸로 들었다.

그가 수인을 풀자 바실리스크는 빠른 속도로 레디를 향해 몸을 날렸다. 그러나 그 기회도 잠깐, 세레인과 레디의 손을 물이 감싸 안았고, 그 즉시 거대한 수룡이 바실리스크의 아래에서 솟아올랐다.

"흡!"

바실리스크는 피할 새도 없이 수룡의 입속으로 빨려 들어갔다. 적을 머금은 수룡은 곧 동그랗게 몸을 말았다. 그것은 마치 안에 표본이 든 호박처럼 보였다.

"물의 힘, 물의 분노, 물의 노래를 들어라!"

레디의 손을 감싼 물은 긴 활로 변했다. 거기에 맞춰 세레인을 감싼 물은 환도를 중심에 둔 바이올린으로 모습을 갖췄다.

물의 활이 물의 현 위를 달리자 바실리스크를 머금은 물이 미세하게 요동쳤고, 진동은 거대한 물방울 주위의 공기마저 흔들었다. 그로부터 소리는 마치 기나긴 음악의 시작처럼 들렸다.

그것이 물이 풍부한 곳에서 레디가 즐겨 쓰기로 유명한 기술, 아쿠아 바이올린의 짧은 서곡이었다.

눈을 지그시 감은 레디는 실제 바이올린을 연주하듯 빠르게 활을 움직였다. 활의 움직임이 격렬해질수록 물의 진동도 힘을 더했고, 공기가 만드는 음악도 점차 광시곡으로 변했다.

바실리스크의 생체장갑이 아무리 두껍다 해도 물이 만드는 전방위(全方位) 초진동을 견뎌 낼 재간이 없었다. 바실리스크의 몸은 점차 분해되었지만, 그가 내지르는 처절한 비명은 물과 광시곡에 묻혀 레디의 귀에까지 들리지 않았다.

연주가 길어질수록 레디의 이마에 맺히는 땀방울의 수도 많아졌다. 그만큼 바실리스크의 분해도 착실했지만 레디 본인의 체력 소모도 만만치 않았다.

'조금만 더, 조금만 더 하면 완전히 침묵시킬 수 있어! 힘을 내라, 레디!'

그러나 그 순간 공기 중에 흐르던 광시곡의 음이 멈췄다. 레디의 활은 계속 움직였으나 더 이상 음악은 흐르지 않았다.

"아, 아니?"

레디의 눈이 크게 벌어짐과 함께 활과 바이올린은 물로 귀환해 아래로 떨어졌다.

그의 눈앞에서는 악몽과도 같은 일이 벌어지고 있었다.

반쯤 분해된 바실리스크의 등에 어느새 흑색 악마의 날개 두 쌍이 돋아나 있었다. 차츰 꺼져 가던 기력도 처음 느껴진 것 이상의 수준으로 올라가기 시작했다. 게다가 레디가 조종해야 할 물도 점차 적색으로 변해 갔다.

이윽고 적색을 띤 물은 뱀의 형상으로 변해 바실리스크의 몸을 휘감았다. 날개를 비롯해 더욱더 무서운 형상을 띠게 된 바실리스크는 몸을 감은 적사(赤巳)의 머리를 쓰다듬으며 두 눈을 번뜩였다.

레디가 만들고 조종하던 물을 바실리스크가 역으로 조종하기 시작한 것이었다.

레디뿐만 아니라 모두가 상대하던 바실리스크들도 마찬가지였다. 공통적으로 변한 것은 외형과 두 쌍의 날개였다. 뿐만 아니라 레디의 경우처럼 각각 자신들이 상대한 자의 특성을 자신의 것으로 만들고 있었다.

휀의 앞에 선 바실리스크는 양손에 찬란한 빛의 구체를 머금고 있었다. 바이론의 상대는 암흑투기를, 슈렌의 상대는 불을, 지크의 상대는 바람을 머금는 등 리오와 하인켈, 프레데릭, 다르칸을 제외한 모든 바실리스크는 상대방의 특기를 자랑스레 보이며 제2막을 준비하고 있었다.

'진화……인가?'

리오는 어찌해야 할까 고민했다.

모습을 바꾼 바실리스크의 힘은 현재의 자신에게 약간 못 미치는 수준이었다. 최대의 힘을 발휘한다면 바실리스크 하나를 없애는 건 큰 문제가 아니었지만 진짜 문제는 그다음이었다.

리리스가 가지고 있는 마지막 카드, 즉 프레데릭이 말한 에르파라스라는 존재에 대한 부담감은 리오뿐만 아니라 모두가 가지고 있었다. 휀이나 바이론 할 것 없이 바실리스크와의 전투에 최선을 다하지 않는 것이 그 증거였다.

'리리스가 이걸 알고 힘으로 밀어붙인 걸까? 하여튼 마음에 안 드는군.'

그때 크고 단단한 감촉이 리오의 등에 와 닿았다.

프레데릭이었다.

"굳이 일대일로 상대해야 할 이유는 없지 않겠소?"

"무슨 말씀이십니까?"

큰 충격이 프레데릭의 몸에 떨어졌다. 바실리스크가 프레데릭을 공격한 것이다.

왼팔의 장갑으로 공격을 막아 낸 프레데릭은 둠으로 상대를 힘껏 밀어내고 말을 이었다.

"바실리스크는 피로를 느끼지 않는 존재 같소. 어디서 오는 것인지는 확실히 모르겠지만 무한하다고 할 정도의 생체 에너지를 보유하고 있소. 방금 진화한 것을 보면 알겠지만, 이론상으로 일반적인 생물이 성체로서 완전히 성장할 때 소비되는 에너지는 대형 발전장치가 한 번에 내는 에너지와 맞먹소. 그런데 바실리스크는 그 엄청난 에너지를 짧은 시간 동안 아무렇지 않게 소비했소. 게다가 그 과정은 성장이 아닌 진화였소. 그런 상대를 일대일로, 그것도 최소한의 힘으로 상대한다는 것은 비효율적인 일이란 생각이 드는구려."

"전투 경험은 어떻게 된 것입니까?"

프레데릭은 리오가 그것을 왜 묻는지 알고 있었다.

바실리스크의 전투 능력은 놀라울 정도였다. 힘과 속도, 유연성만을 지닌 것이 아니라 지금 이 자리에 있는 베테랑들의 공격을 여유 있게 피하거나 받아칠 정도의 경험과 감각까지 보유하고 있었다.

"아무래도 리리스에 의해 제어되는 것 같소. 형태만이 인간형일 뿐, 각각의 바실리스크는 리리스가 사용하는 무기에 지나지 않을 것이오."

"그렇군요. 그럼 아까 하신 제안의 결론은 뭡니까?"

질문을 하기는 했지만 리오는 대답을 알고 있었다. 프레데릭은 그의 예상에 따라 리오가 맡은 바실리스크를 향해 급히 반전했다.

"좋은 말로 하자면 각개격파요."

디바이너와 파라그레이드, 그리고 둠의 검광들이 바실리스크의 몸을 어지러이 감쌌다. 자색과 백색의 섬광이 엄청난 속도로 그림을 그리면 흑색의 묵직한 빛이 마무리 낙인을 찍었다.

제아무리 무한의 에너지를 가진 존재라 해도 리오와 프레데릭의 다중 공격을 받아 낼 재간은 없었다.

바실리스크 하나가 전투 불능이 된 것은 거짓이 아닌 진짜 한 순간이었다.

장갑질과 피부, 그리고 장기가 한꺼번에 뚫리는 소리가 들렸다. 둠의 두꺼운 끝이 바실리스크의 목 바로 아래, 가슴을 뒤에서 관통한 것이다. 거기에 맞춰 파라그레이드와 디바이너가 바실리스크의 양쪽 허리에 각각 박혔다.

"끝이다!"

검에서 손을 떼고 팔을 교차한 리오는 기합과 함께 검을 잡아 가위처럼 바실리스크의 허리를 끊었다. 동시에 프레데릭의 둠도 위로 올려져 바실리스크의 몸은 순식간에 세 조각이 났다.

리오와 프레데릭 사이에 큰 폭발이 일어났다. 바실리스크 하나가 사라지는 순간이었다. 기와 방어막으로 폭발의 여파를 막아 낸 둘은 이어서 프레데릭이 맡은 바실리스크에게로 몸을 날렸다.

"음!"

굳게 닫혀 있던 리리스의 눈이 크게 떠졌다. 여기저기서 터지는 폭발의 빛으로 어지러이 물든 그녀의 망막은 이윽고 분노의 불길에 휩싸여 붉은빛을 뿜어냈다.

"반드시 일대일로 싸워야 할 이유는 없지요."

"이제 때가 된 것 같습니다, 리리스 님."

뒤에 서 있던 독스터와 아가레스의 조소는 안광을 더욱 붉게 만들었다. 하지만 리리스는 그들을 절대 치지 않았다. 리리스의 공격을 각오하고 조소를 던진 둘을 의아하게 만들 정도였다.

'도대체 무슨 생각이지? 모든 것을 파멸시키겠다고 외친 것치고는 너무 조용하잖아. 뭔가 다른 생각이 있는 건가? 아니면 에르파라스가 그토록 강하다는 얘기인가?'

독스터는 침묵에 잠겼다. 그와 비슷한 생각을 한 아가레스 역시 마찬가지였다.

일곱 명의 바실리스크가 열과 빛으로 바뀐 후 일행들은 다시 한자리에 모였다. 지크 일행 맡은 셋이 아직 남아 있었지만 모두 크게 신경 쓰지 않는 듯했다.

지크나 사바신처럼 잘 흥분하는 사람이 없어서일까. 모두 리리스에게 시선을 집중하고 있을 뿐, 불필요한 말은 한 마디도 하지 않았다.

"에르파라스란 도대체 무엇입니까?"

막간을 이용한 리오의 질문에 프레데릭과 다르칸이 각각 대답해 주었다.

"엘살바도르를 지키기 위한 최종병기 ……라고 하는 것이 맞을 것이오. 아네라의 기술이 집약된 거인형 병기로서, 단독으로 다수의 적을 상대할 수 있도록 다양하고 강력한 병기들이 내부에 장치되어 있소."

"방어력도 대단하지. 안티매터 캐논을 두 번이나 정면으로 맞고도 끄덕없었으니까. 게다가 반생체병기라 자체 회복 기능도 있어서 그 공포는 더했어. 하지만 고급 아네라의 정신 능력에 맞춰진 병기라서 그런지 아네라가 아닌 존재가 조종하면 큰 문제가 생기지. 폭주한다고 하면 설명이 쉬울 거야."

에르파라스의 폭주를 수천 년 전 경험했던 둘은 각각 쓰디쓴 표정을 지었다.

"당시 난 라이세네프 경의 도움을 받아 에르파라스를 파괴할 수 있었소. 하지만 이해가 안 되오. 분명 원형을 보존할 수 없을 정도로 파괴했는데, 어떻게 리리스가 에르파라스를 보유하고 있을 거라는 생각이 드는지 모르겠소."

"일단 기다려 봐야 알 것 같군. 진짜 에르파라스일지, 아니면 에르파라스만큼 강한 녀석일지 말이야."

검지와 중지를 모아 색안경을 고쳐 쓴 다르칸은 심호흡을 하며 소모된 기운을 보충했다.

지크와 사바신, 레디는 생각보다 고생하고 있었다. 사바신과 레디의 특성을 얻은 바실리스크는 어찌어찌 없앴지만 지크의 특성을 얻은 바실리스크는 도저히 잡기 힘들었다.

"젠장, 왜 이렇게 빠른 거야!"

지크가 투덜대자 사바신이 혀를 찼다.

"네가 그런 말을 하면 우리보고 어쩌란 말이야!"

둘이 그렇게 투닥대며 바실리스크를 쫓는 동안 레디 역시 혼신의 힘을 다해 바실리스크의 움직임을 봉쇄하려 애쓰고 있었다. 그러나 중력의 힘을 잊은 듯 자유롭고 빠르게 움직이는 적을 레디의 물로는 잡을 수가 없었다.

'이게 비서장님께서 말씀하신 객관적 전력의 차이인가? 이런 모

습으로밖에 싸울 수 없는 건가?'

레디는 바람과 같은 상대에 비해 너무도 느려 터진 자신의 능력을 한탄했다.

"어? 야, 꼬마! 정신 차려!"

"엉?"

고민으로 인해 정신이 흐트러진 것일까. 레디는 흠칫 놀라며 바실리스크를 찾았지만 이미 때는 늦었다.

"악!"

바실리스크의 어깨가 레디의 가슴을 강타했다.

큰 충격을 받은 레디는 자세를 바로잡으려고 했지만 이번에는 등으로 바실리스크의 공격이 떨어졌다.

바실리스크는 마치 레디를 공 다루듯 이리 치고 저리 치며 그의 몸을 부숴 나갔다. 공격을 당할수록 레디가 입는 충격은 더욱 세졌다.

레디의 입에서 피가 터짐과 동시에 지크의 몸이 바실리스크의 머리 위로 떠올랐다.

"너도 이제 끝이다!"

무문도와 무명도가 동시에 바실리스크의 머리 위로 떨어졌다. 그러나 바실리스크는 더욱 빨리 레디의 몸을 잡아 방패로 삼았고, 지크는 움찔하며 칼을 멈췄다.

"이런!"

지크가 칼을 멈춘 순간 바실리스크의 다음 목표는 지크가 되었다. 레디를 무기 삼아 집어 던진 바실리스크는 지크가 레디를 받아냄과 동시에 공격을 개시했다.

순식간에 지크의 뒤로 돌아 들어온 바실리스크는 눈에 보이지도 않을 정도의 연타를 지크의 등에 꽂았고, 지크의 등과 입, 그리고 머리에서 터진 피는 그가 안고 있는 레디의 옷에 비처럼 뿌려졌다.

"그만두지 못해!"

사바신이 뒤늦게 달려들었지만 그도 당하긴 마찬가지였다.

주먹을 뻗자마자 카운터를 맞은 사바신은 다른 둘 못지않게 연타를 당했다.

맞는 것을 무시하고 영롱을 휘둘렀지만 허사였다. 사바신의 행동은 공격이라기보다 발악에 가까웠다.

"흠!"

바실리스크의 일격이 후두부에 꽂히자 사바신의 거구도 힘없이 추락했다. 바실리스크는 최후의 공격을 가하려는 듯, 허리에 두르고 있던 철봉을 잡아 들었다.

흐물거린 철봉은 날카로운 검의 모습을 갖췄다. 그것을 앞세운 바실리스크는 포탄처럼 공기를 가르며 사바신의 몸을 향해 떨어졌다.

"리리스 님께서 만든 괴물이 너냐?"

거친 여성의 목소리가 들린 순간 바실리스크의 몸이 움찔했다. 자신과 똑같은 속도로 떨어지는 존재를 본 바실리스크는 급히 공격을 날렸지만 관성의 방해를 받은 그 공격은 힘을 잃고 말았다.

"꺼져."

"흠!"

거대한 할버드의 일격이 바실리스크의 허리를 때렸다. 큰 충격을 받은 바실리스크는 저 멀리 날아갔고, 치명타를 겨우 피한 사바신은 몸을 멈춘 뒤 자신을 구해 준 존재를 돌아봤다.

"아, 아니?"

은인을 발견한 사바신은 의외라는 듯 눈을 끔벅였다.

충격에서 벗어난 바실리스크를 차가운 눈빛으로 바라보고 있는 여성, 그녀는 다름 아닌 프루레디였다.

"고생 좀 했군, 사바신."

또 다른 목소리가 프루레디의 허리춤에서 들려왔다. 그녀의 허리에서 벗어난 신검, 라이세네프는 붉은빛을 뿜으며 사바신에게 다가왔다.

"어쩌다가 이렇게 엉망으로 당했나. 엄마 젖이 부족했나?"

"흥, 나만 당한 건 아니에요, 아저씨."

사바신은 고통스러운 얼굴로 뒷머리를 매만졌다. 잠깐이나마 정신을 잃었을 정도의 공격이었으니 아픈 것은 당연했다.

레디를 부축한 지크가 슬금슬금 다가오며 물었다.

"그런데 저 아가씨는 왜 여기 온 거죠? 수다를 받아 줄 사람이 없어서 여기까지 온 건 아닐 테고…… 그렇다 해서 저 성격에 우리를 도와주러 오지는 않았을 테고."

지크다운 질문이긴 했지만 꽤 도발적이었기에 사바신은 긴장된 얼굴로 프루레디를 바라봤다. 다행히 프루레디는 움직이지 않았지만 그녀의 목 근육이 불끈댄 것을 봐서는 못 듣지는 않은 듯했다.

"나를 여기까지 데려오느라 수고한 사람이니 너무 그러지 말게. 느낌이 좋지 않아서 나를 이곳으로 보내 달라고 말했네."

"예? 멀지도 않잖아요. 아저씨 혼자 알아서 올 수 있는 거리 아니에요?"

"그건 그렇지만…… 지금까지 프레데릭이나 길트 같은 남자들의 허리를 빌리다 보니 감정이 좀 메마르는 것 같아서, 이번 기회에 여자 허리를 좀 빌렸지. 다른 여자들에 비해 딱딱하긴 했지만 역시 좋더군."

"오오."

그러나 그 이상의 대화는 이어지지 않았다. 프루레디의 살기가 모두의 몸을 엄습한 것이었다.

"그, 그건 그렇고 이제 남은 건 하나인가?"

"물론이죠."

라이세네프의 물음에 지크의 얼굴이 진지해졌다. 지고는 못 사는 그는 무문도와 레디를 사바신에게 던지고는 장갑을 단단히 죄었다.

"날파리 하나 잡는다고 모두가 뛰어다닌 게 실수였어요. 빠른 놈은 빠른 사람이 상대하는 것이 정답이었는데 말이죠."

"뭐? 그만둬, 지크! 더 힘든 전투가 뒤에 기다리고 있는데, 여기서 힘을 다 뺄 생각이야?"

사바신의 머리에 재킷을 벗어 던진 지크는 씩 미소를 지었다.

"나중 전투가 힘들다는 건 나도 알아. 하지만 정리 안 된 침대에 누울 수도 없잖아. 녀석은 내가 정리한다. 둘 다 빠르니 오래 걸리진 않을 거야."

"이봐, 멈춰!"

사바신이 얼굴을 덮은 재킷을 벗었을 때 이미 지크는 프루레디의 앞을 지나 바실리스크를 향해 가고 있었다. 레디에다 무문도, 그리고 재킷까지 맡게 된 그는 라이세네프에게 투덜대기 시작했다.

"하여튼 저 녀석이 뭘 생각하는지 난 모르겠수. 뒤를 좀 생각하고 행동하든가…… 쯧."

"오호, 거울을 앞에 두고 못생겼다고 투덜대는 사람은 처음이군. 읍!"

사바신이 던진 지크의 재킷은 라이세네프의 손잡이에 정확히 걸렸다. 재킷을 맡긴 덕분에 손이 좀 편해진 사바신은 의식을 잃은 레디의 목덜미를 팔꿈치로 마사지했다.

"근데 아저씨는 왜 오셨어요?"

"나?"

지크의 재킷이 몸을 돌렸다. 잠시 침묵이 흐른 후, 재킷 속의 라이세네프가 대답했다.

"나도 정리할 게 있거든. 나설 때가 되기도 했고."

"그래요?"

사바신은 별 생각 없이 마사지를 계속했다.

지크와 적당한 거리를 둔 바실리스크는 상대에게서 뿜어지는 분위기가 예사롭지 않아서인지 쉽사리 공격을 날리지 못했다.

무명도를 왼손에 든 지크는 숨을 고르며 때를 기다렸다.

난타가 벌어질 일은 없었다. 한 방 승부였다.

지크의 왼손이 허리 쪽으로 향했다. 발도 자세였다.

손잡이에 오른손을 가져간 채 자세를 숙인 지크는 눈으로 바실리스크를 향해 말했다.

'오는 게 좋아, 친구.'

그 말을 알아들은 듯, 바실리스크의 몸이 극속(極速)으로 지크를 향해 날았다.

바실리스크의 검과 지크의 무명도가 동시에 움직였다.

은색을 띤 검의 날이 지크의 이마에서 닿았다. 지크도 물론 발도를 한 상태였다. 그러나 무명도의 끝은 바실리스크와 전혀 관계없는 허공을 가르고 있었다.

지크의 발도가 실패했거나 아니면 바실리스크가 공격을 피한 것이었다.

칼날의 차가움이 간지러움으로 바뀌었다. 그러나 느낌이 간지러울 뿐, 지크는 전율을 느끼고 있었다.

감촉은 통증으로 바뀌었다. 이대로 가다간 피부는 물론이고 두개골과 뇌까지 베어질 게 분명했다.

시간상으로느 단 1초도 안 되는 시간이었지만 지크에게는 한 시간처럼 느껴졌다.

피가 나오는 느낌이 들었다. 지크의 몸에 또 한 번의 전율이 감돌았다.

그때 지크의 머리가 검의 날 위에서 굴렀다. 압력의 정점이 될 칼끝을 피해 중앙으로 이동하는 것이었다.

날의 예리함 때문인지 지크의 이마에 긴 홈이 그어졌다. 그러나 지크는 아랑곳하지 않고 몸을 계속해서 돌렸다.

날이 정수리를 지나 귀까지 향했을 때 무명도의 칼집 끝이 바실리스크의 복부에 닿았다.

검의 날이 이마에 닿는 순간, 발도가 실패한 순간부터 180도 반전한 지크의 필사적인 노력이 결실을 맺은 것이다.

날에 들어오는 압력이 줄어들었다. 그때를 기다린 지크는 상대의 복부를 지지대 삼아 반대로 몸을 돌렸다.

순전히 척추와 팔뚝의 탄력만으로 몸을 돌린 것이다.

퍽 소리와 함께 바실리스크의 머리가 공중으로 튀어 올랐다.

"하아앗!"

지크는 곧장 바실리스크의 몸을 무명도로 이등분했다. 생명이 끊긴 바실리스크의 몸은 동료들과 마찬가지로 대폭발을 하며 짧은 생을 마쳤다.

1초 남짓 된 초긴장 상태를 승리로서 벗어난 지크는 노호성을 질러 댔다. 이마의 긴 상처에서 터진 피가 그의 얼굴 절반을 물들였지만 그의 외침은 끊이지 않았다.

사바신과 프루레디가 본 것은 바실리스크의 머리가 날아가는 장면과 이등분되는 장면뿐이었다. 무엇 때문에 지크의 이마에 상처가 났는지 보지 못한 사바신은 고개를 갸웃거렸지만 재킷 사이로 그 모든 광경을 본 라이세네프는 내심 감탄을 아끼지 않았다.

'정신이 집중됐다는 것 하나만으로 시간을 초월한 듯한 빠르기를 보이다니, 무서운 녀석이군. 처음 만났을 때보다 훨씬 강해졌어.'

한편 마지막 바실리스크가 숨을 거둠과 동시에 리리스가 움직이기 시작했다.

"나오너라, 에르파라스여! 나의 사랑을 무로 되돌린 모든 존재를 멸망의 길로 인도하는 것이다!"

엘살바도르 선체의 구석에서 원인 모를 작은 폭발이 일어났다. 폭발을 뚫고 공중으로 튀어나온 수십의 기계장치들은 오묘한 색을 뿌리며 리리스를 향해 날았다.

2

광황의 문장

에스토드 비행선단은 거짓말처럼 조용했다. 휀 일행이 있는 전장에서 워낙 멀리 떨어져 있어서 그런지 그들에게 보이는 것은 바실리스크가 폭발할 때 생긴 빛 외엔 아무것도 없었다.

라인하이트의 갑판 위에는 사탄과 크리스, 슈웰 등이 나와 있었다.

프루레디와 라이세네프가 떠난 뒤 사탄의 얼굴에 드리운 그늘은 더욱 짙어졌다. 슈웰과 얘기하던 중 사탄의 그런 모습을 본 크리스는 말을 끊고 걱정스러운 표정으로 그에게 다가갔다.

"처음 오셨을 때와는 다른 모습이시군요. 뭘 그렇게 걱정하시죠?"

사탄은 아무 말이 없었다.

그럴수록 크리스의 걱정은 더욱 커졌다. 사탄이 이 정도로 고심할 정도라면 심각한 것이었다.

"말씀해 주시지 않겠어요? 시간이 해결해 줄 거란 말은 이제 지겨우니 바른 대답을 듣고 싶군요."

사탄은 짧게 한숨을 지었다.

그는 자신의 입이 이렇게 무거운 줄 몰랐다. 입을 열었을 때 나올 말이 어느 정도의 영향력을 발휘할지 알기 때문에 그는 쉽사리 입을 열지 못했다.

하지만 때가 됐는지, 결국 사탄은 입을 열었다.

"제가 모두에게 말하지 못한 부분이 있습니다."

"예?"

목소리가 꽤 컸던 것일까. 슈웰이 그를 돌아봤다.

일단 엎질러진 물은 다시 담을 수 없는 법. 사탄은 또 한 번의 빛이 번쩍인 전장 쪽으로 시선을 돌리며 말을 이었다.

"당신의 남편이자 가즈 나이트인 휀 라디언트의 원래 목적은 순수의 결정체를 없애는 것이었습니다. 거기까진 들으셨으니 잘 아시겠죠. 저기서 싸우고 있는 모두는 휀이 주신의 명령을 거역하고 일을 여기까지 끌어왔다는 데 흥분해서 가장 중요한 사실을 잊고 말았습니다. 바이론, 피엘 등은 물론 알고 있겠죠."

크리스는 갑자기 요동치는 자신의 심장을 붙들기 위해 손을 가슴에 댔다. 하지만 그 떨림은 멈추지 않았다.

"중요한 사실이라면?"

"어째서…… 왜 주신께서 순수의 결정체를 소거하라고 하셨는가 하는 것입니다. 그 이유를 묻는 사람은 아무도 없더군요. 그리 큰 문제라 생각지 않았겠지만."

듣고 보니 그랬다.

지금까지 크리스가 고민한 것은 휀과 자신의 미래, 클라리스와 슈웰에 대한 걱정, 그리고 이번 일을 통해 알게 된 모든 이들이 무사한 것이다. 솔직히 말해 휀이 받은 임무의 이유 따위는 생각지 않았던 것이다.

"그 이유가…… 뭐죠?"

사탄은 잠시 뜸을 들이더니 대답했다.

"순수의 결정체는 그 누구도 조종할 수 없습니다."

"예?"

"리리스가 제아무리 최상급 악마의 힘을 가지고 있다 해도 순수의 결정체는 절대 조종할 수 없습니다. 깨어나게 했다, ……라고 착각하게 한 것일 뿐, 원래 순수의 결정체는 때가 되면 그 누구의 도움 없이도 스스로 깨어나 활보할 수 있습니다. 활보하게 됐을 때, 이 세계는 그 거대 에너지의 폭주로 인해 모든 것이 파멸됩니다. 에너지 자체가 상급신과 맞먹거나 그 이상의 힘을 가지고 있기에 아무리 앞에 가 있는 사람들이 강하다 해도……."

"하, 하지만 휀이 폭주를 잠시나마 막아 놨다고 했어요!"

사탄은 고개를 저었다.

"감정을 조절해 준 것뿐입니다. 리리스는 순수의 결정체를 가지고 있는 자, 즉 클라리스 공주의 감정을 주체할 수 없도록 만들어 놨습니다. 휀은 그것을 막은 것뿐입니다."

"말도 안 돼요! 예전에 리오가 부르크레서의 사념체에 감염됐을 때 그것을 정화한 것이 공주님이었어요! 공주님은 자신이 가진 에너지, 순수의 결정체를 사용할 수 있다고요!"

크리스의 항변에 사탄은 눈을 질끈 감았다.

"그것이 언제였습니까?"

"……3주 정도 됐어요."

슈웰이 떨리는 목소리로 대답했다.

잠시 손을 꼽아 본 사탄은 절망적인 얼굴로 고개를 저었다.

"이미 활성화됐겠군요. 순수의 결정체가 깨어날 시간이 가까워지면 보유자는 의식적으로 그 힘을 사용할 수 있게 됩니다. 불이 붙지 않은 장작은 나무에 불과하지만 불이 붙은 장작은 횃불이 되지요. 거기에 비할 수 있는 것입니다."

크리스는 최대한 표정을 유지한 채 라인하이트의 브리지를 바라봤다. 그녀와 시선이 마주친 이반은 별 이상 없다는 것을 말하듯 웃으며 손을 흔들어 보였다.

에스토드 왕국을 포함한 세계를 구하기 위해 이곳까지 온 모든 사람들. 크리스는 그들에게 무슨 말을 해야 좋을지 두려웠다. 그들의 노력 여하와는 상관없이 순수의 결정체가 깨어난다는 것 아닌가.

"그럼 순수의 결정체가 깨어나는 건 언제죠?"

"이미 깨어났다고 할 수 있습니다. 필요한 것은 순수의 결정체를 깨울 만한 계기겠죠. 휀이 리리스를 막으려는 이유는 그 계기를 없애기 위함일 것입니다. 그나마 안심이 되는 것은 휀 역시 순수의 결정체가 깨어난다는 사실을 알고 있다는 사실입니다. 어느 정도 대비되어 있기에 클라리스 공주를 살려 두는 것이겠죠."

"무, 무슨 말씀이세요!"

슈웰이 펄쩍 뛰자 사탄은 냉정하게 대답했다.

"순수의 결정체로 인한 피해를 최소화하는 최선의 방법은 보유자의 제거다, 소녀여. 이것은 사실이니 너무 흥분하지 말거라."

"흥분 안 하게 됐어요!"

슈웰의 앙칼진 목소리에 사탄과 크리스 모두 놀랐다. 너무 흥분한 나머지 사탄의 코트 앞자락을 붙든 그녀는 있는 대로 독설을 퍼부었다.

"그렇다면 지금 문제는 리리스인가 하는 여자가 아니잖아요! 순

419

수의 결정체가 이 세계를 파멸하느냐 마느냐 아니에요! 그렇다면 휀을 도와주세요!"

"미안하지만 그럴 수 없구나, 소녀여. 내가 나서면 제2의 아마겟돈이……."

"시끄러워요!"

사탄은 말문을 닫았다.

슈웰은 자신이 붙잡고 있는 자가 누구인지 알고 있었다. 하지만 그녀의 행동을 막을 수는 없었다.

"악마왕이란 자리 때문에 부담돼서. 직접 나섰을 때의 파문이 걱정돼서 여기 계시다면 그냥 돌아가세요! 필요 없으니 사라져 버리란 말이에요! 여기서 구경만 하고 있는 비겁자는 필요 없다고요!"

옆에 프루레디가 있었다면 사탄이 말리기도 전에 슈웰의 목이 날아갔을지도 모른다. 그녀가 아니었더라도 노발대발했을 무례였지만 사탄은 그녀의 손등을 부드럽게 잡아 주었다.

"이건 생각만큼 간단한 문제가 아니란다."

"당신이 나섰다 해서 꼭 아마겟돈이 벌어지는 것은 아니잖아요! 이대로 공주님뿐만 아니라 이 세계 사람 모두가 사라져도 좋단 말이에요? 자신이 해야 할 일을 두고서 가만히 있는 것만큼 용기 없는 사람이 어디 있어요!"

"……."

"좋아요, 당신이 움직이지 않으신다 해서 이대로 물러날 휀이 아닐 거예요! 당신 같은 사람은 필요 없……."

순간 사탄의 등에서 열두 장의 날개가 한꺼번에 뻗어 나왔다. 옆에 있는 크리스를 슈웰의 옆 끌어당긴 그는 날개로 자신과 둘을 급히 감싸 안았다.

둘이 이유를 묻기도 전에 엄청난 양의 에너지 폭풍이 라인하이트를 비롯한 에스토드 비행선단을 덮쳤다. 그 파도에 휩쓸린 비행선단은 에너지의 기류 속에서 힘없이 춤을 췄다. 소형 선박은 엔진 등이 뜯겨 나가며 바다로 추락했고, 대형 선박 역시 외부 장갑이나 마스트 등이 대파되어 크게 흔들렸다.

그나마 모든 비행선 중 최고의 안정성을 가진 선체 덕분인지 라인하이트는 브리지 창문과 장갑 등이 파괴된 것 외에 큰 충격을 입지 않았다.

"뭐, 뭐야, 이건!"

유리 파편이 팔에 박힌 이반은 고통과 출혈도 잊은 채 전방을 바라봤다. 한참 불빛이 번쩍였던 지점, 즉 전장이 된 지점은 함대를 덮친 에너지파와 같은 녹황색 빛으로 충만했다.

비교적 멀쩡한 선체와는 달리 갑판은 잔뜩 그을리고 말았다. 사탄이 있던 자리를 제외한 모든 부분이 갈색으로 그을린 채 연기를 뿜어내고 있었다.

날개를 펼친 사탄은 폭풍이 밀려온 쪽으로 시선을 돌렸다. 폭음에 귀가 멍해진 슈웰과 크리스는 양손으로 귀를 막은 채 주위를 돌아봤다.

"무슨 일이죠? 이게 도대체⋯⋯."

사탄은 묵묵히 전방을 주시했다. 목과 입가를 가린 머플러를 손으로 풀어낸 그는 낮은 목소리로 중얼댔다.

"결국 끝까지 가겠다는 건가, 리리스."

그들의 머리 위에서 다시금 청각을 방해하는 소리가 들렸다.

상공을 바라본 슈웰은 뭐라고 말할 수 없을 정도로 거대한 물체가 차차 모습을 갖추고 있는 모습에 입을 다물지 못했다.

한편, 훼 일행은 하나같이 긴장한 얼굴로 리리스가 있던 자리를 바라보고 있었다.

그곳에는 리리스 대신 금속의 날개를 지닌 존재가 서 있었다. 날개뿐만 아니라 온몸이 기계로 이루어진 그 존재는 강철로 만든 여신상처럼 우아한 자신의 몸을 손으로 쓰다듬었다.

'가공할 만한 에너지 양이다.'

리오는 침을 꿀꺽 삼키며 생각했다.

'이게 에르파라스인가? 하지만 듣기로 에르파라스는 거대한 기계 덩어리라 했는데, 이건 프레데릭 님과 비슷한 수준이잖아?'

이윽고 머리 부분에서 목소리가 들려왔다.

"자, 어떠냐? 이 파괴의 천사 에르파라스의 자태가. 너희가 알던 에르파라스와는 다르지만 이것은 분명 에르파라스다. 후후, 무슨 소리인지 알겠나?"

기계음이 섞이긴 했지만 분명 리리스의 목소리였다.

리오와 슈렌이 프레데릭을 바라보았다. 하지만 그도 지금 자신의 눈앞에서 일어난 사태를 어찌 정리하지 못하는 듯했다.

"에너지 파장과 장갑으로 봐서는 에르파라스가 맞지만…… 이렇게 인간형은 아니었는데?"

"크큭, 먹어 버린 것인가?"

모두의 시선이 바이론에게 쏠렸다.

온몸의 근육이 한껏 긴장된 듯, 평소보다 훨씬 두껍게 보이는 바이론은 광소를 머금은 채 말했다.

"리리스는 악마와 천사를 가리지 않고 섭취하여 자신의 몸을 강화해 왔다. 크큭, 에르파라스는 반생체병기라고 했지? 그렇다면 얘기는 간단하지 않나. 에르파라스마저 섭취했다고 하면 간단하지 않나?"

"그렇다면……!"

프레데릭은 리리스의 몸에 기계장치들이 붙어 에르파라스가 된 방금 전의 장면을 떠올려 봤다. 그 모습을 한참 되새기던 그는 결론을 얻은 듯 눈두덩을 찌푸렸다.

"에르파라스의 생체기관을 섭취했군! 그래서 에르파라스의 부품을 가지고 새로운 에르파라스를 탄생시킨 것인가!"

리리스, 아니 에르파라스가 손가락을 살짝 퉁겼다.

"맞다, 아네라의 전사. 너무 커서 먹는 데 좀 고생을 하긴 했지만 어렵진 않았어. 어떠냐, 결과물이 좋지 않으냐? 이 세상의 파멸을 축복할 파괴 천사의 모습으로 제격이지 않느냐! 하하하핫!"

웃음이 터지자 합체 시에 터졌던 에너지 폭풍보다 약간 못한 에너지 파장이 사방으로 퍼져 나갔다. 방어 자세를 취한 모두는 온몸을 내리누르는 그 막강한 에너지에 인상을 찌푸렸다.

"자, 하나씩 처리해 볼까?"

목소리와 동시에 다르칸의 몸이 공중으로 튀어 올랐다. 리오와 프레데릭은 자신들이 반응하기도 전에 다가와 다르칸을 날린 에르파라스의 속도에 경악했다.

"첫 번째는 배신자 다르칸, 너다."

에르파라스는 아이카메라의 빛을 번뜩이며 또 한 번 공중으로 치솟아 올랐다.

에르파라스의 모습은 보이지 않았다. 대신 보이는 것은 흠씬 두들겨 맞고 있는 다르칸의 모습뿐이었다.

"커억!"

순식간에 넝마가 돼 버린 다르칸은 비명과 함께 힘없이 바다로 떨어졌다.

"다르칸!"

프레데릭이 그에게 시선을 돌렸으나 그가 신경 써야 할 것은 다르칸이 아니라 자신이었다.

"다음은 너다."

"큭!"

리리스의 목소리가 등 뒤에서 들림과 동시에 강한 충격음이 터졌다. 갑옷 파편과 함께 엘살바도르가 있는 방향으로 날아간 프레데릭은 함선의 표면에 충돌하자마자 다르칸과 마찬가지로 대공습을 당했다.

"이런!"

갑옷 덕분에 다르칸보다는 맷집이 있어서인지 프레데릭은 급히 지르콘 결계를 발동해 에르파라스를 튕겨 냈다. 그러나 그것도 잠시, 에르파라스의 강렬한 주먹 지르기에 결계가 관통당했다. 프레데릭의 몸은 엘살바도르의 장갑을 뚫고 들어가 반대편 외벽 쪽으로 빠져나왔고, 그에게 관통당한 엘살바도르는 구멍을 통해 화염과 폭음을 내며 흔들거렸다.

프레데릭과 다르칸은 약간의 시간 차를 두고 바다에 각기 떨어졌다. 단번에 둘을 처리한 에르파라스는 원래 있던 자리에 정확히 나타나 다소곳이 팔짱을 꼈다.

"자, 다음은 누구냐. 희망자를 받아 주지. 물론 나오지 않는다면 무작위로 처리하겠다."

침묵이 흘렀다. 하지만 서로 눈치만 보고 있는 것은 아니었다.

이윽고 하인켈의 몸이 슬쩍 움직였다.

"나다."

하인켈은 옆에서 들려온 목소리에 움찔했다. 바로 슈렌이었다.

"오호, 염장 슈렌……. 가즈 나이트 중에서 가장 먼저 당하고 싶은 이유가 뭐지?"

대답 대신 화염의 기운이 불끈댔다.

눈을 뜬 슈렌의 이마에 두 쌍의 적색 무늬가 떠올랐다. 안전주문 2단계 해제였다.

"새로 배운 기술을 시험하고 싶어서. 그뿐이다."

대답이 끝나자마자 슈렌은 공중으로 치솟았다. 다르칸이나 프레데릭처럼 맞아서 떠오른 것은 아니었다.

에르파라스 역시 사라졌다. 슈렌의 밑으로 희미하게 모습이 보이는 것으로 보아 슈렌을 급속으로 추격하고 있는 것 같았다.

"무슨 생각이지, 저 녀석?"

리오는 슈렌의 생각을 이해할 수 없었다.

지금 본 엘살바도르의 속도를 생각했을 때 그리 빠르지 않은 슈렌의 속도로는 아무리 안전주문을 2단계나 해제했다 해도 정면으로 상대하기 벅찰 게 분명했다.

그런데 슈렌은 계속 떠오르기만 할 뿐, 이렇다 할 공격은 전혀 하지 않았다.

가만히 슈렌을 지켜보던 하인켈의 눈이 움찔했다.

"아무래도 조디악을 사용할 생각인 듯합니다."

"예? 슈렌이 그 기술을 익혔습니까?"

"기본적인 자세나 발동 자세는 완벽하게 익혔지요. 그러나 제가 사용하는 조디악과 차이는 분명 있을 것입니다. 사용된 무기가 할로윈이 아니라 그룬가르드라는 점에서 말이지요."

리오는 다시 슈렌을 돌아봤다. 상당히 상승해 있는 그의 모습은 아주 작게 보였지만 자세만큼은 제대로 보였다.

그룬가르드를 뒤로 돌린 슈렌은 자세를 최대한 낮췄다. 지면이 아니기에 약간 힘들어 보이긴 했으나 큰 문제는 없어 보였다.

"조디악을 배웠나, 꼬마?"

에르파라스는 이번에도 자신의 속도를 자랑하듯 소리 없이 슈렌의 뒤쪽에 나타났다.

기회를 놓친 듯, 슈렌은 자세를 풀고 이리저리 몸을 피해 다녔다. 하지만 동작이 그리 빠른 편이 아닌 그를 에르파라스가 잡지 못할 이유는 없었다. 그녀는 미로 속에 갇힌 쥐를 농락하듯 슈렌이 가는 길목을 철저히 차단하며 그의 움직임을 천천히 즐겼다.

아무리 봐도 지크가 놀라 쓰러질 정도의 초스피드였다. 소리도 없이, 기척도 없이 움직이는 에르파라스의 모습에 리오는 경악을 금치 못했다.

"도대체 뭔데 저런 속도가 가능한 거지? 저건 지크가 천수관음을 쏠 때보다 더 빠르잖아!"

"이론상으로는 공기 중에서 아광속(亞光速)까지 낼 수 있소."

다르칸과 서로를 부축한 채 올라온 프레데릭은 몸에 받은 충격이 상당한 듯 일정한 간격으로 몸을 떨었다. 그것을 보다 못한 하인켈이 묵묵히 다르칸의 반대편 어깨를 들쳐 멨고, 프레데릭은 한결 편한 목소리로 설명했다.

"에르파라스에 쓰인 아네라의 기술은 멘탈매터(mental-matter)와 정온(定溫) 초전도 기술이오. 안티매터 기술의 결정체라 할 수 있는 멘탈매터 기술은 지르콘 결계와 같이 정신을 물질화하여 기체 일부분이나 전체에 강력한 물질방패를 만들 수 있는 것이고, 정온 초전도 기술은 강력한 자기를 이용해 물체에 극속의 추진력을 부여하는 것이오. 초전도 추진기가 원래 그 거대한 에르파라스를 움직이기 위해 개발된 것인 만큼 저 리리스의 에르파라스가 낼 수 있는 속도는 아까 말했듯이 광속에 가까워질 수 있소. 큭······!"

프레데릭의 안광이 잠시 흐려졌다가 다시 밝아졌다. 리오가 부축하려 하자 프레데릭은 손으로 그를 막으며 설명을 계속했다.

"멘탈매터 배리어는 몸 전체를 방어할 수도 있지만 주먹이나 발에 집중하여 무기로 사용할 수도 있소. 강도는 정제된 오리하르콘과 맞먹소. 그 단단한 물체를 초전도 추진기의 힘을 빌려 극속으로 충돌시킨다면 방금 전 봤다시피 나의 지르콘 결계도 일격에 관통할 수 있소. 멘탈매터 배리어는 여기 있는 사람들의 큰 기술로 얼마든지 부술 수 있겠지만 초전도 추진기만큼은 무슨 수를 써서라도 부숴야 하오. 웬만큼 큰 기술은 추진기를 통해 모두 피할 수 있을 테니 말이오. 저 에르파라스의 등과 양팔, 양다리에 보이는 날개가 초전도 추진기요. 아까 당할 때 확인했소."

말을 마친 프레데릭은 머리를 감싸고 뒤로 물러섰다.

굵은 침을 삼킨 리오는 슈렌과 함께 공중을 수놓고 있는 에르파라스를 바라봤다.

슈렌은 에르파라스의 속도에 철저히 농락당하고 있었다. 에르파라스는 슈렌의 얼굴을 슬쩍 치는 등 도발을 펼쳤지만 슈렌은 별다른 반응 없이 피해 다니기만 했다.

"이런, 빌어먹을!"

리오는 분통이 터질 것만 같았다. 그러나 아무리 이를 악물고 주먹을 쥐어 봐도 에르파라스의 속도를 인정할 수밖에 없었다.

'저런 속도라면 지하드라 해도 발동하기 전에 요격당할 수 있다. 도대체 어쩌면 좋지?'

그때 슈렌의 움직임이 멈췄다.

그가 멈추자마자 에르파라스가 그의 주위를 돌며 손가락 끝에 달린 작은 칼날로 그의 옷과 머리카락을 유린하기 시작했다.

머리카락 몇 올과 옷에서 떨어져 나간 천 조각 등이 공중에 튀어 올라 슈렌의 눈가를 때렸다. 하지만 슈렌은 움직이지 않고 다시금 자세를 낮췄다.

그것을 본 하인켈의 눈가에 미소가 흘렀다.

"궁극의 속도를 이기는 것은 시간. 당신만의 조디악, 광염12황도(狂炎十二黃道)를 펼치십시오."

슈렌의 엄지손가락이 그룬가르드의 특정 부위를 지그시 내리눌렀다. 그러자 그룬가르드의 3분의 2가 미끄러지듯 아래로 흐르며 안에 숨겨진 또 다른 무기, 수라도가 모습을 드러냈다.

"간다."

순간 팽팽한 피아노 선이 끊어진 듯 공기 중에 맑은 소리가 울려 퍼졌다. 드러나는 듯했던 수라도는 다시금 그룬가르드 속에 모습을 숨겼다.

슈렌을 공격하기 위해 주먹을 내지를 자세를 취했던 에르파라스는 태엽이 풀린 장난감처럼 그 자리에 정지했다.

모두의 시선이 집중된 가운데, 슈렌의 입에서 과연 그가 뿜어낸 것일까 의심이 들 정도의 긴 호흡이 뿜어졌다.

"후퇴야."

슈렌은 도망치듯 일행이 있는 쪽으로 하강했다. 그와 동시에 에르파라스의 몸 주위로 열두 개의 붉은 실선이 그어졌다.

"크아아악!"

기계음 섞인 비명과 함께 실선들은 화약이 되어 한꺼번에 폭발을 일으켰다. 그 폭발의 범위가 컸기에 내려오던 슈렌과 아래에 있던 일행 모두 바다 쪽으로 밀려났다.

그와는 반대로 공중에 치솟은 에르파라스는 모두의 기대와는 달리 조금 뒤 중심을 회복했다. 하지만 타격은 컸는지 에르파라스의 몸 구석구석에 상당한 균열이 나 있었다. 그녀의 등에 달린 강철 날개 역시 털이 뽑힌 새의 날개처럼 흉물스럽게 변해 있었다.

균열 부위에서 터지는 스파크들은 에르파라스를 입고 있는 리리스에게도 충격을 주는 듯 에르파라스의 몸이 불규칙하게 움찔댔다.

"슈렌, 슈리메이어 반 스나이퍼! 네 녀석!"

에르파라스의 아이렌즈가 노기 어린 붉은빛을 띠었다. 처음 합체될 때와 같이 녹황색의 에너지 파동이 퍼져 기체 전체를 감쌌다. 그러자 균열이 상당 부분 줄어들면서 몸에서 터지던 스파크도 가라앉았다.

하지만 등판에 달린 날개만은 구조가 정밀해서 그런지 쉽사리 회복되지 않았다. 골칫거리인 초전도 추진기가 고장이 난 지금이 일행에게 절호의 기회였다.

"좋아, 잘했어, 슈렌!"

리오는 옆에 선 슈렌의 어깨를 칭찬하듯 두드려 줬다.

"음?"

그의 몸은 불에 달군 쇳덩이처럼 뜨거웠다. 슈렌의 하얀 얼굴 역시 붉게 달아올라 있었다. 조디악의 여파였다.

하인켈처럼 시공간을 파괴할 수준의 조디악을 내려면 하인켈의 무기, 할로윈의 공간 제어 기능이 필요했다. 하지만 슈렌의 그룬가르드나 수라도에는 그러한 기능이 없었다. 그래서 그는 조디악을 완전히 사용할 수 없었다.

하지만 조디악이란 기술 자체의 성능이 워낙 뛰어났기에 하인켈은 슈렌에게 기술을 전승해 주며 조디악을 응용한 새로운 기술을 만들도록 했다.

그렇게 해서 탄생한 것이 광염12황도였다.

슈렌의 근육 전체가 열기와 근육통에 휩싸인 것은 새로운 기술에 덜 숙달되었기 때문이다. 어찌 됐건 프레데릭, 다르칸과 함께 부상자 명단에 오르게 된 슈렌은 진지한 눈으로 에르파라스 쪽을 가리켰다.

"가라."

"음."

다음 차례를 맡은 리오는 두 개의 검을 굳게 잡으며 에르파라스를 향해 날아올랐다. 그의 이마에는 슈렌과 마찬가지로 두 쌍의 무늬가 떠올랐다.

"여기서 끝을 내주마, 리리스!"

"흥, 주신의 같잖은 졸개 따위가!"

에르파라스 속의 리리스는 노호성을 지르며 리오에게 날아들었다. 등의 초전도 추진기가 고장 난 탓에 에르파라스의 속도는 전에 비해 현저히 떨어졌지만 그래도 리오가 느끼기에는 빠르기 그지없었다.

사용하는 특정 무기가 원래부터 없었던 리리스는 주먹과 발에 집중한 멘탈매터 배리어를 이용해 리오를 공격했다. 인간이 사용하는 육탄전 무기 중 가장 빠른 것들이기에 리오는 초반 수십 초 동안 정신없이 방어만 했다.

"칼을 버리는 게 좋을 거다, 리오 스나이퍼! 네가 한 번 칼을 휘두를 때 난 수십 번 공격할 수 있어!"

"수십 번까지는 아닌 것 같은데!"

쿵 소리와 함께 리오의 팔꿈치가 에르파라스의 두상에 꽂혔다. 기회를 잡은 리오는 그대로 몸을 돌려 파라그레이드를 휘둘렀지만 흰색 날은 배리어의 표면에 부딪혀 무위로 돌아갔다.

리오는 쉬지 않고 칼을 휘둘렀다. 에르파라스의 공격에 비해 빠르지는 않았지만 경험에서 우러나오는 그의 전방위 공격은 상대에게 반전의 기회를 주지 않았다.

"흥!"

에르파라스의 몸에서 또 한 번 에너지 폭풍이 터졌다. 리오를 밀어내기 위함이었다. 충격파 때문에 리오의 망토 앞자락이 펑 소리를 내며 터져 나갔다.

"어림없다!"

뒤로 날아간 망토와는 달리 리오는 충격을 파라그레이드의 넓은 검신으로 받아 내며 디바이너의 일격을 날렸다. 그 혼신의 일격은 적중했지만 계속 뿜어지는 충격파에 밀려 큰 상처를 입히지는 못했다.

그래도 소득은 컸다. 일격의 여파로 에르파라스의 날개 중 하나가 떨어져 나간 것이다.

"윽!"

한쪽 날개를 잃은 에르파라스는 순간 중심을 잃고 휘청댔다. 두 개의 추진기 중 하나가 날아가 버리고 균형을 잃은 상대를 리오는 놔주지 않았다.

"하아앗!"

두 개의 검을 한데 모아 쥔 리오는 에르파라스의 허리에 통렬한 일격을 날렸다. 배리어를 미처 전개하지 못한 에르파라스의 허리

장갑은 크게 뭉그러졌다. 충격을 받은 에르파라스의 머리, 즉 리리스의 투구 밑에서는 흑색의 피가 뿜어졌다.

"큭, 이대로 당하진 않는다!"

에르파라스는 강하게 팔을 휘둘렀지만 완전히 중심을 잃은 그녀의 공격은 소득이 없었다. 리오는 재차 공격을 날렸고, 또 한 번의 타격을 받은 에르파라스는 포탄처럼 해면을 향해 떨어졌다.

완전한 기회를 만든 리오는 검 두 개를 옆으로 던졌다. 리오의 힘을 받은 검들은 위성처럼 주인의 주위를 빙빙 돌기 시작했다.

리오는 양손과 검에 마력을 집중했다. 손과 검에 떠오른 대형 마법진의 형상을 본 바이론의 얼굴에 일순간 광기가 불끈댔다.

"크크크큭, 마법검의 제2경지라 불리는 '플레어 커넥션'이군. 너도 3주 동안 놀진 않았구나, 리오 스나이퍼."

일명 3중주살(三重呪殺)이라 불리는 플레어 커넥션. 그것은 사용자의 양손과 검에 각각 플레어의 마법을 사용하는 것으로, 마력과 기력만으로 검 스스로가 마법을 쓰는 것처럼 만드는 최고급 기술이었다. 더욱이 리오는 검을 한 자루 더 사용하기 때문에 차원을 한층 더 높인 4중주살을 사용할 수 있었다.

"지하드가 나올 줄 알았습니다만."

리오의 지하드를 화면과 소문으로만 접했던 하인켈은 궁극의 파괴술이라 불리는 그 기술을 보지 못해 내심 아쉬운 표정을 지었다.

"죽이면 안 되지 않소. 그리고 다음을 대비하려는 것 같소."

프레데릭의 목소리에 아직 힘이 실려 있지 않았다. 갑옷에 장치된 회복기를 통해 최대한 빨리 몸을 회복시키고 있는 그는 치료를 계속하기 위해 몸을 숙였다.

하인켈이 물었다.

"다음이라면……?"

"저길 보면 알 것 아닌가."

언제인지 모르게 의식을 회복한 다르칸이 손으로 저편을 가리켰다. 그곳에는 사바신과 레디, 지크, 그리고 프루레디가 라이세네프를 앞세우고 이쪽으로 다가오고 있었다.

"가랏!"

일갈과 함께 네 개의 마법진에서 플레어의 붉은 섬광이 뿜어졌다. 안전주문이 2단계나 해제된 만큼 그 위력이 더해, 에르파라스를 머금은 뒤에도 폭발하지 않고 바닷속으로 빨려 들어갔다.

순백색의 섬이 떠오르듯, 거대한 빛 덩이가 파도를 밀며 올라왔다. 수면을 찢은 폭발은 바다를 밀어내는 것으로 모자라 공중까지 치솟으며 대기를 뒤흔들었다.

폭발이 끝난 후 플레어가 꽂혔던 지점에는 작은 소용돌이가 생겼다. 플레어 커넥션의 파괴력으로 인해 해저 지면에 깊은 구멍이 뚫린 것이다.

"끈질기군."

소모적 공격을 피한 리오의 얼굴에서 피로를 찾아볼 수 없었다. 하지만 그의 눈에 들어온 에르파라스는 상당한 짜증을 불러일으키고 있었다.

리오와 바다의 중간 정도에 위치한 에르파라스의 모습은 처참할 정도였다. 왼쪽의 장갑은 대부분은 말끔히 날아가 리리스의 몸을 드러내고 있었고, 다른 부분들 역시 처음과 같은 움직임이나 파괴력을 기대하기 힘들 정도로 뭉개지거나 깨져 있었다.

이 상태로는 전투를 치르기 어렵다는 것을 아는 리리스는 에르파라스를 깨끗이 벗어 던졌다.

"이대로 끝나진 않는다! 그 어떤 상황이 온다 해도 난 순수의 결정체에게 불어넣은 내 저주를 풀지 않는다! 하아아아앗!"

리리스는 온 힘을 짜내어 모습을 바꾸기 시작했다. 예전에 휀과 싸울 때처럼 자신의 진짜 모습을 드러내려 하는 것이었다.

"이거 더 짜증이 나는데."

리오는 지하드를 써야 할까 생각하며 머리를 긁적였다. 그러나 그가 고민하는 사이 다음 타자가 리오를 지나 리리스에게로 향했다.

바이론이었다.

"크하하핫! 죽는 거다!"

바이론은 사슬에 묶여 발버둥치다 풀려난 투우처럼 광소를 뿜으며 리리스에게 돌진했다. 그사이 모습을 완전히 바꾼 리리스는 그의 광기를 잠재우려는 듯 상어처럼 무수한 이빨이 박힌 입을 한껏 벌리고는 흑색의 요기 어린 광선을 뿜었다.

"죽는 것은 너다!"

그리 빠른 공격이 아니기에 모두는 바이론이 그 공격을 피할 줄 알았다. 그러나 바이론은 정면으로 그 광선을 받았다.

"아무리 검은 게 좋아도 그렇지. 그걸 몸으로 받으면 어떡해, 회색분자!"

이마에서 흐른 피로 얼굴의 절반이 피로 뒤덮인 지크는 갑자기 벌어진 의외의 상황에 경악했다. 휀을 제외한 모두가 놀라고 있는 가운데, 한없이 뿜어지는 그 검은 기둥 속에 갇힌 그는 온몸에 힘을 잔뜩 넣고 포효했다.

"크큭, 크크큭, 크하하하핫! 그래, 더욱 발버둥쳐라! 죽기 직전의 고통을 당하기 전에 발버둥이라도 쳐야 할 것 아니냐! 크하핫!"

바이론의 두 눈에서 황색 안광이 뿜어졌다. 그 빛은 밑에서 뿜어지는 광선의 압력에 의해 위로 솟구쳤다. 게다가 그의 이마에 떠오른 두 쌍의 검은 무늬도 두려울 정도의 빛을 발했다. 안광의 양 끝이 올려진 채 광소에 흐물대는 바이론의 그 모습은 광기의 마신처럼 보일 정도로 무시무시했다.

"운명의 시간이다!"

주인의 외침과 동시에 다크 팔시온의 칼막이에 박힌 이블아이의 눈이 부릅떠졌다. 그러자 다크 팔시온의 표면에 바이론의 팔뚝에 솟아오른 힘줄과 비슷한 모습의 핏줄들이 솟아올랐다.

온몸을 강압하는 압력과 통증의 힘을 받아 극한의 광기를 가지게 된 바이론은 이를 악문 채 다크 팔시온의 끝을 아래로 향했다. 최대의 힘이 발휘되고 있는 다크 팔시온 앞에 리리스의 광선은 순식간에 대나무처럼 중앙이 잘려 사방으로 흩어졌다.

바이론은 다시금 돌진했다. 리리스는 그를 막기 위해 안간힘을 썼지만 바이론의 광기와 다크 팔시온의 어둠 앞에 그녀의 노력은 무의미했다.

"크오오옷!"

결국 리리스의 머리에 다크 팔시온을 꽂은 바이론은 고함과 함께 왼손가락 전부를 상대의 피부에 박아 넣었다. 그러자 거대한 중력의 구체가 리리스를 집어삼키기 시작했다. 다크 팔시온의 중력 조절 기능을 최대로 사용하는 바이론의 기술, 데스티니가 발동된 것이다.

리리스의 육체는 비명조차 지르지 못한 채 구겨졌다. 그 처절한 모습에 레디와 사바신의 얼굴은 뭔가 안 좋은 것을 본 사람처럼 일그러졌다.

그녀를 머금은 중력의 공은 바이론의 키의 두 배 정도까지 압축됐다. 만족할 만한 결과를 얻은 바이론은 씩 웃으며 손가락으로 공의 표면에 주문을 써 내려갔다.

"크하핫! 이것이 데스티니의 결정판, 블랙잭이다!"

주문이 완성되자 공의 표면에 쓰여진 괴상한 문자들이 붉은빛을 발했다. 리리스의 압축 때보다 더 처참한 광경이 연출된 것은 그다음이었다.

중력의 공이 이번엔 압착되기 시작했다. 압착에 압착을 거듭한 공은 이내 카드와 같은 직사각형의 평면이 되었다.

그 평면 위에 평상시 리리스의 모습이 카드 속에 그려진 그림처럼 들어 있었다. 그 모습을 잠시 감상한 바이론은 광소를 터트리며 자신이 만든 평면에 난도질을 개시했다.

"울어라, 울부짖어라! 너에게 향한 나의 축복을 기쁘게 받아들이란 말이다!"

다크 팔시온의 육중한 날에 베인 카드는 물이 갈라지듯 잘렸다가도 금세 붙었다. 겉보기에는 별 효율이 없어 보였지만 그 박력만큼은 바이론의 이름값을 더럽히진 않았다.

"꺼져라! 크하하핫!"

바이론이 최후의 일격으로 카드의 중심을 찌르자 폭발과 함께 피투성이가 된 리리스의 육체가 카드 바깥으로 퉁겨 나갔다.

리리스는 곧장 중심을 잡았지만 의식을 잃지 않은 게 신기할 정도였다. 그녀의 상처에서 적지 않게 흘러나온 검은 피는 여전히 소용돌이치고 있는 바다 위로 비처럼 떨어졌다.

"으……헉!"

리리스는 스스로의 상처를 쉽사리 회복시키지 못할 정도였다.

그녀는 흐르는 피를 막으려고 손으로 몸을 감쌌지만 그 모습은 안타깝게만 보일 뿐이었다.

바이론은 비틀대는 리리스에게 다가갔다. 그녀의 안면을 자신의 두꺼운 손으로 잡아 쥔 그는 하얀 이를 드러내며 광소를 지었다.

"자, 어쩔 거냐. 내가 만드는 무대 위에서 계속 춤을 추겠느냐, 아니면 포기하겠느냐?"

리리스는 애써 미소를 지었다.

"쿠쿡, 포기? 설마 내가 포기할 걸 바라고 이런 쇼를 하지는 않았겠지? 너희는 알고 있어. 왜 주신을 비롯한 최상급 신들이 순수의 결정체를 조기에 제거하려 했는지 말이야. 내가 포기한다 해도 순수의 결정체는 깨어난다. 일단 한 번 각성한 순수의 결정체는 반드시 깨어나게 되어 있단 말이다! 알면서 내게 포기를 원하는 건 뭐냐! 깨끗이 죽여라!"

바이론은 웃으며 손에 힘을 넣었다. 그녀의 턱뼈가 소리를 내기 직전까지 힘을 넣은 그는 실소를 터트렸다.

"차이가 있거든."

"뭐?"

"크큭, 어렵사리 알아낸 차이가 있었다. 외부의 힘에 의해 강제로 각성당해 시한폭탄이 된 순수의 결정체와 스스로 보유자의 신체를 버리고 각성한 순수의 결정체는 질적으로 다르다는 사실이다."

"……"

"너도 알다시피 넌 리오 녀석이 지하드 대신 플레어 커넥션을 쓴 시점에서 이미 죽었어야 한다. 여기 있는 자들의 최종 목적은 순수의 결정체를 소거하는 것이기에 우리가 너를 살려 둔 것은 조금이나마 그 작업을 쉽게 하려 한 것 때문이다."

"……!"

"크크큭, 포기하지 않는다면 할 수 없지. 네 오랜 목숨은…… 여기서 끝이다!"

그때 순간, 강한 기운이 바이론의 손과 몸을 리리스에게서 떨어뜨렸다. 갑작스러운 상황에 바이론은 급히 다크 팔시온을 고쳐 잡았다.

바이론을 밀어내고 리리스를 감싸 안은 사탄은 미안하다는 듯 고개를 저었다.

"이제 그만하게. 그녀는 죄가 없어. 죄가 있다면 날 사랑했다는 것뿐일세."

바이론은 묵묵히 그를 바라봤다.

사탄은 장갑을 벗은 손으로 리리스의 몸에 하얀 빛을 뿌려 주었다. 그러자 그녀의 몸에 난 상처가 씻은 듯이 사라졌다.

"사탄 님."

바이론에게 잡혔을 때까지만 해도 악에 받혀 있던 리리스의 얼굴은 이내 평온을 되찾았다.

사탄은 리리스의 아이스블루 머리를 만져 주며 조용히 말했다.

"혼자라고 생각하지 말라고 말했잖나, 리리스. 자신을 외롭게 만드는 것은 자신이야. 넌 원래 착한 인간이었지 않나. 더 이상 자신을 해하지 말고 원래의 순수한 마음을 되찾거라."

"사탄 님, 하지만 저는……."

"잊어버리렴. 이 모든 것은 너를 이렇게까지 몰아간 내 책임이야."

"……."

리리스는 조용히 사탄의 가슴에 얼굴을 묻었다.

그러나 그 모습을 쉽게 허용하지 않는 남자가 있었다.

"죄가 없다고? 소시지 방귀 뀌는 소리 하지도 마!"

사탄과 리리스는 상처투성이가 된 채 바이론 옆에 서 있는 지크를 돌아봤다.

흥분할 대로 흥분한 지크는 주먹을 불끈 쥔 채 고래고래 소리쳤다.

"아마겟돈인가 하는 전쟁에서 당신이 핍박받는 악마를 구했든 어쨌든 난 몰라! 중요한 건 지금이잖아! 당신이 안고 있는 그 죄 없는 여자가 간접이든 직접이든 지금까지 죽이고 괴롭힌 사람이 얼마나 많은지 알아? 그 하얀 공주님의 부모를 비롯해 악마들과 야만족에게 10년 동안 죽음을 당한 모든 사람들의 인생은 어찌 되는 거야? 허무하잖아! 저 여자 때문에 이 세상을 착하게든 악독하게든 일단 별 간섭 없이 살아가야 할 모든 사람들이 억지로 피를 토하고 죽었다는 것을 당신도 알잖아!"

"닥쳐라!"

리리스의 얼굴에 금세 살기가 돌았다. 하지만 사탄은 묵묵부답이었다.

"닥치긴 뭘 닥쳐! 자기가 일을 이렇게 만들어 놨으니 우리가 여기 와서 일하게 된 거 아니냐고 따질 거면 산에 처박혀 도나 닦아! 어차피 이 일 한다고 해서 우리가 주신 할아범에게 돈이나 직위를 받는 건 아니니 우리에겐 이런 일이 안 벌어지는 게 더 편해! 말이 좋아서 이런 일을 통해 인연을 쌓고 추억을 만든다지만 그게 늘 좋은 줄만 알아? 우리가 짝짜꿍 하고 추억을 쌓는 동안 우리가 모르는 곳에서는 많은 사람들이 죽어! 사탄, 당신 생각대로 그 로맨틱한 아가씨를 설득한 후 아무 일 없던 것처럼 끝내게 내버려 두진 않아. 끝내고 싶으면 지금까지 죽어간 모든 사람들을 살려 내고 끝내! 고통 받은 사람들도 제자리에 돌려 놓고!"

지크의 독설에 사탄은 고개를 숙일 뿐이었다.

"멍청이."

휀은 정신이 아뜩한 듯 이마를 감쌌다.

원래 그의 계획은 리리스를 반쯤 죽여 놓고 사탄이 그녀를 설득한 직후에 그녀의 목을 자르는 것이었다.

그는 사탄이 리리스를 죽게 내버려 두진 않을 거란 사실을 잘 알고 있었다. 그것은 사탄이 이번 일의 표면에 나타난 직후부터 예상한 일이었다.

하지만 그의 계획은 약간의 수정이 불가피하게 됐다. 바로 지크 때문이었다.

지금 터진 지크의 독설은 사탄을 궁지로 몰아넣기에 충분했다. 그렇게 되면 사탄은 이번 일의 책임을 지겠다며 적극적으로 나설 것이고, 결국 리리스의 목을 칠 기회를 잃어버리게 되는 것이다.

'사탄도 제거할까.'

그러나 그렇게 되면 악신계와의 전면전을 피할 수 없다. 평소대로 냉정하게 상황을 판단한 휀은 일단 사탄이 리리스를 설득할 때까지 기다리자고 생각하며 손을 주머니 속에 넣었다.

고개를 든 사탄은 지크를 바라봤다.

"미안하다. 하지만 어쩔 수 없구나. 내가 비록 악마왕이란 이름을 달고 있지만 세월을 돌려 놓을 힘도, 틀어진 인간의 운명을 바로잡을 힘도 가지고 있지 못하다. 게다가 내가 이 세계에 직접 힘을 쓰게 된다면 선신계에서 트집을 잡을 것이 뻔하고, 자칫 잘못하다간 선신계와 악신계의 대전이 벌어져 이 세계 사람들의 피해가더 커질지도 모른다. 나와 리리스를 용서하지 못하는 마음은 이해한다. 하지만 이후의 희생이 없도록 일을 여기서 마무리하는 것으로 자네들의 분노를 참아 주길 바란다."

그러나 지크의 부릅뜬 눈은 꺼지지 않았다.

잠시 후, 바이론의 두꺼운 손이 그의 어깨를 감싸자 지크는 결국 분통의 한숨으로 터트렸다.

"젠장, 마음대로 해! 하지만 이것만은 알아 둬!"

그는 재킷의 어깨에 박힌 디아블로의 문장을 손가락으로 거칠게 찍으며 소리쳤다.

"당신은 이 디아블로 아저씨보다 백배 못한 존재야! 왜냐고? 나 같은 녀석을 가르칠 만한 면이 하나도 없었으니까!"

사탄은 쓸쓸히 고개를 저었다.

"자, 리리스. 이제 이번 일을 마무리 짓자꾸나. 내가 지은 죄가 커서 너무나도 가슴이 아프구나."

"예, 사탄 님."

지크의 말을 들었는지는 알 수 없지만 리리스는 웃으며 자신의 왼손 약지 끝을 살짝 물어뜯었다.

거기서 나온 피는 흐르지 않고 공중에서 마법진을 이뤘다. 리리스가 눈을 감고 주문을 외우자 그 마법진은 먼지로 화해 어디론가 사라졌다.

"자, 저주는 풀렸습니다, 사탄 님."

사탄은 애써 미소 지었다.

"끝난 겁니까?"

실버 문의 모니터를 통해 밖의 상황을 보던 크리스토퍼가 조심스레 피엘에게 물었다.

피엘은 대답할 겨를도 없이 클라리스를 영적으로 진찰했다. 리리스의 행동에 거짓이 없었는지 클라리스 안에 숨어 있던 리리스의 저주는 말끔히 사라졌다.

피엘은 안도의 한숨을 쉬며 크리스토퍼와 폴카를 돌아봤다.

"공주님은 이제 자유이십니다. 남은 것은……."

그때 유리잔이 떨어진 것 같은 소리가 피엘의 발밑에서 들렸다.

조종실에 있던 셋은 소리가 난 쪽으로 시선을 돌렸다. 그곳에는 빛을 발하고 있는 하얀색 구체가 떨어져 있었다.

그것은 10년 전 휀이 클라리스에게 만들어 준 클라리스 자신의 염체였다.

빛을 잃은 구체는 유리구슬처럼 투명해지더니 이내 소리를 내며 갈라졌다.

그러자 클라리스의 몸에서 하얀 연기가 피어 오르기 시작했다. 연기가 날수록 클라리스의 머리와 눈썹은 차츰 검은색으로 변했다. 그녀의 피부도 보통의 여성보다 약간 뽀얀 정도가 되었다.

조종실의 천장을 가득 채운 연기는 곧 특정한 형상을 갖췄다. 하얀색 헝겊으로 덮인 인형 같은 인간의 모습을 이룬 연기는 피엘과 크리스토퍼, 폴카에게 시선을 돌렸다.

"감히 날 소거하겠다는 것이냐. 신의 졸개와 하찮은 생물들이여."

피엘은 말을 잇고 입을 벌렸다. 크리스토퍼와 폴카도 마찬가지였다.

연기의 눈 부위에 마치 눈처럼 검은 구멍이 뚫렸다. 그 구멍에서 음산한 선홍빛이 흘렀다. 연기는 주먹을 불끈 쥐며 외쳤다.

"나, 의지를 가진 정신의 궁극체. 나, 신을 만들 수도, 소멸할 수도 있는 힘의 원천. 나는 복수하리, 나를 소거하려 한 모든 존재들에게. 나는 살아 있다. 그것을 증명하리."

연기의 인간이 손을 뻗음과 동시에 피엘은 자신의 앞쪽으로 온 힘을 집중했다. 그녀를 비롯한 셋의 눈앞이 하얗게 되었다.

무서울 정도의 폭발이 실버 문의 상층부에서 일어나자 사탄을 비롯한 모두의 시선이 그쪽으로 향했다.

"뭐야, 또?"

지크는 당황한 표정을 지은 채 모두를 돌아봤다. 하지만 대답할 만큼 정신이 제대로 박힌 사람은 아무도 없었다. 휀도, 바이론도, 하인켈도 마찬가지였다.

"최악의 사태군."

광소를 잃은 바이론의 목소리는 그 어느 때보다 무거웠다.

조종실을 잃은 실버 문은 힘없이 아래로 떨어졌다. 그 모습을 바라보는 모두의 앞에 홀연히 뭔가가 나타났다. 그 흰 연기와 같은 존재의 품에는 정상인으로 변한 클라리스가 있었다.

바로 피엘을 비롯한 셋을 어디론가 날린 그 연기 인간이었다.

그는 검게 뚫린 눈으로 모두를 돌아보며 물었다.

"너희가 나를 소거하려 한 존재들인가."

그 말을 들은 지크는 사태를 파악한 듯 침을 삼켰다.

"저게 순수의 결정체야?"

그의 떨리는 질문에 바이론이 고개를 끄덕였다.

"의지를 갖춘 무한의 에너지 결정체…… 네가 말한 대로 저 하얀 녀석은 순수의 결정체다."

모두 잔뜩 긴장했다. 누구 하나 할 것 없이 자신의 무기를 잡고 앞으로 닥칠 전투에 준비했다. 그러자 라이세네프가 일행의 앞에 떠오르며 외쳤다.

"잠깐! 전의를 드러내지 마라!"

그러나 상황은 이미 늦었다. 연기 인간, 아니 순수의 결정체가 손을 뻗자 모두의 눈앞은 하얗게 탈색되었다.

"크아악!"

무기를 잡았던 모두, 가즈 나이트 전원을 비롯해 하인켈과 프루레디, 다르칸의 몸이 피를 뿜으며 사방으로 튀어 나갔다.

리오와 지크, 슈렌, 하인켈은 엘살바도르의 선체까지 날아가 표면에 처박혔다. 바이론과 휀은 해면과 상공으로 각기 날아갔고 다르칸과 프루레디, 사바신과 레디는 추락하고 있는 실버 문에 내리꽂혔다.

"커헉……!"

입과 코, 그리고 귀에서 한꺼번에 피를 흘린 리오는 까마득한 의식을 바로잡기 위해 최선을 다했다.

그는 차라리 나은 편이었다. 지크와 슈렌 등은 이미 의식을 잃은 뒤였다.

해면 위로 두둥실 떠오른 바이론은 멍한 눈으로 순수의 결정체를 바라봤다.

이토록 엉망이 된 게 얼마 만이었던가. 그는 몸을 제대로 추스를 수 없게 되어 버린 지금의 상황이 허무한 듯 허탈한 미소를 지었다.

"크큭, 리리스가 저주를 포기하는 순간 위기의식을 가지고 깨어나다니…… 꽤나 귀찮구나, 순수의 결정체. 크큭, 크크크큭……."

한껏 치솟았던 휀은 즉시 자세를 바로 했다. 하지만 다른 이들과 마찬가지로 그의 코트와 몸은 이미 넝마가 되어 있었다.

"컥!"

그의 입에서 핏덩이가 쏟아졌다. 하얀 장갑과 코트 위를 물들인 피는 바람에 날려 아래로 떨어졌다.

"계산 착오인가."

그 외의 말은 없었다. 그러나 그의 두뇌는 사력을 다해 해결책을 찾기 시작했다.

제자리에 있는 것은 전의를 띠지 않은 프레데릭과 라이세네프, 사탄, 리리스뿐이었다. 그들은 여전히 전의를 감추고 있었지만 함부로 움직이는 사람은 아무도 없었다.

"나를 일깨우고 이용하려 한 자가 너인가."

순수의 결정체가 리리스에게 눈을 돌렸다.

"잠깐! 진정하고 내 말을 들어라, 순수의 결정체여!"

사탄은 급히 그녀를 가로막았다. 그러나 순수의 결정체가 가진 힘은 사탄이 생각하는 것 이상이었다.

순수의 결정체가 뻗은 손이 길게 늘어나 사탄의 가슴으로 향했다. 막을 수 없는 광속의 공격이었기에 사탄의 가슴은 연기와 같은 그 손에 관통되었다.

그러나 사탄은 부상 하나 입지 않았다. 당한 것은 그의 등 뒤에 있던 리리스였다.

"캬아악!"

리리스의 찢어지는 듯한 비명이 공중에 울려 퍼졌다.

단번에 산산조각 난 리리스의 육체는 더 이상 그녀 자신이 가진 재생 기능이나 사탄의 회복술이 통하지 않았다. 그저 산산조각 난 악마의 육체일 뿐이었다.

"리리스!"

사탄은 그녀를 구하기 위해 손을 뻗었지만 리리스의 육체 조각은 눈처럼 하얗게 변해 공기 중에 흩날렸다.

리리스의 허무한 최후에 사탄은 힘이 빠진 듯 허망한 표정을 지었다. 라이세네프와 프레데릭 역시 갑작스레 터진 지금의 상황에 얼마간 말을 하지 못했다.

"이제 어떻게 되는 것입니까, 라이세네프 경?"

프레데릭이 묻자, 라이세네프는 간단히 대답했다.

"파멸이지, 이 차원계의……."

라이세네프의 말을 현실로 바꾸려는 듯 순수의 결정체는 팔을 하늘로 뻗었다.

유리로 된 천장에 담배 연기가 닿아 퍼지듯, 늘어난 그의 팔은 하늘의 어느 한구석에 닿자마자 사방으로 퍼져 나갔다.

아무도 그것을 막지 못했다. 라이세네프도, 프레데릭도, 그리고 악마왕 사탄도.

아이의 모습을 한 유로는 등에 작은 가방을 메고 있었다. 아버지 아스타로트가 있는 악마계로 돌아가기 전에 인간계의 먹거리를 좀 챙겨 가려는 것이었다.

그녀는 에스토드의 여관방 안에 묵묵히 서 있었다. 귀에 들리는 것은 아란이 옷을 챙기는 소리와 유로 자신의 입속에서 사탕을 굴리는 소리뿐이었다.

에스토드의 거리는 고요했다. 평상시처럼 눈이 내리기도 했지만 오늘은 대륙통일의 날이라 하여 에스토드의 기념일 중 건국일 다음으로 가장 큰 공휴일이었다.

건국일의 시끌벅적한 기념행사와는 달리 대륙통일의 날은 집에서 경건히 쉬어야 했다. 기본적인 물품을 파는 시장의 몇몇 상점 말고는 왕궁까지 쉬는 것이 예의이자 철칙이었기에 오늘 에스토드는 모두가 잠자는 이른 새벽보다 고요했다.

동료들이 부탁한 새 옷을 주문대로 갖춘 아란은 유로가 들어가고도 남을 만큼의 큰 가방을 애써 닫았다. 준비를 끝낸 그녀는 싱긋 웃으며 유로를 바라봤다.

"기다리셨죠, 공주님? 자, 이제 출발하죠."

유로는 고개를 끄덕였다.

유로와 아란에게 내려진 순수의 결정체 보유자의 암살 임무는 공식적으로 실패였다.

하지만 그들에게 처벌이 내려지지 않았다. 하데스, 아스타로트 모두 가즈 나이트 전원에 전직 악마대공, 아네라의 지르콘 나이트까지 껴 있는 초경호대를 억지로라도 뚫으라고 지시할 만큼 어리석은 자는 아니었다.

아란과 손을 잡은 유로는 그녀와 함께 방을 나갔다. 눈이 펄펄 내리는 거리로 나선 그녀는 문득 뭔가 생각났는지 입안의 사탕을 빼고 아란에게 물었다.

"안 보고 가도 돼? 리오 말이야."

"예?"

"그를 보러 온 것 아니었어? 이 세계에 온 목적의 절반은."

"아, 아닙니다, 공주님."

실제로는 대부분이었다.

그녀는 이쪽으로 출발하기 전부터 아스타로트나 하데스의 생각대로 쉽게 순수의 결정체를 제거할 수 없을 거라고 생각했다. 그랬기에 그녀가 이 세계에 온 이유는 리오를 다시 보기 위해서라고 해도 과언이 아니었다.

"가자."

다시 사탕을 문 유로는 길을 재촉하듯 아란의 손을 잡아당겼다.

짧게 한숨을 지은 아란은 다시금 발걸음을 옮겼다.

순간 유로의 작은 어깨가 움찔했다. 그것은 아란도 마찬가지였다.
둘은 약속이라도 한 듯 하늘을 바라봤다.

"저것은……!"

아란은 눈앞에 벌어진 상황에 입을 다물지 못했다. 저편에서 밀려온 하얀 대기가 에스토드 상공의 회색 구름을 멀찌감치 밀어내고 있는 모습에 문득 거리를 지나가던 사람들도 경악했다.

"공주님, 이게 어떻게 된 일이죠?"

"최악이야."

사탕을 빼서 쌓인 눈 위에 던진 유로는 벚꽃의 회오리 속에 잠겼다. 성장한 모습으로 변한 그녀는 등에 진 과자 가방을 손에 들고 떨 채비를 갖췄다.

"모두 위험해. 어서 가자."

"예? 자, 잠시만요, 공주님!"

그러나 유로는 더 이상 대답하지 않고 하얀 대기가 밀려오는 쪽을 향해 바람처럼 뛰기 시작했다. 결국 아란도 옷 가방을 골목 구석에 던져 넣은 후 유로를 따라갔다.

가이라스 왕국의 사정도 마찬가지였다.

"뭐야, 이건?"

길트는 넋을 잃고 하늘을 바라봤다.

재정비된 가이라스의 정규군과 막스 블레이크가 이끄는 템플러 그리고 의용군과 함께 수도로 진격하던 그는 하늘의 사태를 그냥 지나칠 수 없었다.

길트뿐만 아니라 모든 가이라스 병사들도 마찬가지로 하늘을 바라봤다. 어디선가 밀려온 새하얀 대기에 모든 구름이 사라지고 하늘이 뒤덮인 지금의 모습은 분명 신의 축복 아니면 저주, 둘 중 하나였다.

"블레이크 경, 이게 도대체 무슨 일입니까?"

길트를 옆에서 따르고 있던 블레이크는 다른 것은 다 대답해 줄 수 있어도 지금은 대답할 수 없었다.

"저야말로 여쭙고 싶습니다, 전하."

지크 일행이 이 세계의 일을 정리한다며 떠난 지 거의 한 달이 되었다. 그것을 감안할 때 지금의 초자연적 상황은 분명 이 세계의 존망이 걸린 최후의 승부가 지금 벌어지고 있는 것이었다.

'사부들, 괜찮으신 겁니까?'

길트는 걱정스러운 표정을 지었다.

그는 곧 손을 들어 전군의 진격을 멈췄다. 어찌 됐건 혼란이 벌어질 수 있는 상황에서 군대를 함부로 움직이는 것은 무모한 일이었다.

길트가 온몸의 털을 곤두세운 채 떨고 있는 랜시를 발견한 것은 하늘에서 시선을 뗀 직후였다.

"래, 랜시! 왜 그래!"

랜시는 말의 등과 목 위에 풀썩 쓰러졌다. 그녀는 마치 간질에 걸린 환자처럼 경련을 일으켰으나 의식은 말짱했는지 힘겹게 대답했다.

"위, 위험해요, 자기. 무서운 힘…… 지금까지 만난 그 어떤 것보다 무서운 존재가 자신의 힘으로 이 세계 전체를 감싸고 있어요, 자기."

"무서운 존재?"

문득 길트의 머리를 스치고 지나가는 것이 있었다. 리오, 지크, 사바신 등이 수도 없이 말했던 순수의 결정체.

그 말을 떠올리고 있는 사람이 말스 왕국에도 있었다.

원래 밤이었던 말스 왕국의 하늘은 현재 대낮처럼 하얗게 빛나고 있었다. 집의 창문을 통해 하얗게 변한 하늘을 목격한 마르티네즈와 실루엣은 꿀 먹은 벙어리처럼 한참 동안 입을 다물고 있었다.

"마리, 저거 혹시⋯⋯."

실루엣이 입을 열자 마르티네즈가 고개를 끄덕였다.

"그래, 시작된 거야. 진정한 최후의 싸움이 시작된 거야."

그 백색 하늘의 공포를 그녀들뿐만 아니라 전 세계의 모든 생명체들이 느끼고 있었다. 어떤 상황인지 모르는 사람들은 각자가 믿는 신들에게 열심히 기도를 올렸고, 들판과 숲에 나와 있던 동물들은 쏜살같이 자신들의 보금자리로 돌아갔다.

전 세계에 닥친 존폐의 위기 앞에 모두가 할 수 있는 일은 안타깝게도 아무것도 없었다.

'당한 건가?'

리오는 거친 숨을 몰아쉬며 자신의 몸을 살펴봤다. 강도를 측정할 수 없을 정도로 딱딱한 물질에 수백 번은 얻어맞은 듯한 통증과 피로, 그리고 상처가 자신의 몸을 뒤덮고 있었다.

'단 일격에 이토록 엉망이 됐단 말인가? 나뿐만 아니라 무기를 들었던 모두가?'

흐릿한 정신을 겨우 바로잡은 그는 서둘러 동료들을 찾았다.

지크와 슈렌 등은 의식을 완전히 잃은 상태였다. 레디는 말할 것도 없고, 맷집 좋기로 소문난 사바신도 마찬가지였다.

공격을 받은 동료 중 의식이 있는 자는 리오와 바이론, 훼인, 하인켈뿐이었다. 그 넷의 공통점은 순수의 결정체로부터 공격을 받는 순간 무의식적으로 방어를 했다는 점이었다.

"괜찮으십니까, 리오 님?"

하인켈의 힘없는 목소리가 리오의 위에서 들렸다.

리오는 힘없이 미소 지었다.

"어찌어찌 무사한 것 같습니다만…… 차라리 기절하는 게 나을지 모르겠습니다. 이거 영 불편한데요?"

리오는 쿠션처럼 움푹 들어간 엘살바도르의 선체에서 몸을 일으켰다.

"어떻게 공격을 받은 건지 아시겠습니까?"

리오가 물었다.

"공격 자체가 빠른 것인지 아니면 시간을 초월한 공격인지는 잘 모르겠습니다. 순식간에 당했다는 것 하나만 알겠군요."

둘은 살기를 최대한 숨긴 채 각자의 무기를 잡았다.

잠시 후 훼인이 그들이 있는 쪽으로 내려왔다.

"최상위신급의 공격이다. 막지 못한 것도 무리가 아니다."

이어서 바이론도 올라왔다.

"우리가 리리스처럼 먼지가 안 된 것이 이상할 정도다. 이유는 어렴풋이 알 것 같지만…… 크큭, 어쨌든 지저분하다는 것은 인정해야겠군."

모두 넝마가 된 몸을 이끌고 라이세네프와 프레데릭, 사탄 등이 있는 곳으로 향했다.

사탄은 눈을 감은 채 아무 말도 하지 않았다. 자신의 눈앞에서 리리스가 허무하게 사라지기도 했지만, 사실은 그 역시 지금의 사태를 어떻게 처리해야 할까 고민하고 있었다.

"힘의 수준을 가늠하실 수 있겠습니까?"

사탄이 라이세네프에게 물었다.

원래 신이었던 라이세네프는 긍정적으로 빛을 반짝였다.

"예전의 나보다 강해. 하데스 님과 동급이네."

신계혁명이 일어나기 전부터 명계를 다스린 신으로 유명한 하데스는 생물뿐만 아니라 육체가 파멸되어 명계로 흘러 들어온 신의 영혼도 관리해야 했다.

생물의 영혼과 신의 영혼은 육체를 가지고 있을 때만큼이나 큰 차이점이 있었다. 생물의 영혼은 영혼 자체의 의지가 강하지 않는 한 절대적 힘을 가지지 못하지만, 신의 영혼은 육체가 있을 때나 없을 때나 강력한 힘을 발휘할 수 있기에 명계로 흘러온 신의 영혼이 발악이라도 하게 된다면 큰 문제였다.

그러나 신의 영혼 때문에 명계에서 소동이 벌어진 적은 한 번도 없었다. 그것은 주신을 포함한 모든 최상급 신들이 인정하는 하데스의 절대적 통제력에 의한 것이었다.

그런 하데스와 동급의 힘을 가졌다는 말은 엄청난 무게를 지니고 있었다.

"그렇다면 방법이 없다는 말씀이십니까?"

프레데릭이 묻자 라이세네프가 몸을 빙그르르 돌렸다.

"아직 지원군이 하나 더 남아 있네."

"예?"

그때 엄청난 수준의 에너지가 비행선단 쪽에서 집중되는 것이 모두에게 느껴졌다. 순수의 결정체 역시 그 에너지에 신경이 쓰인 듯 계란 껍질처럼 생긴 장벽을 자신의 앞에 쌓았다.

그 에너지의 느낌에 익숙한 리오는 이제 무엇이 날아올지 충분히 알고 있었다.

"피하는 게 좋겠지?"

라이세네프가 말했다. 그러자 리오가 무슨 소리냐는 듯 표정을 구겼다.

"예? 하지만 클라리스 공주는 어떻게 합니까?"

"날 믿고 물러서. 내 예상이 맞다면 클라리스 공주를 무사히 구해 내는 것은 물론이고 순수의 결정체도 없앨 수 있다. 자, 온다!"

라이세네프의 말이 떨어짐과 동시에 전원이 순수의 결정체로부터 물러났다.

마치 쌍안경처럼 중간이 붙은 두 개의 거대한 빛 덩이가 순수의 결정체와 클라리스를 집어삼켰다.

리오는 광선이 뿜어지고 있는 지점으로 시선을 돌렸다. 빛 때문에 잘 보이진 않았으나 어렴풋이 나타나기 시작한 그 거대한 모습은 서룡족의 성전, 드래고니스에서 떨어져 나온 브리간테스가 분명했다.

"역시 왔구나, 바이칼!"

그 기쁨도 잠시였다. 브리간테스의 듀얼 하이드로 레이저의 두꺼운 몸체가 거울에 반사된 빛처럼 굉음을 일으키며 위로 꺾여 올라가기 시작한 것이다.

"어, 어떻게 이런 일이."

크리스토퍼, 폴카와 함께 지크 등을 구출하느라 여념이 없던 피엘은 이 거짓말 같은 상황에 입을 다물지 못했다.

하지만 브리간테스는 아랑곳 않고 주포의 빛줄기를 거두지 않았다. 게다가 브리간테스의 위쪽에서 또 하나의 빛줄기가 순수의 결정체를 향해 뻗어 나갔다.

"용제인가!"

사탄의 탄성과 함께 살기를 띤 파란 빛줄기가 순수의 결정체에 내리꽂혔다. 그 순간의 충격은 순수의 결정체 주위의 바다를 깡그리 밀어 밑바닥이 드러날 정도였다. 그러나 안타깝게도 그 빛마저 꺾여 허공으로 날았다.

"저것마저 막아 내다니, 이건 괴물이란 말밖에 안 나오는군."

리오는 씁쓸히 중얼댔다.

"아냐, 소득이 있다. 순수의 결정체를 유심히 보게."

라이세네프의 말에 따라 모두는 다시금 순수의 결정체를 쳐다보았다.

순수의 결정체는 하이드로 레이저와 기가 피니서 모두를 훌륭히 방어하고 있긴 했지만 조금씩 뒤로 밀리고 있었다. 힘이 힘이니 만큼 밀리는 건 당연했다. 만약 지금의 공격이 지면에 떨어졌다면 이 행성은 누구도 장담하지 못할 것이다.

그런 와중에 순수의 결정체는 안고 있는 클라리스를 지키기 위해 안간힘을 쓰고 있었다.

라이세네프가 말했다.

"순수의 결정체는 리리스를 단숨에 먼지로 만들 정도로 잔혹하고 저 막강한 이중 공격을 막아 낼 정도로 강하네. 하지만 자네들을 먼지로 만들지 않은 것은 물론 클라리스를 보호하고 있기까지 하네. 이렇게 설명하면 간단하겠군. 자네들은 클라리스 공주의 부모를 죽인 자가 누구인지 잘 알 것일세. 얘길 들어 보니 공주가 부모의 마지막 모습을 직접 보았다더군. 이렇게 얘기해 주면 지크나 사바신이 아닌 이상 헛소리는 안 하겠지."

라이세네프의 말에 휀의 눈썹이 꿈틀댔다.

"순수의 결정체가…… 클라리스 공주라는 말입니까?"

"정확히 클라리스의 염체지. 분신과도 같은 거야."

"……."

"순수의 결정체는 리리스가 자신에게 건 각성의 저주를 품과 동시에 자신의 소거에 대한 두려움을 느꼈을 걸세. 그건 본능적으로 누구나 싫어하는 것이지. 그래서 자신을 실체화하기 위해 애썼는데, 그것을 위해 자신의 의식으로 선택한 것이 바로 클라리스 공주의 의식이었던 거야."

그다음은 휀이 마무리했다.

"하지만 대신 흡수한 것이 제가 만든 클라리스 공주의 염체였다는 말입니까?"

"그래. 불행 중 다행이지. 어쨌거나 빨리 끝내세. 휀 자네는 레퀴엠을 준비하고 리오 자네는 나를 잡게."

라이세네프에게 지목된 리오와 휀은 잠시 서로를 바라봤다. 갑자기 무슨 소리인가.

하지만 라이세네프는 그들에게 생각할 시간을 주지 않았다.

"어서! 저 전함과 용제 전하의 공격이 영원히 지속되진 않을 걸세! 어서 날 잡게나, 리오 스나이퍼!"

리오는 고개를 갸웃대면서도 즉시 라이세네프의 손잡이를 잡았다.

"후욱!"

순간 라이세네프가 빛을 발하며 거대한 기운을 리오의 몸속에 불어넣었다. 그가 길트의 몸을 잠시 강하게 만들었을 때와 같은 것이었다.

"좋아, 역시 몸이 좋군, 리오. 보통 인간인 길트는 내 힘의 1천 분의 1밖에 받아들이지 못했지만 자네는 그런 걱정을 할 필요가 없어 다행이네. 자, 내 힘은 이제 자네에게 있네. 나를 어서 순수의 결정체에게 꽂게!"

리오의 의아함은 더했다.

"예? 하지만 그런다고 해서 순수의 결정체가 제거될 리 없지 않습니까?"

"자네 말대로 내가 순수의 결정체를 소거할 수는 없어. 단지 난 소거할 사람을 도와줄 뿐이지."

리오는 무슨 말인지 도통 알 수 없었다. 그러나 급하다는 것은 그도 알기에 리오는 라이세네프를 더욱 단단히 거머쥐고 순수의 결정체를 향해 돌진했다.

라이세네프의 행동은 휀이나 바이론도 이해할 수 없는 것이었다. 그의 본심을 아는 사람은 단 하나, 사탄뿐이었다.

'모두에게 있어서 소중하기도 하고 그렇지 않기도 한 존재…….
저에겐 이제 소중한 사람을 잃는 순간이 닥쳐오겠군요.'

지그시 눈을 감은 사탄은 휀의 몸을 향해 날갯짓을 했다. 그의 날개에서 뿌려진 빛은 다른 사람에게도 그랬던 것처럼 휀의 상처를 치료하고 몸에 생기를 불어넣었다.

사탄의 행동에 휀은 그쪽으로 고개를 돌렸다.

"도움 주실 필요 없습니다."

그의 쌀쌀맞은 말에 사탄은 슬쩍 미소를 지었다.

"자네를 돕는 게 아닐세. 그분을 더 멋지게 보내 드리고 싶어서 일세."

"……?"

"자네 에릭튜드 가지고 있지? 그 검을 플렉시온의 하단에 대게."

휀은 그의 말대로 빛의 날이 생기지 않은 에릭튜드의 끝을 플렉시온의 손잡이 아래에 댔다. 그러자 무수한 백색 전선들이 에릭튜드에서 뿜어졌고, 전선들은 나무가 뿌리를 박듯 플렉시온의 검막과 손잡이, 그리고 검신 속에 파고들었다.

뭔가 기동되는 듯한 맑은 소리와 함께 플렉시온의 검신은 전에 없이 빛을 발했다. 결과에 만족한 사탄은 날갯짓을 접고 말했다.

"역시 같은 빛의 검이라 그런지 궁합이 잘 맞는군. 알다시피 에릭튜드는 순수한 에너지의 검이네. 다른 검에게 붙어 자신의 에너지를 불어넣는 기능도 가지고 있지. 에릭튜드에게 에너지를 공급받는 지금의 플렉시온은 자네의 레퀴엠, 엠퍼러 스템프를 더욱 강력하게 만들어 줄 것이네."

휀은 성격대로 별다른 말을 하지는 않았지만 사탄의 행동을 이해할 수 없는지 그와 강화된 플렉시온을 번갈아 바라봤다.

라이세네프의 힘을 받은 리오는 붉은 유성이 되어 순수의 결정체를 향해 날아가고 있었다. 그리 빠르진 않았지만 힘이 있었기에 순수의 결정체는 어깨에서 또 다른 손을 뿜어내 리오에게로 향했다.

"크윽!"

또다시 보이지 않는 공격의 세례를 받은 리오는 마치 지하드를 자신이 맞는 것 같은 느낌에 멈출까도 생각했지만 라이세네프는 더욱 그를 재촉했다.

"멈추지 말게! 저 공격은 내가 다 받을 테니 자네는 찌르기만 해!"

리오는 도대체 무엇 때문에 라이세네프가 이토록 의지를 불태우는지 알 수 없었다. 하지만 그의 말대로 멈출 수는 없었다. 이대로 멈췄다간 이 세계가 그대로 끝장날 것이 분명했다.

순수의 결정체가 하늘에 뿌린 것은 순수의 결정체가 가진 힘 그 자체였다. 그런 것이 폭발한다면 이 세계, 아니 행성 자체의 운명이 어찌 될지 불 보듯 뻔한 일이었다.

리오는 사력을 다해 전진했고 라이세네프 역시 온 힘을 다해 상대의 공격을 받아 냈다.

전진할수록 라이세네프에게 밀려오는 압력은 더욱 커졌다. 틱틱 소리와 함께 뭔가가 리오의 얼굴에 튀었다. 라이세네프에 금이 가기 시작한 것이다.

"라이세네프 경!"

"진정하고 계속 전진해!"

그러나 리오의 얼굴에 라이세네프의 조각이 점점 더 많이 튀었다. 검의 끝은 이제 뭉그러진 상태였다. 적색으로 화려하게 만들어진 검막 역시 고대 유적처럼 금이 가고 훼손되었다.

그래도 둘의 노력이 결실을 맺었는지 리오와 순수의 결정체는 거의 밀착되었다. 기회를 완전히 잡은 리오는 라이세네프로 순수의 결정체를 찌르기 위해 팔을 움직였다.

순간 쩡 소리가 하늘에 울려 퍼졌다.

"라, 라이세네프 경!"

리오는 두 동강이 난 라이세네프의 모습에 사색이 되었다. 그러나 라이세네프는 그 붉은빛을 더욱더 강렬히 불태웠다.

"이대로 나를 뺄 생각은 하지 말게. 지금만큼 내 일생에서 즐거운 순간이 없었으니까!"

"……."

"내가 사랑한 인간들, 내가 좋아한 모든 이들에게 진정으로 해줄 수 있는 일이 생겼네! 그것을 자네가 막는다면 난 자네를 영원토록 저주할 걸세!"

"도대체 무슨 말씀이십니까! 대답해 주십시오, 라이세네프 경!"

하지만 라이세네프는 아무 말도 하지 않았다.

이윽고 브리간테스와 바이칼에게서 뿜어지던 공격이 멈췄다. 방어할 것이 줄어든 순수의 결정체는 전력을 다해 리오와 라이세네프를 막았지만 라이세네프의 의지를 막기에는 조금 부족한 듯 보였다.

리오의 팔이 다시금 전진했다. 간발의 차이를 두고 흔들리던 라이세네프의 조각난 단면은 결국 순수의 결정체에게 꽂혔다.

그러자 마치 둑이 터진 듯 순수의 결정체의 가슴에 난 상처에서 엄청난 기운이 쏟아졌다. 라이세네프는 마지막으로 그 기운을 막으며 외쳤다.

"어서! 클라리스 공주를 잡게!"

"크윽, 우오옷!"

리오는 일갈을 터트리며 클라리스의 몸을 잡았다. 그가 두 손으로 클라리스를 감싸는 순간 라이세네프의 힘은 촛불이 꺼지듯 사라졌다.

"악!"

리오는 곧장 힘에 밀려 저편으로 날아갔다.

순수의 결정체는 자신의 몸에 꽂힌 라이세네프를 빼기 위해 안간힘을 썼다. 그러나 아무리 잡고 몸부림을 쳐 봐도 라이세네프는 빠지지 않았다.

"무슨 짓인가! 어째서 날 소거하기 위해 그토록 애쓰는 것인가! 난 너희에게 아무 잘못도 하지 않았단 말이다!"

"소거하려는 것이 아니다! 편하게 해 주려는 것이다! 네 말대로 넌 아무 잘못도 없다. 하지만 네가 클라리스를 지키기 위해 쓴 지금의 방법은 잘못됐다!"

"닥쳐라! 클라리스에게 필요한 것은 평화다! 전쟁도, 질투도, 살의도, 아무런 걱정도 할 필요 없는 고요의 세계만이 그녀가 원하는 유일한 것이다!"

"그녀가 원하는 것은 불러도 누구 하나 대답하지 않는 망각의 세계가 아니다! 모두가 있는 세계다! 아무것도 없는 세계에서 누가 그녀를 웃게 할 수 있단 말인가! 네가? 그녀의 주위에 있는 모두를 제거한 네가?"

순수의 결정체가 뿜던 힘이 일순간 사라졌다.

라이세네프가 조용히 말했다.

"걱정 말고 쉬어라. 클라리스의 곁에 있을 모두에게 네가 하고 싶어 하는 일을 맡기는 거다. 외롭진 않을 것이다. 나도 너와 함께 영원의 세계로 갈 테니까."

잠시 후 순수의 결정체가 가슴에 꽂힌 라이세네프를 안았다.

태양의 밝기를 넘어선 붉은빛이 라이세네프로부터 사방으로 퍼졌다. 순수의 결정체가 가진 순백색의 몸과 그가 하늘에 흘려 보냈던 모든 것들이 라이세네프가 있는 지점으로 집중되었다.

그 빛을 한참 동안 바라보던 사탄이 휀의 어깨를 두드렸다.

"이제 자네 차례네. 저분을 편하게 해 드리게."

빛이 사라졌다.

휀을 비롯한 모두의 눈엔 라이세네프도, 순수의 결정체도 보이지 않았다. 그곳엔 반쯤 부서진 검을 든 갑옷 차림의 노인이 감회에 젖은 눈으로 곧게 서 있을 뿐이었다.

"우욱, 뭐야……."

피엘 등에게 부축을 받고 있던 지크와 사바신, 레디가 각각 눈을 떴다. 잠시 주위의 상황을 둘러본 지크는 갑자기 나타난 노인의 모습에 흠칫 놀랐다.

"어? 저 할아버지는 뭐예요?"

피엘이 떨리는 목소리로 대답했다.

"신계혁명이 일어난 지 얼마 후 사라진 검의 신…… 트라이모스입니다."

"엉?"

지크는 놀라며 고개를 갸웃거렸다. 자신이 기절하기 전 상황과 앞에 나타난 노인의 모습은 그의 머릿속에서 전혀 연결되지 않는 고리였다.

"그런 아저씨가 갑자기 왜 나타난 거죠?"

그때 지크의 머릿속에 낯익은 목소리가 들려왔다. 라이세네프였다.

―일어났나, 지크? 다행이구나. 너와 사바신에겐 꼭 작별 인사를 하고 싶었는데, 역시 오늘은 최고의 날인 듯싶구나.

"어? 어디예요, 아저씨?"

한참을 두리번거리던 지크는 문득 자신을 향해 손을 흔들고 있는 노인의 모습을 보고 시선을 고정했다.

"설마?"

―그렇다. 나의 진짜 모습이 어떠냐, 지크. 예상보다는 좀 더 삭아 실망했겠구나.

"아, 아니라고 하면 아부겠지만……. 그런데 왜 갑자기 그런 모습을 하고 있어요?"

—후후, 떠날 땐 멋있게 떠나는 것이 너와 사바신이 그토록 주장하는 남자의 모습 아니냐. 난 너희의 의견을 적극 반영한 것뿐이다.

"떠, 떠날 때? 무슨 소리야, 아저씨!"

지크와 사바신이 이구동성으로 외치자 트라이모스는 천천히 고개를 저었다.

—미안하구나. 설명은 나중에 동료들에게 듣도록 해라. 아, 길트에게도 작별 인사는 해 두었다. 너희는 시간이 되는 대로 길트를 보살펴 주기 바란다. 너희의 노력 덕분에 많이 성장하긴 했지만 아직은 부족할 것이야. 그럼 부탁한다.

"잠깐! 아저씨, 아저씨!"

둘은 불길한 느낌을 지울 수 없어 발버둥쳤지만 그들의 상처 난 몸은 쉽사리 움직이지 않았다.

—지르콘 나이트, 프레데릭이여.

"……"

—자네와 함께한 모든 시간들은 나와 영원히 함께할 것이네. 문명과 지식보다 양심을 더욱 소중히 여긴 특이한 아네라여, 그 고귀한 모습을 오랫동안 이어 가게.

프레데릭은 굳게 쥔 주먹을 가슴에 가져갔다. 아네라가 전통적으로 친구를 배웅할 때 취하는 자세였다.

"수고하셨습니다, 라이세네프. 아니, 검의 신 트라이모스시여."

트라이모스는 곧 휀을 향해 양팔을 벌렸다.

—자, 끝일세. 이것으로 오래전에 사라졌어야 할 사이비 신의 존재와 순수의 결정체 모두가 사라지는 것이네.

휀은 주저 없이 레퀴엠의 자세를 취했다. 그 누구도 휀을 말리지 않았다. 지크도, 사바신도 더 이상 발버둥 치지 않았다.

휀의 몸에서 발산된 빛은 플렉시온에게 빨려 들어가 검을 더욱 찬란하게 만들었다.

뭔가를 지키기 위해 그는 많은 것을 희생했다. 그러나 그 때문에 더 많은 이들이 희생당해야 했다.

자신은 리리스보다 욕심 많고 사악한 존재일지 모른다.

그런 생각이 그의 머릿속에 잠시 떠올랐다 사라졌다.

레퀴엠이 발동된 플렉시온의 끝이 고귀한 희생자의 가슴에 날아들었다.

광활한 빛, 원을 중심으로 찍힌 십자가, 그랜드 크로스 나이트의 문장.

그것으로 10년에 걸친 한 남자의 방황과 시련, 그리고 세계를 감쌌던 어둠은 끝을 맺었다.

epilogue

난 지금 여행 중이다.

라이세네프 아저씨의 희생으로 마지막 싸움이 끝난 뒤, 난 다르칸, 프레데릭 두 아저씨의 상처가 낫자마자 여행을 떠났다. 아저씨들은 여전히 티격태격하지만 데려온 보람은 있었다. 그 두 사람 덕분에 야만족이나 괴물들에게 구원받은 마을이 한둘이 아니니까.

이제 돌아갈 집은 없다.

원래 주인이었던 두 사람이 떠난 후 집은 경매에 붙여져 초고가에 팔렸다.

내가 그 집에서 가지고 나온 것은 단 하나다. 휀과 크리스, 그리고 어린 나의 모습이 그려진 그림이었다.

지금 내 품에는 그보다 더한 것이 들어 있다. 용족의 장로라는 할아버지가 만들어 준 모두의 작은 그림—사진이라고들 한다—이다. 이론상으로는 몇백 년도 간다는데 그런 것에는 관심없다. 그

그림이 있다는 사실이 중요할 뿐이다.

여행 도중 가이라스 왕국이 바로잡혔다는 말을 들은 나는 곧장 그곳으로 갔고, 운 좋게도 새로 등극한 전하를 뵐 수 있었다.

길트 전하는 내가 지크, 리오 아저씨와 같이 있었던 사람이란 말을 듣고는 너무나 반갑게 맞아 주었다. 근데 이상하게도 다르칸 아저씨는 나와 전하의 만남이 끝날 때까지 밖에 있었다. 따로 만날 사람이 있는 것 같았지만 내가 보기엔 전하께 뭔가 중대한 실례를 저지른 적이 있는 듯했다.

전하와 함께 재미있게 얘기하는 도중 라이세네프 아저씨에 대한 말이 나왔다. 그러자 그 젊은 왕께선 갑자기 눈물을 흘리셨다.

"그날도 저랬어요. 전하께선 라이세네프 아저씨의 목소리를 들었다면서 말 위에서 하루 종일 우셨죠."

무섭게 생긴 왕비님의 말씀을 들은 나는 당시의 자초지종을 상세히 말씀드렸다. 전하는 구체적인 마지막 상황에 대해 모르셨는지 더욱 눈물을 흘리셨다.

그분은 나를 비롯한 모두의 앞에서 다짐하셨다. 반드시 가이라스 왕국을 재건해 자랑스러운 자신의 모습을 라이세네프 아저씨에게 보여 줄 거라고 말이다.

알현을 마치고 밖으로 나온 나는 꽤 오랜만에 다르칸 아저씨의 부하들, 세 명의 마신들을 보았다. 예전과는 달리 나를 반갑게 대한 그들은 지크, 사바신 아저씨에 대해 물었다. 아저씨들이 언제 오냐는 것이었는데 나는 쉽사리 대답할 수 없었다.

얼마 후, 말스 왕국에 도착한 나는 리오 아저씨와 브라디가 말해 준 베르토 가로 향했다. 처음에는 들어가기가 상당히 힘들었지만 리오 아저씨의 소개로 왔다고 하자 주인인 반그라드 님과 그분의 따님인 마르티네즈 아가씨께서 직접 나를 맞아 주셨다.

마르티네즈 아가씨는 다른 사람은 제쳐두고 리오 아저씨에 대한 것을 가장 먼저 물었다. 안타깝지만 언제 돌아올지 모르겠다는 말을 하자 아가씨의 얼굴은 약간 흐려졌다.

"그가 사고를 잘 친다는 소문은 익히 들었는데, 사실이었군."

다르칸 아저씨의 말에 마르티네즈 아가씨의 얼굴은 금세 벌겋게 변했다. 이 아가씨가 바로 지크 아저씨가 누누이 얘기한 리오 아저씨의 '희생자'일까? 난 잘 모르겠다.

그 모든 사람들을 만나고 말스 왕국의 고신전쟁 전설이 깃든 마을 델 파레까지 돌아본 나는 왠지 돌아가고 싶다는 생각이 들었다. 다르칸, 프레데릭 아저씨도 좀 쉬고 싶다는 마음을 드러냈다.

에스토드를 떠난 지 벌써 6개월이다. 돌아갈 때도 되지 않았을까.

아쉽게도 난 거기서 두 아저씨와 작별해야 했다. 더 이상 에스토드에 남아 있을 이유가 없다는 것이 아저씨들의 말이었다. 그도 그랬다. 이젠 이 세계 사람들의 힘으로 해결하지 못할 일이 벌어질 확률은 적으니까.

두 아저씨와 작별한 나는 말스의 수도로 다시 돌아갔다. 배를 타기 위해서였다.

공교롭게도 난 항구에서 내 발길을 재촉하는 소문을 듣게 되었다. 10년 전 우리 나라를 침공한 드라켄 왕국이 휀의 실종 소식을 듣자마자 에스토드에 대한 대대적 침공을 감행했다는 소문이었다.

게다가 드라켄 왕국의 전력이 이상할 정도로 강하다고 했다. 카테고리아 항구 요새의 병사들이 힘껏 저항했지만 그들이 이끄는 마수들의 힘 앞에 항구 요새는 일주일도 버티지 못하고 점령당했다고 한다.

배에 올라탄 나는 겨우 건강해지신 공주님에 대한 걱정에 제대로 앉아 있지 못했다. 왕국이 벌써 점령당한 것은 아닐까. 그렇지 않다면 어느 정도나 상황이 나빠져 있을까.

지금처럼 다르칸, 프레데릭 아저씨가 아쉬울 수 없었다. 그 두 사람만 있다면 에스토드에 돌아가는 것은 물론이고 방어까지 쉬울 게 분명했다.

하지만 두 아저씨는 내 옆에 없었다. 내가 의지할 수 있는 것은 한 시간 후 출발할 이 정기선뿐이었다.

이리저리 복잡한 내 머릿속을 더욱 시끄럽게 만드는 목소리가 내 방 밖에서 들려왔다.

"하여튼 웃긴다니까. 내가 무슨 죄를 지어서 이 동네를 또 와야 해? 그렇게 그 나라랑 공주가 걱정되면 대장이 직접 와야 할 거 아냐. 역시 이 동네보다는 자기 부인이 더 좋았나 보지? 어쨌거나 죄 없는 녹색 꼬마만 혼자 그 나라를 지키게 하다니, 대장 진짜 너무한 거 아냐?"

"녹색 꼬마 혼자서 충분하니 우리는 배로 천천히 가자고 한 사람은 너야, 감전된 얼간이. 아, 배고픈데 이거나 먹을래?"

"또 약초로 만든 초코바냐? 개미핥기의 최고 음식이 개미라 해서 개미가 모든 동물에게 진수성찬은 아니란 걸 아느뇨?"

"진정한 남자는 남의 의견을 존중할 줄 알아야 하는 법이야."

"헛소리와 의견을 구별할 줄도 알아야지."

그 시끄러운 2인조의 목소리가 멀어질 무렵, 난 나도 모르게 내 방의 문을 열고 있었다.

〈가즈 나이트 이노센트 완결〉

외전 3
유로 디 아스타로트

악마계의 모든 이들은 악마왕 아스타로트에게 자식이 생겼다는 얘기를 듣고 처음엔 믿지 않으려 했다. 새로운 기계의 발명과 문명의 발전에만 전념하기로 유명한 그가 여자에게 눈을 돌릴 사람이 아니라는 것이었다.

하지만 그가 공적인 자리에서 딸을 데리고 나타나는 모습이 종종 눈에 띄면서 아스타로트 휘하의 악마계는 작게나마 흔들리게 되었다.

특히 그의 아이를 낳은 존재가 벚꽃 요정의 여왕 베아트리체임이 밝혀지자 그 파장을 더해 갔다.

하지만 아스타로트 자신은 그 얘기에 별로 신경 쓰지 않았다. 자신의 딸아이가 그저 귀엽고 소중할 뿐이었다.

그러나 베아트리체는 달랐다. 자신과 자신의 아이인 유로를 인정하지 않으려는 악마들의 시기와 저주는 그녀를 고통스럽게 만들었다. 아스타로트가 거기까지 신경 쓰지 않았기에 더했고, 또 악마왕의 정(精)을 받은 탓에 시간이 갈수록 변해 가는 그녀의 몸은 육체적, 정신적 고통을 가중시켰다.

유로와 베아트리체는 그녀들의 방에 거의 감금되다시피 했다. 나가는 것은 자유였지만 나가 봤자 득 될 것이 아무것도 없었다. 보이지 않는 악마들의 눈총이 베아트리체 스스로 자신을 감금하도록 만든 것이다.

그런 상황에서 베아트리체는 혼신의 힘을 다해 유로를 키웠다. 가뜩이나 유로의 성장이 더뎠던 탓에 그녀는 더욱 방에서 나오지 못했지만 그래도 유로를 키울 때만큼 행복한 시간이 없었기에 그녀는 더욱 노력했다.

어느 날 겨우 말문을 튼 유로가 서서히 마기를 띠기 시작한 베아트리체에게 물었다.

"엄마, 사랑이라는 게 뭐야?"

베아트리체는 흐려져 가는 정신을 추스르며 대답해 주었다.

"엄마가 아빠를, 아빠가 엄마를 소중히 지켜보는 것. 그리고 우리가 널 지켜보는 것이란다."

아쉽게도 그것이 베아트리체가 유로에게 남긴 마지막 말이었다.

몸속에 남겨진 아스타로트의 힘을 결국 이기지 못해 완전히 마물로 변해 버린 베아트리체는 어느 날 갑자기 악마계에서 사라지고 말았다. 그 사실을 뒤늦게 깨달은 아스타로트는 연구하고 있던 모든 기계들을 팽개치고 그녀를 찾기 위해 애썼지만 이미 때는 늦었다. 악마의 벚꽃나무로 변해 버린 그녀에 의해 행성 하나가 거의 초토화 되기 직전이었던 것이다.

진상을 조사하던 아스타로트는 자신의 부하들이 베아트리체와 유로를 시기한 나머지 베아트리체가 자신의 몸이 변해 가는 것을 알리지 못했다는 것을 알게 되었다.

결국 그 일로 인해 그의 부하들 중 1할이 용광로 속으로 던져졌을 정도로 아스타로트의 분노는 하늘을 찔렀다.

정신을 차린 아스타로트는 베아트리체에 대한 해결책을 모색했지만 이미 그의 손을 떠난 일이었다. 결국 그는 주신계에 도움을 요청했다. 자신의 손으로는 도저히 베아트리체를 죽일 수 없었다.

주신계에서 베아트리체를 처리하기 위해 보낸 사람은 가즈 나이트, 리오 스나이퍼였다. 아주 오래 전 아스타로트와 일전을 벌였던 것이 인연이 되어 그가 베아트리체의 처리를 맡게 된 것이다. 가공할 만한 파괴력을 지닌 그 가즈 나이트는 아스타로트의 부탁이 있었다는 사실을 모른 채 베아트리체를 쓰러트렸고, 아스타로트는 그 가즈 나이트가 자신의 부인을 쓰러트리는 모든 과정을 영상에 담아 몇 번이고 돌려봤다. 그러면서 그는 한없이 괴로워했다.

기계 말고 가족에게 신경 쓰지 않았던 자신에의 채찍질이었다.

시간은 흘러 아스타로트의 감정은 가까스로 진정되었다. 베아트리체의 사건을 계기로 일선에서 거의 물러나다시피 한 그는 오로지 유로만을 키우며 시간을 보냈다. 그의 가장 큰 말싸움 상대이자 친구인 악마왕 디아블로도 자신이 방문할 때마다 자신을 '아저씨'라 부르며 달려드는 유로를 누구보다 귀여워했을 정도로 유로는 아스타로트를 포함한 모두에게 사랑을 받았다.

하지만 그런 평화는 오래가지 못했다. 유로가 우연치 않게 아스타로트의 영상물, 즉 리오와 베아트리체에 관련된 기록을 보고 만 것이다.

"아빠, 이 사람 누구야? 엄마는 왜 죽고 있어?"

아스타로트는 넋이 나간 얼굴로 그런 질문을 던지는 딸에게 아무 말도 해 줄 수 없었다.

하지만 영원히 숨길 수 있는 일이 아니었기에 아스타로트는 모든 진실을 말해 주었다. 베아트리체가 마물이 된 이유와 자신이 주신계의 가즈 나이트에게 그녀의 살해를 부탁한 일까지.

이후 아스타로트를 포함, 그 누구도 유로의 미소를 볼 수 없었다.

아스타로트에게 리오와 베아트리체의 기록을 빼앗다시피 한 유로는 방 안에 틀어박힌 채 베아트리체가 살해되는 장면을 하염없이 되돌려 봤다. 그 이전의 기록과 이후의 기록은 전혀 보지 않고 오직 그 끔찍한 장면만을 보는 것이었다.

화면 속의 리오 스나이퍼는 광기에 젖은 붉은 눈으로 베아트리체를 향해 보라색 검을 휘둘러 댔다. 베아트리체 역시 미친 듯이 팔들을 휘두르며 저항했지만 전투력에서 그를 압도할 수는 없었다. 결국 베아트리체의 사지는 베어지고 몸은 산산조각 났다. 리오가 의식을 잃어 가는 베아트리체의 머리를 향해 검을 찌르는 것으로 그 장면은 끝났다.

처음에는 무섭고 눈물이 났지만 시간이 지날수록 유로의 눈은 빛을 잃어 갔다. 모두에게 사랑받던 명랑함 대신 복수와 살의만이 그녀의 얼굴과 눈동자에 가득했다.

이후 그녀는 무술을 연마하기 시작했다. 힘은 부족했지만 그녀에게는 그것을 보충하고도 남을 기량과 속도에 대한 소질이 잠재되어 있었다.

배운 지 얼마 되지 않아 첫 번째 스승을 쓰러트린 그녀는 계속해서 아스타로트에게 스승들을 요구했고, 결국 그녀는 악마계 최고의 무인이라 불리는 하인켈에게까지 가르침을 받았다.

재능이 있는 만큼 유로의 수업은 빠른 속도로 진행됐다. 하인켈은 그녀의 엄청난 잠재력에 감탄했지만 이전에 그녀를 맡았던 스승들과는 달리 단 한마디의 칭찬도 하지 않았다.

그녀의 눈동자 속에 언제나 도사리고 있는 복수와 분노, 그리고 살의 때문이었다. 실력이 늘수록 그 사념들도 커졌기에 급기야 수업이 중단되는 사태까지 발생하고 말았다. 제자를 아끼기로 소문난 하인켈로서는 도저히 그냥 넘어갈 수 없는 일이었다.

"잡념을 버리고 맑은 정신으로 무도에 임하십시오. 그러지 않다면 더 이상 공주님께 무술을 가르쳐 드리지 않겠습니다."

하지만 유로의 반응은 시큰둥했다.

"난 무술을 가르쳐 달라고 말한 적 없어요. 효과적으로 상대를 죽이는 방법만 필요할 뿐이에요."

당돌하다 못해 무섭기까지 한 유로의 말에 역시 피는 속일 수 없다고 하인켈은 생각했다. 그가 알고 있는 아스타로트도 멋진 기계를 만들고 싶다는 순수한 마음에서 전투 기계를 개발하는 것이 아니라 어떻게 하면 효율적으로 상대를 죽일 수 있는가를 먼저 생각하는 악마였다. 게다가 보통의 악마도 아닌 악마왕이 아닌가.

그래도 하인켈은 유로의 문제를 포기하지 않았다. 사탄의 허가를 얻어 아스타로트를 방문한 그는 유로가 변하게 된 이유를 자세히 들었다.

"난 유로를 내 후계자로 키울 생각은 없네. 순수한 악마의 혈통을 가지고 있지 않으니까. 그래서 난 유로를 평범하게 키우고 싶었지만…… 후후, 실패했지. 아직 목의 솜털도 벗지 못한 아이에게 자기 어머니가 죽은 이유와 광경을 생생하게 전해 줬으니 말이야. 게다가 그 장면을 계속 보게 했지. 난 얼마나 멋진 아버지인가. 하하하핫."

하인켈은 웃음을 터트리는 아스타로트의 모습을 묵묵히 지켜봤다. 그는 태어난 지 얼마 안 된 자신의 딸 츄우를 생각하며 혹시 자신도 이렇게 되지 않을까 하는 불안감을 가졌다.

그러나 한 가지 의문점이 있었다. 유로가 그렇게 될 것을 알면서 왜 아스타로트가 그런 행동을 했는지 이해할 수 없었다. 그의 말대로 아이에 불과한 자식에게 살육 장면을, 그것도 어머니가 죽는 장면을 보여 줄 이유는 없었다. 아스타로트가 자신의 핏줄이 폐인으로 변하는 모습을 즐겁게 지켜볼 남자는 더더욱 아니었기에 그의 의문은 사그라지지 않았다.

그 이후 유로에 대한 하인켈의 수업은 완전히 끝났다. 당시 유로의 나이는 인간의 세월로 따졌을 때 200살, 악마계의 나이로는 열세 살이 넘어갔다.

하인켈의 수업이 끝났다는 소식을 전해 들은 후, 유로는 예전처럼 방에 틀어박힌 채 어머니가 죽는 장면을 끊임없이 되돌려 봤다. 방을 나올 때는 아버지와 식사할 때뿐이었고 그나마도 말이 거의 없었다.

어느 날 그녀는 자신이 원하는 장면보다 훨씬 뒤에 나오는 장면을 보게 되었다. 단순한 실수였다. 버튼을 누른 채 그냥 잠이 든 것이었다. 인상을 쓴 채 재생 버튼을 누른 그녀는 잠시 후, 눈앞에서 펼쳐지는 장면에 눈을 부릅뜨고 말았다.

베아트리체를 죽일 때와 달리 앞부분의 리오는 정상적인, 아니 하얗게 질린 표정을 지은 채 베아트리체를 향해 울부짖고 있었다.

"어째서, 당신 어째서 이런 짓을 하는 건가! 왜 그렇게 슬픈 얼굴을 한 채 사람들을 미치게 만들고 있는 건가! 나쁜 일이란 것을 알면서도, 또 심판받게 될 것을 알면서도 왜 이러는 건가!"

리오의 질문에, 베아트리체는 희미한 목소리로 대답했다.

"고통스럽습니다. 괴물이 된 저의 이런 모습을 딸아이에게 보여 주고 싶지 않습니다. 하지만 돌아갈 방법이 없기에 죽음을 택하려 하는 것입니다."

"그럼 자살하면 될 거 아닌가!"

"미안하지만 자살할 수 없습니다. 딸아이와의 인연을 제 손으로 끊을 용기가 없기 때문입니다."

리오의 얼굴엔 곧 노기가 서렸다. 그는 자신의 보라색 검으로 지면을 내리치며 외쳤다.

"그럼 나보고 당신과 당신 딸의 인연을 끊어 달라는 건가! 나 역시 그런 잔인한 짓은 못해! 포기하지 마, 절대 포기하지 마! 분명 당신을 원래대로 되돌릴 방법이 있을 테니 당신 자신과 딸을 포기하지 말란 말이야!"

그러자 베아트리체는 웃으며 말했다.

"방법은 있습니다. 하지만 그 방법을 쓰면 딸아이는 아버지를 잃게 되지요."

그 말에 리오는 망연자실한 얼굴로 베아트리체를 바라봤다.

이윽고 리오의 눈에서 붉은 광채가 돌기 시작했다. 그는 이전의 리오라고 생각되지 않을 정도의 광기와 살기를 띤 채 검을 굳게 거머쥐었다.

"후후, 좋아. 소원대로 죽여 주지. 하지만 제정신으로는 못할 것 같아. 그러니 이것만은 알아 둬! 당신도 싸워야 해! 당신 딸을 위해서라도 반드시 필사적으로 덤벼! 이제부터는 내가 죽거나 당신이 죽거나, 둘 중 하나야!"

그리고 전투는 시작됐다. 결과는 골백번 본 대로 뻔했지만 그 장면을 보며 유로가 느끼는 감정은 새삼스러웠다.

유로는 전투가 끝난 후의 장면도 계속해서 지켜봤다. 리오의 마지막 일격에 머리가 부서진 베아트리체의 시체는 분홍빛과 함께 벚꽃잎으로 변했다. 한데 뭉치고 덩어리진 그 잎들은 사람의 얼굴 형상을 이뤘다. 그것이 마물로 변하기 전의 베아트리체라는 것을 느낀 리오는 정상적으로 돌아왔고, 베아트리체는 소멸되기 직전 마지막 힘을 다해 리오에게 말했다. 웃으면서.

"젊은 전사여, 당신은 어려운 일을 해냈습니다. 결코 즐겁진 않았겠지만 당신은 저와 제 딸아이, 그리고 남편을 위해 큰일을 해 줬습니다. 당신이 언제 제 딸과 만날지 모르겠지만 딸아이를 만나게 된다면 이렇게 전해 주세요. 엄마가 언제 어디서고 널 지켜본다고, 또 사랑한다고……."

"자, 잠깐! 딸의 이름이……!"

그 직후 베아트리체를 이룬 잎들은 힘을 잃고 바닥에 흩어졌다.

사라지는 그녀에게 무슨 말을 하려 했을까. 리오는 슬픈 목소리로 울부짖으며 바닥을 내리쳤다.

"내가 왜 이런 짓을 해야 하는 겁니까! 대답해 주십시오, 주신이시여! 왜 이런 사람들의 인연까지 제 손으로 끊어야 하는 겁니까!"

기록은 거기서 끝났다. 침대 위에 쪼그리고 앉아 있던 유로는 무릎 사이에 조용히 얼굴을 묻었다.

그 후 그녀에게서 맹목적인 살의를 느낀 악마는 아무도 없었다.

유로가 혼자 지내는 것은 변함없었다. 다만 그녀가 즐겨 보는 화상 기록은 예전과 달랐다. 아버지에게 부탁해 리오라는 가즈 나이트에 대한 모든 기록을 살펴보기 시작한 것이다. 아무도 보지 못했지만 그녀는 화상 속의 리오와 함께 울고 웃으며 시간을 보냈다. 어릴 때 베아트리체가 읽어 주던 그 어떤 동화의 주인공보다 슬프고 또 재미있었다. 리오를 제일 좋아하는 사람이 누구인지 알게 된 이후엔 군것질도 늘었을 정도였다.

그리고 하인켈과 유로의 수업 역시 재개되었다. 하인켈 스스로가 자청했다는 것 외엔 알려진 바가 없다.

상당히 오랜 시간이 지난 뒤, 최고악신과 함께 악마계 최고위층에서 논한 계획에 의해 유로는 1차로 데스 발키리에 선발됐다. 아스타로트의 딸이라는 것을 떠나 그녀의 살상 능력 자체가 인정받은 것이다. 나머지 네 명의 데스 발키리를 합친 것보다 훨씬 강했기에 그녀는 선발된 직후부터 보이지 않게 암살과 추적 등의 임무를 진행해 왔다.

그리고 그녀는 아스타로트가 내린 임무를 받아 한 차원계에 들어서게 되었다. 그러나 임무와는 전혀 관계없는 계약을 한 인간과 맺은 그녀는 그의 부탁에 따라 마르티네즈라는 여성을 그림자처럼 따라다니며 보호했다.

그러다 예상하지 못한 일로 인해 다른 요새로 가 버린 마르티네즈를 놓치고 만 그녀가 가까스로 그녀를 찾았을 때 몇 명의 남자들 역시 같이 보게 되었다. 그들은 다름 아닌 주신계의 가즈 나이트였다.

망원경을 통해 그 남자들 중 한 명을 유심히 관찰하던 유로는 표정을 애써 굳힌 채 자신의 의지와는 상관없이 중얼댔다.

"죽어 줘야겠어, 리오 스나이퍼."

더 가까이에서 그 남자를 보고 싶었던 것뿐이었다. 죽일 생각은 없었다. 오랜 시간 화상을 통해 지켜본 그 남자와 동료들의 세계에 끼어들고 싶었던 것뿐이다. 하지만 입에서 나온 말은 전혀 달랐다.

이윽고 그와 맞닥뜨린 유로는 두근대는 가슴을 애써 진정시켰다. 그러나 그것이 과했는지 리오에게서 나온 반응은 상당히 거칠었다.

"나와 지크를 관찰한 용건은?"

"죽이는 것, 당신을."

순간 그녀는 울컥한 나머지 리오에게 공격을 가하고 말았다. 그리고 그의 가슴에서 피가 터지는 것을 본 유로는 아차 하면서 겉과 속으로 각각 다른 말을 내뱉었다.

"강하군, 생각보다."

'미안해요, 아프지 않아요?'

유로는 마냥 즐거웠다. 화면을 통해 간접적으로 즐기던 리오들의 세계에 이제 자신이 직접 들어왔기 때문이다. 그녀는 베아트리체가 마지막으로 전해 달라고 한 말을 리오가 언제쯤 자신에게 말해 줄까 생각하며 하루하루를 보냈다. 항상 꿈꿔 오던 동경의 세계에 자신도 들어와 있다는 기쁨과 함께.

〈외전 3 끝〉

외전 4
비밀

"음⋯⋯."

프레데릭이 눈을 뜬 곳은 의무실로 보이는 방 안이었다.

휀의 레퀴엠 발동 후 의식을 잃었던 그는 이마를 짚은 채 차근차근 상황을 정리해 봤다. 순수의 결정체의 등장, 트라이모스의 등장, 그리고 그의 희생 등등⋯⋯.

모든 것을 떠올리고 종합해 본 그는 긴장을 풀고 편하게 누웠다. 현재 그의 머릿속을 맴도는 단어는 '휴식'뿐이었다.

"오오, 일어나셨군요, 프레데릭 님."

낯선 목소리가 멀리서 들렸다. 다시 몸을 일으킨 프레데릭은 봉발 수염을 휘날리며 자신에게 다가오는 노인의 모습에 눈을 크게 떴다.

"아, 클로머트 장로님!"

"헛헛, 이 노물의 이름을 아직까지 기억하고 계시다니 영광입니다, 프레데릭 님."

장로는 즉시 의자를 끌어다가 프레데릭의 침대 옆에 앉았다.

"애쓰셨습니다, 프레데릭 님. 프레데릭 님께서 힘써 주신 덕분에 이번 일이 잘 마무리되었다는 얘기를 리오 님께 들었습니다."

과연 잘 마무리된 것일까. 라이세네프를 잠시 떠올린 그는 고개를 슬며시 저었다.

"그런 말씀을 들으니 부끄러워집니다. 그나저나 건강하십니다, 장로님. 마지막으로 뵈었을 때보다 모습이 크게 달라지신 것 같지는 않습니다."

"하하, 아닙니다."

장로와 프레데릭은 한참 동안 쌓인 얘기를 나눴다. 이런저런 잡담이 오가던 그들의 대화는 이윽고 전대 용제이자 바이칼의 아버지 알렉산더에 대한 얘기로 이어졌다.

바이칼과 함께 있는 동안 프레데릭은 몇 차례고 알렉산더에 대한 일을 물었으나 바이칼이 전혀 대답하지 않았기에 그의 궁금증은 상당히 깊어진 상태였다.

알렉산더의 죽음에 대해 자세히 들은 프레데릭은 한동안 말을 잇지 못했다.

"알렉산더가 사람들을 위해……, 그렇군요. 그 친구다운 행동입니다. 말씀을 들어 보니 그 친구의 희생이 헛되지 않은 것 같아 기쁩니다."

"헛헛, 더 기뻐하실 일도 있습니다. 승하하신 전하 덕분에 서룡족과 동룡족의 전투가 요즘은 거의 사라졌다는 것입니다. 그분께서 키우신 두 열매가 빛을 발한 것이지요."

"열매?"

장로는 알렉산더에게 있었던 두 부인과 바이칼, 그리고 그의 배다른 동생 리디아에 대한 얘기를 해줬다. 마지막으로 벌어진 용족 전쟁까지 자초지종을 들은 프레데릭은 천천히 고개를 끄덕였다.

"그랬습니까. 정말 다행입니다. 저는 아직까지 서룡족과 동룡족의 갈등과 대립이 계속되고 있을 줄 알았는데, 초긴장 상황까지는 아니라니 정말 잘됐습니다."

"오랜 세월 이어져 내려온 갈등과 대립이기에 아직까지는 자리가 불편하답니다. 그래도 이상한 일로 시비가 붙지 않으니 더없이 편하답니다."

"그렇겠습니다. 아, 그런데 현재의 용제 전하 말입니다."

"아, 예."

바이칼에 대한 얘기가 나오자 장로의 얼굴에 긴장감이 감돌았다. 프레데릭은 의아한 듯 눈두덩을 움직이며 물었다.

"불편하신 것이라도 있으십니까?"

"아, 아닙니다, 프레데릭 님. 말씀하십시오."

그러나 장로는 표정 관리에 능숙하지 못한 인물이었다. 프레데릭은 실례하는 것이 아닐까 생각하며 물었다.

"전하 말씀입니다. 가즈 나이트인 리오 스나이퍼와 친해도 너무 친하신 것 같던데……."

"아아……."

결국 올 것이 왔다는 듯 장로는 한탄하며 이마를 감쌌다. 침대를 내려앉힐 듯한 노인의 한숨에 프레데릭은 놀라움을 감추지 못했다.

"사, 사정이 있다면 말씀하지 않으셔도 됩니다, 장로님. 무리하실 필요는 없습니다."

"음, 아닙니다, 프레데릭 님. 프레데릭 님이라면 말씀드려도 괜찮겠지요."

그러나 장로는 더 이상 그에 대한 말을 하지 못했다. 바이칼이
병실로 들어온 것이다.

"아, 전하."

장로는 단숨에 표정을 바꾸고 일어나 허리를 굽혔다. 그에게서
이상한 낌새를 느끼지 못한 바이칼은 평상시대로 짧고 간략하게
물었다.

"리오는?"

프레데릭의 눈두덩을 미묘하게 틀어졌다. 장로는 그런 질문에
익숙한 듯 즉시 몸을 움직였다.

"예. 수면식 검사실에 들어가신 지 한 시간 정도 됐으니 지금쯤
결과가 나왔을 것입니다. 잠시 여기 계십시오, 전하."

"알았소."

바이칼은 이마를 감싸 쥐는 장로의 모습을 보지 못하고 병실로
들어갔다. 프레데릭은 어찌 됐건 심각한 상태(?) 직전이라고 생각
하며 바이칼에게 자리를 권했다.

"앉으십시오, 전하."

"고맙소."

바이칼은 권위 있는 몸짓으로 다가와 의자에 앉았다.

하지만 이후 한참 동안 바이칼과 프레데릭 사이에 대화는 없었
다. 바이칼은 무슨 얘기를 꺼내야 할지 내심 고민했고 프레데릭은
그저 장로가 빨리 돌아오기만을 기다렸다.

"저, 아바마마에 대해 여쭤봐도 되겠소?"

바이칼이 약간 긴장된 목소리로 말문을 텄다. 프레데릭은 좋은
질문이 나온 것에 안심하며 고개를 끄덕였다.

"아, 뭐든지 물어보시오."

잠시 뜸을 들인 바이칼은 장로가 거의 올 때쯤 되어서야 입을 열었다.

"아바마마와 어마마마에 대해 얼마나 아시오?"

생각보다 단순한 질문이었다.

팔짱을 낀 프레데릭은 자신이 드래고니스를 떠나기 전에 마지막으로 봤던 알렉산더와 빌라이저의 모습을 떠올렸다.

"음…… 나이는 알렉산더보다 빌라이저 님이 더 많았소. 그래 봤자 500년 차이니 용족과 신의 입장에서 보자면 그리 큰 차이는 아닐 것이오. 문제는…… 나이는 빌라이저 님이 더 많았는데 겉모습은 그렇지 않았다는 것이오."

바이칼은 처음 듣는 얘기였다.

그의 큰 눈이 껌벅이는 모습에 프레데릭은 웃을 수 있다면 웃었을지 모른다. 그러나 웃는다는 것에 익숙지 못한 그는 자신이 마지막으로 봤던 빌라이저와 상당히 닮았다는 생각만 했다.

"당시 빌라이저 님의 모습은 인간으로 보면 12세의 여자아이 정도였소."

충격을 받은 듯 바이칼의 몸이 조금 휘청거렸다.

프레데릭의 얘기는 잔인하게도 계속됐다.

"너무 신경 쓰지 마시오. 겉모습만 그랬다는 것뿐, 실제로 빌라이저는 매우 쾌활하고 밝은 아가씨였소. 그녀의 겉모습 때문에 알렉산더의 취미를 의심할 필요까지는 없소."

그러나 그 말에 바이칼의 충격은 더욱 커졌다.

때마침 장로가 리오의 소식을 들고 병실로 돌아왔다.

"전하, 리오 님께선 방금 전 숙소로 가셨습니다. ……전하?"

장로가 들어오자마자 본 것은 프레데릭의 침대 위에 얼굴을 대고 쓰러져 있는 바이칼의 모습이었다.

"아, 아니, 프레데릭 님. 무슨 일입니까, 도대체?"

하얗게 질린 장로의 얼굴에 프레데릭은 솔직히 말했다.

"나와 알렉산더가 만나던 시기의 빌라이저 님에 대해 말씀드렸습니다만……."

그러자 장로마저 크게 비틀댔다. 뭔가 잘못돼도 크게 잘못됐구나 생각한 프레데릭은 조용히 기다렸다.

이윽고 겨우 정신을 차린 장로는 바이칼과 프레데릭에게 자초지종을 설명했다.

"아아, 역시 영원한 비밀이란 없군요. 일단 전하께 사죄드립니다."

장로의 말은 이랬다.

원래 알렉산더와 빌라이저는 아주 어릴 적에 신룡 브리간트의 소개로 만난 사이였다. 겉보기에는 둘의 나이가 비슷했기에 주위의 신들이나 용족들은 둘 사이를 크게 신경 쓰지 않았지만, 신보다 성장 속도가 빠른 용족인 알렉산더의 성장이 빌라이저를 뛰어넘으면서 크고 작은 문제들이 발생했다.

프레데릭을 만날 무렵 이미 완전히 성장한 알렉산더에 비해 빌라이저는 프레데릭의 말대로 아이에 불과했다. 그러나 시간이 갈수록 빌라이저와 알렉산더가 같이 있는 시간이 점점 길어졌고 알렉산더 역시 빌라이저가 그저 좋기만 했기에 신계에선 알렉산더가 아이를 이상한 쪽으로 좋아한다는 흑색 소문이 퍼지기 시작했다.

게다가 그 일은 동룡족의 귀에까지 들어갔다. 서룡족과 동룡족의 간부들이 만날 때마다 놀림감이 된 알렉산더는 결국 빌라이저를 만나지 않겠다고 선언하기에 이르렀다.

물론 빌라이저의 성장이 끝날 무렵이 됐을 때 그 일은 깨끗이 잊혀졌지만 알렉산더나 빌라이저에게 있어서 옛일은 이미 되새기고 싶지 않은 추억으로 남아 있었다.

그래서 바이칼을 낳은 후 빌라이저는 장로를 비롯한 모든 간부급 용족에게 신신당부를 했다. 자신들에 대한 오해를 바이칼에게 절대 알리지 말라는 당부였다. 그 당부를 기억하는 사람은 이제 장로밖에 남지 않았기에 장로는 이 비밀만큼은 영원히 지켜지리라 생각했다.

하지만 역시나 비밀은 끝까지 가지 못했다.

자초지종을 들은 프레데릭은 곤란한 표정을 지었다.

"뒷걸음으로 개구리를 잡은 격이구려. 큰 우를 범했습니다, 전하. 사죄드리오."

그러나 바이칼의 충격은 사라지지 않았다. 장로는 어떻게 바이칼을 위로해야 할까 고민했지만 방법이 떠오르지 않았다.

그때 병실 밖에서 장로를 찾는 목소리가 들렸다.

"장로님, 손님이 오셨습니다. 유로 디 아스타로트란 분과 아란 슈발츠 님이십니다."

"음? 알았네. 잠시 실례하겠습니다, 전하."

장로는 급히 병실을 나갔다. 아란은 그렇다 쳐도 아스타로트의 딸인 유로는 쉽게 지나칠 수 없는 상대였다.

다시금 바이칼과 단둘이 남은 프레데릭은 충격에 빠진 바이칼을 어떻게 해야 할지 고민했다. 다행히 아네라의 현명함은 곧장 그에게 해결책을 알려 줬고, 그는 서슴지 않고 떠오른 방법을 따랐다.

"알렉산더가 나에게 한 말이 있소."

바이칼이 프레데릭에게 고개를 돌렸다. 그 반응에 성공을 자신한 프레데릭은 계속 말을 이었다.

"시간이 지나 당신을 만나게 될 일이 있으면 반드시 이 말을 전해 달라 하셨소. 언제든, 어디서든, 또 누가 되었든 상식 밖의 상황이 아니면 자신이 가진 감정에 대해 부끄러워할 필요 없다고 말이오. 아무래도 알렉산더는 자신의 당시 상황이 부끄러운 일로 후세에 전해질 거라고 예상했던 모양이오."

그러자 바이칼의 얼굴에 다시금 생기가 돌았다.

"정말이오?"

"그렇소. 아네라는, 특히 지르콘 나이트는 거짓말하지 않는다는 것을 잘 알지 않소."

바이칼은 더 이상 용무가 없다는 듯 자리에서 벌떡 일어났다. 약간 헝클어진 머리와 옷매무새를 단정히 하고 그는 슬쩍 돌아서며 말했다.

"잘 쉬시오. 여기 있는 동안은 최대한 배려해 드리리다."

"고맙소."

마치 응원을 받는 사람처럼 바이칼은 가벼운 몸짓으로 병실을 나갔다. 누구에게 갈지 어렴풋이 예상한 프레데릭은 다시금 고요해진 병실 분위기를 만끽하며 자리에 누웠다.

"선의의 거짓말은 양심도 허락하는 법이지."

눈두덩을 슬쩍 으쓱댄 그는 수면을 위해 편히 눈을 감았다.

한편 리오의 숙소에서는 한바탕 소동이 벌어지고 있었다.

"이 두 요물은 뭐지, 장로?"

리오의 방에 들어오자마자 유로와 아란을 본 바이칼은 굳은 얼굴로 장로에게 물었다. '요물'이라는 말에 자극받은 아란은 눈썹을 꿈틀대며 바이칼의 말을 되받아쳤다.

"남자 친구가 해 줄 수 없는 일을 위해 왔죠, 바이칼 전하. 불만 있으세요?"

그 말은 바이칼에게 큰 타격을 주었다. 그것을 아는 어린 모습의 유로는 팔짱을 낀 채 고개를 끄덕였다.

"이, 이것들……!"

한 대 크게 얻어맞은 바이칼은 곧 장로에게 고래고래 소리쳤다.

"누가 악마들을 이 성스러운 드래고니스에 들이라 했소! 이래도 되는 것이오, 장로!"

"저, 전하, 진정하시고 소인의 말을 좀…….'"

그러나 바이칼의 분노는 멈추지 않았다. 리오의 옆 침대에 누워 음악을 감상하고 있던 지크는 보다 못해 헤드폰을 빼며 말했다.

"이봐 미소년, 기분은 이해하겠는데 제발 진정 좀 해. 이 성스러운 드래고니스를 시끄럽게 하지 말고. 그렇지 않아도 배가 아픈데 소화불량까지 겹치면…… 우욱!"

"닥쳐라!"

그의 얼굴에 정확히 베개를 던진 바이칼은 곧 씩씩대며 방을 나섰다.

멍한 얼굴로 병실 문을 바라보던 리오는 이내 한숨과 함께 고개를 저었다.

"이런 이런……. 뭔가 기분이 좋아서 온 것 같은데, 안됐군. 후훗, 그건 그렇고 유로 아가씨가 가져온 선물을 볼까? 얼굴만큼이나 예쁜 선물인지 기대되는데?"

아란의 시선 속에 유로는 얼굴을 붉힌 채 자신의 과자 가방을 내밀었다.

한편 머리에 얹힌 베개를 옆으로 뺀 지크는 씁쓸한 얼굴로 내심 투덜댔다.

'네놈이 여자들만 사는 지옥에 들어가면 그걸 비디오로 찍고 천천히 즐겨 주겠다. ……빌어먹을.'

형제의 그런 마음을 아는지 모르는지, 리오는 행복한 얼굴로 전투 후의 휴식을 즐겼다.

〈외전4 끝〉

가즈 나이트 이노센트 3

© 이경영, 2016

초판 1쇄 인쇄일 2016년 12월 23일
초판 1쇄 발행일 2016년 12월 30일

지은이   이경영
펴낸이   정은영
책임편집 이지웅

펴낸곳   (주)자음과모음
출판등록 2001년 11월 28일 제2001-000259호
주소   04083 서울시 마포구 성지길 54
전화   편집부 (02)324-2347, 경영지원부 (02)325-6047
팩스   편집부 (02)324-2348, 경영지원부 (02)2648-1311
E-mail   neofiction@jamobook.com

ISBN 978-89-544-3690-8 (04810)
     978-89-544-3687-8 (set)